INDOMPTÉ

ANA K. ANDERSON

INDOMPTÉ

Luv

À ma maman, motarde et femme audacieuse,
pour m'avoir donné le goût de la lecture
et la passion de raconter des histoires.

NOTE DE L'AUTEURE

Ceci est une œuvre de fiction. Les rituels et coutumes de la réserve imaginaire de Golden Water sont purement fictifs, inspirés de mes lectures sur les tribus amérindiennes et le fruit de mon imagination. Ils ne peuvent être considérés comme réalistes ou représentatifs du folklore amérindien et de sa culture. En revanche, j'espère que cela attisera votre curiosité pour ces peuples et leurs traditions. Je ne peux que vous conseiller de découvrir leur histoire à travers des ouvrages documentés et fiables sur le sujet. Ou encore l'œuvre photographique monumentale réalisée par Edward S. Curtis.

Bien à vous et bonne lecture.

PROLOGUE

Il existe en français plusieurs mots qui varient selon les régions pour désigner la face ensoleillée d'une montagne : l'adret ou la soulane. Et pour chacun de ces versants baignés de lumière, il y a l'autre côté, celui qui est dans l'ombre : l'ubac ou encore l'ombrée. L'un ne va jamais sans l'autre et lorsque l'on a gravi l'adret sous un soleil éclatant, il nous reste encore la seconde moitié du chemin à parcourir dans le noir pour gagner la vallée paisible de l'autre côté.

Certaines histoires sont comme des montagnes…

La nature, tout comme l'homme, aime le concept de dualité, il suffit de s'observer dans un miroir pour le constater. Une infinité de choses fonctionnent par paire, s'opposent et se complètent :

Le bien et le mal.

Le noir et le blanc.

Le jour et la nuit.

Le crépuscule et l'aurore.

La vie et la mort.

La haine et l'amour.

À chaque montée, sa descente.

À chaque escalade, sa chute…

I
ATTRACTION

1

QUAND TOUT BASCULE…

Olivia

– Moïra, t'es là ?

Rien.

– Ta porte d'entrée est ouverte ! J'entre !

Toujours rien.

– Punaise, comment fais-tu pour supporter la musique si forte ?

Toujours et encore rien.

Je me rue sur sa chaîne stéréo pour éteindre Time Is Running Out de Muse afin qu'elle puisse m'entendre et j'avance doucement dans son petit appartement typiquement parisien où règne un bazar sans nom. Le vieux parquet craque sous mes pas. Le salon qui sert également de salle à manger est plongé dans la pénombre, faiblement éclairé par l'horloge du four de la kitchenette. La vaisselle sale s'entasse dans l'évier et un reste de toast avec son pot de beurre de cacahuète favori traînent sur le bar. Je me dirige hésitante vers sa chambre entrouverte, en passant devant la barre de pole dance qu'elle a installée dans le couloir pour pouvoir s'entraîner.

Aucun bruit, aucun mouvement. Un mauvais pressentiment gonfle en moi, sourd, profond, et de plus en plus étouffant. Je pousse la porte de sa petite chambre et ma vision met un temps à s'adapter au changement de luminosité. Les rideaux sont grands ouverts et une lumière crue inonde la pièce, me faisant cligner des yeux tandis que l'horreur prend forme devant moi. C'est un vrai carnage, les murs normalement blanc et parme sont éclaboussés de rouge. Du rouge sombre, du rouge clair, mille et une nuances de rouge telle une toile d'art contemporain morbide. Rien n'est épargné, ni les meubles, ni le sol, ni même le plafond. L'odeur caractéristique de la mort me prend aux tripes et je retiens de justesse mes haut-le-cœur. Sans même m'en rendre compte, je me suis approchée du lit où repose le corps sans vie de ma seule véritable amie et mes mains tremblantes caressent ses cheveux couleur de feu et gorgés de sang.

– Moïra…

Ma voix se brise, mes yeux parcourent son corps nu et ravagé. Ce n'est pas possible, c'est un cauchemar. Un rêve ignoble suite à notre dispute de la veille dont je vais me réveiller agitée et hurlante dans mon lit. Malheureusement, même les rêves les plus réalistes ne sont pas aussi vivides. L'odeur de fer s'infiltre à nouveau dans mes narines et mon cerveau doit se rendre à l'évidence : Mo n'existe plus. Elle ne rira plus à mes blagues foireuses, ne me parlera plus avec son accent américain qu'elle exagérait volontairement pour draguer, elle ne dansera plus…

La prise de conscience est brutale et douloureuse. Face à l'effroi et au choc, je me sens tomber et les ténèbres glacées m'engloutissent peu à peu. Juste avant de perdre connaissance, j'aperçois les lettres sanguinolentes K, O et M gravées dans la hanche droite de mon amie. Puis plus rien.

2

COUP DE POING ET ROCHERS

Olivia
Six mois plus tard

Bienvenue à Colorado Source, ville américaine de moins de deux mille habitants, y compris une communauté d'une centaine de marginaux violents et barbares, alias les Evil's Heat, club de bikers dont le Q.G. y a élu domicile. Je n'ai pas pu tirer beaucoup plus d'informations sur cette petite bourgade paumée et enclavée entre les reliefs arides de l'État américain portant le même nom, non loin de la frontière du Nouveau-Mexique. C'est comme si cette ville n'existait sur aucune carte. Moi-même, je ne l'avais trouvée que parce que j'avais su où la chercher, grâce à Moïra, originaire des environs de la région. Colorado Source paraissait être sur le papier la destination idéale pour échapper, entre autres raisons, aux ennuis qui me poursuivaient en France.

Je suis donc postée à minuit et sept minutes devant l'entrée de la tanière des Evil's Heat, leur repère, leur fief; en un mot, prête à me jeter dans la gueule du loup.

Je me suis parée de mes plus beaux habits de lumière et j'entre, conquérante dans le CSB : The Colorado Source Bar. De la musique outrageusement forte et un mélange d'odeurs de corps transpirants, de fumée de cigarette et d'alcool m'accueillent. Sans trop réfléchir, ignorant les regards curieux et concupiscents sur ma petite personne peu couverte, soit un mètre cinquante-cinq d'ennuis et de caractère bien trempé, je me dirige directement vers le comptoir et vers Max, le beau patron des lieux. J'ai rencontré Max deux jours plus tôt dans une station essence miteuse en bord de route alors qu'il trônait en grand seigneur sur son énorme moto rutilante, toute d'acier chromé et de cuir luisant. Il m'avait demandé, me voyant toute seule et après s'être poliment présenté, lui et son club de motards, si j'avais besoin d'être amenée quelque part; ce à quoi j'avais répondu :

– Non merci, j'ai ma voiture, je suis garée un peu plus loin.

Je lui dis cela en pointant du pouce par-dessus mon épaule et en direction de ladite voiture.

– Sympa, ta caisse. Et que fait une belle jeune femme seule et perdue au fin fond du trou du cul du monde?

– Je voyage.

– Et tu nous viens d'où avec cet accent sexy?

– De France.

– Oh! *Bonjour mademoiselle.* Et tu vas où?

– Quelque part.

– Oh, allez! je vais pas te manger, je suis simplement un peu curieux.

– Et je suis censée vous croire parce que...?

Je le toisais, les bras croisés sous ma poitrine, en signe de mauvaise volonté, mais il ne sembla pas le remarquer ou fit semblant de ne rien voir.

– Ma maman dit tout le temps que je suis doux comme un agneau.

Il me lança un regard suave de ses grands yeux gris pour appuyer ses propos qui, je dois avouer, eurent raison de mon entêtement. Alors, avec prudence, je me fis violence pour passer outre ma méfiance naturelle et lui lâcher quelques informations sans conséquence. Je lui expliquai que je cherchais un coin tranquille où m'installer et que j'avais entendu parler de Colorado Source qui remplissait bon nombre de mes critères. Sur ma lancée, je lui avouai également que j'étais à la recherche d'un petit boulot pour ne pas bouffer toutes mes précieuses économies.

Il parut intéressé par mes révélations et me demanda d'un air étonné :

– Quelqu'un t'a parlé de Colorado Source?

– Oui, une vieille connaissance m'a conseillé le coin pour sa tranquillité.

– Vraiment? Cette connaissance a-t-elle un prénom?

– Oui... mais je ne pense pas que tu la connaisses.

– Essaie toujours, me répondit-il avec un air de défi bienveillant.

Prononcer son nom était toujours atrocement douloureux, même après tous ces mois.

– Moïra O'Brien.

– Effectivement, ça ne me dit rien. Et tu sais où tu vas vivre?

Je lui dis, je ne lui dis pas? Telle est la question.

Il avait sorti une feuille à rouler, du tabac, et s'affairait négligemment et patiemment à la confection de sa cigarette, en attendant ma réponse qui tardait à venir. Il semblait certain que je finirais par lui répondre et sa patience paya. Je lui lâchai, non sans noter son petit sourire en coin satisfait :

– Je loue une chambre chez Mme Jefferson.

La vieille dame était même prête à me louer le studio gratuitement juste pour avoir de la compagnie, mais par principe je préfère payer et n'être redevable de rien ni de personne, pas même d'une gentille mamie.

Il rangea avec précaution et lenteur sa cigarette parfaitement conique dans une des nombreuses poches sur son torse. Il avait l'air de cogiter derrière le gris de ses iris, qui me semblaient familiers et m'inspiraient confiance malgré moi, avant de poursuivre :

– OK. J'ai peut-être un boulot à te proposer. Je tiens le seul bar, là-bas, et une serveuse m'a lâché la semaine dernière pour suivre son copain sur la côte ouest. L'été se termine, mes frères vont rentrer au bercail à l'automne pour l'hiver et je n'aurai pas assez de personnel. Si ça t'intéresse, pointe-toi vendredi soir vers minuit, on fera un test.

– Ah, ouais ! comme ça ?

Je ne pus cacher ma surprise.

– Ouais, comme ça. Tu me plais.

– OK. Je verrai si je viens… ou pas. Tu es peut-être un serial killer ou un violeur, je n'ai pas encore décidé.

Ma dernière réplique le fit apparemment bien rire, d'un rire grave et profond du genre qui vous émoustille.

Dommage que je ne sois pas dans de bonnes dispositions pour être émoustillée.

– Allez, à plus, madame Loquace et à vendredi, j'espère.

Sur ce, il fit démarrer sa moto, me fit un clin d'œil et partit ; le tout sans casque, en tee-shirt et blouson sans manches qui dévoilaient ses bras tatoués, et la crinière blonde au vent.

Un vrai cliché publicitaire ambulant.

J'inspirai profondément, essayant de ne pas paniquer. Les choses se concrétisaient donc vraiment, j'avais tout plaqué, trouvé un endroit où vivre et potentiellement où bosser. De mon point de vue et contrairement à Max, l'été était loin d'être terminé. Je regardai autour de moi. J'étais au beau milieu de nulle part, par une chaleur étouffante, dans une station-service miteuse au décor digne des films américains dont je me gavais en France. La poussière omniprésente dans l'air portait l'odeur du gasoil et venait alourdir mes vêtements, mes cheveux, et assécher ma peau. Je rêvais d'une bonne douche fraîche et d'un grand verre de Coca avec des glaçons.

***

C'est ainsi que je me retrouve un vendredi soir, penchée au bar du CSB, essayant de capter l'attention de Max et tentant toujours d'ignorer les regards curieux autour de moi. C'est sûr que de la nouveauté et de la chair fraîche ont de quoi détonner dans le décor suranné du bar, rempli de danseuses vulgaires en string apparent et résilles sur leurs plots de danse. Comme le disait mon père : *elles ont quelques heures de vol au compteur, celles-là...*

Max pivote pour attraper une bouteille de rhum et m'aperçoit :

– Hey, madame Loquace, tu es venue ! Passe derrière, enfile un tee-shirt de chez nous et montre-nous de quoi tu es capable. On va voir si tu vaux quelque chose, je ne fais pas non plus dans la charité pour demoiselles en détresse.

– OK.

J'ai été serveuse de nombreuses fois à Paris pendant mes études pour financer mes dépenses du quotidien, même si je bénéficiais d'aides de l'État en tant qu'orpheline et d'un petit pécule légué par mes parents, disponible à mes 18 ans, mais auquel je refuse de toucher aujourd'hui encore.

Je ne mérite pas cet argent, il est souillé de leur sang et de ma responsabilité dans leur décès.

Il faudrait que le projet en vaille véritablement la peine pour que je puisse passer outre ma culpabilité. C'est ma punition, je dispose de ces fonds sans jamais m'autoriser à m'en servir et je dois mériter chacun des centimes que je dépense. Cela me rassure aussi de savoir qu'ils sont là, sur un compte, à l'abri en cas d'extrême urgence. Je les fais fructifier et veille sur eux à défaut d'avoir pu sauver mes parents. C'est la dernière chose tangible qui me lie à eux, qui prouve qu'ils ont bien existé et qu'ils veillaient eux aussi sur moi. J'ai toujours eu cette peur du manque et de la dépendance à une tierce personne. Au final, on ne peut compter que sur soi-même.

Je ne devrais donc pas avoir trop de mal à assurer ce soir et idéalement à décrocher ce job qui tombe à point nommé, même si je dois reconnaître qu'ici, la clientèle est quelque peu différente des bistrots parisiens qui m'ont employée par le passé.

Je passe dans le vestiaire pour me changer et je me regarde dans la glace une ultime fois. En arrivant je portais une jupe en cuir noir, un débardeur kaki moulant et des boots à lacets, noires également. Je me sentais déjà exposée et peu protégée, mais là, c'est le pompon. Je ne suis pas embarrassée par mon corps, d'ordinaire, cependant c'est tout autre chose de déambuler toutes chairs apparentes entre des hyènes affamées et saoules par-dessus le marché. À la place de mon débardeur kaki, il y a maintenant un micro bout de tissu blanc arborant le logo noir et doré du CSB, dévoilant mon ventre, et au col particulièrement échancré. Je commence à me demander si je suis saine d'esprit ou si je fais tout ce qui est en mon pouvoir pour être oubliée sans vie au fond d'un fossé du Colorado…

Je décide d'interpeller Max depuis le vestiaire :

– Max?

– Quoi, beauté? répond-il en passant sa tête par la porte.

– Je suis censée apporter quel genre de services à tes clients dans cette tenue, au juste?

– Seulement ce qu'il est possible de commander au bar. T'inquiète pas, toutes les filles sont sous ma protection, et même si certains de mes clients ne se gêneront pas pour mater, ils ne tenteront rien.

– Charmant…

Me souvenant de pourquoi je suis ici et pourquoi j'accepte de faire une telle chose, je me mets un coup de pied mental aux fesses. J'ai une pensée pour Moïra et je me jette tambour battant dans la fosse aux lions.

Après cela, la soirée passe vite. La majorité des clients ayant une capacité d'ingestion d'alcool proche de celle d'un trou noir intergalactique, les commandes s'enchaînent et, effectivement, hormis quelques réflexions ambiguës et autres regards salaces, aucun ne franchit l'ultime limite du tactile. Assez fière de moi, contente de m'occuper et de me vider l'esprit, je me surprends même à apprécier le moment présent, ce qui ne m'était pas arrivé depuis longtemps. Je me sens à l'aube d'un nouveau chapitre de ma vie, bien qu'il me reste une chose majeure à accomplir pour tourner définitivement la page et trouver la paix, à condition que la réponse se trouve dans ce bled paumé, bien entendu…

Ignorant les plus idiots, je sympathise avec quelques clients et découvre que si certains bikers sont fidèles aux clichés véhiculés, beaucoup d'autres se révèlent charmants, polis et même pleins d'esprit. D'ailleurs, tous ne semblent pas être vraiment des motards.

Étrange…

De ce que j'ai pu apprendre, ce genre de club relève plutôt des gangs et de la mafia, et rares sont les étrangers qui y sont admis. Rien que ma présence et ma facilité à y entrer sont assez curieuses pour être soulignées. Je dois être dingue de vouloir m'y frotter à nouveau. À croire que je n'apprends jamais de mes erreurs, mais je veux savoir qui était réellement mon amie. Il le faut.

Louisa, l'une des trois autres serveuses, s'avance vers moi pour me parler à l'oreille, interrompant le cours de mes pensées :

– J'ai fini mon service, le bar commence à se vider, tu peux récupérer mon secteur au cas où?

– Oui, pas de souci et bonne nuit.

– Merci beaucoup, me répond-elle avec un grand sourire franc qui laisse apparaître des bagues. Max va te garder, c'est sûr, tu as assuré, ce soir!

– OK, on verra bien, dis-je timidement, jamais à l'aise avec les compliments aussi directs.

– T'inquiète pas, il en pince déjà pour toi.

Puis elle tourne sur elle-même gracieusement, sa cascade de cheveux blonds dans son sillage, et elle se dirige vers les vestiaires pour se changer.

OK...

Max n'est vraiment pas mal dans le style surfeur blond croisé à un motard sans foi ni loi, et cela fait bien longtemps que je n'ai pas fait quoi que ce soit de plus qu'un bisou un peu humide, mais il est mon probable futur patron et je ne l'ai rencontré que deux jours plus tôt seulement. Depuis l'assassinat de Moïra, j'avoue m'imaginer toujours le pire dans chaque situation, peser une centaine de fois le pour et le contre de chacune de mes actions et finalement me laisser paralyser par tout ça. Toute spontanéité a disparu de ma petite personne, ce qui en soit n'est pas forcément une mauvaise chose si l'on veut survivre longtemps ici, j'imagine.

Mais est-ce vraiment une existence épanouissante?

Mon voyage et mon installation aux États-Unis sont ma première folie depuis six mois de vie monacale et je souhaite en profiter malgré ma quête de la vérité.

Pourquoi ne pas joindre l'utile à l'agréable?

Une voix bourrue me hèle depuis le fond du secteur déserté de Louisa et un gros bras musclé et velu se lève, me faisant signe.

Seigneur, c'est reparti!

Je me fraye un chemin entre les tables jusqu'à eux. Ils sont cinq autour de la table, cinq hommes immenses, motards de toute évidence pour certains. L'un d'eux a les yeux d'un vert incroyable et ressemble plus à un mannequin, ce qui détonne avec le décor. Ils sont tous plus impressionnants les uns que les autres, vêtus de cuir noir ou de jean brut. Tous ont les cheveux longs ou mi-longs, attachés ou non en queue-de-cheval. Tous sauf un, celui au centre et le plus imposant. Lui a les cheveux bruns coupés court, les yeux noir obsidienne et un regard à vous tuer sur place. D'ailleurs, mon esprit gît à terre, abattu en plein vol. Je lui donnerais 30 ans tout au plus.

Sans la moindre gêne, il me parcourt de haut en bas puis de bas en haut, s'arrêtant sur mon tatouage qui se devine sur mes côtes. Enfin, il plante ses yeux dans les miens pour ne plus les lâcher. Il m'observe par-dessus son verre de bière et j'ai l'impression de prendre feu tant son inspection se fait inquisitrice et intime, me susurrant des choses inavouables. Je me sens rougir comme une adolescente, lorsque la réalité se rappelle à moi :

– Oh, la môme, tu m'entends ? Je t'ai demandé une nouvelle tournée de bières, me dit, ou plutôt me reproche, le roux avec les gros bras velus, qui m'a hélée quelques secondes plus tôt.

– Tout doux, Bill. Max t'a dit qu'elle était française, peut-être qu'elle a pas compris, lui répond une autre armoire à glace avec des dreadlocks sur sa droite.

Me ressaisissant, je lâche « Monsieur regard qui tue » des yeux et lance dans mon plus bel anglais :

– Si, j'ai parfaitement compris mais je n'ai pas entendu le mot magique. Quoi ? Les grosses brutes comme vous n'ont pas eu de maman chérie pour leur apprendre les bonnes manières ?

Je les dévisage l'un après l'autre en haussant les sourcils pour appuyer mes propos. Je finis par « Monsieur regard qui tue » et j'ose, moi aussi, l'épingler du regard. Je vois le sien se voiler de désir l'espace d'une seconde. Il se tortille très subtilement sur la banquette puis reprend une contenance en même temps que son air féroce. Mais c'est trop tard, j'ai entrevu ce qu'il y avait sous la surface. Je souris intérieurement, satisfaite, puis ajoute :

– Bon alors, les gars ? On se décide à se montrer sous un meilleur jour ?

– Oh, putain, son accent me donne la trique ! lâche crûment celui qui venait de me défendre.

– Charmant mais toujours pas de mot magique, lui dis-je avec un clin d'œil.

– Nous gonfle pas et envoie les bières ! s'impatiente le fameux Bill.

Ne me voyant toujours pas réagir, il ajoute en s'adressant à « Monsieur regard qui tue » :

– Rock, dis-lui de bouger son petit cul de pucelle, j'ai soif.

Tiens donc, « Monsieur regard qui tue » s'appelle Rock.

Nom de circonstance, j'imagine, quand on donne l'impression d'avoir été taillé dans un bloc de pierre. Je jette un coup d'œil furtif à son torse moulé dans un tee-shirt noir en essayant d'être discrète.

Oui, Rock lui sied comme un gant.

Il n'est vraiment pas mal dans le genre grand, sombre et dangereux. Bien plus mon genre que Max. Il possède une beauté sauvage qui vous donne envie de vous essayer au dressage d'étalon. Je le devine tout en muscles massifs et puissants sous ses vêtements.

Rock ouvre la bouche, soit dit en passant charnue à souhait, pour me lancer :

– Sers mes frères.

Et alors que je ne m'y attends plus, il ajoute en français, avec un léger accent :

– *S'il te plaît, Princesse.*

OK, je fonds...

Il me sourit d'un air narquois et malicieux, celui qu'on arbore après un coup de maître aux échecs.

Touchée !

Évidemment, il fallait qu'il ait aussi une voix grave et profonde à retourner votre petit estomac de femme en manque.

Je suis fichue.

Je comprends maintenant pourquoi le français peut sembler sexy aux oreilles de certains, tous ces sons « s » et ces « r » de fond de gorge ont de quoi vous rendre complètement dingue lorsqu'ils sont savamment distillés.

Je lui rends son sourire et sans dire un mot, je retourne vers le bar, non sans entendre Bill commenter :

– Punaise, Rock, t'as vu cette paire de nichons qu'elle a ! Même la tienne tiendrait entre ses deux melons.

Pas de réponse de Rock, ou alors suis-je trop mortifiée pour entendre quoi que ce soit de plus.

Mais quel con putain, ce Bill !

Je redescends sur terre d'un coup et ma petite bulle de pensées mièvres et torrides explose. Rock doit sûrement être aussi crétin que son acolyte ; sa belle gueule et son charisme me l'ont juste fait oublier quelques secondes. Rouge comme une pivoine et remontée comme un coucou, je fonce vers Max.

– Ça va ? me demande ce dernier alors que je pose mon plateau un peu trop brutalement devant lui sur le bar en chêne foncé.

Sans réponse de ma part et face à mon visage fermé, il ajoute sur le ton de la plaisanterie :

– Ne fais pas attention à eux, c'est ce qu'on fait de moins bien chez les Evil's Heat.

– Cinq pintes pour la table sept, s'il te plaît.

– Tu sais, il faudra que tu me dises au moins ton prénom et ton nom pour que je t'imprime un contrat de travail en bonne et due forme. Un numéro de sécu pourrait m'aider aussi.

Il me regarde gentiment mais franchement, son torchon posé sur l'épaule et ses mains s'affairant à préparer ma commande. Je réalise que je me conduis comme une vraie connasse avec lui depuis le début alors que jusqu'à présent, lui s'est toujours montré courtois et prévenant.

– Olivia Kincaid.

– Quoi ?

– Mon nom est Olivia Kincaid.

– Pas très français.

– Mon père était américain. J'ai la nationalité américaine, je pourrai te passer mon numéro de sécurité sociale et tout ce qu'il faut.

– *Était ?*

– Ouais, longue histoire. Pas envie d'en discuter.

Pendant que je parle, je peux sentir quelqu'un s'approcher dans mon dos. Reprenant mon plateau désormais chargé, je m'efface sur le côté pour laisser la place au client qui se tient derrière moi sans lui jeter le moindre regard. Une main attrape alors ma hanche un peu trop bas et un peu trop fort à mon goût. Et ce quelqu'un est en train de remonter mon tee shirt déjà microscopique sur mes côtes.

Oh, oh, oh, limite tactile franchie, alerte rouge !!!

Sans réfléchir, je me retourne et frappe… au visage… le dénommé Rock. Un bruit d'os brisés claque dans l'air, du sang gicle et un cri de douleur grave emplit la pièce. Mon plateau et ses verres pleins se fracassent par terre. Le silence qui jaillit subitement dans le bar permet d'entendre la plainte discontinue qui s'échappe en réalité de mes lèvres en un son ridicule. Bien sûr, Rock n'a pas bougé d'un iota, à peine plus bousculé que par une brise d'alizé sous les tropiques. En revanche, ma main pisse le sang et une douleur fulgurante remonte le long de mon bras droit depuis mes doigts.

– Merde ! lâché-je.

Un sourire sournois se dessine sur les lèvres de Rock, « le super connard tactile ».

– Putain, tu as fait quoi à ma serveuse, Rock ? s'écrie Max qui court déjà vers moi en contournant le bar.

– Rien, a-t-il l'audace de répondre.

– Il m'a pelotée, Max !

– Je t'ai à peine touché la hanche. Je voulais voir ton tatouage de plus près.

– On a dit pas de contact. Aucun ! gronde Max en détachant les syllabes.

– Elle m'a frappé, lui répond Rock fermement.

Il me regarde et ne sourit plus du tout, la rigolade est terminée apparemment.

– Vous m'avez tripotée. Vous pouviez tout simplement me demander pour mon tatouage.

– Tu n'aurais pas répondu.

Effectivement, et j'aurais eu bien raison.

Puis j'ajoute à voix basse et en français :

– *Trouduc.*

– Tu m'as traité de quoi, là ? tonne-t-il.

Son index épais vient se planter sur mon sternum avec toute la puissance de son bras musclé. Je suis obligée de reculer de deux pas. Il faut donc que je me méfie, Monsieur semble comprendre le français.

– Aïe ! Tu me fais mal, Tarzan !

Je tente de chasser son bras d'un revers sec de ma main gauche, sans succès. Il paraît surpris de mon audace.

– Lâche-la, Rock !

Max a déjà enrobé mon poing dans un torchon avec des glaçons, la douleur me fait bondir et hurler des insanités dans ma langue maternelle.

Il confirme ce que je sais déjà :

– Bon, pas de doute, t'as le poing pété. L'hôpital New Hope de Newton City est à quarante-cinq minutes. Il est presque quatre heures du matin, j'allais fermer de toute façon. Je t'y emmène, Jenna pourra s'en occuper à ma place et nettoyer ce carnage.

La dénommée Jenna, non loin de là, de l'autre côté du bar, ne semble pas ravie par ce qu'elle entend mais ne proteste pas non plus.

– Non, pas d'hôpital. Je l'emmène chez le Doc, lâche l'homme préhistorique responsable de ma souffrance.

– Rock… le prévient Bill qui s'était approché sournoisement avec ses petits copains alertés par mes beuglements peu féminins, pour voir ce qui se passait.

Il poursuit :

– Le Doc, c'est pour les affaires du Clan. Et cette nana sortie de nulle part ne fait absolument pas partie du Clan, frère.

– J'ai dit le Doc. Max ne va pas se rendre à Newton à cette heure-ci. Que veux-tu qu'elle fasse de toute façon?

Pour appuyer ses propos, Rock me regarde, me mettant au défi de faire quelque chose qui le contredirait et nuirait au « Clan ».

C'est quoi, ce « Clan » d'abord?

Max, repassé derrière le bar, revient vers moi avec une bouteille de ce qui semble être du whisky.

– Bois ça, miss, ça t'aidera à supporter la douleur.

Sans me faire prier, j'attrape la bouteille maladroitement, porte le goulot à ma bouche et je bois de longues rasades de ce liquide ambré sans respirer. Je ne lâche pas des yeux Rock, amusé par le spectacle. Cela dure quelques secondes, dans un silence de plomb où tous me jaugent, attendant sûrement que je recrache le breuvage en toussant. Alors que je commence à entendre des exclamations étonnées des uns et des autres, Max m'arrache la bouteille des mains en me disant :

– Je pense que c'est bon là, Olivia, le but est de t'anesthésier localement, pas de te rendre inconsciente…

Effectivement, je n'ai pas mangé depuis ce matin et je sens instantanément l'effet de l'alcool sur mon système nerveux. J'ai aussi la gorge en feu et envie de vomir à cause de l'amertume de la boisson, mais je fais comme si de rien n'était, droite comme un *i* avec quelques larmes timides au coin des yeux.

Observant alors tous ces hommes autour de moi et voulant accélérer les choses, je dis de ma voix la plus autoritaire :

– Vous avez entendu Brutus, les gars? Direction le Doc! Tenez, les clés de ma voiture, c'est le vieux tas de ferraille rouge sur la droite du club.

Rock se saisit instantanément de mes clés dans ma main valide, ne laissant la chance à personne d'autre d'en faire autant. Je dois reconnaître que sa vélocité est impressionnante. Il sait se mouvoir avec fluidité malgré sa carrure, comme un animal prédateur; ce qu'il est clairement.

Sur ce, ils sortent tous, regagnant leurs véhicules divers, sauf Rock et moi-même, qui nous dirigeons vers mon vieux tacot, une Ford de je ne sais plus quelle année.

– Très belle voiture, elle aurait juste besoin d'être retapée. Tu devrais avoir honte de la traiter de vieux tas de ferraille. Je connais quelqu'un, si ça t'intéresse.

– Hmm merci, mais non merci.

– T'y connais rien en voiture, pas vrai ? Tu l'as payée cher ?

– Non effectivement et non.

– Ouais, donc le gars qui te l'a vendue n'y connaissait rien non plus. Ça vaut une petite fortune ces Mustang. Allez, Petite Chose, monte.

« Petite Chose » ? Il est sérieux, là ? Je l'emmerde ! Mais punaise, j'ai trop mal pour l'envoyer chier et je commence à me sentir légèrement saoule.

Je frotte mon œil avec mon majeur valide, lui faisant discrètement un doigt d'honneur au passage.

– Fais gaffe, Petite Chose, j'ai brisé la main de quelqu'un pour moins que ça.

Oups, grillée.

À bien y réfléchir, je suis en train de laisser un parfait inconnu monter dans ma voiture pour me conduire je ne sais où. Le Doc peut être aussi bien Jack l'Éventreur ou le tueur du Zodiaque, je n'en sais absolument rien, mais je n'ai pas vraiment le choix.

Rock m'aide à m'installer et à m'attacher. Cette proximité soudaine, la sensation de ses grandes mains sur ma hanche gauche et la chaleur qu'il dégage me grisent encore plus que le whisky ; nous démarrons en silence. J'ai la nausée à cause de la douleur, et sûrement un peu à cause de l'alcool aussi, j'ouvre la fenêtre pour respirer de grandes goulées d'air et me changer les idées. Cela permet d'atténuer l'odeur addictive de Rock qui a déjà envahi l'habitacle et qui me tourne la tête. L'effet qu'il a sur moi me rend teigneuse.

– Tout ça, c'est de ta faute, Rocky Balboa. Tu n'as même pas une marque.

– J'aurai un bleu demain, si ça peut te faire plaisir, Apollo Creed[1]. Je ne suis pas en titane.

– C'est pourtant l'impression que j'ai eue.

Maintenant qu'il est seul, sans ses acolytes primates et dans ma vieille voiture, il me semble beaucoup moins intimidant, bien que toujours aussi séduisant. Je marque une pause, essayant de refréner ma curiosité naissante, mais je sens le whisky faire tomber une à une les barrières de ma retenue.

Et puis mince, pourvu que je ne dise pas trop de conneries…

---

1. Adversaire légendaire de Rocky dans le film du même nom.

– « Rock » c'est ton vrai prénom?

– Ouais, et toi, Olivia Kincaid, c'est ta véritable identité?

– Oui.

Un silence gênant s'installe dans l'habitacle, mais je décide d'insister et me tourne vers lui. Il a le regard fixé sur la route et un sourire timide sur les lèvres; il attend la suite.

– Donc ton prénom n'est pas un surnom ridicule lié à la chose que t'as entre les jambes et dont tous tes potes ont l'air de connaître la taille? Genre « je suis dur comme un roc » ou une connerie du genre?

Il se met à rire de sa voix profonde, me donnant au passage la chair de poule.

– T'es marrante, Petite Chose. Non, mes parents sont des hippies. Apparemment, ils m'ont conçu sur un rocher[2] près d'une rivière. Faut croire qu'ils en étaient fiers. Il y a beaucoup de rochers, ici, au Colorado, tu sais.

La fatigue, la douleur et l'alcool ont raison de ma santé mentale et j'explose de rire. Des larmes inondent mes joues et je hoquette furieusement. Rock m'observe à la dérobée, complètement déconcerté, se demandant si la douleur n'a pas des effets étranges sur ma personne.

– Qu'est-ce qui te fait rire?

Il n'a pas l'air d'apprécier mon pétage de plombs.

– Tu t'appelles Rock à cause de tes parents qui t'ont « conçu » sur un rocher? Sérieusement? Je suis sûre qu'ils ont baisé comme des fous sous acide, qu'ils ont eu une expérience extracorporelle de dingue et qu'ils ont oublié de mettre une capote. Et bam! Te voilà, tout grand et fort, « Le Rock de Colorado Source ».

Ma tirade lui arrache un immense sourire sincère et mon cœur s'arrête de battre un instant. S'il est beau lorsqu'il est sérieux et sauvage, ce n'est rien comparé à cet instant. J'ai l'impression d'avoir le droit d'assister à quelque chose de privilégié. Je ne pense pas qu'il sourie ainsi à beaucoup de personnes. Ni qu'il ait conscience de l'effet qu'il produit sur moi.

Ou peut-être que si…

L'atmosphère dans la voiture change et devient chaude et intime. Il doit forcément en avoir conscience, lui aussi. J'en oublierais presque qu'il a tenté de me tripoter et qu'il est la raison de la douleur atroce dans ma main droite.

---

2. *Rock* signifie rocher en anglais.

Heureusement ou malheureusement pour moi, j'ai connu bien pire question douleur et j'arrive à reléguer celle-ci au second plan.

Amusé, il me répond :

– Fais gaffe, on parle de mes parents, là. D'un, ils ne baisent pas, et de deux, ils sont trop vieux. Tu vas envahir mon cerveau avec des images que je ne veux pas.

Mon rire repart de plus belle et me coupe le souffle :

– Je comprends, les parents, la famille, c'est sacré, mais ne sois pas naïf. Toi-même, regarde, tu n'es pas du genre à faire l'amour tendrement à ta femme, à mon avis, même pour concevoir un mini-Rocky. Et je suis sûre que, même à 100 ans, ton engin fonctionnera toujours. Les gens font ce qu'ils veulent, tu sais, même tes parents. Ils ne deviennent pas abstinents dès qu'ils ont des enfants, désolée de devoir te l'annoncer.

– Tu as l'air bien sûre de toi concernant mes prouesses au lit. Qu'est-ce qui te fait croire tout ça ? Et qu'on soit clair, je ne veux pas de femme ni d'enfants.

Pas gênée pour un sou par mes propos déplacés, je poursuis gaiement :

– OK… Mais c'est dommage, un beau spécimen comme toi devrait perpétuer ses gènes. Quoique, c'est aussi une question de Q.I., et là, pas sûr que ce soit une bonne chose pour l'humanité que tu te dupliques, finalement.

– Tu insinues quoi, là ? Que je suis débile ou que tu pourrais te proposer pour assurer ma descendance ?

Il me jette un regard intrigué et amusé.

– Tu ne veux pas d'enfants, tu te rappelles ? Et vu ton gabarit, un mini-toi, c'est l'épisiotomie assurée, alors non merci.

Rock écarquille les yeux de surprise face à cette déclaration sans langue de bois.

– On est vraiment en train de parler de mioches et de vagin après même pas deux heures ? Tu es un sacré numéro, Petite Chose.

– Certes. En plus, à en croire tes copains, je risquerais aussi l'épisiotomie à cause d'une simple partie de jambes en l'air avec toi. Donc doublement non merci.

– Merci pour l'image. Et je ne me souviens pas t'avoir proposé quoi que ce soit de toute façon…

Oui, pas faux.

Gros. Blanc. Ultra. Gênant…

Punaise, Olivia, ferme-la, tu délires complètement !

Ma bouche s'est transformée en torrent de propos inappropriés et incohérents.

Vite, reconstruisons le barrage! Changement de sujet!

– Tu as des frères et sœurs?

L'humeur légère de la voiture disparaît d'un coup, le visage de Rock se ferme, redevenant sombre et menaçant. Fini les plaisanteries, c'est un sujet brûlant, a priori.

– Oui, j'ai une sœur, elle s'appelle Sunny et c'est tout ce que tu as besoin de savoir.

D'accord...

Le reste du trajet se déroule en silence. Nous arrivons devant une clôture grillagée avec du barbelé qui semble électrifié, et plus loin je peux distinguer un grand hangar. Des pancartes interdisant l'entrée sont accrochées tout du long et de gros spots s'allument sur notre passage. Cela me fait penser à une petite base militaire désaffectée.

Un homme en blouse blanche vient nous ouvrir la grille et nous nous garons devant le hangar dans un nuage de poussière. Rock, toujours prévenant, m'aide à descendre de la voiture et me fait entrer par une porte en tôle sur le côté du bâtiment, en plaçant sa grande main chaude au creux de mes reins. Ce contact me trouble; il s'en aperçoit et raffermit sa prise avec un petit sourire en coin.

Les néons s'allument brusquement et éclairent ce qui me semble être pas moins de mille mètres carrés d'équipement médical. Des zones sont délimitées par des paravents et le tout est très bien organisé. Un vrai arsenal de haute technologie, digne des meilleurs hôpitaux et centres de recherches du pays. J'aperçois même un hélicoptère dans le fond. J'en reste d'abord sans voix, puis verbalise ma surprise :

– Waouh, Rock! C'est incroyable. Pourquoi une telle installation?

Il semble peser le pour et le contre de sa réponse, et après quelques secondes, se lance :

– On ne peut pas aller à l'hôpital en cas de blessures par balles, sinon les flics s'en mêlent. Le Doc ici présent est un ancien médecin militaire, il sait ce qu'il fait.

J'imagine que je n'aurai pas plus d'explications pour le moment et je devrais m'en contenter. Le Doc en question me salue de la tête mais n'ajoute rien lui non plus. Il ressemble effectivement à un vétéran militaire en blouse blanche.

– Doc, tu peux t'occuper de la main de la Petite Chose ici présente? Elle a essayé de faire tomber un arbre.

Il commence à me gonfler sérieusement à m'appeler ainsi.

Je lui lance un regard venimeux et monte avec difficulté sur une table d'auscultation froide et métallique, tout en refusant leur aide. Cette fois-ci, Rock ne peut s'empêcher de rigoler lorsque je le repousse. Le Doc s'occupe de moi durant l'heure qui suit de façon très professionnelle et appliquée. Il me fait entre autres une radiographie qui confirme une fracture du col du cinquième métacarpien, et il doit réaliser plusieurs points de suture pour recoudre l'entaille qui barre mes phalanges. La mâchoire de Rock m'a littéralement ouvert la main.

Wolverine, sors de ce corps!

Son travail est rendu difficile par un hématome formé à l'endroit de la fracture. Le scanner révèle que mes tissus mous ne sont pas endommagés, et grâce aux cachets et à une anesthésie locale, la douleur demeure supportable. Ma main droite se retrouve plâtrée du milieu des doigts jusqu'au poignet.

Génial...

Puis le Doc m'assène le coup fatal :

– On appelle souvent cette blessure la fracture du boxeur. Les métacarpiens sont compliqués à ressouder. Cela doit impérativement se faire correctement, sinon c'est l'opération assurée, et il y a un risque que vous perdiez de la mobilité au niveau de vos doigts, voire de votre poignet dans le pire des cas. Le plâtre doit être gardé trois semaines minimum, les points se résorberont tout seuls. Au vu des examens, une opération ou la pose d'une broche ne sont pas nécessaires dans l'immédiat. Il faut éviter de le mouiller et surtout ne pas l'immerger.

– Trois semaines? Par cette chaleur? Sérieusement?

Je jette un regard assassin à Rock qui a l'air de trouver ça drôle, et je l'engueule :

– Mais mon travail? Comment je vais faire, Rock? Je viens juste de commencer!

– Max m'a dit que tu avais assuré. Pour l'instant, trois serveuses lui suffisent, c'est surtout à partir d'octobre, qu'il aura besoin de toi, quand les frères...

– ... rentreront. Oui, j'avais compris. Vous partez hiberner comme des ours quand il fait froid, ricané-je avec tout le sarcasme dont je suis capable.

J'ajoute plus pour moi-même :

– J'imagine que je peux tenir un mois sans revenus et surtout sans rien faire. Mme Jefferson acceptera sûrement de me faire grâce du mois de loyer et de m'apprendre à tricoter avec les dents. Putain, je suis maudite…

Heureusement que ladite Mme Jefferson habite en centre-ville et que j'ai toutes les commodités à côté, car ma voiture a une vieille boîte manuelle capricieuse et passer les vitesses plâtrée ne semble pas chose facile ni conseillée. J'essaie de positiver tant bien que mal.

– Si t'as besoin d'argent, je peux… commence Rock.

– Non, c'est bon, je me débrouille.

– Je proposais juste.

Il lève ses deux immenses mains en signe de reddition.

– Pour que tu me casses les dents si je tarde à rembourser, non merci.

– Écoute, je ne sais pas pour qui tu me prends mais je ne casse pas la gueule des nanas pour mille balles.

– Je te prends pour quelqu'un qui casse des mains pour un doigt d'honneur, tu l'as dit toi-même…

Il me jette son regard noir de tueur en fronçant les sourcils.

– Tu as vraiment réponse à tout, toi. Et Max qui me disait que tu étais une taiseuse.

– Tu bénéficies d'un régime de faveur, Hulk.

– Tu m'en vois honoré, Princesse.

– De rien, Tarzan.

Exaspéré, il se tourne vers le Doc pour discuter des recommandations médicales pour ma guérison, mais je n'écoute plus. Un tsunami de fatigue et de mélancolie s'abat sur moi, sûrement dû aux médicaments et au whisky.

Qu'est-ce que je fais ici au juste avec ces gens ?

Je me sens loin de chez moi et pas à ma place. Puis je me souviens que je n'ai plus vraiment de chez-moi depuis mes 10 ans, et que ma seule amie n'est plus de ce monde. Rien ne me retenait en France, pas même quelques collègues de travail sympathiques. Mon bilan de vie est franchement pourri et c'est le coup de massue. Je n'ai plus envie de jouer ou de flirter, aussi séduisant soit Rock. Affronter cette foule d'inconnus ce soir et se mélanger à eux m'a épuisée, surtout quand on voit le résultat…

Je sens de timides larmes couler sur mes joues :

– Ramène-moi chez Mme Jefferson, Rocky, s'il te plaît.

Étonné par mon changement de ton, il fait volte-face et aperçoit mon visage.

– Ça va, Petite Chose?

– Est-ce que j'ai l'air d'aller bien, Kronk? Je suis fatiguée et nauséeuse. Je veux dormir, et par pitié arrête de m'appeler comme ça! Je ne suis ni une chose, ni fragile.

– Mais tu es petite, avoue.

Et il tire sur une de mes mèches de cheveux indisciplinées en me disant cela.

J'écarte sa main gentiment, non sans profiter du contact de sa peau sur la mienne au passage.

– Ce n'est pas drôle, Rock. Je veux rentrer.

– OK, alors allons-y.

Il attrape la prescription pour les médicaments que le Doc a rédigée et la fourre dans la poche arrière de son jean noir délavé. Sans me demander mon avis, il me prend dans ses bras, me soulève de la table d'auscultation sur laquelle je suis assise pour me porter jusqu'à la voiture. Je n'ai même plus la force de protester et je me laisse faire comme une vulgaire poupée de chiffon; pour l'image de la femme forte, on repassera. Son torse dégage une chaleur agréable et il est plutôt confortable pour quelqu'un qui paraît aussi moelleux qu'un rocher du Colorado. Il sent aussi divinement bon.

Dans un besoin impérieux de réconfort, faisant fi des convenances, je me blottis sans retenue contre lui, resserre notre étreinte en passant les jambes autour de ses hanches, et je cale mon visage dans son cou, comme une enfant. Il semble se tendre sous l'intimité de la situation mais ne dit rien et continue d'avancer comme si je ne pesais rien. Par-dessus son épaule, j'agite ma main valide en direction du Doc pour lui dire au revoir. Ce dernier paraît étonné et fixe le dos de Rock comme si un troisième bras venait de lui pousser entre les omoplates.

Quinze minutes de voiture en silence plus tard, nous arrivons dans le centre-ville, désuet comme tout le reste de cette bourgade, et devant une maison bleue coincée entre deux petits immeubles étroits.

Avant que je puisse parler, Rock prend la parole :

– Max va venir me chercher.

– D'accord.

– Il me ramènera à moto.

– D'accord.

– Tu ne me remercies pas, Petite Chose? Tu paraissais pourtant à cheval sur la politesse tout à l'heure. Je n'ai même pas le droit à un petit bisou sur la joue?

Épuisée, c'est pour moi la réflexion de trop et je suis en colère. En colère contre moi-même de m'être fait mal, en colère de me retrouver impotente et sans travail. Je veux m'en prendre à quelqu'un pour me défouler et Rock, assis nonchalamment et avec arrogance à côté de moi, devient la cible parfaite.

– Écoute, King Kong, c'est par ta faute que je suis dans cette situation ! Donc non, je ne te remercie pas.

Je ne peux pas m'empêcher d'ajouter :

– Tu sais quoi, même ? Va au diable ! Toi, tes frères ursidés et tout ce qui vous entoure. J'espère même que tu te brûleras le mollet sur ton pot d'échappement pour la peine.

Sur ce, je sors de la voiture en claquant la portière.

Je crois que je perds les pédales. Respire Olivia, respire.

Il fait de même de son côté et je lui prends les clés des mains pour rentrer me coucher, sans même un dernier regard en arrière. En essayant d'éviter le moindre bruit pour ne pas réveiller ma colocataire, je monte vers ma chambre et m'effondre tout habillée et maquillée sur le lit. Je ne sais vraiment pas quoi penser de ma première soirée au contact des habitants de cette ville fantôme. Et plus particulièrement de ma rencontre avec ce club de motards, qui ne semble pas en être complètement un, et dont je ressors avec un fichu plâtre. Ils sont différents de ce que j'imaginais et l'expérience me désarçonne. Je suis venue ici pour obtenir des réponses et me voilà avec encore plus de questions : qu'est-ce que ce « Clan » ? Qui sont-ils ?

Une sorte de fraternité semble les lier. Cela m'intrigue et m'attire, tout en m'effrayant. Mais celui qui me fascine le plus, malgré moi, est cet homme farouche à l'allure de gladiateur et au regard sombre : Rock. « Monsieur regard qui tue » semble être celui qui dirige les opérations dans le coin, et je ne peux m'empêcher de me demander s'il est du genre à se laisser dompter dans des circonstances plus intimes… Je ne le pense pas, bien au contraire, et cette idée qui devrait m'effrayer me donne des frissons de plaisir. Je plonge dans les bras de Morphée encore enivrée de son odeur et avec la sensation de sa peau contre la mienne.

3

COUP DE POING ET VIOLETTES

Rock

– Merci, mec, pour le transport.

– De rien. C'est faisable à pied mais moins agréable qu'un tour sur mon bébé.

Max m'a ramené jusque devant le bar, désormais fermé depuis un moment. Je regarde mon téléphone qui m'indique qu'il est cinq heures et demie du matin.

Merde ! Demain, le réveil va être dur.

Une grasse matinée n'est pas au planning, Bill péterait les plombs et à juste titre.

– Je vais enquêter sur elle, Max. Je sais que tu l'aimes bien et que t'as un bon instinct avec les gens, mais c'est la procédure. Si elle doit faire partie de notre environnement, même de très loin, on doit être sûr à cent pour cent qu'elle n'est pas un cheval de Troie. Les Black Edge sont à l'affût en ce moment.

– Ouais, je sais pas. Lorsque j'ai discuté avec elle à la station essence, elle m'a dit qu'on lui avait parlé du coin, or personne ne parle de Colorado Source, hormis nos gars. Je me demande bien qui lui a vanté les mérites de la ville ? Elle m'a cité une Moïra quelque chose, mais on ne connaît personne avec ce prénom, je m'en souviendrais. Il y a une communauté d'Irlandais[3] à Newton City, faudrait aller creuser par là-bas. Au début, j'ai cru que quelqu'un du réseau nous l'avait envoyée, elle avait l'air d'être perdue et d'avoir besoin d'aide.

– Ouais, comme un oisillon tombé du nid mais qui pince méchamment, putain…

Je me malaxe la mâchoire en souvenir de son crochet du droit qui m'a fait mal, même si je n'ai rien laissé paraître sur le moment, et Max rigole à

3. Le prénom Moïra signifie Marie en gaélique d'Irlande et le nom de famille O'Brien est également d'origine irlandaise. O'Brien est un patronyme relativement répandu aujourd'hui aux États-Unis où il a fait son apparition suite à l'exil des Irlandais, à partir du XIXe siècle, alors que la famine sévissait dans leur pays.

mes dépens. Il fait démarrer sa moto et s'apprête à partir quand il me lance par-dessus l'épaule :

– Toi aussi, tu l'aimes bien. Pour une fois qu'une fille te résiste.

– Non, mes yeux et ma queue l'aiment bien, nuance. Toi, tu l'aimes vraiment bien.

Il s'arrête de rire et se renfrogne.

– T'es con, sérieux, parfois. La finesse, tu connais?

– Parfois...

– Donc j'ai champ libre?

– Voie express, mon frère.

– OK. À demain, dix heures.

– Ouais à demain, et putain, fous un casque, mec!

Enfin chez moi!

Mais il faut que je me lave avant d'envisager de sombrer, car dormir non douché est physiquement impossible pour moi. C'est un putain de TOC qui me permet de me purifier, au sens propre comme au figuré. Sans cela, point de repos du guerrier. Je sens les remords et la culpabilité s'infiltrer par chaque pore de ma peau, mais aussi de la rage, de la peine et de l'impuissance.

Bon Dieu, Sunny, où es-tu, merde? Pourquoi ai-je fait les choix que j'ai faits?

Enfin certains, les autres, je les assume complètement.

Il a fallu qu'Olivia fasse allusion à ma sœur une seule petite fois dans la soirée pour que tout me revienne comme un raz-de-marée.

Mais comment aurait-elle pu savoir? Et merde!

Par-dessus tout ceci venait s'ajouter une nouvelle odeur. Sa putain d'odeur de princesse guerrière à la violette. Vite, j'entre dans la douche, l'eau chaude fouette mon dos et mes épaules, mais ce n'est pas suffisant, j'augmente la température.

Un flash surgit devant mes yeux, mais pour la première fois, ce n'est pas le visage de Sunny. Je le laisse m'envahir pour chasser mes démons et les fantômes qui me hantent. Il s'agit d'une petite brune avec un carré plongeant, qui encadre son visage en cœur aux proportions parfaites. Elle a deux grands yeux de biche noisette aux éclats verts et dorés, avec de très longs cils, et une bouche immense aux lèvres pleines. Le peu de fois où elle a souri, ce sourire lui mangeait le visage, dévoilant ses dents blanches, parfaites elles aussi.

Elle est certes petite, un mètre cinquante à vue de nez, mais toute en courbes. Sa poitrine s'harmonise avec le reste de son corps et vient contrebalancer ses hanches généreuses. Le reste est tout en finesse, ses jambes, ses bras, sa taille et même ses putains de petits poignets. Tous à table l'ont matée.

Bande de vieux pervers...

Dont je faisais partie.

Si elle était à moi, je leur aurais crevé les yeux à ces connards, mais la petite chose est sauvage, elle n'appartient à personne et n'a pas sa langue dans sa poche. Je l'ai repérée immédiatement, dès qu'elle est entrée au CSB dans sa tenue de Lara Croft sexy. D'abord, parce qu'il n'y a pas beaucoup de nouveautés dans le coin qui en vaillent la peine, et ensuite parce qu'on a à l'œil toute personne extérieure. Sa façon de se déplacer, de bouger entre les tables de manière naturelle et sensuelle m'avait fasciné. J'ai dû faire répéter Bill plusieurs fois car je ne l'écoutais plus.

Je crois qu'il s'en est d'ailleurs aperçu et c'est pour ça qu'il a été si vache avec elle. C'est une beauté simple et brute, pas d'artifices, pas de manières aguicheuses ou vulgaires. Elle n'en a pas besoin. Quand elle est arrivée à notre table, ma curiosité est montée d'un cran. Piquée au vif, elle a du répondant. Elle a remis cet idiot de Bill à sa place.

Parfois, je me demande s'il cherche à se faire détester. Blesser avant d'être blessé, telle est sa devise.

J'ai pu observer Olivia de près sans aucune discrétion, et son regard m'a accroché bien plus que le reste de sa personne. Elle a le regard de quelqu'un qui revient de loin, qui a connu l'enfer, s'est battu et a gagné. Pas comme toutes ces filles qui, aussi belles soient-elles, échouent ici les yeux et le cœur vides, en pensant que se taper un homme des Evil's Heat est « cool » ou le but d'une vie.

Putain de sangsues...

C'est pour ces raisons et sa main pétée que je me suis retenu de tenter quoi que ce soit. En temps normal, j'aurais sûrement sauté sur l'occasion dans sa voiture. J'en avais terriblement envie et j'ai bien vu que je lui faisais mon petit effet. Mais le mot *différente* clignotait au-dessus de sa tête tout au long du trajet, comme les néons criards d'un supermarché. Je réalise à présent que j'ai menti à Max pour la première fois de ma vie. Je ne suis plus sûr de vouloir lui laisser « voie express » concernant Olivia Kincaid.

Mon corps se fout de tout ce bla-bla intérieur et réagit en conséquence aux souvenirs de cette soirée. Je bande sérieusement maintenant, comme lorsqu'elle s'était blottie dans mes bras en sortant de chez le Doc.

D'habitude, j'ai une préférence pour les grandes, idéalement les presque aussi grandes que moi, pour des raisons pratiques peu catholiques. J'aime bien les rousses aussi, avec une peau blanche et des taches de rousseur, soit tout l'inverse de mon ex Soraya. J'ai bien conscience que ce n'est pas une coïncidence, mais l'heure n'est pas à la psychanalyse.

Je suis un cas désespéré de toute façon, un psy ne saurait pas par où commencer.

J'imagine qu'inconsciemment, j'ai un type de nanas sans en avoir vraiment un dans les faits, mais la petite chose vient de changer la donne. Toutes les autres, tous ces visages et tous ces corps que j'ai pu connaître sont effacés. Elle seule s'impose à moi quand je ferme les yeux. Ce sentiment est oppressant, nouveau, et je ne l'aime pas du tout. Il paraît que parfois, c'est une question de feeling, d'alchimie avec un grand A.

Surtout quand on écoute le vieux chaman indien de la vallée, et ses histoires ridicules d'âmes sœurs avec lesquelles il nous rabâche les oreilles lors des soirées autour du feu. Il adore particulièrement celle du guerrier qui tombe fou amoureux de l'énorme vieille nourrice du village, se refusant à la belle fille du chef.

Tant mieux, d'un côté… tous les goûts sont dans la nature et c'est une bonne chose.

Tout le monde peut trouver chaussure à son pied pour prendre du plaisir au pieu.

Putain ! Voilà que je me mets à faire des allitérations. La princesse me rendrait-elle poète ?

Cette pensée me fait rire. Je repense à son petit majeur dressé sournoisement, à son regard teigneux et à ses courbes tentatrices. Elle n'a rien d'une princesse délicate qui vous inspire de jolies ballades musicales. Le petit feu follet est plutôt du genre à contaminer votre esprit avec des pensées torrides inavouables et c'est clairement ce qui se produit dans le mien.

Je dois me rendre à l'évidence : pour dormir, je vais d'abord devoir me purger de son image et de son odeur. Je commence donc à me toucher vigoureusement, pas le temps ni l'envie de faire dans la dentelle à cette heure-ci. C'est bien trop bon, comme si j'étais abstinent depuis des mois et non quelques jours.

Un vrai désespéré…

J'imagine qu'elle me monte sauvagement en amazone et que je la laisse faire. Ouais, elle, je la laisserais me chevaucher et se servir de moi pour son plaisir. Ses seins rebondissent, accompagnant ses mouvements de bassin, je les attrape fermement entre mes mains et pince ses tétons, les titille. Elle gémit en français et mon prénom s'échappe de sa bouche tentatrice. Je laisse mon fantasme continuer jusqu'à son point culminant, jusqu'à la chute dans le vide. Je jouis sur la paroi de douche dans un long râle et reste pantelant quelques instants, le temps de reprendre pied.

Qu'est-ce que ce serait en vrai si déjà une branlette en pensant à elle me retourne le cerveau?

Je suis épuisé et repu. Je peux enfin m'endormir sans que rien ni personne ne vienne s'inviter dans mon lit ce soir, pas même une princesse guerrière des temps modernes...

***

Le réveil est comme prévu, rude et douloureux. Je veux avoir le temps de passer un coup de fil pour enquêter sur notre chère Liv Kincaid, et peut-être obtenir un retour avant la fin de la réunion.

J'attrape mon téléphone et compose le numéro d'un de mes indics, qui décroche immédiatement.

– Claude? C'est Rock.

– Tu veux quoi, mon vieux?

– Un topo sur une certaine Olivia Kincaid. Franco-Américaine, elle vit chez la vieille Jefferson, 6 Madison Road, Colorado Source.

– T'as un numéro de sécurité sociale?

– Pas encore.

– Tant pis, je vais voir ce que je peux faire. Je te tiens au courant.

– Merci Claude.

Mais il a déjà raccroché et mes remerciements se perdent dans le vide. Il est neuf heures et quarante-sept minutes, juste le temps d'enfiler un jean, un tee-shirt et d'y aller.

Tous les gars sont déjà au Q.G. : Max, Bill, Vince, Bounce, Loris et Eddy. La haute du Clan, que je dirige depuis que mon père s'est rangé à cause de la santé de ma mère.

– Dernier arrivé, balance Vince.

– Ta gueule.

– T'as couché avec elle?

– Qui ça?

– Livy *the Frenchy*.

– Putain non! Elle s'est pété la main sur ma mâchoire, ducon. Tu te souviens?

– Et alors, depuis quand ça t'arrête?

– T'es grave, mec. Sérieusement, t'es le pire de tous autour de cette table.

Je songe que même avec la main intacte, mademoiselle tout feu tout flammes ne serait pas facile à ramener chez moi si je persistais à jouer les gros durs. Cette idée me plaît un peu trop à mon goût.

Eddy, absent hier soir car il a désormais une famille, et donc d'autres priorités, demande :

– Vous parlez de qui, au juste?

Vince, grande gueule comme à son habitude, enchaîne du tac au tac :

– Une nouvelle en ville, mon pote, elle bosse au bar. Enfin, elle y bossait. Hier, c'était son premier et son dernier jour, elle a mis une droite à Rock et s'est pété la main. Il a essayé de la peloter discrétos par-dessous. Il l'a emmenée chez le Doc. Ultra-succulente, si tu veux mon avis.

Eddy me lance un regard interrogateur. Il attend des explications que je finis par lui donner :

– De un, je ne l'ai pas pelotée, je l'ai effleurée, pour voir son tatouage. Je crois que ce sont des runes indiennes comme les nôtres. Et de deux, elle ne m'a pas mis une droite, elle a tenté...

– Tu l'as emmenée chez le Doc? me demande Eddy, incrédule.

Je fais un signe de la main pour faire comprendre que le sujet est clos. Je suis le boss, nom d'un chien. Cela fait à peine cinq minutes que je suis là et ils me font déjà tous chier.

Max se lève et intervient :

– Bon, on peut commencer, les gars? J'ai pas envie d'être coincé ici jusqu'à ce soir. Et du respect s'il vous plaît, c'est de ma future serveuse que vous parlez. Elle joue dans la catégorie au-dessus. Dès qu'elle va mieux, elle reprend du service.

Personne ne dit rien, pas même Bill, pour qui les femmes se résument à pas grand-chose. Exception faite de sa mère, de sa sœur Rhonda, mariée à Eddy, et de ses deux nièces. Les seules femmes de sa vie.

Je balance à Eddy, histoire qu'on arrête de parler de moi :

– Oui, Max l'aime bien. Genre vraiment bien.

– Punaise, ferme-la, Rock! rétorque ce dernier.

– Bon, faut que je la rencontre, déclare Eddy. Elle vous a tous retourné le cerveau en une soirée, même Bill la ferme. Je me demande à quoi elle ressemble.

Vince ne peut s'empêcher de l'ouvrir une dernière fois :

– On dirait une gipsy des temps modernes, une *badass* en cuir, mais avec la peau claire et plein de grains de beauté judicieusement placés, du genre à te montrer la voie, si tu vois ce que je veux dire.

Sur cette description pleine de poésie, la réunion commence. Nous abordons les comptes du Clan, les affaires et les voies de diversification pour augmenter nos profits et conserver notre indépendance. Ainsi que les conflits avec les autres clubs, tout particulièrement les Black Edge, et les petits tracas quotidiens remontés par certains membres ou civils de la ville. Mais enfin et surtout, le retour des frères pour l'hiver et la logistique que cela implique.

Vers la fin de la réunion, le téléphone de Max se met à sonner. Il semble étonné du nom affiché sur l'écran mais prend l'appel :

– Salut, Claude.

Bordel, mais qu'est-ce que… ?

– Ouais vas-y, briefe-moi. Ouais, il est devant moi, on est en réunion avec les gars. Oui, je leur passe le bonjour.

Il relève la tête vers nous :

– Vous avez le bonjour de Claude.

Pendant dix minutes, Max ne fait qu'écouter en acquiesçant poliment de temps à autre.

– OK, je comprends. Ouais salut. Prends soin des tiens.

Et il raccroche.

– Apparemment tu ne décrochais pas, du coup, il a tenté mon numéro, m'explique-t-il.

J'attrape mon téléphone, surpris :

– Merde, je suis en silencieux.

– Bon, j'ai des infos sur ma nouvelle petite recrue, Miss Olivia Kincaid, finit par lancer Max.

Malgré son ton enjoué, il a le visage fermé et le regard sévère.

Et merde, ça sent mauvais.

Je fais sortir les gars, qui protestent de se faire virer sans ménagement, particulièrement Bill. Je veux d'abord entendre ce que Max va dire. Une fois qu'ils sont tous partis, je lui demande :

– Vas-y balance, je suis prêt.

4

LE LAC ET PETITS COMMÉRAGES ENTRE AMIS

Olivia

Je me réveille difficilement vers quinze heures et dans un piteux état. Direction la salle de bains pour un ravalement de façade complet. Après un bon récurage de chaque centimètre carré de mon corps, un rasage soigné de mes jambes et une étape beauté express pour mettre en valeur mes yeux, j'enfile une petite robe polo bleu marine bon chic bon genre et des sandales à pompons colorés. Ces derniers temps, depuis que je n'ai plus à porter un tailleur tous les jours pour aller travailler, j'ai un style vestimentaire très varié et je m'essaye un peu à tout, selon mon humeur du moment. Mon maquillage est réussi et je me souris dans le miroir, satisfaite. Un des avantages du métier de serveuse est que vous apprenez à vous servir de vos deux mains. Je m'en sors plutôt bien de la gauche, même pour écrire si cela s'avérait nécessaire.

La situation n'est pas idéale mais cela aurait pu être bien pire. Le sommeil m'a permis de relativiser et de réfléchir calmement, contrairement à ce matin très tôt. En effet, j'ai une excuse pour papillonner pendant trois semaines, connaître la ville et ses habitants, faire ami-ami avec eux et prendre mes marques. Ensuite, je passerai à l'action et je reprendrai le cours de mon enquête. Après tout, je n'ai pas de délai fixé, hormis mon besoin de rétablir ma santé mentale et de connaître la vérité.

Je veux savoir pourquoi mon amie Moïra a fui cette ville ou ses environs, pourquoi elle ne m'en parlait jamais et pourquoi elle a fait les choix qui l'ont amenée à cette fin morbide si loin de ses racines. J'ai tout mon temps, ce n'est plus une question de vie ou de mort, Mo est déjà morte. J'avais appris la patience plus jeune et mon expérience me dit de prendre mon temps car, petit à petit, les gens se confieront à moi sans trop d'effort. Alors que remuer tout, tout de suite, attirerait les soupçons et la méfiance, et *in fine* l'échec.

Mes pensées empruntent de nouveau de sombres chemins pendant quelques minutes mais je me ressaisis. Je décide de descendre voir ma logeuse, Mme Jefferson, et de grignoter un truc au passage dans la cuisine au rez-de-chaussée. J'ai bien une kitchenette dans ma chambre, qui est en réalité une studette, mais je préfère utiliser la grande cuisine accueillante et chaleureuse. La vieille dame, qui se tient devant son évier émaillé et fait la vaisselle, se retourne pour m'accueillir lorsqu'elle m'entend arriver :

– Bonjour, Miss Kincaid.

– Bonjour, madame Jefferson.

– Je vous ai déjà dit que vous pouviez m'appeler Ellie.

– D'accord, mais dans ce cas, appelez-moi Olivia ou Liv.

Elle me jauge de haut en bas et semble approuver ma tenue, mais elle écarquille les yeux à la vue de mon plâtre.

Ouais, j'ai un nouveau compagnon d'aventures…

– Mon Dieu, mon petit, que vous est-il arrivé au poignet?

– Non pas le poignet, c'est ma main, qui est cassée.

Je lui raconte alors une version censurée et politiquement correcte pour les oreilles d'une dame respectable de 76 ans de mes péripéties de la veille.

– Bien sûr que je vous fais grâce du loyer pour le mois. Je vous l'ai dit, cela peut même le rester indéfiniment.

– Non, dès que je peux, je vous paye et vous rembourse, en revanche, je continue à participer aux courses. J'y tiens vraiment, ajouté-je quand je sens qu'elle va protester. Ellie, quelles sont les activités pour une jeune femme sans voiture qui veut éviter de s'ennuyer dans ce trou perdu?

– Eh bien, nous avons une petite bibliothèque, un café très sympathique avec Wi-Fi, l'église le dimanche et des promenades, il y a de très beaux paysages aux alentours. Ah, et de temps en temps, un cinéma ambulant vient projeter des films.

Mon Dieu, désespoir!

En résumé, très peu de choses, mais j'aurais dû m'en douter en venant m'enterrer ici.

Je suis tout de même étonnée que la vieille dame ne me fasse pas de remarques quant à mes fréquentations douteuses de la soirée passée, alors j'insiste :

– Je pense que je vais continuer ce travail dès que je peux, ça m'a plu et Max a été sympa avec moi. D'ailleurs, ils n'ont pas l'air si méchants, ces bikers. Vulgaires et un peu pervers, certes, mais je m'attendais à pire.

J'exagère car certains en tiennent quand même une sacrée couche, mais je veux lui tendre une perche plus ou moins subtile qu'elle finit par saisir à deux mains :

– Je n'en voudrais pas pour gendres, bien entendu, mais ils protègent la ville et leurs habitants. Certains sont même courtois et gentils avec moi et les autres nous ignorent. Quelques-uns sont même très bien faits de leur personne. Plus jeune, je me serais volontiers encanaillée avec un ou deux si je n'avais pas eu mon Roger.

J'avale de travers mon lait de soja, et le biscuit à la cannelle que je grignotais me ressort par le nez.

Je ne veux pas plus de détails !

– Faites attention, trésor, ne vous étouffez pas. Ce sont mes propos qui vous ont perturbée ?

Elle semble amusée, rigole et me tend gentiment une serviette pour m'essuyer et me moucher.

– Que voulez-vous dire, Ellie, par « ils protègent la ville » ?

Ma curiosité est piquée au vif ; la vieille dame s'installe sur une chaise pour poursuivre son récit :

– Nous sommes une petite ville isolée, vous savez. Le shérif du comté est le plus gros feignant du monde et ne gère strictement rien, hormis se goinfrer à tel point qu'il lui faut un nouvel uniforme chaque année. Rock et les siens prennent soin de la ville et font la loi. Ils empêchent d'autres marginaux ou des gangs aux mauvaises intentions de venir s'installer et prendre possession de Colorado Source. Nous sommes un lieu privilégié pour les activités douteuses et illégales. Sans parler du fait que nous ne sommes pas si loin de la frontière mexicaine, six heures et demie tout au plus. Les Evil's Heat assurent notre survie, nous vivons heureux et tranquilles ici, oubliés de tous.

Six heures et demie ! Elle appelle ça « pas loin » ? Nous n'avons pas la même notion des distances…

Elle poursuit :

– J'imagine que Rock et sa bande ne sont pas des enfants de chœur. Je ne me fais pas d'illusions, certains rentrent souvent blessés et occasionnellement, il y a un mort. Mais Rock est juste et droit avec nous, comme son père et son grand-père avant lui. C'est son grand-père qui a créé leur club d'ailleurs, ou plutôt « le Clan » comme ils semblent l'appeler, et maintenant Rock a pris la relève.

Puis elle ajoute d'un air triste :

– Un pauvre homme, son père.

– Pourquoi dites-vous cela ?

Je songe qu'elle donne raison au mythe de la petite mamie bavarde et commère ; elle me rappelle la mienne avant que cette dernière ne perde la mémoire petit à petit.

– Je ne devrais pas vous en parler. Les affaires du Club ne regardent que le Club, mais la mère de Rock est devenue folle, il y a un peu plus de quatre ans. Désormais, son mari s'occupe d'elle à temps plein. Il refuse de la placer en institut.

J'ai un élan de compassion pour le grand colosse de pierre et son père. Je sais ce que c'est de perdre un parent, mais savoir que ce parent n'est plus que l'ombre de celui que vous avez connu, c'est horrible. J'ai beaucoup d'admiration pour son papa qui a fait ce choix difficile mais courageux.

– Qu'est-il arrivé à sa mère ?

– Je ne sais pas trop, mais je soupçonne que ce soit lié à leur fille cadette, la sœur de Rock, Sunny. Un vrai rayon de soleil, elle portait bien son nom. Un tempérament solaire et des cheveux blonds comme les blés, vous ne pouviez pas ne pas l'aimer. En grandissant, elle a changé, ceci dit, elle est devenue difficile et à fleur de peau. L'adolescence, j'imagine, mais dont elle n'est jamais sortie. Nous la voyions de temps en temps dans la ville avec sa nouvelle meilleure amie. Mais depuis quatre ans, plus rien, je n'ai plus vu ni l'une ni l'autre. Et la mère de Rock est devenue folle. Bon, elle était déjà fragile, mais la disparition de sa fille l'a fait sombrer. Ce n'est pas un hasard. Sunny a sûrement fui ce trou perdu comme vous dites, j'admets qu'il n'y a pas grand-chose à faire ici, surtout pour une jeune femme, mais pourquoi ne plus donner de nouvelles ?

OK, c'est très grave.

Mon pouls s'accélère et je ne me sens pas bien, mes cinq sens sont en alerte. Sunny et Moïra, deux jeunes femmes, deux fuites, ce n'est pas une coïncidence. Et il semblerait que la meilleure amie de Sunny ne soit pas réapparue non plus depuis quatre ans. Ce qui ferait donc trois jeunes filles évanouies dans la nature au total.

Et si elles avaient été amies ? Je dois creuser cette piste. Quelque chose dans cette ville fait fuir les filles, et loin. Quelque chose ou quelqu'un…

Peut-être que si j'avais une réponse à cette question, je comprendrais mieux le comportement de mon amie, sa vie dissolue à Paris, et je trouverais enfin la paix intérieure. Peut-être que je me pardonnerais la dispute que nous avons eue la veille de sa mort. Car pour le moment, six mois plus tard, tout cela me paraît toujours aussi injuste, et les échos de nos dernières paroles échangées résonnent encore en moi. Je les étouffe immédiatement. C'est devenu tellement facile avec le temps de faire comme si de rien n'était, il suffit que je me concentre sur ce qui m'entoure, que je m'agrippe à la réalité grâce à des petits détails futiles : l'odeur du café, le balancement de la grosse horloge à pendule de la cuisine, les reflets argentés dans les cheveux d'Ellie et les petites pattes d'oie au coin de ses yeux rieurs.

Malheureusement, nier ainsi mon passé a un coût que je paye certaines nuits, et de plus en plus fréquemment. Dans les pires semaines, je dois gérer des insomnies et des cauchemars desquels je me réveille transpirante, et avec un tel poids sur la poitrine que j'ai déjà très furtivement songé à en finir pour de bon à nouveau. Je passe le bout de mon index sur la vieille cicatrice longue et fine à l'intérieur de mon poignet gauche, parfait miroir de celle de mon poignet droit, cachée sous mon plâtre. Si j'avais réussi quelques années plus tôt à tout arrêter, je sais que je n'aurais pas rencontré Moïra. Je chéris notre amitié précieusement; sans elle, je n'aurais jamais connu Colorado Source, ce nouveau chapitre de ma vie et Rock… Moïra m'a sauvée de tellement de manières.

J'ai bien vu le Doc froncer les sourcils en m'auscultant lorsqu'il a posé ses yeux sur ces marques indélébiles et reconnaissables entre toutes, mais je l'ai supplié du regard et il n'a rien dit. Ces cicatrices ne sont pas très profondes et légères. J'ai eu des remords au dernier moment et je n'ai pas vraiment fait ce qu'il fallait pour aller jusqu'au bout, donc inutile d'en faire tout un fromage.

Je clos la discussion avec Ellie, ne voulant pas éveiller les soupçons de ma logeuse, qui, bien que vieille, semble avoir toutes ses facultés intellectuelles au garde-à-vous. Je tenterai des questions sur Sunny, sur sa meilleure amie et sur Moïra plus tard.

***

La semaine passe lentement, très lentement. J'emprunte des livres à la bibliothèque, tenue par une bénévole passionnée, et j'achète de la crème solaire dans la toute petite supérette du coin : Chez Alfred. J'aurais aimé une crème bio mais là, j'en demande trop. Il n'y a qu'une seule référence indice cinquante dans tout le magasin. J'ai abandonné le projet de récupérer mes antidouleurs, Rock ayant oublié de me rendre mon ordonnance. Je souffrirai en silence, ce ne sera pas la première fois.

Je passe le premier jour à explorer les alentours pour trouver un endroit sympathique pour venir lire, cogiter et me reposer loin de tout.

Je suis récompensée après deux jours de recherches actives. Je tombe sur un petit étang avec une partie ombragée à cinq kilomètres au nord de la ville, en coupant à pied par les collines rocailleuses, comme une oasis dans ce décor quasi désertique. J'ai d'ailleurs presque cru à un mirage. J'y retourne tous les jours avec mon panier de pique-nique préparé par Ellie.

Max est passé deux fois rapidement chez moi pour prendre de mes nouvelles, et je l'ai trouvé bizarre et distant. Il n'était pas froid, mais plutôt mal à l'aise, loin du Max avenant et décontracté que j'avais pu apercevoir jusque-là. Comme si à tout moment, j'allais me briser en mille morceaux si l'on m'effleurait. Je sais de quoi je parle, j'ai déjà été traitée ainsi plusieurs fois dans le passé. En revanche, aucune nouvelle de la personne responsable de mon handicap, ne serait-ce que pour me rendre ma fichue ordonnance. Je jette un coup d'œil à mon plâtre vierge. Plus jeune, j'avais toujours voulu avoir un plâtre car je trouvais ça trop cool, tout le monde se battait pour écrire sur les plâtres des copains.

Cela m'arrive quinze ans trop tard…

Mes pensées retournent vers celui dont il ne faut plus prononcer le nom, Rock. J'en ai décidé ainsi car je me suis rendu compte qu'il me faisait bien trop d'effet. Régulièrement, ces derniers temps, mon esprit m'échappe et je me laisse aller à des fantasmes chauds bouillants. J'essaye de ne pas y songer, ce que j'avais plutôt réussi jusqu'à maintenant. Max m'a informée que Rock avait quitté la ville pour affaires toute la semaine et qu'il lui avait rapidement demandé comment j'allais.

Pourquoi étais-je, contre toute logique, déçue qu'il ne soit pas venu me demander des nouvelles en personne ?

Je repense à son beau visage viril, à sa mâchoire carrée à la barbe naissante et à ses yeux noirs si profonds qu'ils vous engloutissent. Même son nez, qui semble avoir été cassé plusieurs fois, complète parfaitement son beau portrait, et c'est sans parler du reste se situant au-dessous de son menton, mais là je m'égare de nouveau. Rock a la peau hâlée, notamment comparée à la mienne, bien que je sois fière des couleurs que j'ai réussi à prendre, grâce à mes petites balades et mes séances de bronzage en nu intégral, à l'abri des regards.

Une petite folie libératrice, je dois dire.

C'est sur ce constat agréable que j'atteins mon lieu de villégiature quotidien, ce samedi matin, une semaine après mon entrée fracassante à Colorado Source.

Après avoir, non sans mal, soigneusement emballé mon poignet droit dans un sac plastique, je cours vite à l'eau pour me rafraîchir. Je me laisse flotter nue à la surface et je regarde mes seins à moitié immergés pointer hors du lac de façon hypnotique. Je ne sais pas combien de temps je reste ainsi, paisible, à écouter les oiseaux piailler, ou le léger bruissement des feuilles du seul arbre ici, ou encore ma propre respiration, qui résonne de façon sourde lorsque j'ose mettre mes oreilles sous l'eau. J'entends de légers clapotis d'eau, sûrement dus à une branche morte tombée dans l'étang, mais le bruit étrange recommence plusieurs fois quand, soudain, je perçois de grands mouvements dans le lac.

Je n'ai pas le temps de me retourner pour voir ce que c'est que quelque chose attrape ma cheville et m'entraîne vers le fond, avant même que j'aie la possibilité de prendre la moindre bouffée d'air.

L'eau entre dans ma gorge et mes poumons de façon violente et douloureuse. Ma cheville est toujours serrée et coincée par cette chose. Je vais me noyer là, comme cela, sans savoir à cause de quoi ni pourquoi. Je me débats comme une sauvage car il est hors de question que j'abandonne si facilement, pas après tout ce que j'ai surmonté. Je n'ai besoin de l'aide de personne pour mourir.

C'est à ce moment que des flashs du passé explosent douloureusement dans ma tête. Des souvenirs que j'avais enfouis profondément en moi. Je suis projetée seize ans en arrière, avec la même sensation d'étouffement et la même brûlure due à l'eau qui force son passage dans ma trachée. Je suis dans l'habitacle d'une voiture, son pare-brise est défoncé, ma ceinture me coince et je n'arrive pas à me détacher. La panique me gagne. J'aperçois mes mains, ce sont celles d'une enfant, je n'ai plus de plâtre, mais je porte à la place le petit bracelet en or avec des coccinelles que mes parents m'ont offert pour mes 10 ans et que je ne quittais pas. Le corps de ma mère flotte devant, elle n'attachait jamais sa ceinture.

Elle ne bouge plus et a du sang sur le visage. Nous sommes comme en apesanteur, tout se meut au ralenti. Papa, lui, se retourne vers moi, il est vivant. Je vois qu'il me crie quelque chose mais seules des bulles apparaissent et sortent de sa bouche. Je tends mes petites mains vers lui :

– Papa ! Aide-moi ! Papa !

Les fantômes de mon passé disparaissent aussi brutalement qu'ils sont apparus et je réintègre la réalité. Après ce qui me semble être une éternité et de multiples coups de pied, le soleil réapparaît soudainement devant mes yeux et je refais surface. Ma cheville est désormais libre, mais mon poignet gauche est emprisonné et pris en étau à son tour. Tout est flou à cause de l'eau dans mes yeux et de mes cheveux collés à mon visage. Je tousse et crache, cherchant désespérément de l'air.

Merde, c'est douloureux.

Je commence à distinguer mon environnement, je suis de nouveau debout dans l'eau et une immense silhouette familière se tient devant moi :

– Alors, Petite Chose, on a bu la tasse ?

Oh putain !

Il me faut du temps avant de retrouver l'usage de la parole et de comprendre la situation.

– Lâche-moi, Rock ! C'est quoi ton problème, gros abruti, pour me faire boire la tasse comme ça ? J'ai cru que j'allais crever !

J'ai retrouvé l'usage de ma vue à présent. Rock se tient devant moi, torse nu dans l'eau qui lui arrive à la taille. Dans d'autres circonstances, j'aurais apprécié le spectacle qui s'offre à moi, mais là…

Étonnamment, il paraît surpris de ma réaction et fronce ses beaux sourcils.

Comment pensait-il que j'allais réagir ?

Il a vraiment un sens de l'humour tordu. Car j'ose espérer qu'il a fait cela pour rire.

Non ?

Une douleur sourde dans mon poignet droit attire mon attention. Le sac plastique a bien évidemment disparu et mon plâtre est détrempé. L'eau est entrée à l'intérieur et comprime douloureusement ma fracture. Je fulmine intérieurement comme jamais. Je sens la rage affluer alors que l'adrénaline déclenchée par ma peur court encore dans mes veines, créant un mélange explosif. J'ai eu peur, mal, et maintenant je me sens honteuse et humiliée.

– Rock, t'as bousillé mon plâtre et sûrement aggravé ma fracture. Tu m'as foutu la trouille de ma vie ! Ce n'était pas drôle ! Tu as un grain ou quoi ?

Je lui hurle dessus à présent, son manque de réaction aggravant son cas. Il n'a toujours pas l'air de se sentir coupable ou même de comprendre la situation. Il m'observe de haut en bas, apparemment fasciné. C'est aussi à ce moment-là que je réalise que je suis nue comme un ver devant lui. C'est l'étincelle dans le baril de poudre, l'élément qui fait surgir d'autres souvenirs et d'autres sensations aussi atroces que le décès de mes parents ou la mort de Moïra. Eux aussi, je les ai enfouis sous des couches d'oubli et de paraître. J'explose :

– Et en plus, tu violes mon intimité, mon corps ! Si je me montre à poil devant quiconque, c'est parce que je l'ai choisi ! Tu entends ? Tu te prends pour qui, putain ? Tu trouves que tu n'en as pas assez fait en me pétant les doigts ? T'es vraiment le connard que tu sembles être.

Cette phrase a le mérite de le faire sortir de sa catatonie.

– Hey, du calme ! Je ne voulais pas violer quoi que ce soit ou qui que ce soit, OK ? Je n'avais pas vu que tu étais nue, regarde, je baisse la tête, voilà ! On se faisait toujours ce genre de blagues avec ma sœur, gamins. Bon, elle n'était pas nue, bien sûr. Ça, ça aurait été bizarre, mais on rigolait bien.

Est-il sérieux ? Genre pour de vrai ?

– Sérieusement, Rock ? C'est complètement débile comme blague et comme jeu. Vous étiez idiots ou quoi ? Putain, tu m'étonnes que ta sœur se soit barrée sans donner de nouvelles et ne revienne pas. T'es barge, ma parole. J'espère qu'elle a fui très loin…

Je plaque violemment mes mains sur ma bouche, réalisant l'horreur des propos que je viens de prononcer, et me blessant la lèvre au passage avec mon plâtre. Il relève brusquement la tête, plongeant son regard d'obsidienne dans le mien. Le plus dur n'est pas la rage froide que je m'attendais à y découvrir, mais la peine immense et réelle qui déforme les traits de son visage. Ses épaules s'affaissent, il perd le rythme de sa respiration comme lorsque l'on reçoit un violent uppercut dans l'estomac. Je sais que je viens de franchir l'ultime limite et que ce qu'il me laisse voir malgré lui, personne d'autre ne l'a jamais vu. Il m'en voudra aussi pour ça, de l'avoir vu vulnérable et blessé.

– Espèce de connasse, comment tu sais que… laisse tomber, je me casse.

– Rock, attends, mes mots ont dépassé ma pensée. Tu m'as fait tellement peur ! Regarde, j'en tremble encore !

Sortant de l'eau dans son boxer noir, il se retourne vivement en me pointant du doigt, le regard menaçant et la voix aussi froide que les fjords norvégiens :

– Ne m'adresse plus jamais la parole. Ne croise pas mon chemin, et si jamais tu le fais, évite mon regard et mes gars.

Sur ce, il sort de l'eau et ramasse ses affaires en tas au pied de l'arbre. Il est magnifique, massif et tout en muscles. Je réalise qu'il frôle les deux mètres et qu'il pourrait m'écraser comme une vulgaire fourmi s'il le souhaitait. Il se rhabille rapidement et part sans un dernier regard.

– Rock… l'imploré-je vainement une dernière fois.

Je me retrouve seule, nue, et malgré la chaleur, tremblante comme une feuille, serrant ma main blessée contre ma poitrine.

Pourquoi ai-je si mal, comme si l'on venait de m'arracher le cœur? Cette fille hystérique qui blesse les gens pour se venger, ce n'est pas moi.

La culpabilité vient s'ajouter à mon arc-en-ciel d'émotions.

Génial.

Car si Rock m'a fait peur, ce n'était pas volontaire, il ne connaît pas les squelettes qui encombrent mes placards. En revanche, moi, je connais les siens et je les ai sciemment utilisés…

J'arrive quarante minutes plus tard au pied de la pension, pressée d'aller dormir pour oublier ma culpabilité vis-à-vis de Rock et me remettre de mes émotions. La marche m'a permis de reglisser sous le tapis tous mes mauvais souvenirs, dont j'ai tourné la page depuis longtemps. J'excelle dans cet exercice, grâce à des années de pratique assidue.

Je suis la reine des autruches!

Mme Jefferson m'accueille avec un grand sourire et des scones tout chauds :

– Rock est passé il y a un peu moins de deux heures, mon chou. Il m'a demandé où vous étiez et s'il pouvait laisser quelque chose dans votre chambre. On aurait dit un petit garçon perdu, je ne l'avais jamais vu ainsi.

Elle arbore un immense sourire, contente d'elle.

– Désolée, Ellie, je ne me sens pas bien, je vais aller me coucher.

Et sans attendre de réponse de sa part, je cours vers ma chambre. Arrivée dans mon petit studio, je découvre un immense bouquet de fleurs sauvages sur ma table, assorti d'une enveloppe. Je l'ouvre et la lis.

L'écriture y est nette et régulière :

Petite Chose,

Je te demande pardon pour la blessure que ma mâchoire t'a causée. Je reconnais avoir une part de responsabilité dans cet incident. Je n'aurais pas dû te prendre par surprise, la prochaine fois que je souhaiterai te toucher, je demanderai ta permission avant… Garde ces mots précieusement car je m'excuse rarement. Pour ce que ça vaut, ton tatouage m'avait réellement intrigué, il me semblait l'avoir déjà vu quelque part. Des runes indiennes?

Sinon, veux-tu aller manger avec moi dans la semaine? J'aurais aimé te faire découvrir un restaurant sympa que je connais.

Je m'y prends sûrement mal, je ne suis pas du genre à faire dans les petites copines ou les relations durables habituellement, mais j'avoue que tu me plais beaucoup. Je ne te promets rien non plus! Eddy, qui est le seul marié, donc le plus expert que je connaisse dans le domaine, a lu ma lettre et m'a dit que ce n'était pas trop mal pour un (je le cite) « puceau des relations normales ». Donc je me dis que cela vaut quelque chose, non?

Tu trouveras mon numéro de téléphone en bas. J'attends ta réponse.

Rock, alias Tarzan, alias Brutus, alias Rocky Balboa.

J'en oublie sûrement, tu as une imagination sans limite…

Cette lettre maladroite, ces jolies fleurs et ces excuses ont raison de moi. Cet homme est, comme je m'en doutais, plus qu'il n'en laisse paraître, et au-delà de l'attirance physique, j'avais, moi aussi, l'envie de le connaître un peu plus : passer outre nos débuts chaotiques, ne pas trop réfléchir et juste profiter. Avant déjà, je détruisais tout ce que je touchais, et même à des milliers de kilomètres de la France, je continue.

J'ai fui pour tout recommencer à zéro, trouver des réponses à mes questions, être une nouvelle personne, et tout part déjà en vrille.

Je vois mon reflet dans le miroir de ma coiffeuse. Ce n'est pas Rock que je déteste à cet instant mais moi-même. Sans réfléchir, je prends le presse-papiers en forme de cœur sur mon bureau et je le lance avec rage sur le miroir qui vole en éclats.

Je recommence exactement les mêmes erreurs, encore et encore.

5

LE LAC

ET DÉBUT DES ENNUIS ENTRE AMIS

Rock

J'arrive telle une tornade au Q.G. et le silence se fait lorsque les frères comprennent que je ne suis pas dans un bon jour. Ils sont déjà tous là car une réunion doit commencer dans cinq minutes pour que je les briefe sur ma semaine à sillonner la vallée. J'avais espéré croiser Olivia avant d'y assister. Je n'ai pas arrêté de penser à elle toute la semaine ; elle m'a envahi l'esprit et empoisonné avec son parfum à la violette.

Eddy, à qui j'ai fait l'erreur de me confier, m'a dit que ce sont des choses qui arrivent de temps à autre, il appelle ça le *pussygate*[4].

Quel con !

Selon lui, une bonne baise suffit le plus souvent à passer à autre chose, parfois plusieurs sont nécessaires, et parfois, ça ne fonctionne jamais, et là, tu sais que la nana te tient par les couilles pour très longtemps.

Un vrai philosophe, le mec !

Mais, toujours selon lui, quoi qu'il arrive, l'expérience vaut le coup d'être vécue.

Depuis quand je prends des conseils sur ma pseudo-vie sentimentale auprès d'Eddy ? Depuis quand j'ai une pseudo-vie sentimentale ? Je suis dans la merde jusqu'au cou.

En temps normal, j'en aurais plutôt discuté avec Max, mais cette fois-ci, c'est Eddy que je suis venu trouver et cela ne se reproduira plus vu ses conseils.

Je me suis donc retrouvé devant la maison de la vieille Jefferson sans m'en rendre compte avec un bouquet de fleurs dans la main droite et une putain

---

4. En référence au scandale du Watergate. Le suffixe « -gate » est depuis entré dans la culture populaire, étant accolé à la dénomination de toute forme d'affaire scandaleuse de grande ampleur. *Pussy* signifie « chatte » en argot.

de lettre d'excuses dans la gauche, comme un con. Quand j'ai appris qu'Olivia était allée nager dans le lac aux grenouilles, celui dans lequel je jouais avec ma sœur, j'ai voulu y voir un signe. Je l'ai imaginée en maillot de bain à dorer au soleil et mon sang n'a fait qu'un tour, je suis parti la trouver. Tant pis si je devais arriver en retard à la réunion, les gars commenceraient sans moi.

Lorsque je suis arrivé près de l'étang, elle flottait à la surface de l'eau, endormie et paisible. Même dans mes fantasmes, je ne l'avais pas imaginée si parfaite. C'est là que j'ai disjoncté. Je reconnais avoir perdu les pédales comme un adolescent sans expérience. Je ne savais plus comment l'approcher, alors j'ai choisi ce truc débile que ma sœur me faisait souvent pour me casser les couilles. Sauf que Sunny avait 8 ans et que j'en avais 16 à l'époque, elle réussissait à peine à me faire boire la tasse.

J'ai vraiment été trop con, comme d'habitude…

De rage, j'attrape une chaise et la balance contre la vitre de la salle de réunion, qui explose en un million de fragments.

Sunny, ma connerie congénitale, les mots blessants d'Olivia, tout ça, c'est beaucoup trop.

– Merde, Rock ! crie Eddy. C'est quoi ton souci ? Miss *Frenchy* a refusé ton rendez-vous ou quoi ?

– Ta gueule, Eddy, et ne me parle plus jamais de cette connasse.

Les gars, qui allaient sauter sur l'occasion pour me chambrer sur mon potentiel rencard, s'arrêtent net dans leur élan devant la violence de ma réponse. Je vois le visage de Max se décomposer pendant une demi-seconde.

Est-ce que ça le fait chier que j'aie tenté ma chance avec Olivia alors que j'avais dit le contraire, ou alors ça le fait chier que je l'insulte, ou peut-être les deux ?

J'attrape une seconde chaise et la jette à travers la vitre déjà brisée.

Max prend la parole :

– Bon, les gars, dehors. On reporte la réunion, je vous tiens au courant.

Tous partent en silence sans faire de vagues, décontenancés qu'une nana ait pu me mettre dans cet état. Une fois que nous sommes tous les deux, Max se tourne vers moi :

– C'est quoi ce putain de bordel, Rock ?

– Rien qui te regarde.

– Qu'est-ce que tu lui as fait ?

– Pourquoi je lui aurais fait quelque chose ? C'est elle qui m'a tué, OK !

– Raconte-moi.

À son ton despotique, je m'exécute et lui conte succinctement toute l'histoire depuis le début, sans lui avouer les attentions bien niaises dont j'ai eu l'idée.

– Je croyais qu'elle ne t'intéressait pas!

– Moi aussi, enfin, j'en sais rien.

Il marque le coup quelques secondes quand il comprend que je lui ai menti et reprend :

– OK, Rock, c'était un coup bas, et je ne sais pas comment elle a fait pour savoir ça à propos de Sunny. Mais à sa décharge, tu as un don pour faire sortir les gens de leurs gonds. Tu pensais à quoi en la noyant, mec? De toute évidence, elle ne connaît pas l'histoire de ta sœur dans sa totalité.

– Putain, tu la défends! J'y crois pas, tu l'as vraiment dans la peau!

– Je ne défends personne, je relativise, bordel! Tu te rends compte dans quel état tu es? Regarde-toi! Il est évident que le sujet « Sunny » te détruit. Je ne sais pas comment je réagirais dans ta situation, je ne te juge pas, mais il va falloir agir, Rock. Ça ne peut plus continuer ainsi.

Sunny, ma Sunny, ma petite sœur.

– J'ai encore reçu une lettre de sa part, ce matin.

– Rock…

– Merde, Max! Elle m'envoie tous les ans une putain de lettre depuis quatre ans. Toujours le même jour, toujours le même mois, juste pour me dire qu'elle va bien. Rien de plus! Trois putains de mots… Je ne sais pas où elle est ni ce qu'elle fait!

– Rock…

– Pourquoi elle ne revient pas? Qu'on puisse discuter… Que je puisse lui dire que je m'excuse!

– Je ne sais pas et j'en suis sincèrement désolé.

– Je n'arrive pas à avancer. Tant que je ne l'aurai pas retrouvée, je ne pourrai pas avancer. Avec personne.

Il n'y a rien d'autre à ajouter, nous restons plantés comme deux guignols mal à l'aise après cette conversation à cœur ouvert. Max brise le silence :

– Elle est rentrée chez elle?

– Qui?

– Olivia Kincaid, ducon.

– Rien à foutre, t'as qu'à aller la voir, et dis-lui de ne pas croiser mon chemin ou elle me le paiera. Tu peux te la taper, je m'en fous.

– Primo, t'as qu'à lui dire toi-même, secundo, je ne ramasse pas tes miettes et je n'ai pas besoin de ta permission, connard. Tertio, qui dit que tu l'intéressais de toute façon?

Il souffle puis ajoute :

– J'irai voir si elle est bien rentrée. Et toi, nettoie et répare ce carnage, la réunion aura lieu demain matin. On ne peut pas laisser les Black Edge circuler à leur convenance sur notre territoire.

– Je sais et tu te prends pour qui, bordel? Je suis le boss, ici.

– Alors conduis-toi comme tel…

6

V POUR VENDETTA

Olivia

On frappe doucement à ma porte et la voix d'Ellie résonne dans le couloir et traverse ma porte fine comme du papier :

– Mon chou, Max est là pour vous en bas. Il patiente dans le petit salon. Il souhaite vous parler et savoir si vous allez bien.

– Mmm. Quelle heure?

– Comment?

– Quelle heure est-il, Ellie, s'il vous plaît?

– Dix-neuf heures cinquante, mon poussin. Vous avez dormi toute l'après-midi.

– Merci. Dites-lui de monter dans dix minutes si ça ne vous dérange pas.

– D'accord.

J'entends son pas irrégulier descendre l'escalier et s'éloigner. Je me lève brutalement et la tête me tourne.

D'accord, on y va mollo, Liv.

J'enfile une robe fluide avec des motifs floraux et je fais un brin de toilette afin de ne plus ressembler à une morte vivante pour accueillir Max. Tant bien que mal, je pousse les morceaux de miroir brisé sous mon lit, je ferai mieux après.

Sept ans de malheur à ajouter aux seize que j'ai déjà vécus, génial…

Dix minutes plus tard exactement, il toque à ma porte et je m'assieds en tailleur sur mon lit recouvert de son plaid fleuri fait main par Mme Jefferson. Je suis étonnée de ne pas l'avoir entendu monter les escaliers.

– Entre, Max.

Voir cet immense biker tout de cuir vêtu et ressemblant à un ange déchu dans ma petite chambre est plutôt cocasse. Il doit se pencher pour ne pas toucher le plafond en pente de mon nouveau chez-moi.

– Assieds-toi. Enfin si mes chaises de maison de poupée supportent ton poids.

Il s'avance pour s'asseoir mais quand il aperçoit mon visage, le sien s'assombrit. En deux enjambées, il est près de moi et m'attrape le menton pour caresser ma lèvre inférieure de son pouce. Le sel de sa peau me picote lorsqu'il passe sur ma coupure toute fraîche.

– Il a levé la main sur toi? me demande-il en fronçant les sourcils.

– Non, non, bien sûr que non, Max, je me suis fait ça toute seule… avec mon plâtre…

Je lui lance un sourire timide qu'il me rend. Cet homme est foncièrement gentil, je peux le sentir par chaque pore de ma peau.

J'ai toujours eu tendance à repousser les gens mais lui, je suis prête à le laisser entrer en tant qu'ami. Pour une raison que j'ignore, il a abattu mes barrières émotionnelles en quelques minutes ce jour-là, à la station essence, malgré les apparences, tout comme Moïra avait pu elle-même le faire quelques années plus tôt dans des conditions d'ailleurs assez similaires.

Je l'avais, elle aussi, envoyée paître et je n'avais pas été particulièrement aimable à son égard. Obstinée, au fil du temps, elle avait réussi l'exploit de faire éclore la jeune femme pleine de vie et un peu folle qui sommeillait en moi. Si j'étais restée assidue et inflexible dans mes études et mon travail, je me transformais en présence de Moïra.

Nous avions rattrapé un peu le temps perdu et enchaîné des conneries dont personne n'a jamais eu connaissance. Et c'est cette meilleure personne que je souhaite être ici, à Colorado Source. Max a été mon premier point d'ancrage dans cette nouvelle vie et mon âme blessée en perdition en a eu besoin.

Je lui demande :

– Il t'a raconté ce qui s'est passé?

– Rapidement.

Il souffle puis continue :

– Tu es un sacré numéro, Olivia Kincaid. En quelques heures, tu mets le plus dur de tous mes frères à tes pieds et ensuite tu te permets de lui marcher dessus comme sur un vulgaire paillasson. Je ne te reprocherai rien car il était temps que cela lui arrive. Fais juste attention à toi quand même, Rock n'est pas un tendre et il est rancunier. Attends-toi à ce qu'il se venge.

– J'ai été trop loin, Max, mais je ne l'ai pas fait exprès, les mots sont sortis tout seuls. Il m'a mise hors de moi. Qui noie quelqu'un pour jouer? Je sais que je l'ai blessé. Je me suis blessée moi-même, je ne veux pas être cette personne-là. Je suis venue ici pour reprendre tout à zéro, pas pour tout foirer de nouveau.

Je débite tout cela d'une seule traite, sans reprendre mon souffle, pressée que ça sorte et pour essayer d'obtenir un début de pardon venant de n'importe qui, je m'en fous à cet instant.

– Ça fait à peine plus d'une semaine que tu es ici. Sois patiente. On ne se recrée pas une vie stable en quelques jours. Je ne te connais pas encore beaucoup mais je pense que tu es quelqu'un de bien. Même les meilleurs font des choix stupides parfois.

– Oui je sais. Tu crois qu'il me pardonnera? Je veux pouvoir retourner au bar avec toi et m'investir dans cette ville. Je me sens bien ici.

– Je ne sais pas, miss. Pour le moment, je te conseille de faire profil bas et de le laisser tranquille. Cette histoire avec sa sœur est compliquée. Tu as vraiment tapé là où ça fait mal et j'ai peur qu'à la première occasion, tu fasses les frais de sa colère.

– Qu'est-il arrivé à sa sœur?

– Je ne sais pas exactement et même si je savais, je ne te le dirais pas, tu t'en doutes?

– Ouais. Et puis c'est à chacun de décider ce qu'il souhaite partager ou non, j'imagine.

Pour une raison que j'ignore, Max baisse les yeux, se balance d'un pied sur l'autre. Je pense qu'il ne va plus rien dire mais il me demande finalement :

– Tu voudrais aller au ciné avec moi? Je me sens un peu responsable de toi et je vois bien que tu te fais chier ici sans pouvoir trop bouger.

Ah, c'était donc ça la raison du malaise...

– Je ne sais pas comment je dois le prendre? je lui réponds en riant.

– Comme un compliment, bien sûr!

Je jette un coup d'œil à ma main droite.

– Si tu es dispo, on pourrait commencer par aller refaire mon plâtre, celui-là est fichu.

Pour illustrer mes propos, j'appuie légèrement dessus et déclenche un bruit de succion aqueux quand je relâche la pression.

– Putain, mais quel con. Je ne sais vraiment pas ce qui lui est passé par la tête. Il agit comme un demeuré avec toi.

– Ne me le demande pas à moi! Et il me faut une nouvelle prescription pour des antidouleurs.

– Où est passée celle du Doc?

– Rock l'a gardée.

– OK, va pour une nouvelle. Je ne veux plus me frotter à lui aujourd'hui.

– C'est si grave?

– Il a pété une vitre du Q.G.

– Oh.

– Ouais, en lançant une chaise dessus.

– Ah oui, quand même.

– Comme toi et ce miroir, a priori…

Il pointe ma coiffeuse du doigt. Je suis penaude d'être responsable de tout ça et j'essaie de me faire toute petite. Max, sentant mon désarroi, vient me prendre dans ses bras gentiment, puis dépose un baiser sur mon front. Je suis contente qu'il ne soit plus bizarrement distant. Je ne ressens aucune gêne, ni aucune pression, seulement du réconfort, sentiment qui me ramène aux temps heureux avec mes parents, où j'étais aimée et protégée du chaos assourdissant de l'existence.

– Allez, on y va, Miss Loquace.

L'atmosphère se fait légère, simple, et nous partons pour les urgences de New Hope dans ma Ford Mustang conduite par Max. Je passe un super moment, nous papotons, rigolons comme deux nouveaux amis et cela me fait beaucoup de bien.

Comment ai-je pu me contenter de si peu d'interactions sociales pendant si longtemps?

À l'hôpital et une fois enregistrés, mon cas ne relevant d'aucune urgence vitale, nous ne sommes absolument pas prioritaires et je vois le moment où nous allons passer la nuit dans la salle d'attente bondée. Les dernières personnes restant dans la pièce ne sont pas plus en danger de vie ou de mort que moi. Max, qui sent mon agacement et ma fatigue atteindre des sommets vers vingt-deux heures, se lève pour aller parler à la dame de l'accueil. Après quelques minutes d'un débat apparemment houleux, pendant lequel elle devient blanche comme un linge, elle finit par m'appeler et je suis enfin reçue par les internes.

Amen!

Une heure plus tard, je ressors avec mon nouveau plâtre recouvert d'une résine imperméable cette fois-ci, tout propre, et rose vif, ainsi que ma nouvelle ordonnance.

– Regarde, Max, j'ai pu choisir la couleur. Tu en penses quoi?

Je prends la pose tel un mannequin, mon poignet plâtré sur la hanche. Je suis excitée comme une enfant de 3 ans. Je trouve ce nouveau plâtre trop cool et j'ai l'impression de vivre des expériences qui m'ont manqué gamine. Lui paraît amusé.

– Ce n'est pas pour les enfants, d'habitude, ce genre de choses?

– Étrangement, l'infirmier était aux petits soins et m'a demandé de te dire qu'il m'avait bien traitée…

– Alors, tout va pour le mieux. Allez viens, miss, on rentre.

***

Je m'endors pendant le trajet du retour, et quand je me réveille dans mon lit, le lendemain matin, je comprends que Max a dû me porter et me coucher.

Le soleil inonde ma chambre et chauffe mes bras nus. Je ne me sens pas bien, comme lorsque l'on se réveille d'un mauvais rêve. Je mets du temps à me souvenir que je ne suis plus en France mais bien à Colorado Source, chez Ellie. Je regarde l'heure sur mon radioréveil : huit heures vingt-six.

Un de mes petits Post-it en forme de cœur rose est collé dessus :

Voici mon numéro de téléphone au cas où…
À utiliser sans modération, Max.

Deux hommes, deux numéros de téléphone, mais celui que je veux appeler est celui qui ne veut plus entendre parler de moi. Tout me revient d'un coup, la rencontre douceâtre et poussiéreuse avec Max, et celle explosive et intense avec Rock.

Et merde. Rock.

Rien n'avait vraiment commencé mais il me plaisait déjà dangereusement. Certes, il ne paraît pas être le bon choix pour quelqu'un avec mon expérience de vie, je le concède : parents morts, familles d'accueil, meilleure amie assassinée. Votre entourage vous souhaiterait une vie paisible avec une personne stable et présente pour vous; sauf que je n'ai plus d'entourage à qui rendre des comptes.

Je me suis relevée, battue et reconstruite à chaque fois, à chaque chute, toujours plus dure, et je ne veux plus d'une vie stable et tranquille. Au contraire, je sais que l'existence est courte et je veux la vivre pleinement. On ne sait jamais ce qui peut vous rattraper à chaque instant. Avant l'assassinat de Moïra, j'étais tombée dans une vie monotone et sans risque et cela s'est aggravé après son décès. Seuls les moments en sa compagnie et ceux où je prenais le temps de griffonner dans mon carnet à dessins étaient différents.

J'avais un travail sans surprise comme conseillère financière grands comptes dans une banque à Paris, l'accomplissement après mes cinq années d'études, que m'enviaient beaucoup de mes anciens camarades de promotion. En faisant le bilan de ma journée de travail, je réalisais que je gérais des ennuis ahurissants de personnes fortunées à mille lieues de mes valeurs.

Je naviguais dans un brouillard opaque où rien n'était dangereux mais où rien n'avait de saveur non plus. Plus de maltraitance, plus d'abus, plus d'abandons et quelques amis de façade. Seule Moïra était vraiment entière, entrée dans ma vie comme un boulet de canon, ou plutôt comme un ange rédempteur. Nous nous disputions souvent, reprochant chacune le style de vie de l'autre.

Le sien était volage et sans lendemain, et les mois précédant sa mort, trop dangereux, mais ça, je l'ai découvert bien trop tard.

Le chagrin me submerge et les larmes s'échappent par torrents ; je ne me contrôle plus. Moïra me manque, je culpabilise de n'avoir rien vu et de m'être disputée avec elle juste avant sa mort. Mes derniers mots, ceux qu'elle a emportés avec elle là-haut, sont emplis de méchanceté et de venin. Je rage de ne pas avoir profité de chaque moment en sa présence. C'est aussi pour ça que je m'en veux autant pour mes propos à l'égard de Rock ; je m'étais juré de ne plus recommencer à balancer des conneries sans réfléchir.

Je reste ainsi un long moment sur mon lit, mon bras valide sur mon visage à essayer de me calmer en laissant les souvenirs heureux affluer.

Je ne veux plus traverser mon existence tel un zombie. Je le dois à Mo, à mes parents et surtout à moi-même.

Je me relève, bien décidée à vivre et profiter. J'irai présenter mes excuses à Rock.

Que peut-il bien me faire ?

Je l'ai blessé, durement, et cette grosse brute ne sait répondre que par l'attaque, j'imagine que c'est la meilleure défense dans son milieu féroce. Il fera de mes excuses ce que bon lui semblera, mais au moins j'aurai fait le premier pas.

Après une bonne douche, j'enfile un short en jean délavé, une chemisette légère blanche qui dévoile mes épaules dorées et se noue par-devant au niveau du nombril. Je chausse des compensées orange vif, recherchant désespérément quelques centimètres supplémentaires pour affronter le colosse.

Ellie est dans la cuisine et fait des mots croisés en attendant que son gâteau à la cannelle finisse de cuire, elle ne semble pas m'avoir entendue.

– Bonjour, Ellie !

Surprise, la vieille dame sursaute en poussant un petit cri, la main sur le cœur :

– Olivia ! Vous m'avez fait peur, mon petit. Bonjour à vous.

– Cette tarte sent divinement bon, il me tarde de la goûter.

– Merci, j'adore cuisiner, surtout les desserts.

Elle me lance un regard chaleureux et me détaille de la tête aux pieds.

– Et où allez-vous, jolie comme un cœur que vous êtes ?

– Je vais voir Max, j'ai un service à lui demander.

Un sourire espiègle apparaît et étire ses joues toutes ridées.

– Je ne pense pas qu'il vous dise non avec cette tenue, chaton.

– Le problème est que je ne sais pas où il habite. Peut-être le savez-vous ?

– Au-dessus de son bar, évidemment.

– Évidemment, suis-je bête.

Cliché jusqu'au bout des doigts…

– Merci Ellie.

J'hésite à poser ma dernière question, je ne voudrais pas abuser de sa gentillesse, mais j'ai bien réfléchi et il me faut absolument un moyen de locomotion plus rapide que mes petits pieds :

– Par hasard, auriez-vous un vélo ? J'aimerais pouvoir me déplacer plus aisément, je peux vous le racheter si nécessaire.

– Ne dites pas de bêtises, voyons, je vous prête Ginette avec plaisir. Suivez-moi.

J'attrape mon sac au vol dans l'entrée et je suis la vieille dame vers ce qui semble être une cave derrière la cuisine. Une volée de marches nous amène dans une pièce semi-enterrée et éclairée par un unique soupirail. Il y fait frais et sec.

Note à moi-même : venir dormir ici si la chaleur sous les toits persiste.

Une multitude de pots en verre et de bric-à-brac en tout genre sont entassés sur de vieilles étagères qui penchent dangereusement, un vrai atelier de sorcière. Mme Jefferson soulève une bâche poussiéreuse et une jolie bicyclette vintage noir et mauve apparaît, elle possède même un petit panier à l'avant. Le nom *G. Ginet* est inscrit dessus et je comprends mieux son surnom.

Trop mignonne.

– Nous adorions faire du vélo avec mon mari. J'imagine qu'il est temps que cette vieille Ginette reprenne du service. Les pneus devraient tenir bon pour aujourd'hui mais je vous conseille de les changer rapidement.

Je suis touchée par l'histoire de cet objet. J'imagine le jeune couple qu'ils étaient alors, et que j'ai pu voir en photo dans le salon, profiter de moments insouciants et simples.

– Elle est parfaite, Ellie, je vous promets d'en prendre soin. Je l'aime déjà !

Je m'élance dans Colorado Source sur mon nouveau bolide, direction le CSB. Je m'arrête sur le chemin à la supérette d'Alfred pour prendre un pain et de quoi petit-déjeuner. Quinze minutes plus tard, je suis devant le bar. L'établissement paraît encore plus glauque lorsqu'il est fermé, comme si cela était possible. Tout est sombre derrière son immense vitre, aucune lumière ne filtre. Je ne vois pas de sonnette ou d'interphone à côté de l'entrée principale, ni aucune autre porte pour accéder à un appartement qui se situerait au-dessus.

Je sors mon téléphone de ma petite besace en cuir et envoie un texto à Max :

[Salut, je suis en bas de chez toi,
j'ai le petit déjeuner. Liv]

Trente secondes plus tard, sa réponse me parvient :

[Attends. Je descends t'ouvrir.]

Max ouvre la porte du CSB, torse nu et dans un jean délavé très taille basse.

Certes, il est tout de même plus que pas mal et pourrait faire son petit effet sur ma personne, mais...

Je me reconcentre et le regarde de nouveau droit dans les yeux. Il m'a surprise en train de le reluquer et en semble satisfait et amusé.

Pourvu qu'il ne se méprenne pas.

– Je souhaitais te remercier pour hier et tout le reste. Le job, tout ça quoi. J'ai amené des petites douceurs. Bref, merci, Max, d'être mon premier ami ici.

Je lui montre mon joli sachet bien garni de chez Alfred.

– De rien, c'était avec plaisir. Pose ton vélo là et suis-moi.

Cela me fait bizarre de traverser le bar vide et éteint. Nous allons jusqu'au fond, passons devant différentes pièces privatives du club qui éveillent ma curiosité et nous montons à l'étage. J'arrive alors dans un appartement de type loft résolument masculin. Il y a un seul grand espace, le mobilier est en bois sombre et des affaires sont éparpillées un peu partout.

– Désolé pour le bordel, me dit-il, embarrassé.

– Pas de souci. Ça m'apprendra à venir à l'improviste.

Je lui adresse un sourire encourageant, et en silence, nous nous installons et préparons le petit déjeuner.

– Vas-y, assieds-toi et fais comme chez toi.

– Merci.

Il s'assied également après être allé enfiler un tee-shirt qui traînait près de son lit. J'attends qu'il soit bien installé avant de lancer la conversation.

– Max, est-ce que je peux te parler sincèrement?

– Oui, je pensais que tu le savais.

C'est un « oui » franc et sincère, cela me convient. Puis il ajoute :

– De toute façon, as-tu le choix? Tu t'es mis beaucoup de frères à dos à cause de Rock et hormis Ellie, il ne reste pas grand monde dans cette ville que tu connaisses et à qui te confier, non?

– Bien vu, Sherlock.

Je croque dans mon pain grillé qui, soit dit en passant, est délicieux, avant de poser une question qui me turlupine :

– Petite question. Tout le monde semble parler du « Club » mais Bill vous a appelés le « Clan » et Rock aussi je crois. Pourquoi?

– Regardez qui est Sherlock Holmes maintenant?

Il rigole en remuant son porridge à l'avoine et continue :

– Pour beaucoup de monde et pour l'extérieur, nous sommes un énième club de motards. Et on ne les détrompe pas car ça nous arrange. Souvent, on joue même le jeu, comme ça on nous laisse tranquilles, surtout les flics. Mais c'est un peu plus nuancé et complexe en réalité. Du coup, nous préférons parler de « Clan » entre nous, cela nous correspond plus.

– Je ne suis pas certaine de bien saisir la différence... et ça fait un peu secte, sans vouloir t'offenser.

Il reprend et me sourit en faisant fi de ma remarque :

– Il n'y a pas de définition exacte de ce que nous sommes ou ne sommes pas, mais vois-nous comme une sorte de refuge pour les plus abîmés de la société qui veulent échapper au système et vivre différemment. Particulièrement des vétérans, mais plus seulement. Nous sommes une famille au-delà des liens du sang pour ceux qui ont souvent tout perdu.

Ses mots ont un écho douloureux en moi car je fais partie de ces marginaux esseulés.

– Comme beaucoup de clubs de bikers quand même, Max. Désolée mais je ne vois toujours pas trop la différence avec vous.

– Tu comprendras mieux avec le temps, mais nous ne cherchons pas le conflit avec les autres clubs, ou le conflit tout court en général, bien que lui nous trouve aisément, comme en ce moment, par exemple. Nous ne cherchons pas non plus à nous étendre ou conquérir quoi que ce soit. Les femmes sont les bienvenues, bien que peu postulent. Pas besoin de se trimbaler à moto ou d'être tout en cuir pour rejoindre nos rangs. Certains de nos membres te surprendraient dans leur apparence.

– Et comment vous « recrutez », alors? Comment on vous trouve si on a besoin de vous et que vous êtes si secrets?

– Le réseau.

– Le réseau?

– Ouais, soit des anciens du Clan qu'on a aidés et qui sont partis, soit des frères ou des sœurs actuels. Ils nous envoient des gens. C'est la façon la plus commune, mais de temps en temps, il y a des exceptions : des rencontres fortuites…

– Ah bon! Certains partent?

Je crie presque de surprise.

– Eh oui, nous ne sommes pas une secte… On ne fait pas de lavage de cerveau et on ne retient personne contre son gré. Nous ne sommes pas un idéal à atteindre et dans lequel il faudrait rester toute sa vie. D'ailleurs, beaucoup nous quittent au bout d'un certain temps. Ils prennent ce qu'ils veulent et ce dont ils ont besoin et quand ils vont mieux, ils s'en vont, sans forcément réintégrer la société, mais ils trouvent leur équilibre à mi-chemin et hors du Clan.

– Et vous les laissez partir comme ça?

– Oui, la seule règle qui persiste est de garder nos secrets.

– C'est très altruiste de votre part. Mais si le Clan est si bien, pourquoi veulent-ils partir?

– Les gens changent en permanence, Olivia. Et quel intérêt de garder quelqu'un contre sa volonté ? Tu deviendrais alors une prison. Tu pourrirais de l'intérieur et tu te transformerais en ce que tu dénonçais la veille : un carcan social. Toi, t'es la même qu'hier ? Tu m'as dit être venue ici pour repartir de zéro, tout recommencer, mais ensuite ?

– Oui, c'est ce que je cherche.

En partie… mais ça, je ne lui dis pas à haute voix.

– Tu n'es pas la seule.

– OK, je commence à comprendre. Grâce à vous, les gens ont un espace avec un minimum de règles pour se redécouvrir et choisir ce qu'ils veulent vraiment être et non ce qu'on leur impose d'être, même si parfois cela signifie quitter le Clan au final.

– Oui, tu as bien résumé les choses.

– Mais il faut bien que vous en tiriez un bénéfice tout de même, non ?

– Cela peut faire cliché mais il y a avant tout de la satisfaction personnelle, on se sent utiles au sens le plus fondamental du terme. Tout n'est pas question de transaction, dans la vie. Nous voulons juste des gens loyaux qui contribuent d'une façon ou d'une autre à notre autosuffisance et à notre prospérité pour nous permettre de continuer. Certains membres vivent ici, d'autres sont sur les routes en volante et d'autres encore se sont sédentarisés dans le pays. Au final, peu importe le mot qui nous définit, ce qui compte, ce sont les valeurs partagées.

– Je vois. Tous ne sont pas comme Bill « le connard » ?

Il explose de rire :

– Peu sont comme Bill en fait, lui en tient une vraie couche à cause de son histoire personnelle. Mais c'est quelqu'un de loyal.

Si je pense saisir tout ce qu'il me raconte, quelque chose me dérange tout de même, peu importent les raisons que peut avoir Bill :

– Oui mais vois-tu, tu parles de valeurs partagées. Et vous acceptez des types comme Bill, donc cela veut dire que vous approuvez indirectement sa façon de parler aux femmes et de les traiter.

– Je parle de valeurs plus fondamentales.

– Ouais, donc bien traiter les femmes n'est pas fondamental pour vous… C'est bon à savoir.

Je ne peux m'empêcher d'élever la voix et d'être sarcastique.

– Laisse-moi finir avant de nous juger durement. Bill est parfois un vrai connard et sur pas mal de sujets je ne partage pas son point de vue, mais il a gagné sa place comme nous tous dans le Clan. Je n'ai donc rien à dire, sauf si je le voyais maltraiter quelqu'un physiquement ou aller trop loin verbalement. Tu m'as semblé savoir te défendre toute seule. Je suis sûr que tu m'aurais envoyé chier si je t'avais traitée comme une femme faible et fragile, et à juste titre. Tu es toi avant d'être une nana, non?

– Certes mais…

– Mais Bill n'a pas l'air de particulièrement t'apprécier, pour une raison que j'ignore encore et je ne suis pas sûr que ce soit parce que tu es une fille. Je pense que c'est un prétexte et qu'il cherche à t'atteindre. S'il dépasse tes limites acceptables, dis-le-moi, je réglerai ça.

– Si tu le dis, Max. On verra bien.

– Tu ne connais pas son histoire personnelle. Beaucoup de gens du Clan sont brisés, c'est notre raison d'être, nous sommes une main tendue vers un avenir meilleur. Si nous refusons tous les Bill de la terre d'emblée, nous nous trahissons. Tout le monde doit avoir une seconde chance, voire une troisième pour certains. Grâce aux repères qu'ils trouvent avec nous, ils deviennent des hommes et des femmes meilleurs. Tu aurais dû connaître Bill à son arrivée au Clan… Puis sa mère et sa sœur l'ont rejoint à Colorado Source.

– Quelque chose me dit que c'est mieux que ce ne soit pas le cas… Mais reconnais que beaucoup de frères ici ne paraissent pas inoffensifs.

– Tu es dans notre ville Q.G., Liv. Et même si nous faisons tout pour passer inaperçus, certains clubs ou gangs nous convoitent et nous cherchent des emmerdes. Nous devons paraître forts et impitoyables. Pour autant, nous ne sommes pas hermétiques au monde extérieur. Si la clientèle ne te dérange pas, alors tu es la bienvenue pour boire un verre au CSB. Tu ne risques rien. Nous ne tabassons pas pour le plaisir. Les règles sont les mêmes pour tout le monde ici. Mais oui, je te l'accorde, ceux qui sont à Colorado Source sont ceux qui ont le plus besoin d'aide pour ne pas perdre le peu d'humanité qu'il leur reste, car comme on dit : loin des yeux, loin du cœur. Souviens-toi de ça et tout ira bien. Et contrairement à ce que tu peux sûrement penser, peu de nos activités sont illégales. En ça aussi, nous sommes différents des clubs de motards traditionnels. Nous voulons échapper au système mais pas par la transgression ou la provocation.

– Ah bon? Et vous faites quoi, alors, pour faire vivre votre Clan?

– Je ne peux pas te le dire. Tu dois prouver ta loyauté et appartenir au Clan.

– Évidemment, suis-je bête, dis-je avec ironie.

– Évidemment, me répond-il sur le même ton.

– Mme Jefferson dit que vous protégez la ville, c'est vrai?

– En quelque sorte, oui. En étant ici et en ne laissant pas la place vacante, on empêche que d'autres ne viennent s'installer. D'autres qui seraient bien moins intentionnés que nous.

– Je comprends, un peu comme les poissons-clowns. Si un, dans la hiérarchie, disparaît, celui du dessous prend sa place.

Il me regarde, perplexe :

– Si tu le dis. Et toi? Quelle est ton histoire, Nemo?

– Oh, rien d'extraordinaire, une histoire d'orpheline. Juste un besoin de changer d'air, d'échapper au système, comme tu dis, et à ma vie triste et pourrie, tout simplement.

– Il faut que je t'avoue un truc, Olivia. Quand quelqu'un intègre, même de façon temporaire, l'environnement du Clan ou de la ville, on enquête sur lui ou sur elle.

Il se tait et laisse ses paroles se frayer un chemin en moi. Je commence à comprendre et je ne me sens pas bien du tout.

Que savent-ils?

J'aurais dû m'en douter, plus personne n'est incognito de nos jours.

Quelle idiote!

– Que sais-tu?

Mon ton est froid et cassant, je me suis redressée sur ma chaise et j'ai arrêté de manger. Je sens que je commence à hyperventiler.

Tous mes chers petits secrets dévoilés...

– Olivia, tu dois comprendre que...

– Que sais-tu? Autant que j'évite de répéter quelque chose que tu sais déjà.

Il souffle, résigné, et se lance :

– Tu es orpheline depuis l'âge de dix ans, mais nous n'avons pas pu en savoir plus sur ton dossier car il est sous scellés de la justice française et il nous aurait fallu un meilleur indic pour creuser. Tu t'es jetée dans des études de finance corps et âme et tu as réussi avec brio. Tu es sortie major de ta promotion à 23 ans. Suite à ce diplôme, tu as obtenu dans la foulée un excellent job à Paris que tu as occupé pendant trois ans environ, mais tu as tout plaqué, il y a un mois pour venir ici.

Je me détends d'un coup. Il ne sait rien de trop personnel finalement, seulement les grandes lignes. Mais il reprend :

– Avant de venir, tu as été internée trois mois en hôpital psychiatrique, à une heure au nord-est de Paris. On ne sait pas pourquoi non plus.

Je me fige. Il me regarde droit dans les yeux avec cet air bienveillant et compatissant que je déteste déceler dans le regard des gens quand ils en apprennent un peu plus sur ma vie. Je ne veux pas de sa compassion, voilà pourquoi je n'en parle jamais. Alors je déclare d'une voix monocorde :

– Ne me regarde pas comme ça, Max. Oui j'ai été surmenée. La finance est un monde cruel et je n'ai pas tenu, j'ai craqué.

Il ne paraît pas convaincu pour un sou.

– Olivia, on ne va pas en hôpital psy hautement sécurisé pour du simple surmenage.

– J'ai aussi perdu quelqu'un de cher à ce moment-là, OK? Ça a été la goutte d'eau, j'ai menacé une collègue sur mon lieu de travail car j'avais développé une paranoïa aiguë… Au vu de mon enfance, ils n'ont pas voulu prendre de risques, ils m'ont internée.

– Je suis sincèrement désolé, miss.

Et il a vraiment l'air de l'être, je le lis dans ses beaux yeux gris.

– Écoute, tu sais l'essentiel désormais, tu peux le dire à tes petits copains orangs-outangs. Je suis ici pour reprendre tout à zéro, et on m'a soignée. Point à la ligne.

Menteuse…

– Je comprends, ça ne nous effraie pas. Comme je te l'ai dit, il serait hypocrite qu'on ait peur de toi… Et si ça peut te rassurer, j'ai juste dit aux frères que tu étais clean et réglo. Il n'y a que Rock qui est au courant et je ne lui dirai pas ce que tu viens de m'apprendre, promis.

– Je ne sais pas si je me sens mieux, Max, mais effectivement, j'aimerais que tu protèges mon histoire comme tu protèges celle de Bill, apparemment.

Nous laissons le silence s'installer entre nous pour digérer tranquillement ce que nous venons d'apprendre l'un de l'autre. Je suis perdue dans mes pensées quand la voix de Max me ramène des méandres de mon esprit tordu :

– Toi aussi, tu as fouiné. Tu sais au sujet de Sunny.

– En fait, c'est bien que tu abordes le sujet car non, je ne sais pas grand-chose du tout, juste ce qu'Ellie a laissé échapper.

– J'aurais dû me douter que c'était la vieille Jefferson, ton indic.

– Alors comme ça, la sœur de Rock a fui Colorado Source? Pourquoi?

Il hésite, mais ne résiste pas au regard de biche que je lui lance.

– Allez, Max, tu me dois bien ça après ce que tu as appris sur moi.

– Je te l'ai dit, je ne sais pas grand-chose, c'est un sujet tabou pour lui. Sunny avait changé dernièrement, elle s'était renfermée sur elle-même, elle enchaînait les conneries en tout genre, drogues, vols, fuites pendant parfois plusieurs jours sans donner de nouvelles. Ses parents devenaient dingues. Même Rock, avec qui elle était proche, ne la comprenait plus. Elle ne voulait rien dire ni expliquer, mais on sentait qu'elle portait un fardeau qui la tuait à petit feu. Un matin, elle est venue trouver Rock au Q.G., elle semblait folle et tenait des propos incohérents. Elle disait « avoir des preuves » et le répétait en boucle en attendant qu'il arrive.

– Des preuves de quoi?

– J'en sais rien, mais honnêtement, vu son état, je ne pense pas qu'elle avait conscience de ce qu'elle disait. Je pense qu'elle était sous acide. Rock l'a reçue en privé dans son bureau et une énorme dispute a éclaté entre eux. La seule chose que j'ai entendue est Rock lui crier de quitter la ville et de ne revenir que quand elle aurait retrouvé la raison et serait prête à présenter des excuses. Elle est partie le soir même, il y a quatre ans, et depuis on ne l'a plus jamais revue. Sunny lui envoie juste une lettre chaque année, le même jour, pour lui dire que tout va bien. Une simple phrase : « Je vais bien. » Il a reçu celle de cette année le matin de votre dispute.

– Mince… je ne savais pas, je…

– Ce n'est pas de ta faute. Mais maintenant, tu comprends pourquoi le sujet est plus que délicat pour lui. Suite à ça, la mère de Rock a perdu la raison, son père a quitté le Clan et a officiellement passé sa gestion à Rock pour s'occuper de sa femme. Rock a cherché Sunny en vain pendant plusieurs mois grâce à notre réseau, mais ça n'a rien donné. Il devait s'occuper du Clan et a dû abandonner les recherches pour l'instant. Il se sent responsable de toute cette merde et reste bloqué, frustré et en colère contre tout et tout le monde. Le soir de ton arrivée, malgré les circonstances, c'était la première fois que je le voyais sourire et penser à autre chose qu'au boulot ou à Sunny.

– Donc, si je comprends bien, le Clan est dirigé par le plus perturbé de vous tous, émotionnellement parlant? Sacré modèle pour tes frères en recherche de stabilité et d'exemple.

– Tu as compris le souci. Rock est un bon meneur et pourrait être le meilleur, il est formé à ça depuis tout petit, mais à cause de toute cette histoire, certains remettent en question sa capacité à diriger correctement le Clan. Il est trop instable selon eux.

– On peut comprendre leur point de vue. Et la police? Avez-vous prévenu la police de la disparition de Sunny?

– Sunny venait juste de devenir majeure[5], et un adulte est libre de « disparaître ». On évite de mêler les flics à nos affaires.

– Je pensais que vous ne faisiez rien d'illégal… Pourquoi les craignez-vous, alors?

– Car eux ne font pas toujours des choses légales, Olivia… Bref, à cela s'ajoutent de gros problèmes avec un jeune club sans territoire qui nous cherche des emmerdes et voudrait prendre notre place, les Black Edge.

Je commence à percevoir un peu de la personnalité de Rock, les enjeux et les responsabilités qui reposent sur ses épaules. Des responsabilités tombées sur lui au pire moment de sa vie. La culpabilité est quelque chose que j'appréhende trop bien. Il y a une similitude entre son histoire et la mienne.

Nous regrettons tous les deux que nos derniers mots aient été si durs envers un être cher, sans savoir qu'on ne reverrait jamais cette personne et que ce serait son dernier souvenir de nous. À l'exception que Rock a, lui, la possibilité de se faire pardonner s'il arrive à retrouver sa sœur : une petite flamme d'espoir qui brûle dans les ténèbres de son enfer personnel, mais qui peut aussi faire beaucoup de dégâts.

Je suis aussi un peu soulagée. J'avais envisagé l'hypothèse que Sunny et Moïra puissent être une seule et même personne. Après tout, les cheveux, ça se teint. Ma Moïra était rousse, mais qui sait? Or, il a reçu une lettre, hier matin. Je n'imagine pas être celle qui aurait annoncé à Rock que sa sœur en fuite avait en fait été assassinée, il y a six mois, et était devenue gogo danseuse à Paris. Moi, je me fichais du boulot de Moïra, mais pas sûr qu'un frère aurait apprécié. Cependant, il y a un lien entre ces deux histoires et je vais trouver lequel.

La coïncidence est juste impossible. Quitte à chercher Sunny moi-même si nécessaire.

– Tu dis que Sunny avait une meilleure amie avec qui elle traînait souvent… Comment s'appelait-elle?

---

5. La majorité administrative légale est à 18 ans dans la plupart des États, seuls l'alcool et les jeux d'argent nécessitent d'avoir 21 ans.

Les battements de mon cœur s'accélèrent, et si…

– Ashley, mais je ne me souviens pas de son nom de famille. Pourquoi?

Mauvaise pioche.

– Non, je me disais juste que cela pouvait être un début de piste pour Sunny. Sa meilleure amie doit forcément savoir quelque chose, si elles étaient toujours fourrées ensemble.

– Rock l'a interrogée mais ça n'a pas abouti.

– Tu m'étonnes, avec sa délicatesse légendaire…

– Détrompe-toi, il sait y faire quand la situation l'exige.

– Oui mais là, on parle de sa sœur. Tu ne me feras pas croire qu'il est resté calme.

– Je ne sais pas. Je ne sais rien de plus.

– Et elles n'avaient pas d'autres amies par hasard?

– Pas que je sache. Sunny s'était complètement isolée, à l'exception d'Ashley.

– Je souhaite m'excuser auprès de Rock pour ce que j'ai dit sur sa sœur, et je veux que tu m'aides.

Ça y est, j'ai lâché la vraie raison de ma venue. Si Max est surpris de mon changement de sujet brutal, il n'en montre rien et continue de regarder son assiette de bacon.

– Je ne suis pas sûr que cela soit une bonne idée. Attends au moins un petit peu.

– Combien de temps?

– J'en sais rien, Olivia. Comme je te l'ai dit, c'est un sujet délicat. Et il est rancunier. Promets-moi de te méfier.

– Dis-moi juste où il habite, que je dépose au pied de sa porte un panier garni en gage de bonne volonté!

L'idée semble le faire sourire mais il retrouve rapidement son sérieux.

– Je ne peux pas te dire où il habite. C'est une information sensible, seuls les frères décisionnaires et quelques membres le savent.

– Alors le Q.G.?

– Idem.

– C'est n'importe quoi. De quoi avez-vous peur?

– Olivia, c'est comme ça, point, et si jamais nous devions faire une exception, ce ne serait pas à moi d'en décider seul dans mon coin. Je peux leur soumettre ta requête.

La bonne blague! J'imagine déjà la scène à leur prochaine réunion…

– C'est pas grave, Max, laisse tomber.

– Olivia…

– Non, mais je comprends. (*Ou pas.*) Trouve plutôt une idée pour m'occuper durant les deux prochaines semaines. Je m'ennuie déjà.

Sur ce, je lui envoie une miette de pain entre les deux yeux pour rompre l'atmosphère lourde due à la conversation. J'ai compris qu'il ne m'aiderait pas et je comprends pourquoi. Cela le fait rire et la situation dégénère en véritable combat de boulettes de pain de mie pendant quelques secondes, jusqu'à ce qu'on soit l'un comme l'autre à court de munitions. On décide ensuite de passer la journée à regarder des films d'horreur sur l'immense écran plat depuis son lit, en mangeant des nouilles chinoises trop épicées.

***

La semaine passe assez rapidement grâce à Max, qui met à mon service son imagination foisonnante et les ressources de la petite ville pour me divertir. Il me fait découvrir les alentours, me prête des DVD, et il m'emmène deux fois me balader dans Newton City l'après-midi pour faire du shopping. Le soir, je suis obligée de me débrouiller par moi-même puisqu'il tient le CSB, et aussi car je reste une grande fille et que je suis capable de m'occuper de moi-même de temps en temps.

Enfin, en théorie.

Rock et ce que j'ai appris à son sujet ne quittent jamais vraiment mon esprit, et je ne cesse de ruminer et de réfléchir.

Je n'ai pas eu d'éclair de génie pour provoquer *la* réconciliation. Je tente plusieurs fois de croiser son chemin de manière fortuite, mais on ne peut pas dire que ce soit une réussite. Au mieux, il m'ignore, au pire, j'ai droit à un « dégage de mon chemin » virulent, ce qui fait sortir Max de ses gonds à chaque fois.

Génial !

Désormais les deux hommes se disputent à cause de moi, j'ai donc réussi le fantastique exploit d'aggraver la situation. Je tente également de les suivre en cachette de temps à autre et de savoir où Rock vit et où se situe leur repaire secret, mais sans succès.

Je ne peux même pas continuer mon enquête auprès de ma bavarde colocataire, car Ellie est allée rendre visite à de la famille pour au moins un mois. Elle en rêvait depuis longtemps mais ne se l'était jamais permis car elle avait peur de laisser la pension sans surveillance. J'ai bien tenté de lui expliquer qu'avec les Evil's Heat dans les parages elle aurait pu, mais elle n'a rien voulu entendre.

Nous sommes dimanche soir et je suis seule dans la maison à errer comme une âme en peine, à la recherche de quelque chose à grignoter. Ma quête se solde par un échec et je retourne finalement dans mon studio, bien décidée à aller me coucher.

J'ai occupé mon après-midi à ranger et nettoyer ma chambre de fond en comble, activité qui me donne toujours l'impression de reprendre le contrôle quand rien ne va plus. Si je suis beaucoup plus maniaque que la moyenne des gens qui peuplent cette planète, par miracle, je ne suis jamais tombée dans un travers de trouble compulsif, heureusement pour moi.

Cela ne me dérange pas de manger avec les doigts ou de me rouler dans la boue si nécessaire, je n'impose cette rigueur qu'à mon chez-moi et ma voiture, mais jamais aux autres. Je suis assise sur mon lit et je contemple juste pour le plaisir des yeux ce qui m'entoure, satisfaite du résultat. Chaque chose est à sa place et il me tarde de me glisser, fraîche et douchée, dans mes draps propres tout juste changés.

Bien que la maison d'Ellie soit assez vieillotte, elle est accueillante et mignonne. La vieille dame est une vraie fée du logis et a un certain sens de la décoration, qui n'est pas le même que le mien, de toute évidence. À Paris, j'adorais les grands appartements au style contemporain, épuré et efficace, mais depuis mon arrivée aux États-Unis, je remarque que mes goûts changent et je rêve d'avoir un jour, comme Ellie, ma maison.

Pas nécessairement une grande maison, mais une maison qui serait chaleureuse et fonctionnelle, avec un jardin et une belle cuisine. Le tout alliant charme et modernité dans des couleurs douces qu'on ne semble trouver que dans les habitations américaines. Mon souhait ultime serait d'avoir une pièce dédiée à mes livres, avec une bibliothèque sur mesure et des coussins un peu partout.

Bref, quelque chose qui respire la tranquillité, la vie, et que je puisse considérer comme mon chez-moi, comme l'endroit où, peu importent les problèmes, les voyages, les aventures, je pourrais toujours revenir m'y ressourcer.

Sur ces digressions existentielles de haut niveau, j'ouvre l'eau froide de ma douche dans ma salle de bains qui brille de mille feux, briquée au vinaigre blanc, et si le tuyau émet un drôle de bruit, rien n'en sort.

Je retente plusieurs fois, et le mieux que j'obtienne est un petit filet d'eau minable qui pourrait à peine abreuver une mouche. Dans mon top dix des choses les plus agaçantes sur cette planète figurent en tête les douches sans pression.

Je perds patience, j'ai chaud, je suis transpirante de mon ménage effréné de l'après-midi et je rêve de cette maudite douche fraîche. Il est hors de question que je m'avoue vaincue et que je me lave au gant ce soir, ou que j'emprunte la vieille baignoire fuchsia d'Ellie. De toute façon, il me semble qu'elle ferme sa chambre à clé tout le temps dès qu'elle part.

Alors, je prends mon téléphone pour appeler Max. À cette heure-ci, le bar est encore calme, il décroche dans la seconde :

– Hello, miss ! Que me vaut cet appel ?

– Coucou, ma douche ne marche plus. Tu ne connaîtrais pas un plombier qui intervienne d'urgence à cette heure-ci ?

– Ouais, Eddy est à son compte, c'est un peu l'homme à tout faire de la ville et des environs. Je lui dis de passer te voir avant de venir au bar si tu veux.

– Oui, je le veux ! Merci, Max, t'es le meilleur. Je ne sais pas ce que je ferais sans toi.

Il rigole puis me répond sur un ton sérieux :

– Sûrement pas grand-chose mais tu aurais tes deux mains valides.

Je n'avais jamais envisagé que Max puisse se sentir responsable de quoi que ce soit.

– Max ? Rien de tout ça n'est de ta faute. Tu le sais ? Dis-moi que tu le sais ?

Je ne sais pas, trésor. C'est moi qui ai poussé Rock à arrêter de chercher Sunny et de prendre ses fonctions auprès du Clan. Les frères devenaient dingues sans leader. Mais maintenant, je ne sais pas si c'était la meilleure chose à faire, il se perd.

– Hey, c'est un grand garçon ! Il doit pouvoir gérer, ou alors il ne mérite pas d'être leur meneur. Il arrive des choses horribles à beaucoup de monde tout le temps, et je sais de quoi je parle…

– Je sais. Mais clairement, il est sur le fil. Son comportement vis-à-vis de toi est ridicule, ça me rend dingue et ça me donne envie de lui foutre des baffes.

– Je gère, ne t'inquiète pas pour ça.

J'ajoute sur le ton de la plaisanterie :

– Fais juste en sorte qu'Eddy passe chez moi et tout ira bien !

– Compte sur moi. À demain, miss.

– À demain, Blondinet…

Et je raccroche avant qu'il ait pu me hurler dessus pour ce sobriquet ridicule. J'ai retrouvé ma bonne humeur et je décide de lire un peu en attendant de pouvoir prendre ma douche.

Trois quarts d'heure plus tard, on sonne à la porte. C'est Eddy, équipé de tout son matériel du parfait bricoleur. Je n'ai jamais eu l'occasion de lui parler, ni aux autres frères, hormis Max et Rock. Mes quelques heures en tant que serveuse ne comptent pas vraiment. J'ai échangé des bonjours avec certains et capté des prénoms par-ci par-là au détour de mes balades dans la ville et ailleurs, mais rien de consistant me permettant de dire que je les connais un tant soit peu.

En revanche, Max m'a montré une photo de groupe des sept frères qui sont à la tête du Clan. Je sais donc plus ou moins qui est qui et qu'il y a une hiérarchie au sein même du Clan. Car malgré les belles paroles de Max, ce n'est pas un repaire de Bisounours hippies. Un minimum d'autorité est nécessaire pour garder tout le monde dans le rang. Vince et Bounce sont deux très beaux spécimens qui pourraient figurer dans le magazine *Men's Health*, si l'on aime les cheveux longs, les tatouages, les piercings et le cuir. Le premier est aussi excentrique que l'autre est réservé, tels le yin et le yang. Vince est métis, la peau caramel et les yeux noisette, quant à Bounce, il est auburn avec d'incroyables yeux verts.

Rock se démarque d'eux en faisant office de toile vierge à côté. Il porte peu de tatouages à ma connaissance, ce qui met d'autant plus en évidence la beauté de sa peau hâlée, elle paraît si douce, en contraste total avec la dureté qu'il dégage.

Soupir niais intérieur.

Je dois admettre que j'en ai plus vu que ce que j'ai laissé croire, lors de cet après-midi calamiteux au lac. Loris, quant à lui, est le cliché du biker dans toute sa splendeur, c'est aussi le plus âgé et le sage de la bande. Enfin, mon ennemi juré, Bill, est carré, un peu bedonnant, avec une peau blanche constellée de taches de rousseur, mais avant toute chose, je ne l'aime pas. C'est épidermique, une incompatibilité d'humeur dans toute sa splendeur. Il est toujours sur les talons de Rock, comme s'il était son chien de garde.

Un vrai caniche !

Il me jette en permanence des regards menaçants de ses petits yeux de fouine, me défendant d'approcher Rock, et il rigole lorsque ce dernier me rabroue et refuse sèchement mes tentatives pour faire la paix. Plus Rock est violent envers moi, plus Bill semble jubiler. Je l'entends se moquer ouvertement de moi en multipliant les commentaires à mon propos à l'oreille de son « chef » bien aimé.

C'est quoi, son putain de problème?

Mais je ne me laisse pas faire et le rembarre à chaque fois. Je n'ai besoin de personne pour le gérer.

Max m'a dit que les gars n'avaient jamais vu Rock aussi furax pour un sujet qui ne concerne pas le Clan, et apparemment Bill le prend lui aussi personnellement.

Qu'il aille au diable, ce parasite!

Eddy se tient dans l'encadrement de ma porte. Il est très grand et élancé, mais beaucoup moins massif que Rock. Je lui donne une petite quarantaine. Il a des rides d'expression qui viennent strier sa peau couleur ébène et une cicatrice sur la joue qui lui donne un sourire tordu. Tout comme Rock, il ne porte pas les cheveux longs, au contraire, il a même le crâne rasé, et je devine des tatouages à la base de son cou qui fuient sous son tee-shirt délavé et remontent sur ses tempes. Le résultat est subtil car il y a peu de contraste entre sa couleur de peau et ses tatouages, et je ne devine pas vraiment ce que représentent les motifs.

S'il ne me dégoûte pas comme Bill « le connard », qui exsude la méchanceté et la fourberie par tous les pores de sa peau, Eddy dégage tout de même une aura qui m'effraie. Je me dis que son histoire à lui ne doit pas être un conte pour enfants.

Cette cicatrice!

J'hésite à le faire entrer, puis je me souviens de ce que Max m'a dit à son sujet : sa bonté, son amour inconditionnel pour ses deux petites filles et la patience dont il fait preuve avec sa femme complètement cinglée et jalouse, Rhonda, et accessoirement sœur de Bill...

Comme c'est étonnant. Rire ironique intérieur.

Je le reconsidère sous un nouveau jour.

– Entre, Eddy. Merci de passer aussi vite.

– Salut. Max m'a dit que tu avais un souci avec ta douche.

– Oui, je n'ai plus d'eau. Tout fonctionnait très bien ce matin, je ne sais pas ce qui a pu se passer.

– On va voir ça, tu me montres le chemin?

Je prends la direction du deuxième étage vers ma chambre sous les toits, Eddy sur mes talons. Après une heure à trifouiller avec ses outils, il a trouvé le souci et a changé le pommeau de ma douche. Ce dernier datait de Mathusalem et n'a pas supporté mon nettoyage sauvage au vinaigre…

– Et voilà, cela devrait de nouveau fonctionner correctement. Vas-y juste mollo avec le ménage à l'avenir, Cendrillon.

– Je ne sais pas si je pourrai, quand je suis lancée, je suis inarrêtable. Mais encore merci.

Il s'est avéré effectivement très gentil, nous avons papoté de tout et de rien. Plusieurs de mes remarques l'ont beaucoup fait rire. Il est de toute évidence gaga de ses deux petites princesses et de sa femme, même si je l'ai surpris plusieurs fois à me détailler de bas en haut, l'air de rien. Je reconnais que ma tenue est très légère : un tee-shirt ample qui bâille sur le devant et mon éternel minishort en jean, mais par cette chaleur, il est pénible de supporter le moindre vêtement.

– Tiens, voici ma carte avec mes coordonnées. Si jamais tu as un problème quelconque, n'hésite pas.

– C'est noté, je la garde précieusement.

En rangeant son matériel, il ajoute :

– Je comprends mieux maintenant.

– De quoi?

– Pourquoi Max et Rock te mangent dans la main.

– T'exagères, c'est n'importe quoi. Rock ne me mange certainement pas dans la main en ce moment, et Max est adorable avec tout le monde. Cet homme est la gentillesse incarnée.

– Si tu le dis… Tu as un sacré caractère aussi, mais dans le bon sens du terme, pas comme ma Rhonda!

Il éclate de rire à sa propre remarque.

– Si tu le dis…

– C'est pas toujours évident, je sais qu'elle peut être difficile, mais je l'aime, que veux-tu?

– Alors c'est l'essentiel, Eddy, ça et le respect mutuel.

Sur lequel j'ai plus de doutes concernant Rhonda, mais ce ne sont pas mes oignons…

Il me regarde perplexe :

– Tu es différente de beaucoup de gens extérieurs à Colorado Source.

– C'est-à-dire ?

Je suis sceptique, je n'arrive pas à saisir s'il s'agit d'un compliment ou non.

– D'où je viens, avant de m'établir ici, il y a maintenant plus de dix ans, j'ai connu beaucoup de racisme et de discriminations en tout genre. Dans mon cas, c'était surtout parce que j'étais noir et que je venais d'un milieu pauvre par-dessus le marché. Je t'épargne les détails, tu sembles être le genre de personne à savoir de quoi je parle. Je sais que tu es orpheline et on sait tous les deux que la connerie humaine peut être sans limite dans le registre de la maltraitance. J'ai vu aussi mes anciens amis infliger à des blancs ce qu'ils reprochaient qu'on leur fasse tous les jours, voire du racisme entre Afro-Américains, alors qu'on s'attendrait à ce que nous soyons unis, non ? Différences d'ethnies, culte de la peau claire… Certaines filles de mon quartier achetaient un tas de merdes cancérigènes plus ou moins efficaces pour se blanchir la peau, car être afro-américaine passait encore, mais pas trop foncée non plus quand même. Une de mes sœurs s'est empoisonnée avec ces merdes, elle en est morte. Tu as vu ma couleur de peau ? Elle avait la même.

Nous sommes toujours assis l'un à côté de l'autre sur le carrelage froid de ma salle de bains. Je suis tellement émue par sa confession que je ne trouve pas les mots pour le réconforter. Je pose ma main sur son avant-bras gentiment. Je réalise que lui aussi est couvert de tatouages et je suis fascinée. Le contraste entre nos deux peaux est saisissant mais magnifique.

– Oui je la vois, et elle est très belle, Eddy. On dirait la couleur de l'écorce de certains arbres exotiques.

– Ouais, j'ai appris à en être fier. Ça n'a pas toujours été facile, mais ma sœur cadette, elle, n'a jamais réussi. Bien sûr, les choses bougent un peu partout, mais on est encore loin de la perfection. On parle souvent d'un melting-pot ici aux États-Unis, mais il s'agit plutôt d'une espèce de grand saladier. Il y a de nombreuses cultures différentes, mais les communautés restent entre elles, elles ne se mélangent pas vraiment et cohabitent plus ou moins bien pour certaines.

– C'est triste, mais je vois ce que tu veux dire. C'est un peu partout pareil, je crois, malheureusement.

– Je m'en suis encore plus rendu compte en me mettant en couple avec Rhonda. Un Noir avec une Blanche, surtout un Noir avec une cicatrice comme la mienne, ça surprend beaucoup de gens. Certains nous insultent parfois dans la rue en dehors de Colorado Source. Mais quand tu vois mes deux magnifiques princesses, comment peut-on penser que c'est contre-nature ?

– Tu l'as dis toi-même, Eddy, la connerie humaine. Mais c'est grâce à des personnes comme Rhonda et toi que les choses avancent dans le bon sens. Votre pays a élu un président noir pour la première fois, c'était historique ! Qui aurait pu le croire, il y a encore cinquante ans ?

– Certes, mais ce n'est pas suffisant, Olivia. Quand on a vécu la merde que j'ai vécue. Qu'on vient d'où je viens, on ne peut plus s'arrêter à la couleur de peau, c'est du délire. Le destin est aveugle, lui, il ne fait pas de différence ou de favoritisme, et tous les frères ici finissent par réaliser la même chose. L'argent aide bien sûr et donne une illusion de pouvoir, mais ce n'est qu'une illusion, tout peut t'être enlevé en un claquement de doigts. La vie est déjà suffisamment cruelle pour en rajouter une couche, alors quand tu tombes amoureux ou que tu te fais un nouvel ami, tu te fous de son sexe, de sa couleur de peau ou de sa religion, tu prends et tu profites de ce qui t'est offert. Rhonda a plein de défauts, mais ma couleur de peau ou ma cicatrice n'ont jamais été un problème pour elle. Comme toi, elle m'a laissé entrer chez elle.

J'en ai les larmes aux yeux, ce qu'il dit me touche au plus haut point et est empreint d'une telle vérité. Je ne souhaite à personne de connaître malheurs et souffrances, mais c'est parfois l'unique moyen pour que certains réalisent l'ampleur des inepties et des jugements qu'ils ont pu débiter, sans jamais se remettre en question, car on est tous amenés à avoir des a priori, moi la première.

Mais il a raison, je me fiche de sa couleur de peau, et malgré son immense cicatrice qui lui barre la joue, je trouve qu'Eddy est beau. Sa sagesse intérieure rayonne et l'embellit. Ce soir, sans le voir arriver, il m'a conquise, tout comme Max à la station essence. Tous deux peuvent devenir de précieux amis.

Nous restons silencieux quelques minutes, perdus dans nos pensées respectives, puis il se lève d'un coup sans prévenir :

– Faut que j'y aille, beauté, sinon Rhonda va me tuer.

Et sur ce, la discussion est close, je l'aide à remballer son attirail, je le raccompagne vers la sortie et cette fois, je peux enfin me doucher et aller me coucher.

***

Le lundi succède tranquillement au dimanche, et le soir, je suis seule, affalée dans mon lit, à regarder *V pour Vendetta* sur mon ordinateur. J'ai passé une heure à arroser les plantes du jardin d'Ellie non sans en avoir profité pour m'arroser moi-même et me rafraîchir. Avec mon paquet de Cheetos sur la poitrine, je rage intérieurement que Rock ne me permette pas de lui faire, ou ne serait-ce qu'écouter, mes excuses.

Je songe à aller ce soir au CSB avec un mégaphone, crier ce que j'ai à dire. Je le collerais à l'oreille de Bill, histoire de lui faire passer son sourire narquois au passage. Alors que j'envisage réellement cette option, je me penche vers ma table de nuit où est cachée sa lettre d'excuses, que j'ai lue une bonne centaine de fois, et mon paquet de Cheetos orange et chimiques se déverse sur le sol, mais surtout sur mon matelas.

Merdasse !

Je suis bonne pour changer les draps. Je déteste dormir dans un lit qui croustille et d'habitude, je ne mange jamais dedans pour cette raison précise. Je transgresse moi-même mes dix commandements personnels de vie.

C'est le début de la fin, ma vieille, le début de ta déchéance... Olivia, tu es une loque, il est temps de te secouer et de trouver une solution à cette impasse !

Le film en est au moment où Natalie Portman est déguisée en poupée sexy pour pouvoir entrer chez la prochaine victime de V, un religieux pervers. La scène capte mon attention et une minuscule idée germe en moi.

Je ne peux pas parler à Rock car, à chaque fois, je dois quitter le bar, mise dehors comme une malpropre par sa secte de primates décérébrés, et je n'ai pas le temps de me retrouver seule avec lui. En revanche, si je trouvais un moyen de rester au CSB jusqu'à pouvoir obtenir les cinq minutes nécessaires de tête-à-tête, alors j'aurais peut-être une chance... Je crois que je tiens ma solution.

Rire machiavélique intérieur, qui résonne dans ma tête très fort !

7

CHAMBRE PRIVÉE N° 3…

Rock

Il est vingt-deux heures mardi soir quand nous partons, Bill, Vince, Eddy, Bounce et moi pour le CSB. La semaine a été chargée et sous tension. Les Black Edge n'ont pas hésité à venir nous provoquer sur notre territoire et ont menacé plusieurs habitants pour tenter de leur soutirer des informations à notre sujet. En résumé, j'ai dû gérer plein de merdes.

La situation dure depuis trois mois et a empiré ces derniers temps. Ils ont tagué certains des commerces et des véhicules en périphérie de la ville pendant la nuit, juste pour nous prouver qu'ils peuvent aller et venir comme bon leur semble.

Enfin ça, c'est ce qu'ils croient.

Nous-mêmes, nous savons où se situe leur base de fortune qu'ils déplacent pourtant chaque semaine, en attendant de trouver une solution durable ; Colorado Source en l'occurrence. Nous avons pu la passer au peigne fin une ou deux fois la nuit et incognito, au cas où il serait nécessaire d'y faire une descente improvisée. Il faut toujours connaître son ennemi et nous connaissons les Black Edge, ils l'ignorent seulement et nous sous-estiment. Et nous ne faisons rien pour les détromper pour le moment.

Nos valeurs et notre comportement les perturbent et les induisent en erreur sur notre véritable force. Nous sommes moins belliqueux et plus discrets que les clubs de bikers traditionnels.

Ces connards de Black Edge font circuler la rumeur que je ne vaux rien en tant que meneur et que bientôt, ils prendront le contrôle de la ville, que ce n'est qu'une question de temps. Certains des habitants commencent à douter, et même les plus jeunes frères posent des questions aux anciens. Ce n'est pas parce que je suis le petit-fils du fondateur du Clan que leur loyauté m'est acquise d'office, je dois la mériter. Nous avions pensé à tort que face à leurs échecs successifs, les Black Edge finiraient par abandonner et chercher à s'installer ailleurs, permettant de régler ça sans violence inutile. Mais non, ils persistent. Il va falloir que j'agisse, et vite ! Mais je ne veux pas déclencher quelque chose qui entraînerait des représailles sanglantes contre la ville sans pouvoir riposter. Or nous sommes à cette période de l'année en sous-effectif, jusqu'à l'automne où les premiers membres commenceront à rentrer.

Putain, je suis encore coincé pour un mois !

Les frères et sœurs ne peuvent pas rentrer prématurément, car ils ont tous des engagements professionnels et tout plaquer comme ça, c'est prendre le risque de mettre en péril les affaires du Clan. Cela doit rester une mesure de dernier recours et signifierait que nous sommes en guerre, avec des pertes potentielles lourdes de notre côté…

Je ne veux pas en arriver là, il me manque encore des informations stratégiques pour prendre une quelconque décision définitive. Il règne un flou autour de ce jeune club qui m'inquiète et me rend indécis et nerveux dans la marche à suivre. Leur principale force, et non la moindre, est que nous avons bien plus à perdre qu'eux ; ce qui les rend audacieux.

Ou inconscients, c'est une question de point de vue.

Certains de mes jeunes frères ici sont sur le fil et je ne sais pas quel effet auraient un affrontement et des effusions de sang sur leur santé mentale fragile. D'autres ont désormais une famille, des enfants, un commerce, et puis il y a les habitants pris en étau entre nous et les Black Edge, et que nous avons juré de toujours protéger. Je ne peux m'empêcher d'avoir la vision d'Olivia battue ou violée et je la repousse violemment ; cette pensée me tord les boyaux, malgré notre engueulade au lac. C'est une situation merdique et inconfortable.

J'aimerais éviter un affrontement pour un milliard de bonnes raisons. J'irai demander conseil dans la semaine à mon père, cela me donnera l'occasion de voir ma mère, dont l'état de santé s'est aggravé ce mois-ci. Toute cette merde s'ajoute aux nombreuses tentatives d'Olivia pour essayer de me parler. Je dois reconnaître qu'elle a du cran et de la persévérance, ce que j'aurais pu apprécier en d'autres circonstances.

Mais qu'est-ce qu'elle ne saisit pas putain dans « dégage ! » ?

Elle en vient à m'embrouiller l'esprit et à me faire douter avec son insistance. Parfois ma colère retombe, j'ai l'impression qu'elle se soucie vraiment de moi, ce qui me change de toute l'hostilité à mon encontre en ce moment, mais le plus souvent, je repense à ses dernières paroles au lac et je la déteste de m'avoir rendu vulnérable. Malheureusement pour elle, elle tombe toujours au mauvais moment : lorsque je viens d'apprendre une nouvelle provocation de la part des Black Edge ou une autre merde du genre. Et alors que j'aimerais me perdre en elle, je prends un plaisir non dissimulé à la blesser.

Pour couronner le tout, je me prends la tête avec les gars. Je m'engueule avec Vince, Eddy et Max qui me trouvent trop dur avec leur petite protégée et ne comprennent pas pourquoi je suis si rancunier. Et je m'engueule avec Bill car lui me trouve trop laxiste. J'aurais dû la faire jeter de la ville le jour même de l'incident selon lui. Le pire, c'est que j'y ai songé, mais je n'arrive pas à m'y résoudre. Bounce et Loris n'ont pas donné leur avis sur la question, comme d'habitude à moins qu'on ne le leur demande et je n'en ai pas envie.

Cette nana me fait des nœuds au cerveau et je n'aime pas ça, mais l'avoir dans les parages me permet de la mater en douce juste pour le plaisir des yeux et continuer à m'imaginer des choses qui ne se produiront jamais. Je sais que je suis pathétique. Je me suis plus touché en pensant à elle en une semaine que depuis que j'ai 15 ans, âge auquel j'ai perdu ma virginité et où la réalité a rattrapé la fiction, grâce à Soraya, la fille du chef indien de la vallée.

Depuis quand je préfère me contenter d'une nana que je ne peux pas avoir plutôt que de profiter en temps réel de celles qui tentent tous les soirs leur coup ?

Car, même si nous sommes un petit bled paumé, il y a du passage, et ce n'est pas le choix qui manque, mais elles paraissent toutes bien fades et sans intérêt comparées au petit feu follet brun et voluptueux qui hante mes nuits. Si je la laisse vadrouiller à travers la ville, je garde le contrôle de la situation et je prends ce que je veux quand je veux, même s'il s'agit juste de la regarder.

Enfin, ça, c'est ce que je me dis pour me persuader que je gère correctement le cas « Kincaid ».

Je me suis surpris plusieurs fois à prendre la direction du lac aux grenouilles pour voir si elle y nageait de nouveau nue, avant de me ressaisir et de faire demi-tour à temps. Avant-hier, je l'ai suivie discrètement alors qu'elle était à vélo avec ses écouteurs sur les oreilles. Je me demande comment elle arrive à pédaler avec les talons qu'elle porte. Elle allait encore à la bibliothèque à toute vitesse, le panier avant de sa bicyclette chargé de petits sacs de nourriture de chez Alfred. Max l'attendait devant avec un immense bouquet de fleurs.

Putain de prince charmant !

J'ai eu envie de lui faire bouffer son bouquet et ses bonnes manières sur le moment… avant de me rappeler que j'étais un peu responsable de tout ça. Apparemment, ils passent pas mal de temps ensemble aux dires d'Eddy et de Max lui-même.

Est-ce pour lui qu'elle avait mis cette robe rouge ultra-sexy?

J'avais dit à Max qu'il avait voie express pour la draguer dans un énième élan de colère, mais je ne suis plus si sûr de moi maintenant. Je l'ai également vue passer du temps avec Eddy et Vince, qui semblaient être aux petits soins pour elle ; ils rigolaient tous ensemble et parlaient comme de bons vieux amis. Cette nana est en train de rendre tous mes gars mous et mielleux.

Comme toi lorsque tu es avec elle…

Ils m'ont rapporté qu'elle leur avait demandé plusieurs fois de la déposer à l'annexe de la mairie du comté, située dans une petite ville voisine aussi paumée que la nôtre. Elle souhaitait se rendre aux archives, pour en apprendre plus sur la région et son histoire. Ça a éveillé ma curiosité mais j'ai d'autres problèmes à gérer en ce moment pour me pencher plus en détail sur les allées et venues d'Olivia Kincaid.

Je m'accroche à ma rancune et à ma colère car je sais que la Petite Chose peut avoir accès à une partie cachée de moi et que c'est une putain de faiblesse. Je ne veux plus donner l'opportunité à quelqu'un de proche de me blesser. Une fois que naissent des sentiments, vous pouvez être manipulé de l'intérieur, vos décisions ne vous appartiennent plus vraiment et de nouvelles variables sont ajoutées à l'équation de base de votre existence.

Comment faire confiance et se faire confiance si vous pensez faire vos propres choix alors que quelqu'un tire les ficelles pour vous, tel un marionnettiste?

Enfin ici *une* marionnettiste en l'occurrence. Les sentiments sont comme une gangrène.

Les frères et moi sommes installés à notre table habituelle d'où je peux garder un œil sur l'entrée et sur le bar. J'espère quand même qu'elle tentera de venir ce soir. Je pourrai évacuer un peu de ma tension sur elle et j'aime savoir qu'elle essaye.

Ça veut dire que je l'intéresse, non? Je crois que je suis sacrément tordu, un vrai sadique.

Ça aussi me fout en rogne. Je connais son passé et je suis la dernière personne qu'il lui faut. Elle mérite une fin heureuse après un début de vie super merdique. Mais les heures passent et aucune jolie petite brune tout feu tout flammes ne passe la porte.

Eddy me donne un coup de coude pour me dire :

– Je sais qui tu espères voir entrer.

Il me gonfle, il a passé la soirée à m'observer, à essayer de m'empêcher de boire pour je ne sais quelles raisons pourries, ce qui a eu l'effet contraire sur moi, bien évidemment.

– Non, tu ne sais rien.

– Si tu le dis. Tu sais, Rock, la fierté c'est une qualité pour un meneur de Clan, mais ce n'est pas le cas quand elle prend racine dans une rage malsaine. Alors là, elle devient nocive.

– Donc, après conseiller sentimental pourri, tu es maintenant philosophe et coach de vie?

– Connard. Tu sais quoi? Reste dans ta merde, et non seulement tu vas t'y noyer mais tu vas perdre le Clan aussi dans la foulée.

Sur ce, il se lève et va parler à Max au bar.

Punaise mais pour qui se prend-il?

Ceci dit, j'ai bien vu qu'il n'était pas dans son assiette ce soir, sa femme Rhonda a encore dû lui prendre la tête avec sa jalousie maladive. C'est pour ça aussi que je ne veux personne dans ma vie, c'est bien trop d'emmerdes à gérer.

Il est deux heures du matin quand Max me fait signe. Eddy a réglé ses consommations et est rentré chez lui depuis une heure. J'ai bu plus que d'habitude et je commence à en ressentir sérieusement les effets.

Je me lève pour le rejoindre au bar :

– Quoi, Max?

– Eddy vient de m'appeler depuis son fixe chez lui, il a oublié son portable dans la chambre privée numéro trois. Tu pourrais aller le chercher et le lui rendre demain matin, enfin tout à l'heure? Bref, tu m'as compris.

– C'est quoi ce bordel? Qu'est-ce que faisait Eddy dans une chambre privée? À quel moment y était-il?

Max a l'air super mal à l'aise et coupable, mais ne dit rien de plus.

– Putain, Max, il était avec qui? Si Bill ou Rhonda l'apprennent, il est mort.

– Écoute, je lui ai dit ce que j'en pensais, après il fait ce qu'il veut, c'est un grand garçon.

– Ouais, mais ce sera ton problème, mec, si Rhonda déboule ici avec une carabine ou un cocktail Molotov. Et ce sera le mien si elle met la ville à feu et à sang par vengeance.

– C'est bien pour ça qu'il te demande d'aller chercher son téléphone discrétos et de le lui rendre, OK? S'il te plaît, Rock, pour le bien de tout le monde, fais-le.

– OK, je le fais, mais il m'en devra une.

– Tu lui diras toi-même quand tu lui rendras son téléphone.

Sans répondre, je lui tourne le dos et pars vers le fond du bar, énervé. Bill me voit et me lance :

– Tu vas où comme ça?

Et merde…

– Aux chiottes, tu veux venir me dérouler le P.Q. et me torcher le cul?

Vince explose de rire, Bill grommelle, retourne à sa bière et à sa conversation animée avec Bounce. Ces deux-là passent leur temps à se chamailler comme des gosses ces derniers temps, ce qui est étonnant venant de Bounce, qui est la force tranquille et solitaire de notre groupe.

Je franchis une première porte et les bruits venant du bar se font sourds et lointains. Cinq chambres privées prolongent le bar, la numéro trois est la dernière sur la gauche, en face de la loge des danseuses, et juste avant les escaliers qui mènent au loft de Max. J'y entre et allume la lumière, une musique langoureuse et torride se déclenche simultanément.

Je parcours des yeux la pièce à la recherche du maudit téléphone d'Eddy, qui a dû tomber près de la chaise située au centre et sur laquelle il s'est payé du bon temps avec une des filles, ou plusieurs d'entre elles.

Qui sait?

Je n'y vois pas vraiment grand-chose sur ce sol sombre, avec cette lumière rouge clignotant lentement au rythme de la chanson provenant des enceintes situées aux quatre coins de la pièce. Je ne suis pas venu ici depuis très longtemps car j'ai une préférence pour la chambre numéro deux, plus pratique et qui possède un lit.

La déco est toujours la même que dans mes souvenirs, des murs pourpres et un sol noir. La commode baroque couleur ébène est le seul mobilier de la pièce, avec la chaise et un portemanteau, et je sais d'expérience ce que renferme cette commode. Je fais un dernier tour du propriétaire, mais je ne vois aucun téléphone au sol ou ailleurs.

Max se serait-il trompé de pièce?

Alors que je m'apprête à repartir en râlant, j'entends le bruit de la porte qui se ferme et qu'on verrouille derrière moi. Je me retourne vivement et vois une petite danseuse blond platine s'avancer vers moi avec toute l'assurance de la professionnelle qu'elle est. Sa tenue légère laisse peu de place au mystère. Elle continue de s'approcher d'une démarche chaloupée et je peux mieux détailler ce qu'elle porte. En haut, il s'agit d'un soutien-gorge en velours parme avec une multitude de petites pampilles en strass qui brillent, le tout retient ingénieusement sa lourde poitrine. En bas, elle est vêtue d'une micro-jupe en cuir noir et de bas résille assortis qui cachent juste l'essentiel.

Elle est juchée sur une paire de hautes chaussures vernies qui, j'avoue, me font de l'effet. Toujours sûre d'elle, elle se tient bien droite, bras derrière le dos, ce qui met sa poitrine encore plus en avant. Je commence à avoir du mal à me concentrer. Sa belle silhouette pulpeuse et sa peau blanche constellée de grains de beauté me rappellent vaguement quelqu'un mais je ne distingue pas clairement son visage ultra-maquillé dans cette ambiance intime.

– Désolé, poupée, je n'ai pas commandé de danse. En fait, j'allais partir.

Elle ne dit rien et me barre toujours la route.

– T'es nouvelle ? Je ne crois pas t'avoir vu au CSB, avant.

Elle pivote de profil pour poser la clé de la porte sur le dessus de la commode et j'aperçois ses côtes ainsi que le tatouage qui les décore.

– Mais qu'est-ce que…

– Effectivement, Tarzan, j'ai commencé aujourd'hui. C'est juste pour la soirée, je suis en mission d'infiltration. Mais chut, c'est un secret.

Joignant le geste à la parole, elle met son index droit devant sa bouche, dévoilant un plâtre résiné que je devine rose fluo, puis elle rigole en voyant mon expression. Je la détaille de nouveau de haut en bas.

Putain !

Elle est vraiment canon, bien que trop maquillée à mon goût. Je la trouve tellement belle au naturel.

– Comment trouves-tu ma tenue ? Je fais pro ?

Je suis tellement sur le cul que je n'ai rien à lui répondre. Je ne sais pas ce qui me choque le plus à cet instant, de la voir là en chair et en os si près de moi, après avoir passé la semaine à l'éviter, ou de la voir dans cette tenue qui me grille le cerveau et dont chaque détail y sera gravé et archivé, à côté de la vision d'elle, flottant à la surface du lac aux grenouilles. Je ne doute pas que mon visage révèle mon ahurissement.

– On a perdu son sens de la repartie, Terminator ?

Elle termine de s'approcher de moi et me pousse fermement en arrière, ce qui me fait chuter sur la chaise, et je manque de tomber avec. Elle est tellement petite par rapport à moi que même quand je suis assis, elle me dépasse de peu. J'ai la tête à un niveau stratégique et je pourrais enfouir mon visage entre ses seins si je me penchais. Tout ça ne m'aide pas à me recentrer.

Je bégaye comme un con :

– Co… Comment? Je t'ai vue vers vingt et une heures trente devant la supérette d'Alfred et il y a une seule entrée au CSB. Max n'aurait jamais accepté de te planquer ou de te faire entrer par-derrière, ni de t'aider d'aucune façon. J'ai été clair sur ma position à ton sujet.

– Ce n'est pas Max qui m'a aidée.

– Qui?

Je réfléchis quelques instants, me repassant la soirée…

– Putain, Eddy!

Elle perd toute son assurance et a l'air paniquée. J'ai du mal à la reconnaître avec tout ce maquillage à outrance.

– Pitié, Rock, ne t'en prends pas à lui, je voulais juste te parler et je ne lui ai pas vraiment laissé le choix.

– Mais moi, je ne souhaite pas te parler, bordel, c'est quoi que tu ne comprends pas?

– Donne-moi juste cinq minutes, rien que pour tout le mal que je me suis donné. Reconnais que je suis inventive…

Elle me sourit timidement en me regardant à travers ses cils et je me sens faiblir.

– Comment?

Elle comprend ce que je lui demande et prend une profonde inspiration avant de se lancer.

– Tout est parti de ce film que je regardais : *V pour Vendetta*…

Je la fixe, inflexible, les bras croisés sur mon torse et toujours assis sur ma chaise. J'attends la suite, tout ouïe. Je me demande comment ce film qui dénonce le totalitarisme a pu lui donner l'idée de se déguiser en strip-teaseuse.

– Comme tu l'as dit, Max ne voulait rien savoir et personne ne me permettait d'entrer. Du coup, j'ai appelé Eddy hier midi, je l'avais vu s'engueuler avec Rhonda le matin même devant chez eux. Elle le soupçonnait de la tromper car il avait oublié leur anniversaire de rencontre.

Eddy habite pour des raisons professionnelles juste à côté de chez Alfred, où Olivia semble passer le plus clair de son temps. Les adresses des frères ne sont un secret pour personne, sauf la mienne…

– Du Rhonda tout craché… Continue.

– Je l'ai donc appelé pendant que Rhonda était au supermarché et je lui ai demandé de me donner les coordonnées d'une des danseuses du CSB et de trouver un moyen de t'isoler dans une chambre privée pendant la soirée. Il a fait croire à Max qu'il s'était payé une danse avec un *happy ending* et a inventé cette histoire de téléphone.

– Pourquoi diable t'a-t-il aidée? Et où as-tu eu son numéro?

Je suis partagé entre l'envie d'exploser de colère et de connaître la suite. Je reconnais qu'elle ne manque pas de ressources et d'ingéniosité. Elle me répond, penaude et contrite :

– Je l'ai menacé de trouver Rhonda et de lui dire que j'étais sa maîtresse s'il refusait. De ce que j'ai vu de sa femme, il n'en faudrait pas plus pour que la vie de ce pauvre Eddy devienne un enfer sur terre, si ce n'est pas déjà le cas. Il m'a insultée mais a accepté. Quand je lui ai exposé mon plan, ça l'a même amusé et je pense qu'il voulait t'aider aussi, il m'a donné des conseils.

– Putain…

Je me pince l'arête du nez entre les doigts et expire longuement pour garder mon calme. J'essaye de ne pas la regarder ailleurs que dans les yeux. Son petit corps de tentatrice, l'objet de nuits de fantasmes est à seulement quelques centimètres de moi, il me suffirait de me pencher, juste un peu…

– J'ai eu son numéro de téléphone sur sa carte de visite professionnelle qu'il m'a laissée quand il a réparé ma douche. Il devait aussi faire attention que tu ne boives pas trop. Je crois qu'il a échoué sur cette partie-là, je t'ai fait asseoir bien trop facilement.

Ce n'est pas à cause de la boisson que j'ai perdu mes moyens, mais je me cache bien de lui avouer, elle pourrait profiter de la situation.

– Et ensuite, comment es-tu entrée dans ce foutu bar?

Elle souffle, apparemment excédée par mon ton directif, et poursuit d'un ton monocorde :

– Eddy m'a filé le numéro d'une danseuse, Marissa, que j'ai appelée. Elle a accepté de m'aider à choisir une tenue et à me maquiller avec les autres filles chez elle. Ce sont elles qui ont eu l'idée de la perruque. Ensuite, elles m'ont fait entrer en douce avec elles dans leur loge pendant que Max et le videur étaient occupés avec une livraison. Il ne sait toujours pas que je suis là, je suis restée cachée toute la soirée dans les loges à guetter le signal d'Eddy par texto et à surveiller ton approche. Voilà, tu sais tout.

Elle a maintenant l'air joyeuse et plutôt contente d'elle-même.

– Ton histoire est sympa mais je dois y aller maintenant.

Je suis dur et cassant. Je vois son visage se décomposer et elle me répond, la voix pleine de tristesse :

– Rock, tout ce que je veux, c'est deux minutes avec toi pour te présenter mes excuses correctement. Ce que tu me refuses depuis plus deux semaines. Simplement des excuses, rien d'autre.

– Mais je m'en fous, moi, de tes excuses !

Elle s'agace et le ton monte :

– Si tu t'en fous, alors pourquoi tu refuses de m'accorder deux minutes qui te permettront de te débarrasser de moi ? Deux minutes, c'est rien, comparé à une vie de harcèlement...

Pourquoi me présenter ses excuses est-il si important pour elle ?

Comme je ne réponds pas, elle poursuit :

– Tu sais ce que je pense ? Je pense que tu ne t'en fous pas, au contraire ! Et tu as peur car tu sais que ce que je vais te dire va te toucher là où ça fait mal et ça t'arrange bien que les choses entre nous soient réduites à néant.

Elle plante son petit index manucuré dans ma poitrine, juste au-dessus de mon cœur. Je lui réponds avec violence :

– Mais il n'y a rien entre nous, bordel !

Je me lève brusquement pour la surplomber de toute ma hauteur et elle sursaute, apeurée et blessée. J'oublie parfois à quoi je ressemble, surtout en colère. Malgré moi, je n'aime pas lui faire peur, mais elle a raison, je ne veux pas écouter la suite de son charabia. Je vois son visage se recomposer et son regard se durcir, bien décidé à en découdre :

– À qui la faute ? Et ose me mentir et nier que tu n'as pas eu envie qu'il se passe un truc entre nous. C'est toi qui es venu me trouver au lac ! C'est toi qui m'as écrit une lettre d'excuses mielleuse où tu m'invites au resto ! Va savoir pourquoi tu as pensé que me noyer serait une technique de drague efficace, mais grâce à mes discussions avec ton entourage, j'ai commencé à saisir que tu étais un handicapé des sentiments. Et je le comprends, Rock ! Contrairement à ce que tu penses, je le partage même ! Je sais que tu connais une partie de mon passé. Tu dois bien te douter que pour moi aussi, la confiance, l'amitié, apprécier quelqu'un, s'ouvrir, c'est compliqué et ça frôle l'impossible. Il est tellement plus facile de s'anesthésier et de traverser l'existence sans heurt mais ça, ce n'est pas vivre, Rock ! Une amie chère me l'a fait comprendre.

Ses dernières paroles brisent quelque chose en moi et je ne peux plus me contenir :

– Je ne suis pas anesthésié, Olivia ! Au contraire, c'est bien trop douloureux ce que je ressens, Sunny et toute cette merde dont je suis responsable. La putain de culpabilité qui me ronge et me pourrit de l'intérieur ! Je n'ai personne sur qui la déverser, je ne peux m'en prendre qu'à moi-même ! Et quand ça commence à aller mieux, que je commence à refaire surface, je reçois sa maudite lettre, chaque année à la même date, et je replonge. J'ai l'impression d'être dans une tragédie grecque merdique. Sauf que ce n'est pas mon foie qui se fait dévorer pour repousser à l'infini, Princesse.

Je ne sais pas ce qui me prend de lui confier ça de but en blanc. Elle semble touchée et tend la main vers moi pour la poser sur mon avant-bras. Sa caresse me fait l'effet d'une décharge électrique. Je me calme instantanément.

– Rock… Écoute, je suis désolée pour mes paroles stupides, je t'ai blessé, ce n'était pas mon intention. Tu m'as foutu la trouille de ma vie et j'ai paniqué, mais ce n'est pas une raison ni une excuse pour ce que j'ai dit et je m'en veux terriblement.

Elle marque une pause puis reprend sans rompre le contact entre nous :

– Tu sais que mes parents sont morts quand j'avais 10 ans, mais tu ne sais pas tout. Je sais ce que c'est d'être en colère, de s'en vouloir et de ne pouvoir s'en prendre qu'à soi-même. De regretter des choses qu'on a dites et qui ont été lourdes de conséquences.

Sa voix se brise, elle a les larmes aux yeux. Toute ma colère s'envole enfin car je sais qu'elle s'ouvre à moi et va me livrer quelque chose d'important. Un petit fragment d'elle brisé pour compenser celui qu'elle m'a pris involontairement et qu'elle a utilisé contre moi cet après-midi-là au lac.

– Oui, je sais.

– Non, ce que tu ignores, c'est qu'ils sont morts dans un accident de voiture et que j'étais avec eux. C'était entre Noël et le Jour de l'an. On devait rester chez ma grand-mère jusqu'à la rentrée des classes, mais je suis tombée malade, et quand j'étais malade, à cette époque, je ne dormais correctement que dans ma chambre. J'ai donc pleuré toutes les larmes de mon corps et fait des pieds et des mains pour qu'on rentre chez nous. La route était verglacée, il faisait nuit, papa et maman se disputaient. Mon père reprochait à ma mère d'avoir encore une fois cédé trop facilement et qu'il était temps que je grandisse et que j'arrête ces caprices d'enfant. Je les suppliais d'arrêter et de regarder la route. Mon père a été surpris par un virage et a perdu le contrôle du véhicule. C'est allé si vite ensuite. La voiture a quitté la chaussée pour chuter en contrebas à toute vitesse.

– Olivia, je…

– Attends, ce n'est pas fini, je n'arriverai pas à continuer si je m'arrête. La voiture a atterri dans un lac, ce qui en un sens a amorti notre chute. Mais nous avons commencé à couler à pic. L'eau était tellement froide, Rock, glacée. Elle entrait par mon nez, par ma bouche et j'étais coincée par ma ceinture de sécurité.

Elle ne retient plus ses larmes, elle tremble de tout son petit corps et halète comme si l'air venait à lui manquer à nouveau. Sans me poser de questions, je me penche vers elle et la serre contre moi. Je lui embrasse le haut du crâne, les joues, les yeux à plusieurs reprises pour l'ancrer dans le présent. Elle a le goût du sel et du maquillage bon marché, mais je m'en fous. Je n'ai pas pu être là pour Sunny, mais je peux être là pour elle, pour qu'elle ne s'effondre pas sur elle-même comme ma sœur.

Étonnamment, la rendre plus forte m'aide moi-même à me ressaisir. Ses spasmes se calment doucement et réduisent.

– Du calme, Princesse, je suis là. Ici, tu es en sécurité. Et ensuite que s'est-il passé ?

– La police dit que ma mère est morte sur le coup quand la voiture a frappé un arbre dans sa chute. Elle ne portait pas sa ceinture, comme à son habitude. Je me souviens que mon père s'est débattu sous l'eau. Il a réussi à nous détacher tous les deux. Il m'a prise dans ses bras et nous a hissés par le pare-brise explosé. Cette sensation de manque d'air est une des pires douleurs que j'ai pu ressentir de toute ma vie. On pense que se noyer va vite mais ça prend beaucoup, beaucoup de temps. Nous sommes remontés à la surface. Nos vêtements nous gênaient. La suite, je ne m'en souviens pas, je me suis évanouie de froid et de douleur. Les secours ont été contactés par un automobiliste qui, par chance, avait vu l'accident car il nous suivait durant cette nuit horrible. Mon père est décédé des suites de ses blessures à l'hôpital et je suis restée un mois dans le coma. Du coup, je n'ai pas pu assister à leur enterrement. J'ai appris tout ça à mon réveil et j'ai eu énormément de mal à l'accepter. Un instant, tout va bien dans le meilleur des mondes et l'instant d'après, tout a disparu, vous est arraché et est massacré. J'ai mis du temps à récupérer mes souvenirs, qui sont revenus au compte-gouttes. Je me suis réveillée seule, orpheline et perdue, je refusais de croire ce que les médecins et les infirmières me racontaient. Chaque jour, je leur demandais quand mes parents allaient venir me chercher, chaque jour, ils me répondaient la même chose. Puis une fois guérie, j'ai été placée en famille d'accueil, je suis devenue une pupille de l'État français et j'ai fini par accepter mon sort.

Ses mots ne sont plus qu'un murmure quand elle termine son récit. Je suis désolé pour elle, pour la petite fille qu'elle a été. Je peux à peine commencer à imaginer ce qu'elle a traversé. Elle ne dit plus rien et respire fort contre mon torse.

– Tu n'avais pas de famille qui aurait pu prendre soin de toi?

– Non, ma mère était fille unique et avec ma grand-mère, elles n'avaient plus personne. Elles n'étaient que toutes les deux. Mon père était américain, il avait fui une famille nocive et maltraitante pour finir ses études en France, où il a rencontré ma mère. Il n'avait jamais repris contact avec sa famille et il n'en parlait jamais. On était une toute petite famille mais une famille quand même.

– Et ta grand-mère?

– Elle était âgée et avait déclaré un Alzheimer déjà bien avancé. Cela devait être le dernier Noël chez elle avant qu'elle ne rentre dans un institut médicalisé. Elle est décédée, il y a trois ans. Heureusement pour elle, la maladie lui a rapidement fait oublier la tragédie et le chagrin.

– Je suis sincèrement désolé, pour ce que tu as enduré et ce que je t'ai fait subir ces derniers jours. J'ignorais tout ça.

– Je me doute. Je ne le raconte que rarement, voire jamais. Tu en savais déjà un bout alors autant que tu aies toute l'histoire. Tu sais, ça arrive, Rock, de blesser quelqu'un sans le vouloir, à moins d'être un sadique ou un psychopathe, mais ça ne résout pas les choses de s'enfermer à l'intérieur de soi. Promets-moi de ne plus le faire.

– Désolé, je ne peux pas. On n'en est pas encore au stade des promesses.

– On en est à quel stade, alors?

Sa voix s'est faite toute petite et elle est toujours collée à moi, enveloppée dans mes bras et le regard concentré sur ses petites mains, qui jouent nerveusement avec mon tee-shirt gris. Sa question flotte dans l'air.

À quel stade on en est? À quel stade souhaiterais-je qu'on en soit?

En même temps, vu ce qu'elle vient de me raconter, je serais un gros connard de profiter de la situation.

Comme si ça a pu t'arrêter dans le passé!

Elle prend la décision pour moi en s'écartant un peu pour se mettre sur la pointe des pieds, et elle vient m'embrasser le coin de la bouche, hésitante, comme une demande de permission. Son attitude réservée tranche radicalement avec sa tenue et je craque.

Permission accordée, la conversation est terminée.

Il est temps de se mettre du baume au cœur et si c'est ce qu'elle souhaite aussi, alors…

Je me rassieds sur la chaise et l'entraîne dans ma descente en la tenant par les hanches. Elle prend place sur moi à califourchon. Sa micro-jupe se relève sur ses cuisses et elle vient coller son bassin contre ma queue, dure depuis l'instant où elle m'a touché.

Bordel!

La sensation est divine et nous n'en sommes qu'aux préliminaires. Mon jean et mon boxer me gênent, je souhaiterais pouvoir les arracher. Je reprends sa bouche violemment et l'envahis avec ma langue. La sienne, hésitante, vient me caresser doucement les lèvres. Sa timidité me rend fou et je me sens perdre le contrôle, ce qui ne m'arrive jamais. Si je ne me ressaisis pas, ça va aller beaucoup trop vite. Je l'entoure de mes bras pour la serrer le plus possible contre moi, je dois probablement lui faire mal. Je m'attends à ce qu'elle proteste et détache son visage du mien, mais elle passe, elle aussi, ses bras autour de mon cou, pour poser ses mains derrière ma tête.

Elle resserre encore plus notre étreinte et approfondit notre baiser, je sens son petit plâtre rose Barbie appuyer sur l'arrière de mon crâne. C'est alors qu'elle se met à se balancer légèrement d'avant en arrière et de gauche à droite pour se frotter contre la bosse de mon jean. Ce petit jeu dure un moment et lorsqu'elle commence à gémir, je perds définitivement tout self-control et tout s'accélère. Je me détache de sa bouche divine et viens enfouir mon visage entre ses seins.

Enfin!

Je m'y frotte, je les embrasse, les mordille. Ses gémissements se font plus forts et elle accélère sa danse sur moi. Ses mouvements de bassin me branlent à travers mes vêtements, je me suis moi-même mis à bouger pour intensifier son plaisir… et le mien. C'est trop bon et je sens que si ça continue, je vais me jouir dessus comme un adolescent. Je baisse les bonnets de son soutien-gorge et deux belles pommes blanches jaillissent. Elle a des seins magnifiques, pleins et ronds, sur lesquels se dressent deux petits tétons roses. Ses mamelons sont érigés et je ne peux plus attendre, je prends le gauche dans ma bouche et viens pincer l'autre entre mes doigts.

– Rock... Encore... S'il te plaît.

Sa voix est enrouée. Elle est en train de perdre tout contrôle, je l'entends à son accent natal qui se fait plus prononcé. J'adore avoir cet effet-là sur elle.

Ne t'inquiète pas, chérie, je n'ai pas prévu d'arrêter.

Elle rejette la tête en arrière et vient poser ses avant-bras sur mes épaules, mais comme promis silencieusement, je n'arrête pas de jouer avec les deux objets de mes fantasmes. Je lève juste les yeux pour observer le tableau qui s'offre à moi : son cou gracile, son menton tendu vers le plafond et une expression de pure satisfaction sur le visage. J'aimerais la voir comme ça tout le temps et surtout admirer ses yeux à cet instant. Comme si elle m'avait entendu, elle relève soudainement la tête, me regarde droit dans les yeux très sérieusement, et lance une des phrases qui me poursuivra inéluctablement toute ma vie :

– Rock, je veux te sucer. J'ai envie de toi.

À contrecœur, je détache ma bouche de ses seins magnifiques pour lui répondre, enfiévré :

– Ouais, je le veux aussi, mais toi d'abord.

Joignant le geste à la parole, je glisse mes mains doucement vers le bas et sur son petit cul rebondi. Je continue de descendre le long de ses fesses pour aller trouver la couture de ses collants résille entre ses jambes, et je les déchire.

Elle me regarde, surprise, mais ne dit rien. Sa respiration s'est accélérée et se saccade. Sans la quitter du regard, je passe la main à travers cette nouvelle ouverture et plonge mes doigts sous son string. Elle pousse un petit cri sexy et se mord la lèvre.

Seigneur tout-puissant, aidez-moi à tenir plus longtemps !

Je caresse ses grandes lèvres doucement de tous mes doigts et remonte le long de sa raie des fesses, jusqu'à son anus où je presse mon majeur doucement, puis je repars dans l'autre sens. Je fais ce va-et-vient plusieurs fois jusqu'à ce que ma main soit complètement lubrifiée de son plaisir.

– Princesse, tu es prête ?

Je ne veux pas lui faire mal et je me surprends prévenant avec elle.

– Oui, n'arrête pas !

Sur son ordre, je plonge deux doigts en elle. Son sexe est chaud et soyeux et je souhaiterais que ce soit ma queue, et non mes doigts à cet instant et à cet endroit.

Bientôt, Rock, sois patient. Mais je ne suis pas patient, bordel !

Sa tête retombe sur mon épaule et je sens son souffle contre ma peau. Son excitation décuple la mienne alors que je la doigte vigoureusement. Elle a repris ses mouvements et frotte son clitoris de nouveau contre moi pendant que je m'occupe d'elle par-derrière.

Je tourne la tête pour l'embrasser et elle me rend mes baisers sauvagement. De temps en temps, mon prénom s'échappe de ses lèvres dans un murmure torride. Le moment est parfait, intime, bouillant. Je sens la sueur couler le long de ma nuque alors que je me retiens de jouir. Les frottements de son bassin m'ont amené au bord du précipice.

Alors que j'accélère encore le mouvement de mes doigts pour la faire jouir, et moi avec – car je ne doute pas que je ne me retiendrai pas, tant pis pour mes fringues –, la porte s'ouvre et la tête de Max passe par l'entrebâillement.

Mais bordel de merde ! Comment ?

Heureusement, elle est dos à la porte et ne s'aperçoit de rien. Je suis trop lancé pour m'arrêter ou être gêné, de toute façon, il m'a déjà vu dans le feu de l'action plusieurs fois. Je sais qu'il ne pourra pas la reconnaître avec son accoutrement de pin-up, et ça me rassure car je ne veux pas la partager avec lui. D'ailleurs, il ne doit pas voir grand-chose tout court. C'est plutôt ce qu'il entend et l'odeur de sexe dans la pièce qui le met sur la voie, et quand il saisit ce qu'il se passe, il ressort rapidement sans un bruit. J'avais oublié qu'il avait le double des clés, c'est son bar après tout…

Un gémissement d'Olivia, plus fort que les autres, me ramène à ce que je suis en train de faire, et Max est aussitôt oublié. Elle me donne un ultime coup de reins, je sens son corps se tendre et s'immobiliser au-dessus de moi, mais je continue mes gestes. Puis tout son vagin se contracte autour de mes doigts par à-coups, une plainte sensuelle et profonde s'élève de sa gorge, mêlée à mon prénom, et elle me mord la lèvre férocement. Il ne m'en faut pas plus pour décoller, après une semaine de frustration, alors que la nana de mes fantasmes me chevauche comme une walkyrie à demi-nue, déchaînée et en implorant mon prénom au creux de mon oreille. Je me jouis dessus sans aucune honte et dans un orgasme qui me grille le cerveau.

J'ai eu beaucoup de filles dans mon lit, sûrement trop diraient certains, mais Olivia me paraît différente. Je ne saurais encore dire pourquoi ni comment, mais elle m'a touché là où aucune autre n'avait réussi à le faire. C'est bien la première fois qu'une nana me prend en chasse de la sorte et me repousse à ce point dans mes retranchements pour obtenir ce qu'elle veut. Et ceci n'est qu'un avant-goût. Il me tarde de recommencer dès que possible, mais dans un cadre où je pourrai prendre mon temps, où elle ne me surprendra pas et où j'aurai le contrôle de la situation. Il y aura une prochaine fois, c'est certain, j'ai déjà un millier de scénarios en tête. Je souhaite même faire des choses auxquelles je me refuse habituellement. Mais Olivia l'acceptera-t-elle ?

8

CHAMBRES PRIVÉES N° 3 ET N° 2…

Olivia

Il me faut quelques secondes pour reprendre pied et réaliser que je suis sur Rock et que c'est lui qui m'a fait décoller de la sorte.

Cet homme aura ma peau.

Je me redresse et le regarde, craintive. Honnêtement, je n'ai pas la force, là, tout de suite, de continuer quoi que ce soit, je suis rincée. J'espère qu'il ne le prendra pas mal ou pourra patienter un peu pour reprendre les festivités, car il doit encore être excité.

D'ailleurs, l'ai-je vraiment excité?

Peut-être qu'emportée dans mon propre tourbillon de plaisir, je n'ai pas remarqué qu'il n'était pas à fond lui aussi. S'il se lève, part, et me laisse sur place comme une malpropre dans ce déguisement que je trouve maintenant ridicule, je ne m'en remettrai pas, c'est une certitude. Surtout après toutes les confidences que nous avons échangées. Il a l'air coquin et m'observe avec un demi-sourire en coin.

Et merde, il attend une suite!

– À quoi penses-tu? me demande-t-il gentiment.

– J'hésite à te prendre dans ma bouche ou entre mes seins, tu préfères quoi?

Son expression reflète son choc. Il s'étrangle avec sa salive et tousse. Apparemment, ce n'était pas la réponse à laquelle il s'attendait. C'est typiquement moi, je choisis souvent l'attaque en guise de défense pour cacher mon malaise.

– Bordel, Olivia, tu es vraiment la reine de l'à-propos, finit-il par dire ironiquement.

– Quoi? Tu ne veux pas de moi?

Je suis finalement déçue et je me sens rejetée. Il s'aperçoit de mon air blessé et se redresse, lui aussi, sur la chaise. Il me soulève le menton avec son index et plante ses yeux dans les miens.

– Hey, ce n'est pas ce que tu crois. Tu m'as eu, Princesse, il faut attendre un peu de temps avant de pouvoir remettre ça, c'est tout.

Je ne comprends toujours pas et je le regarde, perplexe.

– J'ai joui comme un putain d'adolescent dans mon jean à cause de toi, Olivia.

– Oh.

– Ouais, comme tu dis.

Je regarde son entrejambe et effectivement, une auréole plus sombre recouvre la bosse que forme encore sa braguette. Savoir que ce grand colosse qui a le contrôle de tout a perdu contenance grâce à moi me rend fière et j'ai envie de rire. Je ne me moque pas de lui mais de la situation en général. Je suis enfin parvenue à mes fins après plusieurs jours de galère, et quand je pense à ce que j'ai dû faire pour y arriver, c'est un rire de soulagement que je laisse échapper de mes lèvres.

Mais le jeu en valait la chandelle, j'en ai appris un peu plus sur Rock et j'ai eu un orgasme de dingue après des mois de solitude, grâce à lui. Il est là, devant moi, sombre et beau comme un dieu, et je réalise que je le désire depuis que j'ai posé mes yeux sur lui ce premier soir au CSB, malgré son attitude de con et celle de ses copains. Parmi tous les hommes du bar, c'est lui que j'ai choisi et que je veux indiscutablement, irraisonnablement.

– Ça te fait rire ? C'est moi qui suis vexé maintenant.

Effectivement, il se renfrogne, perd son air détendu pour petit à petit reprendre le seul que je lui connaissais jusqu'à aujourd'hui, celui du gros dur écorché vif, tellement cliché.

– Non, je rigole de moi-même, Brutus. Je suis complètement dingue. Non mais, tu as vu ma tenue ?

Il me zyeute de haut en bas.

– Oui, je l'ai plus que bien vue et si je continue à te regarder, on risque de repartir pour un tour de manège.

– Je ne dirais pas non, mais pas ici. Imagine si Max vient frapper à la porte ! En plus, j'ai soif.

Une expression étrange passe sur son visage mais je n'ai pas le temps de comprendre de quoi il s'agit qu'il se lève, m'emportant avec lui dans ses bras. Il m'embrasse sur le bout du nez et me repose par terre.

– Tu as raison, il ne manquerait plus que Max nous surprenne. Allez viens, on va sortir par-derrière, j'ai les clés du club. Tu es venue comment ?

– À pied. Mais je dois récupérer mes affaires de rechange dans la loge des filles.

– J'y vais, je ne veux pas qu'un des clients te voie dans cette tenue.

Sur ce, il sort de la pièce à pas de loup.

N'avais-je pas fermé à clé?

Je suis presque sûre que oui. Je hausse les épaules, il doit sûrement avoir cette clé-là aussi, ou un passe-partout. Je pivote pour me regarder dans un miroir sur le mur.

Effectivement, vu sous cet angle…

Je n'assume plus trop ma tenue à présent. Je replace mes seins correctement dans leur écrin de velours mauve. Mes résilles sont complètement déchirées, je tire sur ma jupe pour cacher les trous, en vain. J'observe mon visage…

Oh, mon Dieu, mon maquillage! Comment Rock n'a-t-il pas ri?

Tout a coulé, je ne ressemble plus à rien. Je fais penser à cette affiche au fond jaune du film *Planet Terror* de Robert Rodriguez : « *You might feel a little prick.* » Je sursaute quand Rock revient dans la pièce.

– C'est bon, j'ai tes affaires et la voie est libre, on peut sortir. Tu devrais mettre ça.

Il me tend son gros blouson de cuir aux couleurs de son clan, qu'il quitte rarement, peu importe la température, et que j'accepte sans me faire prier. Je le passe sur mes épaules, il est lourd, sent le cuir et… Rock.

Gémissement niais de plaisir intérieur.

– Je t'ai pris une petite bouteille d'eau aussi, tiens.

Deuxième gémissement niais de plaisir intérieur.

J'attrape la bouteille comme une désespérée et en bois la moitié en deux secondes.

Waouh, ça fait presque autant de bien qu'un orgasme.

Je dois d'ailleurs avoir l'air satisfaite car Rock m'observe, subjugué.

– Merci pour l'eau.

– Non, merci à toi, j'ai un nouveau fantasme.

La messe est dite.

Il est trois heures trente du matin quand Rock me dépose devant chez moi. Ce soir, il avait pris sa voiture, un énorme 4x4 Dodge noir. J'ai été choquée de savoir qu'il ne se déplaçait pas seulement à moto, ce à quoi il m'a répondu :

– Tu portes tout le temps des tangas en dentelle?

– Non, j'ai aussi de très jolies petites culottes en coton, pourquoi?

– Eh bien, pour moi c'est pareil, certaines situations nécessitent un peu plus de confort, tu vois…

J'éclate de rire :

– Très drôle, Rocky. J'aurais pourtant juré que tu n'avais pas le sens de l'humour.

Nous sommes enfin devant ma porte et je ne sais pas ce que je dois dire ou faire.

L'inviter? Lui offrir un café à trois heures trente du matin? Une tisane peut-être?

Et apparemment lui non plus, il a les mains dans les poches et se balance d'avant en arrière, mal à l'aise. C'est difficile de croire qu'il y a trente minutes, nous étions l'un sur l'autre, essayant de ne faire qu'un. Il prend la parole :

– Merci pour cette soirée au final… inattendu.

– Tout le plaisir était pour moi. Si on pouvait juste éviter de se faire la tête à nouveau pendant deux semaines, ce serait mieux.

Ma réplique le fait rire et il me prend dans ses bras.

– Je pense qu'on a besoin de sommeil tous les deux, je suis en patrouille de la zone cet après-midi. Je vais te laisser entrer seule chez toi, sinon je ne ressortirai pas.

Il m'embrasse et je suis à nouveau instantanément en feu. Il se détache avant que cela ne dérape, prend du recul et me jauge. Après quelques secondes, il m'enlève délicatement ma perruque blonde et me caresse les tempes avec douceur.

– C'est mieux ainsi.

– Tu trouves? J'envisageais de changer de couleur, plaisanté-je.

Il passe les doigts dans mes cheveux bruns, en saisit une poignée et tire dessus fortement pour que je bascule la tête en arrière.

– Oui, carrément mieux ainsi. Écoute, Olivia, comme je te l'ai dit, tu me plais.

– C'est toujours bon à savoir après coup, dis-je ironiquement. Tu me plais aussi, Brutus, va savoir pourquoi?

Il reprend, agité et mal à l'aise. Je ne l'ai jamais vu comme ça.

Qu'est-ce qui se passe?

– J'ai pas mal de soucis en ce moment en ville avec un club de motards dans les environs et certains frères qui remettent ma légitimité à diriger le Clan en cause. Je ne sais pas si je peux m'engager dans quoi que ce soit de sérieux et l'assumer correctement, j'ai jamais fait ça avant. Tu mérites le meilleur, Princesse.

– J'ai aimé ce qu'on a fait ce soir, Rock. C'était spontané et un peu fou. Je me sens bien, c'est tout ce dont j'ai besoin.

– Moi aussi, j'ai aimé. Mais en étant avec moi, tu t'exposes et tu te mets en danger. Les Black Edge n'hésiteraient pas à s'en prendre à toi pour m'atteindre. Putain, ça fait cliché dit comme ça, mais c'est pourtant vrai, Liv, je te jure. Je sais pas quoi faire…

J'ai pas mal discuté avec Max et je sais à quel point la situation est merdique pour lui à l'heure actuelle. Honnêtement, je n'ai pas envie de me transformer en cible géante, même pour une partie de jambes en l'air affriolante. J'ai déjà eu mon lot d'emmerdes dans la vie et pour le restant de mes jours. Et puis, en réfléchissant bien, je n'ai jamais fait ça non plus, alors prendre son temps sans être l'attraction de la ville ne me paraît pas être une mauvaise idée. Car c'est comme ça que ça marche dans ces petites villes, il n'y a pas de vie privée. Rock et moi deviendrions la source de commérages et de regards curieux jusqu'à la prochaine nouveauté, autant dire pour un bon moment… Rien que d'y penser, j'en ai la chair de poule, alors je lui dis :

– Rock, on peut garder ça pour nous pour le moment. Les autres n'ont pas besoin de savoir quoi que ce soit pour l'instant. Ça nous laisse le temps à tous les deux de comprendre ce qu'on veut. Juste toi et moi.

J'ajoute sur le ton de la plaisanterie :

– En plus, si ça ne colle pas au final entre nous, au moins on pourra continuer à cohabiter dans la même ville et faire comme si rien ne s'était passé.

– Tu es vraiment une fille étonnante, tu sais?

– C'est que tu ne connais pas beaucoup de filles cool, c'est tout.

Il rigole et me dit avec un air de défi coquin :

– Alors présente-moi tes copines…

– Dommage pour toi, je n'ai pas d'amies. À ce sujet, Tarzan, même si tout ça est léger entre nous, la seule chose que je souhaite, ce sont les droits exclusifs sur l'utilisation de ton corps, le temps que dure cette histoire.

J'essaye de garder un ton léger pour ne pas paraître jalouse et lui faire peur, mais je n'envisage pas une nanoseconde de le partager si on doit entamer quelque chose. Mon passé fait que, sur ce sujet, j'ai de gros soucis avec la confiance. Je ne sais pas quelles sont ses pratiques habituellement, or c'est pour moi une condition non négociable. Cela va peut-être signer un arrêt brutal immédiat à cette histoire. Il prend un temps qui me semble infini avant de me répondre :

– J'accepte si ça vaut pour toi aussi. Pas de Max la Menace ici.

Il pose un doigt sur ma bouche.

– Ou ici.

Il pose un doigt sur le bas de mon ventre.

– Ou encore là.

Il pose son index dans le creux de mes seins.

– Bref, nulle part sur ce petit corps savoureux qui m'appartient.

J'explose de rire :

– Tu es jaloux de Max? Sérieux?

– Bien sûr que non.

– Mouais, je ne suis pas convaincue. Mais c'est d'accord, je ne serai qu'au service de Sa Seigneurie Rockus Brutus, troisième du nom.

Il m'attrape, m'enlace de ses bras et dépose une ligne de baisers de ma clavicule à ma bouche, où il reste plusieurs secondes.

– Allez, Princesse, va te démaquiller et au lit. Maintenant que le jour se lève et que je décuve, tu commences à me faire peur avec toute cette merde sur ton visage.

– À vos ordres, *Mon Seigneur*.

Je l'embrasse sur le torse, partie de son corps que j'atteins sans difficulté, fais une jolie pirouette légère et entre dans la petite maison bleue d'Ellie.

Je prends une douche fraîche et rapide, j'enfile une simple culotte en coton, car il fait très lourd sous les toits de ma chambre, et je me couche avec la veste de Rock près de moi.

Tu es fichue, ma vieille.

Quoi qu'il arrive et peu importe que cela reste entre nous deux, je sais que la fin sera douloureuse, si fin il y a, mais j'accepte de prendre le risque. Je me sens enfin vivante pour la première fois depuis le décès de Moïra. Parfois les choses sont simplement évidentes. Espérons qu'elles le soient aussi pour lui par la suite, une fois qu'il aura réglé son souci avec les Black Edge.

***

Lorsque je me réveille, j'ai reçu plusieurs SMS. Le premier est de Max :

[Bien dormi, belle au bois dormant?
Bibliothèque demain?
J'ai une surprise pour toi…]

Je lui réponds :

[Oui et oui! Et j'adore les surprises,
merci, Blondinet.]

Le deuxième est d'Eddy :

[Alors Machiavel, ton plan a marché?
Suis-je un homme libre ou
comptes-tu me faire chanter à nouveau?]

Pauvre Eddy, j'ai été dure avec lui, mais il a tenu parole et je lui suis infiniment reconnaissante :

[Encore merci, Eddy. Je viendrai garder
tes filles un soir pour que tu puisses
sortir avec Crazy Rhonda
et fêter cet anniversaire de rencontre.
Notre stratagème a fonctionné,
Rock a semblé avoir accepté mes excuses;)
Je ne peux rien te dire de plus.
Merci de ta discrétion auprès des autres.]

Le dernier est de Rock :

[Vendredi soir, 21 h devant chez toi,
je t'emmène au restaurant
dans Newton City. R]

Je crois qu'on ne peut pas faire plus directif et moins romantique que ce texto, mais je savais à qui je me frottais en acceptant cette pseudo-relation avec lui. Cependant, je ne compte pas me faire écraser trop facilement, alors je lui réponds :

[Quand je disais Mon Seigneur, c'était pour rire, je ne compte pas me prosterner, mais OK pour le restaurant, je serai prête.]

Oui bon, j'admets, je suis faible…

Je ne fais pas grand-chose de cette journée. Je reste à l'intérieur de la maison, à la recherche sans espoir de fraîcheur, car dehors la chaleur est insoutenable et je n'ai pas le courage d'aller au lac après ma soirée de la veille. Je suis encore sur mon petit nuage. Je trouve des mini-canettes de Pepsi au réfrigérateur. Ni une ni deux, j'en glisse deux entre mon débardeur et mon soutien-gorge, et je vais m'affaler dans le canapé du grand salon d'Ellie pour lire pour la énième fois *À la croisée des mondes* de Philip Pullman. Il n'empêche que ma température corporelle chute instantanément grâce à cette technique brevetée Pepsi.

À situations désespérées, solutions désespérées…

Alors que je pique du nez après plusieurs heures de lecture intense, la sonnette de la porte d'entrée retentit et couvre *Cool Girl* de Tove Lo que ma playlist joue à fond dans la maison. Contrairement à beaucoup de gens, j'aime lire dans le bruit et me balade partout avec ma petite enceinte portative rétro mais puissante. J'ai d'ailleurs une playlist spéciale pour chaque type de livres que je suis en train de lire. Je cours ouvrir car ce doit être la livraison des nouveaux vêtements que j'ai commandés sur Amazon depuis le cybercafé et je suis impatiente de les essayer.

Je reste coite sur le pas de ma porte, stoppée net dans mon élan et mon enceinte sous le bras : une dizaine de motos et d'énormes voitures ont envahi ma rue, ainsi que leurs propriétaires, des hommes et quelques femmes, tous plus impressionnants les uns que les autres. Max se tient devant moi sur mon porche. Il me regarde, ahuri, ses yeux allant de mon visage à mon buste et j'entends plusieurs rires s'élever derrière lui. Je réalise qu'outre mon mini-short rose bonbon avec des étoiles, j'ai deux mini-canettes qui débordent de mon débardeur.

Et voilà, voilà…

Je jette un coup d'œil circulaire. Effectivement, certains se rincent l'œil et se marrent ouvertement. Puis je tombe sur la paire d'yeux que je craignais le plus de croiser à cet instant.

Quelle honte !

Tarzan est sur son bolide et ne semble pas particulièrement content que ses « frères » profitent du spectacle, à en juger par son air sévère et ses lèvres pincées, mais il ne peut rien dire, discrétion oblige. Je retire rapidement les canettes de mon haut et stoppe ma musique, qui chante haut et fort « *I'm a, I'm a, I'm a cool girl, I'm a, I'm a cool girl, Ice cold, I roll my eyes at you, boy*[6] ».

Je demande en chuchotant à Max :

– Que veux-tu, Max? Qu'est-ce qu'ils font tous là?

– Une urgence nous appelle. Les Black Edge ont enlevé Johanna, la femme d'un des nôtres, et ils réclament une rançon. On doit intervenir avant qu'il ne soit trop tard.

– Merde. Je peux faire quelque chose?

– Non! Surtout pas. Je voulais juste te prévenir que nous ne serons pas là peut-être pendant un moment. La ville est sous la protection d'Eddy, de Bounce et Bill et de vétérans. Fais attention à toi, reste à l'intérieur le soir, et si tu as le moindre souci, appelle-les. Pas d'escapade au lac. Compris?

– Oui, c'est bon, j'ai compris… je lui chuchote.

Et j'ajoute plus fort en regardant par-dessus son épaule :

– Faites tous attention à vous et revenez entiers et entières.

Mon cœur se serre, j'ai peur pour eux tous. La situation est encore plus grave et instable que Max ne me l'a laissé entendre ces dernières semaines. Je redescends de mon petit nuage sur lequel Rock m'avait envoyée et je prends véritablement conscience de l'environnement dans lequel j'ai atterri. Ceci sera désormais mon quotidien si je décide de rester ici. Cela détonne avec ma vie passée et privilégiée à Paris.

Ai-je envie de ça? Même pour les beaux yeux de Rock?

Puis je me souviens de Moïra. Je dois au moins terminer mon enquête à son sujet, que j'ai délaissée ces derniers temps, avant de prendre une quelconque décision. Et quand j'y songe, peu importe l'âge ou l'endroit, les ennuis ont toujours su me trouver.

Pourquoi ai-je cru que cela serait différent ici?

– On devrait être revenus pour vendredi.

– C'est noté.

---

6. « Je suis, je suis, je suis une fille cool, je suis, je suis, je suis une fille cool, froide comme la glace, tu me laisses indifférente, mec. »

Vivement que cette conversation se termine et que j'échappe à tous ces regards curieux braqués sur moi.

– Dernière chose, j'ai dit à Susan, notre institutrice, que tu cherchais de quoi t'occuper. Elle souhaite te voir demain matin vers huit heures, elle a quelque chose à te proposer.

– Entendu, j'irai la voir alors, c'est gentil, Max, merci beaucoup.

Si je ne peux plus sortir de la ville, j'espère effectivement trouver quelque chose à faire, sinon je vais devenir folle. Je jette un coup d'œil à Rock qui m'observe toujours lorsque Max me surprend en m'embrassant gentiment sur la joue près des lèvres, bien trop près…

– Fais vraiment attention, miss. Reste en ville. Eddy a ordre de te botter les fesses si tu en sors.

– Euh. OK.

– Et ne m'appelle plus jamais Blondinet ou c'est moi qui te botterai les fesses.

Heureusement que Max est de dos et qu'il ne peut pas voir le regard meurtrier que lui jette Rock à cet instant, avant d'enfiler son casque et de démarrer pour prendre, énervé, la tête du convoi.

– Fais gaffe, et reviens vite.

– Oui, à très vite, Liv.

Max s'en va à son tour, enfourche son bolide et je les regarde s'éloigner dans un nuage de poussière vers le sud de la ville depuis le porche de ma petite maison bleue. Je prie silencieusement pour que tout se passe bien. Mon angoisse monte en flèche maintenant que je réalise les enjeux de leur mission et leurs responsabilités au quotidien.

***

Je me présente comme convenu le lendemain matin à huit heures précises à la petite école de la ville, qui fait à la fois crèche, maternelle et école primaire. Pour le collège et le lycée, un bus passe dans plusieurs villes dont Colorado Source et dessert Newton City.

J'ai enfilé une tenue appropriée pour l'occasion mais qui me tient beaucoup trop chaud et je me dirige vers le petit bureau climatisé de l'accueil, à première vue vide. J'appuie avec insistance sur le bouton sonnette prévu à cet effet et, après ce qui me paraît être une éternité, une belle et grande femme blonde se présente et me tend une main, que je m'empresse de serrer fermement mais gentiment.

– Bonjour, vous devez être Olivia, l'amie de Max qui cherche du travail. Enchantée, je suis Susan Summerland, mais appelez-moi Susie.

– Enchantée, Susie. Effectivement, je cherche une activité car je ne peux temporairement plus travailler au CSB. Et les journées me paraissent longues...

Je lui montre mon plâtre pour appuyer mes propos et continue :

– Max m'a dit que vous aviez quelque chose à me proposer.

– En effet. Avez-vous déjà travaillé avec des enfants?

– En toute honnêteté, non.

– C'est quelque chose qui vous plairait?

– Je ne sais pas, je n'ai jamais eu d'expériences pro dans ce domaine. En quoi cela consistera-t-il?

– Il s'agit de m'assister pour les surveiller et les occuper. C'est ma collègue Donna ou moi-même qui dispenserons les cours, bien entendu, mais nous avons beaucoup d'activités récréatives à côté qui demandent un encadrement plus rapproché. Il peut s'agir de dessins, de lectures, d'activités sportives. La clé est la patience. Max m'a assuré que vous étiez sérieuse et douce.

Je rigole intérieurement : j'ai mis une droite à son pote après seulement quelques heures et il trouve que je suis douce...

– Max est trop gentil à mon propos. Je ne sais pas si on peut dire que je suis douce, mais je sais m'adapter à mes interlocuteurs, peu importe leur âge, grâce à mon précédent métier et oui, je suis sérieuse. J'adore lire et faire des activités créatives de toutes sortes, même si j'ai un peu laissé tomber le dessin depuis quelques mois. Et j'aime aussi les chiffres, j'étais analyste financière dans une autre vie. Je dois juste ne pas trop me servir de mon poignet plâtré.

Je lui adresse mon plus beau sourire. Ce travail pourrait vraiment me plaire, je me souviens qu'à l'orphelinat, j'adorais jouer avec les plus petits.

– Cela me semble très bien pour débuter. Il n'y a pas de souci pour votre poignet, il s'agit surtout de les surveiller et de les canaliser. Je pensais que vous pourriez également leur parler de temps à autre en français. Cela permettrait qu'ils s'intéressent aux langues étrangères pour plus tard et c'est toujours formateur.

– Bien sûr, j'en serai ravie. Je pense que cela favorise l'ouverture d'esprit, le respect de la différence et de ce qui nous est inconnu.

– Alors c'est parfait. Ma première impression à votre sujet est très positive. Max semble avoir eu raison de vous recommander. Il a un véritable don pour juger les gens. Il s'agira d'un contrat de travail à mi-temps et rémunéré. Nous aurions besoin de vous chaque après-midi, sauf le week-end bien entendu. Est-ce bon pour vous?

Elle parle de Max avec une grande tendresse et de la fierté, je me demande si notre jolie institutrice n'en pincerait pas pour lui. Ils feraient de magnifiques bébés, des petits chérubins blonds aux yeux gris. Je me note à moi-même de cuisiner Max sur le sujet.

– Ce serait parfait, merci. J'ai juste une question supplémentaire.

– Oui?

– Pourrais-je reprendre mon travail au CSB le soir, dès que mes doigts me le permettront, d'ici une semaine ou deux?

– Tant que vous continuez de venir à l'heure ici et que vous donnez satisfaction, je n'y vois aucun inconvénient.

– Super, je vous remercie, Susie.

– Je vais vous introduire auprès du reste de l'équipe et s'ils sont d'accord également, nous vous présenterons aux enfants cet après-midi.

– C'est très gentil à vous, je ferai ce qui est nécessaire pour vous donner entière satisfaction et pour que ces petits bouts de chou soient heureux.

Très contente de cette opportunité mais également un peu inquiète, j'ajoute :

– J'espère juste réussir à les gérer correctement. Ce sera une première pour moi.

Elle m'adresse un sourire amical et amusé.

– De ce que j'ai pu entendre des ragots de la ville, vous avez réussi à dompter déjà plusieurs de nos concitoyens les plus sauvages et récalcitrants. J'ai confiance en vos capacités, Olivia.

Et sur ce, elle me jette un clin d'œil complice.

OK, c'est parti!

Petits monstres, préparez-vous!

***

Durant les deux jours qui suivent, j'écris plusieurs SMS à Max, et seulement deux à Rock, à qui je n'ose pas en envoyer davantage.

Pas envie de passer pour une accro, et pourtant…

Je ne peux m'empêcher de repenser à ce que j'ai ressenti lorsque j'étais sur lui et grâce à lui dans cette chambre privée. Je veux revivre ça encore et encore jusqu'à ce que mort s'ensuive. La nuit, mon esprit s'emballe sans aucune limite et si je me réveille en sueur et fébrile le matin, ce n'est plus à cause de mes cauchemars.

Mais je n'obtiens de réponse ni de l'un ni de l'autre et mon angoisse commence à prendre des proportions démesurées en fin de semaine. Je n'ai tout bonnement aucune nouvelle d'eux. Seuls mes moments avec les enfants me distraient et me permettent de faire passer les heures un peu plus vite. Évidemment, le CSB est fermé en l'absence de Max et je me sens comme une lionne en cage. Je ne peux pas quitter la ville même si je le souhaitais. Eddy ne répond pas non plus à son portable et je prends sur moi pour ne pas passer pour une harceleuse.

Il ne manquerait plus que Crazy Rhonda y voit la confirmation que je suis bien la maîtresse de son mari, surtout si je déboule à l'improviste sur le pas de leur porte. Elle me regarde déjà suffisamment méchamment comme ça quand je la croise. Entre elle et son frère, Bill « le connard », c'est le jackpot. D'ailleurs, lui, je ne l'ai pas vu une seule fois pendant ces quelques jours, tout comme Bounce.

Ne sont-ils pas censés surveiller Colorado Source?

Quant aux habitants, ils continuent leur vie comme si de rien n'était, habitués et absolument pas décontenancés par les patrouilles des vétérans du Clan, nuit et jour, ou ceux postés aux endroits stratégiques de la ville comme des videurs de boîte de nuit.

Nous sommes vendredi en fin d'après-midi, et la situation n'a pas évolué. Je suis d'autant plus inquiète que j'avais rendez-vous au restaurant avec Rock et cela semble clairement compromis. Je me fiche du repas en soi mais j'imagine qu'il l'aurait honoré si tout allait bien. Dans le doute et pour m'occuper, je me prépare et j'enfile ma robe rouge dos nu, puis je prends le temps de me maquiller.

Je sais que c'est stupide car même si Rock rentrait à temps, il aurait sûrement d'autres priorités qu'un rendez-vous galant, mais c'est la seule chose que je trouve à faire pour me calmer les nerfs et empêcher mon cerveau de s'imaginer le pire.

À vingt-deux heures, je n'y tiens plus, je troque mes talons aiguilles contre des ballerines et j'enfourche ma bicyclette. J'ai décidé d'abattre ma dernière carte et de trouver le Doc. C'est la seule personne que je n'ai pas encore contactée, faute de numéro, or, si quelqu'un doit savoir si Rock ou Max sont blessés, c'est forcément lui. Je prends donc la direction du hangar et y fonce à vive allure en espérant qu'il vive là où il travaille, comme Max.

Sur mon chemin, je passe devant le CSB avec son immense vitre qui laisse voir l'intérieur, et à ma grande surprise, le fond du bar paraît faiblement éclairé. Je pile en freinant de toutes mes forces et manque de me casser la figure. J'abandonne Ginette sans considération sur le trottoir, brisant ma promesse faite à Ellie et pousse doucement la porte qui s'ouvre sans difficulté. Je n'ai donc pas rêvé, quelqu'un est bien à l'intérieur.

– Il y a quelqu'un?

Pas de réponse. Tout est calme, vide et aucun bruit ne filtre. J'avance vers le fond du bar et vers le rai de lumière qui a attiré mon attention. Je repense à cette première nuit torride avec Rock et je prie une énième fois pour que rien ne lui soit arrivé. La lumière provient d'ailleurs d'une des chambres privées, la numéro deux plus exactement, dont la porte est entrouverte. Je peux désormais entendre des mouvements et du bruit alors que je progresse à pas de loup.

Cela semble être des râles masculins, des chuchotements et surtout le son d'un lit qui grince selon un rythme universel reconnaissable entre tous. Mon estomac se tord d'appréhension et mon pouls s'emballe car j'ai l'intime conviction que je vais assister à quelque chose que je ne suis pas censée découvrir, mais ma curiosité est trop grande, je ne peux m'empêcher d'avancer. Peut-être que Max est bien rentré, après tout.

Mais pourquoi ne répond-il pas à mon message alors, ni Rock?

Un doute commence à germer en moi.

Pourquoi diable Max utiliserait-il cette pièce alors que son appartement est juste au-dessus?

Je m'avance dans l'encadrement de la porte et je regarde à l'intérieur de cette chambre. Le cœur battant la chamade, je me fige sous le choc de ce qui se dessine sous mes yeux. Je m'attendais à tout sauf à cela. Au centre de la pièce correctement éclairée par des spots, je devine Bill nu à quatre pattes sur le grand lit à baldaquin pendant que derrière lui, Bounce s'affaire furieusement. Bill gémit sans retenue, tête rejetée en arrière, les yeux fermés vers le plafond. Je suis partagée entre soulagement et stupéfaction.

Ça, je ne l'avais pas vu venir.

Peu importe la situation et avec qui, il s'agit de Bill « le connard ». Cette image ne quittera plus jamais mon esprit et me reviendra à chaque fois que j'aurai l'occasion de le croiser, à moins de me faire lobotomiser la cervelle. Involontairement, je lâche un juron très grossier et en français.

Bounce et Bill stoppent net leur affaire et tournent la tête dans ma direction. Je suis comme une biche prise dans les phares d'une voiture. Bounce, fidèle à lui-même, reste stoïque et ne semble absolument pas gêné pour un sou d'être surpris en plein ébat. En revanche, Bill devient livide. Il se retire brusquement de la prise de son partenaire, saute du lit et vient vers moi en courant à une vitesse vertigineuse pour sa carrure trapue. Je n'ai pas le temps de comprendre ce qui m'arrive qu'il me pousse violemment contre le mur et m'attrape par les épaules en me secouant. Ma tête heurte le mur à plusieurs reprises bruyamment.

– Tu fous quoi ici, bordel, sale fouineuse ?

– Rien, lâche-moi tout de suite. Tu me fais mal !

Bounce se ressaisit et intervient rapidement en attrapant Bill par le cou avec son bras.

– Putain, lâche-la, Bill ! Qu'est-ce que tu fous ?

– Cette connasse a tout vu, elle va courir tout raconter à tout le monde !

– Je n'en ai rien à faire de ce que vous faites tous les deux ni comment ! Je vous jure que je ne raconterai rien !

Bounce se tourne vers moi, un demi-sourire aux lèvres, ce qui me surprend au milieu de cette situation gênante et violente. Ils sont encore tous les deux nus comme des vers et mon crâne me lance. Son attitude est à l'opposé de celle de Bill, qui m'a certes lâchée mais me regarde encore comme s'il voulait me démolir.

– Perso, j'en ai rien à faire. Tous mes frères savent que j'aime les hommes autant que les femmes, ceux que ça gêne passent leur chemin. Mais Bill ici présent a plus de mal à assumer certaines de ses préférences.

– Ta gueule, Bounce, sérieux ! Ferme ta grande bouche !

L'interpellé en question lâche sa prise sur son amant pour attraper gentiment ma main droite entre les siennes. Je plonge mon regard dans celui de Bounce. Ses yeux sont d'un vert incroyable. Je n'ose plus bouger, coincée entre le mur et lui, en tenue d'Adam.

– Dommage, trésor, je t'aurais bien proposé de te joindre à nous. Tu es un sacré joli brin de fille.

– Hors de question ! hurle Bill.

– Bon, alors juste toi et moi, on s'en fout de ce vieux grincheux.

OK...

Bounce semble sérieux dans sa proposition et je reste coite de surprise. Heureusement, mes pensées et mes soupirs vont vers une seule et unique personne ces derniers temps, aussi beau soit l'homme au regard émeraude devant moi. Je ne cherche donc pas à creuser le sujet. Je n'ai même pas la curiosité de baisser les yeux vers le bas, je souhaite juste partir au plus vite, les abandonner à leur petite affaire et trouver le Doc, car je ne perds pas de vue ma mission première.

– Bon, écoutez les gars, on va faire comme si je n'étais jamais venue ici. D'ailleurs, j'ai déjà oublié ce que j'ai vu ! Allez, salut !

Oh la menteuse…

Bill reprend la parole, sa voix est basse et menaçante :

– Si tu dis quoi que ce soit, je te jure sur la tête de mes nièces que je ferai de ta vie un enfer.

Il se tourne vers Bounce pour ajouter en le pointant de son gros doigt velu :

– Et toi, tu m'avais dit que tu avais fermé la porte de devant à clé, putain ! Je ne te fais plus confiance. Tout ça, ça s'arrête ici et maintenant ! Rien ne s'est passé entre nous et rien ne se passera plus !

Bounce ne répond rien, égal à lui-même, il a commencé à se rhabiller tranquillement quand son téléphone sonne. Il le sort de la poche de son jean et décroche sans un regard pour Bill, qui attendait en vain une réaction de sa part.

– Ouais, Max ? Vous êtes rentrés ?

Mon rythme cardiaque s'emballe instantanément…

C'est eux !

Je dévisage Bounce pour essayer de comprendre ce que Max lui dit mais sans succès ; cet homme affiche un flegme légendaire.

– Je suis avec Bill et ta petite protégée, on arrive tout de suite.

Et sur ce, il raccroche.

– C'est hors de question que la fouineuse vienne avec nous, Bounce !

– Arrête de me faire chier et de faire ta diva, Bill. Je ne sais pas pourquoi tu la détestes à ce point, et je m'en contrefous, mais elle vient avec nous. Hors de question que je la laisse traîner dans la ville toute seule à cette heure-là. S'il lui arrive quelque chose, tu iras l'annoncer toi-même à Max et à Rock.

– Pourquoi Rock ? Il n'en a rien à faire d'elle.

– Si tu le dis…

– Tu vois, c'est ça le problème. Une nana déboule dans la ville et les emmerdes commencent.

– C'est pas elle qui crée des soucis ce soir. Rock est touché. Ils sont tous chez le Doc. Et avant que vous me le demandiez, non je ne sais pas ce qu'il a et si c'est grave. Allez, on y va.

Mon cœur tombe dans ma poitrine, toutes mes craintes se trouvent justifiées. Il ne servirait à rien de parler, hormis nous faire perdre du temps. Les garçons finissent de s'habiller pendant que je rentre mon vélo dans le bar et que je ferme l'entrée principale.

Nous sortons par-derrière et marchons jusqu'à la voiture de Bounce, garée un peu plus loin. Le trajet jusqu'au hangar du Doc se fait dans un silence lourd et tendu. Au moins, Bill me laisse tranquille et ne m'agresse plus verbalement ni physiquement. La Range Rover est à peine garée que je me précipite à l'intérieur du bâtiment. L'entrepôt est rempli d'une vingtaine de personnes, principalement des hommes, mais aussi quelques femmes. La majorité sont tatoués et percés mais surtout imposants et intimidants. Je reconnais certains visages pour les avoir vus au CSB ou devant chez moi, l'autre jour.

En temps normal, j'aurais réfléchi à deux fois avant de foncer tête baissée dans cette foule, mais je ne pense plus à rien et je cours vers Max, qui dépasse tout le monde d'une tête. Je joue des coudes pour me frayer un chemin à travers la flopée de motards.

– Max !

Lorsque j'arrive à son niveau, je vois une femme d'une quarantaine d'années que je ne connais pas, allongée sur un brancard, saine et sauve. Elle parle en pleurant à un homme qui lui tient la main et qui est penché sur elle. Il ne cesse de lui embrasser le front et les joues. Ils échangent des mots inaudibles mais que je devine chargés d'émotion.

– Max ! Tu vas bien ?

Mon ami se tourne vers moi et je cours dans ses bras, soulagée qu'il n'ait rien.

– Max, j'ai eu si peur pour vous. Et Rock, où est-il ? Est-ce qu'il va s'en sortir ?

– Hey, miss, du calme. Je vais bien et il va bien, il est avec le Doc. Il a quelques côtes cassées et le visage sacrément amoché mais il s'en remettra.

J'essaie de ne paraître ni trop soulagée ni trop concernée car Rock n'est pas censé signifier quelque chose de particulier pour moi.

– Je me suis tellement inquiétée pour vous, tu ne répondais pas à mes messages ! Plus jamais ça ! Je me suis attachée à vous, bande d'hommes des cavernes !

Je lui frappe le torse de mon petit poing maintenant que je peux laisser s'exprimer des jours entiers d'angoisse.

– Nous ne pouvions pas utiliser nos téléphones au risque de nous faire repérer. Et arrête, tu vas te faire mal à ta seconde main.

– Oh.

– Je serais toi, je profiterais qu'il soit immobilisé et engourdi par les médocs pour aller présenter tes excuses. C'est peut-être ta seule chance, mais je ne te garantis rien.

Je ne comprends pas tout de suite où il veut en venir et je manque de gaffer en lui disant que mes excuses ont été acceptées, mais je me rattrape au dernier moment :

– Tu as raison, il sera bien obligé de m'écouter.

Max me montre le box avec des rideaux dans lequel se trouve Rock. Je me dirige vers celui-ci, le plus calmement possible, sous le regard inquisiteur et menaçant de Bill, alors que je rêverais de courir.

Qu'est-ce que tu veux?

Ma photo, pauvre type?

Il commence vraiment à m'insupporter et j'envisage de le menacer à mon tour avec ce que j'ai appris plus tôt pour qu'il me laisse tranquille. Je lui lance un sourire plein de dédain, d'autosuffisance et complètement sournois. Il n'a qu'à s'imaginer que je complote et que je vais tout raconter, cela lui fera les pieds. Je croise innocemment les bras derrière moi pour qu'il les voie alors que j'avance vers le box, et discrètement, je fais deux jolis doigts d'honneur à son attention. Alors que j'entends Bill jurer à voix basse, Bounce explose de rire sur sa gauche :

– Tu les as bien cherchés, ceux-là, vieux!

Oui et il va vraiment finir par me trouver aussi...

Mes petits jeux machiavéliques stoppent net quand j'aperçois Rock. Il est allongé sur le dos, immobile, et son torse est couvert de sang et d'écorchures. Son visage est tuméfié et je le reconnais à peine. Seul son tatouage sur son épaule et son pectoral gauche, que j'avais aperçu rapidement au lac, me permet d'être certaine que c'est lui.

Son tatouage et le reste de son corps puissant.

– Mon Dieu, Rock...

J'ai envie de pleurer mais je m'y refuse et ne détourne pas le regard.

– Princesse? C'est toi?

Je sens qu'il me cherche du regard mais ne peut rien voir à cause de ses paupières gonflées. Je m'approche de lui pour prendre sa main gauche, qui paraît indemne.

– Je suis là. Punaise, Rock, que s'est-il passé? Max a dit que tu n'avais pas grand-chose!

– Ce n'est pas grand-chose. C'est juste impressionnant mais dans une semaine, je serai comme neuf.

– Sincèrement, Cro-Magnon, tu ne fais pas les choses à moitié. Une semaine? Tu es optimiste, tu en as au moins pour un mois!

– Dis-moi que tu portes le petit short rose à étoiles. Quoique non, ça voudrait dire qu'ils t'auraient tous vue comme ça aussi.

J'explose de rire. Cet homme a vraiment un sens particulier des priorités.

– En fait, beaucoup m'ont déjà vue dans ce short, malheureusement.

J'essaye de ne pas trop repenser à ce moment humiliant, je dis cela pour lui changer les idées.

– Ne m'en parle pas...

– Ne t'inquiète pas, je porte une robe rouge tout à fait convenable.

– La robe rouge ultra-sexy avec le dos nu?

Il s'agite, paniqué.

– Attends, comment tu connais...

Mais je n'ai pas le temps de terminer ma question que le Doc nous rejoint dans le box, absolument pas surpris de m'y voir.

– Bonjour, mademoiselle Olivia. Comment va votre main? Il faudra passer me voir la semaine prochaine pour enlever votre...

Il bloque quelques secondes sur mon poignet rose Barbie en ouvrant grand les yeux, avant de poursuivre tout en se tournant vers son patient :

– ... plâtre.

– Je vais très bien, Doc, merci.

– Rock, j'ai récupéré l'onguent de la réserve indienne. Tu seras sur pieds rapidement grâce à ce remède de cheval, mais il faut que j'applique la première couche tout de suite.

Je regarde le Doc, surprise.

– Une réserve indienne? Ici?

Je trouve ça super cool, mais je sens Rock se crisper sous mes doigts.

– Quoi, qu'est-ce qu'il y a, Rocky? Ça t'ennuie que je sache qu'il y a une réserve indienne dans les parages?

– Non.

Mais il paraît encore plus tendu, même si cela semble impossible, vu son piteux état. Son pouls bat fort contre la paume de ma main.

– Menteur. Pourquoi?

– Parce que. S'il te plaît, on pourrait en parler plus tard?

Je vois qu'il souffre malgré ce qu'il prétend et son élocution est difficile.

– Oh oui, pardon. Doc, je vous laisse ma place.

Je lui embrasse tendrement les lèvres et je le sens se détendre un peu et souffler d'aise. Il me chuchote au creux du cou avant de lâcher ma main :

– Je veux de ce remède-là tous les jours et plusieurs fois si possible.

– On verra ce qu'on peut faire…

Je l'abandonne et rejoins Max, entouré de frères que je ne connais pas. Certains n'habitent même pas en ville, mais jusqu'à cent kilomètres à la ronde. Ils ont accouru en entendant parler de la situation. Ils me regardent curieusement, intrigués par ma proximité avec Max mais aussi avec Vince et Eddy, debout derrière moi comme deux gardes du corps. Je prends mon courage à deux mains et finis par me présenter moi-même, vu qu'apparemment aucun des garçons n'a l'intention de le faire et qu'ils resserrent les rangs autour de moi.

Les hommes et leur territoire…

Un peu plus et ils me feraient pipi dessus comme des petits chiens s'ils le pouvaient. Lorsque les autres entendent mon prénom et mon nom, ils sourient et arborent un air amusé. Le dernier que je salue me répond :

– Ouais, je vois qui tu es, on a entendu parler de toi et de ton crochet du droit. On aurait dû te reconnaître avec cette jolie chose.

Il pointe mon plâtre du doigt. J'imagine que je suis sur le point de passer à la postérité grâce à ce coup de poing raté.

Qui l'eût cru?

Je m'adresse à Max en retour :

– Je dois récupérer mon vélo avant de rentrer, je l'ai laissé au CSB où j'ai croisé Bounce.

– D'accord, Vince va te raccompagner.

Le principal intéressé me lance un grand sourire et nous quittons le hangar en silence. J'aperçois une dernière fois la fameuse Johanna endormie sur son lit, sous la vigilance de son mari qui ne la quitte pas des yeux. Je compte profiter de ce tête-à-tête latéral en voiture avec Vince pour pouvoir le cuisiner sur ce qui s'est passé chez les Black Edge, car je ne comprends pas comment tout le monde a pu rentrer intact de cette opération commando, sauf Rock qui a littéralement été passé à tabac. Mon estomac se serre au souvenir de son visage tuméfié. Mais tous mes espoirs tombent à l'eau quand je vois Vince monter sur une énorme Triumph. Sans me laisser le choix, il me visse son casque sur la tête tandis que je lui dis :

– Vince, je n'ai jamais fait de moto ! Je ne peux pas monter comme ça ! C'est ma première fois, et je ne me suis pas préparée à ça, pas là et pas comme ça !

Dans ma tête, c'est la panique, j'avais des plans très précis pour mon premier tour à moto et certainement pas de la sorte. Chaque chose était planifiée au millimètre dans ma version des faits et avec quelqu'un de confiance. Max s'était proposé pour cette initiation et j'avais accepté. Vince sourit gentiment devant mes gesticulations anarchiques, alors que je me mets à tourner en rond sur moi-même comme une poule affolée. Il m'attrape par la main pour me calmer et me tire vers lui.

– T'inquiète pas, j'irai lentement, promis. La seule chose que tu dois faire, c'est agripper mes hanches et suivre le mouvement. Je serai doux et attentionné avec toi.

– Pourquoi j'ai l'impression que tu ne me parles plus d'un tour à moto, tout à coup ?

– J'essaye de te détendre par l'humour, Liv, allez grimpe. Et puis ça ne compte même pas pour un vrai tour. Tu auras ta véritable première fois comme te l'a décrite Max, OK ?

Je hoche la tête bêtement ; s'il dit que ça compte pour du beurre, alors je veux bien le suivre. Il m'aide à m'installer et je me retrouve tant bien que mal derrière lui les cuisses à l'air, mais je ne proteste pas. Je souhaite rentrer le plus rapidement possible chez moi désormais et rattraper les heures de sommeil perdues de ces derniers jours, voire semaines. Maintenant que je sais Rock en sécurité et entre les mains expertes du Doc, je peux espérer trouver le repos dans les bras de Morphée. Je suis les conseils pour motarde néophyte de Vince et comme il me l'avait promis, nous démarrons doucement.

Je comprends que quelque chose cloche à l'instant où je franchis la porte du CSB que Vince a ouverte avec un passe-partout.

9

RAPPROCHEMENT ET CONFIDENCES

Olivia

Je me souviens très bien avoir laissé ma précieuse bicyclette contre le bar. Or elle n'y est plus. Je fais le tour de la grande pièce, passe derrière le comptoir sans réel espoir, mais elle n'est nulle part. Je jure à voix haute :

– C'est quoi, ce bordel?

Mon chauffeur d'un soir qui patientait sur le pas de la porte me rejoint en me voyant m'affairer dans tous les coins de la grande salle et me demande :

– Qu'est-ce que tu cherches?

– Bah, ma bicyclette, je l'avais laissée là, contre le bar.

Je lui pointe du doigt l'endroit en question.

– Tu es sûre?

– Oui! Sûre et certaine!

– Un des gars a dû repasser et l'a peut-être rangée dans la remise. Attends là, bouge pas, je vais voir.

Je le vois partir en trottinant vers le fond du CSB et bifurquer sur la droite, juste avant les chambres privées. J'attends qu'il soit hors de ma vue et je me précipite dans la pièce privative numéro deux. Je suis surprise lorsque je la découvre. Je m'attendais à la voir en désordre, c'est-à-dire dans l'état dans lequel Bill et Bounce l'avaient laissée, et qui sait, y trouver Ginette. Bounce l'avait peut-être rangée après que je l'avais rentrée à l'intérieur, et dans la précipitation je ne m'en étais pas aperçue. Je ne suis plus certaine maintenant, j'avais clairement quelqu'un d'autre en tête.

Mais non, il n'y a pas de vélo et la pièce est impeccable. Le lit est fait, pas de vêtements oubliés ou autres preuves de ce qui s'est produit ici quelques heures plus tôt. Les menottes que j'avais vues accrochées au cadre du lit ont été rangées et une odeur de propre et de citron flotte dans l'air. Je suis désormais convaincue que Bill est revenu tout ranger et qu'il a emporté mon vélo avec lui pour une raison que j'ignore.

Peut-être l'a-t-il rapporté chez toi pour te rendre service?

Je rigole jaune à ma propre réflexion. C'est impossible, cet homme me hait. Mon sixième sens me dit que tout ça n'est pas bon signe.

– Tu contemples quoi, trésor? Ça t'intrigue?

Je sursaute au son de la voix grave de Vince qui me surprend en surgissant derrière moi comme un clown monté sur ressorts.

– Merde, Vince! Ne refais jamais ça! je lui crie dessus, la main sur le cœur et les jambes toutes flageolantes.

– Désolé, je ne voulais pas te faire peur.

– Ouais bah, c'est loupé. Tu as trouvé Ginette?

– Ginette?

– Ma bicyclette!

– Non, rien. Écoute, il est tard, je te ramène et on reviendra chercher demain, OK? Je suis crevé et j'aimerais aller me pieuter.

– Je n'ai pas trop le choix, je crois…

Vince me dépose juste devant ma porte, je lui rends son casque beaucoup trop grand pour moi. Il attend que je rentre saine et sauve à l'intérieur pour repartir en me faisant un petit signe de la main. Bien que je sois épuisée, je ne monte pas directement me coucher. J'abandonne mon sac et mes chaussures dans l'entrée et, après avoir allumé les lumières, je me dirige vers la cuisine pour chercher de quoi grignoter et boire. Je trouve dans le frigo un reste de tourte à la viande et une canette de soda qui feront l'affaire pour ce soir.

Je m'installe, pataude et perplexe, à la vieille table de cuisine en formica d'Ellie, face au salon qui se situe de l'autre côté du hall d'entrée, tout en repensant à cette soirée et aux derniers jours passés ici, à Colorado Source. Mais ce que je finis par deviner dans la pénombre du séjour me fait lâcher ma part de tarte, bouche grande ouverte, comme un poisson hors de l'eau. Ginette est là, posée tranquillement contre le canapé.

– C'est quoi, cette histoire?

Je suis partagée entre la joie de l'avoir retrouvée et de l'inquiétude, car ici, apparemment, les gens entrent chez vous comme dans un moulin.

Finalement, Bill semble avoir enterré la hache de guerre et a décidé de me rendre service.

J'oublie mon repas et me précipite vers mon précieux vélo pour aller le ranger dans le jardinet. Mais je déchante très vite lorsque je m'en approche. Les pneus semblent à plat, les roues sont voilées et les rayons complètement tordus. À regarder de plus près, je devine des lacérations de couteau sur les jantes et la fourche fait un angle douloureux avec le reste, comme si on lui avait roulé dessus, ce qui de toute évidence s'est produit. Je reste coite de stupeur devant ce spectacle sans savoir comment réagir, quand j'aperçois une petite note posée sur le canapé :

Ferme-la. B.

J'explose de rage et de tristesse, proférant toutes les insultes que je connais en français et en anglais à son attention. Malheureusement, je ne peux m'en prendre à rien ni à personne ici. Je suis toute seule et je dois me calmer. Je ne comprends pas qu'il puisse pousser le bouchon aussi loin pour ce qui me semble être si peu.

Cet homme est un grand malade!

J'ai une pensée pour Ellie et je me jure de faire réparer ce vélo, peu importe combien cela me coûtera. Elle ne doit jamais savoir que Ginette a été dans un tel état. Je ne suis pas vengeresse dans l'âme mais je me fais le serment solennel de lui faire un jour payer ça.

Cette histoire est du délire complet!

Je ne comptais pas dire quoi que ce soit sur son petit secret et je ne compte toujours pas le faire, en revanche, je ne vais pas me laisser marcher dessus ou intimider de la sorte. Il est tombé sur la mauvaise personne. Pour l'instant, je ferai comme si de rien n'était, tout en réfléchissant à une façon de lui rendre la pareille. Je vais transformer ma haine et ma rage en puissance créative.

Œil pour œil, dent pour dent.

Je réalise aussi que j'ai peut-être sous-estimé mon ennemi. Il a su frapper là où ça fait mal, car l'air de rien, j'avais développé un attachement irrationnel pour cette bicyclette, au point de l'appeler par son petit nom.

***

Les dix jours qui suivent cet incident passent relativement paisiblement, selon un rythme régulier et cadencé. Je m'occupe des enfants l'après-midi avec toujours plus de plaisir. Je n'aurais jamais cru que cela puisse être aussi sympa, ils sont gentils bien qu'un poil polissons, mais ça me plaît. Il y en a de tous âges et je m'attache à eux, ce qu'ils me rendent au centuple. Je vis par procuration des moments de ma vie manqués, gâchés ou écourtés, et je me demande qui s'amuse le plus au final. Ce n'est pas de tout repos, mais au moins, je m'endors facilement et d'un sommeil profond tous les soirs.

Le midi, je déjeune la plupart du temps au CSB avec Max, Eddy, Bounce ou Vince, selon qui est là, voire avec des frères que je ne connais pas. Ils se moquent tous de moi et de mes Tupperware maison que je réchauffe, mais il est hors de question que j'avale n'importe quoi ou du surgelé industriel. Et même s'ils continuent de me charrier, j'ai bien vu qu'ils bavaient tous sur mes petites boîtes en plastique comme des loups affamés : le gratin dauphinois et son rôti de bœuf ont remporté tous leurs suffrages, hier. Ils sont désormais persuadés que je suis une grande cuisinière et veulent que je m'établisse à mon compte pour ouvrir une petite cuisine de proximité pour tous les frères, ce qui est hors de question.

Je n'ai pas la passion de la cuisine pour un sou. J'aime juste manger sainement et préparer quelques gâteaux à l'occasion, alors j'essaye de leur faire comprendre qu'en France, beaucoup de gens connaissent un minimum leurs classiques culinaires sans pour autant être de grands chefs. Il n'est pas extraordinaire de se préparer à manger matin, midi et soir, surtout qu'ici, peu de choses me font vraiment envie dans les rayons des grandes surfaces.

Le matin, en revanche, je passe voir Rock discrètement au hangar du Doc pour lui tenir compagnie. Les premières fois, il a râlé pour la forme et pour dire qu'il n'avait besoin de personne, mais je l'ai rapidement fait changer d'avis en lui prouvant que cela pouvait être aussi des moments très agréables… Nous discutons et apprenons petit à petit à mieux nous connaître, bien que les sujets abordés restent légers et de surface. Je lui apporte de quoi se divertir depuis qu'il peut rouvrir les yeux et tenir un stylo. Il a particulièrement aimé les sudokus et le jeu de mimes où j'ai échoué lamentablement à lui faire deviner quoi que ce soit, ce qui l'a beaucoup fait rire.

Le Doc continue de lui appliquer tous les jours des compresses de cet onguent indien et plein d'autres trucs bizarres non identifiés sur ses plaies et ses contusions, tout droit sortis de la réserve.

Je dois reconnaître que les résultats sont spectaculaires, ils frisent même le surnaturel, contrebalançant le ridicule de certaines situations. Mardi, lorsque je suis passée, une sorte de pâte rose et visqueuse enveloppait son torse ; le Doc la lui avait étalée comme un soutien-gorge. Je n'ai pu m'empêcher d'exploser de rire à cette vision d'un Tarzan en dessous féminins, mais c'est surtout son air renfrogné et ses jérémiades qui m'ont le plus amusée.

C'est que monsieur tient à sa virilité, surtout devant moi…

Je soupçonne le Doc d'avoir voulu se venger, car Rock ne l'épargne pas, agacé par la douleur, l'immobilité forcée et l'obligation de déléguer ses responsabilités. Je m'en suis surtout rendu compte lorsque le Doc s'est mis à m'offrir des petites pâtisseries toutes chaudes tous les matins à mon arrivée.

– Merci Doc, il ne faut pas vous donner autant de mal. Je peux m'acheter à manger moi-même au besoin sur le chemin, vous savez.

– Non, merci à vous, Liv, de l'occuper et de le distraire tous les matins. Vous n'avez pas idée de votre aide précieuse et salvatrice…

– Avec plaisir, alors.

– Allez, venez, je vais enfin vous enlever ce plâtre, nous avons déjà trop attendu.

– Amen !

Ma main ressemble à une vieille saucisse fripée, une fois le plâtre ôté, et l'odeur se passe de commentaires : c'est entre le rat mort et l'eau croupie. Après un dernier check-up du Doc, je file vite sous ma douche pour gommer mes peaux mortes, mais je ne peux rien faire pour mon aspect bicolore, à cause de mon nouveau bronzage légèrement doré sur le reste de mon corps et mon poing tout blanc.

Oh, joie !

Ce soir-là en rentrant de l'école, Eddy, Vince, Bounce et Max me font la surprise d'une petite fête chez moi pour célébrer le premier mois de mon arrivée ici. Je me suis habituée à ce qu'ils puissent entrer et disposer des lieux comme bon leur semble désormais. Ils ont installé des petites banderoles « Joyeux anniversaire » dans le salon et me jettent des confettis au visage quand je franchis le seuil.

J'explose de rire quand je vois qu'ils ont revêtu des petits chapeaux pointus cartonnés ridicules. Le résultat est improbable, voire un brin surréaliste. Secrètement, je suis touchée et émue, car personne n'a encore jamais organisé quoi que ce soit pour moi de la sorte.

– Merci les garçons, c'est trop mignon, mais ce n'est pas vraiment mon anniversaire. Je suis née en mai.

– On sait, mais on a trouvé que ça à la supérette d'Alfred qui fasse un peu fiesta, répond Eddy.

– Merde, t'as plus ton plâtre, Livy ! On voulait écrire dessus avant que tu l'enlèves ! surenchérit Vince.

– Non, le Doc me l'a enlevé aujourd'hui, désolée les gars.

Je fais le tour et je viens leur déposer un gentil bisou sur la joue. Ils tiennent particulièrement à cette tradition française... Mais je n'ai pas le temps de m'étendre sur le sujet qu'une odeur de brûlé me parvient aux narines.

– Les gars, c'est quoi cette odeur?

– Et merde, c'est ton gâteau! répond Max en courant vers la cuisine.

Au final, nous finissons avachis les uns contre les autres devant la télé à regarder le film *Kill Bill*, après avoir commandé une montagne de pizzas car ledit gâteau est brûlé au troisième degré et la grande salade que Vince a préparée baigne dans le vinaigre et le poivre, immangeables tous les deux.

– Tu vois, Liv, il faut que tu ouvres une petite cantine et que tu proposes des cours! J'ai déjà un business plan, le logo et le nom, déclare Vince, la bouche pleine de pizza.

Je peux voir des bouts mâchés voler et venir s'écraser sur le sol.

Bon appétit bien sûr...

Devant mon air dégoûté, il avale sa bouchée cette fois-ci avant de continuer :

– J'ai fait des recherches. Ça s'appellera *L'Olive verte.* Ça sonne super bien, tu trouves pas? Et tu proposerais de la cuisine méditerranéenne.

Malgré son accent français à couper au couteau, je comprends le clin d'œil à mon prénom.

– Merci Vince mais non, hors de question que je me lance dans la restauration, surtout avec des morfals comme vous pour clients! Et si tu pouvais enlever tes pieds de dessous mon nez. Merci.

Puis Eddy remarque que mon poing n'a plus la même couleur que le reste de mon corps et tous passent la soirée à m'appeler « Iron Fist[7]» jusqu'à ce que je les menace de m'en servir contre eux.

***

Les deux seules ombres au tableau sont Bill et Moïra. Le premier ne me lâche toujours pas la grappe, continuant de me balancer des méchancetés dès qu'il en a l'occasion et jamais devant les autres, de telle façon que personne ne peut l'arrêter. J'ai retrouvé plusieurs fois des souris mortes sur mon paillasson,

---

7. Clin d'œil au héros Marvel dont le poing s'illumine lorsqu'il utilise son *chi* lors de combats, lui conférant un super-pouvoir.

des énormes araignées et des cafards dans ma boîte aux lettres et d'autres trucs du même acabit, tous signés « B. ». Je prends sur moi et l'ignore, ce qui semble le faire enrager encore plus. S'il s'était attendu à un esclandre pour le vélo, il a dû être très déçu car j'ai fait comme si de rien n'était.

Max m'a emmenée à Newton City le faire réparer sans me poser de questions. Les réparations m'ont coûté un bras, comme je le redoutais. Bill paiera la note un jour, il ne le sait simplement pas encore. Une fois qu'elle a été remise en état, j'ai décidé de continuer à utiliser ma bonne vieille Ginette même si, techniquement, je pouvais reprendre la conduite. Par cette chaleur, ma voiture est un véritable four sans la climatisation et j'ai remarqué que mes jambes se musclaient joliment à force de pédaler, alors autant persister.

Quant à Moïra, mes pauvres petites recherches dans les annexes de la mairie du comté n'ont rien donné, et à cause de mon emploi du temps bien rodé et chargé, je n'ai guère avancé sur ce sujet. Mais pour l'heure, nous sommes vendredi matin et il est temps d'aller voir Rock au hangar une dernière fois, car il rentre enfin chez lui.

Il est assis sur son lit d'hôpital et s'affaire pour son départ. Sa convalescence a duré un peu plus longtemps que prévu, à son grand désarroi, et il est devenu insupportable et ingérable pour son entourage, y compris moi.

Un vrai bébé frustré.

Pour ma part, je trouve qu'il s'en est tout de même remis très vite, il peut remercier son excellente constitution physique et ce fameux onguent magique indien… Il est torse nu, en jean, et il est en train d'enfiler ses chaussettes quand j'entre dans la pièce, mais je prends le temps de l'observer discrètement dans l'ombre d'un paravent. Son corps et son visage portent encore des traces d'ecchymoses jaune et vert et quelques égratignures, mais il a dégonflé et il a retrouvé forme humaine.

Et quelle forme !

Je le trouve toujours aussi beau. Je suis impressionnée par sa musculature et sa taille, qui lui ont assurément sauvé la vie lors de cette rixe avec les Black Edge. Je me sens minuscule et frêle à côté de lui. Alors que je réalise encore une fois qu'il aurait pu y passer, j'ai un élan de tendresse pour ce grand colosse aux pieds d'argile, et je meurs d'envie de me blottir dans ses bras.

Je m'annonce :

– Coucou, Rocky.

Il relève la tête, surpris mais souriant. Il semble heureux que je sois venue et je fonds face à ce sourire radieux qu'il semble me réserver.

– Salut, Princesse.

– Ça va ?

– Toujours. J'espère que c'est pour moi que tu t'es faite aussi belle ?

– Toujours.

Ma réponse en miroir à la sienne semble particulièrement lui plaire.

– Viens là.

Il ouvre alors grand ses bras comme s'il avait lu dans mes pensées et je cours pour me jeter dedans. Il rigole face à mon entrain mais grimace :

– Hey ! Doucement, Petite Chose, j'ai encore quelques côtes abîmées.

– Désolée !

Je me recule un peu pour l'observer à nouveau par-dessous, il est encore plus parfait de près. Je soupire d'aise intérieurement. C'est incroyable comme je me sens en sécurité dès l'instant où je suis contre lui, je n'avais jamais ressenti cela pour quiconque auparavant. Les soucis que me cause Bill s'envolent. Je ne sais pas ce qui me retient de parler à Rock de son crétin de frère.

Je veux régler la situation toute seule, comme une grande, et lui a assez de soucis comme ça pour en plus devoir gérer des insultes et des intimidations dignes de lycéens névrosés. Il est nécessaire que je m'impose et que je me montre forte si je souhaite trouver ma place ici, à Colorado Source.

Mais tout au fond de moi, j'ai surtout la crainte qu'il ne me croie pas et prenne position pour Bill, ce qui m'anéantirait. Or, les liens du Clan sont étranges et profonds, je ne saisis pas encore en quoi cela consiste vraiment, et c'est d'autant plus difficile pour moi qui suis une enfant de la DDASS depuis mes 10 ans. J'ai oublié ce que pouvaient être une famille ou l'amour inconditionnel que nous portent nos proches.

Les familles d'accueil que j'ai connues ont été correctes pour la plupart, mais on leur répète sans cesse de ne pas trop s'attacher aux enfants. Dix ans, c'est trop vieux pour avoir une chance d'être adoptée. Cela relève du miracle : je n'intéressais aucune famille, qui cherche le plus souvent des bébés ou des enfants en bas âge. Mais 10 ans, c'est suffisamment âgé pour se souvenir de ce qu'était votre vie avant, pour réaliser ce que vous avez perdu et pour que vous puissiez le regretter et le pleurer. Alors je garde tout enfoui pour le moment et je hume son odeur :

– Tu sens divinement bon pour un homme préhistorique. On te l'a déjà dit?

Il s'esclaffe :

– Non, certainement pas, mais j'aime ta franchise.

J'aimerais qu'il me raconte ce qui s'est passé en détail lors de cette virée sauvage chez les Black Edge, mais je vais plomber l'ambiance et il refusera de m'en parler de toute façon. Je ne fais pas partie du Clan.

Fichu Clan.

– Je te dois un resto, Princesse. Je suis désolé de t'avoir posé un lapin la fois dernière.

Il me dit cela tout sérieux et emprunté.

– Ne te sens pas obligé si tu n'en as plus envie, tu sais. Et tu avais une excuse en béton pour ce vendredi soir, je ne t'en veux pas.

– Ne dis pas de conneries, bien sûr que j'en ai envie. Lundi soir, je passe te prendre et je t'emmène à Newton City, tenue de soirée exigée. Je vais être pris ce week-end, j'ai du boulot à rattraper, mais il me tarde de déguster mon *dessert*...

Instantanément, il fait très chaud entre nous. Je relève les yeux vers lui et il me jette un regard dénué d'ambiguïté. Je décide que faire monter encore un peu la température ne peut pas faire de mal dans ce hangar climatisé, alors je fais mon idiote ingénue et minaude en battant des cils :

– Quelle sorte de dessert, *Monsieur?*

Sans répondre à ma question ni entrer dans mon jeu coquin, il me dit gravement :

– J'ai eu le temps de réfléchir sur ce lit à rien foutre pendant quinze jours.

OK, effet Ice Bucket Challenge immédiat sur ma personne !

Je le regarde, perplexe. Je ne suis plus certaine de comprendre, j'avais cru que nous étions sur la même longueur d'onde interdite aux moins de dix-huit ans, quelques secondes plus tôt.

Percevant mon trouble, il reprend :

– Attends, laisse-moi t'expliquer.

– Oui, éclaire ma lanterne, s'il te plaît...

Il se redresse et inspire profondément, comme lorsque l'on doit annoncer quelque chose de grave ou de solennel à quelqu'un. Je commence à prendre peur malgré moi.

– Bon. La fois dernière, tu m'as proposé les services de ta belle bouche dans le feu de l'action. Et j'aurais sûrement accepté, parce que tu m'as fait perdre la tête avec tes petits gémissements, mais ça n'aurait pas été très sage. Tu dois savoir que je n'ai pas pour habitude de confier la partie la plus précieuse de mon anatomie à n'importe qui et surtout n'importe comment.

Mais qu'est-ce que…

– Rock, je ne suis pas sûre de comprendre où tu veux en venir, là tout de suite. Va droit au but !

– Je n'accepte jamais de me faire sucer sans capote, et ça, c'est quand j'accepte de me faire sucer.

Un blanc suit cette révélation complètement inattendue et abrupte. Il n'y va effectivement plus par quatre chemins. Je ne trouve rien à dire, pour la première fois de ma vie, et l'observe, bouche bée, alors qu'il ajoute :

– Ouais, les gens ont tendance à oublier qu'on peut choper des merdes de cette façon-là aussi.

– C'est vrai, mais toi aussi, tu peux en attraper si tu descends t'occuper d'une nana, or, si tu veux t'occuper de mon *dessert…*

– C'est pour ça que je ne descends jamais non plus.

Je suis de nouveau sous le choc.

Second effet Kiss Cool.

Je sais que certains hommes ne pratiquent pas le cunnilingus tout comme certaines femmes refusent la fellation, mais je n'aurais jamais imaginé que Rock en fît partie, bien que chacun décide de ce qu'il veut, où il le veut et quand il le veut.

Tout comme Bill et Bounce.

Je ne peux m'empêcher d'être un peu déçue, j'avais déjà une longue liste de fantasmes avec lui et clairement le sexe oral en faisait partie. Maintes questions m'assaillent d'un coup et je commence par la plus évidente, un peu perdue :

– Tu veux dire que tu n'as jamais… enfin, tu vois, léché une fille ?

– Bien sûr que si. Quand j'étais plus jeune, je n'ai pas toujours fait gaffe à tout ça. À cet âge, on veut avant tout apprendre et on ne réfléchit pas aux conséquences. On se croit immortel et intouchable.

Je me demande si seule la maturité l'a rendu aussi consciencieux ou s'il y a autre chose ? Il y a forcément autre chose, mais avant que j'aille plus loin dans mes questions, il reprend :

– Ado, j'ai eu une ou deux copines sérieuses suffisamment longtemps pour maîtriser le sujet correctement. Et j'ai développé d'autres compétences. Je n'ai jamais eu de plaintes, au contraire…

– Je vois… Mais depuis, plus rien? Et tu ne comptes plus jamais le faire?

– Je ne le fais plus car je n'ai pas de relations suivies et *a fortiori* exclusives depuis des années.

– Et elles, elles n'essayent pas de descendre jouer en bas non plus?

– Si, parfois, mais je ne suis pas un connard, je n'insiste pas pour qu'une fille descende si moi-même je ne suis pas prêt à le faire. Et si vraiment elles souhaitent se mettre quand même à genoux et que je suis OK, alors la condition, c'est la capote. Certaines insistent beaucoup, c'est comme une sorte de challenge pour elles…

– Stop! Je ne veux pas en savoir plus. Je t'avoue ne pas être fan de parler de tes plans cul et j'essaye de ne pas en imaginer le nombre, là, tout de suite. En même temps, je veux être sûre de bien comprendre ce à quoi tu veux en venir. Tu cherches à me dire quoi?

– Je sais que c'est léger et tranquille entre nous, mais on s'est promis l'exclusivité et je tiendrai promesse.

– Moi aussi.

– Parfait, alors je me disais qu'on pourrait au moins profiter de tous les avantages qu'offre une relation exclusive. Je veux profiter de toi sans barrière, avec toutes les parties de mon corps.

Alors que je ne pensais pas pouvoir être plus choquée que par toutes ces révélations, il me surprend de nouveau. C'est une sacrée marque de confiance.

Suis-je prête à accepter?

Ai-je le choix?

– Donc tu ne veux pas de capote?

– Pas de capote.

– Et tu veux profiter de mon *dessert?*

– Ouais et pas qu'un peu.

– *OK*… Pour être honnête, Rock, je ne pensais pas avoir cette conversation ici et maintenant, ni même l'avoir tout court. Je ne sais pas trop quoi te dire.

– Tu peux dire oui ou non. Tu as le choix, Princesse.

C'est à la fois la conversation la moins romantique que j'aie pu avoir mais aussi la plus touchante. Cette confiance en moi qu'il avoue en me parlant librement de tout ça m'émeut, mais surtout me donne terriblement chaud. Je pourrais avoir Rock tout entier, pas de barrière, juste lui et moi. Un privilège très peu décerné apparemment, et cette idée efface toutes les histoires qu'il a pu vivre avant moi.

– C'est d'accord, mais il faut que je renouvelle ma pilule et qu'on fasse tous les tests nécessaires.

– C'était le but de cette discussion. Je sais que je suis direct mais je préfère prendre les devants au lieu de faire des conneries dans le feu de l'action, surtout que tu as tendance à me faire perdre le contrôle…

Il me caresse la joue du dos de sa grande main et dessine mon sourcil avec son index.

– Je ne t'aurais pas cru aussi sensé, Brutus. Je suis impressionnée.

– Je pensais qu'on pourrait aller à Newton City plus tôt que prévu lundi, avant le restaurant, pour faire le nécessaire. Et ne te tracasse pas, je prends en charge tes frais médicaux.

– Merci, mais ce n'est pas nécessaire, je peux et je veux payer.

Il comprend à mon ton de voix que tenter de discuter serait inutile.

– OK, mais n'hésite pas si besoin. Je trouverais ça normal de partager.

– C'est très gentil mais ça ira. Par contre, si jamais tu trahis ma confiance, je t'émascule ! Je suis sérieuse, Rock, aucun mini-Rocky même illégitime ne foulera un jour le sol du Colorado si tu me la fais à l'envers.

– Entendu, dit-il en souriant.

– Bon, dans ce cas, on pourra manger nos desserts l'un l'autre simultanément ?

Il met quelques secondes à comprendre et explose de rire.

– Je vois que tu as déjà quelques idées en tête bien arrêtées.

– Tu n'imagines même pas…

Je souffle en faisant mine de m'éventer avec ma main. Il rit puis m'embrasse langoureusement. Je confirme qu'il a clairement de l'expérience dans le domaine. Sa barbe naissante vient me picoter le visage mais cela ne me dérange pas du tout, bien au contraire. Ce sont les meilleurs baisers qu'on ne m'ait jamais donnés et j'aime croire que j'y suis aussi pour quelque chose, et que s'il y met autant d'application, c'est parce que c'est moi qu'il embrasse, et non pas une de ses vulgaires groupies suce-kiki. Je lui rends son baiser avec encore plus de ferveur et nos mains se font baladeuses, trop baladeuses…

Alors que je vais rentrer en combustion spontanée, il interrompt nos papouilles de primates en pleine parade nuptiale. C'est mieux ainsi, plutôt que tout ne dégénère ici, à même le béton ciré du sol du hangar. Décidément, il est vraiment le plus raisonnable des deux.

Qui l'eût cru ?

– Allez viens, on quitte cette prison qui me rend dingue, on charge ton vélo dans mon Dodge et je te dépose au passage chez toi. On continuera tout ça un peu plus tard. Je ne nous fais plus confiance. Patience…

– Je ne veux plus être patiente !

10

TROUBLES DE L'ESPRIT

Rock

J'ai déposé Olivia chez elle vendredi matin et depuis, j'ai un sentiment étrange que je ne suis pas certain d'apprécier. Cette sensation désagréable me colle à la peau et m'accompagne, peu importe où je me rends. Tout allait pourtant très bien jusqu'ici, j'étais content d'enfin sortir de mon repos forcé, de retrouver les gars et le Clan après ce qui m'a paru une éternité de supplices à rester immobile et passif.

Le petit feu follet est venu me rendre visite chez le Doc et j'avoue avoir apprécié me rapprocher d'elle pendant ces quinze derniers jours. Elle a pris soin de moi, m'a distrait et m'a fait rire avec gentillesse et sincérité, sans rien attendre en retour, ce qui me change des habitants qui viennent me voir habituellement en espérant une faveur ou un service. Olivia est rafraîchissante, égale à elle-même depuis le premier soir de notre rencontre. Elle ne me fait pas de courbettes exagérées pour gagner ma sympathie ni ne me traite avec crainte, bien au contraire, et ça me plaît.

Elle a eu la délicatesse de me parler de tout sauf du Clan pendant ma convalescence et m'a fait supporter la douleur des premiers jours. Puis, comme souvent avec elle, les choses ont dévié pour devenir torrides le jour de ma sortie, mais sans conclusion explosive, cette fois-ci. J'ai pourtant eu envie d'aller plus loin sur le moment. Le Doc n'était pas dans les parages et elle m'avait clairement fait comprendre qu'elle aussi était partante, sauf que j'ai préféré temporiser.

Pourquoi deviens-je si raisonnable en sa présence?

D'autant plus qu'elle a su brillamment me chauffer pendant ces deux dernières semaines, à un tel point que je démarre au quart de tour à présent : un simple baiser ou une caresse innocente de sa part me rendent dingue. Mais à bien y réfléchir et sans savoir vraiment pourquoi, je n'aimerais pas que notre première fois ait lieu à la va-vite dans un ancien hangar transformé en hôpital.

En temps normal, cela ne m'aurait pas spécialement dérangé, au contraire, mais Liv a un effet étrange sur ma personne qu'il me faut admettre et sur lequel je ne souhaite pas non plus m'attarder pour l'instant. Pour une raison que j'ignore, je désire qu'elle ait de bons souvenirs de nous et de moi le jour où tout sera fini… Un point c'est tout.

C'est donc dans un état de frustration ultime et distrait au possible que j'assiste à la réunion hebdomadaire du samedi matin, menée exceptionnellement par Max, puisque j'étais absent pour la préparer. Les gars s'agitent autour de moi et se hurlent dessus au sujet de décisions concernant les Black Edge, mais tout me paraît flou et bourdonne à mes oreilles, comme un bruit de fond désagréable.

Je suis simple spectateur de la scène qui se déroule devant mes yeux, tel un film au ralenti, et je ne trouve ni l'énergie ni la motivation nécessaire pour m'impliquer dans la conversation. Pourtant, si je tranchais une bonne fois pour toutes, les choses se termineraient beaucoup plus vite. Mes pensées décousues reviennent en permanence à Olivia et aux choses que j'aimerais faire avec elle et lui dire. D'ailleurs, je me demande bien ce qu'elle fait à cet instant alors que je suis assis ici, inutile, et l'entrejambe douloureux.

Est-elle dans sa chambre à dormir ou à lire?

Je me souviens qu'elle m'a dit avoir fait le nécessaire pour installer Internet chez Ellie et ne plus devoir se rendre au cybercafé pour surfer sur le Net. Je l'imagine torse nu dans son petit short rose à étoiles, allongée sur le ventre et sur le plaid vieillot de son lit en train de pianoter sur son ordinateur, l'air concentré et les jambes croisées. On est bien loin des scènes hard de porno qu'il m'arrive de regarder et pourtant, l'effet de la vision d'Olivia est un milliard de fois plus puissant. J'imagine que je me glisse silencieusement et nu dans sa chambre pour la surprendre.

Je viens m'allonger au-dessus d'elle pour aller mordre son oreille gauche et respirer son parfum que j'aime tant. Je lui susurre ce que je compte lui faire dans le creux du cou. Elle tressaille, elle m'a reconnu mais m'ignore sciemment, ce qui m'excite encore plus. La peau douce de son dos vient caresser celle de mon torse alors que ma main droite descend lentement pour aller entre ses…

– … Rock! Putain, Rock, t'es avec nous?

Max se tient debout face à moi, de l'autre côté de la table de réunion, de toute sa hauteur et complètement furibard. Je me demande de quoi j'ai l'air et depuis combien de temps il me gueule dessus. Je me sens comme un gamin pris en flagrant délit de somnolence par son prof pendant un cours.

– Si on te fait chier, dis-le-nous !

Je ne sais pas quoi répondre pour lui mentir, et lui dire « Oui, Max, tu me fais chier, tu viens de pourrir mon rêve érotique d'obsédé sexuel » ne paraît pas envisageable, vu son regard meurtrier. Eddy, à ma droite, me lance un sourire entendu et baisse les yeux au niveau de mon entrejambe que je ne peux pas lui dissimuler. Il me jette un regard bien trop perspicace, puis se retourne vers Max et lui répond à ma place :

– Hey, Max, du calme, il est encore sous cachetons pour la douleur. Il est à l'ouest. Où est passée ta bienveillance naturelle, mon frère ?

Max se dégonfle instantanément et prend même un air confus et désolé.

– Désolé, Rock, je ne pensais pas...

– Laisse, je t'en veux pas, vieux, je me saoule moi-même d'être aussi amorphe. Je sais pas ce que j'ai depuis hier.

Eddy me glisse de façon à ce que je sois le seul à l'entendre :

– C'est le *pussygate*, l'ami, elle te tient littéralement par les couilles, t'es cuit, cherche pas.

Je fais comme si je n'avais rien entendu. S'il ne venait pas de me sauver la mise il y a quelques secondes, je lui briserais les dents à la première occasion venue dans la journée.

Comment peut-il savoir ce qui se passe dans ma tête, bordel, alors que moi-même je n'y comprends plus rien ?

Je lui murmure du bout des lèvres :

Ta gueule, connard.

Il reprend à mon attention comme si de rien n'était :

– Perso, Rock, tu devrais rentrer et te reposer ce week-end encore. Tu n'es clairement pas dans le coup, vieux. Ça ira mieux lundi. Je te promets que Max et moi te tiendrons informé illico en cas de souci. Va faire un tour, décharge toute cette pression que je sens en toi... et reviens-nous détendu et reposé lundi.

Il me tapote l'épaule droite exagérément en signe de fausse compassion sans se départir de son sourire narquois déformé par la grande cicatrice qui lui barre la joue, et insiste sur le mot *pression*. Je suis le seul à comprendre ses sous-entendus pourris et même si je rêve de lui tordre le cou, son idée ne me déplaît pas. Plus j'y pense, plus cette envie s'impose : sortir d'ici pour aller la retrouver et apaiser enfin ce feu intérieur qui me consume.

Mais quel genre de meneur de merde je fais !

Je n'ai pas le temps de lui répondre que tous les gars, sauf Bill, approuvent et me foutent dehors sans ménagement.

11

VROUM, VROUM, VROUM !

Olivia

Je suis réveillée depuis sept heures ce matin mais je reste au lit, blottie contre la veste de Rock qu'il n'a toujours pas récupérée. Je me demande bien ce que je vais pouvoir faire ce samedi et ce dimanche. Les garçons sont tous accaparés par la reprise de leur « meneur » adoré ; j'ai surpris Rhonda en train de hurler comme une truie qu'on égorge contre Eddy, vendredi soir, en allant faire mes courses chez Alfred. Elle lui reprochait de passer encore un week-end loin des siens et de préférer le Clan à sa vraie famille.

Je pouvais entendre les deux petites en pleurs supplier leur mère d'arrêter de crier. Elle avait l'air tellement hystérique que je me suis dit qu'avec ce comportement, elle donnait plutôt l'impression de vouloir le faire fuir très loin plutôt que de le garder près d'elle. Eddy connaît mon avis sur tout ça, mais il m'a gentiment fait comprendre la dernière fois que j'en ai parlé que ce n'étaient pas mes affaires, alors je reste en dehors…

Pour le moment.

J'ai bien envie de quitter Colorado Source pour deux jours, histoire de faire une véritable pause et de me changer les idées. J'ai vu sur le Net des parcs naturels magnifiques à visiter dans les alentours et dans lesquels il est possible de dormir sur place, ou dans ma voiture au pire des cas. Je rêve de spontanéité et d'aventures. Or, si je reste ici, je vais me lamenter et être dans l'espoir perpétuel de croiser Rock.

En somme, un week-end tout pourri en perspective.

Rester dans les parages du Clan, soit proche de la source de tous mes fantasmes, consisterait en une véritable torture du corps et de l'esprit.

Je suis tombée dans un sommeil léger quand la sonnette de la maison silencieuse retentit et me fait sursauter. Je regarde mon réveil, il est à présent huit heures trente.

Qui peut bien venir me déranger à cette heure-ci un samedi matin ?

J'enfile à la hâte une grande robe chemise par-dessus mes sous-vêtements et je me hâte de descendre pieds nus pour aller ouvrir.

Pour la seconde fois en peu de temps, je reste surprise et sans voix sur le pas de ma porte, en tenue légère. Rock se tient devant moi sous le porche, dans sa tenue fétiche : jean noir, rangers noires et tee-shirt… gris clair pour cette fois-ci. Je ne comprends pas, nous n'étions pas censés nous voir avant lundi soir. Je resserre ma chemise qui bâille sur ma poitrine.

Merde, quelle tête j'ai?

Lui en tout cas est comme à son habitude, dangereusement beau. Son tee-shirt et son jean moulent juste ce qu'il faut de son anatomie parfaite à mes yeux, ça en devient même agaçant à la longue.

Un gladiateur des temps modernes, voilà à quoi il me fait penser.

– Tu es venu pour récupérer ta veste?

Car je ne vois pas trop pour quelle autre raison il aurait besoin de débarquer ici à l'improviste.

J'ai un ton désespéré malgré moi en lui disant cela. Je pensais la garder cachée encore un peu sous mon oreiller.

Tant pis.

Il ne me répond pas, me sonde du regard longuement, et comme je reste stoïque en apparence et immobile, il entre en me poussant doucement à l'intérieur, puis referme derrière lui avec son pied.

– Rock, je…

Mais je ne peux pas finir ma phrase qu'il attrape mon visage entre ses deux grandes mains et m'embrasse.

Un sentiment de plénitude m'envahit instantanément et ce manque que je ressens désormais constamment au creux de mon ventre s'estompe. D'ailleurs, je souffle d'aise entre ses lèvres avant de lui rendre son baiser et de m'agripper à lui comme une assoiffée de caresses. J'arrive tout de même à me détacher de sa bouche et lui demande, essoufflée, sans oser le regarder dans les yeux :

– Hey, Tarzan, tu es là pour quoi? N'as-tu pas une montagne d'obligations à gérer depuis ta tour d'ivoire?

– Si, mais…

– Mais quoi?

– Apparemment, je suis bon à rien aujourd'hui. Les médocs m'assomment. Les gars m'ont offert le week-end pour reprendre doucement le rythme avant d'attaquer pour de vrai lundi.

– Oh, c'est très gentil de leur part. Et tu veux passer la journée ici, si je comprends bien?

– Non.

Waouh, ça, c'est violent.

Son « non » est catégorique et c'est comme une gifle cinglante. Je ne trouve rien à rétorquer et je m'échappe de sa prise en scrutant le sol. Il reprend de façon plus douce et en me faisant lever la tête pour que je le regarde.

– Non, je ne veux pas passer la journée ici, mais avec toi, ouais. Tu es libre tout ce week-end?

Je suis un peu perdue alors je bégaye :

– Je, euh... oui... oui, je suis libre. En fait, je comptais partir visiter ce parc naturel pas très loin, celui où l'on peut se baigner. Je sais que Colorado Source n'est pas représentatif de tout l'État du Colorado. Ici, vous avez un microclimat qui rend la zone particulièrement aride, mais ailleurs, il y a des paysages verdoyants, des formations rocheuses étonnantes et tout ça, tout ça quoi. Bref, je veux voir un autre visage du coin, plus vert et moins poussiéreux.

Il me rend nerveuse à me jauger de la sorte, les bras croisés sur son torse et en me souriant doucement, alors je n'arrive plus à m'arrêter de parler. Il me répond, sûr de lui et autoritaire, à la fin de ma tirade :

– C'est sympa mais j'ai une meilleure idée.

– Qui est?

– Laisse-moi être ton guide, ne pose plus de questions. Tu auras le temps de découvrir ton parc une autre fois.

– Je ne sais pas si...

– C'est à prendre ou à laisser, avec départ immédiat. Je te laisse juste le temps d'attraper un sac avec quelques fringues et ta pièce d'identité. Tu as cinq minutes, après on décolle.

OK...

J'hésite encore un peu, incertaine. Je suis prise au dépourvu, ce n'est pas ce que j'avais prévu.

Tu n'avais rien de vraiment prévu, grosse larve, alors saisis ta chance avec lui!

– Allez, c'est parti, Princesse, sinon je t'embarque comme ça sur mon épaule!

– D'accord! D'accord! J'y vais! Mais arrête de faire ton meneur avec moi, Rambo.

Je le pointe du doigt pour essayer d'être autoritaire mais il l'attrape et en mordille le bout. Je n'ai encore jamais vu Rock comme ça, il est serein et joueur…

Dire que je vais passer deux jours et une nuit avec lui, loin du Clan et de toutes nos emmerdes quotidiennes respectives!

Je remercie intérieurement le vieux barbu sur son nuage et je cours à l'étage comme une furie. Je fais un brin de toilette, j'enfile une tenue tout terrain, et je fourre mes affaires et ma trousse de maquillage dans un petit sac de voyage en toile. De retour en bas, je chope au vol mon indispensable sac à main accroché dans l'entrée, le tout en dérapage contrôlé et en criant :

– À nous l'aventure!

Rock explose de rire, me débarrasse de mon sac d'une main sans me le demander et de l'autre m'attrape par la taille pour sortir.

C'est parti! Ouverture de la parenthèse enchantée!

Mon humeur maussade de ce matin est déjà oubliée. Nous montons dans son immense voiture et pour ma part toujours avec difficulté, car elle est particulièrement haute. Je ne peux m'empêcher de lui demander cette fois-ci :

– Pourquoi as-tu une voiture aussi monstrueuse? C'est quoi le délire?

– Pour des tas de raisons, mais surtout parce qu'il m'arrive de devoir quitter les routes goudronnées, pour le Clan et pour le plaisir, ce qui n'est possible qu'avec ce genre de bébé.

– Et pourquoi diable le Clan te demande-t-il de quitter les sentiers battus?

– Joker, Poucelina, je ne peux pas te répondre. Mais je vais te montrer et t'apprendre ce que je fais pour le plaisir.

– Toujours la même rengaine, mais bon, dans ce cas, je serai ta meilleure élève…

Et je lui lance mon regard le plus sensuel et un sourire coquin.

Je sais que je finirai bien par savoir ce que le Clan trame vraiment, mais ce n'est pas le but de ce week-end.

– Merde, Olivia…

– Quoi? je lui demande, faussement innocente.

– Tu le sais très bien, répond-il, amusé, et il démarre.

Rock me prévient qu'il ne me donnera pas le programme de ces deux jours pour que je sois obligée de lâcher prise et de faire confiance à quelqu'un d'autre que moi. J'avoue ne pas être dans ma zone de confort, mais je m'en tire mieux que ce que j'aurais cru à l'annonce de ce challenge. En même temps, le désir sexuel qui règne entre nous dans la voiture m'aide à oublier que je ne suis plus aux commandes.

Il est devenu mon nouveau centre de gravité, je suis ultra-consciente de chacun de ses mouvements, de son odeur et de tout ce qu'il me raconte sur la région et ses alentours. J'aime cet état de fébrilité et de tension complètement nouveau pour moi, et je veux que cela dure encore un peu avant le grand saut dans le vide. La sensation est grisante, elle rend tout plus saisissant et décuple mes sens.

Je suis sûre que dans mes souvenirs, les couleurs seront plus éclatantes et les odeurs plus vives qu'elles ne le sont en réalité. Je veux me souvenir de chaque détail, comme la façon dont Rock place et déplace les mains sur le volant, ou le mouvement de ses cuisses lorsqu'il freine et accélère, ou encore cette manie qu'il a de frotter son pouce et son index l'un contre l'autre lorsqu'il cherche ses mots.

Nous nous dirigeons vers le nord, et pour le moment les paysages ne changent pas beaucoup, mais la vue est splendide. C'est l'image que j'avais des États-Unis lorsque j'étais en France : des paysages immenses à perte de vue, où l'on se sent à la fois tout petit, mais animé d'un sentiment de toute-puissance. Cette impression que tout est réalisable : *The american dream*, le vrai, la terre de tous les possibles. Cela me rappelle mon trajet depuis Denver jusqu'à Colorado Source dans ma vieille Mustang nouvellement achetée.

Je ne peux m'empêcher de me pencher vers lui, comme hypnotisée, pendant qu'il me parle. Pour quelqu'un de réfractaire aux histoires de plus d'un soir, il sait se montrer tendre et gentil avec moi, et je pense que je ne me débrouille pas trop mal non plus de mon côté.

Au bout d'une heure, alors que je pique du nez, il bifurque brutalement et quitte la route goudronnée sans me prévenir. Je crie comme un putois dans l'habitacle :

– Rock ! Mon Dieu ! Qu'est-ce que tu fabriques ?

– Du calme, Princesse, on va juste vers la première étape de notre périple.

– Bordel ! Si ça, c'est pas la preuve que je te fais confiance… On est au beau milieu de nulle part, tu pourrais me tuer et cacher mon corps ici. Personne ne le saurait jamais !

Il ricane et me répond avec humour :

– Je n'aurais pas eu besoin de t'emmener si loin pour ça. Colorado Source faisait très bien l'affaire.

Je ne peux pas lui répondre car désormais le Dodge est secoué dans tous les sens, et je m'accroche comme je peux à ma portière, concentrée. Ce trajet-là dure une dizaine de minutes, peut-être davantage, quand enfin nous atteignons une zone qui semble avoir été aplanie artificiellement. Il s'arrête enfin et coupe le contact. Je regarde autour de nous.

Il n'y a strictement aucune habitation à l'horizon, aucun bâtiment et toujours pas d'arbres. En somme, nulle part où se cacher, à l'exception de quatre poteaux équipés de projecteurs, qui délimitent la piste.

– Rock, je ne suis pas rassurée, là.

– Je sais, mais tu dois me faire confiance.

– J'essaye, mais je ne vois pas ce qu'on peut bien faire ici. Dis-le-moi, s'il te plaît.

Je commence à me sentir claustrophobe, les souvenirs de moi, enfant, coincée dans une épave de voiture sous des mètres cubes d'eau, tentent de se frayer un passage depuis les limbes de mon subconscient. La voix de Rock me ramène à la réalité :

– Nous sommes sur le terrain d'un ami qui me le prête occasionnellement pour m'entraîner ou pour simplement profiter.

– Profiter de quoi? De jeunes femmes sans défense?

– Je vois que tu gardes ton sens de l'humour. C'est bon signe.

– Rocky, je...

Il m'embrasse doucement, m'empêchant de parler, puis ajoute :

– Est-ce que tu as peur en voiture?

– Non pas spécialement. Je conduis, je me laisse conduire, tu l'as bien vu. Pourquoi?

– Par rapport à l'accident avec tes parents? Ça n'a pas créé de phobie des moyens de transport chez toi, ou un truc du genre?

– Bien sûr que ça a créé des tas de choses chez moi! J'ai des terreurs, mais liées surtout à la nuit et à l'inconnu, pas forcément à la voiture, sauf quand toi, tu décides de m'amener au milieu de nulle part en Dodge! Et ne pas contrôler les choses ne m'aide pas du tout, là...

– Je sais, Olivia, je sais. D'accord, on va y aller en douceur. De toute façon, cette voiture n'est pas idéale pour ce que je compte faire, mais on peut s'amuser avec quand même. Tu dois lâcher prise.

– Comment ça, elle n'est pas idéale? Comment ce monstre peut ne pas être idéal ici, Rock?

Il ne me répond pas et enclenche la musique à fond en souriant. C'est une chanson que je ne connais pas, mais le rythme agressif est entraînant et je sens mon adrénaline grimper au son des basses… et de ma peur.

Cela ne présage rien de bon.

Sans préambule, il redémarre et écrase la pédale d'accélérateur. Je suis violemment plaquée dans mon siège que j'agrippe de toutes mes forces en criant :

– Rock, qu'est-ce que tu fous? Rock!

Il m'ignore encore, il semble concentré droit devant lui, et en même temps, amusé par ma réaction. Je vois la fin du terrain plat approcher, au-delà il y a de nouveau des pierres et de la végétation à ras le sol. Je n'ose pas regarder la vitesse affichée au compteur ni imaginer ce qui va se passer lorsque nous quitterons le plat de la piste à cette allure. Je n'arrive pas non plus à fermer les yeux, alors je continue simplement de jurer, hurler et prier pour notre survie.

Cet homme est fou, je ne vois pas d'autre explication.

Je n'aperçois plus ce que fait Rock. Ma vision est réduite à présent à un point unique droit devant moi. Au dernier moment, alors que je pense que tout est fini, la voiture braque brusquement et tourne comme sur elle-même. Je sens que nous n'adhérons plus au sol.

Nous sommes littéralement en train de glisser.

Le virage est cependant net, précis et contrôlé. Une fois de nouveau dans l'autre sens, nous repartons à vive allure. La même chose se produit de l'autre côté de la piste et Rock réitère la manœuvre ainsi plusieurs fois, en décrivant un huit à chaque passage. Il sait clairement ce qu'il fait et je commence à me calmer. Moins terrorisée, je parviens à observer comment il opère. Les gestes qu'il effectue semblent assez techniques; il n'utilise pas son frein à main comme je l'aurais supposé pour ce genre d'exercices.

Je suis impressionnée par sa concentration et sa maîtrise de lui-même et du véhicule : le Dodge lui obéit au doigt et à l'œil. Cela paraît tellement facile vu de l'extérieur, mais je devine que c'est physique, je le vois à ses bras contractés sur le volant, à son visage crispé et à son corps entier tendu dans un même effort. Bien évidemment, avec mon esprit et mon corps en manque, je ne peux m'empêcher de l'imaginer ainsi en tension dans d'autres situations plus intimes, notamment une où il serait au-dessus de moi…

Alors, petit à petit, je me sens enfin lâcher prise et je me mets même à rigoler, surprise par ce sentiment nouveau de légèreté. Me sentant en confiance, Rock accélère encore un peu et dessine de nouveaux parcours, différents du huit initial.

Au bout d'un moment, cela devient un jeu entre nous, mon rire résonne de plus belle dans l'habitacle quand il parvient à me surprendre avec une nouvelle figure. J'ai compris qu'il était plus agréable de laisser mon corps épouser le mouvement que d'essayer de lutter pour rester droite, et mon rire déclenche le sien. Désormais, je l'encourage et le pousse à aller toujours plus vite, à braquer toujours plus fort.

Une vraie groupie.

L'atmosphère dans la voiture a changé, nous sommes dopés par notre propre adrénaline qui se mélange à notre désir inassouvi depuis plusieurs semaines, et ce mélange est explosif. Dans une ligne droite, il finit par stopper la musique, il ralentit et me lance, joyeux :

– C'est ce qu'on appelle du *drift*.

– Merci, Einstein, j'avais compris.

Il me rend un sourire puéril de dix mille volts et je fonds, électrifiée. Il paraît tellement insouciant à cet instant, très loin des préoccupations du Clan et des Black Edge.

– Bon, j'arrête ou je vais finir par flinguer mes pneus et on ne pourra même pas terminer notre balade à travers le Colorado.

– Un dernier tour, Tarzan, je t'en supplie !

Je sautille sur mon siège comme une gamine.

– OK, Princesse, mais juste un seul et pour tes beaux yeux !

Je hurle de joie dans la voiture en signe de victoire et il explose de rire. Rock fait finalement encore cinq tours avant de s'arrêter, définitivement cette fois-ci, malgré mes supplications.

– Alors, ton premier tour de manège, tu en as pensé quoi ?

Il fait référence à une de mes confidences sur son lit d'hôpital. Je n'ai jamais fait de manèges pour enfants et encore moins pour adultes, du moins, je n'en ai aucun souvenir, pas même de la balançoire. Ça peut paraître dingue mais c'est pourtant vrai.

– C'était… Waouh ! Je n'ai pas de mots. Merci, merci, merci de ne pas m'avoir écoutée et d'avoir ignoré mes hurlements de guenon.

Je suis touchée qu'il prête autant attention à mes propos et qu'il tienne à cœur de remédier à mon ignorance de ces joies simples.

– Tout le plaisir était pour moi. Et la journée n'est pas finie.

– On fait quoi maintenant ?

– T'as faim ? Car moi, je crève la dalle.

Il est vrai que nous n'avons pas pris de petit déjeuner, il est presque onze heures déjà et toutes ces émotions et cette activité m'ont affamée. C'est ce moment de silence que choisit mon estomac pour émettre un gargouillement peu féminin, alors Rock me dit en souriant :

– Je prends ça pour un oui ! Je connais une bonne adresse à une heure d'ici, la patronne est une amie de ma mère.

J'ai donc à peine le temps de me remettre de mes émotions que c'est reparti pour quinze minutes de secousses violentes avant de rejoindre la route goudronnée. Je suis déçue, j'aurais pensé que nous profiterions malgré tout de cet isolement et de cette adrénaline pour faire redescendre un autre type de pression, mais apparemment non.

Il me regarde à la dérobée et saisit mon humeur :

– Hey, ne sois pas triste, moi aussi j'en ai envie, mais patience.

– Je ne vois pas de quoi tu parles.

– Arrête, j'ai bien vu comment tu me regardes et je le sens, ce truc entre nous.

Il fait des signes avec son grand doigt de lui à moi pour illustrer ses propos pendant qu'il continue de tenir son volant de la main gauche.

– Je ne comprends toujours pas, désolée.

– Regardez-nous ça, c'est que Madame devient grognon quand elle est frustrée.

– Oui ! Oui et oui. Je suis frustrée, Rock, sexuellement frustrée et c'est de ta faute !

Oups, c'est sorti tout seul.

Il ricane :

– Ne t'inquiète pas, je finirai par m'en charger, en temps voulu…

– Mais il est passé où « Monsieur je tire mon coup et puis s'en va » ?

– Oh, rassure-toi, c'est dur pour moi aussi, mais je n'ai pas envie d'être juste un nom de plus sur ta liste d'expériences libératrices. Tu m'as avoué que quelque part, j'étais une sorte de première fois, alors je veux en être digne. Les premières fois, c'est très important.

Comment ne pas abdiquer devant cette révélation ? Il a vraiment pris note de tout ce que je lui ai confié lors de nos échanges.

S'il continue ainsi, les choses ne vont pas rester légères très longtemps entre nous. Certes, Rock n'est techniquement pas ma première fois. Comme dirait

Moïra, j'ai déjà vu le loup, et bien plus d'une fois, mais il est clairement ma première relation suivie où nous faisons autre chose que de nous retrouver dans un lit. Je n'ai jamais laissé cette chance aux autres.

– Tu te souviens, toi, de ta première fois, Rambo?

– Bien sûr, ce n'était pas extraordinaire du point de vue de la mise en pratique, mais je ne peux pas l'oublier.

– Moi, je ne m'en souviens pas vraiment, je me souviens juste du prénom du gars, c'est tout. Je dois avoir un problème, tout le monde se souvient de sa première fois.

– Hey, Liv, c'est pas très grave non plus. C'est que ce type ne méritait pas que tu te souviennes de lui.

– Et moi, Tarzan, je ne veux pas être un numéro de plus sur ton tableau de chasse.

– Tu n'es pas un numéro de plus, tu ne l'as jamais été. Cette fois-ci, je veux faire les choses différemment. OK, Princesse?

Je ne me souviens pas de mes premières fois car elles ont été éclipsées par les souvenirs d'abus dont j'ai été victime orpheline. Il aura fallu que j'insiste beaucoup pour que le sexe rime de nouveau avec plaisir et non plus avec dégoût, mais ça, je ne peux pas encore le lui avouer. Moi, ma vraie première fois, on me l'a prise par la force...

– Tais-toi, Rock...

Je lui dis cela sur un ton triste.

– Quoi?

Il semble étonné par mon changement d'humeur.

– Les choses doivent rester légères entre nous, tu te souviens?

– Hey, pas de panique, on peut se respecter l'un l'autre d'un côté, et de l'autre en profiter un maximum sans prise de tête, comme deux adultes avisés, non?

– Oui, j'imagine.

Mais ma raison me souffle que si sur le papier ces belles paroles semblent limpides et claires comme de l'eau de roche, la réalité sera tout autre chose. Certaines personnes équilibrées et avec de l'expérience réussissent peut-être à gérer ce type de relation, mais nous, nous sommes tous les deux novices en matière de sentiments. Pire encore, nos passés respectifs nous ont rendus émotionnellement instables.

Mais je me suis promis d'être plus spontanée et moins dans la réflexion pour ce week-end, alors je décide de changer de sujet de conversation :

– Donc tu es un passionné de drift?

Il semble lui aussi soulagé de mon revirement d'intérêt :

– « Passionné » est un bien grand mot, mais j'aime beaucoup, tout autant que les balades sur ma Harley. J'aime la mécanique en général, et tous les sports qui vont avec.

– Tu te débrouilles pourtant vachement bien.

– J'ai eu de très bons profs. Plusieurs amis, eux, sont de vrais passionnés, comme Vince par exemple, ou celui qui m'a prêté la piste de tout à l'heure. Lui a plusieurs voitures spécialement conçues pour ça. J'ai même eu l'occasion de participer à quelques courses pour amateurs par le passé.

– Sympa ! Mais tu n'en fais plus?

– Je n'ai plus le temps avec la gestion du Clan. Ça demande un minimum de préparation même si c'est pour le fun. Je n'aime pas faire les choses à moitié quand je me lance dans un truc. Et venir me défouler comme ce qu'on vient de faire me suffit amplement. Avec ça, le sport et la moto, je suis bien.

– J'aimerais beaucoup faire un vrai tour à moto… Max m'a promis de m'emmener une fois que les choses seront réglées avec les Black Edge. Ça non plus, je ne l'ai jamais fait. Bon, Vince m'a ramenée chez moi la dernière fois, mais ça ne compte pas vraiment. Si?

Rock se tourne vivement vers moi et me balance brutalement :

– Hors de question !

– Hey ! Je fais de la moto si j'ai envie, espèce de macho hypocrite !

– Non, je veux dire, hors de question que ton premier vrai tour à moto soit avec ce beau parleur, trop blond et trop bronzé de Max. Je t'emmènerai moi-même.

Je souris intérieurement face à ce qui s'apparente à de la jalousie vis-à-vis de mon ami.

– Promis?

– Promis.

– Une promesse, Hulk… Pour quelqu'un qui n'en fait pas, elles commencent à s'accumuler.

Il rit mais n'ajoute rien. Je continue sur un nouveau sujet radicalement différent, mais qui m'intéresse tout autant pour le cerner :

– C'est quoi, ta chanson de la honte?

– Ma chanson de la honte?

Il me regarde brièvement, interloqué, avant de fixer la route à nouveau.

– Tu sais, tout le monde adore une chanson qui craint. Celle qu'on chante tous lorsqu'on est certain d'être seul. Quand on l'entend, on ne peut pas s'empêcher de la fredonner quitte à prendre le risque de se faire griller quand même.

Il explose de rire. Décidément, il ne s'arrête plus aujourd'hui, il est vraiment un autre homme loin de ses responsabilités de meneur.

Ou peut-être un peu grâce à moi... Stop! Ne pas emprunter ce chemin miné!

Il reprend, coupant court à mes pensées :

– Je vois. Mais pourquoi je devrais te l'avouer à toi, alors?

– Car je t'avouerais la mienne en contrepartie. Elle vaut le coup...

– OK, laisse-moi réfléchir.

Il marque une pause de quelques secondes avant de lâch-er :

– The Calling, *Wherever You Will Go.*

– Tu déconnes! Cette chanson est super bien! Elle me rappelle toute mon adolescence.

– Oui moi aussi, mais quand même, tu me vois chanter ça et l'écouter avec les gars pendant qu'on répare nos caisses?

– Certes, vu sous cet angle...

Je ne peux m'empêcher de pouffer lorsque j'imagine la scène. Il interrompt ma rêverie en me demandant :

– Alors la tienne? C'est quoi?

– *Wannabe* des Spice Girls. Je la connais par cœur.

– Ouais, c'est hard, ça, je vais pouvoir te faire chanter avec une telle info. Même si t'es pas la seule, à mon avis.

– Hey! La règle numéro un, c'est qu'on n'a pas le droit d'utiliser la chanson de la honte à des fins machiavéliques. Pour la peine, tu dois m'en dire une autre!

– Tu m'avais pas prévenu, ça ne compte pas!

– Une autre! Une autre! Une autre!

Je lui crie dans l'oreille mais ça le fait sourire.

– C'est bon du calme, Princesse, donne-moi juste une minute. OK, j'ai du lourd. Il y en a une qui contamine mon esprit dès que j'ai le malheur de l'entendre, mais le pire, c'est que je l'aime bien. Il peut m'arriver de la fredonner, comme tu dis, de façon très exceptionnelle.

– Vas-y, balance, Tarzan, ça restera entre nous.

– *Call Me Maybe* de cette petite chanteuse canadienne, je ne me souviens pas de son nom.

– Oui, je vois laquelle et je valide. Ça, c'est une bonne chanson de la honte !

Le trajet continue sur cette note légère jusqu'au restaurant. Il s'agit en réalité d'une station-service qui possède sa cantine pour routiers et sa supérette. Pendant que Rock fait le plein d'essence, j'en profite de mon côté pour y faire un tour et acheter des bricoles comme des gâteaux, de l'eau et un coussin en forme de cupcake tout mignon et tout doux.

Marta, la patronne vulgaire et fripée des lieux, reconnaît Rock à l'instant où il entre dans le *diner* et l'accueille comme un fils, avec de grandes embrassades démonstratives qui me paraissent interminables.

Je rêve où elle vient de lui caresser les fesses « par inadvertance » ?

Elle paraît ahurie quand il me présente avec douceur comme une amie très proche venue de France.

Ouais, TRÈS proche... j'espère que tu l'as bien entendu, Marta, alors bas les pattes, espèce de cougar !

Elle nous installe à une table à l'écart des autres clients en lui lançant un clin d'œil complice et aguicheur, qui cette fois le surprend autant que moi.

Sérieusement, Marta ?

Rock commande un immense hamburger avec des frites et pour ma part, j'opte pour le brunch à volonté. La carte est simple et la nourriture faite maison exposée en vitrine paraît délicieuse. Mon estomac approuve en gargouillant sans retenue. Lorsqu'il se lève et part aux toilettes, Marta me fond dessus comme un rapace et m'assène :

– Je suis contente que Rock ait enfin trouvé sa moitié... c'est juste triste que vous veniez de l'autre côté de l'océan, mais bon, c'est mieux que rien du tout, j'imagine.

Mais quelle... !

– Il faut croire qu'ici son choix est restreint et sûrement un peu trop « daté » à son goût.

C'est la vie !

– Mais consolez-vous, je ne suis pas la moitié de Rock.

Elle part dans un rire forcé qui sonne atrocement faux, et si sa gestuelle est amicale, ses yeux me lancent des éclairs de haine.

– À d'autres, mon petit chou ! Mais par pitié, ne vous abaissez pas à lui faire un enfant dans le dos pour le retenir vous aussi quand il se sera lassé de vous, ça ne sert à rien.

Et elle insiste lourdement sur le « vous aussi ».

Sur ce, elle s'en va comme une tornade et me plante là avec mes œufs brouillés, qu'une jeune serveuse discrète est venue me déposer. Sa dernière phrase sonne bizarrement à mes oreilles.

Je serais au courant si Rock avait un mini-Hulk, non?

Lui-même m'a dit qu'il ne voulait pas d'enfants la première fois où nous avons discuté dans ma Mustang.

Oui, mais si on lui a fait dans le dos, comme le laisse entendre la perfide Marta, cela confirme bien qu'il n'en voulait pas à la base.

À l'exception que Monsieur Terminator n'est pas du genre à se faire faire un bébé contre son gré, il sort systématiquement couvert. Il a été intransigeant sur ce point vendredi matin au hangar.

Enfin, ça, c'est qu'il prétend…

Je rejoue le film de nos discussions passées à la recherche d'indices venant confirmer ou infirmer les propos de cette vieille garce. Il est vrai que Rock a facilement accepté de renoncer à toute descendance future en cas de haute trahison à mon encontre. Mais cela ne veut rien dire, je suis en train de me faire des nœuds au cerveau toute seule. Sauf que maintenant que j'y songe, il doit être un des rares hommes a priori sans enfant à savoir ce que veut dire « épisiotomie ».

Ce qui change une fois qu'ils assistent à un accouchement, mais je m'égare à nouveau.

Je visualise un à un les enfants de tous âges que je garde à l'école, mais aucun ne ressemble de près ou de loin à Rock.

La mère est peut-être partie à l'autre bout du monde avec leur chérubin sous le bras?

Le supposé père en question revient enfin des W.-C. et s'assied devant moi tranquillement. Détendu, il n'a aucune idée de ce que je viens d'apprendre, ni du dilemme qui se joue en moi en ce moment.

En même temps, pourquoi cela m'importe-t-il autant qu'il ait un enfant?

Il a le droit d'avoir eu une vie avant, tout ça entre nous est temporaire, Marta me l'a bien rappelé. Mais le fait qu'il puisse avoir abandonné ou renié sa progéniture m'attriste et blesse l'orpheline que j'ai été. Je repense à Eddy, si fier de ses deux petites filles et dont il parle tout le temps, alors je n'y tiens plus :

– Rock?

– Oui? répond-il en souriant, son burger suspendu devant sa bouche et dans lequel il n'a pas encore mordu.

– Est-ce que tu es ou as été papa?

Il en lâche son hamburger de surprise, qui miraculeusement n'explose pas partout, et me regarde, ahuri.

– Mais d'où sort cette question?

Son ton est agressif et me fait perdre mes moyens.

– Je... Enfin, je veux dire, tu peux me le dire si tu as un enfant. C'est pas grave, tu sais, c'est même cool.

Je suis maladroite dans mes propos et je sens que ça n'arrange pas les choses, au contraire... Il ne me répond pas, mais tourne la tête et épingle de son regard noir de tueur Marta, qui nous espionnait depuis son comptoir. Elle pousse un petit cri de goret ridicule qui la trahit et fuit vers la cuisine. Sans prévenir, Rock se lève pour lui courir après. Je me retrouve à nouveau en plan toute seule, face à mes œufs brouillés toujours intacts et qui ne me font plus très envie à présent.

Décidément.

Cinq bonnes minutes plus tard, il revient, d'humeur massacrante, en maugréant des paroles inaudibles. Marta, elle, ne réapparaît pas et avant que je puisse dire quelque chose, il me balance sèchement :

– Non, je ne suis pas père, Olivia. Ignore ce que cette vieille pipelette a bien pu te dire. Rapporter des ragots est son passe-temps favori.

Moins assuré, il me demande :

– Tu me crois?

– Oui.

– Bien, alors finissons de manger, nous allons être en retard pour la suite.

***

La suite consiste à assister à une course de voitures à une heure et demie de là où nous avons déjeuné. Il s'agit d'un petit circuit qui organise de temps à autre des courses sauvages pas très légales, de ce que je comprends des multiples explications de Rock. Le sujet le passionne et on ne l'arrête plus, j'essaye de suivre tant bien que mal avec tout ce vocabulaire technique et dans l'environnement bruyant qui nous entoure. Mon cerveau et mes sens sont assaillis d'informations. Je commence à me sentir en difficulté.

L'endroit est tenu par une autre de ses nombreuses connaissances. Étant une ancienne asociale en rémission, je suis toujours impressionnée par ces individus qui ont un réseau d'amis infini et qui arrivent à l'entretenir sans trop d'efforts. Les gens qui le reconnaissent le saluent systématiquement comme un frère disparu qui reviendrait du front. Puis, dans un second temps, ils s'étonnent de ma présence mais restent polis, contrairement à Marta « la cougar ». Rock me jette un coup d'œil et perçoit mon malaise grandissant.

– Ça va, Princesse ?

– Ouais, c'est juste que je n'ai plus l'habitude d'être au milieu de tant d'inconnus, avec autant de bruit. Ça paraît si simple pour toi d'interagir avec toutes ces personnes. Tu as tellement d'amis et ils te traitent comme si tu étais le Messie…

– Ne te laisse pas tromper par les apparences. Mes seuls vrais amis sont au Clan, hormis quelques exceptions qui se comptent sur les doigts d'une main. Ici, ce sont de simples connaissances, et toute connaissance peut être utile un jour. Eux le savent aussi, ils préfèrent avoir un club de motards violents avec eux que contre eux.

– Je vois…

– Mais comment faisais-tu pour vivre à Paris avant ?

– Je ne sais plus, c'était plutôt de la survie en réalité, et je n'avais rien connu d'autre jusqu'à maintenant. Je n'avais pas d'amis, hormis Moïra, je me focalisais sur mon travail, je ne sortais pas. Les transports en commun aux heures de pointe étaient difficiles. C'est sûr que je ne pourrais jamais plus revenir à une telle vie !

– Et malgré tout, tu es venue au CSB le premier soir sans connaître personne.

– Je ne suis pas non plus atteinte à ce point-là, Rock, je sais me mettre un coup de pied aux fesses si besoin. Et puis, quand je travaille, ça passe mieux, j'ai un rôle à tenir, une image et un uniforme derrière lesquels je peux me cacher… Les garçons ont été gentils dans l'ensemble et beaucoup de membres du Clan sont encore plus abîmés que moi, ça aide de ne pas être le seul vilain petit canard. Je me sens bien à Colorado Source, c'est devenu mon refuge.

Il m'embrasse sur le bout du nez gentiment, joue avec une mèche de mes cheveux et me regarde, pensif. Je crois qu'il va me dire quelque chose mais il se ravise, attrape fermement ma main et se place devant moi pour faire barrage avec son corps immense, alors que nous sinuons dans la foule compacte. Il donne des coups d'épaule à droite et à gauche, si bien qu'un couloir spacieux finit par se créer et me permet de respirer de nouveau correctement. Je le remercie assez fort pour qu'il m'entende, et il se retourne en me souriant avec un clin d'œil.

Et dire que cet homme pense qu'il ne sait pas y faire avec les femmes…

Sur le chemin pour rejoindre nos places en haut des gradins, Rock nous achète du pop-corn, deux casquettes assorties et des paires de lunettes pour nous protéger du soleil éblouissant reflété par l'asphalte de la piste. Alors que je vais pour m'asseoir sur mon siège, il me surprend en me tirant vers lui et en m'installant sur ses genoux. Blottie ainsi contre son torse, j'écoute ses explications sur ce qui nous entoure et sur les éléments qu'il me pointe du doigt en contrebas. Il me caresse, m'embrasse et me fait rire, à tel point que je finis enfin par me détendre et par oublier tout ce qui nous encercle.

L'incident du restaurant est effacé, la foule bruyante d'inconnus occultée, je ne pense plus qu'à ce que je ressens lorsqu'il me frôle ou qu'il se serre contre moi. Je suis troublée par sa bouche si près de mon oreille et de la chair tendre de mon cou. Je frissonne d'appréhension et pense très fort :

Vas-y, mords-moi!

– Tu aimes faire des choses en public, je suis surpris, susurre-t-il doucement à mon unique attention.

Je peux le sentir sourire contre ma nuque et je réalise alors que j'ai dû parler tout haut.

– Tu n'étais pas supposé entendre ça.

– Ça ne me dérange pas, continue.

Le son grave de sa voix est voilé de désir, ses grandes mains me saisissent par les hanches et il me remonte haut sur ses cuisses musclées de façon à ce que mes fesses s'imbriquent parfaitement avec son bassin. Je ferme les yeux pour garder contenance et retiens de justesse un petit cri de surprise. Ce que je devine dur à travers son jean m'informe que je ne suis pas la seule à être dans tous mes états et je perds le peu de retenue qu'il me reste. Mon imagination dépravée n'avait pas besoin de plus et des flashs hautement réalistes surgissent sous mes paupières closes.

Je l'imagine tout en puissance derrière moi sur un lit, de la même manière qu'en ce moment mais sans tous ces vêtements inutiles et sans plus personne autour de nous. Contrairement à ce que je dois laisser paraître, je ne suis pas exhibitionniste dans l'âme mais cet homme me fait faire n'importe quoi. Rock vient réellement caresser l'intérieur de ma cuisse nue et cette fois je ne peux m'empêcher de lâcher un faible gémissement de plaisir. Heureusement que mon immense casquette et mes lunettes noires cachent mon visage aux yeux de tous.

– Rock… Arrête…

– Toi, arrête…

– Mais je n'ai rien fait !

– Si, tu te trémousses sur moi depuis tout à l'heure et je lutte pour faire comme si de rien n'était en t'expliquant toute cette merde au sujet du circuit.

– Désolée, ce n'était pas intentionnel.

– Je ne te crois pas.

– Tu te trompes ! Ça par contre…

Pour illustrer mes propos, je dessine innocemment plusieurs cercles avec mes fesses sur son bassin.

– Recommence une fois de plus ce petit jeu et on ne verra pas cette fichue course, je te le promets.

– Hey ! Je croyais que tu voulais faire les choses bien.

Il n'a pas le temps de me répondre que la musique outrageusement forte laisse soudainement place au speaker qui annonce le début des tours de chauffe des pilotes et je m'assieds sur mon siège comme j'aurais dû le faire depuis le début.

L'après-midi passe vite et c'est très sympa. L'ambiance générale me gagne, même si je ne retrouve pas les sensations de ce matin dans le Dodge avec Rock. Je termine debout sur mon siège à supporter un pilote dont j'aime tout particulièrement la voiture en criant comme une groupie, mes mains en porte-voix. C'est le seul critère de sélection dont je dispose puisque je n'y connais rien, ce qui amuse Rock qui secoue la tête à mon intention, faussement exaspéré.

À ma plus grande surprise, il se révèle que j'ai choisi le vainqueur de la course, alors je hurle dans sa direction des félicitations bien méritées lorsqu'il sort de sa voiture et qu'il ôte son casque. D'ici, je ne vois pas vraiment à quoi il ressemble, mais je perçois qu'il cherche du regard d'où viennent tous ces cris hystériques et quand il me trouve, il me salue d'un petit signe. Je suis aux anges.

– Allez, viens, Princesse, je vais te présenter un véritable ami ici et ensuite on ira à notre troisième et dernière étape du week-end.

Rock me saisit par la main et je me laisse à nouveau guider vers notre nouvelle destination. Petit à petit, je réalise que nous nous dirigeons vers les loges en ras de piste, réservées aux équipes des pilotes d'où elles peuvent tout gérer, tout suivre et tout contrôler. La sécurité nous laisse passer sans encombre et un des gardes du corps nous salue même poliment de la tête, enfin, surtout Rock. Nous entrons dans une pièce immense où la ferveur est à son comble. Une masse de personnes est agglutinée en son centre, se serre dans les bras et se félicite en sautillant de joie. Nous patientons sur le côté quand quelqu'un s'écrie :

– Rocky, frérot ! Tu aurais dû me prévenir que tu venais me voir courir !

– Salut Jay, ça va ?

Les deux hommes se rejoignent et s'étreignent respectueusement, mais en se donnant des accolades tellement viriles qu'un gabarit plus petit aurait fini projeté contre le mur d'en face.

– Bien sûr, j'ai gagné !

– Ouais, félicitations pour ça. En fait je ne devais pas venir, ça s'est décidé sur un coup de tête et à la dernière minute. Je fais découvrir les joies du Colorado à une amie.

Rock se tourne vers moi et me fait signe de venir près d'eux. Je m'approche et je découvre enfin le pilote anonyme que j'ai supporté tout au long de l'après-midi au hasard, celui qui a gagné et qui s'avère être un ami de mon Rambo. Évidemment, il n'est pas mal fait de sa personne lui non plus.

Je devrais demander à Rock s'il choisit ses amis sur photos...

Mon comportement de supportrice hystérique me revient alors en mémoire, je me sens rougir de honte et malheureusement pour moi, cette fois-ci, j'ai enlevé ma casquette et mes lunettes qui me protégeaient plus tôt. Rock me fait un sourire en coin, amusé par mon embarras flagrant.

– Enchantée, Olivia.

Je tends la main et l'homme en combinaison de pilote me la serre un peu trop fort.

– Oh mais je te reconnais ! Tu es ma plus fervente admiratrice ! Merci, tu m'as porté chance. Je suis Jay, un ancien frère de Rock et du Clan.

Oh, d'accord.

Je lance un regard qui veut tout dire au fameux Rock en question : tu aurais pu me prévenir !

À partir de là, le temps s'accélère de nouveau. L'alcool, dont majoritairement du champagne, coule à flots pour fêter la victoire de Jay en loge. Rock arrête de boire après le second verre car il doit conduire mais je décide d'en profiter, cela m'aide à oublier que je suis au milieu de parfaits inconnus et que je me suis affichée comme une greluche écervelée tout au long de la course.

Apparemment, ils se sont tous passé le mot pour me charrier à ce sujet et ne me laissent aucun répit, hommes et femmes confondus. J'apprends aussi au détour d'une conversation que la piste de drift que nous avons utilisée ce matin appartient à Jay, située sur les terres de son ranch. Ce dernier me prend sous son aile affectueusement, sous la moue de plus en plus désapprobatrice de Rock, et m'explique qu'il l'a équipée de caméras invisibles pour la surveiller et éviter les voyous.

Oh malheur ! Heureusement que Brutus n'a pas cédé à mes avances... Moi qui nous croyais seuls au monde !

12

BOUM, BOUM, BOUM...

Olivia

L'heure tourne et je discute de tout et de rien avec tout le monde, on me pose un tas de questions sur la France dès que je dis d'où je viens. Je commence à me sentir vraiment grisée par l'alcool. Le regard froid de Rock, qui se tient à l'écart de tout le monde, n'entame pas ma bonne humeur. Il n'est clairement pas dans l'ambiance de la petite fête mais ce n'est pas ma faute s'il ne peut pas boire, c'est lui qui a voulu venir après tout. Jay, qui a pris dix minutes derrière la loge pour se doucher et se changer, se penche vers moi et me demande :

– Tu fais quoi après?

– Je ne sais pas, c'est un mystère. C'est Rock qui décide et je le suis, pourquoi?

Jay fait signe à Grincheux de nous rejoindre. Une fois arrivé à notre hauteur, ce dernier nous lance, peu amène :

– Quoi?

– Vous faites quoi tous les deux après? Tu l'emmènes où?

Rock me dévisage longuement avant de répondre :

– Je comptais l'emmener passer la soirée à ce festival de musique en plein air sur le Plateau, et dormir dans un motel pas loin. Mais vu son état actuel, j'hésite à changer de programme et à la ramener directement à Colorado Source.

– C'est hors de question! Espèce de rabat-joie, tu ne me ramèneras pas! Tu m'as promis un week-end d'aventures.

Jay explose de rire face à mon ton de petite fille en colère et dit :

– Écoute, ça tombe bien, mes potes et moi, on y va aussi. J'allais vous le proposer. D'autres nous y attendent déjà depuis hier soir. On a un campement là-bas, vous pourrez aussi y dormir si ça vous dit.

Je sens instantanément que Rock va refuser alors je le devance en acceptant et en remerciant Jay avec ferveur, ce qui le fait rire à nouveau de plus belle.

Je t'ai eu, Grincheux.

– Cette nana est géniale. Tu l'as trouvée où, mon frère?

– Je ne l'ai pas choisie, c'est elle qui m'est tombée dessus.

Jay et moi échangeons un regard entendu. Nous ne savons pas s'il rigole mais on s'en fiche, nous serons amis pour la soirée grâce à l'effet magique de l'alcool. La petite fiesta dure depuis une heure quand le propriétaire du circuit vient nous mettre dehors. La plupart des gens rentrent chez eux, mais Jay et ses amis proches nous embarquent avec eux pour organiser la route vers le festival. À ce stade, je n'ai plus la force de dire quoi que ce soit, je me laisse porter par la foule. Je sens Rock sur mes talons comme un ange gardien pot de colle. Jay prend la parole en s'adressant à tout le monde :

– Bon, on a cinq voitures au total avec la caisse de mon pote Rock ici présent, donc que chacun se débrouille pour se trouver une place. On se retrouve là-bas, emplacements C110 à C113. Marco, Jenny et les autres nous y attendent déjà.

Il s'adresse ensuite à moi :

– Tu montes avec moi, Liv? Faut qu'on termine cette conversation sur le krach boursier de 1929.

– Mais avec plaisir!

Je me retourne vers Rock pour le prévenir, même s'il a sûrement entendu. Il me lance son regard noir de tueur qui me coupe net dans mes intentions. Il me prend à part pour me dire doucement mais froidement :

– Hors de question que tu montes avec lui.

– Oh ça va! Tu n'as pas à être jaloux, on discute juste. Tu es le seul et l'unique, Rambo chéri!

Je sens que je titube et la tête me tourne.

– Putain, Olivia, t'es idiote ou quoi? Ça n'a rien à voir avec de la jalousie…

Mais je n'entends pas la fin de sa phrase car nous sommes séparés par le groupe qui nous entraîne dans des directions opposées. Il semble me crier quelque chose mais aussi fort soit-il, il ne peut rien contre les quatre personnes qui le tirent en arrière en riant, et moi je suis trop éméchée pour réagir. Je le vois se mettre au volant de sa voiture rageusement et je me retrouve à côté de Jay sans trop savoir comment.

Quoi? C'est lui qui voulait que je lâche prise, non?

Jay conduit une voiture encore plus énorme que celle de Rock.

C'est quoi, une compétition de celui qui a la plus grosse?

Cette fois-ci, en allant vers l'ouest, l'environnement se met à changer progressivement. De la végétation digne de ce nom fait enfin son apparition et je vois à l'horizon que nous nous rapprochons de remparts montagneux. L'altercation fugace mais sévère avec Rock juste avant de partir m'a refroidie.

Je ne sais pas ce qui lui a pris.

Jay tente de relancer notre conversation laissée en suspens plusieurs fois, mais je ne réponds que par des « oui » ou des « non » du bout des lèvres, alors il abandonne et se rabat sur le couple assis derrière. Mon crâne me lance, le soleil et l'alcool ne font indéniablement pas bon ménage. Je rechausse mes lunettes noires cache-misère et me noie dans la contemplation des paysages qui défilent sous mes yeux alors que nous commençons à prendre un peu d'altitude.

J'ai dû m'endormir un bon moment car, quand je me réveille, Jay m'annonce que nous sommes bientôt arrivés et la luminosité qui perce à travers les arbres est celle d'un début de soirée.

Nos cinq voitures sont les unes derrière les autres et nous sommes à la fin d'une interminable file de véhicules divers et variés, qui attendent eux aussi de pouvoir passer le barrage rudimentaire de l'entrée. Lorsque c'est enfin notre tour, Jay ouvre sa fenêtre et tend une épaisse liasse de billets verts à une jolie jeune femme rousse habillée d'un tee-shirt griffé « Staff », assorti d'un grand sourire aguicheur. Elle le remercie, compte l'argent et lui indique comment se rendre aux emplacements réservés par nos amis.

Elle nous remet également un plan des lieux à chacun et quatre bracelets dorés « Planetdance » à accrocher à nos poignets respectifs. Le chemin que nous empruntons n'est ni goudronné ni plat et nous sommes entourés d'arbres immenses.

J'avais presque oublié à quoi cela ressemblait, dis donc...

Il me tarde de sortir pour pouvoir respirer et apprécier la fraîcheur des conifères qui culminent très haut au-dessus de nos têtes. Nous continuons à monter en chahutant quelques minutes lorsque, sans prévenir, nous débouchons sur une immense clairière enherbée. Il s'agit plutôt d'un gigantesque plateau, comme si la colline que nous venions de gravir avait été parfaitement tranchée dans le sens de la largeur au fil à couper le beurre. C'est tellement grand que je n'en vois pas la fin de l'autre côté, l'espace au centre est envahi par des centaines et des centaines de personnes ainsi que par les installations du festival. Les campements et le parking se situent tout autour et en périphérie.

Jay prend à droite sans se poser de questions :

– On vient ici tous les ans et on réserve les mêmes emplacements qui sont parfaits pour garer nos bagnoles.

– Oh d'accord.

– Tu as bien dormi ?

– Oui merci, ça m'a permis de décuver un peu.

Il rigole et reprend ses explications :

– Au centre, tu as la scène principale à ciel ouvert. Regarde le planning des concerts au dos du plan si tu veux, il y en a tout au long de la journée et de la nuit, tu n'as plus qu'à choisir. Tu as aussi un dôme pour la musique techno et trans, une tente de yoga et de relaxation avec des ateliers, et plein d'autres espaces à thème tout autour. Les chiottes sont indiquées un peu partout et il n'y a pas de douches, mais si tu redescends un peu dans la forêt, il y a des cours d'eau pour se rafraîchir, je pourrai t'y conduire. Demande-moi et je serai ton guide pour la soirée ! Pour manger, on a amené tout ce qu'il faut. Ce soir, c'est barbecue. Mais tu as des points de restauration aussi un peu partout si tu préfères.

– C'est top, le barbecue sera parfait. Merci, Jay, pour toutes ces infos. Tu me diras combien je te dois pour l'entrée ou la participation à la nourriture.

– Arrête, tu me dois rien ! Tu es notre invitée pour le week-end, alors profite…

– OK, encore merci, Jay.

Son « profite » sonne un peu bizarrement mais je n'ai pas le temps d'y réfléchir plus longtemps que ma portière s'ouvre violemment. Je suis tirée de l'habitacle et une grande femme brune m'enserre et me colle un gobelet rempli d'un liquide doré dans la main.

– Bienvenue beauté ! Je suis Jenny et toi ?

– Heu… salut. Je suis Olivia, une amie de Rock.

Je le cherche d'ailleurs des yeux, sa voiture est bien garée à l'orée des arbres avec les autres, mais il n'est nulle part.

– Oh Rock est là ? C'est génial !

Elle a l'air au comble de l'euphorie et semble très éméchée. Une alerte rouge de jalousie s'allume dans ma tête mais je ne dis rien pour le moment.

– Ouais, mais fais gaffe, il est pas de bonne humeur.

– Oh t'inquiète pas pour moi, trésor, je sais quoi faire pour que monsieur soit dans de bonnes dispositions…

Elle me jette un clin d'œil complice.

Génial, maintenant je la déteste…

– Qui n'est pas de bonne humeur?

Je sursaute au son de cette voix grave familière et je me retourne. Rock se tient derrière moi, les bras croisés sur son torse et le regard toujours aussi noir à mon intention. Il y a un brouhaha de fond autour de nous, les gens s'affairent. Certains sont même déjà en train de dîner devant leurs tentes, je perçois les clameurs et le son d'un concert en cours.

– Rockyyyyy!!!

Jenny se jette sur lui comme une furie et l'embrasse sur la joue. À mon grand étonnement, il rigole, la serre dans ses bras lui aussi et lui rend son baiser sur la joue en lui ébouriffant les cheveux affectueusement.

– Salut, Jenny.

Oh joie!

Je sens mon humeur s'assombrir de plus belle, et je déteste ça, je voulais que ce week-end soit léger et sans prise de tête. Je fais tout pour afficher un sourire sincère sur mon visage, comme si rien de tout cela ne m'affectait, mais Rock en profite pour me jeter un regard sournois, alors que la fameuse Jenny lui tâte à présent les biceps en pouffant comme une idiote. Je finis par lever les yeux au ciel, exaspérée, sans discrétion, quand elle ajoute :

– Waouh, Rock, toujours aussi musclé à ce que je vois.

Elle est sérieuse là? L'alcool n'excuse pas tout…

Musclor la laisse terminer son inspection anatomique minutieuse et tactile, puis me lance sur un ton dénué de toute chaleur humaine :

– Toi, viens par-là, faut qu'on règle une ou deux petites choses avant de continuer la soirée.

Il se dégage de sa groupie et m'attrape un peu trop douloureusement par le bras pour m'emmener vers les bois.

– Hey! Doucement, tu me fais mal, Rock!

Une fois à l'écart, il me lâche enfin. Je suis énervée et je bois un coup avant de lui dire ma façon de penser. Je n'aime pas qu'il joue les orangs-outangs possessifs et directifs alors que lui-même se laisse tripoter de partout.

– Tu ne refais plus jamais ça! Je te laisse peut-être parfois m'appeler « Petite Chose » car, d'une façon que j'ignore, tu arrives à rendre ça affectueux et jusque-là, tu ne m'avais jamais traitée comme une femme objet. Mais je ne suis pas TA chose ! Donc arrête tes conneries, Rock. C'est quoi ton souci d'ailleurs ? Tu as des troubles de l'humeur que j'ignore ?

– Toi, arrête tes conneries, Olivia ! Tu es montée dans une voiture sans te soucier si son conducteur était en état de conduire ! Pire, tu savais très bien que non puisque tu as bu avec lui tout l'après-midi, bordel ! Mais non, ça ne t'a pas dérangée ! Tu as des tendances suicidaires que j'ignore ?

Il me jauge de toute sa hauteur et ma colère retombe comme un soufflé au fromage. Je me sens bête, ses remontrances font mouche.

– Je… euh… Il n'avait pas l'air… enfin, tu vois. J'ai pas pensé que…

– Ouais ça, je m'en suis rendu compte ! Il tient juste mieux l'alcool que toi, mais il est quand même bourré. Putain, Liv, ne me refais jamais ça, j'ai passé tout le trajet angoissé de voir votre voiture partir en couille à tout moment et en te sachant à l'intérieur. Et j'irai dire deux mots à Jay aussi plus tard à ce sujet.

– Rock, je suis désolée, sincèrement désolée.

– Je veux que tu lâches prise mais pas que tu te mettes en danger non plus.

– Oui c'était stupide mais j'étais tellement contente de me sentir à l'aise pour une fois et de me faire des connaissances moi aussi. J'ai déconné et je m'excuse.

– Je m'en fous de tes excuses, Liv, tu dois faire gaffe pour toi, pas pour moi. Promets-le-moi, plus de comportement à la con comme ça ou on rentre direct.

– Promis, juré, craché. Croix de bois, croix de fer, si je mens, je vais en enfer…

Ma tirade et mon petit signe sur la poitrine ont le mérite de lui arracher un sourire mais je me sens encore idiote d'avoir été si stupide.

Et moi qui pensais qu'il était un peu jaloux…

– Ça fait encore une promesse de plus, Tarzan.

– Ouais c'est bon, t'as gagné, on arrête de les compter. Mais sérieusement, fais gaffe, les gens ici sont super cool mais y a pas mal de drogues dures qui tournent. Surveille ton verre et n'accepte pas n'importe quoi, même de quelqu'un de gentil.

– C'est noté, *Monsieur.*

Nous échangeons quelques caresses taquines à l'abri des regards et notre humeur légère et complice de ce début de week-end nous rattrape petit à petit.

Alléluia !

Nous décidons de laisser nos affaires dans la voiture où elles sont le plus en sécurité pour l'instant et d'aller faire un tour de ce que peut nous offrir le festival. Je ne garde que mon sac en bandoulière avec nos portefeuilles et nos téléphones respectifs à l'intérieur. De passage dans le campement, Jay nous présente un peu plus correctement à tout le monde, cette fois-ci, et nous montre fièrement le lieu dans ses moindres détails.

Il est évident qu'il a l'habitude de l'organisation de ce genre d'événements, mais ses explications n'en finissent plus et je sens Rock perdre patience devant la lourdeur de son ami. Heureusement pour nous, Jenny et un certain Dixon l'appellent à l'aide pour lancer le barbecue.

Main dans la main, nous nous éloignons des tentes et nous nous retrouvons enfin seuls, Rock et moi, au milieu de la foule qui déambule dans cette ville éphémère et surréaliste. Je suis émerveillée, c'est la première fois que je participe à un festival de ce genre-là.

À un festival tout court d'ailleurs. Il y a tellement de choses à regarder un peu partout que je ne sais plus où donner de la tête. Je la tourne dans tous les sens comme une girouette. Rock s'arrête soudainement et m'embrasse sans prévenir en me laissant pantoise.

– Tu es adorable, on dirait une enfant qui découvre Disneyland. Une première ?

– Évidemment. T'as pas compris que j'avais pas eu de vie avant d'arriver ici…

Je lui souris mais grelotte tout à coup. Un air frais et humide s'est installé sur le plateau, mon petit short et mon débardeur ne suffisent plus.

– Viens, on va t'acheter un pull.

Je consulte difficilement dans la pénombre grandissante le plan sous forme de dessin que je tiens avec mon verre encore trop rempli. Le festival est organisé comme la planète Saturne avec ses anneaux. Au centre, il y a tout ce qui concerne de près ou de loin la musique et ses différentes ambiances, ensuite autour, de façon concentrique, on retrouve les tentes avec des animations aussi diverses que loufoques, comme une où l'on t'apprend à faire ton pagne d'homme des bois…

Génial !

Je ricane toute seule en imaginant Rock affublé de la sorte.

Puis encore autour, il y a les boutiques de souvenirs et les roulottes de restauration, et enfin le dernier anneau est la zone de campement et le parking.

Le soleil rougeoyant se couche à l'horizon, le ciel est entre chien et loup. Les lieux sont envahis de guirlandes et de petits éclairages un peu partout. Au loin, je distingue les projecteurs puissants de la scène en plein air depuis laquelle nous parviennent les échos d'un concert. Les gens ici me paraissent insouciants et heureux, seuls ou en groupe. Beaucoup défilent déguisés, dans des looks savamment étudiés ou presque nus. Je n'ai jamais vu autant de chairs exposées mais je ne suis pas gênée pour un sou. Cela paraît normal et les lumières de la fête les habillent.

Des jeunes femmes déambulent en faisant du hula hoop, certains sont sur des échasses ou jonglent, quant à d'autres, ils sont comme moi, de simples spectateurs admiratifs. C'est un joyeux capharnaüm de couleurs vives et d'odeurs saisissantes.

Nous nous arrêtons à une échoppe qui vend des vêtements hippies multicolores. Je doute d'y trouver mon bonheur quand je repère dans un coin un grand pull kaki qui pourrait faire office de robe courte pour moi et une paire de chaussettes hautes mi-cuisse en laine grise. Je passe derrière pour me changer et valider le résultat avec mes Timberland beiges.

Je suis agréablement surprise, la tenue est confortable, chaude et même un peu sexy, ce que me confirme Rock avec un regard gourmand lorsqu'il m'aperçoit. Je paye et garde l'ensemble sur moi. J'ai décidé d'enlever mon short et de rester en boxer et débardeur sous mon nouveau pull tout doux.

– Ça te plaît, Rambo? Je ne ressemble pas trop à un garçon comme ça?

Je pirouette devant lui alors que nous nous remettons en marche puis je viens l'embrasser, complètement ignorante des gens qui nous entourent.

Je m'en fiche, et eux s'en fichent aussi.

J'ai tout de même remarqué quelques nanas lorgner un peu trop à mon goût sur Rock, mais lui ne leur accorde aucune importance alors finalement moi non plus. Il me répond doucement entre les lèvres :

– Tu es le garçon le plus sexy que je connaisse et le seul qui me fasse de l'effet.

Il glisse sa main sous ma robe pull et tressaille lorsqu'il réalise que je suis en sous-vêtements dessous. Sa paume est brûlante sur le haut de ma cuisse, à la limite de ma fesse, et il suffit de ce simple contact pour que le désir inassouvi que j'éprouve à son égard ressurgisse et me submerge comme un violent tsunami. Je me mets à haleter alors qu'il me susurre :

– Tu as enlevé ton short?

– Oui, je n'en voyais plus l'utilité.

– Tu as bien fait. Bien plus pratique pour la suite…

– Rock, il y a du monde partout et j'ai les fesses à l'air, là.

Il se détache lentement en souriant, se pourléchant les lèvres comme un félin, et nous reprenons une attitude convenable pour aller écouter le concert en cours. Je lève les yeux vers la voûte céleste, mais les lumières du festival m'empêchent de voir les étoiles, ce que je ne pense jamais faire le reste du temps dans de meilleures conditions. J'aurais tellement aimé surprendre une étoile filante pour faire un vœu :

Pourvu que tout ça dure…

Nous passons le reste de la soirée et la nuit uniquement tous les deux et en se parlant peu. La musique assourdissante n'est pas propice aux discussions, mais c'est aussi agréable et une autre façon d'apprendre à se connaître. Les choses peuvent être dites différemment, par une caresse, un baiser ou un regard. D'un commun accord, nous n'avons pas voulu retourner au campement pour le dîner finalement, et nous avons acheté des *corn-dogs* et des frites sur place. Rock m'a offert une glace à la vanille qu'il a dû terminer car elle était bien trop copieuse pour moi.

Nous nous laissons porter aux quatre coins du festival, au gré des concerts et des chansons qui nous plaisent. Rock me surprend en esquissant quelques pas de danse sensuels contre mon dos sur un morceau et en m'emportant avec lui. Les artistes qui se produisent sur les différentes scènes sont éclectiques. Nous osons même faire un tour dans le dôme électro-techno, mais la musique y est si forte que nous ne tenons pas plus de cinq minutes à l'intérieur.

Nous ressortons hilares, les mains collées à nos oreilles, et nos yeux mettent un certain temps à récupérer de cette expérience furtive mais agressive, éblouis par les flashs stroboscopiques. Sans discontinuer, nous remplissons nos verres grâce aux bracelets gold, qui sont le passe ultime et nous permettent d'obtenir toutes les boissons à volonté, si bien que je suis rapidement pompette pour la seconde fois de la journée.

Comme tout me paraît simple à cet instant, pas d'emmerdes, pas de passé, juste lui et moi.

Je peux sentir qu'il veut profiter à fond de cette parenthèse accordée et je remercie silencieusement les garçons d'avoir fait ça pour lui.

Alors que je m'extasie exagérément sur l'immense tente en forme de papillon psychédélique au-dessus de nos têtes, Rock me glisse à l'oreille :

– On a fait le tour, tu ne crois pas? Ça te dit si on s'isolait un peu?

– Hmm.

– Tu es plus alcoolisée que je ne le pensais. Viens, on va lever le pied et prendre l'air. Je commence à étouffer avec tout ce monde.

Il ne me laisse pas le choix et m'entraîne à sa suite en ne lâchant toujours pas ma main. Nous passons près de nos tentes mais Rock ne s'y arrête pas et franchit les limites du parking pour aller vers les arbres. Je marche derrière lui avec difficulté et nous commençons à descendre parmi la végétation et les rochers.

Il n'y a pas de chemin tracé, tout est sauvage. Et la lune, qui sera pleine dans quelques jours, éclaire suffisamment entre les cimes des arbres pour que nous puissions voir où nous allons.

– Tu sais où tu nous emmènes?

– T'inquiète pas, je saurai retrouver le chemin du retour.

– Ça ne me rassure pas vraiment comme réponse, ça.

– Olivia, zen, OK?

– Sérieux, je préfère te prévenir tout de suite, Rambo, si tu te mets dans un rayon de lune pour me dévoiler que ta peau scintille à la lumière et que tes canines s'allongent ou une connerie du même genre, je pars en courant sans me retourner.

– Mais d'où tu sors ça, bordel? répond-il en riant.

– Laisse tomber, mais je dirai juste une dernière chose avant de mourir : Team Jacob!

– Putain, Liv, j'arrive pas à croire que tu aies pu porter un tailleur et travailler pour des culs serrés de banquiers. Tu es complètement dingue!

Une fois suffisamment loin du tumulte du festival, il s'arrête et nous nous asseyons côte à côte sur un tronc d'arbre couché, un peu essoufflés. L'alcool me fait gentiment tourner la tête et me donne l'impression d'être aussi légère qu'une plume et de flotter. J'ai envie de rigoler sous le coup de cette sensation étrange.

– Et maintenant, Hulk, on fait quoi?

Au fond de moi, je sais très bien ce que j'aimerais faire.

Moi sous lui et de façon active, s'il vous plaît.

Tous les cocktails que j'ai pu boire ne m'ont pas ôté de la tête la conclusion inéluctable et tant attendue de cette soirée. Même si l'endroit n'est ni des plus confortables ni des plus accueillants, rien ne semble avoir plus d'importance que celui qui se tient à mes côtés sur cette souche d'arbre.

Alors qu'importe!

– Chut, Princesse. Écoute le silence. C'est appréciable après tout ce vacarme.

Je me tais et lui obéis du premier coup pour une fois, en espérant arriver plus vite à l'étape d'après.

Moi sous lui de façon active. Oui je sais, je me répète.

Tout est effectivement très calme, j'entends des chuintements qui sont comme des chuchotements d'animaux et le bruit d'un cours d'eau non loin de là. Après quelques minutes, j'ai même l'impression d'entendre la mousse des arbres respirer.

OK, je jure que je n'ai rien pris d'autre que de l'alcool...

Je finis par perdre patience :

– Rocky, touche-moi...

– Toujours aussi directe, me répond-il en rigolant.

Il s'approche cependant doucement et vient s'accroupir entre mes jambes devant moi alors que je suis assise sur mon tronc d'arbre. Il remonte mon pull pour dénuder le haut de mes cuisses et j'ouvre les jambes par provocation en le regardant par-dessous, les yeux mi-clos. Il frôle du bout des doigts ma chair nue et à vif de son toucher.

– Tu as la peau tellement douce, Olive...

– Tu peux remercier ma crème hydratante pour ça.

Je pouffe de rire comme cette idiote de Jenny tout à l'heure. C'est bien la réplique la plus nulle que j'ai pu sortir de toute ma vie.

– Merci, madame crème hydratante, alors.

Il entre dans mon jeu et le son de mon rire explose et ricoche entre les arbres avec force et échos. Rock commence à me caresser sensuellement l'intérieur des cuisses, toujours agenouillé sur ses talons. Sa position met en évidence ses cuisses musclées sous son jean et je cesse de rigoler aussi net à cette vue. Cet homme est mon aphrodisiaque personnifié.

– J'aime ton rire de lutin.

– Oui, mais là, je n'ai plus envie de rire, Tarzan, alors accélère ou je vais être prise de combustion spontanée dans les prochaines secondes.

– Et toujours aussi impatiente...

– Rock...

– Oui, Liv?

Il continue innocemment ses caresses tout en remontant lentement vers l'épicentre de mon plaisir. Il prend tout son temps, cela en devient même douloureux, puis sa main parvient enfin là où elle doit être. Je souffle de soulagement à ce contact qui calme un temps le feu intérieur qui me consume. Il glisse alors ses doigts sous mon boxer et commence à me toucher avec dextérité. Il comprend très vite ce que je préfère, dans quel sens, à quelle vitesse et à quel endroit. Il ne me lâche plus du regard, attentif à toutes mes réactions.

Rapidement, sa seconde main rejoint la première, mais un peu plus bas, où elle se fraye un chemin dans mon intimité des plus profondes et devient invasive. Je ne lui résiste pas, je me sens envahie, comblée et touchée de partout. Je ne peux plus ni garder les yeux ouverts ni m'empêcher de gémir en continu. Dans ce silence presque absolu, mes complaintes de plaisir que je ne peux pas contenir me paraissent être des cris.

Je crois l'entendre me dire qu'il me trouve belle et parfaite, mais je suis tellement loin et à la dérive sur mon océan de fantasmes personnels que je n'en suis pas certaine.

Est-ce la réalité? Est-ce un rêve?

L'arrivée imminente de mon orgasme me ramène dans l'instant présent. Je rouvre les yeux, il est toujours devant moi dans cette position de soumission et affairé à mon unique plaisir. Je me sens comme une déesse de la forêt qui aurait séduit un valeureux chasseur perdu dans les bois.

– Tarzan, je vais jouir, viens sur moi.

– Non, tu es encore trop saoule, je n'ai pas pris de capote, et j'imagine encore un peu mieux pour notre première fois.

Je râle que je ne suis plus saoule et c'est en partie vrai, tout cela m'a dégrisée. Si je suis enfiévrée, ce n'est plus à cause de l'alcool… Je suis à sa merci, il accélère le rythme et me murmure :

– Si tu savais, Liv, comme je crève d'envie de me pencher entre tes cuisses et de venir déguster ce dessert que tu m'as promis…

Ses mots m'achèvent, l'imaginer faire ce qu'il vient d'évoquer me fait définitivement basculer, je jouis férocement et je crois m'entendre grogner. Je lui agrippe les poignets de mes deux mains par réflexe lorsque mon corps se tend, par peur qu'il ne les enlève trop vite. Je le relâche enfin au bout d'une minute, mais je ne bouge toujours pas ni ne dis rien.

Récupérer l'ensemble de mes facultés mentales prend un certain temps et Rock patiente gentiment, assis avec un sourire satisfait aux lèvres.

– Ça va mieux? me demande-t-il.

– Hmm.

– C'est un oui ?

– Oui, c'est un oui, Rocky. Tu veux que je te décerne une médaille ?

Il rigole et se relève en époussetant son jean et en s'y essuyant les mains rapidement, puis il se trémousse, gêné par quelque chose. Je le vois chercher à gagner de la place dans son pantalon et cela agit sur moi comme une potion magique. Je retrouve une grande partie de mes moyens et je me mets debout face à lui en attrapant sa braguette.

– Hey, laisse-moi t'aider à mon tour avec ça.

– Non, c'est bon, tu n'es pas obligée. Je n'ai pas fait ça pour ça, et il repousse doucement mes mains.

– Mais j'en ai envie et clairement, tu en as envie aussi…

Je pointe la bosse sur son entrejambe pour illustrer mes propos. Il paraît toujours hésiter et je ne comprends pas sa réticence.

– Tu ne veux pas que je te touche ?

– Bien sûr que j'en ai envie ! Putain, t'imagines même pas à quel point j'ai envie de toi. J'ai jamais été aussi tendu et frustré de toute ma vie. Sauf peut-être une fois, quand mes parents m'ont envoyé deux semaines en camp scout sur un coup de tête à quatorze ans. Deux semaines surveillé vingt-quatre heures sur vingt-quatre sans aucune intimité possible, même pour aller chier. Imagine le supplice pour une bande de gosses rongés par leurs hormones… Sans parler du fait qu'il y avait le camp des nanas à deux cents mètres du nôtre.

Sa petite histoire me fait sourire mais je suis toujours dans l'incompréhension.

– C'est mignon tout ça, Rocky, mais tu n'as plus quatorze ans, nous sommes de grandes personnes et absolument seuls ici. C'est quoi le souci ?

– Je veux juste que tu sois certaine de ce que tu fais.

Il paraît mal à l'aise en me disant cela et ne me regarde plus dans les yeux.

Et là, la vérité éclate. Rock est, je le sais, quelqu'un de bien, même si, comme tout le monde, il lui arrive de faire des choix à la con et de persister un certain temps dans la mauvaise direction avant de se remettre en question. Mais il m'a aussi clairement dit qu'il voulait faire les bons choix cette fois-ci, me concernant. Sauf qu'il n'a pas beaucoup plus d'expérience que moi dans ce domaine et il est en train de se laisser paralyser entre la pression de bien faire et la peur de me blesser. Je ne suis pas la seule à devoir apprendre à faire confiance aux autres, à soi-même et à communiquer.

– Rock, tu dois me faire confiance aussi, ça marche dans les deux sens. Si je te dis que j'en ai envie alors crois-moi. Par pitié, ne tombe pas dans l'extrême inverse de la surprotection, sinon je ne te raconterai plus rien sur moi ou sur mon passé. Tu as peur de quoi ? Ça peut me mordre, ce qu'il y a dans ton pantalon ?

Il rigole en haussant les épaules mais n'ajoute rien, alors je m'approche à nouveau de lui et l'embrasse de toutes mes forces. Je sais que j'ai visé juste mais fini de réfléchir.

À l'attaque !

Je le sens se détendre instantanément sous mes baisers et il se penche pour me prendre dans ses bras pendant que mes mains se dirigent vers le sud, déterminées à aller jusqu'au bout cette fois-ci. Il pousse un tel soupir de soulagement entre mes lèvres que je réalise qu'il était tout autant que moi torturé par ce désir inassouvi entre nous. Je peaufine déjà dans ma tête ce que je compte exactement lui faire, je veux le rendre aussi fou que lui m'a satisfaite. Je ne pourrai pas encore user de ma bouche malheureusement, mais j'ai plein d'autres idées, dont une bien arrêtée qui implique mes seins autour de lui…

Tant pis pour nos fringues, on gérera les conséquences plus tard.

Je commence à le caresser fermement à travers son jean et partout ailleurs sous son tee-shirt. Rock me laisse désormais le contrôle et un accès total sur sa personne, et je compte bien en profiter car je sais qu'il n'en sera pas toujours ainsi.

Monsieur le meneur aime diriger les opérations, tous types d'opérations.

Je veux qu'il ne sache plus où donner de la tête, tout comme moi grâce à lui, je veux être partout en même temps. J'envahis sa bouche de ma langue, grignote et embrasse toute la peau que je peux trouver à ma portée. Je m'enivre de son goût salé et de son odeur musquée de façon vorace et lui aussi. De l'extérieur, nous devons donner l'impression d'être deux bêtes sauvages qui se reniflent et se frottent l'une à l'autre en pleine parade nuptiale. Ma main droite se faufile parmi ses vêtements et vient caresser son ventre et ses pectoraux musclés, puis jouer avec ses tétons, quant à ma main gauche, elle s'affaire à ouvrir sa braguette délicatement. De son côté, les siennes ne sont pas en reste non plus.

Elles parcourent avidement mon corps comme pour en mémoriser chaque courbe et chaque creux. Il ne cesse de me répéter entre deux baisers à quel point je le rends fou et à quel point il me trouve sexy. Son pouls bat la chamade sous mes lèvres lorsque je les pose dans le creux de son cou pour lui faire un suçon et le marquer.

À moi…

Sa respiration s'emballe, et il me susurre :

– Vas-y, mords-moi, Princesse… fort.

Sous cet ordre désespéré, j'abandonne tout ce que je faisais plus bas, je passe les doigts dans ses cheveux et je les tire durement tout en le mordant. J'essaye de trouver le parfait dosage entre sauvagerie et douceur, je ne veux pas le blesser et me laisser emporter par ma fougue. Il lâche un grognement de plaisir profond qui fait vibrer mon être et cela me demande une volonté surhumaine de ne pas le supplier de me prendre là comme ça sur le sol. Même s'il m'a comblée, il y a à peine quelques minutes, un désir brûlant renaît au creux de mon ventre.

Je n'ose imaginer ce que sera notre première fois, j'en frissonne déjà d'impatience. Il prend mon visage entre ses grandes mains et me rend mes baisers avec avidité.

Alors qu'il commence à me souffler des choses de plus en plus crues et cochonnes à l'oreille, preuve que je m'y prends correctement, un cri aigu retentit juste derrière nous et nous nous figeons comme deux adolescents surpris par leurs parents. C'est brutal et douloureux.

Putain de bordel de merde!

Mon cœur menace d'exploser sous l'effet de surprise et de terreur, et je m'agrippe à lui complètement tétanisée. J'entends Rock jurer comme jamais, puis il me glisse tout bas :

– Putain, c'est Jenny. Fait chier! C'est rien, du calme, Liv.

Sa voix est encore rauque de désir mais clairement désabusée.

Non, non, non, on n'a pas fini!

– Sérieux, Rock, comment nous a-t-elle retrouvés et pourquoi?

– Comment veux-tu que je le sache?

Son ton est dur mais ce n'est pas à moi qu'il s'adresse ainsi.

Le pauvre, ça doit être encore pire pour lui!

La dénommée Jenny continue de s'approcher de nous bruyamment, saoule de toute évidence, et probablement défoncée à autre chose. Nous remettons de l'ordre dans nos tenues à la hâte avant de nous tourner vers elle lorsqu'elle arrive à notre hauteur, tout sourire. Elle nous lance un joyeux :

– Je vous cherchais partout, tu ne répondais pas à ton téléphone, Rock. Pourquoi vous n'êtes pas venus manger avec nous ce soir? Le barbeuc était délicieux!

Elle me gratifie d'un clin d'œil coquin.

Encore un putain de clin d'œil. Cette nana ne s'arrête-t-elle donc jamais de minauder?

Je vais la buter pour ça et pour ce qu'elle vient d'interrompre. Il vaut mieux que je me taise.

– Vous faisiez quoi tous les deux ici, d'abord?

– Rien qui ne te regarde, Jenny.

Sans aucune grossièreté, la réponse de Rock est aussi coupante que la lame d'un scalpel et je suis intérieurement satisfaite de la voir se faire remballer. Elle a un mouvement de recul involontaire et perd son petit ton guilleret et faussement innocent.

Ouais, je sais, Jenny, on oublie tous l'effet qu'il fait quand il décide d'être méchant.

Même Bounce sourcille quand Rock l'engueule, c'est pour dire.

– Désolée, je ne voulais pas…

– Désolée de quoi, Jenny? De nous avoir dérangés? À ton avis, si deux adultes s'isolent, c'est qu'ils veulent être tranquilles, non? Si on avait voulu bouffer avec toi ton barbecue à la con, on serait venus, non? Donc si! Bien sûr que tu souhaitais nous déranger, tu savais très bien ce qu'on était en train de faire et tu es quand même venue, alors ne me dit pas que tu es désolée!

Rock est cinglant et je reste muette à côté de lui, ce qui accroît le malaise entre elle et nous. J'ai l'impression que Jenny pleurniche mais ni lui ni moi n'avons envie de la consoler. L'ambiance est plombée et notre petit moment coquin complètement fichu par sa faute. Elle reprend méchamment en s'essuyant les yeux :

– OK, d'accord, j'avoue, je vous cherchais, mais pas pour toi, crétin, pour elle! Elle me plaisait, OK, et j'pensais pas que vous étiez ensemble! D'habitude, quand tu baises une nana, tu ne la trimballes pas partout comme un putain de petit caniche et surtout tu ne nous la présentes pas! Elle est au courant au moins que t'es un gros connard avec les filles?

Oh mon Dieu!

Je ne sais pas ce qui me choque le plus.

Jenny me cherchait, moi?

Pas Rock, moi ?

Ma tête oscille entre les deux protagonistes de cette joute verbale. Il y a clairement autre chose qui se joue ici.

Rock reprend, au comble de l'énervement :

– N'aggrave pas ton cas, Jennifer ! Je n'ai pas de comptes à rendre, ni à toi, ni à Jay, ni à personne d'autre. Ce que vous pensez, je m'en fous. Tu crois quoi ? Que parce qu'on est sortis un temps ensemble, tu me connais ? Et je ne suis pas un connard, j'énonce les règles dès le départ depuis toujours, c'est à prendre ou à laisser. Celles qui ont accepté savaient dans quoi elles foutaient les pieds. TU le savais ! Donc passe à autre chose, bordel, et arrête de toujours me le reprocher à la première occasion.

OK, ça fait beaucoup d'informations à assimiler en très peu de temps.

Je n'ai pas le temps d'y penser que Rock me prend par la main et conclut :

– Viens, Liv, on rentre.

Et aussi simplement que ça, j'attrape ma besace abandonnée sur le sol et nous rentrons au campement en laissant Jenny toute seule dans les bois, ce qui m'embête quand même un peu. J'ose à peine parler, je sens que Rock ne décolère pas :

– Tarzan, on ne devrait pas la laisser toute seule, elle a bu et ingéré sûrement un tas d'autres trucs.

– Ouais, je sais, file-moi mon téléphone, je vais dire à Jay de venir la chercher.

Je m'exécute mais ne compte pas en rester là non plus :

– Donc toi et elle…

– Une erreur. On a couché ensemble plusieurs fois, je pensais avoir été clair dès le départ et que tout était limpide entre nous. Elle, elle devait m'utiliser pour se remettre d'une relation longue et moi, je pouvais passer du bon temps avec quelqu'un que j'appréciais en dehors du sexe, et pas avec une énième inconnue. Ça devait être simple, sans prise de tête et un peu moins triste que de s'envoyer en l'air avec n'importe qui. Mais au bout de trois semaines, elle m'a déclamé en pleine action qu'elle était amoureuse de moi. J'ai mis fin au truc et elle l'a mal vécu. Dernièrement, quand je l'ai croisée à Newton City, elle m'avait l'air d'être enfin passée à autre chose et j'ai pensé que tout était redevenu comme avant entre nous. Seconde erreur…

– Rock, elle est carrément passée à autre chose ! Tu l'as fait changer de bord ! C'est après ma petite culotte qu'elle en avait, ce soir.

– Non, Jenny aimait déjà les filles autant que les garçons quand elle était avec moi… Je pense qu'elle te cherchait pour te proposer un plan à trois avec elle et Jay. Faudra que je lui dise deux mots à ton sujet à lui aussi. Tu n'es pas libre.

J'essaye de ne pas penser à Rock et Jenny ensemble, ni jusqu'où ils ont dû aller tous les deux. Mon cœur se serre à cette image.

– Mais qu'est-ce que tout le monde a à vouloir m'inviter dans leur partie de jambes en l'air libertine, ces temps-ci ?

– Quoi ? Qui d'autre t'a proposé ça ?

Oups…

Rock semble surpris et s'est stoppé net. Je le percute de plein fouet.

Aïe.

– Personne que tu connais, Rambo, oublie ce que je viens de dire et rassure-toi, j'ai décliné l'offre.

Il faut que je change de sujet et vite :

– Tu vois ! Avoue que tu étais quand même un peu jaloux de Jay, cet aprèm. Il n'y avait pas que l'histoire de la conduite en état d'ivresse.

– Disons que ça n'a pas aidé ton cas, non, effectivement…

Nous nous remettons en marche en silence suite à cet aveu, mais une autre chose me tracasse.

– Rock, si ça n'a pas marché entre toi et elle… pourquoi ça marcherait entre nous ?

– Arrête, ne te laisse pas atteindre par cette vipère. Elle est jalouse, c'est tout. Toi et moi, c'est différent.

– Oui mais pourquoi, Rock ? Avec elle aussi, c'était censé être différent ?

– J'en sais rien, OK, Liv ? Est-ce qu'on ne peut pas juste vivre l'instant présent sans trop se poser de questions pour une fois ? Est-ce que tu peux l'accepter ?

– Je veux bien essayer si tu me promets de me respecter quoi qu'il arrive et de tenir tes promesses.

– Est-ce que j'ai fait le contraire jusqu'à présent ?

– Non, tu as même fait bien plus que ça.

– Bon alors, on peut passer à autre chose ?

– Oui, je crois.

– Amen !

Sur ce, il lève les bras au ciel et je ne peux m'empêcher de sourire face à ce tableau de Rock excédé implorant Dieu.

Nous croisons Jay qui part chercher Jenny à l'instant où nous débouchons des bois sur le campement. Il nous regarde, surpris, main dans la main. Rock l'achève en m'embrassant sans ambiguïté à quelques centimètres seulement de son visage ahuri et barbu, mais sans nous arrêter pour autant.

Nous récupérons nos affaires et faisons un brin de toilette dans la salle de bains de fortune érigée entre deux voitures. Heureusement pour moi, j'ai pensé à prendre un shampooing sec et des lingettes nettoyantes parfumées, ce qui m'évite de devoir utiliser l'eau glacée du seau. La température polaire n'arrête cependant pas Rock qui lui, se frotte le corps à s'en arracher la peau et sans en oublier le moindre recoin. J'imagine que cela doit l'aider à calmer sa frustration et effectivement, lorsqu'il a terminé, il est plus calme et détendu. Quant à moi, une fois lavée, dans un survêtement confortable et les dents brossées, je me sens prête à aller dormir et à ressasser la fin de nuit en solitaire dans ma tête.

Rock m'embrasse sur le nez, il sent le propre et me glisse sournoisement :

– Je suis un peu déçu, j'aimais avoir ton odeur sur mes mains.

Il me plante là tout étourdie et va se renseigner pour savoir quelle tente nous pouvons occuper cette nuit. Sans réponse concrète au bout de dix minutes, il finit par abandonner et récupère deux duvets sarcophages dans son coffre. Nous nous allongeons à même le sol, l'un contre l'autre, près du feu de camp, aux côtés des amis de Jay. Certains dorment déjà, recroquevillés sur eux-mêmes et tournés vers la source de chaleur, d'autres discutent passionnément, assis en cercle. Une des filles joue de la guitare, seule dans son coin, en chantant.

Nous sommes entourés des vestiges du barbecue, de cadavres de bouteilles, de brochettes de chamallows brûlés, mais malgré ce fatras, nous sommes parvenus à nous faire une place confortable, et je me laisse bercer par les bruits de fond et le concert qui se joue encore au loin. Je me blottis contre Rock, la tête sur son bras en guise d'oreiller. Face à face, nous restons silencieux en nous regardant l'un l'autre, sans malaise, mais les yeux emplis de questions muettes.

Qu'est-ce qui est en train de nous arriver? Sommes-nous bien raisonnables? Comment tout cela va-t-il se terminer?

Je suis épuisée par cette très longue journée riche en émotions et je m'endors rapidement, hypnotisée par les reflets dansants des flammes sur les pupilles noir obsidienne de Rock.

***

Le lendemain, le réveil est dur, au sens figuré comme au sens propre. Je suis éblouie par une lumière crue et quelque chose de pointu sous moi me transperce les reins.

Est-ce que je me suis encore endormie sur mon carnet de croquis et mes crayons ?

Je me rappelle alors que c'est impossible car je ne dessine plus depuis un moment, puis je me souviens d'où je suis et pourquoi.

Le festival !

Le campement est silencieux. Tout le monde dort encore à poings fermés, bien que le soleil soit déjà haut dans le ciel. Je me tourne et réalise que Rock n'est plus à côté de moi. Son sac de couchage vide est pourtant encore chaud. Je me redresse, paniquée, et le surprends à quelques mètres de là, déjà prêt, une tasse de café fumante à la main et papotant avec Jay.

La conversation semble légère et les deux hommes éclatent de rire à l'unisson. J'assiste, un peu voyeuse et envieuse, à cette complicité unique que Rock possède avec les autres membres du Clan. Je saisis maintenant la différence avec ses « connaissances » rencontrées tout au long de notre week-end et ce qu'il a tenté de m'expliquer à ce sujet. Se sentant observé, Jay redresse la tête et me sourit gentiment. Il glisse un mot à l'oreille de Rock en lui tapotant l'épaule et ce dernier se retourne vivement dans ma direction. Il m'adresse alors cet immense sourire sincère qu'il semble me réserver.

Mon cœur a un loupé, et je sais que je n'ai pas à être envieuse de quiconque, j'ai le meilleur des traitements de faveur…

Après un petit déjeuner frugal, nous nous mettons en route précipitamment car Rock a reçu un message d'Eddy lui demandant de rentrer au plus vite, sans aucune explication. Je le sens à nouveau tendu et sur le qui-vive. Les problèmes nous ont rattrapés, la parenthèse idyllique est officiellement refermée. Nous disons au revoir uniquement à Jay, puisque personne d'autre n'est debout, et nous nous excusons platement de ne pouvoir l'aider à ranger le camp et à remballer les affaires.

Jay nous pardonne et nous promet de passer prochainement à Colorado Source pour quelques jours. Sur le chemin du retour, je me plonge dans mes sudokus et la lecture alors que Rock est perdu dans ses pensées et les tracas du Clan.

Nos au revoir sur le pas de ma porte sont maladroits et un peu froids en comparaison de nos échanges de ce week-end. Il m'embrasse tout de même sur la joue en me disant :

– À demain soir, Princesse. L'invitation tient toujours pour lundi, alors sois prête.

13

TÊTE-À-TÊTE

Olivia

Nous sommes enfin lundi soir, il est bientôt l'heure et je suis stressée comme jamais auparavant. Je tourne en rond dans la maison. Je vérifie toutes les deux minutes mon maquillage dans toutes les surfaces réfléchissantes de tous les étages de cette vieille bicoque. Rock doit arriver d'un instant à l'autre. J'ai opté pour une robe vert émeraude satinée et ultra-moulante qu'il ne connaît pas, assortie de sandales argentées aux talons vertigineux. Ma tenue sera certainement trop habillée pour le rendez-vous préalable à l'hôpital, mais nous allons directement au restaurant ensuite, puis au théâtre. Il m'a de nouveau surprise avec le programme de la soirée, qu'il m'a communiqué par texto un peu plus tôt dans l'après-midi. La sonnette retentit.

OK, Olivia, on respire profondément et on se calme. Mon premier rendez-vous galant depuis... toujours.

Je n'ai jamais vraiment eu de relation sérieuse en bonne et due forme. Entre mes études et ensuite mon travail, dans lesquels j'avais mis un point d'honneur à exceller, cela laissait peu de place pour m'investir correctement dans une histoire digne de ce nom. J'ai plutôt eu des aventures par-ci par-là avec des hommes qui cherchaient la même chose que moi. Mais pour la première fois avec Rock, même si je ne dois pas m'emballer trop vite, comme je me le répète chaque jour, c'est autre chose qu'une simple histoire sexuellement gratifiante.

Le week-end passé, aussi super qu'il a pu être, a été soudain et inattendu. Je n'ai pas eu le temps de m'y préparer et même si j'en ai adoré chaque instant, cela m'a embrouillé l'esprit sur ce que Rock et moi attendons vraiment l'un de l'autre et de cette relation. Je préfère pour le moment considérer ce passage comme un incroyable aparté dont il m'a fait cadeau et qui fera partie des souvenirs que je chérirai à vie, quoi qu'il se passe entre nous. Parfois, je suis même persuadée de l'avoir rêvé, mais mon bracelet

« Planetdance » au poignet, que je n'ai pas encore ôté, me rappelle que oui, tout cela a bien eu lieu.

J'ouvre nonchalamment la porte, les épaules en arrière et en gonflant la poitrine pour faire une première impression de haut niveau grâce à mon décolleté, mais je me dégonfle vite à la vue de mon visiteur surprise :

– Bill ? Mais qu'est-ce que tu fous là ?

– Avec qui tu sors ?

– Ça ne te regarde pas. Dégage de chez moi ! Et ça devient du harcèlement à ce niveau. Si tu continues, je vais porter plainte.

– Porter plainte pour quoi ? Parce que je vérifie que tout le monde va bien dans le quartier par les temps qui courent ?

Mais quel con !

– Écoute, je t'ai déjà dit que je ne dirai rien, je me fiche de ce que tu fais et avec qui tu le fais, c'est clair ?

– Je ne viens pas pour ça. Je sais ce que tu essayes de faire.

– Oh, éclaire ma lanterne, Einstein ? Qu'est-ce que j'essaye de faire alors ?

– Foutre la merde, comme toutes les petites fouineuses dans ton genre tentent de le faire. Je sais que tu poses des questions à droite et à gauche, l'air de rien, avec ton air de petite innocente. Je sais aussi que tu as demandé d'accéder aux archives de la mairie de Colorado Source et de Newton City. Pourquoi ?

C'est officiel, je perds patience et ma voix monte dans les étages illico :

– Punaise mais sérieux ! La paranoïa, c'est de famille chez vous ! C'est toi qui vas m'écouter maintenant, le harceleur. J'ai tout plaqué pour venir ici, alors je ne vois pas en quoi c'est étonnant que je me renseigne sur l'endroit où je compte m'installer... Et ce, définitivement !

Ouais, je viens de le décider à l'instant, juste pour l'emmerder.

Ce qui, vu sa tête, a l'air de fonctionner.

– Oui, tu m'as bien entendu, j'ai dit : définitivement ! Alors, il faudra t'y faire et me laisser tranquille, sinon je ne réponds plus de rien.

– C'est hors de question que tu restes ici ! Je sais que Max te vénère, mais si tu fais quoi que ce soit à Rock, ou que tu tentes de les dresser l'un contre l'autre, je ne te louperai pas.

– C'est ridicule, tout ce que tu dis est ridicule. Rock n'a pas besoin d'un garde du corps.

– Rock a plus besoin de moi que de toi !

– Mais c'est quoi ton problème ? Tu es jaloux ? Tu en pinces pour lui ou quoi ?

Je dis ça pour le faire enrager car il commence vraiment à me taper sur les nerfs, mais lorsque je perçois l'expression qu'il s'empresse de dissimuler, je sais que j'ai mis le doigt sur quelque chose.

– Oh mon Dieu ! Tu en pinces vraiment pour lui ! J'y crois pas !

Sans ménagement et alors que je ne m'y attends pas, il m'attrape par la main droite et me tire violemment vers l'avant. Je sens mes os craquer et mes phalanges fraîchement réparées protestent de douleur.

– Lâche-moi ! T'es malade, ma parole !

– T'as pas intérêt à balancer des rumeurs sur mon compte !

Sur ce, il part en me claquant la porte au nez.

Punaise, je n'avais pas besoin de ça, être en compétition pour Rock avec un détraqué…

Dix minutes plus tard, j'ai à peine eu le temps de me remettre de mes émotions qu'on sonne de nouveau à la porte.

Si c'est encore Bill, je ne jure plus de rien…

Mais Rock se tient devant moi et il est à couper le souffle dans un costume bleu nuit, avec une chemise gris clair dont les premiers boutons sont ouverts, sans cravate. Cela change de ses habituels jeans et tee-shirts noirs. Je fonds littéralement et oublie Bill et ses histoires pourries sur-le-champ. Un instinct primaire et possessif hurle dans ma tête que cet homme m'appartient. Rock siffle puis chuchote :

– Waouh, sacrée robe ! Bonsoir, Princesse.

Pour ma part, je suis toujours sans voix et je le laisse m'embrasser sur la joue doucement.

– Tu n'es pas mal non plus, Tarzan. Tu as l'air… civilisé.

– Civilisé ?

– Oui, moins sauvage. Un brin dompté.

– Tu ne m'apprécies plus sauvage ?

– Si aussi, mais j'avoue que ce costume me fait de l'effet.

– C'est bon à savoir.

Puis il me tend le bras et ajoute en français :

– *Vous permettez, mademoiselle ?*

– *Avec plaisir, monsieur.*

Je reconnais l'hôpital de Newton City pour y être allée avec Max, sauf que cette fois, nous entrons par l'entrée des consultations du soir et non par les urgences. Une fois enregistrés, nous sommes reçus l'un après l'autre pour effectuer les tests. Nous sommes informés que nous recevrons nos résultats dans une semaine. Je suis un peu stressée, je n'ai jamais fait ça auparavant et c'est un engagement sérieux pour moi. J'espère que je ne vais pas tomber de haut…

Nous arrivons plus tard dans un petit restaurant français atypique du quartier des affaires de Newton, et une fois à l'intérieur, je pourrais jurer être à Paris. L'endroit est cosy et intime dans les tons beiges et crème avec du mobilier en bois clair. Il ressemble à un jardin d'hiver ou à ces courettes intérieures dérobées, qui sont de vraies petites pépites végétalisées au cœur de la capitale française. Le tout est éclairé par des lampions et des bougies éparpillés dans la salle et sur chaque table. Le grand lustre de cristal, quant à lui, ne sert que de décoration et irise la lumière tamisée sur le plafond blanc décoré de moulures.

– Rock, cet endroit est magnifique !

– J'ai pensé que ça pourrait te faire plaisir d'avoir l'impression d'être un peu chez toi ; même si ce n'est que pour quelques heures. Ils ne servent que des plats typiques ici et tu peux parler en français aux serveurs, ils comprendront.

Je suis touchée, c'est une attention adorable de sa part. Je ne m'attendais pas à ça mais plutôt à un petit restaurant local sympathique, où nous aurions été beaucoup trop habillés avant d'aller au théâtre. Je n'aurais jamais imaginé un tel endroit au fin fond du Colorado.

– Merci, Rock. C'est la première fois qu'on a pour moi une telle attention.

Avant qu'il ne puisse me répondre quelque chose, un serveur nous installe dans une petite alcôve et nous demande si nous souhaitons un apéritif.

– Deux coupes de champagne, s'il vous plaît, servies avec une fraise pour cette jeune femme.

Le serveur acquiesce et nous laisse au passage les menus et une corbeille de pain sur la table, à la nappe couleur ivoire.

– Décidément, tu ne cesses de me surprendre, Brutus. En bien, ajouté-je en lui souriant béatement.

– Tu m'as dit plusieurs fois que personne n'avait vraiment pris soin de toi avant. Pourquoi ?

– Vraisemblablement parce que je n'ai jamais accordé le temps nécessaire aux hommes pour qu'ils puissent prendre soin de moi, ce qui les arrangeait aussi, j'imagine. Un peu comme toi avec tes coups d'un soir.

– Je comprends. Est-ce que tu le regrettes parfois ?

– Peut-être un peu. J'ai réalisé récemment que la vie était courte et imprévisible. Nous devrions tous en profiter au maximum. Et je trouve que c'est bien d'avoir quelqu'un avec qui partager tout ça, même si je ne sais pas trop ni ce que ça signifie ni comment il faut s'y prendre. Les souvenirs sont faits pour être partagés, tu ne penses pas ?

– Je ne sais pas. Beaucoup de mes récents souvenirs sont douloureux et je ne crois pas que ceux de ce genre-là se partagent.

– Parce que tu penses protéger les gens auxquels tu tiens ainsi. Mais moi, il n'y a plus personne à qui je tiens, plus personne avec qui partager quoi que ce soit. Et si je devais remonter le temps, je serais plus ouverte aux autres, même dans les moments difficiles.

– Donc tu n'as vraiment personne, pas même quelques amis en France ?

– Non, je suis seule au monde, comme Tom Hanks[8].

J'essaye de faire une blague mais elle sonne terriblement faux.

– Princesse…

Rock semble sincèrement triste pour moi mais je change de sujet, car la conversation glisse vers des préoccupations trop sombres pour cette soirée qui se doit d'être heureuse.

– Dis-moi, où as-tu appris un peu de français ?

– Ma mère était professeur de français, d'espagnol et d'italien. Elle est passionnée par les langues latines et nous a appris à ma sœur et à moi quelques rudiments. Elle disait que ce n'était pas parce qu'on devait être durs et inflexibles dans la gestion du Clan qu'on devait être illettrés, bien au contraire. Selon elle, le savoir c'est le pouvoir.

Nos coupes de champagne nous sont servies avec discrétion. Je ne m'en serais pas aperçue si Rock n'avait pas remercié le serveur.

– Sage dicton. C'est elle aussi qui t'a donné le goût du théâtre ?

– Non, je ne sais pas si j'aime le théâtre, c'est une première pour moi. Je me suis dit que c'est ce qui se fait pour une sortie un peu plus formelle et en tête à tête.

– C'est Eddy qui t'a dit ça ? je lui demande en riant.

– Non. Je ne prends plus de conseils auprès d'Eddy, c'est fini. J'ai fait mes propres recherches sur le sujet.

– Pauvre Eddy, Rhonda ne semble pas facile à vivre.

---

8. Référence au film *Seul au monde* de Robert Zemeckis avec Tom Hanks.

– Et encore, tu es gentille. Mais on s'en fout d'eux ce soir. Parle-moi de toi. Tu as toujours voulu être analyste financière?

– Absolument pas! Mes parents étaient pilotes de ligne. J'ai grandi dans l'idée qu'il fallait faire ce qui nous passionne, qu'on soit un homme ou une femme. De par leur métier, notre vie de famille était un peu différente de celle de tout le monde, mais elle me convenait…

– Alors, comment es-tu tombée dans la finance? Ne me dis pas que c'était une passion, je ne te croirai pas.

– Quand mes parents sont décédés, j'ai vite compris qu'il me fallait un bon boulot pour pouvoir gagner mon autonomie et m'assurer un avenir. J'ai toujours aimé les chiffres et tenir des budgets, même si ce n'est pas une passion. Déjà petite, je couvais ma tirelire comme une mère poule avec ses poussins pour pouvoir m'acheter mes bonbons préférés. Tu sais, les petites bouteilles de soda qui pétillent.

Ce souvenir heureux me fait sourire et Rock me le rend.

– Oui je vois lesquels, je les aime bien aussi.

– Toi, tu aimes les bonbons?

– Ouais, pourquoi? Ça te choque?

– J'ai du mal à t'imaginer en train de manger des bonbons…

Il hausse les épaules, amusé, et reprend :

– Alors, dis-moi ce que tu aurais aimé faire si tu avais pu choisir plus librement?

– Orfèvre.

– Orfèvre? Vraiment?

– Hey, ne sois pas si surpris! Oui, j'aurais aimé dessiner et créer des bijoux précieux uniques. J'ai plein d'idées, je me débrouille un peu en dessin et j'adore tout ce qui brille, une vraie pie.

Il rigole et fait signe au serveur de nous resservir du champagne.

– Effectivement, ça n'a strictement rien à voir. Tu as déjà réalisé des croquis? Je pourrais les voir?

– J'ai un book mais je ne pense pas être encore prête à recevoir un avis extérieur sur ce que je fais. Pourquoi? Ça t'intéresse?

Il paraît hésitant puis me répond en haussant de nouveau les épaules :

– Comme ça. Pour voir si tu es douée. Mais si tu aimes les bijoux qui brillent, pourquoi est-ce que tu n'en portes pas? Je ne t'ai jamais vue avec quoi que ce soit.

Je suis secrètement contente qu'il ait remarqué ce petit détail. Effectivement, je ne porte rien, pas même des petites boucles d'oreilles.

– La raison officielle, c'est parce que j'ai une idée précise de ce que j'aime et de ce que je souhaiterais porter, mais je ne trouve ça nulle part. Je suis exigeante.

Je marque une pause un instant avant de reprendre la parole. J'ai envie de lui expliquer ce que je ressens lorsque je dessine un nouveau bijou. Qu'il réalise ce que tout ça représente pour moi, mais sans paraître niaise ou complètement éthérée, car j'ai un point de vue étrange sur la question et je le sais. Rock patiente sans me lâcher du regard mais ne dit rien.

Finalement, me voyant tétanisée, il me saisit la main par-dessus la table et la caresse de son pouce avec tendresse, me donnant le courage nécessaire pour me dévoiler un peu.

– Mais officieusement, je trouve aussi qu'un vrai bijou, que l'on aime et que l'on choisit de porter, révèle beaucoup de notre personnalité, bien plus qu'un vêtement. Tu vois, l'habit sert souvent à dissimuler quelque chose, à attirer le regard ailleurs. C'est l'exact contraire du bijou qui, selon moi, est là pour sublimer et révéler une personne. Je te parle de ceux précieux à nos yeux, pas de ceux que l'on trouve jolis mais dont on se lasse aussi vite. Je pense qu'un vrai bijou est un petit bout de nous, de quelqu'un que l'on aime ou d'un être cher que l'on a perdu… Ce n'est pas pour rien que l'on se transmet des bijoux de famille depuis la nuit des temps. Ils nous survivent et apportent un peu de ce que nous avons été à ceux qui nous succèdent. Il y a le choix de la matière, des pierres, du style, où et comment on le porte. Est-il clinquant ou discret, voire caché ? Parfois, j'aime même imaginer qu'il y a un morceau de notre âme enfermé dans une bague, un collier, un bracelet… Enfin, ça reste ma vision des choses. Mais à choisir, j'aimerais dessiner des bijoux sur mesure, pour tenter d'attraper une goutte de l'essence d'une personne et lui faire prendre vie. Je crois que j'aurais un peu l'impression de m'enrichir du supplément d'âme qui me manque.

Je baisse les yeux avant d'ajouter doucement :

– Donc au final, si je portais un bijou, ce serait un peu de moi que j'afficherais à la vue de tous et je ne pense pas être prête non plus pour ça aujourd'hui.

Rock m'a laissée parler sans interruption. Il m'a écoutée avec attention et ne m'a pas quittée des yeux, ce qui est flatteur mais un peu intimidant tout de même. J'attends sa réaction avec réserve. Ce que je viens de lui dire, je ne l'ai dit à personne auparavant.

– Je ne trouve pas que tu manques d'âme, Olivia. Tu es une sacrée passionnée et j'aime ça. Tu élèves le bijou à un tout autre niveau. Et c'est quoi tes principales inspirations?

– J'adore les choses graphiques, modernes et ethniques, avec une touche d'inspiration ancienne très subtile.

– Je vois. J'ai une dernière question. Si tu avais l'opportunité de vivre de cette passion, tu la saisirais?

– Absolument! Pourquoi, King Kong? Tu vas m'avouer que tu possèdes une bijouterie à tes heures perdues? Ça fait un peu entretien d'embauche, tes questions.

Je ricane de l'imaginer dans une boutique délicate et à l'étroit, comme un éléphant dans un magasin de porcelaine.

– Non, je suis juste curieux, c'est tout.

Il me lance un sourire radieux et ajoute :

– Ouais, tu me rends curieux et je t'avoue que c'est rafraîchissant. On vit un peu en vase clos, ici.

– Je ne te le fais pas dire. Mais comme tu l'as fait remarquer très justement, la vie dehors est cruelle et à Colorado Source, je me sens comme protégée. Je peux enfin souffler, regarder le temps passer et en profiter.

– Je te promets que cela restera un endroit sûr pour toi et pour tous les habitants. Nous allons faire le nécessaire… et les Black Edge seront vite oubliés.

Je suis étonnée qu'il dise cela avec tant de détermination et de véhémence.

– Encore une promesse…

– J'ai dit qu'on arrêtait de les compter, dit-il en souriant.

– D'accord, mais je vais finir par croire que tu n'es qu'un beau parleur…

Il change de sujet et me demande :

– On ne t'a jamais offert de bijoux que tu aurais aimé porter, alors?

– Tu m'avais dit que ce serait la dernière question! Mais non, on ne m'a pas offert de bijoux depuis très longtemps. En réalité, mes parents ont été les seuls à m'avoir fait de tels cadeaux.

– Aucun de tes ex? Pas même un petit truc?

– Je ne porterais les bijoux que des personnes qui comptent pour moi et comme elles sont inexistantes… Et puis, si je ne laissais personne m'emmener au restaurant, je ne vois pas comment nous aurions pu arriver au stade des cadeaux, Rock.

La discussion est close et le serveur en profite pour prendre la commande de nos entrées et de nos plats. Je conseille Rock dans ses choix et lui suggère un tartare de saumon sauvage, suivi d'une blanquette de veau pour aller avec le vin blanc qu'il a commandé. Je décide alors d'orienter la conversation un peu vers lui.

Assez parlé de moi !

– Et toi, n'as-tu jamais voulu faire autre chose que diriger le Clan ?

– Je ne me suis jamais vraiment posé la question. À vrai dire, c'est assez complet, je gère plusieurs business, je dirige et conseille, j'analyse un tas d'informations et nous vivons selon nos propres règles. Mais surtout, nous aidons des gens dans le besoin pour qui il est nécessaire de retrouver un sens à leur vie, une famille et des amis en qui avoir confiance. Ça donne un sens à la mienne et ça n'a pas de prix.

– Je comprends. Max m'a un peu parlé de la genèse du Clan et de vos aspirations. C'est ton grand-père qui l'a fondé, c'est ça ?

– Ouais, l'histoire classique. C'était un vétéran de la guerre du Vietnam qui a vu et a vécu des choses qu'aucun homme ni aucune femme ne devraient vivre ou voir. Quand il est rentré aux États-Unis, ses frères d'armes sont retournés dans leurs familles respectives mais lui n'avait personne. Les groupes de parole pour vétérans n'étaient pas très répandus à cette époque. Il a fui toute compagnie et a cherché un endroit isolé pour pouvoir s'oublier et finir sa vie seul. Il ne voulait pas d'enfants, pas de femme, et le moins d'interactions sociales possibles. Il espérait survivre de ses économies et de petits boulots de temps à autre pour acheter un mobile home une fois qu'il aurait trouvé l'endroit parfait où se poser. Il adorait lire et souhaitait passer ses journées à écrire. Il me disait souvent que, même s'il n'écrivait pas bien, ça lui permettait d'exorciser une partie de ses démons.

– Je ne le comprends que trop bien. Il s'appelait comment ton grand-père ?

– John. D'ailleurs, je dois t'avouer un truc…

Rock arbore un sourire malicieux, le même que le soir de notre rencontre au CSB, un peu suffisant et espiègle, et le même ton que lorsqu'il a cru me faire une bonne blague en me noyant dans le lac. Je m'inquiète :

– Quoi ?

Il ricane tout seul mais ne me répond pas. Je lui donne une tape sur la main, je sais qu'il se moque de moi à mon insu et je veux savoir pourquoi.

– Allez, espèce d'idiot, crache le morceau, qu'est-ce que tu as fait?

– Mon grand-père avait un surnom dans l'armée.

– Et? Je te jure, Rock, si tu ne me dis pas tout, tout de suite, je te mets la honte dans tout le restaurant.

– OK, du calme, petit feu follet! Donc je disais, mon grand-père, John, aimait raconter à son régiment durant la guerre des histoires sur sa région native : le Colorado. Et plus particulièrement des légendes du *Garden of the Gods*, un parc à côté de Colorado Springs qui est connu pour ses formations rocheuses bizarres et pour être le berceau de nombreuses tribus indiennes, telles que les Apaches, les Cheyennes ou encore les Comanches. Bref, il leur parlait de rochers, d'Indiens et encore… de rochers. À tel point qu'ils ont fini par le surnommer « Rock ». C'est de là que vient en réalité mon prénom…

Je reste sans voix. Il s'est moqué de moi, son prénom n'a rien à voir avec les ébats psychédéliques de ses parents sur un joli caillou du Colorado. En même temps, j'aurais dû m'en douter, cette histoire était ridicule.

– Avoue que c'était drôle.

– Non, pas vraiment.

– Allez! Pas besoin de te mettre en colère pour ça, ce n'est pas grand-chose.

– Tu l'as faite à combien de nanas, cette « blague »? Car je ne pense pas être la seule à t'avoir demandé l'origine de ton prénom, non?

– Pourquoi me poses-tu une question dont tu sais pertinemment que la réponse ne va pas te plaire?

– On s'en fout, Rock, réponds, s'il te plaît!

– OK… Pour être franc, il est rare que je parle beaucoup à une nana avec qui je compte passer la nuit. Je pense que tu comprends. Mais de temps en temps, effectivement, la question a été posée et oui, je leur ai toutes fait la même réponse qu'à toi.

– Tu leur as ensuite dit la vérité?

– Non, d'abord car je ne revois pas mes coups d'un soir, mais même si ça avait été le cas, je ne l'aurais pas fait.

– Alors, pourquoi avoir fait ce qui semble être une exception pour moi?

– À cause de la réponse.

– Comment? Je ne suis pas sûre de…

– Toutes me croient sans se poser de questions ou font semblant de me croire pour me faire plaisir. Le plus souvent, elles trouvent ça beau et poétique et commencent à me harceler de questions sur ma famille. Elles me racontent de la merde en pensant me mettre le grappin dessus de cette façon, croyant dire ce que je veux entendre. Elles en font des caisses. Mais toi, même si tu m'as cru un petit peu, tu t'es ouvertement foutue de ma gueule après avoir essayé de me péter le nez. Hormis Max ou les gars, personne ne s'est jamais moqué de moi. Tu m'as même fait rire, ce qui ne m'arrive pas beaucoup en ce moment. Je n'oublierai jamais cette conversation dans la voiture. Elle était épique, Princesse.

– Alors c'était quoi? Une sorte de test?

Je ne suis pas sûre d'apprécier l'idée.

– Non, enfin, j'imagine qu'on peut le voir comme ça.

– Sérieux, tu es tordu.

– Faut croire, mais tu es un peu folle, toi aussi. Qui parle d'épisiotomie à un homme qu'elle vient juste de rencontrer?

J'ignore sa question sciemment. Je ne souhaite pas reparler de ça, je n'en suis effectivement pas fière.

– Pour en revenir à notre première discussion… De toute évidence, tu es là en chair et en os, donc les plans d'ermite célibataire de John ont dû légèrement évoluer… Comment?

– Une rencontre fortuite.

– Ta grand-mère?

Je suis suspendue à ses lèvres, curieuse de connaître le début de tout et de faire le lien avec ce que Max a pu me raconter du Clan.

– Non, pas du tout. En fait, c'est assez étonnant quand tu y penses. Il s'agit d'un de tes compatriotes. John a croisé la route d'un ancien soldat français qui, après la guerre d'Indochine, s'est exilé chez nous, aussi détruit que mon grand-père. C'est comme ça que John a réalisé qu'il n'était pas seul et il a trouvé quelqu'un qui pouvait l'écouter et le comprendre. Tu peux compatir pour une personne, tenter de te mettre à sa place de toutes tes forces, mais seules les personnes qui ont vécu des choses similaires peuvent véritablement te comprendre. C'est comme si un lien invisible se créait dans la douleur et l'expérience. En tout cas, c'est ce que mon grand-père m'a toujours répété. Je commence à entrevoir ce qu'il voulait dire…

Il soutient mon regard en disant cela et je saisis son sous-entendu, mais je ne suis pas prête à reparler de ça maintenant. Je veux connaître la suite de son histoire :

– Ils ont donc créé le Clan ensemble?

– Oui, en 1966. Ils se sont dit que d'autres personnes semblables devaient exister dans le pays et se sentir aussi perdues. Ils voulaient leur offrir un point de chute. Ils ont trouvé Colorado Source qui correspondait parfaitement à leurs critères, puis finalement une communauté s'est créée et a trouvé son équilibre depuis trois générations pour devenir ce que tu connais aujourd'hui. Mon grand-père s'est rapidement placé en leader, et son ami, Maxime, en bras droit. J'ai connu Maxime, c'était un homme sage, plus posé que mon grand-père. Ils se complétaient parfaitement, l'impulsif et le sage. Maxime arrivait à parler de ce qu'il avait vécu, contrairement à mon grand-père qui s'était refermé sur lui-même après la guerre. Malgré le Clan et la rencontre avec ma grand-mère, il ne s'est jamais remis à raconter ses histoires du Colorado. Il écrivait uniquement pour lui. Maxime était plus ouvert et sympathique, il était très apprécié de la communauté.

– Un peu comme toi et Max, finalement.

– Pour tout t'avouer, Maxime était le grand-père de Max, qui porte le même prénom que son aïeul. Encore un point commun entre lui et moi. On se connaît depuis toujours, on a grandi ensemble, comme deux frères de sang. C'est d'ailleurs pour ça qu'il est le seul à vraiment me supporter et à savoir me raisonner. Nos parents étaient amis, eux aussi.

Je suis surprise, je ne m'attendais pas à ça. Mais maintenant qu'il le dit, c'est comme une évidence. Ils sont plus proches que les autres frères du Clan, et même si Max n'est pas le leader, j'avais remarqué que Rock le considérait comme un égal. Il prend souvent conseil auprès de Max et ce dernier voue une loyauté sans borne à Rock. Je ressens une pointe de culpabilité car je sais que je plais un peu à Max, et je me demande comment il réagirait s'il savait pour Rock et moi. Je repense aux paroles accusatrices de Bill qui me reproche de vouloir semer la zizanie entre les deux hommes.

Rock reprend là son histoire et coupe court à mon autoflagellation silencieuse :

– Maxime aimait nous raconter plein d'histoires quand nous étions gosses. Il s'agissait de contes sur les Indiens de la vallée, sur l'histoire des États-Unis, mais surtout sur son pays natal, la France, et les guerres qu'il avait connues. Nous buvions ses paroles. Il nous intriguait avec son accent. Il venait d'un pays lointain de l'autre côté de l'océan et ressemblait à un pirate, comme un personnage de romans d'aventures. Je te laisse imaginer l'effet qu'il avait sur deux gosses qui n'avaient jamais rien vu d'autre que Colorado Source et dont les parents hippies, bien qu'aimants, les laissaient le plus souvent livrés à eux-mêmes, trop *stones* pour s'en occuper.

– Tes parents ne se sont pas occupés de toi, petit?

Je suis peinée pour lui. Si depuis mes 10 ans ma vie n'est pas un long fleuve tranquille, j'ai eu la chance d'avoir des parents formidables qui ont créé les fondements de ce que je suis aujourd'hui. Cela m'a aidée dans les moments les plus durs. Ce sont des moments heureux que je chéris au-delà de tout, mes meilleures années.

– Ne te méprends pas, j'aime mes parents et mon père est un modèle pour moi, même si en grandissant ma relation avec lui est devenue bizarre. Mais au début, ils n'étaient pas vraiment des parents dans le sens conventionnel du terme. Puis mon père, Joe, a dû reprendre la gestion du Clan suite au décès brutal de mon grand-père, et ma sœur est née. Ils se sont calmés sur les drogues douces et les champignons hallucinogènes, et ils ont pris leurs responsabilités à tous les niveaux.

– On idéalise souvent les adultes et c'est en grandissant qu'on réalise qu'ils sont juste humains, avec leurs forces et leurs faiblesses.

– Ouais. Maxime nous a un jour raconté une histoire qui nous a marqués, Max et moi. À partir de ce jour-là, nous avons appris que même les adultes les plus forts ont peur des monstres. On avait remarqué qu'il ne se baignait jamais dans les lacs ou les rivières. Il ne prenait jamais de bains, seulement des douches qui le plus souvent duraient au maximum deux minutes. Mon père aimait d'ailleurs le taquiner à ce sujet en disant que c'était parce que les Français ne se lavaient pas.

– C'est n'importe quoi, une idée reçue!

– Je sais, Princesse, je sais. Un jour, on a osé lui demander pourquoi. Il nous a avoué qu'en Indochine, l'ennemi se cachait sous l'eau des rizières et attaquait les soldats lorsque ces derniers les traversaient. Il a vu ses amis mourir, égorgés en un battement de cils, assaillis par des hommes surgissant de l'eau comme des démons dans un silence absolu. À cause de ça, cet homme courageux qui, adolescent, lançait des clous sous les roues des voitures allemandes qui avaient assiégé son village, s'est retrouvé à craindre comme la peste vingt centimètres d'eau.

– Il avait l'air d'être un grand homme. Ton grand-père aussi.

– En fait, Maxime est toujours vivant. Vieux et sénile, mais il tient le coup.

– Oh. J'aimerais bien le rencontrer.

– Tu peux toujours demander à Max, mais il refusera sûrement. Son grand-père est vraiment affaibli.

– Donc Max a du sang français. Il le parle?

– Il connaît moins de mots que moi, cet idiot. Il n'a jamais voulu apprendre.

Suite à cela, nous terminons nos assiettes qui refroidissent, tout en discutant de sujets plus légers. Les films et les musiques que l'on aime, notre plat préféré et les voyages que nous avons faits. Contrairement à ce que je pense, Rock a beaucoup voyagé vers ses 20 ans. Son père l'a d'ailleurs poussé à voir du pays avant de prendre ses responsabilités – pour l'expérience et pour profiter de sa jeunesse avant de gérer le Club. Alors qu'on nous apporte deux crêpes au caramel au beurre salé, Rock redevient pensif et se met enfin à parler quand je ne m'y attends plus :

– J'ai adoré tous mes voyages. Je suis parti presque cinq ans au total. Mon seul regret est que quand je suis rentré définitivement pour commencer à être formé par mon père en vue de la relève, ma petite sœur avait changé. Elle n'était plus l'enfant pleine de vie que j'avais laissée en partant. Elle était à fleur de peau et en colère contre la terre entière, y compris moi. Au début, j'ai mis ça sur le compte de l'adolescence et un peu de jalousie car j'avais pu quitter Colorado Source. Mais tout a dégénéré et est devenu hors de contrôle, prenant de telles proportions qu'il s'agissait forcément d'autre chose, mais je n'ai jamais su quoi. Ses fréquentations ont changé et elle nous a exclus les uns après les autres. Elle a quitté la ville quelques jours après avoir fêté ses 18 ans. Sunny est partie du jour au lendemain, et je n'ai plus que des lettres qu'elle m'envoie une fois par an. D'une certaine façon, ce n'est pas ma sœur qui m'a abandonné ce jour-là, mais une étrangère avec des délires paranoïaques.

– Je suis désolée, Rock… Crois-tu pouvoir un jour la retrouver?

– Je garde espoir. Dès que le clan est stabilisé et que les Black Edge ont dégagé une bonne fois pour toutes, je cède les rênes à Max et je repars à sa recherche.

– C'est un bon programme. Tu as des pistes?

– La dernière fois qu'elle a été vue, c'était aux alentours de Denver. Je commencerai par là. C'est aussi pour ça que je ne peux te faire aucune promesse sur le futur, je ne sais pas combien de temps cela pourrait me prendre et où ça m'entraînera. Je ne sais pas ce qui se passera si j'échoue.

– Tu n'échoueras pas, j'en suis certaine. Mais je comprends, ne t'inquiète pas pour moi.

Je regarde l'heure pendant que Rock demande l'addition et je suis stupéfaite. La pièce de théâtre a commencé depuis plus d'une demi-heure.

– Rock, c'est mort pour le théâtre, regarde l'heure qu'il est ! On n'a pas vu le temps passer ! Tu penses pouvoir te faire rembourser les places ?

– Ne t'inquiète pas pour ça. Et finalement, le théâtre ne me dit plus rien, j'ai une meilleure idée.

Rock me lance un regard séducteur appuyé. Mais dès que le serveur tend la note, je la lui chipe des mains avant qu'il ne réalise quoi que ce soit et je présente ma carte bleue.

– Tu as payé deux places de théâtre pour rien, je veux t'offrir le repas. C'est non négociable.

Il commence à rouspéter et à grogner comme un ours mal léché mais il ne peut rien faire de plus…

Je suis déjà en train de signer le reçu.

Nous montons en silence dans sa haute voiture et j'essaye de faire comme si j'arrivais à grimper dedans sans difficulté, mais ma robe émeraude moulante et sexy ne me permet pas une grande liberté de mouvements. Lorsque enfin je réussis à m'y asseoir, je vois que Rock m'observe et je sens qu'il va me balancer une vanne. Je ne le laisse pas faire et le devance :

– Pas de commentaires, Tarzan, ce n'est pas moi qui suis petite mais ta voiture qui est ridiculement immense.

– Tu verras, Poucelina, elle a des avantages cachés.

– J'attends de voir ça, alors. D'ailleurs, tu dois avoir un garage immense chez toi pour cette chose, en plus de ta moto.

– Ouais…

Je tente de glaner des informations sur l'endroit où il vit et dont j'ignore encore tout, mais il ne rebondit pas sur le sujet alors j'insiste :

– C'est là où tu m'emmènes ? Tu vas me faire découvrir ton antre de célibataire endurci ?

– Non, on va ailleurs.

– D'accord…

Je suis déçue et il s'en rend compte :

– Écoute, Liv, j'aimerais vraiment te ramener chez moi, que tout soit plus simple entre nous, mais dans l'immédiat, il vaut mieux que tu ne le saches pas. Ce que tu ignores ne peut pas te nuire. On ne peut pas te faire de mal pour des infos que tu ne possèdes pas.

– Rock, je suis une grande fille, je devrais avoir mon mot à dire dans tout ça ! Et si j'ai envie de prendre ce risque, hein ?

– Non, c'est pas seulement que je ne veux pas te dire les choses, c'est aussi que je ne peux pas. Les Evil's Heat sont un clan, et j'ai beau en être le meneur, certaines décisions doivent être prises avec le consentement des autres. Révéler où je vis en fait partie, tout comme l'emplacement de notre Q.G.

– C'est n'importe quoi.

Ses arguments tiennent la route mais je ne peux m'empêcher de bouder. Je croise les bras sous ma poitrine en me tournant vers la vitre côté passager pour bien le lui faire comprendre.

– C'est comme ça et il faudra t'y faire si tu restes dans le coin.

– C'est bon, j'ai compris, maintenant roule et ramène-moi chez moi, s'il te plaît.

– Certainement pas, je t'ai dit que j'avais d'autres plans pour la soirée.

14

SOUS LES ÉTOILES ET EN ENFER

Olivia

Rock ne me laisse pas l'occasion de protester et il démarre. Je râle de nouveau pour la forme car, tout au fond de moi, je n'ai pas réellement envie de rentrer. Et même si j'aimerais tout savoir sur tout, en bonne madame Je-sais-tout que je suis, j'ai conscience que je suis injuste envers lui. Il n'a jamais promis de me dire quoi que ce soit, au contraire, il m'a toujours répété qu'il fallait appartenir au Clan pour être dans les confidences. Et apparemment, il y a également une hiérarchie intérieure, tous les membres ne savent pas tout non plus.

Si Rock parle de lui et de sa famille, le Clan reste un sujet peu abordé dans la réalité de son quotidien, ce qui attise malheureusement ma curiosité maladive. Max m'a bien dit que contrairement à ce que je pouvais croire, ils ne vivaient d'aucune activité illégale, qu'ils outrepassaient certaines lois de temps à autre pour régler leurs comptes avec d'autres gangs, mais rien de plus. Et c'est ce que je me répète en boucle pour me rassurer et me donner bonne conscience. Mais de quoi peut bien vivre une communauté parfaitement autonome comme la leur si ce n'est pas de la drogue ou du trafic d'armes ou de je ne sais quoi d'autre du même acabit?

Certes, tous les membres reversent une sorte de taxe à la communauté à ce que j'ai compris, mais je reste tout de même perplexe.

Je suis tellement perdue dans mes pensées que je ne me suis même pas aperçue que nous ne roulons plus, jusqu'à ce que Rock me parle :

– On est arrivés…

Je tressaute. Effectivement, il a garé la voiture, et après avoir regardé par la vitre, je reconnais tout de suite l'endroit, même si je n'y suis jamais allée de nuit.

– Mon lac!

– Princesse, j'y allais déjà alors que tu portais encore des couches-culottes. Je l'ai découvert en premier, c'est *mon* lac.

– La primauté ne fait pas systématiquement la propriété, Rocky… Comme la Lune n'appartient pas aux Américains, les océans n'appartiennent pas aux Portugais et aux Espagnols, et la virginité d'une personne… Bref, tu m'as comprise.

– Tu m'en diras tant ! De toute façon, ce n'est pas un lac mais le « Lac aux grenouilles de Colorado Source » pour être exact et selon Sunny. Elle l'appelait toujours comme ça.

Il a l'air mélancolique à ce souvenir.

– Aux grenouilles ? Désolée de te décevoir mais j'y suis allée de nombreuses fois et il n'y a pas un seul batracien ici. De temps en temps, il y a un monstre du Loch Ness qui pense que couler les baigneuses solitaires est amusant, mais je n'ai jamais rien rencontré d'autre.

– Très drôle ! C'est juste que tu n'y es pas allée au bon moment.

– Et tu t'es dit que m'emmener ici était une bonne idée parce que nous y avions de magnifiques souvenirs en tête à tête…

– Justement, le but est d'effacer les mauvais et d'en créer de plus sympas. Allez, suis-moi, râleuse.

Nous sortons de la voiture, pour ma part toujours difficilement. Je ne voudrais pas, en plus des doigts cassés, m'offrir une cheville tordue, mais je n'ai pas le temps d'y songer que Rock a fait le tour du Dodge et m'aide, cette fois-ci.

– Viens par là et accroche-toi.

Il me porte et me dépose doucement sur le sol sablonneux mais ferme. Il n'y a pas un souffle de vent, pas même une brise légère, la pleine lune éclaire la nuit et on y voit presque aussi bien qu'en plein jour. La lumière et les couleurs de la journée sont différentes, les tons ocre et chauds sont remplacés par des couleurs froides et douces. Bien que je sois stable, je ne le lâche pas tout de suite. Je suis heureuse dans ses bras et je prends le temps de humer son parfum. Mes pensées négatives d'il y a quelques minutes se sont envolées comme par magie.

Je relève la tête et lui dépose un baiser sur les lèvres qui le prend par surprise, mais il se laisse faire et y participe même de bon cœur. Rapidement, ce simple baiser emprunte des chemins plus sensuels. Rock se détache gentiment pour me dire :

– Olivia… si on continue comme ça maintenant, tu ne verras jamais les grenouilles.

Cette remarque me fait rire mais je suis d'accord avec lui. Je veux prendre tout mon temps, apprécier l'instant et me souvenir de tout, car je sais que ce soir sera LE soir. Personne ne viendra nous interrompre cette fois-ci.

J'en fais le serment!

– OK, allons voir ces crapauds, alors.

– Grenouilles... tu sais comme celles que vous mangez, vous, les Français...

– Très peu de Français en mangent, d'abord, et ensuite nous, au moins, on sait encore ce qu'il y a dans notre assiette, alors que vous...

– Toujours le dernier mot, hein?

– Toujours.

Je lui lance un grand sourire narquois, me déchausse pour être à l'aise, puis nous avançons, main dans la main, vers le petit étang.

Rien n'a changé depuis ma dernière visite. Il y a toujours les mêmes touffes d'herbes hautes et isolées qui encerclent l'eau, ainsi qu'un unique arbre qui complète le tableau. Le reste du paysage compose un désert à perte de vue avec un peu de végétation parsemée et des reliefs rocailleux qui se découpent à l'horizon. Je lève les yeux et reste sans voix. C'est magnifique. Sans aucune grande ville aux alentours, je peux distinguer chaque étoile et je prends enfin le temps de regarder le ciel comme il se doit. Il semble sans fin, un gouffre infini qui m'attire.

Je n'avais encore jamais aimé la nuit, qui faisait surgir mes démons et mes peurs. Encore quelque chose qui m'opposait à Moïra, grande prêtresse de la nuit. Il y a des millions d'astres au-dessus de nos têtes et je devine la Voie lactée traçant un sillon blanc sur le noir de l'espace. Aucune des photos que j'ai pu voir ne m'a préparée à ça, aucune n'a capturé la perfection que j'ai sous les yeux.

Je me sens infiniment petite dans l'univers sans fond.

Rock s'est placé derrière moi et m'enserre dans ses bras, je sens son menton sur le haut de mon crâne. Lui aussi contemple en silence la voûte céleste.

C'est alors que je les entends. Je ne sais pas comment je n'ai pas pu les remarquer avant. Je ne peux pas les voir, mais une multitude de grenouilles coassent de concert dans la nuit. C'est plutôt joli, comme un chant à la lune.

– Alors, tu me crois maintenant, Princesse?

– Oui.

– Viens, j'ai envie de nager avec toi.

Instantanément, je me raidis, enfonce mes talons dans le sol et crispe mes orteils pour tenir ma position.

– Sans moi, Rocky. Je vais juste me tremper le bout des pieds et te regarder décrocher une médaille d'or de natation.

– Je t'ai déjà vue toute nue, tu sais, mais si c'est ça qui te dérange, garde tes sous-vêtements, je comprends.

– Ce n'est pas ça, je n'aime pas aller dans l'eau la nuit, c'est tout. Ça me rappelle de mauvais souvenirs à cause de l'accident.

– Merde, désolé Olivia, je n'ai pas pensé que…

– Non, non, il n'y a pas de mal, ne t'inquiète pas. Cette soirée est parfaite, parfaitement parfaite, merci, Rock. Tu te débrouilles d'ailleurs très bien, pour – je cite – « un puceau des relations normales ».

Il retrouve instantanément le sourire à ce souvenir. Je lui lâche la main et le pousse vers le lac en ajoutant :

– Allez, va te baigner que je profite de la vue !

Quant à moi, je m'assieds sur le bord à même le sol et j'allonge les jambes jusqu'à ce que mes petits orteils vernis touchent l'eau. Je contemple les jeux de lumière lunaire sur la laque carmin de mes ongles. Je ne suis pas à l'aise, mais en prenant mon temps, j'arriverais à m'immerger jusqu'aux chevilles et qui sait, peut-être aussi jusqu'aux mollets ? La présence de Rock me rassure et ma panique reste tapie dans un coin de mon esprit. J'essaye de faire abstraction de la nuit et de me dire que rien n'est différent de lorsque je viens y nager de jour.

Je lève la tête, m'attendant à voir Rock en boxer, ou peut-être déjà dans l'eau, mais ce qui m'attend est tout autre chose.

Il se tient fier, intégralement nu et de dos devant moi, en contemplant le lac. Sentant mon regard enfin sur lui, il s'avance vers l'eau silencieusement et se meut avec cette attitude prédatrice que j'entr'aperçois de temps à autre. Il a réussi son coup, je suis fascinée par ce que j'ai devant les yeux et pas le moins du monde gênée. Il est tout simplement beau.

Ses cuisses et ses fesses sont puissantes, parfaitement dessinées, et je découvre un intérêt nouveau pour l'anatomie masculine. Je peux même dire que je le trouve magnifique et je remercie intérieurement la pleine lune de me permettre d'assister à un tel spectacle, alors qu'il s'enfonce jusqu'à la taille dans le lac. Je devrai sûrement lui sacrifier mon premier-né[9] pour avoir eu un tel privilège, mais je m'en fiche.

9. Référence à la chanson *Hijo de la Luna* du groupe Mecano où une gitane accepte de sacrifier son premier enfant à la Lune en échange de l'amour d'un homme.

Pendant plusieurs minutes, je le regarde nager hors de l'eau puis sous l'eau de façon régulière et hypnotique. Il crawle à la perfection. Au fond de moi, j'aimerais ardemment le rejoindre, mais le simple fait d'y songer recouvre mon corps d'un voile de sueur. Hormis le chant des grenouilles et le bruit des brasses régulières de Rock, tout est calme, alors je rembobine le film de ma vie et prends conscience que je n'ai jamais été aussi sereine et heureuse que depuis mon arrivée à Colorado Source.

Moïra était originaire du Colorado, elle l'avait laissé entendre plusieurs fois dans nos conversations, mais jamais de façon élogieuse, ce que je ne comprends plus désormais car moi, j'adore cet endroit. J'étais venue ici précisément parce qu'en rangeant ses affaires dans mon garde-meuble, suite à son meurtre, j'avais découvert une carte routière sur laquelle elle avait entouré la région de Newton City et un porte-clés à l'effigie du CSB accroché à ses clés d'appartement.

Aujourd'hui, je doute qu'elle ait jamais vécu ici. Elle a juste pu être de passage, c'est même le plus probable. Le Colorado est un État immense. En effet, pourquoi garder un souvenir d'un endroit qu'on déteste?

Qu'importe!

Maintenant, cette ville a un goût de chez-moi, et même Bill « le connard » ne parvient pas à saper mon moral. C'est sur cette pensée positive que l'envie de dessiner me saisit violemment comme une pulsion exigeant d'être apaisée et j'explose de rire et de joie. Un nouveau poids s'envole de ma poitrine. J'avais cru ne jamais réussir à dessiner de nouveau.

Ce besoin créatif ne m'était plus arrivé depuis la mort de Moïra et avait été enterré pendant mon passage en hôpital psychiatrique. Je sens l'euphorie me gagner et je regrette de ne pas avoir de quoi immortaliser Rock et ce qui nous entoure sur du papier, alors j'esquisse du bout des doigts dans le sable un dessin éphémère, le sourire aux lèvres.

– J'ai cru t'entendre rire. Tu fais quoi?

Je sursaute, surprise, je ne l'avais pas entendu sortir de l'étang. Il se tient, dégoulinant d'eau, de toute sa hauteur devant moi, et cette fois, de face évidemment...

Je me force à tenir la tête levée vers lui et à le regarder droit dans les yeux, aussi noirs et profonds que le ciel qui nous surplombe.

– Je pensais au fait que j'étais heureuse ici. J'ai envie de dessiner à nouveau.

– C'est une bonne nouvelle. Et tu veux dessiner quoi?

– Toi…

Il reste sérieux mais je vois aux mouvements de son torse que sa respiration s'accélère alors qu'il ne me lâche pas du regard. Je sens une douce tension prendre naissance dans le creux de mon ventre et monter en moi.

– Moi? s'étonne-t-il.

– Oui, toi tout entier… Sans censure.

Alors je ne peux plus m'empêcher de baisser le regard et de l'observer dans les moindres détails, chaque poil de son torse, chaque sillon de ses muscles, chaque petite cicatrice ou imperfection sur sa peau, puis plus bas, toujours plus bas… Il reste çà et là quelques vestiges des coups qu'il a reçus lors de l'expédition en territoire Black Edge.

Je sens qu'il tressaille sous mon inspection sensuelle mais il ne bouge pas d'un iota et me laisse le regarder comme je l'entends. Je le caresse lentement du regard. La scène doit paraître étrange de l'extérieur, il est debout et moi assise, nous ne bougeons plus. Il me surplombe de toute sa hauteur, mais je ne me sens pas en position d'infériorité, bien au contraire, je ne me suis jamais sentie aussi puissante. C'est un acte de confiance qu'il réalise en se laissant scruter de la sorte. Certes, il doit assurément savoir qu'il est bien fait de sa personne mais rares sont les gens qui se livreraient ainsi au jugement et au regard de l'autre, sans filtre et à nu. Je grave chaque détail en moi. J'essaierai de le dessiner plus tard à la force de mes souvenirs.

Un peu comme cet unique et étrange tatouage sur son plexus qui me fait penser au mien, dans le style de son tracé. Je comprends mieux sa curiosité envers le dessin sur mes côtes, lors de ce premier soir au CSB.

Je continue mon inspection encore plus bas, et encore… et inévitablement, je tombe sur son sexe en érection. Je déglutis péniblement. Sa réputation auprès de ses frères n'est pas surfaite. J'essaye d'étouffer les craintes que cette confirmation entraîne et qui briseraient la magie du moment.

Je termine mon observation par la pointe de ses pieds et lorsque c'est fait, je réalise que j'ai retenu ma respiration tout du long et que lui aussi.

– Rock… Tu es beau.

Je ne sais pas quoi dire de plus, je dois avoir l'air débile et je commence à paniquer.

On fait quoi maintenant?

Une fois de plus, il lit dans mes pensées et à une vitesse folle, il s'accroupit devant moi, prend mon visage en coupe dans ses grandes mains et m'embrasse sans aucune retenue. C'est un baiser violent et sauvage, tout comme lui. Après de longues secondes, il me susurre au creux de l'oreille :

– Tu me rends dingue. Il suffit que tu me regardes, que tu me parles, pour que j'aie envie de toi.

La suite se dispense de mots et laisse place aux actes. Nos souffles se font courts, saccadés, et nous continuons à échanger des baisers langoureux. Je parcours avidement avec mes mains son corps entier et humide, ses cuisses, ses bras, son visage, son ventre ferme et sculpté. Je glisse mes doigts dans ses cheveux courts mais soyeux et tire dessus doucement. Je veux me coller contre lui, mais notre position précaire nous en empêche, et ni l'un ni l'autre ne sommes encore prêts à bouger.

C'est notre première fois tous les deux et d'un commun accord, nous voulons qu'elle dure, d'autant plus que nous l'avons bien méritée. C'est un moment intense et il n'y a qu'une seule première fois : la première fois que l'on découvre l'autre, la première fois que l'on s'offre à lui. On est alors hésitant, animé d'une peur qui joue avec l'excitation. C'est un sentiment grisant et euphorisant. Je sens cette alchimie vibrer entre nous, comme dans la pièce privée du CSB ou dans les bois, lors de notre parenthèse enchantée.

Nous sommes au diapason et chacune de ses caresses me brûle agréablement la peau. À chaque passage sur ses abdominaux, j'effleure la partie la plus intime de son anatomie qui se dresse fièrement entre nous, mais sans jamais le prendre en main franchement. Je joue à ce jeu plusieurs secondes et je l'entends grogner de frustration et de plaisir. Je repense à cet orgasme qu'il m'a offert il y a quelques semaines déjà et à celui de ce week-end. Je suis persuadée que ce n'était qu'un début, ce qui va suivre ce soir sera encore plus intense.

Alors qu'il ne cesse de m'embrasser et de me caresser la poitrine à travers mes vêtements d'une main, je sens la seconde se frayer un chemin sous ma robe et entre mes jambes, que j'écarte comme je peux pour lui faciliter le passage.

– Liv...

Cela devient frustrant et je veux enlever ma robe pour que l'on soit peau contre peau.

– Rock, déshabille-moi.

– Pas tout de suite, encore un peu...

J'accepte et je le laisse jouer avec mon corps encore quelques minutes, mais ma patience s'envole lorsqu'il glisse les doigts sous la dentelle de mon tanga. Alors je le prends moi aussi dans ma main et commence à le caresser avec fermeté de haut en bas. Ses baisers cessent et il gémit à nouveau mon prénom.

– Tu as gagné, je vais t'enlever ta robe, mais on va en profiter pour s'installer plus confortablement avant de continuer.

Il se relève brusquement, trébuche plusieurs fois et m'entraîne avec hâte vers la voiture. Son empressement le rend maladroit et j'en rigole. Je ne l'ai jamais vu comme ça, ses gestes sont toujours vifs et précis, même dans ses accès de colère. Rock ouvre le coffre et je découvre avec surprise un immense espace qui peut facilement accueillir deux adultes allongés.

Les sièges arrière ont été enlevés, ce que je n'avais pas remarqué plus tôt, et tout est propre et rangé, hormis un sac de sport qui traîne sur le côté. Il en sort d'ailleurs une couverture polaire moelleuse et l'étale sur le tapis de la malle arrière du Dodge avant de se tourner vers moi. Nous nous faisons face, debout.

– Ça te va comme ça, Princesse?

– Oui c'est parfait, Rock. Maintenant enlève-moi mes vêtements, s'il te plaît, qu'on puisse monter dans ta grande voiture maison.

– Si Madame insiste…

Il remonte lentement le long de mes bras nus et dépose des baisers un peu partout sur mon visage. Enfin, il enlève doucement ma robe. Je dois l'aider dans la manœuvre car la traîtresse semble avoir fusionné avec ma peau. En revanche, il se révèle très habile pour ôter mon soutien-gorge d'un seul geste expert, tout comme mon tanga.

N'y pense pas, Olivia, et apprécie l'expérience.

Une fois que je suis nue, Rock me détaille de la tête aux pieds à son tour, et avant que je puisse être gênée, il me murmure que je suis magnifique et me prend contre lui. Mes sens saturés d'informations explosent. Enfin et pour la première fois après tout ce temps et tous les petits jeux érotiques auxquels nous nous sommes livrés, je peux le sentir contre moi et sans barrière. Sa peau est douce et chaude, ses mains sont partout à la fois, sa bouche dévore de nouveau la mienne, son odeur m'enivre.

J'entrouvre les yeux pour le regarder. Je sens sa chaleur irradier comme un soleil et je m'attends à être éblouie, tant les sensations en sont proches, comme lorsque l'on se laisse dorer sur une plage. Mais je suis surprise, lui-même a les yeux grands ouverts et me regarde avec ce qui me paraît être de l'admiration teintée de surprise.

– Liv…

– J'en veux plus, Rock.

– Et toujours aussi impatiente.

Il rigole et sans prévenir, me prend dans ses bras et me dépose dans la voiture. Je pense qu'il va me rejoindre pour que l'on s'allonge l'un contre l'autre mais il reste debout dehors.

– Je reviens dans trente secondes.

Je le vois partir précipitamment vers l'avant du véhicule. La porte côté conducteur s'ouvre et quelques secondes après, la musique envahit l'habitacle. Je reconnais *Undisclosed Desires* de Muse. Lorsqu'il revient, il tient à la main un petit emballage carré et brillant.

– Tu écoutes du Muse ?

– Ouais, j'aime bien, pourquoi ?

– Pour rien. Je suis juste un peu étonnée.

– En réalité, c'est un CD que Sunny m'avait offert pour que j'écoute ses chansons préférées en boucle, même quand elle n'était pas dans ma voiture.

Je vois son regard s'assombrir. L'ambiance sensuelle entre nous s'étiole subitement.

Non, non, non !

Je lui saisis le petit étui qu'il tient dans la main droite.

– Laisse-moi te mettre ça.

Rock se tient toujours debout devant moi alors que je suis à genoux dans l'immense coffre, autant dire que je suis à parfaite hauteur pour cet exercice. Je lève les yeux et le regarde par-dessous, lui demandant silencieusement la permission.

– Vas-y, je suis tout à toi.

Rock ne dit plus rien après ça. Les fantômes du passé ont de nouveau disparu. Je le sens retenir sa respiration et il observe avec attention tous mes gestes. L'atmosphère est redevenue lourde et électrique comme pendant les minutes qui précèdent un orage. J'ouvre précautionneusement l'emballage avec les dents sans le lâcher du regard, bien que ceci soit souvent déconseillé par le fabricant. Il frissonne quand je le touche et je viens délicatement dérouler le préservatif sur son sexe comme une pro. Je suis intérieurement très fière de moi.

Je n'ai pas le temps d'admirer mon exploit que je suis plaquée sur le plaid et un immense corps brûlant vient recouvrir le mien. Je sens la voiture s'affaisser d'un cran sous son poids. J'ai l'image d'une éclipse totale dans la tête. Je ne vois plus que lui au-dessus de moi et je ne sens plus que lui autour de moi. Lui et moi ensemble, c'est juste une évidence. J'ai beau être petite, nous nous imbriquons parfaitement. Rock se frotte à moi et je ne suis pas en reste. Je ne réfléchis plus et laisse mon corps s'exprimer tout seul.

Nous nous embrassons et nos souffles se mélangent. La douce étreinte du début se transforme en lutte charnelle. Je lui lance mon bassin en guise d'invitation, mais il ne la saisit pas. Il vient sucer mes tétons, les mordille, les titille. Ses doigts ont trouvé la perle de mon plaisir et il s'affaire à me rendre folle. Je ne sais plus où donner de la tête car il est partout à la fois et je crois que je lui griffe le dos.

Je lui tire les cheveux tout en gémissant son prénom et en l'implorant de venir en moi, mais il s'y refuse toujours. Je lui mords le cou, espérant lui faire perdre le contrôle car je sais désormais que c'est son talon d'Achille, et il riposte en me pénétrant de deux doigts et en commençant un va-et-vient affirmé pendant plusieurs minutes, tout en me caressant plus haut avec son pouce et en m'embrassant.

Je suis sur le point de jouir quand il s'arrête brusquement, puis il se repositionne sur les coudes au-dessus de moi et vient appuyer son bassin contre le mien. Je sens une imposante pression à l'entrée de mon vagin et je sais que nous sommes arrivés au point de non-retour. J'ai alors quelques secondes d'appréhension, j'espère que nos corps s'imbriqueront aussi parfaitement à ce niveau-là. Il a dû percevoir mon trouble car il vient me susurrer à l'oreille :

– Ne t'inquiète pas, je serai doux.

Et effectivement, c'est avec une grande tendresse qu'il me pénètre, en contraste avec la fougue des minutes précédentes. Je retiens ma respiration et le contemple, il a le cou et les bras crispés, mais c'est une expression de pure satisfaction que je lis sur son visage. Je ne ressens aucune douleur, je suis juste comblée de part en part et aux portes de l'extase. Je n'ai jamais rien ressenti de tel. Souvent au-dessus de mon partenaire, j'ai toujours été dans le contrôle de mon plaisir et c'est une sensation nouvelle que de le remettre entre les mains de quelqu'un d'autre, au point d'avoir peur de jouir dès qu'il se mettra à bouger. Il faut dire que nos préliminaires m'ont amenée au bord du précipice.

Rock se met alors à balancer des hanches et je l'aide à trouver l'angle parfait, celui qui fait vibrer mon corps à chaque passage. Il adopte rapidement le bon tempo et je l'y accompagne en venant frotter mon bassin contre le sien et en m'agrippant à ses fesses, pour augmenter mon plaisir grâce à toutes les parties érogènes de mon corps. Lorsqu'il me sent suffisamment détendue sous lui, ses coups de bassin se font plus profonds, un brin brutaux et je l'y encourage. Au bout de longues minutes d'un rythme régulier sans faiblir, je sens qu'il est sur le fil.

Et moi aussi.

L'un comme l'autre nous essayons d'étirer ce moment à l'infini en repoussant nos limites au maximum, mais l'ouragan qui s'annonce en moi ne va pas tarder à déferler. Nos regards se détachent, il approche sa bouche de mon oreille et je peux entendre ses râles de plaisir si masculins. Il ne m'en faut pas plus.

– Rocky, je vais jo…

En fond, j'entends la chanson *Because the Night* de Patty Smith, et je n'y tiens plus, mon corps explose en un million de sensations simultanées, et mon esprit s'envole vers une autre planète nommée Extase. Je perçois à peine la voix de Rock et je comprends qu'il perd pied également. Dans un ultime à-coup, il lâche :

– Liv ! Put…

Nous restons l'un sur l'autre un long moment, à bout de souffle, sans parler ni bouger, puis il finit par se retirer. Je me blottis contre lui pour atténuer le sentiment de vide qui me rattrape et me fait frissonner. Je réalise avec crainte à quel point je viens de me mettre à nu et de me laisser aller devant un homme. Rock me distrait en venant caresser mes côtes du bout des doigts.

– Ton tatouage, d'où vient-il ?

– Je l'ai fait dans un salon *new age* à Paris, il y a trois ans.

– Je te parle du dessin. C'est toi qui l'as dessiné ?

– Non, je l'ai trouvé gribouillé sur le carnet d'une amie, je l'ai adoré et elle a accepté que je le lui pique et que je me le fasse tatouer. Elle m'a dit qu'il s'agissait de runes indiennes et que cela signifiait « phénix » : celui qui renaît de ses cendres.

Je sens Rock se tendre sous moi.

– Il y a problème ? Il ressemble au tien, non, tu ne trouves pas ?

– En effet… et à tous ceux des membres du Clan. Nous avons un rite d'acceptation après lequel nous nous faisons tatouer des runes indiennes qui nous symbolisent. Et le tien en est une, effectivement.

– C'est pour ça que tu m'as pelotée, ce soir-là, au CSB ?

– Pour la énième fois, je ne t'ai pas pelotée, mais oui, c'est pour ça. Une nouvelle nana déboule de nulle part dans notre bled paumé et arbore un tatouage de rite initiatique indien que tous mes frères portent. Ouais, ça m'a quelque peu intrigué.

– Je me suis renseignée après mon tatouage. Il y a plein d'Amérindiens à travers les États-Unis qui connaissent ces symboles, ce n'est pas non plus exceptionnel.

– C'est ce que les gars m'ont répondu, mais quand même. Comment s'appelle ton amie ?

– Moïra. Moïra O'Brien.

– Ça ne me dit absolument rien et pourtant, un prénom comme ça, je m'en souviendrais.

– C'est grâce à elle que je suis ici, elle était originaire du Colorado. Enfin je pense.

– C'est elle qui est décédée ?

– Oui, mais je réalise maintenant que je ne savais pas beaucoup de choses à son sujet. Je suis venue ici car j'espérais retrouver la trace de ses origines, savoir d'où elle venait, comprendre la personne qu'elle était devenue et réussir à faire mon deuil. Mais ce n'est pas si simple. Je n'ai pas de piste. C'était ma seule amie…

– Malheureusement, O'Brien est un nom assez répandu, il y a une grosse communauté d'Irlandais à Newton City. Trois frères portent ce nom et y sont bien introduits, je leur parlerai de ton amie pour savoir si ce prénom leur dit quelque chose. Tu aurais une photo ?

– Oh merci, Rock ! Ce serait vraiment gentil de leur part. Je ne sais plus où chercher, c'est comme si elle n'existait pas. Oui, je dois avoir une photo où on la voit correctement.

– Elle peut ne pas être d'ici, le Colorado est vaste. Je ne te promets rien.

– Je sais, mais merci d'essayer de m'aider. Ça me touche. Tu n'as pas idée de l'aide que tu m'apportes.

– De rien, Petite Chose, ou devrais-je dire désormais *Phénix*.

– Ne te moque pas ou ce qui s'est passé entre nous ne se reproduira plus jamais.

– J'ai aimé ce qui s'est passé entre nous.

– Oui, moi aussi.

La discussion est close et l'espoir de retrouver la trace de Moïra renaît. J'espère juste ne pas me battre contre des moulins à vent, tel Don Quichotte. Nous finissons par nous endormir, bercés par nos respirations réciproques.

Un immense claquement nous réveille en sursaut tous les deux. Alors que mes yeux papillonnent, un éclair lumineux nous éblouit, suivi après quelques secondes d'un nouveau grondement. Je suis perdue et je vois Rock s'agiter dans mon champ de vision.

– Il faut rentrer, Princesse, un orage arrive vers nous. Dans quelques minutes, ce sera le déluge.

– Quelle heure est-il?

Il fait encore nuit mais les grenouilles ont arrêté de chanter et sont, elles aussi, allées se protéger de l'orage qui s'annonce.

– Trois heures du matin. Allez, passe devant, que je te ramène chez toi.

Il me tend mes vêtements et m'embrasse doucement au passage, avant de se diriger lui-même vers la place conducteur.

Je m'exécute rapidement, ferme le coffre imposant et monte dans la voiture tandis qu'il démarre.

La musique s'enclenche à nouveau automatiquement et me ramène à ce que nous avons fait plus tôt. Je suis sur mon nuage personnel de béatitude et, sans lui demander la permission, je décide de brancher mon téléphone à son poste high-tech pour lui faire écouter ma musique à moi. Il me jette un coup d'œil étonné mais me laisse faire. Le son mélancolique de Léonard Cohen envahit l'habitacle.

Nous rejoignons la route en silence, chacun perdu dans ses pensées. Rock arbore un sourire en coin et je ne peux m'empêcher de le regarder.

– Ce que tu vois te plaît?

– Assez, oui, je dois dire.

– Donc c'était ton premier vrai rendez-vous galant?

– Oui et toi?

– Je te l'ai déjà dit, mais oui, aussi.

– Merci Rock, c'était vraiment bien.

– Juste bien?

– Non, plus que bien. C'était parfait.

Nous continuons à parler légèrement de tout et de rien, de mes premiers pas en tant qu'assistante éducatrice. Je le fais rire en lui racontant les bêtises les plus farfelues de mes petits protégés. Alors qu'il rigole, il me jette un regard pour me dire :

– C'est facile d'être avec toi, de discuter avec toi.

Mais je n'ai pas le temps de lui répondre que j'aperçois une forme sombre allongée en travers de la chaussée, à peine éclairée par les phares du Dodge.

– Rock, attention !

Je hurle et lui attrape le bras de toutes mes forces alors qu'il a déjà le regard sur la route. Il pile violemment et tend le bras devant moi dans un geste protecteur, pour me retenir malgré ma ceinture.

– Merde ! Ça va, Liv ?

La voiture s'est arrêtée à un mètre de l'obstacle et je respire très fort.

– Oui, ça va aller. Rock, qu'est-ce que c'est?

– Pas qu'est-ce que c'est… mais qui c'est?

Effectivement, après une observation plus poussée, je devine la forme d'un corps, inerte…

– Rock, il faut l'aider !

– J'y vais, mais toi, tu ne bouges pas d'ici.

Son ton est autoritaire et il ne sourit plus du tout, j'ai presque envie de lui obéir.

Presque…

Il est déjà dehors et se penche pour pouvoir prendre le pouls de la personne allongée au centre de la route. Je sors également de la voiture et le rejoins en petites foulées. Il se retourne, mécontent :

– Je t'ai dit de rester dans cette putain de voiture, bordel !

Alors que je vais lui répondre qu'il s'enflamme pour rien, le corps inerte sur la route se redresse en l'espace d'une seconde et attrape Rock par le cou.

Je n'ai pas le temps de crier que je sens une main puissante et froide se resserrer autour de ma nuque et une autre m'attraper par les cheveux et me tirer violemment en arrière. Je hurle de douleur, le crâne en feu.

15

C'EST LE BORDEL

Rock

Mes sens sont en alerte et je flaire les emmerdes. Il ne manquerait plus que je me retrouve avec un cadavre non identifié sur les bras et les flics sur le dos. C'est un homme que je ne connais pas, il est inerte sur le bitume mais heureusement, il ne s'agit pas de l'un de mes frères. Habillé en jean clair, je devine des tatouages sur ses biceps et ses avant-bras noueux.

Je lui donnerais une quarantaine d'années, mais c'est difficile à définir avec l'énorme barbe brune qu'il porte. Un truc ne tourne pas rond et me met mal à l'aise. Il n'a aucune égratignure ou marque de chute, et il n'y a aucun véhicule sur la route non plus. C'est comme s'il avait été déposé là, endormi. Je m'accroupis devant le corps immobile et je dégage le col de sa veste pour voir s'il respire toujours. Je n'ai pas le temps de lui prendre le pouls que j'entends des bruits de talons sur l'asphalte s'approcher de moi et qui me déconcentrent. Je me retourne, furieux, pour ordonner à Olivia de remonter dans cette maudite bagnole, car je ne le sens pas du tout. Je suis d'abord ébloui par les phares de mon 4x4, puis je devine sa belle silhouette dont je suis désormais accro.

La peur me saisit aux tripes. S'il lui arrive quoi que ce soit… C'est avec une violence incontrôlée que je lui dis de remonter dans la voiture :

– Je t'ai dit de rester dans cette putain de voiture, bordel !

Je vois qu'elle se renfrogne et qu'elle va m'envoyer chier, mais son visage change d'expression et elle semble terrifiée.

Mais qu'est-ce que… ?

C'est alors que j'aperçois une forme immense fondre sur elle par-derrière. Je sens quelqu'un bouger rapidement près de moi, mais avant que j'aie pu réagir, je suis saisi violemment par le cou et plaqué au sol. Ma joue vient heurter durement la route, je sens le gravier pénétrer la première couche de ma peau, mais peu importe, je garde les yeux rivés sur elle. Un homme grand, blanc et blond lui tire rageusement la tête en arrière par les cheveux et lui tord le bras derrière le dos. Je la vois grimacer de douleur mais elle ne dit rien, elle aussi me regarde intensément par-dessous ses longs cils.

Une connexion muette s'établit entre nous et je comprends qu'elle attend mes ordres. Elle sait que je vais nous sortir de là et qu'agir précipitamment conduirait à notre perte. Je suis plus grand et plus fort que celui qui me maintient au sol en m'immobilisant les bras, avec ce qui semble être son genou enfoncé dans mes reins. Ma Petite Chose m'impressionne et je me demande ce qu'elle a pu vivre de similaire pour savoir gérer ainsi ce genre de situation. Je respire profondément pour m'éclaircir les idées, analyser la situation et canaliser ma force. Je veux qu'ils me sous-estiment, prennent trop confiance en eux et commettent une erreur.

Alors là, je frapperai.

Une voix terreuse s'élève derrière moi :

– Putain, Larry, tu avais raison ! C'est bien la caisse de ce connard de Rock qui était près du lac. Et regarde ce que tu as attrapé, sa petite pute favorite. Comme c'est mignon !

– Il a sacrément bon goût, ce trou du cul. C'est un morceau de premier choix !

Il vient respirer l'odeur de ses cheveux.

Je vais le buter !

– Insulte encore une fois Rock ou moi, troufion, et je te brise les burnes, OK?

– Oh ! mais c'est qu'elle mord, la donzelle ! C'est encore mieux, je préfère quand elles résistent.

– Espèces de salopards !

– Olivia, tais-toi !

Mon ton est sec et cassant et elle me jette un regard blessé.

Désolé, bébé, mais évitons de les surexciter...

L'homme derrière moi reprend à son intention :

– Ne l'écoute pas, poupée, on veut t'entendre lorsqu'on sera sur toi. Et notre cher ami par terre aura le privilège d'être au premier rang pour voir ça.

Mon sang ne fait qu'un tour. S'ils la touchent à nouveau, je les tue et les démembre, et pas forcément dans cet ordre.

– Je vous jure sur ma tête que si vous touchez à un seul de ses cheveux, je vous bute. Mais pas avant de vous avoir torturés et de vous avoir fait bouffer vos couilles !

Par provocation, l'homme qui tient Olivia vient lui sentir les cheveux à nouveau et lui lécher salement la joue, cette fois-ci. Encore une merde du genre et je ne me contiendrai plus.

– Voyez-vous ça ! Et comment tu comptes faire, ducon, alors qu'on est deux contre toi et que tu es en très mauvaise posture pour nous menacer ? me demande dans l'oreille super connard numéro un.

Il raffermit sa prise et enfonce son genou plus loin dans mon dos. Merde.

– C'est quoi votre problème, Tic et Tac ? Qu'est-ce que vous nous voulez, bordel ?

– Elle, c'était pas prévu mais vu qu'elle est là, on va jouer un peu avec avant. Quant à toi, on va te finir et présenter ta tête comme trophée de guerre à ton Club. Ils seront bien obligés de nous faire serment d'allégeance et les Black Edge pourront enfin prendre votre place. Il paraît qu'ici y a moyen de se faire du blé facilement.

– Mais vous vous êtes crus où, putain ? Au Moyen Âge ?

– Larry et moi, on en a marre d'attendre que tes frères eux-mêmes te foutent dehors. Donc on passe à la manière forte, vois-tu. On a décidé ça sur un coup de tête. Notre Club ne le sait pas encore, mais ils nous passeront cette prise d'initiative, vu le morceau de premier choix qu'on va leur ramener. Et c'est pas faute d'avoir essayé de graisser la patte d'une de nos taupes pour foutre la merde, mais ça ne s'est pas révélé aussi efficace que prévu.

Je me raidis à ses propos.

Des taupes au sein de mon Clan ? Impossible.

– Ouais, des putains de balances. Mais ce serait te mentir que de te dire qu'on est désolés de t'apprendre que tu as des traîtres dans ta propre maison, continue-t-il.

– Allez, Tony, fini le bla-bla, passons aux choses sérieuses.

Sur ce, le dénommé Larry retourne Olivia férocement et lui plaque le ventre et la joue contre le capot de la voiture, tout en lui maintenant le bras haut dans le dos. Ce bâtard la malmène comme une vulgaire poupée de chiffon. J'entends son crâne heurter violemment la tôle et il lui tord la cheville dans la manœuvre. Cette fois-ci, elle ne peut retenir une plainte de douleur qui me fend le cœur et me retourne l'estomac de rage.

Ma vision passe au rouge, une issue sans heurt de la situation n'est plus envisageable. Je vois ses yeux se remplir de larmes et sa lèvre supérieure saigner. Elle me supplie du regard alors que le gros porc derrière elle commence à lui remonter sa jolie robe verte sur les fesses.

Je sais très bien qu'elle n'a pas remis ses sous-vêtements avant de monter dans la voiture, ce que j'avais approuvé secrètement sur le moment.

Putain de bordel de merde!

Ils vont l'humilier et mater quelque chose qui n'appartient qu'à elle et que je suis censé être le seul autorisé à voir. C'est impossible qu'elle sorte indemne de ce merdier, quoi qu'il arrive. Je ne les laisserai pas la violer sous mes yeux sans rien faire, quitte à y laisser ma peau. Je dois juste pouvoir lui permettre de s'enfuir et je m'occuperai de mon propre cas après.

Plus les secondes passent et plus je sens mon sang bouillir dans mes veines.

Au diable le contrôle!

Lorsqu'il finit par l'exposer à la vue de tous, je suis dans une rage monstre. Je vois ce connard de Larry commencer à défaire son pantalon d'une main et je sens l'homme derrière moi la mater en respirant bruyamment comme un gros buffle.

Profite de tes dernières secondes de vie, salopard...

C'est à cet instant qu'il commet l'erreur fatale, celle que j'attendais. Il relâche sa prise pour réajuster d'une main son pantalon désormais trop serré à cause de la trique qu'il a. Je le sens en déséquilibre sur ses appuis et Olivia a toute son attention.

Parfait...

Je la lâche des yeux non sans lui avoir fait comprendre que j'allais tenir ma promesse et la protéger envers et contre tous, peu importe le prix à payer. Je profite de cette seconde d'inattention pour m'arracher de toutes mes forces à la prise du fameux Tony. C'est étonnamment facile. Il n'a pas le temps de réaliser ce qui se passe que je me suis déjà retourné sous lui. J'attrape son visage surpris entre mes mains et je lui brise la nuque d'un seul coup sec sur le côté. Pas le temps de faire dans la dentelle et au moins, c'est propre.

C'est la première fois que je tue quelqu'un à mains nues, je ne pensais pas que ce serait si simple. On verra pour le cas de conscience plus tard.

Estime-toi heureux que ce soit rapide, ducon.

Il tombe lourdement inanimé sur le sol, le regard dans le vide. Son comparse, trop absorbé par ses petites affaires, réalise trop tard que je suis libre et derrière lui. Surpris, il lâche précipitamment Olivia, le pantalon à moitié baissé sur les hanches. Il tente ridiculement de me sauter au cou mais je l'ai déjà saisi par la nuque et je viens lui exploser la cervelle sur le capot de ma voiture à de multiples reprises, jusqu'à ce qu'il ne bouge plus.

Merde, c'est moins propre. Tant pis pour ma carrosserie...

Une fois que je suis sûr qu'il est bel et bien mort, je le balance sans ménagement sur le côté et je me tourne vers celle qui, doucement mais sûrement, bouscule mon quotidien merdique en ce moment. Ce que je vois me donne un coup dans la poitrine et mon cœur se brise. Du sang a giclé sur le visage choqué d'Olivia, encore penchée sur le Dodge. Elle est livide, figée et a le regard vide. Plus d'éclats dorés, plus d'yeux rieurs et pleins de vie, mon petit feu follet s'est éteint.

Non, non, non !

J'essaye de la rassurer, même si je sais qu'il faudra plus que des mots et des caresses pour arranger tout ce merdier.

– C'est bon, Princesse, tu es en sécurité maintenant, ils sont morts.

Je sens qu'elle réagit au son de ma voix et qu'elle se crispe.

Dis-moi quelque chose, Olivia... Je sais, j'ai merdé. Je n'ai pas tenu ma promesse et ils t'ont blessée.

Elle est alors prise de violents tremblements et éclate en sanglots. Je la rattrape *in extremis* dans mes bras alors qu'elle perd connaissance et que son corps glisse le long du capot vers le sol.

J'essuie son beau visage comme je peux avec le revers de mon tee-shirt et je l'installe, inconsciente, sur le siège passager. Je vais la ramener chez elle et demander au Doc de passer la voir. D'ici là, elle aura sûrement repris ses esprits et on avisera pour la suite.

Il faut que j'appelle les gars pour leur raconter ce qui vient de se passer et nettoyer toute cette merde. Je sais aussi que je vais devoir expliquer la présence de Liv dans ma voiture et avec moi ce soir, mais je m'en fous. Je ne vois plus l'intérêt de ne rien dire aux autres, surtout pas après la nuit de montagnes russes qu'on vient de vivre. A priori, les Black Edge la connaissent et ils vont vite se rendre compte que Tic et Tac ont disparu. Ce serait irresponsable pour sa sécurité de ne rien dire, il faut désormais que le Clan garantisse sa protection.

Notre seule chance est que ces deux crétins semblent avoir agi de leur propre chef et de leur côté, ce qui nous laisse le temps de préparer une riposte et de régler le problème Black Edge définitivement. Le temps de la réflexion et des manières douces est terminé.

La guerre est déclarée.

Une fois sur la route et calmé, j'appelle Max. Je pense tomber sur la messagerie quand il décroche au dernier moment, la voix embrumée :

– Putain, Rock, tu as intérêt à avoir une bonne raison pour me réveiller à cinq heures du mat.

– Ouais, j'ai une bonne raison. On a de grosses emmerdes, Max. Envoie des gars immédiatement pour nettoyer deux cadavres Black Edge sur la route trois cent quatre-vingt-neuf à quinze minutes au nord de la ville.

– Attends, c'est quoi cette histoire, bordel ?

Je lui raconte très brièvement l'histoire après avoir mis mon téléphone sur haut-parleur, mais j'omets pour le moment de lui indiquer qu'Olivia faisait partie de la fête. Je ne sais pas pourquoi, mais je sens qu'il vaudrait mieux avoir cette discussion face à face et qu'elle soit à mes côtés. D'ailleurs, je lui jette un coup d'œil furtif pendant que je parle à Max. Elle semble endormie, tranquille, loin de la terreur que j'ai pu observer plus tôt.

Elle me paraît toute petite dans l'immense siège de la voiture, la finesse de ses traits et sa fragilité me frappent. Avec son tempérament de feu qui occupe l'espace de la pièce dans laquelle elle se trouve, on la perçoit à tort bien plus grande qu'elle ne l'est réellement. Je ne peux m'empêcher d'imaginer la petite fille qu'elle a dû être et je souris intérieurement. Ça devait être un sacré numéro, tu m'étonnes que ses parents n'en aient fait qu'une.

Pour couronner le tout, l'orage nous a rattrapés et il commence à pleuvoir.

– OK, je m'en occupe tout de suite, me répond Max.

– Et convoque les gars à une réunion exceptionnelle au CSB ce matin. Tire-les du lit toi-même s'il faut. C'est décidé, je m'occupe de faire rapatrier une partie des frères en volante au bercail. On ne peut plus être passifs, il faut en terminer avec cette histoire de territoire au plus vite avant qu'il n'y ait trop de dommages collatéraux, au moins de notre côté.

– Ouais, je suis d'accord. En parlant de dommages collatéraux, Mary Ellen s'est fait menacer et tabasser en fin de soirée. Elle est tombée sur deux Black Edge en allant nourrir son troupeau. Elle a décrit un grand brun barbu tout maigre et un grand blond costaud. Ils voulaient savoir où était ta planque. Bien évidemment elle ne savait rien, mais ils ne l'ont pas crue. Quelle belle bande de salopards.

– Merde, elle va bien ?

– Elle est encore chez le Doc. C'est assez sérieux mais elle devrait s'en remettre.

– C'est bien eux qui me sont tombés dessus, tu pourras lui dire qu'elle a été vengée. D'ailleurs, avant de mourir, ils ont laissé entendre que nous avions des balances parmi nous.

– Impossible, Rock. J'ai confiance en tout le monde dans le Clan.

– Je sais, mais nous devrions rester vigilants.

– Si les frères pensent que tu les soupçonnes, c'en est fini de toi comme meneur. C'est peut-être même ce que veulent ces connards de Black Edge !

– Je sais ! Putain, cette situation est pourrie jusqu'à l'os !

Je sens l'énervement me gagner et ma conduite s'en ressent, ce qui réveille Olivia. Je dois raccrocher mais Max reprend :

– Tu vas faire revenir Shawn aussi ?

– Ouais… On a besoin de ses conseils.

Je l'entends souffler dans le combiné.

– Il va la vouloir, tu sais.

– Qui ?

– À ton avis ? Liv, qui d'autre ?

– Il ne la touchera pas, Max.

– Ça, c'est sûr, j'y veillerai personnellement.

– Moi aussi. À tout à l'heure, Max.

Et je raccroche avant qu'il puisse ajouter quoi que ce soit. Une petite voix endormie s'élève à ma droite.

– C'est qui, Shawn ?

– Le troisième membre du duo Max et Rock. On se connaît depuis le berceau mais il travaille pour le Clan à New York depuis quatre ans. Il est un peu plus jeune que Max et moi.

– Oh, je n'aurais pas pensé qu'il y avait un troisième larron au couple Harry et Lloyd. Vous n'en parlez jamais.

Je ne peux m'empêcher de rire quand j'imagine Max et Shawn en Harry et Lloyd du film *Dumb and Dumber*.

– Je ne sais pas, tu n'es pas là non plus depuis très longtemps, tu ne sais pas encore tout.

– Merci de me rappeler mon ignorance et votre tendance à la cachotterie, toi et ton Clan.

Tout énervée, elle signe des guillemets lorsqu'elle prononce le mot *Clan* et je sais qu'elle a retrouvé son feu intérieur de princesse guerrière. Je suis soulagé. Peut-être qu'on va réussir à s'en sortir pas trop amochés intérieurement et oublier cette deuxième partie de la nuit.

– Pourquoi Max croit-il que Shawn va me vouloir ? C'est quoi, lui, son histoire ? J'estime que je dois être au courant s'il peut tenter de me faire du mal.

– Il ne te fera pas de mal. Nous avons une menace plus importante à gérer pour le moment.

Une ombre passe dans son regard. Elle sait de quoi je parle.

– Je sais dire non aux hommes, Rock. Max croit quoi, qu'il pourrait me violer ?

Elle veut paraître sûre d'elle mais j'entends que sa voix tremble.

– Non, Princesse, Shawn ne va pas te violer. Tu nous prends pour qui, putain ? Et puis comment tu sais tout ce que Max pense d'abord ?

– Bah, je viens d'entendre toute votre conversation, tu étais sur haut-parleur…

– Mais tu dormais.

– Tu as cru que je dormais, nuance. Je faisais semblant et je t'espionnais. J'espérais apprendre des trucs sur le Clan, on ne sait jamais.

– Sale peste !

– Merci du compliment. Qui est Mary Ellen ?

– Elle habite sur le comté de Colorado Source, elle s'occupe seule de son ranch depuis que son mari est décédé d'une crise cardiaque, il y a trois ans. C'est une des personnes les plus gentilles que je connaisse. Lorsque tu la vois, tu ne penses pas qu'une âme de cowgirl brûle en elle. Elle a une formation de psychologue à la base. Elle aide beaucoup de frères au passé traumatisé à se reconstruire. Je pensais que tu pourrais aller la voir lorsqu'elle sera remise de ses blessures. Sinon, c'est bon ? L'interrogatoire est fini, inspecteur ?

Nous sommes arrivés devant chez elle. J'ai garé la voiture et on aperçoit le jour qui pointe à l'horizon. La pluie fait un bruit assourdissant sur la tôle défoncée du capot maintenant que le moteur ne tourne plus, et des éclairs strient le ciel.

– Pourquoi penses-tu que je devrais voir une psy, Rock ?

Son ton est accusateur. Elle est clairement sur la défensive, son petit corps tourné vers moi et les bras croisés sous sa poitrine. Je marche sur des chardons ardents, je sens que la conversation peut basculer et que l'orage va s'inviter dans la voiture. L'air est lourd et électrique entre nous.

– Parce que, Olivia, ce qu'on vient de vivre serait traumatisant pour n'importe qui.

– Tu vas aller parler à « Docteur Quinn, femme médecin », toi ?

Son intonation est sarcastique et elle arbore un sourire ironique. En temps normal, sa réplique m'aurait fait rire.

– Olivia…

– Non, Rock, écoute, je sais prendre soin de moi. C'est pas le truc le plus traumatisant que j'ai eu à vivre, mais merci de ta sollicitude, je sais que ça part d'un bon sentiment.

– J'en doute pas, mais j'insiste, Liv…

– Non, hors de question.

– J'ai tué deux hommes devant toi, putain! Ça te fait rien?

Je ne peux m'empêcher d'élever la voix. Je vois que je viens de l'ébranler mais elle tient bon.

– Bien sûr que si! Je ne suis pas sans cœur, Rock! Mais j'ai ma façon de gérer les choses, d'accord?

– Comment? En enfouissant tout sous un bon gros tas de sable? C'est clair que c'est la meilleure solution!

– Oh! monsieur va me donner des leçons et des conseils en développement personnel maintenant? Sérieusement? Laissez-moi rire!

Il est évident que cette conversation part en vrille et je fais un effort surhumain pour redescendre d'un ton et calmer le jeu.

– Faut au moins que tu voies le Doc. Tu as pris des coups.

Elle ne me répond pas et me toise, furibonde. J'ai l'impression qu'elle enrage de me voir redevenir calme et d'être celui qui tempère les choses, pour une fois. On dirait une petite fille boudeuse qui cherche la bagarre. Je poursuis :

– J'ai déjà tué des hommes, Olivia, mais jamais à mains nues comme ça. Et si pour l'instant, l'adrénaline qui court encore dans mes veines me protège de la culpabilité, demain sera un autre jour. Oui, j'irai voir Mary Ellen ou, vu son état, le Doc ou Max ou encore Eddy. Mes frères servent aussi à ça. Toi, à qui peux-tu parler?

– Ce n'est pas gentil de me rappeler que je n'ai plus personne…

– Ce n'est pas ce que j'ai voulu dire. Laisse les gens prendre soin de toi. Certains sont tes amis maintenant, non?

Je la vois relâcher ses épaules et accuser le coup, puis elle souffle, agacée :

– J'irai chez le Doc demain tranquillement par moi-même. Tu devrais y aller, toi aussi, pour qu'il te mette de l'onguent magique de Pocahontas sur la joue, sinon tu vas avoir une belle cicatrice. Ce serait dommage, un si beau visage.

Elle vient poser sa petite main sur ma joue indemne et je maudis les Black Edge d'avoir gâché cette soirée qui n'était pas terminée, et d'avoir peut-être entaché notre histoire définitivement. Mais hors de question que je laisse tomber. Doc doit l'ausculter, elle pourrait avoir un œdème ou un truc du genre, et crever dans la nuit en silence, seule dans son lit.

– Si Doc vient t'examiner, là, tout de suite, je me laisse, moi aussi, soigner dans la foulée.

– Tu ne lâcheras pas l'affaire, hein?

– Non.

– D'accord, marché conclu.

Elle me tend la main et je la serre fermement en souriant.

Ouf, orage évité, calme revenu…

– Marché conclu.

Je ne la lâche pas. Je souhaite garder le contact car ce que je veux lui dire n'est pas facile pour moi, mais je me lance :

– Par contre, je vais devoir raconter aux gars ce qui nous est arrivé ce soir. Je dois leur dire que nous étions ensemble et pourquoi.

Je la sens se raidir et essayer de retirer sa main de ma poigne mais je ne la laisse pas faire. Je sais qu'elle a peur de ce que je pourrais raconter aux autres.

– Je te promets, Olivia, de garder les détails pour nous. Tout ce que tu me dis de personnel restera toujours entre nous, mais fini l'incognito. Toi et moi, c'est officiel à partir de maintenant.

Elle ne semble pas se détendre malgré ce que je lui dis alors je reprends :

– Ça ne veut pas dire qu'on arrête de prendre les choses à notre rythme, on continuera de faire comme bon nous semble. Je compte toujours partir à la recherche de Sunny, une fois tout ce merdier réglé. Je ne sais toujours pas ce qui se passera par la suite, je ne peux toujours rien promettre de plus. Et toi aussi, tu dois trouver les réponses à tes questions, même si je ne les connais pas toutes.

– Rock, je ne cherche…

– Si ! C'est évident, tu es venue ici avec plusieurs buts, te reconstruire, trouver des réponses concernant ton amie. Car, tout comme moi, tu en as besoin pour avancer. Et qui sait ce que tu souhaiteras faire quand tu auras obtenu ce que tu veux !

– Je me sens bien ici, je n'ai pas encore prévu de partir.

– Pas encore… Bref, il semble que les Black Edge savent pour nous deux. Nous cacher serait renoncer à la protection que le Clan peut t'offrir et te mettre en danger à nouveau. C'est hors de question.

– Non, Rock, je ne suis pas d'accord.

Je ne comprends pas ce qu'elle veut dire. Elle a le regard déterminé et sombre qui ne présage rien de bon.

Orage, nous revoilà.

– Non, tu n'as pas à décider seul quand tu ne veux pas de « nous » et quand tu en veux. On est deux dans ce bateau en bois pourri. Peut-être que Jenny ou tes autres poufs te laissaient établir seul les règles du jeu et les changer à ta guise, mais je ne suis pas comme elles. Moi, je ne veux pas que tes frères soient au courant de quoi que ce soit, tu m'entends ? Je veux que tout reste comme ça pour l'instant. Alors, invente une histoire, débrouille-toi pour qu'ils aient les informations dont ils ont besoin pour que vous puissiez gérer ce merdier, comme tu dis, mais ne m'implique pas, d'aucune façon. Tu m'as suffisamment fait comprendre que les affaires du Clan sont les affaires du Clan et qu'elles ne regardent personne d'autre, alors ne m'y mêle pas maintenant.

– Olivia, c'est ridicule, on doit te protéger. Ils vont chercher à m'atteindre par toi !

Je suis énervé par son comportement buté, et blessé par ses propos. Elle se refuse à moi. Je ne comprends plus.

– Non, Rock, c'est non négociable. J'accepte de voir le Doc ce soir et d'y retourner demain matin, mais c'est tout. Je t'ai déjà prévenu que j'étais la seule à choisir comment on disposait de ma personne. Dans le cas contraire, tant pis, toi et moi, c'est fini.

Je n'arrive pas à croire qu'elle ait dit ça aussi facilement, qu'elle puisse le penser, et que ce soit si douloureux pour moi. J'essaye de mettre ça sur le compte du choc que nous venons de vivre. Je sais qu'elle n'a pas eu une enfance facile et qu'elle aime ce sentiment de contrôle, mais je n'arrive pas à me raisonner et j'enrage. J'enrage que son entêtement lui fasse faire des choix idiots, et j'enrage d'être touché de la sorte.

Putain, c'est pour ça que j'évitais toute relation !

Je lui ai donné la possibilité de me blesser et elle l'utilise à la première occasion. J'aurais pensé qu'elle serait ravie « d'officialiser ».

Les filles apprécient, d'habitude, non ?

Il m'avait semblé qu'elle avait accepté la clandestinité uniquement pour moi, pour me laisser le temps de démêler la pelote de laine qu'est ma vie, mais qu'en savais-je finalement ?

– Putain, Olivia, ces gars ne sont pas des enfants de chœur, ils vont sauter sur la moindre occasion.

– De toute façon, je ne sais rien sur ton fichu Clan ! Qu'as-tu peur que je balance ?

– Si ! Tu sais des choses, et c'est pour toi que j'ai peur avant tout ! Tu me prends pour qui ? Merde à la fin !

– J'ai dit non, Rock. Toi et moi, ça reste incognito ou c'est fini, fin de la discussion. Et faire ton homme de Cro-Magnon n'aidera pas à me convaincre, au contraire… Je veux choisir le moment où l'on se dévoilera, je refuse que ça se décide dans l'urgence à cause de deux connards ! Juste une petite question, Brutus : aurais-tu envisagé de parler de nous aux gars ce soir si rien de tout ça ne s'était passé ? Envisageais-tu « d'officialiser » un jour ?

Je ne sais pas quoi lui répondre, surpris par sa question. Je ne raisonne jamais de la sorte, je suis un mec, ce qu'elle interprète à tort comme un non.

– C'est bien ce qui me semblait. Bonne nuit, Rock.

Je suis à deux doigts de la prendre par les épaules pour la secouer et lui faire entendre raison, mais la connaissant, je ne vais faire qu'empirer les choses jusqu'à ce qu'on se blesse l'un l'autre. J'inspire profondément par le nez.

Cette nana aura ma peau.

Je décide de tenter de nouveau le compromis :

– OK, très bien, mais accepte au moins qu'Eddy te protège. Il sera une ombre discrète et je serai rassuré. Il se doute pour nous deux et il s'en fout.

Elle réfléchit pendant ce qui semble une éternité. Je vois presque les rouages de son esprit vif fonctionner derrière ses beaux yeux.

– D'accord, mais seulement Eddy et personne d'autre. J'aime bien Eddy, et oui, je sais qu'il saura être discret. Maintenant, j'aimerais vraiment dormir, alors appelle le Doc qu'on termine enfin cette soirée pourrie.

Je suis un peu soulagé qu'elle accepte un minimum de protection, mais je ne comprends pas ce qui lui prend et je le vis moi-même un peu mal. Même plus qu'un peu mal, car à l'entendre, cette soirée a été pourrie dans sa totalité.

Tu as tué deux hommes devant elle et elle a failli être violée, ça peut se comprendre.

Sauf que la concernant, je réalise que je suis tout sauf rationnel. Il a fallu peu de temps pour qu'elle me retourne le cerveau, et la soirée de ce soir y est en grande partie pour quelque chose. Je peux dire sans gêne que c'est la première fois que je faisais l'amour à une femme depuis l'épisode Soraya. C'est-à-dire avec ce je-ne-sais-quoi en plus qui fait que ce n'est pas que de la baise sympa. C'était simple et facile. Facile de parler, d'échanger, de la regarder, de vouloir être patient et prévenant envers elle. Tout est clair et limpide, pas de faux-semblant ni d'arrière-pensée.

J'ai l'impression de pouvoir être moi-même, et étonnamment je ne suis pas la personne sombre et le connard fini que je pensais être. Ou disons que je peux être autre chose sans trop d'efforts.

Elle a réussi cet exploit en un temps record. Comme quoi, Eddy n'a pas tort, avec certaines personnes, c'est une évidence. Et c'est pour ça que je me fous de dire aux autres que j'étais avec elle ce soir, et pas à cause des Black Edge.

Mais je n'arrive pas à le lui dire, les mots ne franchissent pas mes lèvres. Apparemment, c'est aussi une évidence que nous ne sommes plus sur la même longueur d'onde. Sur cette pensée déprimante, j'appelle le Doc qui accepte de délaisser Mary Ellen pour une heure.

Olivia et moi entrons dans la petite maison bleue sous une pluie battante. La température a chuté d'un coup et le tonnerre gronde au loin. Elle ne m'invite pas à monter dans sa chambre que je sais à l'étage pour y avoir déposé un bouquet de fleurs et une lettre, sous la surveillance de la vieille Jefferson. Nous patientons dans le salon sans échanger le moindre mot. Elle est clairement perdue dans ses pensées.

Je ne sais pas quoi dire pour empêcher son esprit de divaguer et de broyer du noir. Un fossé de plus en plus grand se creuse entre nous.

Doc arrive et me permet de me focaliser sur autre chose. Il donne des instructions à Olivia pour surveiller un éventuel trauma crânien mais elle semble aller bien, hormis deux jolies bosses et une lèvre fendue. Les dégâts sont plutôt intérieurs, quoi qu'elle en dise, et le regard inquiet du Doc par-dessus son épaule me le confirme. Je comprends aussi qu'il la garde à l'œil et je le remercie d'un bref signe de tête. Il lui donne un code d'accès au hangar pour qu'elle puisse entrer demain matin de façon autonome, car il sera très certainement au chevet de Mary Ellen.

Quant à moi, comme elle l'avait prédit, il me fait un cataplasme d'onguent sur la joue mais rien de plus et il nous quitte, pressé de retourner auprès de son autre patiente de la journée, plus gravement atteinte. Je me penche vers Olivia, lui embrasse doucement la bouche et lui souhaite bonne nuit, mais elle a un mouvement de recul. Je vois un flash de terreur dans ses yeux. C'est l'uppercut fatal dans ma poitrine : j'ai la confirmation que je lui fais peur et que je la dégoûte, sûrement pour avoir tué ces deux hommes.

Comme un automate, je remonte dans ma voiture et roule jusqu'au CSB, où se tiendra exceptionnellement la réunion de crise. Lorsque j'arrive, le bar est encore éteint et je suis seul. Je patiente donc au volant en ruminant ma soirée du début à la fin, encore et encore. Je sursaute quand Max frappe à ma vitre.

– Désolé, mec, je voulais pas te faire peur. D'ailleurs, depuis quand es-tu devenu si craintif? Vas-y, ouvre-moi ta caisse ou je vais finir complètement trempé.

– J'ai tué deux gars à mains nues ce soir comme de vulgaires lapins, donc ouais, je suis un peu à cran. Monte.

Max n'ajoute rien et fait rapidement le tour de la voiture pour s'installer côté passager, tout mouillé. Il jette un coup d'œil à l'arrière du véhicule, intrigué par la couverture moelleuse en boule… et par l'emballage de capote argenté qui brille au clair de lune, oublié là.

Merde.

Je sens qu'il va me poser LA question, quand son regard est attiré par l'iPhone situé dans le vide-poches, à côté de la boîte de vitesses et branché au poste de radio.

Re-merde.

Il prend le smartphone rapidement avant que je ne puisse l'en empêcher et il l'active pour déclencher l'écran de veille. Je panique et croise les doigts pour que l'image ne le mette pas sur la voie, comme une photo de Paris ou tout simplement un portrait d'Olivia. À mon grand soulagement, on devine en fond d'écran une magnifique femme rousse et élancée, qui exécute une position très alambiquée de pole dance.

Le rendu n'est pas vulgaire mais très esthétique et artistique. On ne voit pas son visage, recouvert par une cascade de cheveux flamboyants, alors qu'elle a la tête en bas. Il siffle, admiratif, en regardant le cliché et tente de composer mon code secret qu'il connaît par cœur et qui va confirmer ce qu'il sait déjà.

– Ce n'est pas ton iPhone.

Ce n'est pas une question.

– Non, effectivement.

C'est alors qu'il remarque mon pantalon de costard et ma chemise grise, et ses yeux s'écarquillent. Il s'exclame, ahuri :

– Putain de merde, tu as eu un rencard ! Et qui s'est bien terminé, a priori. Ça pue le sexe, ici.

– Tu as l'air surpris. J'ai pas le droit de voir quelqu'un, ducon ?

Je suis vexé alors qu'il est dans son droit d'être étonné. C'est bien la première fois que je sors avec quiconque, mais j'ai juste envie de m'en prendre à quelqu'un pour me défouler et Max est mal tombé.

Ou bien tombé, question de point de vue, j'imagine.

– Ne le prends pas comme ça, Rock. Tu veux en parler ?

– Certainement pas, putain. C'est pas parce que j'ai eu un rencard que tout à coup, je vais commencer à m'ouvrir et qu'on va se mettre à papoter de nos histoires de cœur comme deux bonnes vieilles copines.

– Et moi qui aurais cru qu'avoir quelqu'un te rendrait sympa...

– Eh bien non tu vois. Mais les événements de la nuit n'aident pas.

– C'est qui ? Je la connais ? me demande-t-il, suspicieux.

– Non, elle est de Newton City.

– Oh ! c'est de là que tu rentrais ?

– Ouais, on a fait une escale au lac sur le chemin.

Je lance un coup d'œil au coffre pour illustrer mes propos. Je vois son visage s'habiller d'un voile de compréhension et je me demande si je n'en ai pas trop dit.

– Mais si, je sais qui c'est, je suis trop con, putain ! Tu ne peux rien me cacher mon frère. Je sentais bien que tu me cachais quelque chose depuis quelque temps.

Il se frappe le front et je pâlis. Je suis grillé, Olivia va me tuer et ne croira jamais que je n'ai rien raconté.

– La petite danseuse blond platine, l'amie de Marissa !

Mais de qui parle-t-il, bordel ?

Je suis perdu, je ne vois pas à qui il fait référence.

– Hein ?

– Ne tente pas de me mentir. La petite bombe qui te chevauchait dans la pièce privée numéro trois le soir où Eddy a déconné, je suis sûr que c'est elle. Marissa m'a dit que c'était une de ses amies. Tu es différent depuis cette soirée. Sans parler du nombre de fois où tu es perdu dans tes pensées, ces derniers temps. Même les gars s'en sont rendu compte.

Tu devrais leur dire que c'est l'amour qui t'a touché, ils seront rassurés. Ils s'imaginaient pire.

Une vague de soulagement m'envahit quand je comprends à quel épisode il fait référence. Sans le savoir, il me fournit l'alibi parfait que je m'empresse de corroborer :

– Ouais, c'est elle, tu m'as grillé. Mais tu ne le dis à personne pour l'instant, on prend ça tranquille, elle et moi, OK?

– Quand on se met en costard, c'est tout sauf tranquille, mec. Je dis ça, je dis rien…

– Bah, dis rien, c'est très bien.

– Elle était avec toi quand l'incident avec les Black Edge a eu lieu?

– Non, elle est repartie avec sa caisse de son côté.

– Tu as eu de la chance. Et donc, c'est bon alors, Olivia ne t'intéresse vraiment plus?

– Plus le moins du monde…

Eddy me sauve de cette conversation quand je le vois garer sa moto devant le CSB. Les autres ne tardent pas à arriver dans la foulée. Il est temps de passer aux choses sérieuses.

16

À CŒUR OUVERT

Olivia

Je ne trouve pas le sommeil après le départ de Rock et celui du Doc. J'ai beau essayer les exercices d'autohypnose ou de méditation appris durant mon adolescence, rien n'y fait. La fin de soirée repasse en boucle devant mes yeux et j'en revis chaque instant. J'ai eu peur pour Rock, puis pour moi et enfin pour nous. Au fond de moi, je savais qu'il nous sauverait, il en était impossible autrement, mais cela a pris un temps qui m'a semblé infini. J'ai pu rejouer mon passé et laisser entrer mes souvenirs les plus sombres.

De façon irrationnelle, je lui en veux pour ça. Il avait promis de me protéger et lorsqu'il a dit ça, il s'est directement adressé à la petite fille apeurée tapie au fond de moi. Comme tous les enfants, elle ne peut pas faire la part des choses mais seulement constater que Rock n'a pas tenu parole, peu importe les raisons. Elle a été meurtrie de nouveau dans sa chair et dans son âme.

J'ai bien vu que je l'avais blessé quand j'ai refusé qu'il avoue aux autres pour nous deux, puis quand je l'ai repoussé lorsqu'il m'a dit au revoir. Mais j'ai tellement peur qu'on me regarde différemment : comme une pauvre petite chose blessée qu'il faut ménager, protéger et couver; il en est hors de question. Je ne repasserai plus jamais par là, c'est non négociable, même pour les beaux yeux de Rock.

Je le revois aussi tuer ces deux hommes à mains nues, sa fureur, sa peur viscérale pour moi et à cause de moi. Il s'est transformé en prédateur sanguinaire, celui que je sentais tapi et indompté sous la surface, et dont j'ai causé l'émergence. Il a tué par ma faute. Seul, il aurait sûrement trouvé une alternative plus pacifiste.

Si on ne parle pas des choses qui posent problème, si on n'y pense pas, si on les ignore, elles ne sont pas vraiment réelles au final, si?

Et comme je lui ai précisé, je ne veux pas qu'il se sente obligé d'officialiser à cause de toute cette merde qui nous est tombée dessus.

Je veux qu'il choisisse de le faire lorsqu'il en aura réellement envie.

S'il en a envie un jour…

J'ai dû finir par m'endormir car, lorsque je me réveille, il est dix-huit heures. Je cherche mon téléphone dans l'espoir de lire un texto de Rock. On ne sait jamais. Certes, nous nous sommes quittés en froid tôt ce matin, mais nous avons partagé quelque chose de rare durant la soirée et j'espère bien que cela compte pour lui autant que pour moi, et que nous surmonterons tout ça.

Je perds patience : je n'arrive pas à mettre la main sur ce fichu portable. Puis je me souviens l'avoir branché au poste de la voiture pour écouter de la musique, mais je ne me rappelle pas l'avoir récupéré.

Merde!

Force est de constater que je l'ai oublié dans le Dodge. Je vais devoir revoir Rock plus vite que prévu et je ne sais toujours pas où il habite.

Sans traîner, je m'habille pour sortir et passer chez le Doc comme promis pour finir mes examens médicaux. Je n'ai pas eu de nausées de la nuit, ce qui est plutôt encourageant pour écarter un traumatisme crânien, mais pas suffisant. Après, j'irai peut-être trouver Max. Une fois prête, j'enfourche Ginette et file à toute allure vers le sud de la ville.

Le hangar est toujours aussi immense, impressionnant et agréablement frais. Je cherche le Doc du regard mais, ne le voyant pas, je me fie aux voix que je peux entendre sans les comprendre car bien trop basses. C'est alors que je vois Doc, penché, prendre soin d'une femme aux cheveux couleur miel, que j'identifie tout de suite comme la fameuse Mary Ellen grâce à sa tenue de ranch girl.

Ce qu'ils font n'a rien de déplacé, mais je me sens comme une intruse interrompant un moment intime. Il y a entre eux quelque chose de plus, j'en suis certaine. La façon dont il s'occupe d'elle et dont il la regarde ne trompe pas. Ils semblent tous les deux inconscients de ma présence et dans leur bulle. Je me demande si Rock me regarde de cette façon quand personne ne peut nous voir mais j'en doute.

Nous n'en sommes pas au même stade, loin de là. Je m'approche et lorsqu'il lui dégage gentiment une mèche de cheveux, j'aperçois le visage de Mary Ellen ainsi que le reste de ses vêtements et je ne peux m'empêcher de retenir un cri d'horreur et de stupeur. Ses habits sont déchirés et son visage saccagé. Je n'ose imaginer ce qu'ils ont dû lui faire subir d'autre, et ça me remet illico les idées en place, aussi efficacement qu'une gifle ou un bain glacé.

Je ne suis qu'une ingrate!

Je remercie en silence Rock de l'avoir vengée et je regrette même que ces connards n'aient pas plus souffert avant de mourir. Je réalise que j'aurais pu finir par ressembler à ça, voire bien pire, sans l'intervention de mon Terminator, et j'ai un élan de gratitude teinté d'une autre sensation inconnue pour lui. La petite fille apeurée commence alors à laisser place à une jeune femme forte et je m'en veux de ma réaction puérile d'il y a quelques heures. Je sais que je suis dure avec moi-même, j'ai des circonstances atténuantes, mais quand même.

Il faut absolument que je le retrouve pour m'excuser. Peut-être devrais-je commencer par un e-mail pour lui expliquer ce que j'ai du mal à dire de vive voix. Je suis certaine qu'il se montrerait compréhensif.

Mon cri a surpris les deux tourtereaux et le Doc s'avance vers moi après avoir fermé un petit rideau pour donner à Mary l'intimité qu'elle mérite. Il est évident que je serai discrète sur tout ce que j'ai pu entrevoir ici, je le dois bien au Doc, lui-même aussi muet qu'une tombe au sujet de Rock et moi. Sans un mot mais avec un échange de regards qui dit tout, il m'emmène vers un autre espace d'auscultation pour me faire scanners et radios de la tête et des cervicales. Lorsqu'il termine, je me permets de lui proposer :

– Si vous acceptez, Doc, je peux apporter des vêtements propres à Mary pour quelques jours. Et n'hésitez pas à me donner les siens pour que je les lui lave.

– C'est très gentil à vous, je vais aller lui demander. Attendez là un instant.

Il part cinq minutes puis revient.

– Elle accepte volontiers et vous en est très reconnaissante. Elle pourra mieux vous remercier une fois remise.

– Je n'attends rien en retour, cela me fait plaisir. J'aurais pu être à sa place sans Rock.

– Il tient beaucoup à vous.

– Je n'en sais rien…

– Je le connais depuis qu'il est enfant, vous pouvez me croire.

Ce qu'il me dit renforce mon désir de me livrer à Rock, et il me tarde de rentrer pour lui écrire.

– Par hasard, auriez-vous son adresse e-mail?

– Oui bien sûr. Mais ce que vous souhaitez réellement savoir, c'est si j'accepte de vous la donner?

– Euh oui… c'est ça.

Il se retourne pour griffonner quelque chose et me tend un Post-it en souriant. Autre chose me vient subitement à l'esprit.

– Merci, Doc. Oh! et qui va s'occuper des animaux de Mary? Si besoin, je peux aussi le faire, je n'y connais rien mais j'apprends vite!

Il se met à rire, ce à quoi je n'avais encore jamais assisté.

– Vous êtes adorable mais ça ira, le Clan s'en occupe déjà. Bill et Bounce sont sur le coup.

Je ne peux m'empêcher d'avoir un flash et d'imaginer les deux hommes nus dans la paille, en train de faire tout sauf nourrir les animaux de Mary… Je ne doute pas qu'ils vont accomplir leur travail de ranchers correctement.

Ironie!

Le Doc interrompt mes pensées peu orthodoxes :

– Vous êtes tout ce qu'il lui faut. J'espère qu'il en a conscience et vous aussi.

Je rougis sous l'importance du compliment.

– Moi, vous ne me connaissez pas depuis l'enfance, Doc. Cette fois, je ne peux pas vous croire sur parole.

– Alors le temps nous le dira.

Le sentant dans un moment de confidence, je tente ma chance.

– D'ailleurs, j'ai besoin de le voir urgemment, pouvez-vous m'indiquer comment me rendre chez lui? Je ne me souviens plus du chemin qu'il m'a indiqué.

Il me surprend de nouveau en explosant de rire.

– Bien tenté, mais non, je ne peux pas vous dire comment aller chez lui. Désolé.

Et il semble vraiment l'être. En revanche, moi, je suis déçue, et cela doit se voir sur mon visage.

– Je ne comprends pas toutes ces cachotteries, c'est ridicule. Et de toute façon, il me suffira de le suivre, vous savez.

– Essayez donc alors.

Il paraît confiant dans le fait que je vais échouer. À vrai dire, j'ai déjà tenté sans succès, de même pour leur précieux Q.G. Je suis restée attentive mais impossible d'identifier un lieu où le clan se réunit, qui en principe ne devrait pas passer inaperçu. J'ai parfois l'impression stupide que Rock s'évapore comme par magie. J'ai dû voir trop de films et lire trop de livres. Je décide donc de partir, je n'ai rien de plus à faire ici. Le Doc me raccompagne jusqu'à la porte et je me retourne vers lui :

– J'ai déjà essayé de le filer mais il a l'air de disparaître comme par magie, alors soyez serein, vos secrets sont bien gardés.

– Oh, mais je le suis ! Je serais juste malheureux s'il vous arrivait quelque chose parce que vous en auriez trop su. Rock veut juste vous protéger et moi aussi.

– Si vous le dites…

Je mets dans mon ton toute ma déception et prends un air de bébé chat sous la douche. Je crois que cela va fonctionner mais il ne me jette qu'un regard coupable et désolé sans rien dire de plus. J'enfourche, résignée, mon vélo, quand il ajoute, peu sûr de lui :

– Le Clan s'est inspiré de votre belle capitale.

Et sur cette énigme, il ferme la porte et je me retrouve seule au milieu de nulle part.

– OK, Dumbledore, merci pour l'indice loufoque…

Cependant, sa phrase ne me quitte plus, je me perds dans des réflexions afin de comprendre ce qu'il voulait sous-entendre. Je hurle de terreur quand une grande main s'abat vivement sur mon épaule. Je me retourne pour frapper mon assaillant. Je suis sur les nerfs depuis mes mésaventures de la nuit. Eddy esquive de justesse mon coup de poing, et moi une très probable seconde fracture.

– Eddy, bordel ! Ne me refais jamais ça, sérieux. C'est une spécialité chez vous de me prendre par surprise.

Avant que j'aie le temps d'ajouter un mot, je me retrouve serrée contre son torse à dix centimètres du sol :

– Rock m'a raconté ce qui vous est arrivé ce matin. Comment vas-tu ?

– Je vais bien, Eddy, mais tu m'étouffes. Et si *Crazy Rhonda* nous surprend, on est morts, mec. Morts et enterrés…

– C'est juste un câlin entre amis et personne ne nous voit.

– Ça, c'est ce que tu crois, et ta femme n'est pas raisonnable… Les relations amicales entre un homme et une femme ne sont pas envisageables selon elle. Il t'a dit quoi, Rock, au sujet de l'incident ?

Incident… Euphémisme…

– Juste que les Black Edge vous ont attaqués sur votre retour du lac. Que tu avais été brave et courageuse et que tu lui avais permis d'attendre le bon moment pour intervenir. Je savais que tu étais une dure à cuire.

Je suis fier de toi, mon petit scarabée[10].

Il me caresse la tête d'un geste affectueux. Eddy fait référence aux cours d'autodéfense que Max et lui me dispensent entre midi et deux depuis quelques semaines et dont je n'ai pas encore parlé à Rock. Je ne sais pas trop pourquoi d'ailleurs.

– Je n'ai pas su mettre en application vos cours et vos conseils. Je suis votre pire élève. Ça ne sert à rien, je serai toujours une proie facile, lui réponds-je, honteuse.

– Non, ne dis pas ça. Tu as su rester calme, ce qui a permis à Rock d'intervenir, c'est déjà quatre-vingts pour cent du job. Je devine qu'il y a eu plus que ce qu'il a bien voulu me dire, vu l'état de fureur dans lequel il était quand il me briefait. Surtout pour qu'il finisse par achever ces deux salauds à mains nues. Ils t'ont fait quelque chose ?

– Non, heureusement, mais ils ont failli, Eddy.

Je frissonne en repensant à ça et Eddy me reprend dans ses bras. Le visage abîmé de Mary Ellen s'impose devant mes yeux.

– Rock ne les aurait pas laissés faire. Jamais il ne les aurait laissés toucher sa « Princesse ».

– Je sais, Eddy, c'est pour ça que je ne suis pas devenue folle. Et ne dis pas « Princesse » comme ça. Ça fait ultra-cliché et gnangnan. D'ailleurs, comment tu sais qu'il m'appelle ainsi ?

– Je te le dirai si tu es sage. Bon, plus sérieusement, je suis là si tu veux en parler. Après tout, je suis ton garde du corps, non ?

– Ta femme le sait-elle ?

– Pas vraiment, on lui a juste dit que tu devais travailler avec nous pour le Clan sur une mission pour qu'elle ne soit pas surprise de nous voir ensemble, au cas où.

– OK, je comprends.

– Oh, mais il m'a quand même avoué que vous aviez été au resto et que vous avez fini la soirée au lac.

Il me jette un sourire complice.

– Et ?

Je panique, je ne sais pas jusqu'où les garçons se racontent des trucs.

11. Référence à *Kung Fu,* la série populaire des années 1980 où le moine shaolin surnomme ainsi son jeune élève en formation.

Je sais que les filles peuvent aller très loin.

Beaucoup trop loin.

– T'inquiète, Rock ne partage jamais les détails, et te concernant il est encore plus secret que d'habitude, mais il a besoin de parler, quoi qu'il dise. Je sais qu'il marche en terre inconnue et glane des conseils, l'air de rien. C'est une première pour lui.

– Pour moi aussi, Eddy.

– Je sais.

J'ai un peu discuté de ma vie avec Eddy et Vince, des choses que je n'ai jamais eu l'occasion de faire car, sous leurs airs de gros durs, ils savent vous écouter et vous faire parler comme une vraie pipelette.

– Du coup, comment ça se passe cette histoire de garde du corps ? Tu vas me coller aux basques en permanence ?

– Non, la majorité du temps, tu oublieras que je suis là. Agis juste comme d'habitude, OK ?

Je hoche la tête et me défais de son emprise. Il faut que je rentre chez moi prendre une bonne douche, écrire mon fameux e-mail à cœur ouvert et résoudre l'énigme du Doc.

Tout un programme !

– Je dois y aller, Eddy, à plus.

– À plus. Je te suis à moto jusque chez toi.

Arrivée dans ma studette en un seul morceau, je file me doucher, enfile une tenue légère et me branche sur mon ordinateur.

Je commence par faire des recherches sur Paris et ses moyens de transport. Je me demande en quoi cela a pu inspirer le Clan pour se déplacer incognito. Il y a des bus dans le monde entier, le métro a d'abord circulé à Londres. Bref, il n'y a rien de spécifique à Paris sur ce volet-là et après une heure de recherche, je jette l'éponge.

En naviguant sur mon PC, je tombe sur le dossier concernant Moïra. Cela fait plusieurs jours que je n'ose plus l'ouvrir. C'est de plus en plus dur et je suis tentée de laisser ma vie ici prendre le dessus. Elle est en paix là où elle est, c'est plutôt moi qui ai un souci pour avancer. J'ai effectué des recherches à la mairie annexe du comté et je n'ai trouvé aucune Moïra O'Brien vivante ou décédée depuis la création de ces fichus registres. Une grosse partie des archives a été informatisée l'année dernière, ce qui a réduit mon temps de recherche à seulement deux après-midi.

Mon unique espoir désormais est la communauté d'Irlandais de Newton City, grâce au réseau du Clan, et si rien n'émerge, cela revient à chercher une aiguille dans une botte de foin. Je pourrais lancer un appel sur le Net comme une bouteille à la mer, mais je ne pourrais guère faire plus avec mes petits moyens et je risque d'alerter ceux que j'ai fuis en France. Moïra n'était sur aucun réseau social, elle les détestait, tout comme elle aimait rarement se faire prendre en photo en dehors du travail. Mais je dois bien en posséder au moins une exploitable pour Rock.

Je tape tout de même son nom et son prénom dans Google avec appréhension, mais rien que je ne connaisse déjà n'apparaît. Et à chaque fois, j'ai ce même pincement de douleur au cœur, teinté de déception. Les quelques articles de presse parus à l'époque sur son assassinat ressurgissent et m'écharpent au passage. J'ai beau essayer de m'y préparer mentalement, c'est toujours aussi dévastateur émotionnellement. Les mots ne sont pas assez forts pour exprimer ce que je ressens, ils sonnent creux là où je me sens remplie de remords.

Mon souffle se fait court et je lutte contre les souvenirs qui tentent de refaire surface eux aussi. Je lis en diagonale les titres racoleurs et macabres des vieux entrefilets, à la recherche d'éléments nouveaux, sans succès. La mort de Moïra, jeune inconnue américaine et gogo danseuse, massacrée dans sa chambre, n'avait suscité aucun intérêt, ni de la part de la presse, ni de la part de la police. Les articles en question n'étaient en réalité que quelques lignes dans les rubriques de faits divers des journaux, mais cela suffit pour me ramener six mois en arrière, dans sa chambre, au pied de son lit gorgé de sang.

Malgré le chagrin et la peine qui m'accompagnent chaque jour depuis, je souhaiterais avancer et oser faire confiance à ceux qui m'ont prouvé que je le pouvais.

En risquant leur vie pour moi, par exemple…

Je me sens alors inspirée et confiante pour écrire mon histoire dans sa totalité à Rock et lui faire cette ultime confidence. J'ouvre un nouveau message vierge sur ma messagerie électronique et je commence à taper. Je suis sereine et les mots coulent de source :

Mon cher Rockus Brutus troisième du nom,
Je vous ai dit un jour que cela ne servait à rien de se renfermer sur soi-même lorsqu'on était blessé, mais malheureusement c'est exactement ce que j'ai

fait ce matin : « Faites ce je dis, pas ce que je fais. » J'en suis sincèrement désolée. (L'humour m'aide à me donner courage de t'écrire ce que je n'arriverais pas à te dire en face.)

J'ai eu peur ce matin, peur qu'ils te blessent, qu'ils me blessent ou bien pire encore. La trouille de ma vie. J'ai essayé d'être forte, aussi forte et guerrière que tu sembles me voir. Cela m'a fait revivre des émotions et des souvenirs que je prends soin de dissimuler chaque jour et que je n'étais pas prête à affronter sur une route perdue du Colorado à quatre heures du matin. Je ne suis pas prête non plus à affronter de nouveau les regards compatissants et désolés des gens lorsqu'ils apprendront que j'étais avec toi, ce matin-là.

J'en ai assez reçu tout au long de ma vie et je veux que ça cesse. Alors, pardonne-moi si je t'ai blessé, Rocky. Je serais ravie de m'afficher fièrement avec toi, laisse-moi juste le temps de digérer ce nouvel épisode de ma vie à ma façon. Je pense aussi que de manière irrationnelle, je t'en ai voulu. Tu m'avais promis de me protéger et il m'a fallu plusieurs heures pour réaliser que oui, tu m'avais bel et bien sauvée et que tu avais même tué pour ça. J'ai d'ailleurs encore du mal à accepter que tu aies souillé ton âme ainsi pour moi.

Je culpabilise et j'ai peur des conséquences et des représailles pour toi et pour le Clan. J'ai vu l'état dans lequel ils ont laissé Mary Ellen et je sais que j'aurais pu finir comme elle si tu n'avais pas agi. Que va-t-il se passer maintenant?

En attendant, je crois que je suis prête à te raconter l'histoire d'une petite fille un peu ballottée par la vie sur son radeau de survie, mais qui pense avoir enfin trouvé son port d'attache, et ce un peu grâce à toi et aux garçons du Clan.

Comme tu le sais déjà, tout commence à ses 10 ans lorsque, suite à un caprice puéril, ses parents meurent dans un accident de voiture. Alors la petite fille capricieuse se retrouve punie, avec pour seul baluchon : sa culpabilité (ouais, c'est un peu ma peine quotidienne, tu l'auras compris). Sans protection, elle est livrée à elle-même et jetée en pâture au monde des adultes. Elle commence à voguer de famille d'accueil en famille d'accueil sans véritable escale ; certaines familles sont gentilles, beaucoup sont indifférentes.

Une fut exceptionnellement très attentionnée à son égard. Trop attentionnée, tout particulièrement le père de famille. Au début, la petite fille est heureuse de toute cette attention, le nouveau papa est gentil, il joue avec elle, lui fait des câlins. Mais rapidement ces câlins ne plaisent plus à l'adolescente qu'elle est en train de devenir. Elle n'est plus à l'aise avec le papa, elle sait qu'on n'est pas censé faire ce genre de câlins à un papa. Elle décide de lui dire non, mais il tente de la convaincre. Pour en avoir le cœur net, elle en parle à ses amies et à sa maman d'adoption.

Elles doivent forcément savoir. Font-ils la même chose? Mais les gens s'insurgent, on la traite alors de menteuse, on lui dit qu'elle veut attirer l'attention, que c'est une pathologie fréquente chez les orphelins : ils cherchent à exister désespérément et par tous les moyens possibles, conclut son psychologue.

La vie reprend, et tout le monde fait comme si rien n'avait été dit. Le papa renonce un temps aux câlins mais il a trouvé une nouvelle activité : des séances photos. D'abord elle doit poser habillée, puis en maillot, et finalement nue. Comme il est médecin, son nouveau papa lui dit que c'est pour l'aider à soigner des jeunes filles comme elle, mais qui n'ont pas eu la chance d'être nées en aussi bonne santé et aussi belles qu'elle. Alors finalement, elle accepte, même si elle trouve ça humiliant. Il lui répète qu'elle est belle, qu'il l'aime, qu'elle est tout pour lui.

Et cette jeune fille en quête d'amour est finalement prête à presque tout pour être aimée de nouveau. Aujourd'hui encore, elle a honte d'avoir été si naïve. Les câlins reprennent…

Tout s'arrête quand, un jour, ils sont surpris par la femme de ménage, repassée à l'improviste chercher le manteau qu'elle avait oublié. Mamita a toujours été gentille avec la jeune fille, et pour la sauver elle va tout raconter à la police. Mais cela déclenche à nouveau le chaos dans la vie de sa petite protégée. Les enquêtes, les questions, l'isolement, les témoignages, les procès…

Elle se sent montrée du doigt, salie et trahie. Elle en vient même à en vouloir à Mamita, sa seule alliée. Les adultes sont indignes de sa confiance ; à cause d'eux, elle a fait des choses interdites et elle a honte. Le papa et la maman lui disent qu'ils la détestent et qu'elle a gâché leur vie alors qu'ils lui avaient tout donné, un toit, une famille, de l'amour. On découvre que la jeune fille n'était pas la seule à avoir été humiliée. Des milliers de photos sont retrouvées et effacées de la Toile par les policiers. Heureusement, Internet n'était pas encore comme aujourd'hui et leurs identités ont pu être protégées. Elle peut commencer à oublier.

L'État prend pitié d'elle et redouble sa protection. Son statut de pupille et ses bonnes notes lui permettent d'entrer dans de bonnes écoles. Sans amis, elle s'oublie dans les études jusqu'à l'âge adulte. Sa seule fantaisie est de dessiner des bijoux dans ses petits carnets à ses heures perdues. La toute jeune femme qu'elle est devenue veut alors gagner de l'argent pour obtenir enfin l'indépendance et le pouvoir qu'elle désire tant. Elle remise au placard ses rêves d'orfèvre et réussit avec brio tout ce qu'elle entreprend.

Mais elle n'est toujours pas heureuse. Elle n'a toujours pas d'amis. Les gens pour qui elle travaille lui semblent vides et sans intérêt. Après tant d'années, elle ne sait toujours pas ce qu'elle veut, ni surtout qui elle est.

Alors un soir, au plus bas et tellement seule, elle décide dans un moment de faiblesse d'en finir. Elle va à la supérette la plus proche et achète des lames de rasoir. Elle a vu comment faire dans les films, elle sait qu'elle peut réussir du premier coup, comme tout ce qu'elle a entrepris par le passé. Là, enfin, elle sera en paix. Plus de bruits, plus de douleur, plus de solitude ni de déception.

Dans la jolie baignoire de son bel appartement, elle tente de mettre fin à ses jours. C'est alors qu'elle se souvient que son père s'est battu pour qu'elle puisse vivre, qu'il a troqué sa vie contre la sienne. La honte de le trahir lui donne l'énergie et la force d'aller à l'hôpital le plus proche se faire soigner, panser le mal qui ronge son cœur, même si cela signifie avouer qu'elle a échoué à être forte. Seulement, le destin ne semble pas d'accord et place sur sa route cette nuit-là un homme ivre et violent, perdu dans les rues de Paris. Il est plus grand et plus fort qu'elle et la maîtrise facilement. Tout est un éternel recommencement : être à jamais une victime et faible.

Tandis qu'elle se résigne à mourir dans cette rue sombre, quelqu'un lui envoie un ange gardien après toutes ces années d'enfer. C'est une femme, elle est belle, grande, et avec des cheveux couleur de feu. Elle se bat comme un homme et en trois mouvements, l'agresseur est à terre, suppliant pour sa vie. Elle s'appelle Moïra O'Brien, elle est américaine et c'est une force de la nature. La jeune femme blessée la repousse, mais Moïra ne veut rien entendre. Elle lui porte secours et l'aide de jour en jour à aller mieux. Elles deviennent amies, font les quatre cents coups et rattrapent le temps qu'elles ont toutes les deux perdu. Moïra est secrète et ne veut pas parler de sa vie avant la France, aux États-Unis.

Cela arrange la jeune femme qui, elle aussi, ne veut pas parler de son passé. Ensemble, elles se créent pour un temps un présent heureux et sans souffrance. Mais Moïra n'a pas un travail normal, elle danse pour le plaisir des hommes. Au début, ils ne font que regarder, mais la jeune femme finit par découvrir que la

situation dégénère pour Mo. En effet, son amie a été engloutie par le monde de la nuit, elle a perdu pied. La jeune femme n'a rien vu venir.
Nous nous sommes violemment disputées ce soir-là, comme jamais. Et alors que j'aurais dû aider mon amie si précieuse comme elle m'avait aidée, il y a quelques années, je lui ai crié dessus. Je lui ai dit que j'étais terriblement déçue d'elle, que j'avais honte et que je me demandais comment on avait pu être un jour si proches. Ce que j'ai fait et dit ce jour-là, jamais je ne pourrai me le pardonner. C'est encore pire que la mort de mes parents. Je n'avais plus l'excuse d'être une enfant. Le lendemain, pleine de remords, je suis allée chez elle pour m'excuser mais c'était trop tard, j'ai retrouvé Moïra morte dans son appartement.
Ce que j'ai découvert par la suite, c'est qu'elle travaillait indirectement pour le réseau d'une mafia russe. Elle a aidé plusieurs filles à leur échapper, et lorsqu'ils ont découvert qu'elle leur faisait perdre certaines de leurs meilleures recrues, ils se sont vengés et l'ont sauvagement assassinée. Elle ne m'avait rien dit, et je m'étais plantée sur son compte. Pas de réconciliation possible pour nous. Nous nous sommes quittées fâchées à jamais… Je n'ai pas pu l'aider. Une fois de plus, mes mots ont eu des conséquences tragiques pour mon entourage. La suite, Brutus, tu la connais.
Voilà, maintenant, tu sais tout. Tu sais pourquoi j'ai pris peur. Ici, je veux juste être Olivia, pas une fille qui traîne un passé glauque et une tonne de culpabilité et de regrets. Je ne souhaite pas que les gens me regardent différemment ou continuent de me juger pour mes erreurs. Je veux écrire ma propre histoire avec si possible une fin heureuse, cette fois-ci. Certains trouveraient sûrement que je suis lâche d'avoir tout plaqué, que c'est trop facile et que je mérite les merdes qui m'arrivent, mais j'assume ce choix.
Fais bon usage de mes confidences, je te confie mon âme…
Bisous,
O.
P.-S. : Par contre, rends-moi mon téléphone, il m'est encore plus précieux !

Je termine de taper et je reste sans bouger plusieurs minutes à fixer l'écran de mon ordinateur. Le final est certes un peu romancé mais cela m'aide à prendre une certaine distance par rapport à tout ça, afin de réussir à le coucher sur papier.

J'ai enfin tout écrit, c'est là, noir sur blanc sous mes yeux. Je n'avais encore jamais raconté mon histoire dans sa globalité et d'une traite à quiconque, même pas à moi-même.

J'ai une vision découpée de ma vie par périodes, comme les grands chapitres d'un livre. Chacune a sa propre couleur et sa propre saveur, elles sont enfermées dans un tiroir à double tour que j'ouvre précautionneusement quand j'ai besoin d'un souvenir. Parfois, j'imagine mon esprit comme une grande bibliothèque avec ses rayonnages, où les choses sont parfaitement classées et ordonnées. Cela me permet de ne pas sombrer.

Mais voilà, j'ai le sentiment qu'il était temps de tout mettre bout à bout, de me livrer. J'ai eu envie de le dire à Rock, sans pression. Peu importe ce qui se passera entre nous par la suite. Je souhaite juste qu'il le garde pour lui et traite ma confession avec respect, rien de plus. Je rentre son adresse électronique après coup pour éviter d'envoyer par erreur un message incomplet. J'hésite encore quelques secondes puis clique sur « envoyer ». J'ai préalablement coché l'accusé de lecture pour savoir quand il le lira et guetter sa réponse.

Je me sens sereine, délestée d'un poids immense. Cela me permet d'oublier un temps ce qui s'est passé sur cette route avec les deux Black Edge.

Je réglerai ça plus tard, chaque chose en son temps.

Je décide que si je ne peux pas encore servir au CSB, j'ai tout de même le droit d'aller consommer et de profiter de la soirée pour me changer les idées. J'ai discuté avec Max, il peut me reprendre dans deux semaines en tant que serveuse, et il a accepté de me former aussi au bar. Je me prépare sobrement pour sortir et je mets dans un sac à dos des vêtements pour Mary que je compte lui déposer sur le chemin.

Il est vingt heures trente quand je me présente devant Max. Mon enthousiasme est un peu retombé, j'ai eu le sentiment d'être suivie et observée pendant tout mon trajet. Je suppose qu'Eddy n'est pas aussi discret qu'il prétend l'être, tout compte fait.

– Coucou, Blondinet !

Il se retourne, surpris, et l'air ahuri :

– Qu'est-ce que tu fais là ? Tu sais que je ne peux pas encore te reprendre, on en a déjà discuté, Olivia. Je suis désolé.

– Sympa l'accueil… Je ne viens pas pour ça, non. J'avais juste envie de sortir boire un verre pour trinquer avec moi-même à ma nouvelle vie. Et comme j'ai pléthore de choix de bars dans le coin, j'ai choisi le tien. C'est interdit ? lui réponds-je avec sarcasme.

– Non, au contraire. Installe-toi. Qu'est-ce que je te sers, miss ?

Il sourit enfin et semble vraiment heureux que je sois là.

– Un daïquiri à la fraise, s'il te plaît, Max.

– Je vais demander à Jenna, c'est elle la spécialiste de ce genre de boissons.

Max passe donc ma commande à Jenna et se remet à préparer celles des autres personnes accoudées au comptoir. Je me retourne pour observer la clientèle de ce soir. Les danseuses ne sont pas encore sur leur plot, l'ambiance tamisée et ouvertement sexuelle ne débute en général que bien plus tard. D'ailleurs, les membres du Clan ne sont pas encore là. Il s'agit surtout d'habitants de la ville, que je commence petit à petit à reconnaître, et d'autres personnes que je suppose de passage, des voyageurs égarés.

Près de l'entrée, je repère la tignasse blonde de ma collègue Susie avec qui je rigole pendant mes journées auprès des enfants. C'est quelqu'un de naturellement joyeux et passionné. Elle sirote ce qui semble être un mojito et parle à une femme en face d'elle, aux cheveux roux tirés dans une haute queue-de-cheval stricte. Je reconnaîtrais ce profil entre mille, elle est la version peu féminine de son frère Bill…

Chiotte ! Crazy Rhonda.

Les deux femmes se retournent ensemble, se sentant observées. Le visage de Susie s'éclaire quand elle me reconnaît et elle me fait de grands gestes du bras pour que je les rejoigne, ce que j'accepte volontiers en attrapant au vol ma boisson, enfin prête. Je saute de mon tabouret de bar et j'atterris sans grâce sur mes jolies compensées.

– À plus, Max !

À mesure que je m'approche, je vois Rhonda déchanter. Elle ne prend pas la peine de cacher son profond dégoût à mon égard.

Cette famille a véritablement un souci avec moi…

Et encore, je n'ai pas rencontré la grand-mère. Pour couronner le tout, Susie s'exclame :

– Waouh, Liv, tu es divine ! Est-ce pour Max que tu t'es habillée comme ça ?

D'habitude, j'aurais été gênée et j'aurais grommelé une réponse inaudible dans ma barbe. Mais là, nous sommes en présence de Rhonda-Cruella, et je ne peux pas passer à côté de cette occasion en or servie sur un plateau d'argent avec plein de petits diamants autour.

Ouais, bling-bling à fond !

D'autant plus que Susie exagère. Plusieurs personnes ont même tourné la tête en entendant son cri du cœur.

– Oh, tu trouves, Susie? Pourtant je n'ai pas fait grand-chose. J'ai enfilé les premiers habits qui me tombaient sous la main avant de partir sur un coup de tête, mais merci quand même. Non, ce n'est pas pour Max, mais pour quelqu'un d'autre...

Je lui fais un clin d'œil et pirouette sur moi-même avant d'ajouter :

– J'ai hâte de voir les garçons, je dois discuter boulot avec eux A.B.S.O.L.U.M.E.N.T. D'ailleurs, Rhonda, tu n'aurais pas vu Eddy?

Je minaude tellement que je m'énerve moi-même, je me mettrais même des baffes. J'ai peur que Susie se demande qui est cette personne arrogante devant elle. Mais non, son sourire s'agrandit et elle me rend mon clin d'œil. La voix suraiguë de Rhonda claque alors dans l'air :

– Non, je ne sais pas où est mon mari. À ce que j'ai compris, tu devrais le savoir mieux que moi puisque tu travailles désormais étroitement avec lui. D'ailleurs, vous travaillez sur quoi?

Elle insiste sur le mot *étroitement* de façon mauvaise et je souris de toutes mes dents, comme le Chat du Cheshire :

– Oh, tu sais, les affaires du Clan sont délicates, il faut que je demande à Rock si j'ai le droit de t'en parler. Vraiment désolée, Rhonda...

Ou pas.

Elle me surprend alors en se levant brusquement et en attrapant son sac à main de façon hargneuse.

– Oui, merci, je connais le topo. Bon, j'y vais, je dois coucher mes filles, ma mère s'impatiente. À la prochaine, Susan.

Et sans plus de cérémonie, elle nous plante là et quitte le bar de façon théâtrale, ce qui me vaut un regard curieux du patron. J'en profite pour prendre sa place. Je me suis un peu vengée de Bill à travers elle et ça me fait beaucoup de bien.

– Eh bien! Elle ne te porte pas dans son cœur, dis donc, me dit Susie. Et c'est un doux euphémisme.

– Oh, ce n'est rien comparé à son frère, rassure-toi...

– Je n'en suis pas si sûre. Avant que tu n'arrives, elle me rebattait les oreilles avec toi et Eddy.

– Désolée. Pourtant, je te jure que nous sommes juste amis.

– Le contraire ne m'a même pas effleuré l'esprit. Et j'espère que tu as compris que je surjouais un peu tout à l'heure, bien que tu sois très jolie. J'ai un tantinet forcé sur l'exclamation.

– C'est bien ce qu'il me semblait. Tu es encore plus machiavélique que moi !

– Arrête, je t'aurais décerné un Oscar ! Tu sais vachement bien jouer la pimbêche.

– Des années de pratique, que veux-tu.

Nous explosons de rire toutes les deux. Je sens que je vais passer une bonne soirée. Notre conversation divague au fil de l'eau à tel point que je ne vois plus le temps passer, jusqu'à ce que Susie, placée face à la porte d'entrée, s'arrête de parler brusquement en regardant par-dessus mon épaule. Je me retourne, intriguée, et je vois Rock et sa bande franchir le pas de la porte. Mon cœur a un loupé et, pour une raison que j'ignore, je me mets à transpirer et à trembler comme une feuille.

OK, on se calme, tu as vu cet homme tout nu.

Pas sûr que cette pensée m'aide à me reprendre. Au contraire, j'ai maintenant des bouffées de chaleur et j'hyperventile en repensant à cette première fois. Je reviens à mon verre comme si de rien n'était mais Susie se penche vers moi, tout excitée :

– Oh, mon Dieu ! C'est pour Rock Christensen que tu t'es faite toute belle !

– Non, c'est faux !

– Menteuse ! Faut que je prévienne mon frère qu'il perd son temps avec toi.

Je bloque : trop d'informations cruciales simultanément. Je rembobine :

– Attends, Rock s'appelle Rock Christensen ?

– Oui, tu ne savais pas ?

Je secoue la tête bêtement. En soi, il n'y a rien d'extraordinaire à apprendre le nom de quelqu'un, mais cela donne une nouvelle dimension à Rock et je trouve que son nom lui va à merveille. Puis je suis frappée par sa deuxième révélation.

– Ton frère ! Qui est ton frère, Susie ?

– Bah, Max, voyons, j'étais persuadée que tu le savais.

Je secoue de nouveau la tête, coite. Max Summerland, ça aussi ça sonne super bien.

Et Max qui ne m'a rien dit !

Je me demande encore combien d'informations de la sorte j'ignore.

– Tiens, c'est étrange, je jurerais que tu plais grave à Rock. Il vient juste de se rincer l'œil en passant devant nous sur ton joli chemisier blanc. Mais en même temps, je l'ai aussi vu te jeter le regard qu'il réserve à ses ennemis. Tu lui as fait quelque chose?

– C'est compliqué, mais pitié, ne dit rien à personne, même pas à Max. Je te promets de tout te raconter bientôt. Ça se voit tant que ça que je suis…

– Accro? Non, c'est juste que nous, les nanas, nous avons un sixième sens pour ces choses-là.

Je jette un coup d'œil à Rock qui s'installe à sa table habituelle avec ses frères. Eddy me lance un regard amical et un salut de la main. Rock relève la tête d'un coup et m'épingle du regard. J'ai une impression de déjà-vu, sauf que cette fois-ci, je sais ce que signifie ce regard torride. Susie vient briser ma bulle :

– OK, je fonds comme neige au soleil à vous regarder. Il s'est passé des trucs entre vous, tu vas devoir tout me raconter.

– Promis.

– Bon, faut que j'y aille, tu rentres avec moi?

Alors que je vais lui répondre par l'affirmative et que nous nous redressons, ramassant nos sacs à main, la voix de Vince me parvient et nous stoppe toutes les deux dans notre élan.

– Hey, Liv, tu te joins à nous?

Un silence assourdissant s'abat dans le bar et je peux sentir peser sur ma petite personne le regard de chaque personne présente. Susie me souffle au creux de l'oreille :

– Ah oui quand même. Bon courage…

Elle m'embrasse sur la joue, me presse l'épaule et me laisse là. Je sens que Rock, Bill et Loris sont surpris de cette initiative, mais Eddy, Vince et Bounce sont souriants et avenants, alors je prends mon courage à deux mains et je m'avance vers eux.

– J'arrive, je vais me chercher un nouveau cocktail.

J'ai besoin d'alcool!

– Je t'accompagne, me dit Eddy.

Max n'est pas disponible et c'est Jenna qui prépare à nouveau ma boisson, ainsi qu'un plateau de bières pour les garçons, qu'Eddy porte comme s'il ne pesait pas plus qu'une plume. Quand je me retourne et que j'observe la table vers laquelle nous nous dirigeons, je réalise que je l'ai fait. Je me suis ouverte aux gens et je suis en passe d'avoir des amis : Vince, le Doc, Bounce, Susie, Eddy et même Rock, et j'ai un élan d'émotions diverses à leur encontre.

Ils me laissent, eux aussi, entrer dans leur cercle, chacun à son rythme, et je dois apprendre à être patiente. Je comprends aussi que si je me fais des amis, ce n'est pas le cas avec tous, et qu'on ne peut pas apprécier tout le monde ni non plus *être apprécié* de tout le monde. Mon stress s'envole et j'ai même hâte de m'asseoir avec eux et de discuter.

Eddy me laisse passer devant et je me retrouve assise entre Bounce et lui. Bill, Loris et Vince nous font face et je sens la présence de Rock sur ma droite. Pas décontenancée et bien décidée à profiter du moment présent, je les salue tous et termine par Rock en lui souriant de toutes mes dents. Il paraît un peu étonné mais il finit par me rendre un sourire timide et hoche la tête en guise de bonjour.

– Rien que pour ça, Liv, tu devrais être avec nous tous les soirs, me dit Vince, ou alors canonisée.

– De quoi tu parles? lui répond Bill, agacé.

– La petite boxeuse est la seule à redonner le sourire à l'autre ours mal léché qui nous sert de meneur, et ça, c'est cool, on a besoin de bonne humeur par les temps qui courent.

Sur ce, il lève son verre et un à un, nous trinquons au rétablissement de Mary Ellen.

Petit à petit, chacun se remet à parler et je discute avec Eddy et Vince qui adorent raconter leurs enfances respectives. Nous rions et buvons tranquillement. Je suis même surprise quand Rock se joint à notre conversation. Évidemment, aucun ne parle du Clan en ma présence jusqu'à ce que Bill plombe l'ambiance. J'avais bien remarqué qu'il semblait mécontent de ma présence mais rien de nouveau sous le soleil.

Je l'ignore, il m'ignore, bref, on s'ignore. Je pensais que nous avions un accord tacite, mais apparemment pas.

– Pourquoi est-elle là, réellement?

– Bill… commence Vince, agacé, mais Eddy le coupe.

– Car nous sommes plus nombreux à l'apprécier qu'à la détester. D'ailleurs, tu es le seul dans ce cas. C'est quoi ton souci? C'est parce que c'est une nana?

– Non, je me fous que ce soit une gonzesse, mais je ne pense pas que ce soit judicieux de laisser une personne étrangère rôder si près du Clan.

– Mais pour qui tu me prends à la fin!

J'explose car je suis fatiguée d'en revenir toujours au même sujet : Bill me prenant pour une fouine malveillante.

Rock intervient en posant sa main sur la mienne qui tremble de rage sur la table, alors que Bounce s'est enfoncé dans la banquette, comme d'habitude. Il me murmure :

– Doucement, petit feu follet, je gère.

Et il reprend plus fort à l'intention de Bill :

– Nous devons laisser la chance aux gens extérieurs de faire leurs preuves si jamais ils souhaitaient intégrer le Clan. Tout comme nous te l'avons donnée, Bill, tu l'oublies vite. Mais surtout, ce serait bien d'avoir une femme parmi nous. Je sais que certaines de nos sœurs n'osent pas postuler à de plus hauts grades, qu'elles se brident car elles croient à tort qu'on veut rester entre hommes pour diriger. Liv a une formation dans la finance et dessine des bijoux, ça peut nous servir et montrer l'exemple aux autres femmes. Si elle le souhaite, bien sûr.

Les gars redressent la tête, surpris, et se jettent des regards entendus.

OK, j'ai loupé un passage?

Je n'avais pas prévu de révéler ma passion, mais pourquoi pas, ce n'est pas non plus un secret d'État. En plus, je ne crée plus rien en ce moment alors…

Mais mon cœur s'est emballé à ces paroles, car je réalise aussi que je pourrais faire partie du Clan si je le souhaitais, chose que je n'avais même pas envisagée. Le ton de Rock est ferme et son discours sans appel, je n'ai rien à ajouter. Je comprends en l'espace de quelques secondes pourquoi il en est à la tête.

Bounce, qui ne parle presque jamais s'il est le centre de l'attention, intervient pour détendre l'atmosphère.

– Et en plus, elle est cool et nous fait rire. Ça fait du bien de parler d'autre chose que du boulot. Tu devrais essayer, Bill, de temps en temps.

Le principal intéressé se renfrogne et ne répond pas, croisant seulement ses bras dodus au-dessus de son ventre plein de bière.

Échec et mat, connard.

Je souris, intérieurement satisfaite. Mais Eddy reprend d'un ton plus solennel :

– Désolé de briser l'ambiance mais j'ai trouvé ça sur le pas de ta porte, Olivia, en faisant mon tour de ronde dans le quartier. Je l'ai ramassée avant que tu ne la voies et paniques. Et tu as fait tomber ton téléphone sur le chemin.

Il pose sur la table mon portable et une lettre froissée. Je m'empresse de récupérer mon iPhone, non sans lancer un regard complice à Rock.

Bien joué, Brutus.

J'apprécie qu'il respecte mon souhait de discrétion. J'attrape plus prudemment le papier. Il n'y a qu'un seul mot écrit dessus :

Crève.

Au moins, ça a le mérite d'être clair et direct et je ne peux m'empêcher de pâlir, ce qui n'échappe pas à Rock qui me prend la feuille des mains. Tous les hommes se penchent dessus, y compris Bill qui m'étonne en paraissant aussi inquiet que les autres. Il joue bien l'innocence mais pour moi, il est le principal suspect, sans aucun doute. Lui ou sa tarée de sœur. Mais je décide de me taire sur le sujet pour le moment.

– Vous pensez qu'il s'agit des Black Edge? demande Vince.

– Qui d'autre? Ils ont décidé de s'en prendre à nos femmes. D'abord Johanna, puis Mary et maintenant Olivia, lui répond Loris.

– C'est pour ça, il vaut mieux qu'on ne la perde pas trop de vue. Je suis sa garde rapprochée, mais chacun doit être à l'affût. Dans deux semaines, ça ira mieux, une grosse partie de nos frères en volante seront ici. On pourra passer aux choses sérieuses et riposter une bonne fois pour toutes, conclut Eddy.

Je ne peux m'empêcher de poser une question qui me turlupine depuis un bon bout de temps :

– Moi, ce que je ne comprends pas, c'est comment Rock a pu finir aussi amoché, la fois dernière, alors que vous étiez une dizaine pour aller sauver cette femme, Johanna?

C'est Eddy qui me répond :

– Alors ça, c'est de sa faute. On espérait encore régler ça en douceur pour le bien de tout le monde et extraire Johanna sans heurt à l'époque. Mais quand on a réalisé que les Black Edge n'étaient pas dans cette optique du tout et en surnombre, Rock a décidé de faire diversion en se « sacrifiant ».

– Tu t'es laissé tabasser volontairement?

Je regarde Rock, effarée par cette révélation.

– Seulement un tout petit peu pour que les gars puissent délivrer Johanna rapidement. Les Black Edge n'ont jamais eu l'intention de la relâcher contre une rançon, ils cherchaient la bagarre. Et elle est enceinte. C'est une grossesse à risque à cause de sa santé fragile. Il était hors de question qu'elle soit ne serait-ce que bousculée. C'est moi qu'ils veulent depuis le début, alors je me suis offert…

– Ouais, mais tu n'as même pas cherché à réfléchir à une alternative, ou échafauder un vrai plan d'attaque ! Tu as réussi à t'échapper par miracle, grâce à la diversion de Max, ajoute Eddy. Heureusement que les Black Edge n'ont encore aucune organisation et courent dans tous les sens. Bref, je ne veux plus parler de ça, on va s'engueuler à nouveau.

– On n'avait pas le temps de la réflexion, Eddy. Johanna est enceinte. Johanna ! Je dois te faire un dessin sur ce que ça signifie pour elle ? Ça fait des années qu'ils essayent avec Mike.

Je secoue ma tête, dépitée. Je partage l'avis d'Eddy sur la question et je suis en colère contre lui, même si ce qu'il a fait pour cette femme est honorable.

– En général, sur un échiquier, Einstein, on sacrifie une pièce pour sauver le roi. Pas le contraire ! Lorsqu'on perd le roi, on perd la partie ! À quoi pensais-tu ?

– On n'arrête pas de lui poser la même question, me répond Vince, désabusé.

Suite à ça, la conversation se meurt et je fatigue. Je souhaite aller me coucher. La soirée a été riche en émotions.

– Bon, les gars, merci pour cette soirée sympa mais je rentre.

– OK, Eddy te ramène, affirme Rock sans l'ombre d'une contestation possible.

– Merci, à demain tout le monde.

Tous les gars me saluent, sauf Bill, et je sors avec Eddy sur les talons. Je regrette de ne pas avoir pu parler à Rock en tête à tête. Si la glace entre nous a un peu fondu, il y a toujours ce fossé invisible.

17

SORAYA

Rock

Je regarde Olivia et Eddy sortir tranquillement en rigolant et je suis perplexe. Elle semble apaisée et souriante, loin de celle que j'ai laissée chez elle, hier.

Je ne comprends plus rien mais je préfère la voir comme ça, même si ce doit être grâce à Eddy. Bounce, Vince et Loris décollent eux aussi dans la foulée et je me retrouve seul avec Bill à terminer nos bières tranquillement sans échanger un mot. Il mate deux danseuses sur notre droite et paraît perdu dans ses pensées, pendant que je gère le retour des frères depuis mon iPhone.

J'ai reçu une centaine d'e-mails et je suis très loin de les avoir tous lus, la semaine va être chargée. Le CSB est particulièrement bondé ce soir. Les gens sont arrivés tard mais en masse et j'ai dû déléguer la surveillance des allées et venues à un groupe de vétérans plus proches de l'entrée. La bière commence à avoir un effet indésirable sur ma vessie.

– Bill, je vais aux chiottes.

– OK.

Je laisse mon téléphone sur la table et me dirige vers le fond du bar où se trouvent les toilettes. J'enrage contre moi-même de ne pas avoir parlé davantage avec Olivia, ce soir. J'aurais voulu quelques minutes en tête à tête car elle semblait dans de meilleures dispositions, et nous aurions pu discuter tranquillement cette fois-ci de tout ce qui s'est passé hier.

Alors que je sors des W.-C., soulagé et avec l'envie d'aller me pieuter rapidement à présent, quelqu'un me percute de plein fouet. Je baisse les yeux et rencontre le visage d'une belle jeune femme à la peau et aux cheveux bruns que je connais malheureusement trop bien.

Et merde…

– Rock !

– Soraya…

– Où étais-tu passé ? J'ai dû descendre au CSB pour espérer te voir.

– Soraya, si ton père ou ton frère apprennent que tu as quitté la réserve pour venir ici, tu vas passer un sale quart d'heure, je te le garantis.

– Oh, ne t'y mets pas aussi, je suis une femme libre et je fais ce que je veux !

Je comprends à son manque d'équilibre et au débit haché de sa phrase qu'elle est complètement saoule.

Plus casse-burnes que Soraya : Soraya bourrée…

– Tu es venue avec qui et tu rentres comment ?

– Hey, on se calme, OK ? Je suis avec des amies et Naya qui conduit n'a pas bu.

– Dans ce cas, passe une bonne fin de soirée avec tes potes et laisse-moi passer, s'il te plaît.

J'essaye de me dégager gentiment mais fermement de sa prise. Elle m'a agrippé les deux avant-bras et s'est rapprochée de moi tout en me parlant. Elle a pénétré mon espace personnel sans y être invitée et je me fais violence pour rester aimable envers elle.

– Rocky chéri, pourquoi es-tu si froid et distant avec moi ? Tu m'as posé un lapin il y a plusieurs semaines, et depuis je n'ai plus de nouvelles. Je pensais que toi et moi, c'était reparti comme au bon vieux temps.

– Tu veux dire le temps merveilleux où tu m'as fait cocu avec mon meilleur pote ? Le temps merveilleux où tu m'as fait un gosse dans le dos par la même occasion ? lui réponds-je avec sarcasme.

– Tu m'en veux toujours pour ça ?

Soraya a été ma première vraie copine et j'ai été son premier. Notre histoire n'a pas duré, pour plusieurs raisons, diverses et variées, mais elle s'est surtout très mal terminée. Cela a joué un rôle majeur dans mon choix de ne plus jamais retomber amoureux, sentiment qui s'est confirmé par la suite, grâce à d'autres expériences mais surtout à cause de celles de mes amis. L'apothéose a été lorsque Loris, que je considère comme un père, a fini avec le VIH : cadeau de son ex-femme qui l'avait elle-même chopé auprès de son amant du moment.

À partir de ce jour, j'ai eu la confirmation que l'amour pouvait nuire gravement à votre santé, et même vous tuer. Loris est sous trithérapie et sa situation de santé est stable pour l'instant, le Clan le soutient. La médecine a fait de gros progrès sur le sujet ces dix dernières années. Certes, il n'a plus une montagne de cachets à prendre, mais il vit désormais avec cette saloperie de virus qui lui rappelle chaque jour sa connasse d'ex-femme.

Rien n'est plus jamais pareil après ça, aucun retour en arrière n'est possible pour lui.

Soraya, Max, Shawn et moi étions amis depuis notre plus tendre enfance. Tous les quatre complices comme les cinq doigts de la main à faire les quatre cents coups à travers la ville et la réserve. Dans la logique des choses, nous avons grandi, vieilli, et nos hormones sont entrées dans la danse, compliquant massivement nos interactions respectives. Notre amitié s'est achevée brutalement un soir de vacances d'été, quand j'ai surpris Soraya au lit avec Shawn. Pour couronner le tout, nous avons appris par la suite qu'elle était enceinte.

De lui… ou de moi, personne n'a jamais su, pas même elle. Son père, le chef de la réserve indienne, a tenté de nous forcer la main pour que l'un de nous deux l'épouse et évite à sa fille l'humiliation aux yeux des siens d'enfanter hors union. Elle nous avait juré à l'un comme à l'autre que nous étions le seul et qu'elle prenait la pilule. Ce que nous avons découvert par la suite, c'est qu'elle le faisait quand elle y pensait, c'est-à-dire une fois sur trois. Elle a fait une fausse couche au bout de deux mois et demi de grossesse pour une raison inconnue. Et même si cela peut paraître cruel, ce dénouement tragique a enlevé un poids énorme de la poitrine des deux adolescents que nous étions. Shawn était encore plus jeune que moi, il finissait à peine le collège.

Ni l'un ni l'autre n'étions prêts à devenir pères, et nous ne le sommes toujours pas aujourd'hui, d'ailleurs. Nous étions encore moins prêts à accepter un mariage arrangé avec la personne qui nous avait trompés et trahis. Nos parents s'étaient opposés au mariage, assurant que nous n'avions pas besoin de ça pour assumer nos responsabilités paternelles. Les relations entre nos deux communautés étaient devenues extrêmement tendues, jusqu'à ce que la perte du bébé arrange également les adultes, qui ont rapidement fait comme si rien ne s'était passé.

Il faut savoir que nos deux communautés travaillent ensemble, servent les mêmes intérêts et se protègent l'une et l'autre depuis la création des Evil's Heat par mon grand-père. Notre amitié avec Soraya ne s'en est jamais remise, et depuis, son père et son frère aîné la couvent, au point de l'étouffer complètement et de détruire sa vie personnelle. Elle avait toujours rêvé d'avoir une grande famille, mais la surveillance perpétuelle de ses proches l'en empêche et tue dans l'œuf toutes ses relations amoureuses. Je la soupçonne d'être tombée sciemment enceinte à l'époque et je suis étonné qu'elle n'ait toujours pas réussi à faire un enfant dans le dos à quelqu'un d'autre. J'imagine que plus aucun homme ne lui fait confiance à présent, tout se sait rapidement ici.

Malheureusement, je suis devenu un gros connard égoïste et faible, tout particulièrement depuis la fuite de Sunny, et il m'arrive de coucher avec Soraya lorsqu'elle vient me trouver dans mes pires périodes. Lorsque plus rien n'a de saveur, que j'aimerais voir les gens souffrir autant que moi, et je n'arrive pas à lui dire non. C'est une façon aussi de me venger d'elle, j'imagine, de reprendre le pouvoir : je dis oui ou non, je lui dis où et quand…

Pour moi, il était clair depuis le début qu'entre nous, il ne s'agissait de rien de plus que du sexe facile, mais je réalise ce soir qu'elle m'a menti à nouveau et qu'elle espérait plus. Le soir où Olivia a débarqué au CSB et dans ma vie comme une tornade, j'étais censé rejoindre Soraya pour la nuit… Depuis, j'ai complètement oublié cette dernière. Je réalise maintenant avec un regard neuf à quel point j'ai pu faire de la merde et qu'il était temps que cela s'arrête, Olivia ou pas.

– Soraya, il n'y a rien entre toi et moi. L'idée qu'on puisse réparer ce qui s'est passé entre nous est juste une idée de merde. Je suis désolé si je t'ai induite en erreur. Il n'y aura plus rien entre nous, et cette fois, je le pense vraiment.

Putain, je m'excuse même et je reste calme ! Je m'impressionne ces derniers temps.

– Arrête, tu m'as déjà dit ça des centaines de fois, et au final, tu finis toujours par me dire oui…

Ça, c'est ta vision des choses, ma grande.

Elle a pris un ton suave et une expression aguicheuse qui me dégoûtent. Elle est bourrée et elle n'a rien de sexy. Soraya est juste pathétique et je me demande comment je ne m'en suis pas aperçu plus tôt.

Est-ce que je ressemblais à ça, moi aussi, avant de rencontrer Olivia, une âme en peine esseulée ?

Je réalise que je suis peut-être tout aussi responsable de cette situation pourrie que Soraya.

Je la repousse et lâche de mon ton le plus autoritaire :

– Écarte-toi, Soraya.

Elle sursaute, recule et me regarde d'un air blessé. Quelque chose dans mon attitude a dû la convaincre que cette fois-ci était bel et bien la dernière.

– Espèce de salaud arrogant ! Tout est de ta faute !

– Là, tu exagères, alors maintenant, pousse-toi, c'est la dernière fois que je te le demande.

Mais elle s'obstine et reste plantée devant moi.

– À cause de toi qui n'as pas voulu de moi et qui ne veux toujours pas de moi, mon père essaye de me forcer à épouser un homme que je déteste ! Il me dégoûte à m'en faire vomir mais le grand chef indien veut des petits-enfants et ce serait honteux pour lui que je finisse vieille fille ! Tu comprends ? Tout est de ta faute, Rock, si seulement tu m'avais épousée à l'époque. J'étais ton amie…

Ma pointe de remords naissante vis-à-vis de cette situation s'évapore illico : Soraya est toujours une petite peste égoïste qui n'assume pas ses conneries. C'est toujours de la faute des autres, contrairement à mon petit feu follet qui porte la culpabilité du monde sur ses épaules et a une tendance à l'autoflagellation.

– C'est du délire. Je ne parlerai pas de ça ici et maintenant. Je suis désolé, Soraya, mais je ne peux plus rien faire pour toi aujourd'hui, tu as fait tes choix toute seule, il y a douze ans. Salut !

Je n'ai pas envie de débattre ni devant les chiottes ni ailleurs, donc je n'ajoute rien de plus. Elle n'a jamais cherché à me comprendre, elle n'a jamais montré une once de regrets ou d'excuses envers quiconque, et ce n'est pas saoule qu'elle va commencer.

Sans prévenir, elle me crache au visage, se jette sur moi, et alors que je m'attends à ce qu'elle me frappe d'une manière ou d'une autre, elle m'embrasse violemment et m'attrape douloureusement par les couilles.

C'est quoi ce bordel ?

Je ne peux m'empêcher de lâcher une plainte de douleur qu'elle perçoit à tort comme une approbation, et cela l'enflamme de plus belle.

Pour parfaire ce tableau chaotique, j'entends au même instant une voix dont je connais à présent par cœur toutes les inflexions s'élever derrière nous :

– Rock ?

Il y a dans ce murmure de la surprise et une peine qui me brisent le cœur. Sans réfléchir et furieux, j'envoie Soraya valser contre le mur un peu trop fort, et elle tombe sonnée au sol comme un vulgaire tas de linge sale. Je me retourne pour planter mon regard dans une paire de grands yeux marron aux éclats verts et dorés. Elle se tient droite comme une guerrière amazone parée au combat et son visage n'exprime aucune émotion.

Putain de bordel de merde, pourquoi faut-il toujours que tout soit si compliqué?

– Liv, ce n'est pas du tout ce que tu crois...

Je prends un ton suppliant ridicule qui se veut convaincant.

– Je ne sais pas vraiment ce que je dois croire... Quand je suis arrivée, elle avait clairement sa main sur ton paquet, sa bouche bouffait la tienne et tu gémissais de plaisir!

– Je gémissais de douleur, Liv! Cette garce m'a sauté dessus à la sortie des chiottes et m'a attrapé par les couilles. Et qu'est-ce que tu fais là, de toute façon?

Elle me répond de façon anormalement calme. Le genre de calme qui précède une tempête...

– J'ai fait demi-tour car je souhaitais qu'on parle tous les deux. Je pensais qu'on avait des choses à se dire, ce qui est clairement le cas, de toute évidence!

Elle pointe Soraya du doigt, qui s'est mise à présent à rigoler toute seule par terre. Elle marmonne à mon unique attention :

– J'ai compris pourquoi tu ne veux plus qu'on baise ensemble, Rocky chéri, tu m'as trouvé une putain de remplaçante coincée du cul...

Et merde!

Ça ne loupe pas, Olivia l'entend elle aussi et lâche un hoquet de stupeur avant de me demander :

– C'est qui *ça* exactement?

– Soraya, une nana avec qui je couchais de façon très occasionnelle avant que tu ne débarques à Colorado Source, c'est tout. Je venais de lui annoncer que c'était terminé pour de bon, mais elle a pété un câble et s'est jetée sur moi comme une furie...

C'est alors que mon feu follet s'embrase devant mes yeux en l'espace d'une seconde et je sais que je vais être sévèrement brûlé au passage.

– Je ne sais pas si ça me rassure, Rock! J'ai pas signé pour toute cette merde, moi. C'est censé être simple entre nous! J'ai déjà mes propres cadavres à trimbaler alors j'en ai marre des furies bourrées qui me tombent dessus et m'insultent comme si je n'étais même pas là! D'abord Jenny, puis elle, y en a d'autres dont je devrais me méfier? À t'écouter, tout est toujours clair dans tes petits arrangements, mais pas pour tes pouffes, à l'évidence. Il serait peut-être temps de te remettre en question, Christensen! D'ailleurs, c'est plus très clair non plus entre nous, voilà pourquoi je revenais te voir...

Je comprends sa colère mais sa réponse me blesse. Je pensais qu'elle voulait me prendre tout entier, c'est pourtant ce qu'elle m'avait dit au lac. Je sens que je m'énerve aussi, déraisonnablement, comme à chaque fois que je perds le contrôle d'une situation :

– Ouais, bah figure-toi qu'aucune relation qui en vaut un peu la peine n'est facile, Olivia, surtout ici, dans ce bled paumé mais plein d'emmerdes!

– Oh parce que tu as décidé de façon unilatérale que nous avions une « relation qui en vaut un peu la peine » maintenant? C'est une blague!

– Putain oui, je pensais que c'était évident! C'est toi qui joues maintenant les frileuses et qui veux que personne n'en sache rien!

– Va te faire foutre, Rock! J'ai failli être violée, j'ai été frappée et violentée! J'ai été humiliée devant toi. J'ai eu la peur de ma vie! Donc ouais, je suis un peu perdue en ce moment, mais j'aurais pas pensé que tu courrais te consoler avec la première nana un peu chaude que tu croiserais dans les chiottes!

Ses mots sont comme des coups de poignard dans mon abdomen et je me sens comme un con, rongé par la culpabilité de n'avoir pas agi plus rapidement, avant que ces deux connards ne la blessent.

– Liv, je suis désolé. Sincèrement désolé. Je remontrais le temps si je pouvais, bordel! Mais c'est aussi pour ça que je souhaite que tu ailles voir Mary Ellen et que tu parles de tout ça avec elle.

– Mais je ne veux pas en parler avec une inconnue, je voulais en parler avec toi…

Sa voix devient faible puis se brise et je vois des larmes poindre au coin de ses yeux. En trois enjambées, je suis près d'elle et je la prends dans mes bras.

– Hey, ne pleure pas, Olive. Personne ne mérite que tu pleures, surtout pas ces deux enflures. Tu as été forte et courageuse, tu n'as pas à avoir honte. Je te promets qu'on parlera, d'accord? Et je te promets que ce que tu as vu n'est pas ce que tu crois être. Soraya n'est rien pour moi. OK?

Olivia hoche la tête et se blottit contre mon torse, abattue. C'est le moment que choisissent Eddy et Bill pour apparaître au bout du couloir. Le premier lance de sa voix tonitruante :

– Hey, Rock, il y a la queue pour les chiottes, qu'est-ce que tu fous? Tu n'aurais pas vu Liv par has…

La voix d'Ed se stoppe net quand il l'aperçoit dans mes bras puis son regard navigue plusieurs fois entre Soraya, toujours prostrée sur le sol, et nous. Bill paraît furax et ne peut s'empêcher de gueuler, comme à son habitude :

– Mais c'est quoi ce bordel?

Je sens Liv sursauter dans mes bras et je les ignore pour tenter de l'apaiser en lui caressant le dos, ce qui finit par fonctionner. Alors, je leur annonce sans négociation possible :

– Bill, raccompagne Olivia chez elle. Et toi Eddy, emmène Soraya chez le Doc, il faut que j'aille parler à son frère et à son père, ils sont en train de la rendre folle.

Bill me tend mon smartphone que j'avais laissé sur notre table. Je le lui prends des mains et j'en profite pour lui glisser à l'oreille ce que je comptais lui dire en revenant des chiottes :

– J'ai besoin d'Eddy cette semaine et a priori ta sœur lui en fait voir de toutes les couleurs à cause de Liv. Alors je te la confie, protège-la comme la prunelle de tes yeux, sinon…

Je mets un peu de menace dans mon ton, il n'a pas intérêt à merder. Nous nous mettons tous en mouvement. Personne n'ajoute le moindre mot et chacun s'exécute.

18

LE Q.G.

Olivia

Bill me fait comprendre tout le long du trajet que me ramener est un supplice, mais je me fais violence pour ne pas entrer dans son petit jeu malsain. Je l'ignore en regardant par la fenêtre et finis par me perdre dans mes pensées. Alors que je sors rapidement et sans le remercier, je l'entends me balancer :

– Voilà pourquoi les connasses ne sont pas les bienvenues ici, les emmerdes recommencent déjà de tous les côtés à cause de toi.

Je claque la portière avec violence, blessée malgré tout par ces paroles mesquines. Je récupère Ginette dans le coffre et je gratifie Bill d'un doigt d'honneur au passage lorsque je croise son regard haineux dans le rétroviseur central. Il démarre en trombe, complètement enragé. Pour une raison que j'ignore, lui dire d'aller se faire mettre ne semble pas lui plaire du tout et moi cela m'apaise.

Quelle personne suis-je en train de devenir?

Je réalise que ces derniers temps je sors mon majeur avec une facilité déconcertante, mais je m'en moque. Désormais, je partage ce que je pense et je l'assume. Il est certain que si l'Olivia de Paris rencontrait aujourd'hui celle de Colorado Source, elle en ferait une syncope. Cependant, Bill peut s'estimer heureux que je n'aille pas plus loin pour le moment car il le mériterait grandement.

Je passe la journée du lendemain à dormir et lire dans ma chambre tranquillement en écoutant les voix envoûtantes de Joan Baez et de Bob Dylan. Je suis épuisée et j'espère attaquer la semaine en pleine forme. Ces dernières semaines et plus particulièrement ces derniers jours ont été intenses pour moi. J'ai démarré une nouvelle vie avec une remise en question complète de ma personne et de mes relations aux autres, ou plutôt mon absence de relation aux autres. Je ne pensais pas que devenir soi-même puisse être si éprouvant, mais j'ai passé tant d'années à me brider que tout lâcher n'est pas sans effort. Je constate qu'il est plus facile de faire l'autruche en se disant qu'on gérera nos problèmes le lendemain.

Puis les jours deviennent des mois, les mois des années et on n'a rien réglé du tout. Tout est alors profondément enfoui et l'énergie nécessaire pour déterrer tout ça devient considérable. C'est un cercle vicieux qui débute lentement et dont on ne peut sortir sans aide. Le décès de Moïra a été un véritable électrochoc qui a remis ma vie et mon cœur en mouvement. Et voilà que dans la foulée, je rencontre un homme qui me rend dingue et je ressens des choses que je n'ai jamais éprouvées auparavant, grâce à ce cœur tout neuf mais fragile.

Colorado Source et ses habitants sont loin d'être une sinécure mais aujourd'hui, je peux dire que j'ai des amis, que j'ai des ennemis et que ma vie laisse désormais la place aux imprévus.

Un peu trop, peut-être.

Mes boulots, que certains pourraient mépriser pour leur faible niveau de compétences, me font grandir et m'aident à m'épanouir ici. Il me tarde de reprendre mon poste de serveuse au retour des frères, qui, si j'ai bien compris, sera anticipé.

Je décide alors que Rock n'a pas tort. Dès que Mary sera remise sur pied, j'irai discuter avec elle de ce que je vis aujourd'hui mais aussi de ce qui m'est arrivé par le passé, ce que je n'ai jamais fait correctement jusqu'à présent. Mes thérapies enfant et adolescente ont été bâclées. Je n'avais confiance qu'en moi-même, je leur ai dit ce qu'ils voulaient entendre pour qu'ils me laissent tranquille. J'ai géré mon passé toute seule en l'occultant, avec plus ou moins de réussite. J'ai bien fait récemment un court séjour en hôpital psychiatrique suite à la mort de Mo, mais contrairement à ce que j'ai dit à Rock ou à Max, c'était à ma demande. Je n'ai jamais menacé de collègue de travail et je n'ai pas dégoupillé.

Je voulais avant tout échapper à certaines menaces extérieures dont j'étais victime à cause de Moïra et de ce qu'elle avait fait de sa vie ces derniers mois. Disons que j'ai un peu trop remué la merde sans réfléchir pour essayer de savoir qui avait tué mon amie, et je ne suis pas tombée sur des enfants de chœur au bout du compte, ce qui était prévisible. J'ai fait la rencontre des charmants employés du night-club des Aigles rouges de Moscou, une façade pour les activités de proxénétisme d'une des plus grosses organisations mafieuses de la ville. Mais ça, c'est l'ultime chapitre de ma vie parisienne et je l'ai définitivement effacé en quittant la France. Je n'aurai jamais à l'aborder avec quiconque ici.

La semaine s'écoule doucement, Rock et moi échangeons par téléphone ou par texto des choses simples. Nous n'avons pas encore abordé les sujets épineux ou délicats et je dois reconnaître que ce n'est pas évident dans les circonstances actuelles. Je ne le croise que brièvement et toujours en présence de quelqu'un. Comme je ne veux pas paraître insistante ou encombrante, je le laisse tranquille et j'attends qu'il se manifeste. Il doit d'abord contenir l'incendie « Black Edge » avant de pouvoir panser nos brûlures. Malheureusement, les jours passent et se suivent sans grande évolution. Cela devient plus fort que moi, la petite fille mal aimée que j'ai été commence à râler.

Il t'avait promis de parler avec toi !

Quant à la femme, elle réclame un autre type d'attentions bien plus charnelles de sa part. Maintenant que j'ai goûté à ses caresses et à ses baisers, j'en veux toujours plus. Je veux qu'il me fasse oublier la deuxième partie de cette nuit atroce. Rock me manque tout simplement et devoir reprendre nos distances à ce moment-ci est cruel.

Je dois être patiente et lui faire confiance, mais le souvenir d'une très belle brune le tenant par l'entrejambe et l'embrassant goulûment ne m'aide vraiment pas non plus. Pour ça aussi, il me faudra plus d'explications.

Il ne va pas s'en tirer aussi facilement !

***

Mercredi, je profite de ma pause déjeuner pour tenter de résoudre le mystère du Doc. J'aimerais tellement savoir où et comment Rock disparaît.

Comment le Clan peut-il si bien se protéger des intrusions extérieures dans une si petite ville ?

Je n'ai vu aucun bâtiment dans les parages qui puisse ressembler de près ou de loin à un Q.G. Il y a bien quelques bâtiments abandonnés mais j'ai vérifié et ils sont tous désaffectés. Avant que Rock ne me fasse surveiller, toutes mes filatures de Vince, Max, Eddy, Bounce et même Loris ont échoué. Il n'y a que Bill « le connard » que je n'ai pas tenté de suivre. D'ailleurs, il me laisse anormalement tranquille cette semaine.

Je repense à l'indice du Doc et je tente une nouvelle approche plus simple. Je tape dans ma barre de recherche : « Les vingt choses qu'il faut absolument visiter à Paris. »

Peut-être que la solution est un monument historique?

Mais rien ne retient mon attention sur les différents liens que je consulte et je les élimine tous, les uns après les autres. Sur le côté de ma dernière page, une publicité me promet une visite insolite de Paris à l'approche d'Halloween : « *This fall, enjoy Halloween in Paris*[11] *!* » Peu convaincue car les Français n'ont pas la culture de cette fête comme les Américains, je clique néanmoins. Chez nous, la fête des morts, c'est chrysanthèmes, habits sombres et messes déprimantes. Il est hors de question de se réjouir ou de jouer le jour de la Toussaint.

La page apparaît et mon pouls s'emballe comme un colibri à sa vue. Je sais que je tiens enfin une piste solide. J'en suis certaine car ce serait à la fois diaboliquement simple et pourtant ingénieux de la part des Evil's Heat. Les Catacombes de Paris. Vaste réseau de près de trois cents kilomètres de souterrains s'étendant sous toute la capitale et reliant des endroits stratégiques. Je suis désormais intimement convaincue que le Clan utilise des passages secrets sous Colorado Source pour se rendre au Q.G., qui se situerait aussi sous terre, tout comme l'appartement de Rock.

Cela expliquerait tout!

Je suis super excitée. C'est tellement dingue. Digne d'un film de science-fiction!

Doc aurait pu me donner des indices liés au métro par exemple, ou à la cave de Batman, cela aurait été tellement plus facile!

Peut-être un peu trop, et puis, les Catacombes, c'est tellement plus *evil* et folklorique, avec tous ces crânes et ces ossements. Je rigole toute seule comme une enfant. Il ne me reste plus, pour valider ma théorie, qu'à trouver l'entrée de leurs pièces souterraines et à échapper à mon fantôme, que je sens en permanence en train de me surveiller. Eddy est loin d'être aussi discret qu'il le prétend, je me sens même un peu oppressée et sur le qui-vive.

Ce n'est qu'Eddy, du calme!

Je sais que la surveillance mise en place par Rock repose sur le fait que je suis scrupuleusement mon emploi du temps puisqu'il n'y a pas de raison qu'il en soit autrement. Il faut donc que j'agisse de façon imprévisible. Je

12. « Cet automne, fêtez Halloween à Paris! »

n'ai pas le droit à l'erreur car suite à ce que je compte faire, j'aurai à coup sûr moins de libertés par la suite…

Le lendemain après-midi, je me rends comme d'habitude à l'école mais j'interpelle Susan quand je la croise :

– Je peux te parler deux minutes?

Nous nous éloignons des enfants qui se tiennent en rang d'oignons prêts à entrer en classe.

– Bien sûr, tout va bien?

– Oui, oui, rien de grave. Je voulais juste savoir si je pouvais partir une heure trente plus tôt ce soir? Je dois aller voir un spécialiste à Newton City pour la rééducation de mes doigts.

C'est faux, mes doigts se portent comme un charme grâce aux petits exercices que le Doc m'a enseignés et que je m'applique à faire scrupuleusement deux fois par jour.

– Sans problème, je n'y vois aucun inconvénient. Je vais prévenir Donna de ton absence.

– Merci infiniment, Susie, je te promets que c'est exceptionnel.

– Avec plaisir, tu nous aides tellement! Et les enfants t'adorent. J'ai aimé notre soirée improvisée au CSB. Il faut qu'on fasse ça plus souvent. Surtout que tu me dois des explications.

– Carrément!

Sur ce, elle me lance un clin d'œil complice et nous rejoignons les enfants à l'intérieur.

L'après-midi se déroule sans heurt, et à quinze heures et des poussières, je quitte l'école comme convenu.

Je regarde autour de moi mais la ville est calme, chacun devant vaquer à ses occupations de la journée. Il fait encore chaud à cette période du jour, mais cela n'a rien à voir avec les dernières semaines. On sent que l'automne se dessine à l'horizon et que les températures ont baissé grâce à l'orage qui nous a surpris, Rock et moi, ce fameux soir.

Je mets en place la deuxième partie de mon plan machiavélique et je marche en direction de chez Eddy. Je sonne à la porte de leur maisonnette. Je sais que Rhonda sera là, elle est toujours chez elle.

La porte s'ouvre et Cruella apparaît, tout de mauve vêtue, sur son seuil. Son visage exprime la surprise mais elle reprend rapidement son air renfrogné habituel, qui semble être une marque de fabrique dans la famille.

– Quoi?

– Bonjour à toi, Rhonda. Je cherche Eddy, saurais-tu où il est?

– Qu'est-ce que tu veux à mon mari?

– Comme je te l'ai déjà dit la dernière fois, je ne peux malheureusement pas te répondre.

– Tu rêves si tu crois que je vais te le dire alors.

Je prends un air désolé et embêté le plus sincère possible.

– Écoute, je dois juste trouver quelqu'un du Clan, Eddy ou quelqu'un d'autre, qu'importe. Peux-tu m'aider?

Son air change et elle arbore un sourire vicieux.

Vas-y, grosse bécasse, tombe dans le panneau!

– Je peux te dire où est mon frère, il se fera un plaisir de t'aider.

Je peux voir qu'elle jubile, elle n'ignore pas que son frère me déteste et qu'il saisit chaque opportunité pour me nuire. C'est exactement la réponse que je souhaitais. Je fais comme si cette réponse me mettait en panique et je lui fais croire qu'elle prend le contrôle de la conversation.

– Euh... je ne sais pas si Bill pourra m'aider, en fait. Tu es sûre qu'Eddy ne pourrait p...

– Non, c'est Bill ou personne.

– Bon d'accord, si je n'ai pas le choix. Alors, où est-il?

– Faut que je lui demande.

Mince, je pensais qu'elle savait, pas qu'elle allait devoir l'appeler. Si elle lui dit que je suis devant chez elle, je suis cuite.

Je la vois sortir son smartphone ridiculement immense, mais c'est un texto qu'elle commence à taper. Je me penche discrètement pour voir ce qu'elle écrit :

[T'es où en ce moment?]

L'attente dure à peine une dizaine de secondes et le téléphone vibre dans sa main. Elle lit la réponse et moi aussi, par-dessus son épaule.

[Je suis chez moi, mais je vais aller
au Q.G. d'ici 15 minutes.
On a une réunion avec les gars et je dois
être en poste à 17h à l'école
pour filer la petite fouine française, pourquoi?]

Putain, c'est Bill qui me surveille, ce n'est pas le deal que j'avais avec Rock! Je vais le dégommer! Voilà pourquoi je me sens épiée en permanence, l'autre idiot doit le faire exprès.

Elle va lui répondre et de toute évidence lui dire que je ne suis plus à l'école mais en face d'elle, quand sa mère, qui vit avec eux, l'appelle en hurlant son prénom à travers toute la maison.

Ouf, sauvée par mamie…

J'entends Rhonda jurer et marmonner dans sa barbe :

– Vieille peau casse-couilles.

Sympa, les rapports familiaux…

Je joue l'innocente, comme si je n'avais rien vu de leur échange de SMS.

– Alors, où est Bill?

– Chez lui, la maison verte juste à côté du château d'eau, mais grouille-toi, il n'a pas que ça à faire que de t'aider. Mon frère a de vraies responsabilités, lui, pas comme d'autres. Et d'ailleurs, pourquoi tu n'es pas à l'école?

– Merci, à plus, Rhonda! Je vous revaudrai ça, à toi et à Bill.

Mais je suis déjà presque au niveau de la rue, je crie par-dessus mon épaule et j'ignore la fin de sa phrase. Il faut que je me dépêche si je veux réussir, je n'aurai qu'une seule occasion. Les astres semblent être en ma faveur aujourd'hui. Je presse le pas vers le château d'eau à l'extérieur de la ville. Lorsque j'arrive à une dizaine de mètres, je me cache dans un buisson, de l'autre côté de la rue, face à la maison de Bill que je distingue. C'est la seule du quartier clairement laissée à l'abandon. Le jardin est une vraie savane et, parce qu'il s'agit de Bill, je lui en tiens rigueur et ajoute ça à la longue liste des choses que je déteste chez lui. J'espère qu'il n'est pas trop tard. Je regarde mon téléphone : il est seize heures et deux minutes.

Au bout de trois minutes, il n'est toujours pas apparu. J'attends encore un peu mais je dois me rendre à l'évidence : il est déjà parti. Je suis déçue, je sais que je n'aurai pas d'aussi belles occasions de le suivre à nouveau jusqu'à l'entrée d'un possible souterrain.

Fais chier!

Je prends le temps de mieux inspecter la façade de sa maison. Quelque chose me dérange dans ce que j'observe, mais je n'arrive pas à comprendre quoi. Je repasse chaque détail avec attention, son jardin, le porche, sa voiture, sa moto…

Sa voiture et sa moto ? Comment peuvent-elles être toutes les deux là s'il a dû se rendre quelque part ?

Comme beaucoup de bikers, le moindre déplacement est l'occasion de faire un tour sur ce qu'il considère comme sa progéniture ; en l'occurrence, ici, une Harley Davidson. Je réalise que je n'aurais de toute façon pas pu le suivre en étant à pied et je n'avais pas pensé à cela. Mon plan était voué à l'échec depuis le début. Je suis dépitée par ce constat et je me laisse tomber dans l'herbe verte du voisin. Il n'y a que dans les films que tout se goupille bien pour le héros, qui arrive toujours à ses fins.

Et il n'y a que les Américains pour réussir à faire pousser une pelouse digne d'un golf anglais en plein désert.

Je me redresse brusquement. Je décide que, quitte à être là, autant tirer profit de la situation et aller enquêter. Au pire, je tomberai nez à nez avec Bill et dans ce cas, on aura la petite discussion que j'aurais dû déclencher suite à l'épisode Ginette.

Après tout, il m'appelle la fouineuse et il s'est bien permis de rentrer chez moi, lui !

Je traverse vite la rue et croise les doigts pour que sa porte d'entrée soit ouverte, comme un peu partout ici apparemment, ce qui est le cas. J'entre à pas de loup dans la maison. Tout est plongé dans la pénombre mais je devine un bazar monstre et ça pue le renfermé et la vieille pizza. Je fais rapidement le tour du rez-de-chaussée, il n'y a aucun bruit ni rien d'intéressant, hormis quelques photos de ses nièces ou de sa sœur et lui adolescents. Je monte à l'étage, poussée par ma satanée curiosité.

Tant qu'à y être…

C'est le même constat consternant qu'en bas, l'étage se résume lui aussi à un capharnaüm, et l'hygiène de la salle de bains est vraiment douteuse. Je me demande ce que Bounce peut trouver à Bill. Ce gars ne doit pas se laver plus d'une fois par semaine et il est aussi drôle qu'un macchabée, aux antipodes de Bounce. Je compte trois chambres et un petit bureau qui attire mon attention car il est plutôt rangé, comparé au reste de la maison. J'entre et je jette un coup d'œil à la paperasse étalée sur un petit secrétaire en bois foncé.

Je suis estomaquée. Il s'agit des comptes et d'autres documents confidentiels concernant les finances et les affaires du Clan. Mon expérience professionnelle m'aide à comprendre de quoi il retourne. Je suis stupéfaite que Bill puisse sortir de tels documents du Q.G. par les temps qui courent et que Rock approuve la démarche. Je repense à tous les discours des uns et des autres sur la confidentialité et leur méfiance à mon égard.

Ils se foutent de moi, là!

Une petite voix plus sournoise résonne dans ma tête :

Peut-être que Rock ne le sait pas.

Mais je la fais taire. Pour une raison que j'ignore, Bill a la confiance de Rock et cela devrait me suffire.

Oui, mais…

Je regarde plus en détail les chiffres sous mes yeux. J'y devine des placements lucratifs en Bourse qui me donnent le tournis, mais aussi des revenus astronomiques provenant de l'activité d'une compagnie appelée G.C.S. J'imagine que le C et le S sont pour Colorado Source, mais que peut signifier le G? Et quelle activité peut générer autant d'argent avec une marge brute aussi importante?

Les ratures de Bill sur un document attirent mon attention. Il a également annoté des chiffres dans la marge, comme s'il cherchait à équilibrer des comptes, qui ne le sont effectivement pas lorsque j'examine la balance en bas de page. Une réalité me frappe avec violence, au point que je doive m'asseoir sur la chaise à côté de moi : soit Bill a découvert que quelqu'un détournait de l'argent des Evil's Heat, soit Bill est celui qui réalise ce détournement de fonds. Je fais à nouveau taire ma petite voix maléfique et je tente de lui laisser, avec grande difficulté, le bénéfice du doute.

J'examine les chiffres à nouveau pour en avoir le cœur net. Mon constat est toujours le même. Il s'agit d'un travail d'amateur. La personne responsable se fera rapidement démasquer si quelqu'un de compétent y fourre son nez, ce n'est qu'une question de temps.

Je n'ai pas le choix, il faut que j'en parle à Rock. En espérant que tout cela ne se retourne pas contre moi, ce qui n'est pas gagné. Je décide de sortir de cette maison avant de me faire surprendre par son propriétaire, le nez dans ses petites magouilles. Je remarque, une fois arrivée dans l'entrée, une porte vert sombre qui descend vers le sous-sol et que je n'avais pas vue tout à l'heure dans mon empressement pour gagner l'étage. La porte est entrouverte et un rai de lumière filtre par l'ouverture.

Satanée curiosité que je sens poindre en moi!

Je ne peux m'empêcher d'approcher et de coller mon oreille. Je n'entends personne s'affairer en bas, alors je pousse le battant qui grince sur ses gonds.

Mon Dieu, on se croirait dans un film d'horreur bas de gamme. Je suis l'idiote qui va tout droit vers une fin aussi atroce qu'annoncée.

– Bill? Il y a quelqu'un?

Personne ne me répond et je m'engage dans les escaliers à petites foulées. J'arrive au centre d'un sous-sol vide, avec seulement un grand tapis en son centre qui détonne sous les néons qui clignotent. D'ailleurs, il ne semble pas très poussiéreux, comparé au reste du sol. En m'approchant, je devine des traces qui prouvent qu'il doit être déplacé fréquemment. Pas besoin d'être Einstein pour savoir ce que je vais trouver dessous. Ce Bill est vraiment idiot, on peut difficilement imaginer une trappe secrète aussi mal dissimulée. Je pousse le tapis du bout du pied, tout excitée.

Bingo!

On devine une large ouverture en forme de carré qui se découpe sur le ciment, mais sans aucune poignée pour l'ouvrir.

Je le savais! Putain, je le savais!

Il y a un pavé numérique ultra-moderne incrusté au milieu, comme pour un coffre-fort.

Et merde! Il y a un code, j'aurais dû m'en douter!

Quelque chose clignote sur le petit écran. Je m'approche pour lire : « *Warning : wrong code, door unlocked*[12]. » Le message défile en boucle avec un petit bip d'alerte. Ce doit être mon jour de chance car il semble que, dans sa précipitation, Bill ait mal verrouillé la trappe de l'autre côté. Je remercie ma bonne étoile. J'appuie sur le bouton vert « *open* » et la porte disparaît dans le sol, en faisant le bruit d'un sas qui dépressurise. Je me glisse à l'intérieur avec précaution et descends le long d'une petite échelle sortie de nulle part, non sans m'être retournée pour tirer le tapis au-dessus de ma tête. Puis j'aperçois un long tunnel ultra-moderne éclairé par des spots, qui semble sans fin.

Un boîtier semblable au premier est encastré dans le mur sur ma droite. J'appuie sur le bouton « *close* », l'ouverture se referme dans le même bruit que tout à l'heure et une voix féminine me demande de rentrer la combinaison de verrouillage de la trappe, que j'ignore. Je me retrouve toute seule, dans un espace aseptisé, et j'éprouve la même sensation qu'en avion lorsque l'atmosphère est artificiellement pressurisée. Il me semble que je marche

13. « Attention : code faux, porte déverrouillée. »

plus de quinze minutes dans un silence absolu et angoissant avant d'arriver enfin devant une porte blindée immense, elle aussi munie de son petit clavier numérique. Quitte à être arrivée jusqu'ici, je pousse ma chance jusqu'au bout et tente d'appuyer sur « *open* » comme précédemment.

Mais cette fois-ci, une alarme stridente se met à résonner dans tout le couloir, me vrillant les tympans. La voix de la dame, beaucoup moins sympathique à présent, hurle à l'intrus au-dessus de moi. Je supplie en me couvrant les oreilles que quelqu'un ouvre cette satanée porte car la douleur me perfore les tempes. Quand, enfin, je sens qu'elle bouge, je me rue dessus mais je suis stoppée net en plein élan sur le seuil de la pièce. Une sensation de métal froid appuie entre mes deux yeux et j'entends le déclic du cran de sûreté d'un revolver.

J'attends le second, et je me dis que l'aventure se termine ici et maintenant. Mais rien ne vient.

– Putain, Olivia Kincaid ! Putain de merde ! J'ai failli te buter, j'étais à deux doigts de te tirer dessus et de t'exploser la cervelle ! Mais qu'est-ce que tu fous là ? À quoi tu pensais ? Oh putain, putain…

Max s'appuie contre le mur, le souffle erratique, et tente de se calmer en continuant de lâcher des chapelets de jurons. Je vois l'arme qu'il tient dans sa main trembler. Je n'arrive pas à réaliser que je suis passée si proche de la mort aussi bêtement avant de croiser son regard gris complètement terrorisé.

– Si je t'avais tuée, miss…

Il se précipite et me prend dans ses bras, je sens son cœur battre la chamade. Écrasée contre son torse immense et chaud, je lui demande :

– Je ne comprends pas pourquoi j'ai déclenché une alarme, cette fois-ci, Max. Il ne s'est rien passé avec la première trappe.

– Il y a un lecteur d'empreintes digitales sur ce pavé-là, en plus du code. Nous avons été prévenus en pleine réunion d'une intrusion par l'accès de Bill. Maintenant que tu es là, suis-moi. Putain ! Je préfère même pas savoir comment tu es rentrée, ça va être le bordel…

– Et si je veux repartir finalement ?

– Hors de question, c'est trop tard. Suis-moi !

J'obtempère et nous traversons une grande salle ronde et blanche où d'autres portes blindées identiques débouchent également. Au moins, j'ai maintenant les réponses à mes questions. Je sais où et comment le Clan se réunit. Je me glisse derrière Max pour me cacher dans son ombre alors que nous pénétrons dans un grand espace rempli de bureaux éparpillés un peu partout. Certains sont occupés et des personnes lèvent la tête de leurs ordinateurs en me jetant des regards ahuris. Je me demande sur quoi ils peuvent bien travailler.

L'éclairage artificiel imite à la perfection la lumière du soleil et j'ai l'impression d'être dehors. Je cligne des yeux, éblouie. Nous nous dirigeons vers le fond et vers une salle de réunion tout en verre, où je vois que tous les frères décisionnaires sont assis autour d'une table ovale en bois brun foncé. Rock préside et je ne peux m'empêcher de le trouver magnifique. Le décor qui m'entoure est contemporain et de toute évidence luxueux, ce qui détonne avec les occupants des lieux. Toujours dans l'ombre de Max, je sais que je suis invisible pour encore quelques secondes seulement.

Je réalise maintenant que je n'avais jamais vraiment envisagé que mon plan aboutisse et je ne sais pas ce que je vais pouvoir dire pour justifier ma présence.

Je vais passer un sale moment, c'est certain...

Rock va me bouffer toute crue et les frissons qui me parcourent ne sont clairement pas des frissons de plaisir.

J'entends la voix de Bill s'élever du fond de la pièce :

– C'était quoi alors ce bordel, Max ? Je t'avais bien dit que j'avais correctement verrouillé derrière moi. Je ne suis pas fini à la pisse !

Sur ce, Max se déplace sur la droite et dévoile ma présence. Je perçois des exclamations de choc, l'éclat de rire de Vince et les jurons de Bill.

J'ose lever la tête et les regarder tour à tour. Une palette d'émotions se dessine devant mes yeux, jusqu'au visage de Rock, impassible. Seul un léger tremblement sur sa mâchoire crispée témoigne de sa colère.

Je suis dans le caca...

Le temps s'étire mais personne ne parle, alors je tente quelque chose :

– Salut les gars. Sympa vos bureaux, j'aime beaucoup la déco...

Je vois Vince qui s'était calmé repartir en fou rire, au point de pleurer et de frapper la table du plat de sa main. Enfin, Rock parle et je suis congelée sur place par le ton glacial de sa voix :

– Comment ?

– J'aime beaucoup la déco contemporaine.

– Non, comment as-tu réussi à venir ici ?

L'accusation sous-jacente dans sa question me fait passer en mode défensif instantanément :

– Hey oh! ce n'est pas de ma faute, OK, Brutus! De un, cette première trappe devrait se reverrouiller automatiquement et pas avec un code, c'est idiot. Et de deux, ce serait bien une caméra à l'entrée de votre Batcave. Ça éviterait à Max de risquer de faire sauter la cervelle de n'importe qui par erreur.

– Je ne crois pas t'avoir demandé de conseils mais ça ne répond pas à ma question. Comment as-tu réussi à arriver jusqu'ici toute seule?

OK, il ne rigole vraiment plus.

Il n'a toujours pas bougé d'un iota, les bras toujours croisés sur son torse. Il me toise avec sévérité. Je ne sais pas quoi lui répondre sans aggraver la situation, et les secondes s'écoulent de façon interminable dans un silence tendu et lourd. Tous les frères sont dans l'expectative, eux aussi, et je sens une pression énorme s'abattre sur moi. Rock finit par perdre patience, il se lève et fait le tour de la table pour venir me surplomber de toute sa hauteur, menaçant. Max s'approche de moi par-derrière de telle façon que je me sens prise en étau. Je ne sais pas ce qu'il craint.

Certes, Rock est intimidant mais il ne me ferait jamais de mal, au contraire, il a prouvé l'inverse. Mais ça, Max l'ignore par ma faute.

Arrête tes conneries, Olivia! Tu l'as cherché...

Je décide d'assumer ma présence ici. Je ne suis pas peu fière d'avoir enfin pu pénétrer leur tour d'ivoire a priori imprenable. Je me redresse, croise moi aussi les bras sous ma poitrine et le toise de mon regard de peste, en me grandissant sur la pointe des pieds. Je crois surprendre une ébauche de sourire au coin de sa belle bouche, pendant une demi-seconde, mais il a déjà repris son sérieux et ne décolère pas.

– Je répète, Olivia, comment?

– Quoi? Ce n'était pas si compliqué de déduire que si je n'arrivais pas à vous filer à la surface de la terre, c'est que vous vous déplaciez au-dessous. Comme dirait Sherlock Holmes : lorsque vous avez éliminé l'impossible, ce qui reste, si improbable soit-il, est nécessairement la vérité.

Malgré ma tentative d'humour, l'ambiance reste glaciale, au point que j'en frissonne réellement. Cette fois, je resserre les bras autour de mon torse pour me protéger de l'hostilité à mon encontre qui sature la pièce de toutes parts, sauf venant de Max, mon seul allié, ici. Bien évidemment, j'ai menti et je n'avoue pas le rôle que Doc a joué dans ma découverte. Je me demande encore pourquoi il m'a mise sur la voie.

– Tu as tenté de nous filer?

Il paraît réellement surpris, ce qui m'étonne également. Je pensais pourtant avoir été repérée, je suis loin d'être une professionnelle.

– Oui, et pourquoi pas, hein? Vous évoluez comme les grands seigneurs de cette ville, vous voulez tout savoir, mais moi, je n'ai pas de réponses à mes questions! Alors j'ai décidé de les trouver par moi-même. Et vous devriez être plus vigilants, si j'ai réussi…

Il me coupe la parole, tranchant, et dardant un doigt accusateur dans ma direction :

– Si tu as réussi, c'est clairement parce que notre énergie et notre attention sont focalisées sur les Black Edge en ce moment. Je ne pensais pas qu'il fallait qu'on se soucie de toi à ce sujet-là! On te faisait confiance, bordel! Forcément, on a baissé la garde, c'est comme ça qu'on fonctionne. Et ici, c'est chez nous, donc ce sont nos règles du jeu. Si ça te convient pas, tu dégages, un point c'est tout.

Sa réponse me peine énormément et je ne peux le cacher cette fois-ci. Je commence aussi à me sentir un poil coupable. Derrière ses « on », j'entends des « je ». C'est plus fort que moi, je me sens agressée et je me braque, car je trouve qu'il exagère :

– Vous avez une drôle de façon de me témoigner votre confiance, vous me cachez tout! Comment voulez-vous que je vous prouve ma loyauté si vous ne me laissez pas entrer un petit peu dans votre Clan? C'est mission impossible. Et je ne vous ai jamais demandé de vous soucier de moi non plus!

Vince prend alors la parole, coupant Rock qui fulmine :

– Liv, c'est pour te protéger. Chaque chose en son temps. Moins tu en sais, mieux c'est pour le moment.

– Oh oui, ça a clairement réussi à Mary Ellen de ne rien savoir! Elle se porte comme un charme!

– Comment sais-tu pourquoi on s'en est pris à elle? s'étonne Bounce.

J'entends Rock jurer et Max se tendre, surpris, derrière moi. Je sais que je viens de marquer un point. Bill ne peut s'empêcher d'intervenir pour ajouter :

– Je vous ai toujours dit que c'était une sale fouineuse! Elle est entrée par effraction chez moi, cette espèce de co…

– Bill, ferme-la!

Rock le coupe avant qu'il ne puisse me manquer une énième fois de respect en frappant du poing sur la table. Le bois tremble et je me demande comment c'est possible qu'il ne cède pas sous la violence du coup. Mon ennemi juré en reste sans voix et je suis intérieurement satisfaite.

– Allez, continue ton passionnant récit, Petite Chose.

D'habitude, il m'appelle ainsi avec affection et avec une certaine déférence, mais là, il y a une note de mépris et de moquerie qui me blesse et que je n'ai jamais entendue. Je fulmine qu'il m'appelle comme ça devant les autres, il cherche clairement à me rabaisser. Mais je décide que cette conversation aura lieu à un moment plus opportun ; lorsque nous parlerons posément, entre autres, de ce qui a failli m'arriver, des deux Black Edge tués ou de mon e-mail à cœur ouvert, qui n'a jamais eu de réponse alors que j'ai reçu l'accusé de lecture hier dans la nuit.

Ouais, on a plein de trucs à se dire, toi et moi, Tarzan ! Tu ne perds rien pour attendre...

Mais pour l'instant, je raconte uniquement ce qu'il souhaite savoir dans les moindres détails, depuis ma fuite de l'école, sans omettre le passage sur les documents que j'ai trouvés chez Bill et comment ce crétin a oublié de verrouiller correctement sa trappe. À cet instant, je pense que le principal intéressé me frapperait s'il le pouvait, il exsude la haine. Son regard est éloquent, au point que Max le remarque lui aussi et s'approche encore un peu plus de moi, mû par un instinct protecteur.

Ça, c'est pour Ginette, connard !

Un silence de mort suit mes déclarations et s'éternise jusqu'à ce que Rock explose. Je ne le vois pas venir. La seule fois où je l'ai vu dans une telle rage, c'est cette nuit atroce sur la route où il a tué deux hommes. Il court à travers la pièce et attrape Bill par le cou, puis le plaque contre le mur à quinze centimètres du sol.

– Je devrais te tuer sur-le-champ pour avoir mis en péril le Clan de façon si stupide, putain ! Sortir des documents confidentiels ? Oublier de verrouiller ta trappe alors que les Black Edge sont sur le qui-vive ?

Rock hurle mais Bill ne peut pas répondre, même s'il le souhaitait. Son visage est devenu bleu et il ne peut clairement plus respirer. Vince tente d'intervenir en vain.

– Rock, tu vas le tuer, c'est peut-être pas le moment. Laisse-le s'expliquer au moins.

– Il a failli tout ruiner, Vince ! Des années d'existence du Clan et de travail acharné de mon père et de mon grand-père avant lui, de tous ceux qui bossent ici au quotidien ou ailleurs dans le pays ! Et toutes ces personnes qui dépendent de nous, elles deviendraient quoi, hein, dans cette société merdique et égoïste? Il devrait le savoir mieux que quiconque, bordel! C'était une grosse loque avant que le Clan l'aide.

– Je sais, Rock, mais là, tu ne vas rien arranger. Lâche-le.

C'est Max qui a parlé cette fois, avec un ton étrange que je ne lui ai jamais entendu, à la fois posé et directif mais qui semble capter l'attention de Rock dans sa fureur. Rock lâche Bill des yeux et regarde Max.

– Je répète : lâche-le, Rock, sinon c'est toi qui vas tout foutre en l'air.

Après ce qui me semble de trop longues secondes, Rock desserre sa prise et Bill s'effondre sur le sol dans un bruit sourd, les lèvres bleues et le visage exsangue. Tout le monde reprend sa respiration ensemble et j'entends des expressions de soulagement. Même si je hais Bill, je ne souhaite pas sa mort, et surtout pas de la main de Rock.

– Rock, commence Bill d'une voix cassée et à bout de souffle. J'allais t'en parler. Il y a des irrégularités dans les comptes, je soupçonne quelqu'un de détourner de l'argent du Clan.

– Rien à foutre! Tu n'avais pas à sortir ces putains de documents du Q.G.! Et certainement pas les laisser chez toi à la vue de tous!

– Je les ai sortis car c'est forcément un de nous ici présent le coupable, Rock! Personne d'autre n'a les accès nécessaires pour réaliser ce genre d'opération. Et ça pourrait être toi aussi. Pour l'instant, je soupçonne tout le monde, je devais enquêter depuis chez moi discrètement.

Il lance un regard navré qui semble sincère. Un nouveau vent sibérien souffle dans la salle de réunion lorsque chacun prend conscience de la portée de ses paroles. Pour la première fois, j'entends Loris prendre la parole.

– Impossible, j'ai confiance en tout le monde ici, je pourrais mourir pour chacun d'entre vous.

Bill est toujours sur le sol, prostré, et lui répond en toussant :

– Je sais mais il en est impossible autrement. Je suis sincèrement désolé, Loris.

Rock se rassied à sa place, calme mais redoutable.

– Max et moi allons reprendre l'enquête. Il y a forcément une autre explication. Toi, tu ramènes tous les documents, interdiction d'en faire une copie. Pour le moment, tous les frères sont innocents à mes yeux, et tu es le seul qui n'a plus mon entière confiance. Max, raccompagne Olivia chez elle, s'il te plaît.

Personne n'ajoute quoi que ce soit, ni n'ose bouger. Je vais protester mais Max me fait un signe de la tête pour m'en dissuader, alors j'ajoute juste :

– Rock, je ne veux pas que ce soit Bill qui surveille mes arrières. Lui et moi, ça ne colle pas. C'était pas le deal.

Je sais qu'Eddy et lui ont parlé de cette note de menace sur mon paillasson et qu'ils ont justifié ma surveillance rapprochée de cette façon, ce qui n'est pas faux au fond.

Il souffle en se pinçant l'arête du nez comme à son habitude lorsque quelque chose joue un peu trop avec ses nerfs.

– Je ne peux plus te garantir qu'Eddy soit le seul à te surveiller, je peux avoir besoin de lui à tout moment, c'est mon meilleur élément au combat rapproché. Tous les gars peuvent être amenés à te suivre, c'est à prendre ou à laisser. J'ai d'autres chats à fouetter.

Effectivement, il fait mine de se remettre à ses affaires et de lire les documents devant lui. Cela me fait l'effet d'une gifle cinglante mais je sais qu'il a raison sur le fond. Je ne suis pas en position de jouer les divas.

– OK, je prends, Christensen, mais dès que toutes vos merdes sont réglées, ça s'arrête sur-le-champ. Je ne suis pas une petite chose fragile, malgré le surnom ridicule dont tu m'affubles ! D'ailleurs, tu peux te le foutre où je pense.

Il hoche la tête mais ne la relève pas. Sur ce, je pars sans rien ajouter. J'imagine que la visite des lieux et la discussion seront pour une prochaine fois. Ou jamais… J'ai des pensées meurtrières à son encontre.

Cet homme me rend folle !

Sur le chemin du retour, je demande à Max avec prudence, car je ne veux pas que mes propos soient mal interprétés :

– Je sais que ce que Bill a fait est grave, et tu sais que je le déteste donc je ne cherche pas à le défendre, mais la réaction de Rock était un peu exagérée, non ? Même vis-à-vis de moi.

– Non. Ce Clan, c'est tout ce qu'on a et l'unique vie qu'on veut vivre. C'est notre jardin d'Éden, même si ce n'est pas un havre de paix. Comme toutes les choses trop précieuses, il faut les protéger en permanence et les cacher de la convoitise. Tous les membres ont accepté ça et nous sept devons montrer l'exemple. Bill a enfreint plusieurs règles fondamentales pour nous et la plus importante est celle de la confiance. On se fait tous confiance ici. Il aurait dû parler à Rock de sa découverte, mais il a choisi de le défier et de se méfier. Lorsqu'on connaît Rock comme les gars le connaissent, imaginer qu'il puisse détourner de l'argent est impossible. Sinon, c'est une insulte. Certaines choses à notre sujet t'échappent encore et c'est compréhensible.

Rock te pardonnera, même si tu dois lui faire l'impression d'être une gamine qui ne tient pas en place. Tu lui as prouvé aujourd'hui que tu n'en faisais qu'à ta tête et que tu ne savais pas être patiente. Il est en colère, là, tout de suite, mais je suis sûr qu'il va finir par aimer ça, il est exactement pareil. Juste, par pitié, ne recommence pas un truc du même genre avant au moins six mois ! En revanche, pour Bill, ça va être plus compliqué. Ce qu'on a créé ici est unique et peu conventionnel. Ce genre de fidélité n'existe plus ailleurs et c'est précisément ce que cherchent les âmes abîmées qui nous rejoignent. Supprime ça et tu nous tues ainsi que des centaines de familles en un claquement de doigts. Alors, aucune négligence n'est tolérée. Les enjeux sont trop élevés.

Ses paroles pleines de passion sont la meilleure démonstration de l'intensité qui les lie les uns aux autres. Elles me rendent encore plus envieuse de ce qu'ils partagent. Pour ma part, à cet instant, je ressens un vide immense en moi, brûlant comme un feu de glace à la place de mon cœur. Tout cela m'est étranger, mais mon être tout entier en crève d'envie, comme pour satisfaire un instinct primitif enfoui en chacun de nous : celui d'être aimé pour ce que l'on est de façon inconditionnelle, avec nos qualités et nos défauts. Je ne peux m'empêcher de laisser mon esprit divaguer, imaginant un futur où je ferais partie du Clan de façon légitime et acceptée de tous, et où Rock serait bien plus qu'une passade légère et clandestine.

J'imagine une relation où tout serait évident, fort et intense avec lui. Pas de fantômes du passé mais juste un avenir sans limite. À la simple évocation de ces hypothèses, mon rythme cardiaque s'accélère, j'ai le souffle court et je sens mes joues chauffer. Je veux plus, je veux tout. Alors, je le partage avec celui que je considère comme mon plus proche ami ici, présent depuis le début, qui m'écoute toujours avec attention et bienveillance :

– J'aimerais tellement connaître ça, Max. Ce que vous partagez les uns avec les autres. Je suis comme un papillon attiré par une flamme et je ne peux pas me retenir. Ne plus avoir de doutes, aucun. Savoir où est ma place dans ce monde et à qui faire confiance, sans l'ombre d'une hésitation. Avoir un chez moi.

Max se tourne vers moi et prend mon menton entre ses doigts pour me faire relever la tête. Il semble peser ses mots et sonde mon regard à la recherche d'une réponse que j'ignore. La proximité ne me dérange pas, comme toujours avec lui. Il a déjà gagné ma confiance pour ce type de contact. Il a l'air d'avoir trouvé sa réponse car il me répond doucement :

– Tu peux, miss, tu peux me faire confiance, tout le temps et pour tout. Je ne ferai jamais rien qui puisse te blesser.

– Merci, Max, je te crois.

Mais il ajoute ensuite une phrase qui fait tout basculer :

– Je t'aime trop pour ça…

Et avant que je ne comprenne le sens de ses paroles, il se penche vers moi et m'embrasse avec ferveur sur la bouche, en prenant en étau mon visage entre ses immenses mains chaudes.

Non, non, non, pas ça !

Pourquoi ?

Je sais qu'il ne s'est toujours pas remis d'avoir failli me tuer un peu plus tôt, sinon il n'agirait jamais ainsi, c'est impossible autrement. Il n'est pas encore redevenu lui-même et je peux le sentir à son baiser qui a un goût de désespoir. Si ce n'était pas Max, j'apprécierais sûrement ce moment mais je sais que je vais le blesser dans quelques instants, malgré moi. Je n'ai pas le choix et je me déteste pour ce que je m'apprête à faire : abîmer ce bel homme fort et gentil dans son amour-propre, alors qu'il se dévoile à moi. Je sens mes yeux devenir humides, je ne peux pas laisser faire ça. Il ne s'agit pas de quelqu'un sans importance mais bien de mon ami.

Je me dégage de sa prise et lui lance un regard désolé qu'il comprend instantanément.

– Je suis désolée, Max. Tu es une des personnes qui comptent le plus pour moi ici mais pas de cette façon-là. Je te l'ai toujours dit. Je suis désolée si je t'ai malgré tout laissé entendre le contraire.

Je sais que j'ai toujours été correcte avec Max. Je n'ai jamais rien fait pour l'encourager dans ce sens, mais parfois le cœur choisit ce qu'il désire voir et peut déformer la réalité. Cela ne m'apaise pas et je me sens mal. Par-dessus tout, ce que je redoutais se produit : Max est meurtri. Il secoue la tête en signe de dénégation à mes dernières paroles.

– Tu ne me laisses pas la chance d'être plus, Olivia. Tu ne me l'as jamais laissée. Dès le début, tu as décrété qu'on serait amis et rien de plus. Laisse-moi te convaincre, s'il te plaît.

Il essaye de m'attraper les mains mais je lui échappe.

– Non, je suis désolée, Max, je connais déjà l'issue… Je ne changerai pas d'avis.

– Comment peux-tu en être si certaine ? On a des points communs, je te fais rire et tu t'ouvres à moi. Tu me confies des choses. Je peux t'offrir ce que tu désires ici.

– Oui, en tant qu'amie, Max, ou peut-être comme le frère que je n'ai jamais eu. Tous les miens sont morts. Je n'avais plus personne avant que tu me prennes sous ton aile malgré moi, dans cette station essence. Je t'en suis infiniment reconnaissante.

Il reprend contenance et ses traits se durcissent. Il refuse toujours ce que j'essaye de lui dire.

– Si tu savais comme je regrette !

– Tu regrettes quoi ? De m'avoir rencontrée ? Je te l'ai dit, je ne voulais pas te faire de mal.

Je ne veux pas qu'il me déteste ou ne souhaite plus me voir. Rien que l'idée me rend malade.

– Non, surtout pas ! Mais j'en suis venu à regretter la façon dont on s'est rencontrés, toi et moi. Inconsciemment, à cet instant-là, tu m'as vu comme un cordon de survie jeté dans ton océan de perdition personnel. Tu m'as identifié comme un ami qui te veut du bien, mais jamais comme un amant potentiel. Je n'ai même pas pu passer par cette case ! Je l'ai senti dès le début, mais j'ai voulu espérer comme un con.

Je me sens terriblement mal. Ce qu'il dit est une analyse juste et fine de notre rencontre. J'étais perdue, je l'ai rencontré par hasard sur un bord de route, et alors que je ne laissais plus personne entrer, lui, je l'y ai autorisé un tout petit peu.

J'ai déjà réfléchi à la question plusieurs fois depuis que je suis ici. N'importe quelle autre personne du Clan, même Rock, m'aurait fait fuir ce jour-là, mais pas Max. Je réalise qu'il me fait penser à mon père d'une certaine façon : une force tranquille blonde aux yeux gris, mais aussi grâce à une foule d'autres détails du quotidien. Le plus cruel dans cette histoire, c'est qu'en abaissant mes barrières pour la première fois depuis longtemps, Max a permis à un autre de le suivre dans son sillage pour passer lui par la case « amant » : Rock.

Max a creusé la brèche, Rock s'y est engouffré et a rallumé mon feu intérieur. Sauf que cela, je ne l'avouerai jamais à Max.

Savoir pour Rock et moi va l'anéantir une deuxième fois, comme du sel sur une plaie béante.

Je crois que je l'ai compris le soir où Rock m'a dit qu'ils étaient comme des frères de sang. J'ai su que ce ne serait pas simple si cela devait devenir sérieux entre nous.

Au fond, Bill avait raison, je fous clairement la merde entre eux...

C'est pour ça que j'ai si facilement proposé de garder tout cela secret, et c'est pour cela aussi que j'ai refusé que Rock avoue ma présence le soir de l'attaque des Black Edge. Trop d'explications à fournir, trop de conséquences à gérer et je n'étais pas en état. Sauf que repousser l'échéance n'a fait qu'empirer les choses. Voilà où nous en sommes aujourd'hui.

Max reprend d'une voix sombre, face à mon silence :

– Tu étais en route pour Colorado Source, tu serais venue au CSB, ou alors je t'aurais croisée chez Alfred, ou qui sait, au lac alors que tu te baignais. On aurait discuté simplement et les choses auraient eu la possibilité de prendre une autre direction. Alors que dans la station essence, j'ai perçu ton désarroi à mille lieues et je n'ai pas pu m'empêcher d'essayer de t'aider !

– Parce que tu es la personne la plus altruiste que je connaisse, Max, et c'est pour ça qu'on t'aime tous ici ! Ne te déteste pas pour ça, par pitié. Si tu changes à cause de moi, je ne m'en remettrai pas. Tu ne peux pas réécrire l'histoire. Rien ne garantit que les choses auraient abouti autrement si on s'était croisés ailleurs pour la première fois. Tu aurais toujours voulu m'aider à un moment ou à un autre, j'ai tellement de casseroles !

– Mais regarde à quoi ça me conduit ! Je ne t'aurai jamais.

– Tu m'as, Max ! Comme une amie précieuse.

– À quoi bon ?

– Ne dis pas ça, c'est méchant.

Il hausse les épaules, désabusé, et se remet en marche. Nous n'échangeons plus un mot jusque chez moi et il me dit à peine au revoir du bout des lèvres sur mon porche. J'insiste pour le serrer dans mes bras même s'il reste immobile telle une statue de sel.

– Bonne nuit, Max. Je veux rester ton amie. Le temps sera notre allié, prends celui qu'il te faut, mais reviens-moi.

***

Le lendemain, alors que je me sens au plus bas et comme pour me narguer, je reçois le courrier de l'hôpital m'informant que toutes mes analyses sont négatives. Je ne suis porteuse d'aucune maladie, virus ou germe qui puissent mettre en danger Sa Seigneurie toute-puissante…

Malgré les zones d'ombre, les non-dits et les paroles blessantes entre Rock et moi, je me hâte de prendre une photo de mes analyses et de la lui envoyer avec un petit message plein de sous-entendus coquins. Il me manque un peu trop à mon goût, mais depuis le début, j'ai bien conscience que mon cœur ne suit pas tout à fait la même ligne de conduite que ma raison. Je sais que l'issue sera douloureuse, mais je ne peux m'empêcher de vouloir ma tranche de bonheur.

Je sais que je ne suis pas la seule à rencontrer ce problème sur cette fichue planète !

Je repense à notre échange de la veille. Il était si proche, à portée de mains et de bouche, mais en ce moment, tout se ligue contre nous pour nous empêcher de nous retrouver seuls, et quand nous sommes face à face, nous sommes plutôt dans l'affrontement qu'autre chose. Cela ne m'empêche pas de le désirer sans limite. Lorsque je pense à Rock, et plus particulièrement à toutes les façons dont je souhaite lui grimper dessus sans aucune contrainte, ma culpabilité vis-à-vis de Max me revient tel un boomerang. Rock me répond deux heures plus tard avec une photo identique à la mienne mais sans commentaire, me laissant mi-figue mi-raisin. Je sais qu'il doit sûrement m'en vouloir pour mon infiltration commando dans son précieux Q.G. mais quand même.

En fin de journée, je remarque qu'il m'a laissé un message vocal. J'ai loupé son appel alors que je m'occupais des enfants. Il s'excuse rapidement de ne pas avoir de temps à m'accorder ce week-end ni la semaine qui suit, mais il me dit de ne pas croire que je m'en tire si facilement. Il m'assure qu'il trouvera un moment pour venir me fesser, car on ne pénètre pas dans le Q.G. des Evil's Heat par effraction sans être puni. Je n'arrive pas à savoir s'il plaisante ou non. Il me demande aussi de lui réserver mon prochain week-end, ce qui est plutôt bon signe.

Non ?

Je suis partagée et hésitante, mais nous allons enfin pouvoir aborder tous les sujets en suspens : notre première fois, l'agression, les meurtres, la fameuse Soraya, notre relation et mon avenir ici, mon e-mail à cœur ouvert auquel je n'ai toujours pas eu de réponse, le Q.G., Bill, le détournement de fonds et enfin Max.

Ouais, ça commence à faire beaucoup, même pour moi. Il y a déjà trop de monde sous mon tapis cache-misère.

Je me sens sous pression, comme une cocotte-minute, et la tension palpable dans la ville à cause des Black Edge n'arrange rien.

19

SHAWN, SUNNY ET MOÏRA

Olivia

La semaine qui suit, je ne déjeune pas avec les garçons avant d'aller au travail. J'ai décidé de laisser Max souffler et de lui donner de l'espace. Je ne pense pas que voir ma tête tous les jours l'aide à faire le deuil de notre relation amoureuse avortée et à passer à autre chose. Je vais tout de même faire un coucou à Vince, Eddy et Bounce dès que je peux. Ces trois-là se réunissent souvent en fin de journée chez Eddy lorsque Rhonda et les filles ne sont pas là. J'apprends que Bill est sur la sellette dans le Clan et que Crazy Rhonda me déteste plus que jamais.

Je ne sais pas si je devrais avoir peur pour ma vie?

J'ai reçu une carte de remerciements de Mary Ellen pour les vêtements que je lui ai offerts. Elle est toujours hospitalisée chez le Doc mais elle devrait bientôt rentrer et continuer les soins depuis chez elle avec l'aide d'une infirmière. La pauvre est plâtrée et recousue de partout. Je me demande si je réussirai à exposer mes problèmes à une femme qui a traversé l'enfer tout récemment. D'ailleurs, rien ne dit qu'elle reprendra du service et je n'ai pas osé en parler avec le Doc. J'ai un respect immense pour les professionnels qui passent leurs journées à écouter les soucis des autres.

Quand ces gens-là trouvent-ils l'énergie de gérer les leurs?

Le vendredi, je décide d'aller pique-niquer au lac. Cela fait un moment que je n'y ai pas mis les pieds et j'en ai besoin, cet endroit m'apaise et me ressource. Voulant enterrer la hache de guerre, j'ai envoyé quelques SMS à Rock pour l'encourager tout au long de la semaine en lui promettant qu'il serait récompensé ce week-end pour avoir été un meneur très investi envers son Clan… Le dernier étant tout bonnement une photo de mon décolleté que j'ai failli envoyer par erreur à Vince, Bounce et Eddy, avec lesquels je partage aussi un fil de discussion où nous publions des images trouvées sur le Net qui nous font particulièrement rire. Étonnamment, des quatre je suis celle à l'humour le plus douteux.

Très mature !

Aucun de mes SMS à Rock n'a eu de réponse de sa part. Je suis blessée, vexée et je me refuse d'en parler aux garçons ; je ne veux pas donner l'impression que cela me touche, même si c'est le cas. Rock m'avait avertie dès le début qu'il ne me traiterait pas comme je le méritais mais, suite à nos moments tous les deux et à notre week-end loin de tout, je n'avais pas imaginé que cela se passerait ainsi.

J'ai décidé de laisser Ginette un peu tranquille aujourd'hui et c'est donc à pied, en broyant du noir, que j'arrive près du lac aux grenouilles. Je suis surprise quand je remarque une grosse voiture sombre garée près du petit ponton où un homme brun est assis. Mon cœur s'accélère en pensant qu'il s'agit de Rock mais rapidement, même si la silhouette me rappelle quelqu'un, je comprends que ce n'est pas le goujat qui m'obsède.

J'approche prudemment, curieuse, bien qu'il soit désormais hors de question que je me baigne devant un inconnu. En m'entendant, l'homme pensif assis en tailleur se retourne vivement et me fait sursauter. J'ai encore en mémoire l'agression des deux Black Edge et je suis sur la défensive, me remémorant les conseils d'Eddy en self-défense.

Il me lance un « Bonjour » chaleureux en se redressant sur ses longues jambes, ce qui me donne l'occasion de l'observer dans sa totalité et j'ai un choc. Je me retrouve devant une version sans tatouage ni piercing de Bounce. Il a les mêmes cheveux auburn mais coupés court et les mêmes yeux verts captivants.

Je ne peux m'empêcher de demander bêtement :

– Bounce ?

L'homme me sourit gentiment et s'approche en me tendant la main. Il ressemble encore plus à un mannequin que son sosie dans ce costume trois-pièces, luxueux, et gris foncé. Il ne paraît pas souffrir de la chaleur, habillé de la sorte. J'accepte de lui serrer la main et il met un peu trop de temps à mon goût pour la lâcher.

– Non pas Bounce, je suis Shawn, son frère jumeau.

– Et merde !

J'ai vraiment le chic pour me mettre dans de sales draps. En plus de ma réponse grossière, j'ai un mouvement de recul, effrayée. Je n'ai pas oublié ce que j'ai pu saisir de l'échange entre Max et Rock au sujet de ce fameux Shawn. Il est clairement décontenancé.

– Je vois que ma réputation m'a encore précédé…

– Qu'est que vous faites là, près du lac?

– Une amie très proche adorait ce lac, je viens ici quand je veux penser à elle.

Sa réponse me surprend et me touche, je sais ce que c'est de perdre une amie chère. Mais je ne perds pas le nord pour autant.

– Comment s'appelait-elle?

Il hésite à répondre et me jauge de bas en haut.

– Je te réponds si tu me dis comment tu t'appelles.

– Olivia Kincaid.

– C'est bien ce qu'il me semblait. Max m'a parlé de toi et t'a plutôt bien décrite. Toi aussi, tu as une petite réputation, désormais.

– Quel genre de réputation?

– D'aller droit au but, d'être vive, avec un caractère affirmé… et d'être accessoirement un régal pour les yeux.

Quel beau parleur…

Il me parcourt de haut en bas avec un regard gourmand et je frissonne de crainte. Je laisse un silence s'installer entre nous, je ne sais pas quoi répondre à ça.

Est-il sincère ou cherche-t-il à m'amadouer pour tenter un truc?

Il finit par ajouter :

– Mon amie s'appelait Sunny.

Sa révélation me laisse coite. Je suis étonnée que Rock ait laissé sa sœur côtoyer Shawn si ce dernier a une si mauvaise réputation avec les filles.

– Sunny? La sœur de Rock?

– Oui, celle-là même. Celle qui est partie du jour au lendemain, a laissé son frère et ses parents complètement anéantis.

Son ton est dur et je sens le besoin de défendre cette jeune femme que je ne connais pas face à ce coureur de jupons notoire. Le peu que je sais d'elle est ce que j'ai pu entendre raconter par-ci par-là, par les uns et les autres. Je n'ai jamais eu d'avis avant à son sujet, j'ai toujours cherché à rester neutre, bien qu'elle soit la source de la détresse de Rock et de pas mal d'obstacles dans notre relation. J'ai l'intime conviction que quelque chose l'a chassée de chez elle et pour les mêmes raisons que Moïra. Je reste persuadée qu'elles se connaissaient, ce serait une coïncidence incroyable dans le cas contraire.

Enfin ça, c'est si Moïra est bien originaire du coin…

– Peut-être qu'elle est partie à cause de vous. Que s'est-il passé ? Vous avez voulu la forcer à être plus que votre « amie », elle a refusé et ça ne vous a pas plu ?

Ma réponse fait mouche et un voile de tristesse vient recouvrir son beau visage.

– Ne parle pas de ce que tu ne sais pas ! Crois-tu que Rock me considérerait encore comme son ami si c'était le cas ?

– Il ne m'a jamais parlé de toi, ni Max d'ailleurs. J'ai appris ton existence par inadvertance. Tout est possible selon moi.

– Oh parce que tu es ici depuis deux mois et tu crois qu'on t'a tout dit ? Que tu sais tout ce qui se passe ici ?

– Touchée…

Il n'a pas tort et tout dans son attitude m'indique que Sunny a beaucoup compté pour lui et qu'elle le hante. Malgré moi, je n'arrive pas à détester Shawn, il y a quelque chose de touchant dans cet homme. Je vois en lui un écho de ma peine pour Moïra. Max a raison, il semble vraiment que cet endroit soit l'épicentre des personnes bousillées par la vie. J'imagine qu'entre gens torturés, on se comprend et on s'attire. Je m'adoucis pour lui demander :

– Sunny vous manque, ça crève les yeux. Vous non plus, vous n'avez aucune idée d'où elle est ?

Il souffle et lui aussi relâche la tension qui l'habitait :

– Non, aucune idée. J'étais plus qu'un ami. On s'aimait, mais pour une raison que j'ignore, on n'est jamais sortis ensemble. La différence d'âge, j'imagine. À l'adolescence, ça paraissait énorme et elle était la sœur de mon meilleur ami. C'était un second obstacle à quoi que ce soit entre nous. Notre relation a toujours été un peu secrète et a gardé la pureté et l'insouciance de l'enfance. Aujourd'hui encore, Rock ignore l'importance que sa sœur a eue pour moi et c'est mieux ainsi. On s'est juste fait la promesse quand elle avait dix ans et moi quatorze qu'on se marierait. Puis j'ai entamé ma vie d'adulte. J'ai commis des erreurs qui nous ont éloignés l'un de l'autre. Elle a pris son propre chemin et m'en a exclu petit à petit, jusqu'à ce qu'elle disparaisse. Je n'ai rien pu faire. Je ne peux pas la pleurer comme Rock ou sa famille, personne ne comprendrait. Je ne peux en parler avec aucun de mes frères. Je peux juste venir ici deux fois par an comme un putain de sanctuaire. Le reste de l'année, je l'oublie en baisant avec le plus de nanas possible pour noyer son image au milieu de celles de centaines d'inconnues. Et même ça, mes frères me le reprochent. Ils pensent que j'ai un problème avec le sexe, ce qui est probablement vrai, d'une certaine manière.

Il débite tout cela d'une voix monocorde, mais je sais que c'est une parade pour cacher ses véritables émotions car je fais souvent la même chose.

Waouh, je confirme, je ne suis pas la seule névrosée…

Mais comment ne pas être touchée par ce qu'il vient de confesser?

– Au moins, tu as analysé ton comportement, c'est un début vers la guérison… Mais pourquoi me raconter tout ça à moi, ici et maintenant? Tu ne me connais même pas, je pourrais aller tout raconter à Rock.

Il hausse les épaules, les mains dans les poches de son pantalon de costume hors de prix, et shoote nonchalamment dans un caillou qui n'avait rien demandé.

– Va savoir? Max et les gars m'ont dit beaucoup de bien de toi. Je ne rentre pas souvent à Colorado Source, ça me rend nostalgique et triste à chaque fois. C'est la merde ici, mon enfer personnel sur cette terre. Je crois qu'il était temps que ça sorte. Tous semblent aller de l'avant ces derniers temps, même Rock. J'ignore pourquoi mais il semble plus serein, malgré les Black Edge. Je crois qu'il faut que j'arrive, moi aussi, à tourner la page. Sunny ne reviendra pas, elle a fait son choix.

Nous laissons ces dernières paroles flotter entre nous, Shawn se rassied et je l'accompagne. Une fois installés, les pieds dans l'eau, je lui propose de partager mon repas et il accepte sans se faire prier.

– Merci, je n'ai pas eu le temps de manger quoi que ce soit depuis ce matin avec le vol.

– Oh, tu arrives d'où? Tu n'as pas trop le look des gars d'ici : cuir, barbe, moto, gros bras, tout ça, tout ça, quoi.

– J'arrive de New York, je gère l'argent et les intérêts du Clan là-bas sur place. Et non, je n'ai pas une once de motard dans l'âme. Je déteste les deux-roues, les armes, les tatouages, le conflit et la bagarre. Surtout, ne te fais pas attaquer en ma présence, je ne te serais d'aucune utilité…

Il rigole à gorge déployée d'un rire communicatif, alors je ricane moi aussi comme une adolescente gênée. Je le trouve encore plus beau que Bounce, ce qui n'est pas une mince affaire. Je comprends qu'il n'ait aucun mal à ramener toutes les nanas qu'il souhaite dans son lit.

– Max m'a dit que le Clan était hétéroclite, et pas seulement constitué de bikers, mais j'avais du mal à y croire car je n'ai croisé que ça jusqu'à présent. Je n'aurais jamais cru que tu fasses partie des Evil's Heat!

– Et si. D'ailleurs les bikers sont une minorité au final, mais ce sont eux qui protègent le cœur de notre communauté. C'est toi qui as cuisiné ça? C'est super bon!

– Merci! Donc tu arrives de New York, c'est cool! J'ai toujours rêvé de visiter la grosse pomme.

– En fait, je suis ici depuis une semaine mais avant-hier, j'ai dû y retourner pour gérer une urgence, et je suis revenu ce matin.

– Tu as étudié la finance si je suppose bien, alors?

– Ouais, j'ai un doctorat en mathématiques financières et actuariat.

– Pas mal! Moi aussi, j'ai fait mes études là-dedans. Je travaillais pour une banque parisienne avant d'atterrir ici.

Et malgré nous, la conversation dérape et nous passons le reste du déjeuner à discuter fluctuations boursières et spéculation. Je décide que Shawn est quelqu'un de sympa qui mérite d'être connu. Je manque d'arriver en retard à l'école, nous n'avons pas vu le temps passer et la journée ne s'arrange pas quand je reçois un texto de Rock me disant qu'il s'excuse mais qu'il doit partir ce week-end finalement, avec Vince et Loris, je ne sais où. C'est la douche froide et je n'arrive plus à faire bonne figure. Je suis déçue et je commence sérieusement à lui en vouloir.

Je ne lui demande pas la lune, juste quelques heures de temps en temps pour continuer ce qu'on a commencé tranquillement. Entre lui et Max qui ne m'a toujours pas reparlé, je suis au plus bas en cette fin de semaine.

***

Samedi, Susie me propose une séance de shopping que j'accepte volontiers pour me changer les idées. Nous passons rendre visite à Mary pour lui remonter le moral et lui offrir le petit cadeau que nous lui avons trouvé : une jolie paire de jeans et une chemisette corail.

Dépitée, je n'ai même pas répondu à Rock qui, du coup, se réveille et m'envoie plusieurs textos pour savoir pourquoi je ne lui réponds plus.

C'est une blague!

Je continue de l'ignorer, ça lui fera les pieds.

Dimanche, Ellie me téléphone. Nous papotons une demi-heure et elle m'apprend qu'elle va prolonger son séjour dans sa famille, ce qui me rassure. Je préfère la savoir loin de la ville en ce moment. Les Black Edge ont agressé une autre femme cette semaine, seulement légèrement bien heureusement. Ils ont choisi la mauvaise victime : pour eux, femme signifie « être faible » sauf que Laura Di Lella est accessoirement ceinture noire de karaté et pratique aussi le krav maga pendant son temps libre. Ma seule éclaircie du week-end est un message de Max qui me dit que je lui manque en tant qu'amie et qu'il souhaiterait qu'on continue de se voir si je lui pardonne d'être parti en vrille, ce que j'accepte avec plaisir.

Une nouvelle semaine commence et si je passe quelques matinées avec Max, je continue de déjeuner avec Shawn, et aussi Susie qui se joint à nous une fois sur deux. Lorsqu'elle n'est pas là, Shawn me raconte tous les bons souvenirs qu'il a de Sunny et c'est vraiment touchant. Il est clair qu'il l'aime encore éperdument, ce qui me brise le cœur pour lui.

Quant à Sunny, au bout d'une semaine, j'ai l'impression de l'avoir toujours connue et je la découvre sous un autre angle, loin de tout le drame qui l'entoure. Je devine la jeune fille espiègle et joyeuse qu'elle a été avant que tout ne dégénère. Shawn et Susie me racontent des anecdotes croustillantes sur Rock, Max et les gars et à la fin de la semaine, je me sens un peu moins étrangère au Clan et à la ville. Bientôt, je pourrai croire que j'y ai toujours vécu et cela me met du baume au cœur.

Le vendredi, il y a un regain de chaleur, bien que nous soyons fin octobre. Shawn et moi décidons de nous baigner après avoir déjeuné avec Susie qui a dû nous quitter précipitamment, nous laissant seuls tous les deux. Rapidement, la situation dégénère et se transforme en véritable combat aquatique. Je lui ai raconté brièvement mon histoire, et comme les autres garçons du Clan, il met un point d'honneur à vouloir me faire rattraper le temps perdu de mon enfance. Alors que Shawn me soulève pour me jeter sans cérémonie du ponton, un énorme Dodge noir déboule à toute vitesse près du lac et se gare dans un crissement de pneus et un nuage de poussière, nous stoppant net dans nos jeux puérils.

Je reconnais la voiture de Rock, qui d'ailleurs ne tarde pas à en sortir pour se diriger vers nous d'un pas menaçant.

Cela fait un moment que je ne l'ai pas vu et j'oublie à chaque fois à quel point il est grand et massif. Il nous toise d'un regard sévère et je sens qu'il enrage intérieurement. Shawn lâche sa prise sur ma hanche et se redresse pour se donner une contenance, mais c'est peine perdue. Mon titan se met à gronder :

– C'est quoi ce bordel, Liv ? Non seulement tu ne réponds plus à mes messages ni ne décroches ton téléphone, mais j'apprends par Susie que tu passes tous tes midis au lac avec *lui* !

Il pointe d'un doigt accusateur Shawn et je sens la moutarde me monter au nez. Je vais perdre le contrôle…

J'ai pas mal de choses à lui reprocher moi aussi.

Je ne suis pas une gamine qu'on réprimande de la sorte et il y a trop de non-dits entre nous.

– Shawn a toujours été gentil et courtois. Lui au moins daigne passer du temps avec moi, contrairement à une certaine personne ici présente, et je répondrai à tes textos quand toi tu répondras aux miens !

Il paraît surpris de ma véhémence et étonné que j'aie, moi aussi, des griefs à son encontre.

Les hommes sont-ils tous aussi peu empathiques ?

Mais il se renfrogne à nouveau et me balance :

– Je suis occupé à gérer le retour des membres en volante, Olivia ! Et bien sûr qu'il accepte de passer du temps avec toi puisqu'il finira par vouloir te sauter !

C'est du grand n'importe quoi !

Shawn intervient, m'empêchant de partir en vrille :

– Hey, Rock, du calme, un peu de respect. Pour qui tu me prends, bordel ?

– Et pour qui tu me prends, moi, Cro-Magnon ? Quand bien même il me l'aurait proposé, tu crois que j'aurais accepté ? Après tout ce qu'on s'est dit !

Rock paraît comprendre ce qu'il a insinué et se radoucit :

– J'ai confiance en toi, Princesse, j'essaye, je te jure, mais Shawn reste Shawn. On l'accepte comme ça mais…

Shawn le coupe violemment :

– Rock, sérieusement, si je pouvais, je te péterais la gueule, là ! Arrête de parler comme si j'étais pas là, OK ! Déjà, je découvre à l'instant qu'apparemment, il y a un truc pas très clair entre vous, alors réglez vos problèmes mais laissez-moi en dehors de tout ça ! Et puis quoi ? Tu m'en veux encore pour Soraya ? Je sais qu'elle était ton premier amour, mais même après toutes ces années, mec ? Je te jure qu'elle m'avait dit que tu l'avais jetée et j'étais saoul, jeune et con. Je croyais qu'on avait dépassé tout ça, bordel ! J'aurais jamais dû rentrer, putain, je le savais…

– Attendez une minute, là ! je crie en me tournant vers Rock. On parle bien de la fameuse Soraya ? Celle que j'ai surprise la main sur tes couilles en train de te rouler une pelle devant les toilettes du CSB? C'était ta première petite copine, Christensen? Et vous baisiez encore ensemble jusqu'à ce que j'arrive? Seigneur tout-puissant…

Je suis tellement furieuse que je commence à trembler. J'entends Shawn jurer :

– Putain, Rock, t'es pas sérieux, mec… T'avais dit il y a six mois que t'arrêtais avec elle.

Je reprends à l'attention de Rock :

– Et après tu me dis que ce n'est rien et que c'est « occasionnel »? Que je ne dois pas m'inquiéter et qu'on en rediscutera plus tard? Pire, tu oses venir ici me faire une crise de jalousie! Espèce de gros hypocrite macho!

– Oh, attends le meilleur, Liv. Rock, dis-lui où tu étais ce week-end.

– Ta gueule, putain, Shawn. Sérieux, ferme-la.

– Non, vas-y, dis-le-moi, Rock, je suis curieuse et tout ouïe maintenant.

Mais il reste de marbre et ne répond rien, alors Shawn prend le relais :

– Il était chez Soraya…

Je lâche un cri de stupeur et je plaque mes mains sur ma bouche.

– Espèce d'enflure! Moi qui pensais te laisser de l'espace pour gérer le Clan dans cette période pourrie… En fait, tu jouais les amoureux transis!

– Ce n'est pas ce que tu crois, Princesse. Je gère le Clan.

Il essaye de me prendre dans ses bras mais je l'évite.

– Ne me touche pas! Je ne sais plus ce que je dois croire. C'est trop malsain tout ça. Je comprends pourquoi aucune autre femme n'a réussi à te séduire au-delà d'un plan cul. La place est déjà occupée.

– Bordel, tu dis n'importe quoi! Je suis allé voir Soraya, mais surtout son frère et son père pour régler tout ce merdier! Ils la rendent dingue et l'étouffent. C'est pour ça qu'elle se comporte comme une folle et qu'elle m'a sauté dessus. Oui, avant que tu ne fasses irruption dans ma vie et chamboule tout, j'ai fait l'erreur de recoucher avec elle de temps en temps, et elle s'est imaginé des choses. J'y suis allé pour mettre les choses au clair une bonne fois pour toutes et pour m'excuser.

– Il suffisait de me le dire. Moi, je t'ai tout dit sur moi, Rock. Tu sais tout. J'aurais compris.

– Je suis désolé, je ne suis pas encore doué pour tout ça. Mais rentre avec moi, prends ton après-midi, Susie comprendra. On peut parler de tout ça.

– Non, j'ai besoin d'être seule, rien d'autre. Alors, s'il vous plaît, laissez-moi.

Je me tourne vers Shawn et ajoute :

– Tous les deux, tout de suite.

Ils tentent de me faire changer d'avis mais sans succès. Après m'être rhabillée, je me mets en route pour l'école sur la selle de Ginette qui, elle, ne me cause jamais de peine et me sera toujours fidèle. Rock me suit en voiture jusqu'à ce que je sois en sécurité dans le bâtiment où Susan m'accueille, complètement désolée et paniquée.

– Liv ! Ça va ? Rock a pété un câble quand je lui ai dit que tu passais du temps avec Shawn. Je suis désolée, je ne pensais pas à mal mais il te cherchait et semblait vraiment inquiet.

– Ce n'est pas ta faute, Susie. Je ne t'en veux pas. Allez, viens, je dois me changer les idées auprès des petits monstres.

***

Inutile de dire que je ne fais que ruminer toute la fin de journée et le samedi qui suit. Je n'arrive pas à décolérer et j'ai l'impression d'avoir été prise pour une idiote. Dans l'après-midi, un numéro inconnu m'appelle.

– Allô ?

– Liv, c'est Shawn, Eddy m'a donné ton numéro. Je voulais juste savoir comment tu allais ?

– Ça peut aller, Shawn. J'ai l'impression d'avoir été prise pour une conne mais sinon ça va.

– J'ai vérifié, Rock ne t'a pas menti. Il n'y a plus rien entre lui et Soraya. Il y est allé avec Vince et Loris. Il n'y est pas allé seul.

– Ce n'est pas ça, le souci. Il suffisait qu'il me le dise, je l'aurais cru, il avait ma confiance. Mais non, monsieur a préféré se renfermer sur lui-même comme d'habitude, ne rien me dire, bien que ça me concerne. Et puis tu ne sais pas tout, il y a tellement de merdes et de choses dont on doit parler, mais on ne s'est pas retrouvés seuls depuis plus de trois semaines. On s'est rapprochés, on a partagé des moments plus que sympas, je lui ai confié des choses super intimes sur moi, mais il n'a toujours pas réagi ou répondu à mes textos. J'essaye vraiment d'être compréhensive mais j'avance dans le noir et c'est dur. S'il avait un peu de temps libre, j'aurais apprécié qu'il me l'accorde. Le cas Soraya aurait pu attendre quelques jours de plus. Bref, j'imagine que je suis jalouse d'elle, qu'il ait choisi de lui donner du temps à elle plutôt qu'à moi…

– Tu n'as pas à être jalouse de Soraya. Cette nana est dingue. C'est la personne la plus égoïste que je connaisse. C'est la fille du chef de la réserve indienne, ça lui est monté à la tête, je pense.

– Oui, j'avais cru comprendre qu'il y avait des Indiens dans le coin. Le Clan en semble proche, non?

Je cherche à savoir à quel point Rock et Soraya sont encore liés. J'ai du mal à réaliser que c'est l'ex avec un grand E. Une des rares filles pour qui il m'a avoué sur son lit d'hôpital avoir eu un jour des sentiments. Il ne semble pas réussir à s'en détacher puisqu'il couche encore de temps à autre avec elle.

– Ouais, en quelque sorte, on se rend service les uns les autres, notre but étant le même. Qu'on nous laisse tranquilles et qu'on nous oublie.

– OK, je vois. Et alors comme ça, tu es sorti avec elle aussi?

– Ouais, une erreur de jeunesse. J'avais quinze ans et elle dix-huit, alors quand elle s'est intéressée à moi, j'en revenais pas. Elle est considérée comme une princesse par les siens! C'était la première vraie petite copine de Rock et celle qui lui a brisé le cœur pour la première et unique fois. Et moi, j'ai été l'idiot du village dans l'histoire et j'ai failli perdre un ami. Après ça, ma relation avec Rock n'a plus jamais été vraiment la même. Beaucoup de gens ont été déçus qu'ils se séparent. Les adultes espéraient un mariage entre eux, ça aurait matérialisé l'union entre les deux communautés. Surtout qu'elle est tombée enceinte de lui à la même période. Cette garce lui a fait un gosse dans le dos.

– Quoi! Rock est père? Ils ont un enfant ensemble?

Là, mon cœur se brise, littéralement. Il m'a menti aussi à ce sujet. Je ne sais plus quoi dire, l'annonce me laisse sans voix et ma poitrine me fait terriblement mal. J'ai envie de vomir. Et voilà, nous y sommes, le moment où je réalise que je me suis trop attachée à lui et que lui non, bien au contraire…

Pigeonne, je suis une pigeonne.

– Non, non! Soraya a perdu le bébé rapidement et Rock ne s'y est pas fait prendre une seconde fois.

Bizarrement, je ne suis pas particulièrement soulagée par cette rectification, même si l'étau sur mon cœur se desserre légèrement.

– Génial, Shawn! Comment veux-tu que je ne sois pas jalouse après tout ce que tu viens de me raconter?

– Désolé… Mais je t'assure, Rock ne retournera jamais avec elle, il préférerait encore finir eunuque…

– Si tu le dis. Bref, parlons d'autre chose, s'il te plaît.

– De quoi veux-tu qu'on parle?

– Je ne sais pas. Ah si, j'ai une question. Ça fait quoi d'avoir un frère jumeau? Je n'ai jamais eu de frère ou de sœur. Ça doit être dingue, un autre soi-même, non?

– Pas vraiment. Bounce et moi avons tout fait pour être différents. Mon frère a toujours été un peu étrange et très solitaire. Je suis plus proche de Max et de Rock, malgré notre différence d'âge, que de lui, au final.

– Je trouve ça un peu triste. J'aurais aimé avoir un frère, j'aurais été moins seule dans ma vie. Mais j'ai eu une amie, une fois, qui a été comme une sœur. Je comprends que les liens du sang ne font pas tout.

– Et vous n'êtes plus amies aujourd'hui?

– Non… Je l'ai trouvée assassinée sur son lit.

Un silence résonne dans le combiné suite à ma déclaration. C'est la première fois que je le dis à voix haute.

– Oh, Liv, je suis sincèrement désolé…

– C'est pour ça que j'ai tout plaqué et que je suis venue ici, pour repartir à zéro.

– Et ce n'est pas le coin tranquille que tu espérais trouver, non?

– Je ne sais pas vraiment ce que je suis venue chercher, mais peu importe ce qui se passe ici et avec qui, je me sens plutôt bien, quand Rock ne fait pas tout foirer. Ça ne te manque pas, toi, d'être si loin des tiens tout le temps?

– Non, je fais ce qui me plaît à New York et j'y suis utile. Comme je te l'ai dit, je ne suis pas du tout un biker et la disparition de Sunny a creusé un fossé entre moi et les autres. Les gens ne comprennent pas mon mal-être et je ne veux pas leur expliquer. Ils me jugent. Et puis une grande ville, c'est mieux pour les plans cul sans lendemain. Regarde la merde que c'est déjà pour Rock… et il n'a pas un dixième de mon tableau de chasse.

– Certes, c'est une façon de voir les choses, j'imagine. Merci Shawn…

La conversation s'éteint de nouveau quand je repense à quelque chose :

– Sunny avait une meilleure amie de son âge, non? Elle s'appelait comment déjà?

– Ouais, elle aussi, je n'ai plus de nouvelles. Elle venait de Newton City et on la connaissait peu. Elles se sont rencontrées au lycée. C'est toujours Sunny qui quittait Colorado Source pour rejoindre sa copine en ville. Je suis le seul à qui Sunny parlait d'elle : Ashley O'Brien. Mais j'ai jamais passé de temps avec elles deux. Je l'apercevais très rapidement de temps à autre. Un vrai chat sauvage avec son immense crinière rousse. Je me demande si ce n'est pas elle qui a embrouillé le cerveau de Sunny.

Mon pouls s'est envolé et j'ai perdu la parole. Je ne dis plus rien.

– Liv, ça va? Tu es toujours là?

– Oui, oui… Tu es sûr qu'elle s'appelait Ashley et non… je ne sais pas : Moïra.

Un blanc suit ma question, puis Shawn me demande :

– Comment sais-tu ça, Liv?

Il paraît abasourdi.

– De quoi Shawn? Comment je sais quoi?

Je ne peux m'empêcher de hurler dans le combiné, hallucinée par ce que je viens de découvrir.

– Sunny et Ashley n'aimaient pas leurs prénoms. Du coup, elles utilisaient des surnoms. Sunny se faisait appeler Julie et Ashley : Moïra, en hommage à ses origines irlandaises.

– *Putain de bordel de merde!*

– Quoi, qu'est ce qui se passe?

– Rien, je ne peux pas encore t'en parler. Tu crois que tu pourrais me trouver les coordonnées des parents de Mo… enfin d'Ashley, je veux dire? Je sais que vous avez des indics avec le Clan.

– Ouais, ça doit être possible. Mais tu devras tout me dire après, je ne te lâcherai pas.

– Oui, oui, promis. Désolée, je dois raccrocher.

Et je ne lui laisse pas le temps de me répondre, je lui raccroche au nez.

Je suis allongée sur mon lit. J'ai des palpitations et des bouffées de chaleur face à cette révélation. J'ai retrouvé ma Moïra. Elle a toujours été si proche depuis le début, mais j'ai tellement été prise dans mes propres petites histoires que je l'ai délaissée, et voilà que je prends ça en pleine face au moment le plus inattendu. Mon cerveau fonctionne à mille à l'heure et mon enquête est de nouveau sur les rails. Mais surtout, Moïra, même morte, pourrait aider Rock à retrouver sa sœur.

J'ai stocké toutes les affaires de Mo dans un garde-meuble à Paris, j'ai déjà tout examiné plusieurs fois mais je ne cherchais pas Sunny. Je pense que Rock devrait y jeter un coup d'œil.

Je décide que ce soir, malgré nos engueulades et ses mensonges, j'irai au CSB pour lui faire part de ma découverte. De mon côté, je vais devoir annoncer à une famille le décès de leur enfant et je n'ai aucune idée de comment m'y prendre ou que leur dire. Le meurtre de Moïra n'a jamais été élucidé et n'intéresse pas la police française.

Je reste ainsi à cogiter plusieurs heures sans m'en rendre compte quand mon téléphone vibre. Je reconnais le numéro non enregistré, il s'agit de Shawn à nouveau. Il m'informe qu'il a réussi à obtenir les coordonnées des parents de Mo – que je n'arriverai jamais à appeler Ashley. Tout devient réalité. J'ai une adresse et un numéro de téléphone dans le creux de ma main.

Je passe la fin de l'après-midi sur Google Earth et Internet à espionner leur maison, leur quartier, leur vie. Je trouve quelques informations sur ses parents. Tous les deux sont à la retraite et ont un fils, Jason. Ce que je découvre d'eux ne donne pas l'impression qu'ils pleurent l'absence d'un enfant. Je ne trouve rien à ce sujet, comme si Moïra ne manquait à personne, ni à ses parents, ni à son frère…

Je sais qu'il faut se méfier du filtre des réseaux sociaux. Chacun montre une vie parfaite souvent loin de la réalité, mais je n'oublie pas que Mo a fui sa vie passée, et sa famille est peut-être responsable de sa fugue. Plusieurs fois, je compose leur numéro sans aller jusqu'au bout, mais à la dixième tentative, je trouve le courage et je laisse sonner. Personne ne décroche et je tombe sur un répondeur.

Je déteste laisser des messages !

Pour une raison que j'ignore, mon accent français revient en force.

– Madame et monsieur O'Brien. Je suis Olivia Kincaid, une amie très proche de votre fille Moïra, euh… pardon, Ashley. Votre fille Ashley O'Brien. J'ai des nouvelles d'elle et de sa disparition. Je ne sais pas comment vous dire ce que je dois vous annoncer et encore moins par téléphone. Peut-être pourrions-nous nous rencontrer en personne ? Je l'ai connue en France où elle avait décidé de s'installer après être partie de chez vous. J'ai partagé son quotidien, elle a été une amie précieuse et je lui dois beaucoup. Appelez-moi si vous le souhaitez, je vous laisse mes coordonnées.

Je raccroche après avoir laissé mon numéro de téléphone et mon adresse.

Putain de journée de merde !

Et en même temps, j'ai fait un bond énorme en quelques heures.

20

TRAHISON

Olivia

Vers vingt-deux heures trente, je me prépare comme jamais pour aller au bar. J'enfile une combinaison dos nu bleu nuit et mes sandales argentées. Je veux que Rock reste sans voix et regrette de ne pas avoir passé plus de temps avec moi. Qu'il regrette tout ce qu'il m'a dit ou m'a caché, et qu'il s'imagine que je compte sortir quelque part avec quelqu'un d'autre que lui. J'ai mis Susie dans la confidence au besoin.

Depuis mon effraction dans leur Q.G., je ne me sens plus surveillée comme avant donc je suppose que Rock m'a tout de même entendue et a respecté mon souhait : ce n'est plus Bill qui est chargé de ma sécurité mais bien quelqu'un de plus compétent et de plus discret.

Au moment où j'arrive devant le bar, un homme grand et brun sort de l'ombre en titubant et en criant. Il est de toute évidence complètement ivre. Je le reconnais immédiatement alors qu'il s'effondre sur moi en beuglant mon nom. Il est lourd mais je le remets sur pied tant bien que mal et je prie pour qu'il ne me vomisse pas dessus.

– Shawn? Pourquoi es-tu dans cet état et tout seul?

– Livy!!! chérie! c'est... c'est toi?

– Oui c'est moi, viens, on va s'asseoir.

Je remets mes projets à plus tard et je nous dirige avec difficulté vers un banc en bordure du parc qui fait face au CSB. Je ne peux pas laisser Shawn seul dans cet état à errer dans Colorado Source avec les Black Edge aux aguets. Il appuie tellement fort sur mon épaule que les larmes me montent aux yeux et je regrette mes talons aiguilles à cet instant. Il finit par s'asseoir et me libère de son poids.

– Shawn, est-ce que les garçons sont à l'intérieur?

Je lui parle lentement en articulant pour qu'il me comprenne, car je vois à son regard qu'il est perdu, empêtré dans les brumes de l'alcool. Le réverbère qui nous éclaire lui donne vraiment une sale mine.

– Ouais ! Ils m'ont gueulé dessus.

– Pourquoi ?

– C'est Rock qui a commencé. Il ne veut plus que je t'approche. Bill a dit que je devais me faire soigner, que j'étais un addict sexuel. Et après ils s'y sont tous mis, alors j'ai déci… décidé de boire pour ne plus les entendre me dire de la merde !

C'est quoi cette histoire ?

Je sens alors la colère que je contiens exploser comme un feu d'artifice un jour de fête nationale. Ni une ni deux, j'envoie un message groupé à Vince, Bounce, Max, Eddy et Rock :

[Je ne sais pas si je suis terriblement déçue
ou hors de moi ou les deux ! Vous laissez
un de vos frères par les temps qui courent
complètement saoul dehors à errer comme
une âme en peine. Où est la putain de
fraternité dont vous me faites étalage
depuis mon arrivée ? Il est dans cet état
à cause de vous et de vos conneries machistes.
Je n'ai pas besoin de preux chevaliers,
je ne suis pas une putain de fille à papa fragile
comme Soraya.
Allez tous au diable !]

– Shawn, où est-ce que tu loges en ce moment ? C'est loin d'ici ?

– Livy ! tu as toujours été si… si gentille avec moi.

Alors que je vais lui répondre, une énorme main m'attrape l'épaule et je hurle de terreur :

– Max !!! Tu m'as foutu la trouille ! Arrêtez de me surprendre, bordel, je vais finir par avoir une crise cardiaque à cause de vous tous.

– Désolé, mais je cherchais Shawn, et ton texto m'a mis sur la voie.

Nous jetons un coup d'œil au principal intéressé qui semble s'être endormi, la tête en arrière et la bouche ouverte vers le ciel étoilé.

– Oh, tu te soucies de son sort, maintenant ?

– Hey, du calme, OK ? Je sais pas ce qu'il t'a raconté mais il nous a échappé, on ne l'aurait jamais laissé traîner dans cet état.

– Pourquoi a-t-il bu autant?

– Putain, c'est vraiment une des soirées les plus pourries de ma vie.

Max souffle, désabusé, et vient s'asseoir sur le banc à côté de moi, les coudes sur les genoux et la tête dans les mains. Je me tourne vers lui et viens lui caresser le bras gentiment pour le réconforter. Ma colère retombe un peu.

– Hey, raconte, Blondinet. Les amis servent à ça.

– Ouais, murmure-t-il, et il souffle avant de poursuivre. Shawn nous a rejoints alors qu'on était déjà tous au CSB. Ce soir, exceptionnellement, j'ai laissé les filles tout gérer pour pouvoir être avec les gars. Je crois qu'il avait déjà bu mais il était encore lucide et cohérent. Rapidement, Rock l'a fait chier avec toi car, a priori, il vous a surpris au lac tous les deux. Je peux comprendre la crainte de Rock mais là, il était clairement enragé. Je ne saisis pas pourquoi, Susie m'a dit que Shawn avait été gentil et réglo avec vous deux. D'accord, il en tient une couche avec les filles, mais il n'a jamais pris personne de force, et connaissant ton caractère si tu n'étais pas d'accord, tu ne l'aurais pas laissé t'emmerder bien longtemps. J'avoue avoir eu peur de lui, moi aussi, au départ, mais parce qu'à l'époque, je craignais surtout que tu tombes pour sa belle gueule d'ange et son regard de braise. Rares sont celles qui lui disent non. Je t'ai entendue plusieurs fois dire à quel point tu trouvais Bounce beau, comme un mannequin de magazine. Alors Shawn, sa version politiquement correcte, j'osais même pas imaginer ce que tu allais en penser. Bref, Rock a dépassé les bornes grave et les gars ont tous rajouté leur grain de sel à tour de rôle dans la discussion.

Je réalise que si beaucoup de gens se doutent sérieusement qu'il se passe un truc entre Rock et moi, Max, lui, n'est au courant de rien. Il est à dix mille lieues d'imaginer que son meilleur ami et moi couchons ensemble. Je pense qu'il ne veut pas voir certaines choses. Du coup, la jalousie ridicule de Rock doit lui paraître encore plus ahurissante de son point de vue non averti. Il reprend :

– Je sentais que Shawn était sur le fil. Il enchaînait les verres et faisait comme s'il ne nous entendait pas, mais quand Bill l'a traité de détraqué sexuel, il a pété un câble. Il a commencé à parler de Sunny, à tenir des propos incohérents où il disait qu'il l'aimait, qu'il l'avait toujours aimée, mais que la possessivité de Rock les avait empêchés de s'assumer au grand jour. Plein de conneries du genre et de pseudo-souvenirs heureux qu'ils auraient eus ensemble. Il a fini par dire qu'il n'avait pas le droit de la pleurer, qu'il n'était personne, juste une grosse merde. Évidemment, Rock est devenu fou de rage à la mention de Sunny, il lui a demandé de dégager. Shawn est parti aux chiottes en insultant tout le monde. Comme je ne le voyais pas revenir, je me suis mis à le chercher et à ce moment-là, j'ai reçu ton texto.

– Oh purée !

– Ouais, comme tu dis.

Je me dis que le moment n'est peut-être pas bien choisi pour aller voir Rock et lui dire que j'ai une piste pour retrouver Sunny. Je pense qu'il est plus sage d'attendre que tout ce mélodrame soit réglé.

En parlant du loup…

Le bruit assourdi du bar se fait soudainement fort et me fait lever la tête. J'aperçois Rock en sortir et approcher d'un pas conquérant vers nous. Je me tourne vers Shawn pour le secouer et le réveiller mais comme il ne répond pas, je panique. J'ai peur qu'il ait perdu connaissance, alors je me penche et m'approche de son visage pour vérifier qu'il respire régulièrement. C'est ce moment que choisit cet idiot pour se réveiller, crier mon nom avant de se jeter sur moi et de m'embrasser farouchement.

Mais qu'est-ce qu'ils ont tous, bordel ?

Je n'ai pas le temps de lui coller un coup dans les parties que Rock accourt et lui donne un coup de poing dans la mâchoire. Max saute du banc pour retenir Rock d'en faire de la chair à pâté. Une vraie scène de chaos. Tout part en vrille à la vitesse de la lumière. Je dois garder la tête froide et éviter que tout cela ne se termine en bain de sang. Shawn gît sur le sol en émettant des bruits de douleur et Max maîtrise Rock comme il peut, en lui tenant les bras derrière le dos. Au fond, je sais qu'il veut être retenu sinon il aurait déjà réussi à échapper à Max.

J'ai vu la puissance dont il était capable. Je m'approche prudemment, comme s'il était une bête sauvage indomptée que je voudrais apaiser. Je pose mes deux mains tendrement et doucement sur sa poitrine, je me hisse sur la pointe des pieds et viens lui déposer un baiser sur sa bouche douce et chaude, puis je lui glisse au creux de l'oreille :

– Du calme, Rocky. Si tu continues, tu vas faire quelque chose que tu regretteras. Il ne sait pas ce qu'il fait, il est saoul et il est triste. Il a besoin de toi en tant que meneur, il ne va pas bien du tout. Il a besoin du Clan, il est à deux doigts de chuter. Pitié, sois celui qui le retient, pas celui qui le pousse dans le vide.

Par-dessus l'épaule de Rock, je croise le regard étonné de Max qui assiste à cette intimité que j'ai avec son meilleur ami. Je lui lance un regard désolé pour la peine que je vais lui causer. Je pense qu'il comprend enfin et que son esprit met bout à bout tous les éléments qu'il s'obstinait à ignorer. Un flash de douleur passe dans ses yeux quand il saisit enfin de quoi il retourne.

Entre-temps, mon intervention a fait son effet, Rock se ressaisit et reprend le contrôle de lui-même. Mais je suis étonnée par le regard de haine qu'il me lance avant d'ajouter :

– Bill avait raison, les nanas finissent toujours par mettre la merde entre nous. Tu ne vaux pas mieux que Soraya. Je ne te laisserai pas me mener par le bout du nez et utiliser mes amis pour ça.

Sa déclaration est comme un coup de poing dans mon diaphragme et j'en perds mon souffle et ma voix. Il se retourne et repart vers le bar, non sans donner un dernier ordre à Max au passage :

– Ramène Shawn chez Eddy, Loris va venir t'aider.

Je serre mes bras autour de moi et malgré la douceur de la soirée, je tremble comme une feuille, blessée et humiliée. Je n'ose pas regarder Max, jusqu'à ce qu'il me dise :

– Je t'avais prévenue.

Je relève la tête avec un air de défi. Si Max cherche la guerre, il va la trouver, car j'ai clairement besoin de m'en prendre à quelqu'un et il est le candidat idéal.

– Prévenue de quoi, Max? D'être prise pour une conne? Traitée comme une merde par l'homme que j'aime!

Ça y est, le mot est lâché, je l'ai dit haut et fort. Je plaque mes mains sur ma bouche de stupeur. Ce n'est peut-être pas encore l'amour avec un grand A, mais j'ai clairement des sentiments pour lui, ce serait inutile de le nier plus longtemps. Max est tout aussi ébahi que moi face à ma déclaration. Ça doit faire beaucoup d'informations d'un coup et il me demande, peiné :

– Depuis combien de temps ça dure?

Je ne lui réponds pas et il me prend par les épaules pour me secouer et répète :

– Depuis combien de temps ça dure, bordel?

– Depuis le début… Max, je suis désolée, on n'a rien prémédité.

Il renifle avec dédain et me tourne le dos. Je me demande s'il pleure.

– Pourquoi l'avoir caché, alors?

– On ne l'a pas caché pour blesser quiconque, on voulait juste prendre notre temps, le temps de comprendre si c'était sérieux ou non. Mais rassure-toi, pour lui ce n'était clairement pas sérieux, il m'avait avertie. Je me suis persuadée toute seule que ça m'allait aussi. Je pensais que tu t'en doutais. Tous les gars le savent plus ou moins, ou se doutent de quelque chose.

– Ouais, bah, faut croire que je suis le seul couillon à n'avoir rien vu et à avoir espéré un truc impossible ! Dire que je me faisais une raison de n'être que ton ami car je croyais que tu n'étais pas encore en mesure de t'attacher à quelqu'un, alors qu'en fait, la place était juste déjà prise et par Rock ! Et personne ne m'a rien dit ! Pas même les gars, à qui je n'arrêtais pas de parler de toi. Ils devaient tous bien rire derrière mon dos et me trouver con.

– Non, Max, je ne pense pas. Tout le monde a beaucoup de respect et d'amour pour toi. Tu es un pilier, ici. Ce n'était pas à eux de dire quoi que ce soit.

Je cherche à lui toucher l'épaule mais il se dégage.

– Oui, eh bien, je ne suis pas le seul idiot. Je t'avais dit de te méfier de Rock, il t'a prise pour une conne depuis le début. Tu n'as jamais été la seule à danser le corps-à-corps avec lui et certainement pas la première.

Je panique. Je sens que ce qu'il est sur le point de m'avouer va m'achever. Le coup fatal qui mettra un terme à ma pseudo-relation avec Rock.

– Qu'est-ce que tu veux dire, Max ?

– Si tu m'avais parlé plus tôt, je t'aurais dit qu'il avait déjà quelqu'un ! Pourquoi crois-tu que je n'ai rien vu venir ? Je ne pensais pas qu'il s'intéressait à toi car il est complètement dingue d'elle. Ça crève les yeux, mais je suis le seul à le savoir.

– De qui tu parles ? Soraya ?

Il ricane méchamment et je ne veux pas croire ce qu'il me dit. Cela doit être faux, c'est forcément impossible. Rock m'a promis que j'étais la seule.

On a fait des tests, putain ! J'allais accepter de le faire sans capote, espèce d'enflure de mes deux !

– Non, pas Soraya. Il s'agit d'une danseuse blonde de Newton City. Ça dure depuis plus d'un mois et demi, je les ai surpris en pleine action un soir. Elle était sur lui presque à poil et je t'assure qu'ils ne jouaient pas à saute-mouton ou à Twister…

C'est le coup de grâce. Max ne me mentirait pas, même pour me blesser. Je ne peux m'empêcher de lâcher un sanglot. Il se retourne au son de ce bruit de détresse et me lance un regard désolé qui paraît sincère, mais je ne l'entends plus. Je sens affluer dans mes veines la colère, l'humiliation, la rage, la trahison, et le mélange est explosif. Je me rue vers le bar sans réfléchir. Il est hors de question que je laisse Rock s'en tirer comme ça.

Quel connard hypocrite avec sa jalousie ! Et me faire passer pour la méchante de l'histoire, la fauteuse de troubles qui brise des amitiés !

J'entre comme un ouragan dans le bar. J'ai l'impression d'être en feu et mon champ de vision est réduit à l'unique objet de ma haine. Je fonce droit sur leur table, composée de Rock en son centre, Bill, Bounce, Eddy et Vince de part et d'autre. Je croise Loris sur ma route qui paraît ahuri par le tableau de folie furieuse que j'offre, mais il continue son chemin vers la sortie, pour aller aider Max et Shawn, j'imagine. Je m'en moque, je n'ai plus qu'une obsession : Rock Connard Christensen.

Lorsque j'arrive à leur table bruyamment, je capte l'attention instantanément. Vince et Bounce perdent leur sourire, Eddy s'agite, mal à l'aise, Rock reste de marbre et me jauge avec dédain et Bill s'épanouit comme une fleur sous le soleil. Voir la tête de ce trou du cul que je déteste et qui jubile me donne des envies de meurtre. Tout comme Shawn, je perds le contrôle et je crie :

– Pourquoi, Rock ?

– Pourquoi quoi ?

– Pourquoi m'as-tu choisie, moi, pour me raconter tous tes mensonges d'homme torturé en quête de rédemption, alors que tu n'avais qu'à choisir parmi ta cour de pétasses qui rampent à tes pieds ? Pourquoi il a fallu que tu me prennes pour une conne ? Je ne te demandais rien, je voulais juste repartir à zéro ici, rien de plus. J'étais quoi pour toi ? Une sorte de challenge car je ne suis pas tombée dans tes bras en un claquement de doigts ? C'est ça qui t'excite ? Savoir que tu m'as eue et que tu peux me laisser tomber, brisée, maintenant que tu as fini de faire joujou ? Comme si je ne l'étais pas déjà assez, Rock…

– Arrête, Olivia, tu délires. Et c'est toi qui es venue me trouver alors que je n'avais rien demandé.

– Tu es venu me chercher au lac.

– Et tu m'as embrassé dans cette chambre privée…

– Espèce d'enflure ! Je ne me souviens pas que tu aies résisté.

– Tu te donnes en spectacle…

– Oh ! c'est moi maintenant qui me donne en spectacle ? On reparle de tes accès de colère délirants ? Heureusement que j'étais là, il y a quelques minutes, pour t'empêcher de tabasser Shawn pour des conneries. Et le nombre de fois où les gars t'ont sauvé la peau ! Au final, tu es le plus instable de tous ici ! Tout ça pour que tu me jettes comme une merde et que j'apprenne que tu t'envoies en l'air avec une pouffiasse depuis presque deux mois. Dire que j'ai cru toutes tes salades : « Non, je ne confie pas la partie la plus précieuse de mon anatomie à n'importe qui et n'importe comment », « je veux profiter de toi avec toutes les parties de mon corps possibles et sans barrière ». Mon cul, oui ! Ta bite est plus contaminée que la rampe d'escalier de la tour Eiffel et de Big Ben réunis.

– C'est bon, tu as fini ?

Son absence de réaction m'enrage encore plus. J'essaye de me raccrocher aux garçons qui sont devenus mes amis, mais Eddy et Vince regardent leur verre et Bounce m'observe avec ce qui semble être une sorte de vénération étrange. Bill rigole.

– C'est quoi, ton problème, Bill « le connard » ? Vas-y, tu peux dire ce que tu penses. Mais alors, je serai obligée de balancer toutes les crasses puériles que tu m'as fait vivre et que j'ai gardées pour moi ces deux derniers mois. Oui, les gars, Bill ici présent cache bien son jeu ! Hein, Bounce ?

Bill perd son sourire d'un coup et se lève violemment :

– Ose et je fais de ta vie un enfer.

Je réalise alors que les gens des tables autour de nous et une grande partie du bar nous observent et nous écoutent. Mais je suis déterminée :

– Tu as *déjà* fait de ma vie un enfer, Bill, quand tu as massacré mon vélo, que tu t'es introduit en douce chez moi pour déplacer des objets, fouiller dans mes placards, mettre des animaux morts dans ma boîte aux lettres ou sur mon paillasson. Ou avec tes regards d'intimidation, tes insultes et tes gestes obscènes ! Mieux encore, tes petites visites à l'improviste le soir, juste pour me rappeler que tu n'étais jamais loin.

Rock et les gars se tournent vers lui, étonnés, et Vince lui demande :

– C'est quoi cette histoire, Bill ?

Le principal intéressé ne répond pas alors je continue :

– Tout ça parce que tu avais peur que je révèle ton grand secret. Et le plus comique, c'est que je ne l'aurais jamais dit ! Jamais ! J'ai plein de défauts mais je suis quelqu'un de confiance, contrairement au manipulateur qui vous sert de meneur ! Car voyez-vous, Bill ici présent n'assume pas de se faire démonter par Bounce le soir dans la chambre privée numéro deux du bar.

Bill se jette sur moi, le visage déformé par la fureur, mais Eddy s'interpose violemment en un claquement de doigts. Il lui bloque les deux poignets et lui écrase le visage sur la table.

– Même pas en rêve, Bill. Tu ne la touches pas.

Je suis sous le choc. Je vois qu'ils étaient tous prêts à intervenir, y compris Rock, mais Eddy a été le plus rapide à bouger. Cet homme est une arme personnifiée et je comprends son utilité en combat rapproché.

– Olivia, je crois qu'il vaut mieux que je te raccompagne, maintenant.

– Non, Vince, je n'ai pas tout à fait terminé. Ce gars m'a pourri la vie, il est temps que je lui rende la pareille. J'en ai plus rien à foutre du Clan et de vos petits arrangements. J'ai surpris Bill et Bounce en train de s'envoyer en l'air alors qu'ils étaient censés surveiller la ville en votre absence. Bill m'a avoué sans le vouloir que s'il faisait de ma vie un enfer, c'était aussi parce qu'il était jaloux. Eh oui, Monsieur est transi d'amour pour Rock mais n'osera jamais le reconnaître.

Un silence suit ma déclaration. Tout le monde regarde Rock, attendant une réaction qui ne vient pas. Il ne paraît absolument pas surpris. Et là, je comprends :

– Tu le savais ! Tu l'as toujours su et tu as laissé ce pauvre type dans sa misère ! Mais quel monstre es-tu, Rock Christensen ?

– Ne parle pas de choses que tu ignores, Petite Chose.

Son ton est sec et cassant, mais avant que je ne puisse lui répondre de ne plus m'appeler comme ça, Bill marmonne dans la prise d'Eddy :

– Et toi, tu en sais quelque chose, hein, des relations ambiguës ? Tu es la reine !

– Tu racontes n'importe quoi, espèce de malade.

– Non. La vérité c'est que la plus malade ici, c'est toi, mais qui pourrait t'en vouloir ? Pauvre petite orpheline ! Tes parents sont morts à cause d'un de tes caprices, et plus personne n'a voulu de toi. Tu as été abusée et violée par un taré de médecin qui a fait joujou avec sa petite poupée préférée. Ça a fait de toi une asociale sans cœur, absorbée par sa réussite professionnelle. T'as bien tenté de te suicider mais de façon si minable que tu as raté ça aussi. Ta seule amie est morte car tu l'as laissée tomber au moment où elle avait le plus besoin de toi ! Ça en dit long sur qui tu es vraiment sous ce joli emballage de pimbêche. Et encore, j'ai un gros doute, à mon avis, c'était bien plus qu'une amie… Malheureusement pour nous, il a fallu que tu déboules ici pour tout recommencer incognito. Sauf que t'as pas compris que c'était toi, le problème. Peu importe où tu iras, tout finira toujours par merder à cause de toi. Ta vie est une succession d'échecs, la fouineuse.

Ses paroles sont comme du venin dans mes veines ou de l'acide jeté au visage. Elles me rongent. Mon corps entier me fait mal de l'intérieur, ça me brûle et me tord le ventre. Je n'arrive plus à respirer alors je ferme les yeux, mais en vain. Cela aggrave même les choses car je me retrouve seule face à ma culpabilité. Je suis anéantie et je sens les larmes que je n'arrive plus à retenir inonder mes joues.

J'entends des exclamations de part et d'autre dans le bar silencieux. Lorsque je regarde autour de moi à nouveau, je vois ce que je redoutais le plus au monde : de la pitié puante et dégoulinante. Tous ont pitié de moi, de la pauvre petite fille que j'étais, mais que je ne suis plus. Je perçois leur gêne à mon égard et je ne peux pas le supporter. Certains doivent même me juger et se dire que l'on ne peut pas avoir autant de malchance par hasard, que j'ai dû le mériter d'une certaine manière. Je plante mes yeux dans celui qui a commis la trahison suprême en révélant mon histoire, dont je lui avais fait cadeau en preuve de confiance ultime. Rock paraît abasourdi dans la banquette, mais maintenant je ne crois plus rien venant de lui. Il n'est que mensonges et coups bas.

Je me demande comment il a pu gagner et garder le respect de tant de personnes ici.

– Comment as-tu osé raconter mon histoire à cette sous-merde ?

– Olivia, je…

Je lui coupe la parole, je ne veux pas en entendre davantage. Et dans un sanglot primaire qui sort du tréfonds de mon âme mutilée, je lui lance :

– Je te hais !

***

Je cours vers la sortie le plus vite possible. Je veux rentrer chez Ellie, faire mes valises et fuir cet endroit et ces hommes toxiques. Passer de l'amour à la haine est si facile…

L'air doux de l'extérieur vient caresser mon visage et je continue de sangloter tout en marchant d'un pas vif. Je suis dans l'incompréhension la plus totale.

Comment tout a pu basculer en si peu de temps?

Pas de dérapage contrôlé pour moi, je viens de heurter le mur avec violence. Mon téléphone vibre dans la poche de ma combinaison, il m'indique un appel manqué et un message sur ma boîte vocale. Le numéro est celui des parents de Mo, alias Ashley, et mon pouls s'emballe. Malheureusement, je n'ai ni le cœur ni la force de l'écouter maintenant.

Moïra, est-ce pour ça que Sunny et toi avez quitté cet endroit? Les hommes ici ont-ils fini par détruire votre dignité et vos rêves? Vous ont-ils oppressées jusqu'à la suffocation?

Pour être sûre de ne croiser personne jusque chez moi, je quitte la grande rue et bifurque dans une petite ruelle à droite du bar. À peine ai-je tourné à l'angle que deux hommes immenses surgissent devant moi sans prévenir. En quelques secondes, ils me maîtrisent aisément en me saisissant par les poignets et les cheveux. Je ne peux que hurler à l'aide et me débattre comme une furie. Je suis traînée sur cent mètres avant d'être jetée comme une vulgaire poupée de chiffon à l'arrière d'une camionnette. Mes genoux heurtent le sol durement et mes côtes droites cèdent sous l'impact d'un obstacle non identifié. Je lâche un cri strident et me mets en boule sous l'effet fulgurant de la douleur qui m'électrise.

Après quelques secondes silencieuses à reprendre mon souffle avec difficulté, je sens que je ne suis pas seule enfermée à double tour dans le véhicule qui se met en mouvement. Je plisse les yeux et je devine deux petites silhouettes prostrées dans un angle. Surprise, je demande :

– Qui est là?

Personne ne me répond, j'entends seulement des reniflements qui semblent appartenir à des enfants.

– C'est Olivia Kincaid, je travaille à l'école avec Susie et Donna. On vous a fait du mal?

– Oui.

C'est la voix fluette d'une petite fille que je connais mais à laquelle je n'arrive pas à associer de visage parmi tous les enfants dont je m'occupe à l'école. Je sens la camionnette accélérer et nous sommes salement secouées.

– Quel est ton prénom, ma puce, et qui est avec toi?

– Je m'appelle Mona et je suis avec ma petite sœur, Madison.

Merde!

Ce sont les fillettes d'Eddy.

– Mona, ton papa est Eddy, c'est ça?

– Oui, et notre maman s'appelle Rhonda, mais les méchants hommes lui ont fait du mal.

Il me semble inutile de la questionner plus sur ça, les deux petites sont clairement en état de choc. J'espère malgré tout pour elles que leur mère est vivante.

– Et vous, ils vous ont fait du mal, trésors?

– Oui, ils m'ont tiré les cheveux très fort et ils ont tordu le poignet de Maddie pour qu'on vienne avec eux. Mais on voulait pas, nous, on voulait rester à la maison. On voulait pas laisser maman toute seule dans la cuisine, par terre.

Mona éclate en sanglots et malgré la douleur qui m'élance sur tout le flanc droit, je me glisse vers elle. Je la prends contre moi et la petite Maddie, toujours silencieuse, s'accroche de toutes ses forces à mon bras avec ses petites mains glacées.

– Ça va aller, les filles, on va s'en sortir, je vous le promets.

Dans un élan d'espoir, je cherche mon téléphone portable, mais il n'est plus dans ma poche. Soit ils me l'ont pris, soit il est tombé.

Bordel, ça aurait été trop facile.

Le véhicule accélère, tourne et freine sans aucune considération pour son chargement. Je n'ai pas la moindre idée de l'endroit où l'on se dirige à cette vitesse. J'ai essayé de garder le fil en comptant les virages, il me semble que nous sommes sortis de la ville par le sud, mais depuis, je suis perdue. Il n'y a rien que je puisse faire pour le moment alors je berce les petites qui s'accrochent à moi désespérément. Je leur chante des comptines en français pendant ce qui semble être une éternité. J'essaye de ne pas penser à cette horrible soirée et à ce que le sort me réserve pour la clôturer.

Je me jure de sortir saine et sauve de ce merdier avec les petites, ne serait-ce que pour pouvoir exécuter ma sentence. J'avais promis à Rock que s'il me la faisait à l'envers, j'anéantirais toutes ses chances de descendance sur cette terre et je compte bien le faire. Tout ça, c'est de sa faute, et cela me donne l'énergie du désespoir. Les filles et moi finissons par somnoler jusqu'à ce que le van s'arrête brusquement et nous réveille en sursaut, rallumant au passage le feu qui ronge mes côtes brisées. Les portes arrière se déverrouillent, s'ouvrent et les deux hommes entrent en braquant des lampes torches qui nous éblouissent.

Une grosse voix de fumeur s'élève alors :

– Regarde ça, Jake. C'est-y pas mignon ? Elles se font des câlins. Vous voyez les merdeuses, c'est pas grave qu'on ait tué votre maman, vous en avez déjà trouvé une autre.

Mona et Maddie éclatent à nouveau en sanglots et nos bourreaux se mettent à ricaner méchamment. Je ne peux m'empêcher d'exploser :

– Vous êtes des enfoirés ! Des connards d'enfoirés ! Les Evil's Heat vont vous retrouver et nous venger !

– Ça, c'est ce qu'on verra, poupée, me répond le premier.

Le second ajoute :

– C'est une sacrée prise, qu'on a là, Dan. C'est la pute de Rock. On pourra remercier cet idiot de Bill, il a enfin réussi quelque chose.

– Ouais, mais pas sûr que lui nous remercie, on a buté sa sœur et kidnappé ses nièces, je te rappelle.

– Elle n'avait qu'à pas vouloir toujours plus de fric, la greluche.

– En tout cas, celle-ci doit forcément savoir ce qui nous intéresse. On va réussir à la faire parler, j'en suis certain, dit-il en faisant courir le faisceau de sa lampe torche sur l'intégralité de mon corps.

Je suis prise de frissons et abasourdie par ce que je pense comprendre. Je ne saisis pas encore comment toutes les pièces du puzzle viennent s'imbriquer les unes avec les autres, mais le constat est que Bill et sa sœur sont deux traîtres qui nous ont vendus à ces hommes.

Quelle surprise… ou pas.

Ma haine pour eux ne connaît plus de limites, surtout pour Bill. Je n'arrive toujours pas à comprendre ce que j'ai pu faire pour être détestée à ce point par cet homme. J'espère cependant qu'Eddy n'est pas non plus mêlé à tout ça car je n'arriverais pas à le supporter.

Tout se passe ensuite très vite. Nous sommes déchargées sans ménagement dans ce qui semble être une ferme en ruines isolée au milieu de nulle part. Ils nous enferment toutes les trois à double tour dans un cagibi minuscule complètement vide, sans lumière et sans fenêtre. J'essaye malgré tout d'ouvrir la porte, je hurle et frappe les murs mais rien n'y fait, nous sommes prises au piège et personne ne répond. Résignée, je prends de nouveau les filles contre moi par terre. À ce stade, je ne ressens plus ni la douleur ni aucune autre sensation, je me sens tomber dans un état de catatonie profond et je suis abattue. Malgré ce que j'ai pu penser et promettre quelques instants plus tôt, je ne vois plus comment nous allons pouvoir nous sortir de là vivantes ou entières. Mona et Maddie sont courageuses, elles ne parlent pas, ne pleurent même plus, elles continuent juste de me tenir la main et se blottissent entre mes jambes.

J'en viens à me demander qui réconforte qui au final. Les filles me disent qu'elles ont faim et soif et je peux entendre leurs petits estomacs gargouiller pour le confirmer. Elles m'expliquent que les méchants hommes les ont surprises alors qu'elles allaient se mettre à table avec Rhonda. Elles ont ensuite passé toute la soirée dans cette camionnette jusqu'à ce que j'y sois jetée à mon tour.

Je ne sais pas combien de temps nous restons ainsi, à nouveau silencieuses. J'ai perdu la notion des heures et des minutes quand la porte s'ouvre enfin, laissant entrer la lumière du couloir ; une ombre se découpe sur le seuil. Un troisième homme plus petit et plus trapu que les deux précédents entre alors sans préambule et me force à me lever en m'attrapant par les cheveux. Mona et Maddie se mettent à crier et essayent en vain de me retenir.

Je suis jetée hors de la pièce. Je leur hurle que je reviendrai pour elles et qu'elles doivent rester fortes. Au passage, je ne peux m'empêcher d'insulter avec désespoir l'homme qui me maltraite.

C'est là que mon enfer commence. Rien de ce que j'ai vécu dans le passé, aussi horrible soit-il, ne m'a préparée à ce qui va suivre. L'homme immonde qui me tient toujours par les cheveux me crache au visage en me susurrant :

– Si on avait le temps, je t'aurais baisée devant mes gars et après ça aurait été à leur tour de prendre leur pied. Mais c'est pas le cas, apparemment ton connard de mec sait déjà que tu as disparu. Alors tu vas nous dire ce qu'on veut savoir et vite.

Pour appuyer ses propos, il vient me malaxer durement la poitrine et coller son bassin contre le mien. Je peux sentir son érection contre mon pelvis et je suis prise de nausées.

Tout recommence…

Puis il m'assied de force sur une chaise en métal, au centre d'une immense pièce poussiéreuse et miteuse. J'y devine un campement de fortune et cinq hommes, en plus de mon geôlier, se tiennent devant moi. Je suis ligotée aux barreaux du dossier avec une corde qui me scie les poignets. J'essaye de trouver une position moins douloureuse mais sans succès, je ne fais qu'empirer les choses. Mes côtes me brûlent et mon crâne, mes pieds et mes genoux me lancent atrocement. J'ai l'impression que chaque partie de mon corps a été rouée de coups. Ils commencent alors à me poser une tonne de questions dont je ne comprends pas le sens, pour la plupart, et dont je connais encore moins la réponse. Je m'accroche à l'infime espoir que les garçons viendront peut-être nous sauver. Ils veulent savoir entre autres où vit Rock, combien il existe d'Evil's Heat au total, comment s'organise la ville, où est leur Q.G...

Je répète en boucle que je ne sais pas, que je ne sais rien, et que je ne suis même pas la petite copine de Rock. Je leur hurle que je ne suis pas sa favorite et qu'ils se sont plantés. Je ne peux m'empêcher de trouver la situation ironique et cruelle. Rock et sa nana pourront couler des jours heureux, alors que moi je vais crever ici pour eux sur un malentendu. Mes réponses négatives les enragent et ils commencent à me frapper à tour de rôle. Je sens ma pommette droite voler en éclats, puis vient le tour de mon nez. La douleur est insupportable, mon sang bat dans mes tempes avec violence et je le sens couler et envahir ma bouche. Le goût de fer me donne la nausée et le souvenir de Moïra assassinée dans sa chambre me foudroie.

C'est donc ça qu'elle a enduré?

Mes oreilles se mettent à siffler quand l'un d'eux me donne une claque à m'arracher la tête. Je lutte pour ne pas m'évanouir, je ne veux pas qu'ils profitent de moi si je suis inconsciente. Un sujet revient malgré tout plusieurs fois sur le tapis : l'or de Colorado Source. Ils veulent savoir où il se trouve. Mais je n'y comprends rien. Je n'ai jamais entendu parler d'or ou d'une quelconque richesse dans cette région paumée et désertique. C'est en tout cas ce que j'essaye de leur dire. À Colorado Source, il n'y a que du sable, des rochers et surtout des emmerdes. Il n'y a rien d'autre et certainement pas de l'or. Ils me traitent de menteuse et m'assurent qu'ils ont des preuves du contraire. Je ne sais plus quoi leur rétorquer et j'ai tellement mal que je sens mon esprit s'échapper de mon corps pour se soustraire à la douleur. Le silence dans lequel je tombe a raison du peu de retenue qu'ils avaient jusque-là et ils se déchaînent.

Ces barbares viennent me briser les orteils avec un marteau et alors qu'un des hommes s'acharne sur mon pied gauche et que je me sens renoncer à la vie, une explosion se produit dans le bâtiment. Je vois le mur sur ma droite disparaître comme par magie et la pièce tremble. Des bouts de plafond tombent et toute la structure devient instable. Le souffle de l'explosion fait basculer ma chaise. Mes bourreaux perdent eux aussi l'équilibre et sont désorientés, comme des poules étêtées.

Allongée sur le sol et toujours attachée, j'ai une vue imprenable sur ce qui se déroule par la suite. À la tête d'une vingtaine d'hommes armés jusqu'aux dents, Rock apparaît sur le seuil du trou béant créé par l'explosion. Il scanne la pièce des yeux. Quand il me repère sur le sol et que nos regards se croisent, je lis dans le sien une rage incommensurable ; il n'y a plus rien d'humain en lui et je suis spectatrice du carnage qui s'annonce.

Avant que mes ravisseurs ne reprennent pied, Rock et ses hommes se jettent sur leurs proies comme des fauves assoiffés de sang. Je ferme les yeux pour ne pas assister à cette boucherie, j'entends des râles, des cris, des bruits de lutte, d'os brisés et d'armes à feu. Malgré tout ce qui a pu se produire, j'entame une prière silencieuse pour qu'aucun des garçons ne soit blessé.

Surtout pas Rock...

Une odeur de brûlé me fait ouvrir brutalement les paupières. Je constate, paniquée, que le feu de camp qui éclairait la pièce s'est propagé et fuit vers le couloir où sont emprisonnées les deux petites filles d'Eddy. J'essaye de crier pour alerter un des Evil's Heat mais aucun bruit ne sort de ma trachée abîmée. En quelques minutes, mes six tortionnaires gisent sans vie sur le sol et le calme s'abat de nouveau dans la pièce.

Je reconnais Max, Eddy et Vince aux côtés de Rock qui accourent vers moi. Le reste des hommes, qui paraissent tous intacts, s'affairent dans la pénombre rougeoyante. Lorsque j'aperçois son visage, ce visage que j'aime tant malgré tout, j'y lis une douleur et une peine telle que je me mets à pleurer sans retenue. Son expression semble tellement sincère que j'ai envie d'y croire, même si je n'oublie pas que je ne suis pas la seule à compter à ses yeux et qu'il m'a trahie.

C'est la première fois que je le vois les larmes aux yeux. Plus que ça, elles roulent à présent sur ses joues.

– Mon Dieu, Princesse, que t'ont-ils fait ? Tout ça, c'est de ma faute.

Accroupi, il vient caresser de ses immenses mains ma joue intacte avec tendresse et commence à me détacher précautionneusement. Je hurle de douleur mais à nouveau aucun son ne sort. Je ne peux pas bouger. Les autres garçons jurent et maudissent la terre entière en voyant mon cri silencieux. Max rejoint précipitamment Rock au sol sans savoir quoi faire. Je vois qu'il est sous le choc et je me demande à quoi je dois ressembler pour le faire paniquer autant. Il finit par dire à Rock :

– Le Doc est en route avec tout ce qu'il faut, il était juste dix minutes derrière nous.

– Putain, qu'il se grouille, répond Rock durement.

Eddy, au comble du chagrin, s'avance et me demande de toute sa hauteur :

– Désolé, Liv, mais je dois te demander : as-tu vu mes filles, sont-elles vivantes ?

Je n'arrive toujours pas à émettre le moindre son, alors je jette un regard désespéré vers le couloir en me tortillant et en donnant des coups de tête dans la direction de Mona et Maddie. Je prie pour que l'un d'eux comprenne ce que je tente de dire. Je dois ressembler à un poisson hors de l'eau qui aurait sauté de son bocal. Les flammes longent à présent les murs du couloir et noircissent le plafond.

Pourvu qu'il ne soit pas trop tard.

J'ai dû être suffisamment expressive car Eddy se retourne instantanément et court dans la direction indiquée, Vince sur les talons.

Tout à coup, la douleur de mes côtes s'étend à toute ma poitrine, je n'arrive plus à respirer et je sens un liquide chaud envahir ma bouche. J'ai l'impression de me noyer de l'intérieur, je m'étouffe et tout devient subitement noir. J'entends juste Rock hurler autour de lui mais je ne comprends plus ce qu'il dit. Je me sens partir vers de paisibles horizons. Puis je ne ressens plus rien.

II

RÉDEMPTION

21

FRÉNÉSIE

Rock

Je vois Olivia se ruer à toute vitesse vers la sortie du CSB, la tête baissée et les épaules voûtées. Je n'arrive pas à bouger de la banquette. Je suis paralysé, submergé par des émotions et des informations contradictoires et je n'arrive plus à discerner le vrai du faux. En revanche, ses derniers mots et son expression meurtrie me hantent. Pendant un instant, j'ai cru que Sunny se tenait devant moi. Je suis projeté quatre ans en arrière durant cet après-midi affreux où tout a basculé et où ma sœur est partie pour ne plus jamais revenir.

Sunny m'a dit exactement la même chose : « Je te hais. » Ni plus ni moins. Et ce sanglot d'Olivia m'a pris aux tripes comme celui de ma petite sœur. Je n'apprends pas de mes erreurs, je continue de reproduire le même schéma de destruction infernale autour de moi. La pression est montée progressivement ces dernières semaines pour atteindre un point de non-retour ce soir, il y a quelques secondes plus exactement. Je déroule le film et je constate que tout s'est accéléré avec l'attaque des Black Edge, le soir de la sortie au restaurant, sur cette route déserte.

Tout avait pourtant bien commencé, puis j'ai réalisé que je tenais beaucoup trop à Olivia et que la situation avec elle et eux dérapait sans contrôle et de concert.

Ensuite, Soraya, sa famille et leurs conneries sont venues s'ajouter, ainsi que Bill et cette histoire de détournement de fonds. Comme si je n'avais pas assez à gérer avec les emmerdements causés par les Black Edge et leurs provocations. Bill qui passe son temps à me répéter qu'Olivia va me nuire ainsi qu'au Clan… je crois que j'ai fini par le croire malgré moi. Puis Susie m'apprend toute joyeuse que ma petite amie que je n'arrive plus à joindre batifole tous les midis dans notre lac aux grenouilles avec Shawn.

Shawn, putain !

Ce même Shawn qui, ce soir, a pété les plombs et a balancé sur Sunny et de prétendues histoires qu'ils auraient vécues ensemble, et sur ses états d'âme de cœur blessé et incompris. Quant à l'apothéose, je n'en parle même pas ! L'instant où j'ai perdu les pédales et commencé à grave déconner, ce fut le moment où je les ai surpris tous les deux, Olivia et Shawn, en train de se rouler une pelle sur un putain de banc public devant le CSB : comme lorsque j'avais surpris Shawn avec Soraya en pleine action. Encore une fois, celle à qui j'ouvrais mon cœur finissait par choisir le mec sympa à la gueule de fils à papa.

Heureusement que Max m'a retenu ou je tuais Shawn. Olivia aussi m'a ramené à la raison, elle a su trouver les mots et les gestes justes pour stopper ma frénésie. Mais j'ai encore plus flippé de constater son emprise sur moi, bien supérieure à celle que Soraya a pu avoir. Alors, en bonne brute que je suis, j'ai décidé d'attaquer pour me défendre. Et quelle meilleure cible que mon petit feu follet ? En revanche, je n'ai pas compris par la suite ses accusations publiques sur ma prétendue infidélité. Quant aux paroles de Bill sur le passé d'Olivia, j'ignore d'où il a sorti tout ça…

La voix grave et menaçante d'Eddy pose la même question :

– C'est quoi, ce bordel, Bill ? C'est quoi ton putain de problème avec Olivia ? Depuis quand tu la harcèles comme ça ? Et toutes ces merdes sur son passé, tu as appris ça où ? C'est vrai au moins ?

Mais Bill ne répond pas, alors Eddy s'adresse à moi :

– Tu étais au courant, Rock ? C'est vrai ce dont elle t'a accusé ?

– Non, putain, non ! Il n'y a jamais eu qu'elle, je ne sais pas d'où elle sort tout ça. Quant à son histoire, je connais des morceaux, mais pas tout. Je ne sais pas comment Bill l'a appris. Jamais j'aurais raconté quelque chose qu'elle m'aurait confié, tu le sais mieux que personne.

Bill est toujours maîtrisé par Eddy. Sans m'en rendre compte, je me suis levé en parlant, et à présent je cours vers la sortie moi aussi. Je dois la rattraper. Tout peut encore s'arranger, j'en suis certain. Mais lorsque je passe la porte, j'entends ses hurlements de terreur. Je sais que c'est elle et qu'elle est en danger. J'accélère, alors que ses cris m'arrachent le cœur de la poitrine.

Qu'est-ce qui se passe ?

Je tourne dans la petite ruelle à droite du bar et je devine au fond une camionnette blanche qui démarre à toute allure. Je shoote dans quelque chose sur le sol : il s'agit d'un iPhone que je reconnaîtrais entre mille, avec sa coque rose fluo et ses strass incrustés sur le côté, qui brillent dans le noir. Je le ramasse et l'écran de veille s'affiche, dévoilant une photo qui m'arrache un sourire malgré tout. Elle a pris une photo de nous cette nuit-là au festival, alors que nous étions allongés près du feu et serrés l'un contre l'autre dans nos duvets. Elle est magnifique à en crever avec son sourire immense et ses yeux mouchetés.

Mais la réalité est loin d'être aussi belle : les Black Edge viennent d'enlever Liv. La peur et la rage me saisissent. Ils vont la tuer, ils savent pour elle et moi. Je ne comprends pas. Bill m'a assuré qu'un vétéran la suivait et la surveillait ce soir. À cet instant, Eddy arrive en trombe du bar, dans un état de démence total et les yeux fous, emplis de chagrin. Je ne l'ai jamais vu comme ça. Il hurle :

– Max vient d'appeler, il a ramené Shawn chez moi. Les filles ont disparu, Rhonda est morte ! Quelqu'un nous a vendus et trahis.

À ces mots, j'entre dans une rage incandescente. Je laisse mes pires instincts prendre possession de moi et me transformer en bête sauvage, alors que je me mets en chasse…

22

FAST AND FURIOUS

Rock

– Max vient d'appeler, il a ramené Shawn chez moi. Les filles ont disparu, Rhonda est morte ! Quelqu'un nous a vendus et trahis.

Les derniers mots d'Eddy, le ton de sa voix, son regard fou et dévasté, les cris terrorisés d'Olivia provenant du fond de la ruelle, son téléphone pailleté dans la paume de ma main, cette soirée de merde, ces derniers jours usants… tant d'informations qui se mélangent et se percutent dans mon crâne pour essayer de former un tout cohérent, mais sans succès. Tellement de choses se sont produites en si peu de temps pour finalement m'exploser en pleine gueule et me laisser démuni, comme un con.

Mon pouls s'emballe ; je sens l'afflux caractéristique de l'adrénaline prendre possession de mon corps et cela m'aide à me remettre en action, à lancer la traque.

Tu dois prioriser, Rock, réfléchis !

– Eddy, on va retrouver ces fils de pute, tes filles, et nous venger. Je te le promets. Mais pour y arriver, il me faut un combattant implacable, pas un mari éploré. Est-ce que tu peux tenir et obéir à mes ordres encore quelques heures ?

Mes paroles sont dures mais il acquiesce en hochant lentement la tête. Toute expression a quitté son visage. Eddy n'est plus, transformé en une arme humaine redoutable, remplacé par une lame aiguisée qui ne connaît plus la pitié. Les sentiments seront pour plus tard, lorsque le temps nous permettra de pleurer nos morts et nos blessés. Sauf que les sentiments, c'est ce qui permet à des hommes comme Ed de ne pas devenir des bêtes sauvages sanguinaires et amorales. C'est ce à quoi on s'évertue ici au quotidien avec les frères depuis trois générations. Ils ne doivent pas perdre ce petit bout d'eux qui les sauve de la damnation éternelle. J'espère qu'Eddy saura revenir à lui le moment venu, j'espère que je ne suis pas en train de créer un monstre de manière irrévocable.

Je me dis que seules ses filles pourront l'empêcher de sombrer, car les perdre elles aussi n'est pas envisageable, je n'en imagine même pas les conséquences. Tout comme Liv pour moi. Je crie de douleur silencieusement. Pourvu qu'elles soient toutes vivantes. Pourvu que nous ne chassions pas déjà des fantômes…

– Parfait, Ed. Je suis certain qu'il s'agit des Black Edge. Ils viennent d'enlever Liv aussi. J'ai vu leur camionnette partir dans cette direction.

Je pointe du doigt le fond de la ruelle sombre et désormais vide et silencieuse.

– S'ils abîment Liv ou les petites, je ne les tuerai ni proprement, ni rapidement. Tu ne m'arrêteras pas, Christensen.

– Non seulement je ne t'arrêterai pas mais je t'y aiderai…

Je me retourne pour prendre la direction du bar lorsque Bill, Vince et Bounce en sortent précipitamment. Ils semblent tous affectés par les événements et je me demande si Judas est devant moi parmi ces trois-là, se dissimulant derrière le masque hideux de la traîtrise.

Max, Loris et Shawn sont rayés de la liste d'office. Le premier est comme un frère de sang, nous avons grandi ensemble et le second est un père spirituel. Quant au troisième, j'aimerais pouvoir le détester pour certains de ses choix passés ou encore ceux de ce soir, mais je sais au fond qui il est vraiment ; il vaut autant que Max ou Loris et nous avons tous notre lot de casseroles ici, moi le premier…

Je suis particulièrement dur avec lui depuis l'épisode Soraya et il ne s'en est jamais plaint, faisant pénitence pour le tort qu'il m'a causé.

Jusqu'à son pétage de plombs il y a une heure…

Shawn gère d'une main de maître les intérêts du Clan à New York, en toute transparence depuis quatre ans. Je sais que je ne lui ai jamais dit à quel point j'étais impressionné par son talent et son aise à se fondre parmi ces requins de la finance, et pourtant, je sais ô combien il souhaiterait l'entendre.

Mais quel monstre es-tu Rock Christensen ?

Les paroles d'Olivia ressurgissent et me cinglent le visage au passage. Je dois la retrouver. Il est peut-être temps de tourner définitivement certaines pages, d'accorder le pardon à ceux qui comptent pour moi et de me faire pardonner en retour. Cela sonne comme une prière, mais ceci est ma réalité, ma quête de rédemption. Soraya ne m'intéresse plus depuis longtemps, j'en ai eu la preuve ce soir. Liv est la seule qui compte.

Le merdier qui est en train de se dérouler autour de nous est un rappel violent que tout peut disparaître en une fraction de seconde à cause d'un unique choix malheureux, et qu'il faut apprendre à chérir l'instant présent.

Si j'avais su accorder mon pardon à Sunny pour ses accusations ridicules, si je l'avais écoutée plutôt que de m'emporter, m'aurait-elle abandonné ainsi ? Shawn va-t-il lui aussi finir par partir ?

A priori, Sunny et lui étaient plus proches que je ne le pensais.

Pourquoi ne m'ont-ils jamais rien dit ? Liv va-t-elle me revenir entière ?

Avec toutes ces questions, ma tête menace d'exploser.

Je regarde dans les yeux des trois hommes qui se tiennent devant moi, un à un. Vince est le dernier arrivé mais je ne peux y croire. Bounce est Bounce, étrange et dans son monde, il prend rarement position mais cela ne veut pas dire qu'il n'est pas dévoué corps et âme au Clan et à son jumeau. Quant à Bill, il a vraiment fait de la merde, dernièrement.

C'est un putain d'euphémisme !

J'ai encore envie de lui défoncer la tronche à coups de rangers mais mon énergie et ma haine se doivent d'être préservées pour le moment. Ma confiance en lui n'est plus aveugle, sauf que c'est sa sœur qui s'est fait buter ce soir. Alors, même si Bill ne nous est plus totalement fidèle pour une raison que j'ignore, jamais il n'aurait mis ses nièces et sa frangine en danger. Il suffit de voir sa tête en ce moment, ma ranger n'aurait pas fait mieux.

Je refuse de croire qu'il ait pu trahir son sang et le Clan de la sorte.

Cela pourrait venir d'un frère moins gradé mais j'en doute, nous les avons tous à l'œil et nous ne leur communiquons que des infos stratégiques minimes et strictement nécessaires. Cette idée en ramène une autre survenue brièvement quelques minutes plus tôt.

– Bill, à quel vétéran as-tu confié la protection d'Olivia ?

Ce dernier sursaute quand je m'adresse à lui calmement mais froidement. Il baisse les yeux vers le sol et me répond :

– À Gary. Je te jure ! C'est lui qui la file depuis trois jours.

Il semble sincère, mais je connais bien Gary ainsi que sa femme et leurs quatre enfants, il a beaucoup trop à perdre pour me la faire à l'envers. Cette réponse ne m'apaise pas, bien au contraire, et j'en ignore la raison.

– Bon, arrêtons de perdre du temps ! hurlé-je. Vince, quelle était la dernière localisation du campement de ces salopards ?

– J'ai envoyé les coordonnées GPS à tout le monde par SMS.

– Parfait, on se met en route. Et dis à Max et Loris de nous rejoindre là-bas directement, et qu'ils passent avant par l'armurerie. Je veux des grenades et des armes longue portée. Les fusils d'assaut .223 Remington feront l'affaire en plus de nos Glock et de l'attirail habituel. Bref, je t'apprends rien. Le kit complet pour mener une attaque nocturne, je ne sais pas combien de temps ça va durer.

Vince acquiesce mais il est déjà en train de tout organiser par téléphone avec Loris, qui gère l'armurerie. Vince, lui, est notre patrouilleur attitré. Il a la responsabilité des cartographies de terrains, aidé d'une équipe et d'une flotte de véhicules du Clan. Je me retourne vers Ed : je dois lui occuper l'esprit.

– Eddy, je pars devant avec Bill et Vince dans ma caisse. Toi, tu prends Bounce et vous rameutez trente de nos meilleurs vétérans le plus vite possible. Déclenche le signal d'alerte dans la ville que tout le monde soit sur le qui-vive, surtout les civils. Sérieux, grouillez-vous, faut qu'on arrive à peu près tous en même temps là-bas.

J'espère que tout cela sera suffisant mais je ne peux pas exprimer mes doutes devant eux.

Fier et dur, fier et dur, me répétait toujours mon père. Pas d'hésitation, jamais.

J'envoie un texto à Max pour qu'il dise au Doc de venir lui aussi équipé et avec l'ambulance.

Putain!

Je lutte pour ne pas partir en vrille, pour ne pas imaginer ce qu'ils veulent lui faire.

Liv... Les petites...

Une fois tout le monde en mouvement, je me rue vers ma caisse, Bill et Vince sur les talons. Bill est silencieux, Vince toujours au téléphone et je programme notre itinéraire avec les informations fournies par ce dernier : quarante minutes. Quarante interminables minutes, c'est le temps annoncé et la distance qui me sépare de Liv. L'état dans lequel je suis réduira ça à vingt-cinq minutes grand maximum, si je ne rattrape pas ces enfoirés avant en chemin.

Malheureusement et malgré notre vitesse, le trajet s'éternise et nous n'avons intercepté aucune camionnette blanche pour le moment. Les paysages désertiques et monotones de la nuit défilent autour de nous, je me concentre sur l'horizon obscur devant moi et sur la ligne jaune tracée au centre de la route qui disparaît sous mes roues, éclairée par mes phares. Les souvenirs m'assaillent par flash : Sunny et moi, enfants, barbotant et jouant dans le lac aux grenouilles, elle était si blonde, si belle, solaire. Elle arrivait souvent avec son petit visage de poupée barbouillé de myrtilles fraîches, cueillies dans le jardin juste avant de passer à table.

Mes parents râlaient mais elle leur répondait, effrontée : « Moi, j'avais faim tout de suite ! » Je me souviens lorsque ma mère me l'a déposée bébé pour la première fois dans mes bras, j'avais eu peur de la faire tomber, de la lâcher et de la blesser involontairement. Malheureusement, c'est ce qui s'est réalisé des années plus tard comme une mauvaise prophétie. Elle a beau m'avoir abandonné, j'ai beau lui en vouloir pour cela, elle aura mon amour inconditionnel à jamais.

Je te retrouverai, Sunny. Une fois Liv hors de danger, je te retrouverai.

Les souvenirs changent, et ma sœur se métamorphose en une petite brune pulpeuse qui me fait bien trop d'effet. Je repense à ces dernières semaines, son rire, ses yeux, ses hanches…

Et bien sûr sa foutue odeur de violette ! Il s'agit d'une des fleurs préférées de ma mère qui me rappelle des temps heureux et que je reconnaîtrais entre mille. C'est un mélange d'émotions qui me serrent la gorge, un maelström de sensations qui ont en commun cette douleur sourde au creux de ma poitrine.

Quand nous approchons enfin du but, le GPS se met à biper et me tire de mes pensées. Je suis obligé de ralentir pour ne pas signaler notre présence par le bruit du moteur, ou par des nuages de poussière. J'éteins également mes feux, ce qui complique un peu plus notre progression. La voiture est secouée dans tous les sens lorsque je quitte la route. Vince, à mes côtés, m'informe que Max et Loris ont réussi à rattraper le reste du convoi mené par Eddy et Bounce, et qu'ils ont les équipements nécessaires pour l'assaut.

En revanche, en ce qui nous concerne, nous devrons nous contenter pour commencer de ce qui est caché dans le faux fond de mon Dodge, c'est-à-dire quatre fusils à pompe et quatre Beretta 92. Ça et les poignards que nous portons en permanence sur nous, pour ma part dans ma godasse. Les autres ne sont qu'à dix minutes derrière nous à présent, je les vois apparaître sur mon écran qui géolocalise tous les véhicules d'intervention du Clan.

Lorsque enfin nous percevons des halos de lumière floue dans la nuit noire et l'ébauche d'un campement sauvage de bikers, je stoppe la voiture.

23

L'ASSAUT

Rock

Nous descendons tous en silence de la voiture et une communication non verbale se met en place instinctivement, comme à chaque fois que cela est nécessaire. C'est simple, fluide, et nous sommes au diapason, nous mouvant comme un seul homme, même Bill. Notre unité sera notre force. Il n'y a plus de place pour les intérêts personnels ou les griefs des uns et des autres. Chacun a mis son téléphone en silencieux et je lance un regard aux gars accompagné d'un signe de la tête en direction du coffre. Calmement, l'un après l'autre, nous nous équipons sans bruit et je récupère une paire de jumelles.

Je les braque sur le campement ennemi et en étudie l'agencement. Il me semble désorganisé, épars et vide, contrairement à mes souvenirs. Un van pour chevaux accroché à un pick-up noir abandonné sur le côté retient mon attention, d'autant plus que je ne vois aucun animal dans les parages. Je ne suis absolument pas serein, la situation ne me dit rien qui vaille. Tout cela paraît bien trop facile…

– Vince, combien de membres comptaient les Black Edge à notre dernier recensement? Le campement semble désert.

– Attends, j'ouvre le rapport de Gary sur le sujet. C'est lui qui a fait la dernière ronde hier soir.

Les secondes s'écoulent alors qu'il s'affaire sur son téléphone high-tech.

– Bordel, grouille, Vince!

– C'est bon, je l'ai! Alors…

Bill se rapproche de nous et se penche par-dessus l'épaule de Vince pour lire, tandis que ce dernier reprend :

– Oh merde!

– Quoi? m'écrié-je.

– A priori, ils ont souffert d'une grave impopularité ces jours-ci. Beaucoup ont abandonné le navire. De ce que Gary a espionné, je comprends qu'ils se sont tout bonnement lassés. Leur situation n'avançait pas et certains ont pris peur. Deux de leurs membres ont été portés disparus depuis plusieurs semaines. Il doit rester une cinquantaine de mecs, peut-être même moins.

– Sûrement les deux idiots que j'ai butés quand j'étais avec Olivia, sur la route trois cent quatre-vingt-neuf.

– Quoi? Elle était avec toi ce soir-là? s'étonne Vince.

– Ouais, mais on en reparlera plus tard.

Bill, lui, est toujours silencieux, le visage défait, alors Vince poursuit :

– Bref, il ne reste ici que les plus désespérés. Ça a dû les pousser à agir ce soir, ils ont voulu tenter le tout pour le tout… J'ai peur pour les filles, Rock. Ils n'auront aucune retenue.

Moi aussi je flippe à mort. Rien de ce qui va se dérouler par la suite ne sera raisonné ou raisonnable, mais je m'accroche à un infime espoir dans cet enfer.

– Ouais, sauf que cela veut aussi dire qu'ils ne sont pas organisés, ni solidaires. Ils ne sont pas prêts, on va les prendre de court. C'est une bonne chose. Par contre, je voudrais comprendre pourquoi ils s'acharnent autant sur nous? Que veulent-ils à ce point, quitte à risquer de tout perdre? Il y a d'autres trous paumés que Colorado Source qui leur conviendraient et qui seraient à leur portée…

Alors même que je prononce cette phrase, nous nous redressons tous les deux de concert et nous percutons en même temps. Vince a lu dans mes pensées et moi dans les siennes. Il n'y a qu'une seule chose qui crée une telle frénésie chez l'homme depuis des centaines d'années, et cette même chose se trouve dissimulée au cœur de Colorado Source.

– C'est obligé, Rock, d'une façon ou d'une autre ils savent. Il n'y a que ça qu'ils puissent convoiter à ce point.

Je sais au fond de moi qu'il a raison, que notre plus gros secret, ce sur quoi l'existence même du Clan repose, a fuité. Je me retourne vivement vers celui qui a sorti des documents confidentiels de nos quartiers généraux il y a plusieurs semaines.

– Je te jure, Bill, s'il s'avère que ta négligence a mis en danger le Clan, Olivia et les petites, je t'étrangle et je termine le travail lentement. Vince ne te sauvera pas la mise une deuxième fois.

– J'ai rien fait, bordel! C'est la sale fouineuse qui t'a mis ces idées dans la tête!

– Arrête avec Olivia! Si elle a pu avoir accès aux documents que tu as sortis sans mon autorisation, alors d'autres ont pu l'avoir également.

Je ne lui demande pas si ce qu'Olivia a balancé un peu plus tôt dans la soirée à son propos est vrai. Le sujet paraît sensible et le moment semble mal choisi pour creuser la question. Mais s'il est jaloux de Liv, je n'en suis pas responsable, j'ai toujours été clair sur mes préférences sexuelles.

Bill baisse les yeux, ne me répond pas et finit de s'armer sans un mot, alors que des bruits de moteur m'alertent de l'arrivée du reste de mes hommes.

Parfait !

Ils ont roulé plus vite que je ne le pensais, nous pourrons attaquer tous en même temps.

Par la suite, tout s'accélère et chacun se prépare : gilet pare-balles sur la poitrine, lampe frontale et lunettes de vision nocturne sur le crâne, grenade dans la poche droite, fusil dans le dos et Glock chargé dans les mains. Par choix, nous ne sommes pas reliés les uns aux autres par radiocommunication, qui peut être détectée et interceptée facilement. Nous préférons nous faire confiance et surtout ne pas entendre un frère se faire descendre en direct.

Je ne leur donne qu'une seule consigne :

– Vous les traquez, les maîtrisez si possible, et ceux qui résistent, vous les tuez.

Ils acquiescent tous et s'organisent comme lors de nos séances d'entraînement. Chacun connaît le rôle à tenir dans la scène qui va se dérouler et sait à qui se référer en cas de besoin. Nous nous divisons et je pars prendre le campement par l'est avec deux vétérans, Mike et Allan, là où le pick-up et son van sont abandonnés. Au bout de quelques minutes, les premiers tirs se font entendre sur notre gauche et je prie silencieusement pour que tous mes gars et sœurs en sortent indemnes. Je sais que Max et Eddy ont pris avec eux quelques-unes de nos meilleures combattantes.

Je repousse avec force l'image des miens blessés, ou pire, tués. Tout se fait sourd et opaque autour de moi, et j'ai pour seul objectif la forme sombre et métallique du van qui grandit à notre approche. J'accélère : je suis certain qu'Olivia y est enfermée. Nous progressons en silence dans la nuit fraîche et hostile, et alors que je devrais être satisfait de me rapprocher d'elle, un doute croît en moi.

C'est étrange.

Personne ne garde le van, et une fois arrivé sans encombre devant l'entrée sur le côté, je remarque, encore plus sidéré, que la clé se trouve bêtement dans la serrure. Prudemment, j'ouvre la porte, m'attendant à ce qu'un animal effrayé se rue sur moi, mais rien de tel ne se produit. Mike et Allan restent en retrait à l'extérieur et me couvrent.

Alors, enfin, j'entends des mouvements, des chuchotements et des pleurs… J'ôte mes lunettes à vision nocturne puis allume ma lampe frontale, et ce que je découvre m'horrifie.

24

LE VAN POUR CHEVAUX

Rock

Elles sont une dizaine de femmes. Toutes collées les unes aux autres contre la paroi du fond, toutes terrorisées.

J'avance prudemment et l'une d'entre elles se met à hurler en me voyant approcher. Je tente de la calmer sans trop de succès mais je persiste. Les minutes défilent dans ma tête. J'ai conscience que quelque part Olivia et les petites vivent un enfer, et que le temps leur est compté. Alors, je rassure ces femmes, je leur promets que nous sommes là pour les sauver et que leur calvaire s'arrête ici et maintenant.

– Du calme, nous allons vous sortir de là. Tout ça, c'est fini, on va vous ramener chez vous. Mais nous n'avons pas beaucoup de temps et il faut être discret.

Je viens déposer mon flingue au sol pour preuve de ma bonne foi. Je vois bien qu'elles ne me font toujours pas complètement confiance, mais elles finissent par s'apaiser un peu, ce qui me permet de leur demander :

– Avez-vous vu une jeune femme, blanche, un mètre cinquante environ, cheveux bruns coupés au carré, et deux petites filles métisses?

Pas de réponse…

Je commence à perdre patience. Ma lampe frontale est bien trop puissante et nous éblouit tous, ce qui m'empêche de les observer correctement. Je ne discerne que des silhouettes. J'abaisse la luminosité d'un geste rapide : cela devrait leur permettre de nous voir et de comprendre que nous ne leur voulons aucun mal.

L'une d'elles, qui semble la plus téméraire, fait alors un pas vers moi et m'interroge, étonnée :

– Vous êtes du SWAT[13]?

---

14. SWAT : acronyme de *Special Weapons And Tactics* (en français, « armes et tactiques spéciales »), une unité spécialisée présente dans les principales polices aux États-Unis.

Elle nous détaille curieusement de la tête aux pieds, vêtue de guenilles et le visage sale. Elle paraît si maigre et affamée. Je dois admettre que nous sommes armés comme leurs ravisseurs, ou presque, mais mes deux comparses tatoués et percés derrière moi n'en ont absolument pas le look. Je comprends qu'elle puisse douter de notre sincérité.

– Non pas vraiment, mais nous allons vous sortir de là. Il faut juste nous aider. Les Black Edge ont enlevé ma femme et les deux fillettes d'un de nos frères. Nous sommes à leur recherche.

Elle semble convaincue par ma réponse et s'avance vers moi à nouveau. Je peux toutes les distinguer clairement à présent. Je réalise alors avec effroi qu'elles sont toutes Afro-Américaines, sans exception. Comme si cela était possible, je hais les Black Edge encore plus à cet instant. Ce sont des putains de fachos dans toute leur horreur, qui font partie de ces clubs qui croient encore en une race blanche supérieure.

Tu m'étonnes qu'elles ne nous fassent pas confiance…

Si Eddy voit ça, je le perds ce soir. Je marche sur des charbons ardents. Soudain, Miss Courage ajoute :

– Nous ne les avons jamais vues, ni ici enfermées avec nous, ni dehors.

Je jure silencieusement. Et alors que je pense que tout est perdu, elle poursuit et me redonne espoir :

– Mais il y a un second campement. Duke, celui qui dirige cet enfer sur terre, emmène ses hommes les plus proches là-bas. Je n'y ai été qu'une seule fois.

Elle s'arrête et frissonne violemment au souvenir de ce qu'elle me raconte. Je n'ose pas imaginer ce qu'ils lui ont fait endurer à elle et aux autres. Si nous parvenons à atteindre ce second campement, il n'y aura pas de survivants côté Black Edge, j'en fais le serment.

– Et ce second campement, tu sais où il se trouve?

Elle me fait non de la tête et je perds espoir à nouveau.

Un pas en avant, deux pas en arrière.

Face à mon désarroi, elle tente de m'aider comme elle peut :

– Je ne sais pas où c'est vraiment, mais c'est comme une grange. On dirait une vielle ferme abandonnée, elle est en ruine avec une grande porte rouge et une petite maison sur le côté. Il y a un énorme silo à grains peint en vert derrière. Il y a marqué « Clayton » dessus. Je sais pas si ça peut vous aider. C'est tout ce que je peux vous dire.

À l'affût, je sens Mike juste derrière moi se raidir instantanément lorsqu'il entend ce qu'elle décrit. Il me dit :

– Ça doit être la vieille ferme des Clayton, il n'y a jamais eu de repreneur depuis leur décès y a cinq ans. Je crois que je saurais y aller à partir de la route principale, c'est au nord-ouest.

La traque reprend illico, tout n'est pas perdu. Je suis impatient. S'il dit vrai, alors nous sommes près du but. Olivia doit être là-bas, sinon je ne sais pas comment je réagirais, ce que je pourrais être amené à faire.

– OK, on va laisser une dizaine de frères ici pour finir de sécuriser les lieux, faire disparaître ce campement de l'enfer et s'occuper des filles. D'ailleurs, Eddy ne doit pas les voir pour l'instant, entendu ?

Mike hoche la tête et je poursuis :

– Ensuite, Allan, toi, et le reste vous me suivez.

Nouveau hochement de tête.

Parfait.

Alors que je sors du van dans la nuit noire, j'aperçois du coin de l'œil quelqu'un venir vers moi à grands pas. Il s'agit de Bill, je reconnais sa démarche lourde et sa silhouette courtaude. Il m'annonce que la situation est sous contrôle mais qu'ils n'ont pas mis la main sur les petites ni sur Olivia, ce qui confirme ce que nous venons d'apprendre. Le tiers de ces ordures a été maîtrisé, certains se sont enfuis comme des lapins à notre arrivée et le reste n'est plus.

Tant mieux.

Mais lorsqu'il se tourne pour repartir, il franchit le rai de lumière de ma lampe, ce qui éclaire son visage aux yeux de tous… et de toutes. Une des filles, qui s'était approchée de la porte au son de la voix de Bill, se met à hurler de terreur. Elle le pointe du doigt et nous crie, horrifiée :

– Menteurs, vous êtes des menteurs, vous êtes avec eux ! Cet homme m'a violée dans la grange, je le reconnais ! Il m'a battue, il est avec Duke !

25

JUDAS

Rock

Mon sang ne fait qu'un tour et je me retourne vivement vers l'accusé, qui affiche clairement la tête du coupable qui vient de se faire prendre en flagrant délit. Avant que je n'esquisse un mouvement, trop sonné par cette révélation, Mike et Allan le plaquent au sol. Bill se débat, jure, mais personne ne l'écoute. Ils le maîtrisent, les bras dans le dos, face contre terre, sans aucune issue possible.

– Je pense qu'on tient notre taupe. T'es un homme mort, Bill.

Je n'ai pas le temps de réfléchir, là, tout de suite, à tout ce que cette trahison implique, ni de chercher le pourquoi du comment cela s'est produit. Ma tête est saturée d'informations et mon énergie doit être focalisée sur le sauvetage de Liv, Maddie et Mona, mais lorsque je me pencherai sur son cas, je n'aurai aucune pitié. Ma vengeance sera sans merci. Je me blinde pour ne pas m'effondrer sous ce coup de couteau dans le dos. Il faut avancer. Nous perdons beaucoup trop temps, alors je leur ordonne :

– Menottez-le et enfermez-le dans ce van une fois que les filles seront en sécurité. On s'occupera de son cas plus tard.

Puis je m'adresse à Bill en lui écrasant les doigts avec ma chaussure :

– Olivia et les filles sont-elles dans la vieille grange des Clayton?

Il lâche un cri pathétique de douleur et un *oui* presque inaudible.

– Est-ce que ta sœur était dans le coup avec toi, espèce de sale traître?

Pas de réponse.

J'appuie encore plus fort et je tords sa cheville. Je sens ses os se briser et sa peau se déchirer sous ma semelle.

Il crie un *oui* mais je ne relâche pas la pression pour autant. Je pose un genou par terre à sa hauteur et me penche pour lui chuchoter à l'oreille :

– Alors, elle mérite son sort, elle aussi. Explique-moi juste comment on peut infliger ça à sa propre famille, Bill.

Toujours pas de réponse.

– Si tu crois que nous allons te tuer rapidement, tu te goures. Ce serait bien trop facile. Maintenant, prie pour que Liv et les filles soient en vie.

Je lui décroche une gifle, lui crache au visage et laisse Mike et Allan le gérer. Je pars rapatrier le reste des troupes pour prendre la direction de la grange des Clayton en quatrième vitesse.

26

LA GRANGE

Rock

Comme décidé, une partie des frères restent en arrière pour s'occuper du premier campement et les autres me suivent pour nous rendre au second. Je suis dans un état d'extrême urgence à présent et tous doivent courir pour tenir le rythme. J'ai partagé avec eux ma découverte et les informations sur la grange, notre dernier espoir de retrouver Liv et les petites rapidement. Eddy a pris la place de Bill derrière moi dans la voiture. Pour le moment, je n'ai pas eu le courage de lui avouer la vérité sur son beau-frère et sa femme, mais il ne me pose aucune question, noyé dans les propres tourments de son âme. Pour une raison que j'ignore, j'ai honte. Honte de ne pas avoir démasqué Bill à temps et de l'avoir laissé maltraiter Olivia.

Merde !

J'aurais dû voir ces choses-là, c'est mon rôle de veiller sur eux. Or, j'ai laissé la gangrène ronger mon Clan. J'ai un tel sentiment d'échec et de culpabilité qu'ils occultent pour le moment la trahison de Bill.

Pour le moment…

Je songe à ce que j'ai expliqué à Liv sur la différence entre les simples connaissances et les vrais amis lorsque nous étions au festival, sur ce que le Clan signifie pour nous, mais finalement je ne suis plus sûr de rien ni de personne.

Le festival.

Je ne peux m'empêcher de repenser à ce moment heureux avec Olivia, loin de toutes les emmerdes et de toutes les responsabilités qui m'incombent. J'ai effleuré du bout des doigts le bonheur, j'ai pu entrevoir ce que serait un lendemain heureux à ses côtés. Je repense à ses mains sur mon torse, à sa bouche sur la mienne…

Je la revois assise sur cette souche d'arbre, offerte à moi, rien que pour moi, si confiante et vulnérable à la fois. Je songe à cette fameuse nuit au lac et aux choses qui ont doucement commencé à prendre forme et qui continuent de grandir un peu plus chaque jour depuis, mais sur lesquelles je refuse encore de mettre un nom. Au point que si les Black Edge me l'enlevaient définitivement, je suis sûr et certain que je ressentirais un vide immense, juste à côté de celui laissé par Sunny.

Perdu dans mes pensées, je suis pris par surprise lorsqu'au bout de trente minutes, nous nous retrouvons face à l'entrée de la propriété des Clayton. Je stoppe brutalement le Dodge sous l'effet de la colère et admettons-le : de la peur. Les autres se garent côte à côte. Nous remontons l'allée à pied et armés, laissant nos voitures derrière nous pour ne pas donner l'alerte.

Mon cœur bat la chamade. Dans quelques instants, nous saurons si pour Eddy et moi le soleil se lèvera demain, ou si tout prendra fin ce soir, dans la douleur et dans la peine. Des Dragstar et autres motos en tout genre sont stationnées devant la vieille bâtisse en bois, mais nous ne voyons personne, aucune surveillance ni patrouilleur. C'est vraiment une belle bande d'abrutis qui nous a sous-estimés, de nouveau.

Je regrette de ne pas avoir agi plus tôt à présent. Rien de tout cela ne serait arrivé, car c'étaient clairement des amateurs de première.

Une couche de culpabilité en plus ou en moins, je crois que je ne suis plus à ça près.

Les gestes se répètent, comme une vieille ritournelle, et nous sommes de nouveau prêts à passer à l'assaut. Mais cette fois-ci, mes consignes sont différentes :

– Pas de survivant…

Tous acquiescent et nous commençons le repérage des lieux. Les entrées sont toutes verrouillées ou condamnées, mais je peux entendre des voix et percevoir de la lumière qui filtre entre les interstices des lames de bois. Une planche un peu plus rongée par le temps que les autres me permet de voir ce qui se passe à l'intérieur, et c'est là que je l'aperçois… Je ne la reconnais pas immédiatement alors qu'un homme petit et trapu lui hurle dessus.

Elle a le visage abîmé, maculé de sang et d'ecchymoses. Elle est ligotée sur une chaise, les bras dans le dos. Ses vêtements sont pour moitié arrachés.

Que lui ont-ils fait?

Avec horreur, je vois l'homme se saisir d'un marteau et commencer à frapper le sol à plusieurs reprises. Je comprends qu'il s'acharne sur son pied quand son cri de douleur déchirant me parvient, m'arrachant le cœur au passage.

Alors, tout comme Eddy, le peu d'humanité qui me restait ce soir part avec dans son sillage. La rage meurtrière que j'ai réussi à contenir jusque-là pour mener à bien ce sauvetage me foudroie et m'aveugle.

Elle m'électrise et la raison laisse place à des sentiments tous plus violents les uns que les autres : ma haine pour les Black Edge, mon dégoût pour Bill et sa connasse de sœur, ma peine pour Eddy, et ma terreur pour Liv. J'entends Max jurer et Vince demander :

– Qu'est ce qui se passe? Qu'est qu'on attend? Ils vont la tuer, putain!

Je me retourne pour donner le feu vert et Loris nous fait signe de reculer de plusieurs mètres :

– J'ai placé une charge d'explosifs à l'entrée, pas grand-chose, juste de quoi faire sauter ce pan de mur et les surprendre.

– OK. Vas-y!

Et sur mon ordre, il s'exécute. La dynamite explose, arrachant toute une façade de la grange, qui se met à trembler. Je prie pour qu'elle tienne le coup, mais sans en attendre confirmation, nous nous ruons à l'intérieur. Le regard d'Olivia abandonnée au sol s'accroche au mien, je lui promets silencieusement de tous les achever et de la venger. Le moment tant attendu est arrivé. Je laisse sortir des mois d'inquiétude que les Black Edge nous ont fait vivre par leurs attaques incessantes, des semaines de frustrations de toutes sortes, et des heures d'angoisse et de colère. Ils font les frais de ma fureur et de ma peine, qui se déchaînent sans aucune retenue.

L'affrontement ne dure que quelques minutes : nous sommes en surnombre, armés, et sans pitié. Ils ne sont même pas une dizaine et pris par surprise. J'aperçois une ombre fondre rapidement sur un homme à ma gauche, il s'agit d'Eddy qui lui tranche la gorge d'un geste chirurgical. Le gars n'a eu aucune chance. Ed est une panthère noire aux griffes acérées qui fond sur ses proies, et comme un félin, il joue cruellement avec avant de les achever. Personnellement, je vais droit au but. L'état d'Olivia me préoccupe, ses blessures sont sérieuses alors je ne perds plus de temps.

Une fois certain qu'aucun Black Edge n'a réchappé, je cours auprès de celle qui a remis mon monde en mouvement, doucement mais sûrement. Elle a chuté sur le côté, renversée par le souffle de l'explosion et le spectacle est horrifiant. Elle est méconnaissable. Seule une petite partie de son visage semble intacte et je viens le caresser, une fois accroupi devant elle.

– Mon Dieu, Princesse, que t'ont-ils fait? Tout ça, c'est de ma faute.

Je sens mes yeux devenir humides et je la détache en douceur alors qu'elle contient un cri de douleur silencieux. Les frères derrière moi jurent lorsqu'ils la voient. Max accourt mais se stoppe net sous le choc de ce qu'il découvre et des regards de supplice qu'elle nous lance. Je voudrais pouvoir prendre sa douleur et la soulager, échanger nos places. Max me dit :

– Le Doc est en route avec tout ce qu'il faut, il était juste dix minutes derrière nous.

– Putain, qu'il se grouille !

Eddy s'avance et lance :

– Désolé, Liv, mais je dois te demander : as-tu vu mes filles, sont-elles vivantes ?

Elle se secoue sur le sol. À nouveau, aucun son ne sort de sa gorge, mais les regards affolés qu'elle jette désespérément vers le fond de la pièce qui s'emplit de fumée sont suffisamment éloquents. Eddy part en courant dans la direction indiquée, suivi de Vince. Je suis démuni, je ne sais pas si je peux la toucher ou la déplacer sans risquer d'aggraver son état, mais je suis obligé d'agir lorsque tout à coup, elle est prise de tremblements, et me donne l'impression de manquer d'air et de s'étouffer.

Non, non, non !

La panique me gagne, je la vois s'évanouir et du sang apparaît entre les lèvres tuméfiées de sa bouche. Je me mets à hurler des ordres inutiles aux gars dans tous les sens. Impuissant, je la prends dans mes bras, où elle repose comme une vulgaire poupée de chiffon. Je cours vers l'extérieur et remonte l'allée jusqu'à nos voitures, en espérant que le Doc ne tarde plus. Je lève la tête au ciel.

La nuit est magnifique, sans nuage, remplie d'étoiles scintillantes et je les implore de m'accorder encore un peu de temps avec Liv. Je veux lui présenter mes excuses, lui expliquer que tout cela n'est qu'un affreux malentendu. Je dois lui offrir son premier tour à moto, il y a encore tellement de premières fois qu'elle doit vivre.

Quelques secondes plus tard, ma prière est exaucée. J'entends le vrombissement d'un hélicoptère fendre le ciel. Max arrive à ma hauteur et me crie dans l'oreille alors que le souffle des pales en rotation nous atteint :

– Il a laissé l'ambulance pour les autres et nous a envoyé l'hélico.

Je le bénis en silence pour cette initiative, car c'est peut-être ce qui va sauver la vie d'Olivia.

À peine l'ancien hélicoptère militaire touche le sol que je me rue dessus, plié en deux pour essayer de protéger Olivia, glacée et toujours inanimée, contre mon torse.

Pitié, Princesse, ne me fais pas ça, accroche-toi !

La porte latérale s'ouvre, le Doc apparaît sur le seuil et se décale pour me laisser entrer. J'abandonne le reste des gars sans un regard alors que l'hélico redécolle aussitôt du champ en jachère. Je sais qu'ils sauront se débrouiller sans moi, je regrette seulement de ne pas savoir si les petites d'Eddy vont bien.

Nous allongeons Liv sur un brancard précipitamment. Il y a tout le matériel indispensable aux urgences vitales.

Espérons que cela suffise.

Alors que j'enfile un casque équipé d'un micro pour pouvoir communiquer, j'entends le pilote échanger avec le contrôleur aérien en fond. Le Doc commence à l'ausculter sans rien laisser transparaître. Je n'arrive pas à savoir si sa vie est en danger ou non. Toujours efficace, il effectue tout un tas de gestes rapides et précis, puis commence à la brancher de part et d'autre. Je tourne en rond quand, enfin, son rythme cardiaque faible et rapide apparaît sur l'écran d'un moniteur.

Elle est vivante, elle s'accroche…

Je pousse un soupir de soulagement et m'effondre sur une banquette sans la quitter des yeux, la tête dans les mains. Mais la pression ne retombe pas pour autant. Je regrette déjà de ne pas avoir fait plus souffrir ces fils de pute.

– Que s'est-il passé, Rock ? Sais-tu ce qu'ils lui ont fait exactement ?

– Non, pas vraiment, ils l'ont rouée de coups. Un de ces connards lui a explosé le pied à coups de marteau. Est-ce qu'elle va s'en sortir ?

Il ne me répond pas et mon stress grimpe en flèche à nouveau. Je n'arrive pas à lui poser la question qui me brûle les lèvres.

L'ont-ils violée ?

Je détaille son corps. Le bas de sa combinaison n'est pas déchiré, contrairement au haut, qui laisse apparaître sa lingerie fine. Son visage a gonflé davantage et le bleu des coups a viré au noir indigo. Enfin, je regarde son pied gauche et ce que je vois me donne envie de vomir. Je souffre pour elle, la vue est difficile à supporter, même pour moi. J'ai envie de la prendre dans mes bras, de la bercer pour adoucir ses peines et soigner ses blessures. La voir ainsi, inerte, elle qui d'ordinaire est pleine de vie, me tue.

Ma vengeance n'est pas assouvie.

Le Doc vient découper ses vêtements sur toute la longueur pour avoir un meilleur aperçu de l'étendue des dégâts. Je détourne tout de même le regard pour donner à Liv l'intimité qu'elle mérite, même inconsciente, le temps que le Doc termine son inspection et que le verdict tombe :

– Je ne pense pas qu'elle ait été violée, Rock, mais elle seule nous le confirmera à son réveil.

– Pourquoi est-elle inconsciente ?

– Tout m'amène à penser que ses côtes cassées ont perforé son poumon droit. C'est une protection. Son cerveau la protège de la douleur et du manque d'air. Il s'est mis dans un mode de survie pour limiter les dégâts.

– Elle va avoir des séquelles ?

– Ça aussi, nous ne le saurons qu'à son réveil, mais je ne pense pas. Je vais la plonger dans un coma artificiel léger en attendant, au cas où. Ensuite, nous aviserons pour le type d'intervention dont elle aura besoin. Je ne vais pas te mentir, Rock, son état est préoccupant. La cyanose des ongles et la quasi-immobilité de sa cage thoracique indiquent une anoxie sévère. Je suspecte un pneumothorax. Nous la plongerons dans un coma plus profond une fois arrivés au hangar.

Tout cela, c'est du jargon médical de mes deux que je ne saisis pas vraiment, sauf pour une information :

– On ne va pas à l'hôpital de Newton ?

– Ils n'ont rien de plus que nous ne possédons déjà. J'ai contacté deux anciens collègues qui me devaient une faveur, ils sont sûrement déjà sur place. J'appellerai aussi un chirurgien esthétique que je connais bien, une fois que Liv sera stabilisée et hors de danger. Il nous donnera son avis pour son visage et si une intervention est nécessaire ou non.

– Je me fous de son visage, je veux qu'elle vive. Je veux l'entendre rire !

Je crie presque la dernière phrase. Je me contrefous de sembler désespéré car je le suis.

J'observe le visage difforme d'Olivia derrière le masque transparent du respirateur artificiel et je regrette à nouveau de ne pas avoir eu le temps de faire souffrir les Black Edge.

Mais il reste les prisonniers du premier campement et Bill…

27

CONFRONTATION

Rock

J'ai dû me contraindre à laisser Olivia aux mains du Doc et de ses collègues et amis, qui attendaient devant le hangar lorsque nous y sommes enfin arrivés. Le Doc m'a littéralement foutu dehors à coups de pied dans le cul en me disant qu'il me tiendrait au courant toutes les heures et que pour le moment son état était stable. Et même si ses vieux potes de régiment ont l'air compétents, c'est à contrecœur que je suis reparti en pensant à elle à chaque instant. Je garde précieusement l'image de son visage abîmé en mémoire pour me souvenir de n'avoir aucune pitié pour ces salopards le moment venu.

J'ai hâte de rejoindre mes frères et nos prisonniers pour réclamer justice et vengeance. Je veux démêler toute cette histoire, comprendre quelles raisons ont poussé Bill à nous trahir de la sorte. Car c'est la putain de question à dix mille balles. Pourquoi Liv se retrouve dans cet état et pourquoi avoir enlevé deux petites filles, qui se retrouvent aujourd'hui sans mère pour les border le soir?

Le hangar est lui aussi relié au Q.G. par un accès souterrain et je cours en remontant le long du couloir en béton qui mène au cœur de notre organisation. Je suis toujours équipé de mon gilet pare-balles, armé jusqu'aux dents, le sang d'Olivia et d'inconnus sur mes mains. J'ai eu un texto de Max m'informant un peu plus tôt que les petites étaient saines et sauves. Enfin une bonne nouvelle dans cet enchevêtrement d'emmerdes toutes plus grosses les unes que les autres. Eddy les a laissées aux bons soins de Mary Ellen, qui les amènera ensuite chez le Doc lorsqu'il en aura terminé avec Liv.

Lui aussi veut des réponses quant à la mort de sa femme. Nous avons convenu par texto de nous rejoindre, avec les six frères décisionnaires, au niveau moins deux, celui des cellules.

Putain!

Je n'aurais jamais imaginé qu'un jour elles serviraient toutes en même temps.

Je franchis le sas et j'arrive en trombe dans le grand open space bondé. Des têtes se lèvent instantanément. Tous ceux qui nous ont aidés ce soir attendent ici les derniers ordres qui mettront un point final à cette nuit merdique. Certains discutent entre eux quand d'autres ont la mine sombre et s'enferment dans le mutisme. Se remettre de cet événement va être compliqué pour tout le monde. Je peux voir dans les regards que je croise la même question silencieuse : Comment?

Comment un des plus haut gradés du Clan a-t-il pu nous trahir sans que nous nous apercevions de quoi que ce soit?

Sans que je *ne m'aperçoive de rien?*

Heureusement, hormis Rhonda, personne n'est mort de notre côté. C'est la seconde bonne nouvelle de la soirée et sûrement la dernière. Je me dirige sans m'arrêter vers l'ascenseur dont j'enfonce le bouton avec violence plusieurs fois, comme si cela pouvait le faire monter plus vite. Je commence à perdre patience quand enfin les portes s'ouvrent. Je m'y engouffre.

Vince, Loris, Bounce, Max et Eddy sont déjà là et se tiennent en silence dans la lumière blafarde des néons du plafond. Shawn quant à lui est toujours en train de décuver. L'endroit est vraiment triste, il est constitué d'une rangée de cellules de prison aux portes blindées, équipées d'une petite fenêtre de plexiglas quadruple épaisseur permettant de jeter un coup d'œil à l'intérieur, le tout desservi par un long corridor.

Je constate qu'Eddy a pleuré. Il a encore les yeux rouges, gonflés et injectés de sang. En parlant d'hémoglobine, ses mains en sont couvertes et ses poings sont complètement abîmés. Je lui lance un regard interrogateur auquel il répond :

– J'ai pas pu t'attendre, j'ai commencé à les interroger.

Ceci explique cela…

Je ne peux pas lui en vouloir.

– Ça a donné quoi?

– Pas un seul ne m'a lâché quoi que ce soit pour le moment. Ces enfoirés savent tenir leur langue.

– Et Bill?

Max l'a briefé sur la trahison de Bill sur le chemin du retour.

– Idem. Putain, Rock, je n'en reviens toujours pas. Je ne le reconnais plus. Il ne cille même pas quand je lui parle des petites ou de Rhonda. Vince a dû me retenir ou je le tuais.

– Pas encore, il nous faut des réponses, Ed.

– Je sais, bordel!

– À mon tour de tenter. Je garde Bill pour la fin.

Je passe les cellules en revue. Certains des prisonniers ont été sacrément amochés par Eddy. Je ne vois pas ce que je pourrais faire de plus sans les tuer. Je choisis un détenu qui est recroquevillé dans un coin de la pièce mais qui semble en état de parler. Nous entrons tous et il nous regarde à peine, nous ignorant sciemment. Sans plus attendre, je me rue vers lui, le saisis au sol par son tee-shirt taché de sang et le plaque violemment contre le mur. Il est obligé de me regarder dans les yeux à présent et un sourire ironique se dessine sur ses lèvres quasi inexistantes.

– Tu dois être le fameux Rock. J'ai beaucoup entendu parler de toi. Alors, comment va ta nana ?

– Ta gueule, c'est moi qui pose les questions, ici.

Il ne réplique pas mais continue de sourire alors je reprends :

– Les filles qu'on a trouvées dans le van pour chevaux, d'où viennent-elles ?

– Je sais pas. Duke les repérait et nous, on les enlevait. Il choisissait des filles isolées. Histoire qu'elles ne manquent à personne, ou pas trop vite, disons.

Énervé, Eddy intervient :

– Pourquoi tu ne m'as pas répondu à moi quand je te l'ai demandé ?

Je sais qu'Eddy avait fini par être au courant pour les femmes prisonnières, c'était inéluctable. Évidemment, Max m'a informé qu'il avait dégoupillé, ce à quoi je m'attendais et que je comprenais. L'homme captif lui jette un regard dédaigneux et lance avec dégoût :

– Je parle pas aux nèg...

Il n'a pas le temps de finir sa phrase que je lui colle un poing dans l'abdomen qui lui coupe le souffle et lui ôte de la bouche les mots odieux qu'il s'apprêtait à prononcer.

– Redis une chose pareille et je laisse Eddy te torturer.

L'homme cille mais n'ajoute rien.

– Bref, reprenons. Donc à ce que je comprends, vous êtes des enfoirés de fascistes par-dessus le marché ?

– Appelle ça comme tu veux. On a nos croyances, c'est tout.

– Ouais, vos croyances... bah voyons.

– Tu crois qu'on s'appelle les Black Edge[14] pour quoi ? On est la lame affûtée venue nettoyer le monde de cette sous-ra...

---

15. *Edge* : lame, tranchant d'un couteau en anglais.

Nouveau coup de poing, nouveau cri de douleur.

– C'est bon, j'ai compris le concept, espèce de raciste illuminé. Rhonda, la femme que vous avez tuée, pourquoi?

– Elle, c'était juste un plan B au cas où son frère n'arrivait pas à nous filer les infos dont on avait besoin. Elle nous fournissait quelques tuyaux en échange d'un peu de fric. Sauf qu'elle est devenue gourmande et a fait l'erreur de nous menacer si on lui donnait pas plus. En plus, elle était mariée à lui.

Il pointe Eddy avec dédain et je n'arrive toujours pas à comprendre. Comment la couleur de peau d'une personne peut-elle faire naître de tels sentiments de haine chez un individu? Je renonce à obtenir une réponse car cela ne relève pas de la raison. L'homme devant moi n'en vaut pas la peine et emportera bientôt ses convictions esclavagistes avec lui dans la tombe.

Cette fois, Eddy perd le peu de retenue qu'il lui reste, il accourt et se met à gifler notre prisonnier, que je tiens toujours fermement, en hurlant :

– C'était la mère de deux petites filles qui n'avaient rien demandé à personne, espèce de sous-merde! On avait pas besoin de fric, je veux pas croire qu'elle ait fait ça pour le fric! Tu mens!

L'homme se met à rire et balance :

– Oh si, elle voulait du fric, ta nana. Beaucoup de fric même! Pour s'acheter une putain de baraque sur la côte. Elle espérait que quand on aurait pris votre place, tu quittes ton Club déchu et que tu sois tout à elle. Vous seriez partis tous les quatre comme une jolie petite famille unie vous installer en bord de mer. Elle était jalouse du temps que tu passais avec tes frères... Ça a été tellement facile de la corrompre. Les femmes sont les plus faibles...

Eddy, sonné par ces révélations, s'éloigne en me jetant des regards perdus d'incompréhension.

– Rock, j'en savais rien, je comprends pas, je ne comprends plus.

Et sur ces simples mots, il quitte la cellule en courant. Je ne le retiens pas mais je fais signe à Loris de le rejoindre. Je sens que la nuit va encore être terriblement longue.

– Et Bill dans tout ça, il vient faire quoi?

– J'en sais rien. J'ai jamais eu à traiter avec lui directement. Juste sa sœur. Je sais qu'il était une taupe et refilait des infos à Duke, notre leader.

Je crois qu'au fond de moi j'espérais encore une explication qui l'innocenterait, que tout prendrait un sens, mais non, au contraire.

– Duke t'a dit pourquoi il tenait tant à venir s'installer sur notre territoire ? Il y avait d'autres endroits.

L'homme explose de rire et me balance :

– Ce qui est vraiment con, les mecs, c'est que vous avez buté les seules personnes qui pouvaient répondre à toutes vos questions. Nous, ici, on n'était que des sous-fifres. Duke nous disait pas grand-chose, hormis le strict minimum. Du genre que votre territoire nous permettrait de nous en mettre plein les fouilles pour un bon bout de temps. Que le jeu en valait la chandelle. Et ça avait l'air d'être du lourd, vu comment il en parlait. Il lâchait pas l'affaire, même quand pas mal de gars ont déserté. Beaucoup en avaient marre que ça avance pas, son histoire. Moi, j'avais nulle part d'autre où aller alors je suis resté. Vous allez nous libérer ?

Cette fois, c'est à nous tous d'exploser d'un rire sardonique :

– Mec, comment peux-tu croire un instant qu'on puisse te libérer après ce que vous avez fait, dit et entendu ?

– Pitié, me tuez pas, j'ai encore une info qui pourrait t'intéresser.

– Je t'écoute.

– Bill était pas tout seul. Parfois il échangeait avec quelqu'un de votre Clan au téléphone. Je parle pas de sa sœur. Duke avait fait allusion à un autre gars une fois.

Je me pétrifie. Je n'arrive pas à savoir s'il bluffe ou s'il dit la vérité. C'est un second coup de massue. S'il dit vrai, un traître est encore parmi nous. Je me sens soudainement plus vieux d'une vingtaine d'années. J'ai envie de tout envoyer chier, de récupérer Liv et partir d'ici, me barrer loin de tout ce merdier nocif. Mais quand je croise le regard de mes gars, eux aussi sidérés par cette annonce, je ne peux pas me résoudre à les abandonner ainsi. Ils n'y sont pour rien, ils méritent un meneur avec des couilles et un Clan à la hauteur des hommes qu'ils sont.

Enragé, je relâche l'homme qui, surpris, s'effondre par terre. Je le regarde droit dans les yeux de toute ma hauteur et je lui lâche, avec toute la cruauté dont je suis capable :

– On ne vous tuera pas. Hors de question que mes gars se souillent encore les mains avec votre sang.

Les épaules de l'homme se relâchent de soulagement et je continue, sadique :

– Non, on ne vous tuera pas nous-mêmes mais on ne vous laissera pas la vie sauve pour autant. Hors de question de prendre ce risque.

Le gars me lance un regard d'incompréhension, mais c'est Bounce qui explicite le fond de ma pensée. Pour ce genre de trucs, nous sommes étonnamment sur la même longueur d'onde.

– Ce que veut dire Rock, abruti de facho, c'est qu'on va vous filer à chacun un flingue avec une seule et unique balle. Vous aurez alors deux choix possibles dans ce cachot pourri : vous faire sauter la cervelle ou crever de faim. Nous, on viendra juste plus tard faire le ménage, alors essayez de faire ça proprement.

Nous sortons tous de la cellule tandis que l'homme se met à hurler et nous implore pour que nous l'épargnions. Mais je n'ai pas une once de pitié à son égard quand le visage et le corps abîmés de Liv réapparaissent devant mes yeux, ou ceux de ces pauvres femmes enfermées comme des bêtes dans ce van pour chevaux, ou encore quand je pense à Maddie et Mona qui ont assisté au meurtre sanglant de leur mère. Juste avant que la porte ne se ferme, je l'entends me crier :

– J'ai entendu un autre prénom plusieurs fois : Susie. Euh, non, non, pas Susie, mais un truc du style. Attendez ! Si, je me souviens : Sunny ! Duke a parlé d'une Sunny avec Bill, une fois.

28

IMBROGLIO

Rock

Max, dans son élan, referme la porte sur moi mais j'ai entendu très clairement les derniers mots lâchés par le Black Edge.

– Putain ! Max, attends, il a bien dit le nom de ma sœur, là ! Qu'est-ce que Sunny vient foutre là-dedans ?

Je me suis figé, une vague de froid m'envahit. La soirée devient de plus en plus surréaliste. Quand je crois enfin saisir et contrôler la situation, celle-ci m'échappe à nouveau.

Comment Sunny peut-elle être mêlée aux Black Edge et à Bill ?

Je cours poser la question au principal intéressé, qui est dans la cellule d'à côté, car ce n'est pas la loque que je viens d'abandonner à son funeste sort qui m'apportera des réponses. Il me l'a dit lui-même : il n'est qu'un sous-fifre lambda qui a surpris des conversations ici et là.

Je déboule sans cérémonie dans la pièce exiguë où est retenu Bill. Je marque un temps d'arrêt. Eddy ne l'a vraiment pas loupé, j'espère qu'il sera en capacité de parler. Il se tient difficilement contre le mur et relève la tête lorsque je franchis le seuil. Au moins, il entend toujours, ce dont j'aurais pu douter : son visage a été roué de coups, du sang s'écoule de son oreille et de sa bouche. Il me lance une espèce de sourire torturé et je remarque qu'il lui manque plusieurs dents.

À la vue de ce traître, une haine indicible s'empare de moi et je m'élance vers lui pour attraper les doigts que je lui ai brisés un peu plus tôt dans la soirée avec ma ranger. Trop affaibli, il ne peut pas m'échapper ou lutter et je viens appuyer sans retenue sur ses phalanges meurtries. La plainte qui s'échappe de ses lèvres sonne comme une douce mélodie à mes oreilles. Je peux détailler toutes les nuances de bleu et de mauve qui recouvrent sa face de salopard. Je rentre dans le vif du sujet sans détours :

– Comment as-tu pu nous trahir ainsi ?

Pas de réponse.

– Bordel, pourquoi? On t'a tout donné! Un toit, une seconde vie, une famille!

Sa voix est rauque lorsqu'il prend la parole et siffle entre ses dents manquantes :

– Je voulais pas qu'on en arrive là.

Je suis sidéré, je m'attendais à tout sauf à des pseudo-remords de mes deux :

– Tu veux dire au point où tu es démasqué, ta sœur égorgée devant ses gamines, un de nos frères veuf, tout le Clan en danger à cause des secrets que tu as balancés et Olivia dans le coma?

– On en a rien à foutre d'elle! Merde, tu comprends pas, elle va causer la perte du Clan! Tu vas tellement le regretter, Rock, il sera trop tard et j'aurai pourtant tout tenté pour t'éviter ça…

– M'éviter quoi? Tu racontes mensonge sur mensonge, tes paroles sont du poison. Tu es fou. C'est toi qui es un danger pour le Clan. Olivia n'a rien à voir là-dedans.

Il secoue la tête en signe de dénégation avant de poursuivre :

– Elle a tout à voir. Cette fille est un oiseau de malheur, elle n'apporte que les emmerdes avec elle. Tu vas t'en mordre les doigts. Faut croire qu'elle a réussi là où toutes les autres ont échoué.

– De quoi tu parles, bordel?

– Elle te tient par les couilles. Les femmes sont des serpents.

– Le seul serpent ici, c'est toi. Je ne comprends toujours pas, Bill. Tes devinettes et tes menaces ne prennent pas sur moi, mais je finirai par savoir, et ce jour-là, je serai aux premières loges pour regarder Eddy te finir comme tu le mérites.

– Et moi j'aurais été là pour assister à la chute du grand meneur, Rock Christensen. Je serai là pour t'accueillir en enfer, mon frère.

– Tu es fou à lier. Et Sunny dans tout ça, hein? Pourquoi ce Black Edge connaît son nom, putain? C'est qui, l'autre taupe qui bosse avec toi?

Je lui hurle dessus, mais il ne sourcille même pas et je sens qu'il se ferme. Il ne me dira rien sur le sujet aujourd'hui. Bordel, je vais devoir trouver les réponses par moi-même et laisser Bill cuire dans son jus avant de revenir à la charge. Je le lâche. Sa tête heurte durement le mur de béton et je lui balance les seuls mots qui, je le sais, l'atteindront dans sa folie :

– Tu es comme ton père. Je m'en veux tellement de t'avoir donné ta chance. D'avoir pu croire qu'avoir pour géniteur un serial killer de prostituées ne ferait pas forcément de toi le même monstre, mais j'ai eu tort. Et mon Clan le paye chèrement aujourd'hui. Cela me servira de leçon, je ne ferai plus jamais cette erreur.

Je sais que j'ai fait mouche quand je vois un tic nerveux déformer un peu plus son visage amoché.

– Ferme-la, tu ne sais pas de quoi tu parles.

– Oh si, je sais. Tu es le même psychopathe pervers. Tes actes parlent d'eux-mêmes. Ce que tu as fait subir à Liv pendant toutes ces semaines ! Et avec les Black Edge.

– Arrête de parler de cette salope !

Je le frappe au ventre pour l'insulte. Il est pris d'un haut-le-cœur violent sous la force de mon coup.

– Elle vaut plus que tout le monde ici. Quant à toi et à ta sœur, vous obtenez ce que vous méritez. Rhonda a toujours crevé de jalousie alors qu'elle avait tout. Un mari aimant et deux petites filles en parfaite santé. Je suis sûr qu'elle était même jalouse que votre malade mental de père t'ait choisi toi pour l'assister dans ses horreurs, plutôt qu'elle.

– Tais-toi ! Tais-toi ! Tais-toi ! Tout ce que j'ai fait, je l'ai fait pour le Clan. Tu finiras par comprendre.

Je recule, dégoûté. Il faut que je me tire de là. Je sens que, comme Eddy, j'atteins mon point de rupture. Je pensais avoir vu beaucoup de choses horribles, mais cette nuit vient de me prouver le contraire. Le pire reste toujours à venir.

– Je ne comprendrai jamais comment on peut violer quelqu'un, comment on peut harceler une personne ou trahir sa famille. Peu importe ton passé, tu as eu ta chance et tu l'as laissée passer.

Sur ces derniers mots, je cède la place à Bounce qui, pour une fois, laisse apparaître sur son visage autre chose que de la nonchalance. Il s'avance, crache à la figure de Bill, et lui lance :

– Je n'ai jamais eu honte de quoi que ce soit, d'aucun de mes actes ni de mes choix, de qui je suis ou qui je désire. J'ai toujours tout assumé, jusqu'à ce soir… Je me sens sale, je me répugne, *tu* me répugnes. Je ne sais même pas comment j'ai pu voir du bon en toi.

Et sur ce, nous quittons la petite pièce et je suis assailli par l'avalanche d'émotions que je contiens depuis la disparition de Liv. Je sens que je vais littéralement exploser et je ne veux personne autour pour éviter les dommages collatéraux. J'ai besoin de fuir loin, de poser les choses à plat, d'analyser les événements et les informations que j'ai pu recueillir.

Je relève la tête et croise le regard acier de Max dans l'ascenseur qui nous ramène tous à l'étage. Comme toujours avec lui, j'ai cette sensation déroutante qu'il peut lire en moi sans jamais me juger. Sans un mot, ce frère de sang comprend mon état d'esprit :

– Tu as une sale gueule, mec, je crois que tu as besoin d'un tour à moto.

– Max, je ne vais pas abandonner tout le monde au pire moment. Eddy a besoin de moi.

– Nous nous occuperons d'Eddy. Il s'agit juste de quelques heures. Va, roule et reviens-nous les idées claires. Les gars et moi nous nous chargeons de renvoyer tout le monde chez soi et de faire le grand nettoyage. Demain sera un autre jour.

– Merci, t'as pas idée du cadeau que tu me fais.

– Ouais, c'est surtout que j'ai un truc à t'avouer et que j'espère t'acheter de cette façon… Juste une question, Rock, avant. Pourquoi tu ne m'as rien dit pour Liv et toi ?

Je souffle et me passe la main sur le visage. Je savais qu'on en viendrait à cela à un moment ou à un autre.

– Écoute, on ne voulait blesser personne. Je suis désolé, Max. Ce n'était pas prévu. Encore aujourd'hui, je sais pas trop ce qu'il se passe, j'ai pas de réponse. J'ai pris peur et Liv voulait que ça reste entre nous. On a merdé tous les deux, pour ça, je crois qu'on est pareils, elle et moi…

– Ouais, peut-être bien.

– Tu sais, quand tu as pris autant de coups dans la gueule qu'elle, mec, tu ne tends plus la joue droite. Au mieux tu te forges une carapace, au pire tu ripostes. Nous, on a choisi la troisième option.

– Qui est ?

– La fuite…

– Et malgré ça, tu te comportes comme un salaud avec elle. Je ne comprends pas, à t'écouter tu as l'air de tenir à elle et pourtant, tu la trompes avec cette danseuse.

– Qu'est-ce que tu racontes ? Je n'ai jamais trompé Liv. Il n'y a toujours eu qu'elle.

Ouais, dès l'instant où j'ai posé mes yeux sur elle et où elle m'a gratifié d'un crochet du droit…

Tout le monde s'est raidi dans la cabine, mal à l'aise de la tournure que prend la conversation.

– Arrête de jouer au con, je te parle de la danseuse blonde, celle qui a laissé son téléphone dans ta caisse, celle que j'ai surprise sur toi dans la chambre privée du bar. Et ne me mens pas, Rock, ça puait le sexe là-dedans. Tu me l'as même avoué une nuit dans ta voiture !

– Merde, celle-là…

– Oui, celle-là…

– En fait, il s'agissait de Liv.

Un blanc suit ma révélation. Max écarquille les yeux. Je lui raconte sans trop de détails le stratagème élaboré par Olivia pour réussir à me parler malgré moi. Je vois bien qu'il accuse le coup de mes explications. Il met bout à bout tous les éléments qui finissent par lui donner une vue d'ensemble de la supercherie. Tous ces petits indices égrenés au fil des jours qu'il avait mal interprétés.

– Ouais, donc tu n'as pas seulement omis de me dire des choses, tu m'as menti. Liv aussi. Bon, eh bien comme ça, j'ai moins de scrupules à t'avouer que je l'ai embrassée…

– Quoi ! Quand ?

– Peu importe, rassure-toi, elle m'a repoussé. J'ai reçu une fin de non-recevoir. Je comprends mieux pourquoi. Si vous m'aviez parlé, j'aurais pu m'éviter cette humiliation supplémentaire. Vraiment, je me sens comme une grosse merde là, car même si je ne pouvais pas savoir, j'ai embrassé ta femme, bordel ! Et je le vois bien dans ton regard que là, maintenant, tu as envie de me frapper.

Voir mon ami abattu et honteux de la sorte me peine. Je ne peux décemment pas lui en vouloir de la désirer et d'avoir tenté sa chance alors que je lui ai dit à plusieurs reprises qu'il avait le champ libre. Ce serait hypocrite de ma part.

Bien fait pour moi !

Au contraire, c'est lui qui aurait tous les droits de me frapper à cet instant. Je suis étrangement flatté. Olivia m'a choisi, moi, Rock Christensen, et pas un autre. C'est à moi qu'elle s'est confiée et ouverte, je suis le seul qu'elle ait autorisé à l'embrasser et à la toucher, partout… Je me sens tout à coup comme le roi du monde.

Ouais, chanceux, pour la première fois depuis longtemps.

Ma Petite Chose n'est rien qu'à moi et je vais devoir rattraper mes conneries pour que cela demeure ainsi le plus longtemps possible.

– Max, je ne sais pas quoi te dire de plus. Je suis désolé, vraiment, t'es mon frère. J'ai flippé avec Liv et j'ai merdé en beauté. Je ne peux m'en prendre qu'à moi-même, même si oui, ça me fait chier de savoir que tu en pinces pour elle. Je me dis que Bill a un peu raison, les nanas foutent la merde entre nous, mais je peux pas la laisser partir. Pas enco…

Il me coupe la parole avec un air triste et mélancolique :

– Laisse tomber, juste ne me mens plus. Je peux tout entendre. Liv ne m'avait rien promis, c'est moi qui me suis imaginé des choses. Prends soin d'elle, c'est vraiment quelqu'un de bien. Je ne crois pas un mot de ce que dit Bill, pareil pour Sunny. Ne le laisse pas t'empoisonner l'esprit, il est désespéré. Parfois, certains actes restent inexpliqués. Il est clairement dérangé. Par contre, tu risques de ramer quand elle se réveillera. Prépare-toi.

– Je sais, Max.

– Tu as déconné, mec, ce soir dans le bar. Même si ce n'est pas toi qui as balancé ses secrets à Bill. Et je lui ai dit pour la danseuse blonde, elle est persuadée que tu l'as trompée. Je savais pas…

– Et merde… Tu as encore d'autres nouvelles pourries à m'annoncer? Sérieux, comment Bill a pu apprendre tout ça sur elle? Fais-moi penser à lui tirer les vers du nez sur le sujet à notre prochain tête-à-tête.

– Ça marche.

C'est ainsi que la conversation se termine, mais il faudra plus de temps pour que la page soit définitivement tournée. Max est du genre sentimental, comparé à moi, et s'il est allé jusqu'à embrasser Olivia, c'est qu'il l'apprécie bien plus qu'il ne me l'avoue. Nous sortons enfin de la cabine d'ascenseur, arrivée à destination depuis un moment. Le reste des gars s'est déjà mis en action.

Les gens s'affairent autour de nous comme une vraie fourmilière. Je regarde mon ami dans les yeux. Il est le meilleur type que je connaisse. Mettre ainsi son propre bonheur de côté au profit de celui des autres, peu de gens sont capables de faire ce sacrifice. Alors, quand je le vois si droit, altruiste et humain, je sais que le Clan n'est pas mort, mais juste ébranlé. Ses derniers mots m'ont touché, et je suis persuadé qu'il reste du bon ici. Nous serons juste plus prudents à l'avenir.

Ce qui ne nous tue pas nous rend plus fort, comme ils disent.

J'obtiendrai les réponses à mes questions en temps voulu, car pour le moment, l'heure est à la reconstruction et à la guérison des corps et des esprits.

Je sors dans la nuit sombre par mon accès au Q.G. Si Liv savait où il se trouve, cela la ferait beaucoup rire, je pense.

J'ai tout de même pris le temps de me changer et de me doucher avant de partir pour une virée nocturne. Il y a quelque temps, j'aurais sûrement fini saoul dans un bar de Newton City et en charmante compagnie pour oublier, mais les temps changent et ce n'est pas une si mauvaise chose. Ma moto m'attend, toujours fidèle au poste. Elle ne me laisse jamais tomber.

Je parle de ma bécane comme si c'était une personne, c'est de pire en pire…

Les nuits commencent à se rafraîchir et je supporte facilement mon blouson aux couleurs de mon Clan, qui désormais sent Olivia. Le cuir s'est imprégné de son odeur et putain, j'aime ça. Je checke le dernier message du Doc à son sujet :

[Tout va bien, Liv est forte,
elle s'accroche.]

Je le transfère à Max. Je sais à quel point il se soucie d'elle désormais. Plus que je ne le souhaiterais évidemment, mais c'est ainsi. Il est son ami à présent et je dois l'accepter, tout comme les conséquences de mes choix.

Un jour, lui aussi trouvera cette personne un peu spéciale et je serai là pour me foutre de sa gueule. Car il faut bien que j'admette l'inadmissible : Liv est spéciale pour moi, elle a su faire sa place là où Soraya a laissé un champ de ruines et où Sunny a semé désolation et culpabilité. Je ne peux m'empêcher d'avoir l'image ridicule et niaise d'un pré rempli de fleurs sauvages et de violettes. Merde, la Petite Chose me rend vraiment poète… Si ça continue, dans peu de temps, les gars vont me retrouver en train de déclamer des odes à l'amour sous sa fenêtre en collants de troubadour et un luth à la main.

L'image me fait sourire alors que quelques heures plus tôt à peine, je tuais des hommes sans pitié ni remords. Je sais que ces derniers finiront par arriver. Je ne suis pas complètement sans cœur, surtout depuis que mon petit feu follet a réchauffé tout ça.

Je monte sur ma bécane et pars pleins gaz vers l'est. Je ne sais pas où je vais, mais les sensations du bitume sous mes roues, du vent sur mon visage, et de la puissance à la portée de ma main droite me soulagent et m'apaisent illico. Alors j'accélère encore et encore jusqu'à ce que tout autour de moi ne soit plus qu'un méli-mélo de couleurs brunes. Le soleil commence à poindre à l'horizon et j'ose espérer que les choses vont désormais s'améliorer.

29

LA BELLE AU BOIS DORMANT

Rock

Pendant les quatre semaines qui suivent cette nuit en enfer, ma seule éclaircie est que toutes les opérations de Liv se sont parfaitement déroulées. Plongée dans un coma artificiel, elle récupère progressivement et le Doc est chaque jour un peu plus confiant.

Selon lui, elle devrait avoir peu de séquelles physiques, les séquelles psychiques seront une tout autre histoire. Il a fait venir les meilleurs spécialistes pour s'occuper de son visage et de son pied. Elle devra uniquement renoncer à sauter en parachute, faire de la plongée ou jouer d'instruments de musique à vent, puisque le diagnostic s'est révélé exact : elle a souffert d'un pneumothorax au poumon droit qui a dû être drainé, dixit le Doc.

Je ne peux m'empêcher d'esquisser un sourire à l'idée de lui annoncer que jouer du pipeau n'est plus un choix de carrière professionnelle possible pour elle. Je pourrais toujours lui proposer un tout autre type d'instrument à porter à sa jolie petite bouche, et celui-ci sans contre-indications médicales…

Je suis un putain d'obsédé de penser à ça maintenant.

Le pire, c'est que j'ai réellement posé la question au Doc, qui s'est bien foutu de ma gueule sur le coup. J'imagine ce qu'elle me répondrait avec sa repartie légendaire et son humour. Il me tarde qu'elle se réveille à présent. J'ai tant de choses à lui dire, je veux reprendre nos joutes verbales et nos petits jeux sexy…

Ça devient grave, je me fais des conversations tout seul dans ma tête.

Je dois avoir l'air d'un camé en manque de sa prochaine dose.

Shawn est retourné sur New York. Lui et moi avons eu une petite conversation avant son départ. Il était temps. Je pense que certains abcès purulents ont été crevés, enfin je l'espère. J'ai toujours du mal à appréhender son amitié avec Sunny tant d'années après, mais je fais des efforts. Pour prouver ma bonne foi, je ne lui tiens pas rigueur de la pelle qu'il a roulée à Liv sur ce banc public, et dont je sais à présent qu'elle ne voulait pas.

Bordel, entre lui et Max, décidément, je suis servi.

Je me répète qu'Olivia n'est pas comme mon ex, que je dois apprendre à lui faire pleinement confiance. D'ailleurs, à la stupéfaction de tous, et de moi le premier, Soraya s'est spontanément portée volontaire pour venir assister le Doc et s'occuper de Liv, apportant avec elle la médecine de la réserve et son savoir-faire de guérisseuse. J'ai craint au début qu'elle fasse cela pour réussir à m'approcher, trouver une nouvelle excuse pour revenir à la charge, mais non, bien au contraire, elle m'ignore et remplit son rôle d'aide-soignante avec minutie et application.

Je l'ai observée travailler plusieurs fois alors que j'étais au chevet de Liv, et elle m'a surpris par son efficacité empreinte de douceur à l'égard de mon petit feu follet. Tous les jours, Soraya la coiffe et lui tresse les cheveux comme elle peut, et d'une certaine façon, Olivia paraît moins souffrante. Si j'arrivais à faire abstraction de l'environnement médical, je pourrais croire qu'elle dort paisiblement. L'attitude de Soraya a vraiment changé depuis la scène qu'elle nous a jouée, bourrée, au CSB.

J'espère que cela perdurera dans le temps et que nos relations s'apaiseront, car je suis fatigué par toutes ces histoires que je traîne comme des boulets, et qui m'empêchent d'avancer. Je suis en pleine discussion avec son frère et son père afin qu'ils arrêtent de lui pourrir l'existence comme ils le font, et qu'elle puisse elle aussi vivre sa vie, et tourner la page. Elle ne dit rien mais je sais qu'elle apprécie mon aide, bien qu'elle soit trop fière pour l'admettre.

Demain, le Doc entame le protocole de sortie de coma. Ce sera à Olivia de faire l'autre partie du chemin toute seule et d'accepter de nous revenir. Elle restera encore hospitalisée deux semaines mais consciente, fort heureusement. En attendant, les frères et moi passons lui rendre visite tous les jours, tout comme Susie ou Ellie, qui est revenue de son séjour en famille dans l'Oregon. Son box dans le hangar commence à être saturé de fleurs, de cartes et de cadeaux de toutes sortes. Les petites d'Eddy, qui s'en sont sorties indemnes grâce à Liv et qui sont suivies en ce moment par Mary Ellen, ont tenu à lui faire un immense dessin que j'ai accroché en face de son lit, afin qu'Olivia puisse le voir à son réveil.

Rhonda a été enterrée dignement par Eddy, qui l'a fait avant tout pour Mona, Maddie et sa belle-mère. Nous y avons tous assisté pour le soutenir. Le Clan a su resserrer les rangs pour l'aider dans cette épreuve, laissant de côté les rancœurs à l'encontre de sa femme. Il nous parle peu et il est difficile de savoir où il se situe dans son processus de deuil. Il reste bien trop calme à mon goût et je redoute l'explosion imminente.

Les seuls mots qu'il prononce sont des menaces de représailles à l'encontre de Bill. Je suis le premier à souhaiter vengeance, mais nous devons d'abord comprendre les vraies raisons qui l'ont poussé à nous trahir, et si oui ou non une seconde taupe navigue parmi nous, avant de le faire taire pour de bon. Tout le Clan a besoin de réponses, sans lesquelles nous n'arriverons pas à passer à autre chose. Il règne autour de nos membres un climat de méfiance. Notre unité et la confiance aveugle des uns envers les autres ont pris un coup, mais nous nous reconstruisons chaque jour.

Il n'y a plus de Black Edge vivant dans les sous-sols du Q.G. Bill est notre dernier prisonnier, nourri et traité comme un chien, et encore c'est trop.

Je suis au chevet de Liv quand Soraya entre, pas surprise de m'y trouver. Comme à son habitude, elle déroule son petit rituel de soins avec précaution et douceur, tout en m'ignorant royalement. D'ordinaire, nous ne nous parlons pas, mais cette fois-ci, je ne peux m'empêcher de l'interroger lorsque je la vois commencer à appliquer du vernis sur les ongles du pied droit de Liv :

– Pourquoi ?

Elle relève la tête, surprise par le son de ma voix, qui rompt notre accord tacite de ne plus nous adresser la parole.

– Pourquoi quoi, Rock ?

– Pourquoi tu fais tout ça, le vernis, la coiffure… ?

Je fais un geste du bras qui embrasse le corps inerte de Liv pour lui montrer de quoi je parle. Elle reste silencieuse et se remet à la tâche, penchée sur le petit pied d'Olivia. Le gauche n'a plus de plâtre depuis hier mais ses ongles sont tombés et repoussent à peine. Je pense que Soraya ne me répondra plus, quand elle finit par me lâcher :

– Le Doc ne voudra pas que je lui laisse plus d'une heure, il veut pouvoir contrôler ses ongles. Voir si elle ne manque pas d'oxygène.

– Ça ne répond pas à ma question, So.

Elle se fige, raide dans son mouvement, et me lance sèchement :

– Ne m'appelle pas comme ça, Rock. On est plus amis depuis longtemps, toi et moi.

– Pardon, c'est sorti tout seul. À te voir si gentille, j'avais oublié que tu étais devenue une vraie garce. Au temps pour moi…

Elle repose violemment le flacon de vernis sur la petite desserte à côté d'elle et redresse la tête. Elle me lance un regard furieux mais peiné, je vois poindre des larmes aux coins de ses yeux.

– Et toi, Christensen, tu es toujours le connard arrogant que tu as toujours été. Je me demande bien ce qu'elle te trouve. Elle est trop bien pour toi, pour vous tous et votre Clan pourri.

Je sais qu'elle attaque sciemment le Clan pour me faire sortir de mes gonds. Oui, Liv est sûrement trop bien pour nous, mais il est hors de question qu'elle s'en aille pour le moment. Je m'en veux un peu d'avoir balancé ça à Soraya, c'était mesquin de ma part, alors qu'elle fait clairement des efforts de son côté pour conserver une attitude mature envers moi.

– OK, je retire ce que j'ai dit, c'était bas. J'apprécie ce que tu fais pour elle.

– Oui, je le fais pour elle, pas pour toi.

– J'apprécie quand même.

À nouveau, un silence lourd s'installe et Soraya reprend son activité, puis finit par me dire :

– Tu sais, Rock, je ne suis pas la salope sans cœur que toi et Shawn vous êtes persuadés que j'étais. Ou disons que je ne suis pas *que* ça. Avec vous peut-être, mais pas avec tout le monde. Et vu ce qu'elle a traversé avant d'atterrir ici et ensuite toute cette merde avec les Black Edge, je pense qu'elle a droit à un peu de gentillesse, non ?

– Oui, je suis d'accord. Mais tu sais quoi de sa vie d'avant ?

– Ce que Bill a balancé a fuité. Tout le monde en a parlé, tu sais comment sont les petites communautés… Dès qu'on peut traîner quelqu'un dans la boue ou colporter des ragots, on le fait.

– Putain, elle ne va pas aimer ça quand elle va l'apprendre.

– En même temps, tu t'attendais à quoi en trahissant les secrets qu'elle t'avait confiés ?

– Mais j'ai rien balancé du tout, bordel ! C'est Bill ! Cet enfoiré a profité que j'aille aux chiottes un soir au CSB pour fouiller mon téléphone. Il a lu un e-mail qu'elle m'avait envoyé et l'a supprimé.

Au moins, j'ai fini par éclaircir ce point-ci à coups de gifles dans la face de ce troufion. J'ai même pu retrouver l'e-mail en question. Certes, il l'avait supprimé mais n'avait pas vidé ma corbeille, cet abruti. Quand j'ai enfin lu le message qu'elle m'avait écrit, j'étais à deux doigts de partir pour la France afin d'y faire justice moi-même. J'avais deviné entre les lignes de nos conversations qu'elle avait un lourd passif, mais pas à ce point.

Je suis même admiratif qu'elle soit une si belle personne malgré tout cela. J'ai compris beaucoup de ses réactions *a posteriori* et mon instinct protecteur à son encontre s'est accru. Je voulais lui faire de nouvelles promesses, lui offrir la place qu'elle mérite amplement au sein du Clan, car elle a su nous prouver sa loyauté.

– Oh, d'accord. Et donc tu ne l'as pas trompée non plus?

– Non, ça, c'est de la faute de Max. Bref, ça te regarde pas.

– T'as raison, ça ne me regarde pas. Mais prépare ton argumentaire pour quand elle se réveillera, car ce dont elle risque de se souvenir en premier ce sont les dernières heures avant son coma, et elles ne plaident pas en ta faveur…

– Ouais, je sais, c'est bon, tout le monde me le répète. J'ai compris la chanson.

Je change de sujet. Petit à petit, j'arrive à dire certaines choses enfouies en moi depuis trop longtemps :

– Tu sais, Soraya, il aurait suffi que tu nous montres juste une once de remords. Que tu nous dises que tu regrettais ce que tu nous as fait à Shawn et moi. On t'aurait pardonné; tu étais notre amie.

Elle éclate d'un faux rire forcé :

– Tu plaisantes, là, j'espère! Tu es la personne la plus rancunière que je connaisse. Alors ouais, j'ai merdé, j'avais dix-huit piges et des conneries plein la tête, mais tu ne m'as jamais permis de m'excuser, Rock. Tu m'as fait vivre un enfer. Encore faut-il être prêt à entendre les excuses… Ce n'était pas ton cas, et franchement, tu n'étais pas l'amour de ma vie. Je n'étais pas prête à ramper pour toi, Christensen, même si dernièrement, j'ai fait n'importe quoi en désespoir de cause. Je crois que c'est surtout ça, au final, que tu me reproches. Je ne t'aimais pas comme toi tu m'aimais, et depuis, tu me l'as fait payer par ton comportement de salaud dédaigneux et de sexe vengeur. Mais tu as raison, tout ça, c'est fini. Je mérite mieux. Je te remercie de m'avoir remis les idées en place ce fameux soir au CSB. Oublie tout ce que j'ai pu y dire, j'étais bourrée.

– Peut-être. Peut-être qu'il y a du vrai me concernant, mais Shawn, lui, tu aurais pu aller le voir.

– Ma relation avec Shawn ne regarde que moi, OK? Et à vous écouter tous les deux, je suis l'horrible garce de l'histoire. C'est un peu facile de me rejeter la faute et de vous en laver les mains, comme si l'un et l'autre vous étiez irréprochables. Quoi qu'il en soit, le sujet est clos. Je ne veux plus parler de ça, et certainement pas avec toi. Contente-toi de faire ce que tu as dit que tu ferais : m'aider à m'éloigner un peu de mon père et de mon frère. Moi, je continuerai à prendre soin de ton Olivia.

– Je m'occupe de ce sujet avec ta famille, mais c'est pas facile.

– Je sais. Au moins, tu comprends un peu l'enfer que je vis au quotidien. Venir ici m'occuper d'elle n'est pas purement altruiste non plus, c'est mon échappatoire. D'ailleurs, elle devrait venir terminer sa convalescence à la réserve. Elle y serait bien.

– Je garde ta proposition en tête, mais c'est elle qui décidera.

Un texto de Max me rappelle à mes fonctions de meneur. Je dois laisser Liv aux mains de Soraya. Je m'excuse auprès de cette dernière et je vais embrasser Liv sur le front. Je lui chuchote à l'oreille en espérant que, du fin fond des limbes où son esprit vif navigue, elle m'entendra :

– Il est bientôt l'heure de te réveiller, Princesse. Tout le monde t'attend.

30

LE RÉVEIL

Rock

Je regarde mon téléphone constamment depuis que le Doc m'a dit que le réveil d'Olivia ne serait plus qu'une question d'heures. Et c'est vers midi, en pleine réunion avec les gars, que nous recevons le texto tant attendu :

[Elle se réveille.]

Ouais, le Doc fait partie de ces personnes qui vont à l'essentiel, toujours.

Nous laissons tout en plan et nous nous ruons ensemble vers le hangar, via le réseau de souterrains qui serpentent comme les tentacules d'une pieuvre sous Colorado Source. J'arrive haletant face au box et pousse avec appréhension le rideau qui délimite sa chambre, mes frères sur les talons. Elle est toujours allongée et immobile alors que le Doc et Mary Ellen se tiennent de part et d'autre de son lit. Cette dernière nous adresse un sourire chaleureux et se met à rire en nous découvrant tous alignés en rang d'oignons :

– Vous faites un sacré tableau, les garçons, on dirait les sept nains attendant le réveil de Blanche Neige.

– Ouais, sauf que chez nous, le septième nain était aussi l'affreuse sorcière, répond Vince en riant. Et l'autre idiot, ajoute-t-il en me pointant du pouce, se voit plutôt comme le prince charmant si vous voulez mon avis, bien qu'il lui manque les bonnes manières et le cheval blanc.

L'ambiance s'allège grâce aux paroles de Vince qui a le don de détendre l'atmosphère. Si ma bouche esquisse un sourire, je n'ai d'yeux que pour celle qui est étendue devant nous. Pour le moment, Liv me paraît toujours profondément endormie, mais au bout de cinq minutes, je perçois ce petit tremblement de paupière annonciateur qui me gonfle d'espoir, et fait exploser mon impatience comme une bulle de savon.

Ce tressaillement devient de plus en plus fréquent, ce n'est plus toutes les cinq minutes mais toutes les minutes, puis toutes les trente secondes. Je suis attentif au moindre de ses mouvements, au point de m'empêcher de cligner des yeux pour ne pas manquer quelque chose. Je me rends compte que je respire lourdement, tenu en haleine.

Tout à coup, sa main se crispe sur les draps blancs du lit d'hôpital. Olivia porte encore les séquelles des coups et de la chirurgie. Il s'agit surtout d'ecchymoses mais qui n'ont plus rien à voir avec l'état dans lequel je l'ai ramassée, sur le sol de cette grange sordide. Nous retenons notre respiration quand elle bat enfin des paupières frénétiquement et que ses iris bruns aux éclats verts et dorés apparaissent brillants sous la lumière vive des halogènes.

Nous restons à bonne distance pour ne pas l'étouffer, bien que je souhaiterais me ruer à ses côtés. Je sens qu'elle lutte pour ne pas se rendormir et rester parmi nous. Alors, elle pivote lentement la tête, nous aperçoit et nous détaille les uns après les autres sans aucune réaction. Quand son inspection finale se porte sur moi, je lui souris, heureux de la retrouver après tout ce temps, mais alors que je m'attends à recevoir un sourire en retour de sa part, Olivia écarquille les yeux et est prise de violents sanglots silencieux.

Je m'élance vers elle pour la rassurer mais elle a un mouvement de recul terrorisé qui me coupe dans mon élan et me fait l'effet d'un coup de poing dans le ventre. Je vois qu'elle essaye de parler mais aucun son ne sort de sa gorge, ce qui intensifie sa panique tandis qu'elle porte les mains à son cou. Mary Ellen se penche précipitamment auprès d'elle et tente de la calmer. Liv commence à s'agiter, manquant de tomber de son lit et d'arracher sa perfusion. Le Doc me barre la route et me dit doucement, en posant ses mains sur mes épaules :

– C'était une très mauvaise idée, elle est perdue. Nous aurions dû attendre qu'elle se réveille tranquillement et seule. Tu lui fais peur.

– C'est des conneries, Olivia n'a jamais eu peur de moi. Et pourquoi ne peut-elle pas parler? Tu avais dit qu'elle n'aurait pas de séquelles!

– Je ne sais pas, Rock. Je suis certain que ses cordes vocales sont indemnes, il s'agit peut-être d'un stress post-traumatique. Les Black Edge l'ont sûrement torturée pour la pousser à parler dans cette ferme. Inconsciemment, elle a dû associer les mots à la douleur, son esprit appréhende de souffrir à nouveau si elle parle. Mais je te promets que je vais encore l'ausculter.

– Dis-moi ce que je peux faire pour l'aider, bordel?

– Pour le moment rien, vous devez tous partir et tu dois lui laisser du temps. Attendre qu'elle soit prête à t'écouter. Je sais que c'est dur, Rock, mais si tu l'aimes tu sauras patienter.

– Je n'ai jamais dit que je l'aimais ! OK ? Je sais pas où t'es allé chercher cette idée à la con !

Ma colère et ma déception me font crier et prononcer des mots de manière irréfléchie.

Comme d'habitude…

Je relève la tête et je croise le regard de Liv. Je sais qu'elle m'a entendu. Tout le monde m'a entendu et s'est figé sous la véhémence de mes propos. Max me jette un regard surpris et contrit en secouant la tête de gauche à droite.

Génial !

J'ai réussi le formidable exploit de la blesser quelques minutes à peine après son réveil. Des larmes roulent sur ses joues et elle me jette un regard meurtrier. Au moins, elle n'a plus peur de moi. Je déteste l'idée de l'effrayer, je préfère encore qu'elle me haïsse. J'avais idéalisé nos retrouvailles et je sais que je réagis comme un gosse pourri gâté qui n'a pas obtenu ce qu'il désirait. Ce n'est pas la faute de Liv, mais c'est plus fort que moi.

Je gère avec difficulté son rejet, même si elle a tous les droits de me rejeter. J'étais prévenu, seulement j'avais bêtement espéré qu'elle saurait au plus profond d'elle-même que je ne l'avais ni trahie ni trompée. Nos regards sont toujours accrochés l'un à l'autre. Entre nous circule un courant électrique survolté, au point que plus personne dans la pièce n'ose s'interposer, comme si ce lien invisible était devenu tangible. Je suis alors pris de court par ce que je ressens : de la peine, de la rage, et honteusement un désir sexuel violent pour ce petit bout de femme assis à quelques mètres de moi.

J'ai envie de la prendre là, sur-le-champ, et de l'obliger à m'accepter et à m'écouter.

Ses larmes finissent par se tarir alors que Mary Ellen l'apaise et la berce. Je suis certain qu'Olivia perçoit parfaitement l'orage qui gronde en moi, car je lis la même chose dans ses yeux. Contre toute attente, elle nous surprend en se redressant vivement, puis se défait sèchement de l'étreinte de Mary Ellen. Alors, en me défiant du regard, elle brandit son bras droit au ralenti, son petit majeur fièrement dressé à mon attention, et je lis sur ses lèvres tandis qu'elle prononce silencieusement les mots suivants :

– Va te faire foutre, Brutus.

Vince et les autres explosent de rire malgré la tristesse de la situation, et Vince ajoute, haut et fort dans le box :

– Yeah, Livy *the Frenchy* est de retour !

Mais si les autres rigolent, pour ma part, je sais que je viens de détruire le peu de chances que j'avais de la reconquérir.

31

UNE ALLIÉE INATTENDUE

Olivia

J'ai passé encore deux semaines au hangar avec le Doc après ma sortie de coma, avant de pouvoir partir, avant de regagner une liberté que je ne suis pas sûre de désirer. Ici, je me sentais protégée par la bienveillance du Doc et dorlotée par Mary Ellen, cette magicienne de l'âme qui sait apaiser mes tourments, même les plus anciens. Sans elle et seule, je ne suis pas sûre d'y arriver, de survivre dehors.

Par-dessus le marché, aucun son ne sort de ma gorge. J'ai beau essayer, lutter, forcer, rien ne vient. Tout est là dans ma tête, mais mes cordes vocales ne vibrent plus, mes pensées restent muettes et ne prennent aucun relief, elles se brisent sur le bout de ma langue comme des vagues sur un rivage. C'est frustrant et douloureux. J'en ai encore les larmes aux yeux rien que d'y penser et je les essuie d'un revers de manche rageur.

J'ai communiqué avec Mary par écrit. Elle a été patiente et douce avec moi, comme une maman, ou plutôt comme les souvenirs que j'ai de ma propre mère. Je ne veux absolument pas sortir et les quitter, j'ai pris plaisir à les regarder évoluer ensemble, elle et le Doc. On sent qu'un amour profond et sincère les lie.

Pas comme Rock et moi.

Non, nous, cela a été plutôt le genre de feu de broussaille intense et chaud, mais qui se consume aussi vite qu'il est apparu.

Je te hais, Rock Christensen, et je saurai me venger le moment venu, sois-en sûr.

J'ai réappris à mouvoir mon corps endolori. Je peux marcher, bien qu'en boitillant un peu, et je suis vite fatiguée. Le temps et les soins que tous me prodiguent effacent peu à peu les vestiges physiques de cette horrible nuit. Malheureusement, il me reste les souvenirs. Eux ne veulent pas s'estomper avec le temps, au contraire, ils s'intensifient. Je n'ai eu aucune perte de mémoire salvatrice dans ma sombre aventure.

Je fais souvent des cauchemars où tout se termine différemment : les petites et moi n'en sortons pas vivantes, les Evil's Heat ne sont plus… Alors Mary Ellen m'a donné des astuces pour combattre ces rêves. Je suis ballottée entre des émotions contradictoires : haine, amour, peine… Celle qui manque toutefois à l'appel, c'est cette joie de vivre qui m'accompagnait nuit et jour, malgré les aléas de l'existence. Elle repose pour partie sous les débris fumants d'une grange et pour tout autre partie, sous les semelles d'une paire de rangers qui ont piétiné mon amour-propre comme un vulgaire chewing-gum.

Les mots blessants de Rock à mon réveil me reviennent avec violence. Au moins, cela a le mérite d'être clair, nous n'avons plus rien à nous dire. Que Monsieur reste avec sa pouffe et son Clan, je ferai ma vie de mon côté, même si je n'ai pas encore décidé ce que je désirais pour la suite. J'appréhende ce retour à la réalité, car je n'avais pas vraiment prévu ce scénario-là.

Si j'essaye de me convaincre d'être forte, je sens cette fêlure qui affleure sous la surface de ma carapace. L'enlèvement par les Black Edge était peut-être l'aventure de trop, de celles dont on ne se relève pas, même si on a su surmonter toutes les autres auparavant. Cette fois, je n'ai pas d'ange rédempteur pour me soutenir. Mo est morte, je suis à nouveau isolée, mais qui plus est, déracinée à des kilomètres de ma terre natale.

Je regarde à travers une fenêtre du hangar. Ces paysages désertiques immenses que j'avais appris à aimer me paraissent hostiles à présent. Je me sens minuscule et perdue en territoire ennemi. J'ai toujours le message téléphonique des parents de Moïra à écouter, mais je n'en ai pas la force, car la vérité, c'est que mon petit cœur est en miettes, écrabouillé par cet enfoiré de gros rocher qui a réussi, je ne sais comment, à me le dérober avec sa maladresse et ses manières d'ours mal léché. Repousser l'échéance d'écouter ce message est ici le seul moyen d'autopréservation dont je dispose, ou du moins, le seul que je connaisse et que je maîtrise comme une pro.

Bien entendu, j'ai également des millions de questions sur ce fameux soir, Bill, Rhonda, Eddy, mais après tout, leurs histoires ne me regardent plus, qu'ils se démerdent. J'ai assez donné de ma personne, je tire ma révérence.

Hasta la vista, baby!

Ils m'ont toujours exclue, tenue à l'écart pour soi-disant me protéger. Or, on sait comment tout cela s'est terminé, alors je pense que c'est mieux ainsi. Je sais par Mary Ellen que Maddie et Mona vont bien, c'est tout ce qui m'importe. Je décroche d'ailleurs le joli dessin qu'elles m'ont fait et je termine de plier bagage : direction la réserve indienne de Golden Water pour quelque temps, sous les bons soins de Soraya.

Génial, je m'en réjouis d'avance…

Je sais par le biais du Doc qu'elle a pris soin de moi et cela me perturbe. J'aimais bien la détester, sauf que maintenant, elle et moi sommes dans le même camp : les laissées pour compte de Rock Christensen. Je me retrouve en terres hostiles avec une alliée inattendue. Je me dis que les trois Moires[15] s'amusent un peu trop avec le fil de ma destinée.

Elles ont décidé d'en faire une pelote de laine ou quoi ?

C'est donc Soraya qui vient me chercher en voiture à la sortie du hangar. Elle me salue et je réponds par un signe de tête plus ou moins amical. Je n'ai que mes gestes et mon petit carnet pour communiquer à présent. Et si cela est douloureux, c'est aussi bien pratique avec elle. Je n'ai aucune envie de lui parler.

Nous sommes donc parties pour vingt minutes de voiture environ en direction de Golden Water, vingt minutes pendant lesquelles Soraya est la seule à faire la conversation. Elle me raconte des anecdotes diverses et variées sur l'endroit où elle vit et a grandi. Je me surprends à prendre plaisir à l'écouter malgré moi. Elle me retrace l'histoire de son peuple, depuis la colonisation sauvage de leurs terres jusqu'à aujourd'hui, et la situation précaire actuelle de beaucoup de peuples amérindiens, vivotant grâce aux aides de l'État, qu'on leur jette comme un os à ronger pour se donner bonne conscience.

La plupart sont frappés par la pauvreté, le chômage et la consommation excessive de drogues ou d'alcool pour oublier. Pour sa communauté, c'est heureusement un peu différent :

– Nous avons beaucoup de chance. Grâce au Clan des Evil's Heat et nos affaires avec eux, nous sommes autosuffisants et prospères.

En temps normal, cette information aurait éveillé ma curiosité, remué quelque chose en moi. J'aurais cherché à savoir par tous les moyens de quelles affaires il s'agissait. Mais aujourd'hui, cette information ne me fait même pas sourciller et je ne réagis pas. Soraya et moi ne serons jamais meilleures amies, mais je me dis que je devrais réussir à la supporter si je parviens à oublier la nuit au CSB où je l'ai surprise la main au paquet de Rock.

Je n'oublierai jamais qu'elle est l'ex avec un E majuscule, celle qu'il court retrouver pour oublier, et cela me fait bien plus de mal que je n'ose l'avouer.

16. Les trois divinités grecques du destin qui tissent, déroulent et coupent le fil de la vie.

À la décharge de Soraya, elle ne savait rien pour nous. Je sais à présent l'effet qu'il peut faire aux femmes, notamment quand il y met du sien pour nous réduire le cœur en miettes. Je suis un peu plus indulgente à l'égard de la jolie brune à la peau mate à mes côtés. C'est comme une sorte de solidarité féminine contre les connards qui peuplent cette foutue planète, un instinct de survie qui surgit. À la différence tout de même que Soraya a été un jour aimée de Rock, contrairement à moi…

Soraya : 1, Bibi : 0.

Je commence à somnoler quand Soraya me lance, sorti de nulle part :

– Bon, Olivia, j'imagine que tu ne me portes pas dans ton cœur vu que j'ai tourné autour de ton mec, mais sache que j'ignorais que c'était ton mec. Te parler de Rock et moi n'est sûrement pas la meilleure chose à faire, mais penses-tu qu'on puisse laisser ça derrière nous ? J'étais ivre et je ne suis pas fière de mon comportement. J'ai même super honte. Heureusement, l'alcool a censuré certains passages donc je n'imagine même pas ce que cela devait être en réalité.

Je hausse les épaules pour lui faire comprendre que le sujet n'a plus d'importance, puisque Rock n'est plus mon mec. Mais entendre prononcer son nom de sa bouche me blesse, mon cœur s'est serré malgré lui et une douleur vive s'est rallumée dans ma poitrine. Alors, je me dis que si elle et moi devons cohabiter un temps, quelques règles s'imposent. Je saisis mon petit carnet à dessins et j'écris à son attention :

OK, mais on ne parle plus de Rock,
jamais, pour aucune raison.
Je ne veux plus entendre son prénom.
Et évite de me rappeler que tu es son ex.

Elle lit par intermittence mon message tout en gardant un œil sur la route, puis me lance un sourire contrit avant de me répondre :

– C'est noté. Même si ici, tu risques d'entendre son prénom régulièrement, ce grand benêt semble indispensable à tout le monde. Et je sais de quoi je parle. Mais promis, je ne parlerai plus de lui et je te promets que lui et moi, c'est une histoire révolue. Il était temps. Je devrais peut-être te remercier pour ça. Juste une dernière chose avant de changer de sujet définitivement : quand tu le pourras, écoute ce qu'il a à dire. On ne sait jamais, tu pourrais être surprise, ou au pire tourner la page en connaissance de cause.

Je secoue la tête avec véhémence de gauche à droite et elle se met à rire :

– D'accord, j'ai compris, c'est un sujet tabou. À partir de cet instant, Rock Christensen n'est plus !

Et elle me tend son poing droit que j'accepte, hésitante, de frapper du mien. Je crois que je viens d'entrer dans la quatrième dimension, tout cela me semble surréaliste. Je suis bel et bien en train de checker avec Soraya comme deux vieilles copines. Plus même, je vais vivre un temps chez elle avec son père, le chef de la réserve et ses frères. Je n'aurais jamais cru cela possible : il y a quelques semaines encore, j'étais à deux doigts de fabriquer une poupée vaudoue à son effigie.

Nous finissons par arriver. La petite maison en bois foncé est vide et Soraya m'en fait faire le tour, libérant même une petite étagère dans la salle de bains pour mes produits de beauté. Les aménagements sont modestes mais fonctionnels, et elle m'aide à m'installer dans la petite chambre d'amis que je vais occuper pendant une quinzaine de jours.

Je passe le reste de la journée à dormir et à lire les messages d'Ellie et de Susie. Cette dernière a été très compréhensive et m'a assuré que je retrouverai mon poste à l'école une fois rétablie. Si sur le plan physique, je pourrais assumer mes fonctions, je risque de faire encore peur aux enfants avec mes bleus partout, et surtout, je n'ai plus de voix…

La première semaine, les jours se suivent et se ressemblent. Je n'ai aucune nouvelle de Rock ou des garçons, à qui j'ai envoyé un message groupé leur disant de tous aller au diable et que je ne souhaitais plus les voir ni leur parler. Pour ne pas mourir d'ennui non plus, je contribue à la vie de la communauté, notamment en tenant la boutique de souvenirs pour les quelques touristes qui traversent cette région du Colorado et qui décident de visiter la réserve. Une partie leur est accessible, il y a même un petit musée et des maisons typiques pour vous plonger dans l'univers de ce que fut la vie des Indiens avant la colonisation.

C'est un peu folklorique et trop édulcoré à mon goût, mais cela représente une source de revenus non négligeable pour les locaux. Quant aux touristes, ils apprécient beaucoup ce « retour aux racines » dépaysant. Soraya anime des ateliers de médecine douce par les plantes, qui n'a de douce que le nom, quand on sait que la moitié des herbes qu'elle utilise peuvent vous tuer si elles sont mal dosées… Son frère aîné et son père, eux, tiennent un haras pour chevaux de course et élèvent des taureaux pour rodéo. La famille a sa petite notoriété dans la région et propose également des balades aux voyageurs.

La seule activité pour laquelle je montre un tant soit peu d'enthousiasme est leur petite boutique de bijoux traditionnels fabriqués à la main. Dès que j'ai du temps, je vais y faire un tour et griffonne des idées qui me viennent, ou des formes qui m'inspirent. Soraya m'a présentée à ses amies, mais mon peu d'entrain, combiné à mon handicap, les a rapidement découragées dans leurs tentatives amicales.

Elles se contentent de me saluer quand elles me croisent, comme le reste des habitants. Le seul qui insiste malgré tout est Luka, le plus jeune frère de Soraya, âgé de 19 ans. Il semble ne pas comprendre mes regards las ou exaspérés, et persiste à me poser des centaines de questions, notamment sur la France, bien que je lui réponde rarement par écrit, ce qui amuse ma toute nouvelle alliée :

– Je crois que mon frère en pince pour toi, Liv. Hier, je l'ai surpris dans la salle de bains en train de se regarder et de répéter des phrases en français…

Je ne peux m'empêcher de sourire, j'imagine très bien la scène. Luka est adorable en soi, et lui et Soraya sont proches. Leur mère est décédée alors qu'il n'avait que quatre ans et on sent que sa grande sœur a rempli ce rôle de maman pour lui.

En revanche, j'ai beaucoup plus de mal avec son grand frère, Alec, et leur patriarche. S'ils me traitent correctement, ils étouffent Soraya. À tel point que désormais, les disputes sont quotidiennes, violentes, et Soraya finit le plus souvent en pleurs. J'entends les portes claquer, faisant trembler la petite maison de bois, alors qu'ils se hurlent tous les uns sur les autres, dans un dialogue de sourds. La communication est rompue entre eux. Il n'y a pas un soir sans que le père de Soraya ne lui demande quand elle compte se marier et avoir des enfants, comme Alec, ou plus dur pour elle comme pour moi, lorsqu'il lui dit qu'elle a vraiment fait la connerie de sa vie en étant incapable de garder Rock.

C'est souvent à ce moment-ci que la soirée bascule et se transforme en joute d'injures et de reproches de toutes parts.

Qui a dit que je devais venir ici pour me reposer?

J'observe cela en spectatrice impuissante. La seule chose que je puisse faire, c'est prêter une oreille attentive quand Soraya, atteignant son point de rupture, vient me trouver dans ma chambre et s'autorise à s'épancher un peu pour faire retomber la pression.

C'est ainsi et malgré notre passé commun que je commence petit à petit à l'apprécier. Peu importent les récents événements, je ne peux rester insensible à une famille qui se déchire quand moi-même je n'ai plus de famille depuis bien trop longtemps. Chaque jour, elle vient me trouver, enthousiaste, avec une nouvelle idée à tester pour me faire parler. Jusque-là, toutes ses tentatives se sont révélées infructueuses, mais j'apprécie sa ténacité.

32

PREMIERS MOTS

Olivia

La seconde semaine s'annonce similaire à la première, sans goût véritable, mais je dois reconnaître que, malgré l'ambiance lourde au sein de la maison, je me sens mieux physiquement. Les onguents et les potions pour herbivores de la réserve fonctionnent, c'est au moins un point positif. Je suis en train de manger un sandwich à l'avocat tout en gribouillant une idée de collier ras-du-cou, quand Soraya déboule telle une tornade à la table de la cuisine. Je ne l'ai pas trop vue ces deux derniers jours car elle passe du temps avec des cousines venues en vacances dans leur famille, et bien qu'elle me l'ait proposé, je n'ai pas souhaité me joindre à elles.

– Liv, je dois t'avouer quelque chose qui me tracasse depuis un moment et qui, comment dire… Bref, j'espère que tu ne m'en voudras pas trop, car on peut dire qu'on est un peu amies désormais, toi et moi?

Je hoche la tête avec tout de même un air réticent. Je crains le pire. Si elle est allée parler à Rock, je pense que je lui rase le crâne dans la nuit, après lui avoir teint les sourcils en blond au préalable.

– J'ai eu une période introspective assez sombre, dont le point culminant a été ce fameux soir au CSB auquel tu as malheureusement assisté. Depuis, j'ai des pistes sérieuses pour me barrer d'ici et reconquérir ma liberté. Du coup, ça me motive et j'ai envie de me décharger de certains bagages que je traîne. Et il y en a un dont tu devrais être au courant… Punaise, Rock va me tuer mais je trouve cela injuste que tu ne le saches pas.

OK…

Là, je flippe sérieusement. Comme si je n'étais pas assez encombrée de mes propres valises de problèmes, je vais devoir porter celles des autres.

Mais je suis qui, bordel? Mère Teresa?

Le pire, c'est que je ne peux rien lui répondre, alors j'écoute avec appréhension lorsqu'elle continue :

– Comme beaucoup de personnes, j'ai peut-être choisi le sexe pour me punir et blesser les autres.

Elle marque une pause et retient sa respiration en vue de la révélation finale. Décidément, elle sait maintenir le suspense… J'attends la suite lorsqu'elle reprend :

– J'ai fait un plan à trois avec Max et Rock l'été dernier, alors qu'on avait tous trop bu. Et bim ! Sandwich de Soraya !

Histoire d'accentuer le truc, elle frappe des mains théâtralement devant son visage pour imager son discours.

Un gros B.O.R.D.E.L D.E M.E.R.D.E résonne dans mon crâne, suivi d'une réinitialisation complète de mon système d'exploitation cérébral. Puis, des centaines d'images érotiques envahissent mon esprit, sauf que Soraya n'en est plus l'actrice principale.

– Bordel, Soraya ! Tu ne peux pas me balancer ça comme ça, sans prévenir ! C'est quoi, cette histoire ?

Cette dernière sursaute et plaque ses mains contre sa bouche et je vois que les larmes lui montent aux yeux. Alors je lui demande :

– Quoi, qu'est-ce que j'ai dit ?

Elle sautille sur son siège, surexcitée, en frappant dans les mains comme une enfant le jour de son anniversaire. Puis je comprends enfin : j'ai parlé. Je ne m'en suis pas aperçue immédiatement car je n'ai pas reconnu cette voix grave et éraillée qui est devenue la mienne, après tant de temps sans servir, mais qui sort pourtant de ma gorge engourdie.

– Tu parles ! Je le savais ! Bon, c'était ma dernière idée, mon ultime coup de poker, mais ça a fonctionné ! Il fallait que je te surprenne. Que je te laisse sans voix pour que tu retrouves la tienne. C'est un peu tiré par les cheveux comme concept mais je me comprends, c'est l'essentiel ! Tu as mal ?

– Non, non, pas vraiment. C'est plus comme avoir un chat dans la gorge : désagréable, mais pas trop douloureux. Surtout, je ne reconnais pas le son de ma voix, c'est perturbant…

– Bon, parfait, car maintenant, tu n'as plus d'excuses pour rester en retrait ! Mon Dieu, j'ai hâte de le dire à tout le monde. Tu m'autorises ?

– Euh ouais. Mais attends, là n'est pas le sujet. C'est quoi cette histoire de trio ?

– Oh non, rassure-toi, c'était un mensonge. Il me fallait un truc qui allait marquer ton esprit, et après concertation avec mes cousines, on s'est dit que ça, c'était du lourd ! Car avoue, petite coquine, entre nous, qui n'y a jamais songé ?

Elle ponctue son discours d'une moue aguicheuse et d'un clin d'œil. Je n'arrive pas à me décider si je suis soulagée qu'elle ait inventé cette histoire ou déçue, car oui, maintenant qu'elle en parle… Mais non, je ne dois pas me laisser entraîner sur ce terrain-là. En vouloir à Rock m'aide à ne pas penser aux autres choses qui me hantent, alors je m'y accroche fermement, même si ce n'est pas très mature comme comportement j'en conviens.

Je demande à Soraya de ne pas hésiter à raconter à tout le monde sa petite anecdote, avec tous les détails croustillants sur la façon dont elle a fait disparaître mon handicap. Je veux que cela remonte aux oreilles de Brutus… J'ai tout de même une pointe de culpabilité car je sais que Max en aura vent également, et au vu de ses sentiments pour moi, ce n'est pas très cool, mais j'ai mal et je veux faire mal en retour.

Retrouver l'usage de la parole a un effet libérateur certain sur ma personne, même si je ne me remets pas à parler autant que Soraya, qui m'inonde de discours. En revanche, je ne suis pas sûre de m'être libérée dans le bon sens du terme. L'énergie que je sens bouillonner en moi est sombre, elle me chuchote des idées stupides tout au long de la semaine. J'ai envie de faire n'importe quoi pour me sentir vivante et vibrante à nouveau.

Je lutte pour ne pas aller sauter en parachute, j'en ai toujours eu envie et encore plus maintenant que cela m'est interdit. Je pourrais demander l'aide de Luka, je suis certaine qu'il accepterait… Du coup, pour apaiser ces pulsions dangereuses, je décide de partir passer la journée à Newton City, histoire de faire du shopping. Je prends mon temps dans les magasins, me laisse porter par mes envies au fil des boutiques.

J'essaye un peu tout et n'importe quoi et je finis par dévier de mon but premier de me trouver de nouveaux vêtements pour tous les jours…

33

ATOMIC BLONDE

Olivia

Lorsque je rentre le soir tardivement après ma virée shopping dans la petite bicoque de bois, tout le monde a déjà dîné et vaque à ses occupations, alors je vais déposer tous mes jolis paquets dans ma chambre. Sur le chemin du retour, je croise Luka qui prend un air ahuri face à ma nouvelle apparence…

Ouais, nouveau look pour une nouvelle vie, baby !

Je ne lui laisse pas le temps de me dire quoi que ce soit. Je file directement dans la chambre de Soraya, car nous sommes vendredi soir et j'ai de très grands projets pour cette nuit. Je la découvre sur son lit, la musique à fond, à fixer son plafond les yeux rougis. Je suis certaine qu'elle s'est encore pris la tête avec son père.

Parfait !

Voilà une raison de plus pour sortir, boire, et nous assourdir de musique afin de ne plus entendre tous ces mâles castrateurs.

– Soraya, préviens tes amies, ce soir, on sort ! J'ai repéré un super endroit cet après midi.

Je crie suffisamment fort pour qu'elle puisse m'entendre par-dessus le groupe de métal qui hurle à pleins poumons, faisant vibrer les murs de la baraque. Elle tourne la tête et sa bouche fait un O de surprise quand elle m'aperçoit, et elle éteint la musique aussi sec.

– Oh mon Dieu, Liv ! Qu'est-ce que tu as fait, nom d'un chien sans poil ?

– Envie de changement…

– Non mais d'accord, mais là, bordel, tu n'y es pas allée de main morte ! C'est quoi cette tenue et ce maquillage ? Tu veux aller tapiner ?

– Tu trouves que le blond platine ne me va pas ?

– Je ne sais pas trop… Disons que c'est radical. Tu aurais pu te contenter d'un joli *broux* ?

– Un « broux » ? C'est quoi ça ?

– Une coloration rousse pour les brunes, c'est très joli et un poil plus subtil que ce blond Barbie qui pique les yeux !

– Mouais, je ne suis pas convaincue.

– Et donc tu veux sortir ? Dans cette tenue ?

– Ouais…

– Punaise, je sens que tu ne changeras pas d'avis. J'imagine que je suis bonne pour jouer les chaperons. J'hésite à demander à mes frères de faire les gardes du corps… On va avoir des ennuis, c'est certain.

– Non, pas de mecs, c'est une soirée entre nanas ! Et regarde aussi, j'ai un nouveau tatouage.

J'approche et lui colle mes seins sous le nez pour lui montrer ce joli dessin enduit de crème que je me suis fait faire sur les côtes, à l'opposé du premier.

– L'écriture est jolie, ça veut dire quoi ?

– C'est du français et ça veut dire : « Quand le visage montre un trop beau sourire, c'est pour cacher un cœur dur comme un roc[16]. »

– Liv ! La phrase est belle mais c'est n'importe quoi, tu dois aller lui parler à la fin ! Ça devient ridicule. Et tu réalises que tu auras ça pour toute la vie ? Tu feras comment si vous vous remettez ensemble, hein ?

– Je ne vois pas de quoi tu parles.

– Ne me prends pas pour une conne. Je vois bien la petite majuscule que tu as fait mettre à « Roc » l'air de rien. Tu parles de Rock, là. D'ailleurs, quand tu auras entendu sa version, tu vas te sentir tellement bête, ma fille…

– On s'en fout, Soraya, il n'y a rien à écouter. Allez, va prévenir les filles, je veux qu'on aille boire dans un bar puis qu'on aille danser en boîte. Je veux me… « libérer » !

Elle me jauge de haut en bas, ne semblant pas approuver mes talons rouges vertigineux de go-go danseuse et ma petite robe laminée argent, décolletée devant, derrière et sur les côtés. Moi-même je ne suis pas sûre qu'il s'agisse véritablement d'une robe, vu la longueur, mais je l'assume.

Sûrement moins demain, me souffle l'ancienne Liv, bien cachée dans mon esprit, mais présente de temps en temps.

– OK, la reine des neiges, on va te délivrer. Laisse-moi aller négocier avec Luka. Si on accepte qu'il fasse le chauffeur, j'aurai le droit de sortir. Enfin, j'espère.

---

17. En anglais : « *when the face shows a beautiful smile, it is to hide a heart hard as a rock.* »

– Alors, il restera dans la voiture, j'ai dit « soirée entre filles ». Ton frère a peut-être les cheveux longs mais il n'est pas une fille. Et Soraya, à ton âge, tu ne devrais plus avoir à demander la permission, c'est ridicule.

Soraya me jette un regard venimeux, je sais qu'elle compose comme elle peut pour le moment avec la situation et ce n'est pas sympa de ma part de lui rappeler ce fait.

– Tu commences à me les briser menu, Liv Kincaid. Si tu veux que je puisse venir et mes copines aussi, Luka sera de la partie. Mais t'inquiète, il saura nous laisser tranquilles. Mais il est hors de question qu'il poireaute comme un larbin dans la voiture. Tu t'es crue où ? Dans *Cinquante nuances*, avec chauffeur privé et tout le tralala ?

Sur ce, elle part, se traînant dans son pyjama rose en pilou et sans entrain vers la chambre de son petit frère. Luka a beau avoir seulement 19 ans, il a fièrement chopé le virus « étalon sauvage » qui semble sévir dans la région et toucher certains mâles du coin. Il fait déjà un bon mètre quatre-vingt-dix et trois fois ma largeur.

Soraya revient, souriante :

– Mon géniteur n'a pas été trop chiant. Il accepte, si Luka vient et nous conduit dans le minibus de la réserve. Je pense qu'on s'est tellement pris la tête lui et moi ce soir qu'il est content que je dégage pour quelques heures. Bon, je vais rameuter les filles et me préparer. Mais sérieux, allège-moi ce maquillage, tu n'en as pas besoin. Tu es belle au naturel.

Je lui tire la langue comme une enfant mais j'accepte d'aller me démaquiller et de faire quelque chose de plus léger. Une fois devant le miroir, je repense à ce fameux soir dans la chambre privée où Rock et moi nous sommes embrassés pour la première fois. Il me manque, mais je ne sais pas pourquoi je n'arrive pas à lâcher prise et aller lui parler. Je campe sur mes positions, je ne veux pas le voir, quitte à m'en rendre terriblement malheureuse.

Une heure plus tard, nous sommes toutes en route à l'arrière du minibus Ford à discuter, crier en musique. Je participe de bon cœur aux échanges. Nous avons déjà commencé à boire dans la voiture, ce qui explique l'ambiance quelque peu déjantée à l'intérieur. Les amies de Soraya sont survoltées et veulent, tout comme moi, faire la tournée des bars de Newton. Heureusement, elles aussi ont sorti l'artillerie lourde et je me sens moins seule d'un point de vue vestimentaire, puisque Soraya a quant à elle opté de son côté pour une jolie petite robe noire, simple, élégante, parfaite pour un enterrement. Luka a failli faire une syncope lorsqu'il nous a toutes vues sortir de la maison, apprêtées de la sorte, à l'exception de sa frangine.

La soirée se déroule sans accrocs majeurs. J'oublie tout, bois plus que de raison, mais je me sens enfin légère pour la première fois depuis mon enlèvement. Une des amies de Soraya à ma droite, Judith, m'interpelle :

– Hey, Liv, sérieux, tu as quasi aucune séquelle de tes opérations ! C'est dingue !

– Ouais, les médecins ont fait du bon boulot. Ils ont réalisé des petites incisions à la base de mes cheveux et dans des endroits discrets pour venir réparer mon visage.

Je me rapproche de Judith et viens lui en montrer quelques-unes. Elles se voient encore quand on sait où regarder, mais le Doc m'a dit que, d'ici un an, si je les traitais correctement, elles pourraient disparaître.

– Le plus long, ça a été les bleus, mais ça y est, la semaine dernière, ils ont tous fini par s'estomper, même les plus résistants. J'ai une autre cicatrice sous le sein droit, là où ils m'ont posé un drain, et mes ongles de pied gauche n'ont pas fini de repousser.

Surprise, elle regarde alors ledit pied dans ma chaussure.

– Tu ne verras rien, je me suis fait poser de faux ongles.

– Oh, d'accord. Mais du coup, tu arrives à marcher avec ces chaussures malgré tout ?

– Bah, j'ai gardé le plâtre quatre semaines et cela va faire un mois que je l'ai enlevé, donc oui, je marche normalement. Le fait de me remettre en mouvement ces deux dernières semaines à la réserve m'a beaucoup aidée.

– C'est quand même dingue ce qui t'est arrivé ! Comme dans les films d'action, quoi !

Soraya intervient, agacée :

– Oui, bon, c'est bon, Judith, on a compris. Olivia est là pour se changer les idées, pas pour qu'on lui rappelle l'enfer qu'elle a vécu.

Et sur ce, elle embraye sur un autre sujet l'air de rien et la soirée repart de plus belle. Nous finissons par nous lasser des bars vers deux heures du matin et décidons d'aller à la discothèque underground que j'ai repérée.

Nous patientons sagement devant l'entrée, et je grelotte d'être habillée aussi légèrement. Nous sommes fin décembre et la température a chuté d'un coup. La journée, il fait encore doux mais les nuits sont fraîches et Soraya m'a prévenue que les hivers ici pouvaient parfois être rudes. Luka, qui nous rattrape après avoir garé la voiture un peu plus loin, s'exclame :

– Tu peux pas être sérieuse, Olivia, et vouloir aller là-dedans !

– Si, c'est bien ici que je veux aller. Le gars qui m'a fait mon tatouage m'en a dit beaucoup de bien. C'est lui qui m'y a invitée ce soir d'ailleurs. Il m'a dit de le faire appeler pour que nous rentrions sans faire la queue.

Effectivement, la file d'attente s'étire sur plusieurs mètres le long du trottoir à côté de nous.

– Soraya, tu ne peux pas aller là-dedans, père va te tuer s'il l'apprend.

Ma nouvelle alliée relève la tête d'un air de défi :

– S'il l'apprend, c'est que tu seras allé cafter, petit frère, et je sais que tu ne le feras pas. T'inquiète, ça va aller, et puis tu es avec nous !

Luka a pu rentrer partout avec ses cheveux longs noir de jais, sa peau dorée et surtout sa carrure de mâle alpha. Personne ne lui demande s'il a bien vingt et un ans, mais au besoin, il m'a avoué avec fierté avoir une fausse carte d'identité. Il me l'a brandie devant la figure avec l'espoir que je le perçoive plus vieux qu'il ne l'est en réalité, et que, qui sait, sur un malentendu, je puisse le considérer autrement que comme le petit frère d'une copine.

Team Jacob ouais, mais pas à ce point non plus. Faut pas déconner…

Je donne le nom de mon tatoueur au videur qui passe un coup de téléphone, et obtient une réponse positive puisqu'il nous laisse rentrer sans poser plus de questions. Ceux qui attendent dans le froid hivernal depuis un moment nous jettent des regards meurtriers, mais peu importe, nous sommes tout excitées de découvrir l'intérieur. Nous descendons une volée de marches et atterrissons dans un immense espace sombre, éclairé par des néons colorés en tubes, accrochés sous les bars et dans les angles de la pièce.

Tout a été peint en noir, le sol est en béton brut et certains murs sont tagués. La clientèle majoritairement en cuir, percée et tatouée, se fond dans le décor. Les dessins sur leurs peaux sont la continuité de ceux qui ornent les murs couverts de graffs. Nous détonnons au milieu de tout ce monde, particulièrement Luka, et nous obtenons quelques regards étonnés. Mais quand mon beau tatoueur arrive et nous accueille chaleureusement, c'est une autre sorte de curiosité teintée d'envie qui nous est réservée.

Caleb m'a indiqué, lors de nos discussions de cet après-midi, être le frère du gérant de l'endroit. L'atmosphère y est lourde, la musique psychédélique résonne et envahit les lieux, si bien que je comprends à peine lorsque Caleb me prend sous son bras, me conduit jusqu'au bar et ordonne au barman de servir mes amis et moi à volonté pour la soirée. Les filles me lancent des regards ahuris et je devine sur les lèvres de Soraya : waouh !

Puis il s'adresse à moi :

– Heureux que tu aies pu venir ce soir, ma belle. Le tatouage te plaît toujours ?

– Oui, merci !

– Je dois rejoindre mon frère à l'étage, faites comme chez vous ici. Je reviendrai te voir plus tard.

– D'accord.

Et après m'avoir embrassée sur la joue, il me laisse avec mes amis, qui sont en train de faire le tour rapide du propriétaire. Soraya accourt dès que Caleb est hors de vue :

– Liv, ce gars en a après ta petite culotte, j'espère que tu t'en rends compte ! OK, il est canon, je l'avoue, c'est le bad boy tatoué dans toute sa splendeur, mais ce n'est pas possible.

– C'est bon, Soraya, je ne vais rien faire, je m'amuse juste un peu.

– Mouais, fais attention à toi quand même. Que Rock t'ait blessée j'entends, mais pour lui, vous êtes encore plus ou moins ensemble, je l'ai croisé hier matin et il m'a demandé de tes nouvelles. Vraiment, ne fais pas de conneries avant d'avoir pu parler avec lui, tu le regretterais. Il a des choses importantes à te dire.

– Lâche-moi avec lui, Soraya, sérieux ! C'est bon, je ne compte pas faire quoi que ce soit avec qui que ce soit ! J'en ai ma claque de ce mélodrame qui me suit partout !

– OK, OK, comme tu veux, je t'aurai avertie...

Ces remontrances à deux balles sont en train de me saper le moral. Bien sûr que je pense à Rock, je pense à lui tout le temps, je compare tous les hommes que je croise à mon Tarzan et aucun ne sort gagnant de ces duels. Je ne peux m'en empêcher, ça me ronge et je veux oublier. Oublier les mots odieux de Bill qui m'ont lacéré la poitrine, oublier que tout le monde était là à regarder cette ordure me démolir sans agir.

C'est une lutte perpétuelle dans ma tête et mon corps, mais je ne veux pas rester à me morfondre de la sorte sur mon sort. Alors, je tente des expériences pour m'en sortir. Tout le monde répète que je suis forte, que je vais rebondir, alors montrons-leur ce qu'ils veulent voir : que même l'esprit et le cœur brisés, j'avance. Ce soir, je suis là pour m'amuser et me changer les idées. Je rejoins Luka au comptoir qui reste raisonnable et s'autorise une unique bière et je commande une tournée de *shooters* pour tout le reste du groupe. À partir de là, la soirée devient floue et confuse.

Je bois beaucoup trop, mais je ris aussi, je m'amuse et danse avec les filles. Je ne suis plus la Olivia Kincaid transportant tous ses démons dans ses bagages, je suis une jeune femme blonde inconnue au milieu d'une foule d'étrangers. La musique intense et sexuelle me transporte, je brille et oscille dans ma robe argentée au milieu de tous, sous les lumières qui habillent mon corps à demi nu. J'assume les regards avides que me lancent certains hommes.

Profitez de la vue, les gars.

Demain, je redeviendrai l'ombre de moi-même, une personne triste et sans éclat. Certains me gratifient de sourires carnassiers qui paraissent fluorescents sous la lumière bleue des spots, mais je ne suis pas une proie fragile, je suis une princesse guerrière !

Enfin, je m'en persuade.

Je rigole et me lance dans une danse sensuelle avec Judith, tout aussi bourrée que moi. Soraya me jette des regards inquiets mais n'intervient pas, je sens qu'elle me garde à l'œil. Tout à coup, ma partenaire de déhanché sexy disparaît de ma vue et je sens deux grandes mains fermes me saisir par les hanches. Lorsque je pivote, je découvre Caleb derrière moi. Il me sourit gentiment et j'accepte de danser un peu avec lui, en tout bien tout honneur, évidemment.

Au bout d'une vingtaine de minutes, je vois Soraya glisser un mot à Luka en me regardant. Elle paraît paniquée.

Qu'est-ce qui se passe ?

Caleb est resté relativement sage, il me fait tourner et virevolter, je semble le faire rire à me déchaîner de la sorte. Soraya s'agite à présent et me fait signe de cesser de danser.

Quoi ?

Mais avant que je ne comprenne ce qu'elle essaye de me dire, Caleb est violemment percuté par un homme immense tout en noir, portant un blouson de cuir. Je peux apercevoir le logo de son club dans son dos, une tête de mort encerclée de flammes, mais je sais déjà de qui il s'agit. Son aura, la force brute qu'il dégage et son odeur me crient que Rock est là.

Comment ?

Il parle violemment à Caleb qui ne se laisse pas faire en retour, mais ils n'en viennent pas aux mains. Ils ont l'air de se connaître. L'atmosphère autour de nous vient de virer à l'orage en quelques secondes, et les voix graves des deux hommes que je perçois difficilement sont comme le tonnerre qui gronde. L'alcool m'a ôté toute volonté et je les observe, étrangère à mon corps. La pièce tourne désormais un peu trop.

Hou là !

Alors que les lignes horizontales des murs deviennent des verticales, m'indiquant que je perds l'équilibre, je sens des bras musclés me rattraper *in extremis* et je finis collée contre un torse chaud que je ne connais que trop bien. On vient me souffler à l'oreille :

– Putain, Liv, regarde l'état dans lequel tu es…

– Brutus…

– Oui, je suis là, je te tiens.

– Je ne me sens plus très bien, je crois.

– Ça va aller, suis-moi.

Il m'entraîne vers le fond et vers un couloir encore plus sombre que la pièce que nous quittons.

– On va où ?

– Caleb et son frère sont des connaissances. On va dans un endroit où on sera tranquille.

– Hmm.

Nous grimpons un escalier et Rock est obligé de m'aider à le monter, car mes jambes tremblantes commencent à céder. Enfin, il ouvre une porte qui débouche dans une immense chambre possédant un coin télé, un bureau et sa propre salle d'eau. À ce stade, je n'ai plus la force de rien et je sens qu'il me dépose sur un lit moelleux, puis le matelas ploie sous le poids de Rock et je roule vers lui sous l'effet de l'attraction. Je n'arrive plus à lutter, je me blottis au creux de ses bras et sa chaleur m'enveloppe comme une douce couverture. Je sombre, emportée par Morphée.

Je me réveille au milieu de la nuit. J'ai trop chaud, j'ai du mal à respirer, les cauchemars se pressent aux portes de mon inconscient et je me bats pour qu'ils n'entrent pas. Je ne me sens pas chez moi. Soudain, quelqu'un commence à m'embrasser dans le cou tendrement. Ma peau se couvre de chair de poule à ce contact et j'ai des frissons de plaisir. Les lèvres familières qui me caressent sont douces, tièdes et viennent picorer ma peau à cet endroit si sensible au creux de ma clavicule. Toujours à moitié endormie, je prends dans mes bras le grand corps massif qui se positionne puissamment au-dessus de moi. Je ne suis plus sûre d'être éveillée.

Peut-être suis-je en train de rêver?

Car je reconnaîtrais entre mille l'odeur qui envahit mes narines. C'est celle de Rock, mais il ne peut pas être là.

D'ailleurs, où suis-je?

Je ne le sais pas moi-même.

J'essaye de me souvenir de la fin de soirée, sans succès.

Black-out total.

La dernière image que j'ai est celle de Judith dansant devant moi et m'envoyant des bisous pour aguicher les hommes autour de nous. Les baisers de mon assaillant se transforment en mordillements et il vient me caresser les bras, le ventre, la poitrine. Je passe mes mains dans ses cheveux courts et doux et je tire doucement en gémissant.

– Putain, Liv, tu m'as tellement manqué…

– Rocky…

– Oui, je suis là. Mais sérieux, c'est quoi cette couleur de cheveux?

– J'ai cru comprendre que tu préférais les blondes.

– Liv… Écoute, ce n'est pas ce que tu crois.

– J'ai pas envie de parler de ça maintenant, pas dans mes rêves.

– Tu ne rêves pas, je suis bien là. C'est Luka qui m'a envoyé un SMS…

– Embrasse-moi, Terminator.

Sans tarder, il s'exécute. Il capture ma bouche avidement et prend mon visage entre ses deux mains immenses, appuyé sur ses avant-bras. Je sens ses cuisses puissantes commencer à se mouvoir entre mes jambes et son bassin se frotter au mien. Ma robe trop courte est remontée sur mes hanches, mon boxer en dentelle est la seule protection contre son jean et ce que je sens tendu et dur derrière.

C'est trop bon.

– Continue, ne t'arrête pas…

– À vos ordres, Princesse.

Il s'affaire avec fermeté et sa main droite finit par descendre pour prendre le relais. Son toucher est précis, brûlant et m'amène au point de rupture en quelques minutes, après toutes ces semaines d'abstinence. Mais malgré la dextérité de Rock, malgré les mots crus qu'il me susurre à l'oreille et qui emballent mon imagination, rien ne vient, je ne bascule pas dans le vide. Je n'arrive pas à lâcher prise pour faire le grand saut.

Des idées sombres que je ne maîtrise pas m'enveloppent et parasitent ce moment intime. Ce sont des flashs, des sensations, des paroles et des actes passés ou présents qui défilent sous mes paupières à toute vitesse. L'excitation évidente de Rock, qui commence à perdre le contrôle lui aussi, ne m'aide pas, au contraire. Le plaisir commence doucement à se transformer en frustration.

Pourquoi est-ce que le soulagement tant attendu ne vient pas?

Je commence à grogner de colère. Rock perçoit mon changement d'humeur et recule pour pouvoir m'observer :

– Ça va, Olivia?

– Oui, ne t'arrête pas, vas-y plus fort. Allez…

Mon ton sonne comme une supplique.

– Liv, si tu n'es pas prête on peut attendre, je comprendrais.

– Non, continue, je t'ai dit. Pitié.

– Liv, ça suffit, je ne veux pas que ça se passe comme ça. C'était une mauvaise idée.

Il stoppe net ses caresses et se retire, laissant une horrible sensation de vide entre mes jambes. Je suis au comble de l'insatisfaction, privée de cet orgasme qui, je l'espérais, m'apporterait la délivrance tant attendue. Alors, toute la merde que je me trimballe depuis plusieurs semaines rejaillit en même temps que mes larmes. Rock, surpris, tente de me calmer mais je suis inconsolable, hermétique à ses mots. Je l'entends jurer, démuni, et finir par appeler quelqu'un :

– Soraya, viens, j'ai besoin de toi, c'est urgent. Elle a explosé en sanglots, je ne sais pas quoi faire. Plus je lui parle et pire c'est.

Réponse inaudible de Soraya.

– Non, bordel! Je ne lui ai rien fait! Enfin, j'en sais rien. OK, j'attends, grouille-toi. Merci, So.

34

NOIR C'EST NOIR, IL N'Y A PLUS D'ESPOIR…

Olivia

Rock essaye de me parler depuis une semaine, depuis ce qui s'est passé durant cette soirée étrange, où j'ai eu l'impression d'avoir été quelqu'un d'autre pendant quelques heures, mais je le fuis à chaque fois. J'ai un sentiment partagé sur l'expérience. Si la soirée avait bien commencé, la fin a été chaotique et je ne comprends toujours pas ce qui m'est arrivé, alors je me barricade encore plus, de peur de me montrer faible à nouveau.

Avec l'aide et les conseils de Soraya, je suis repassée au brun. Elle est venue me chercher dans ce club de Newton City mais je ne me souviens pas de grand-chose, seulement du regard meurtri de Rock quand il a dû me laisser partir. J'ai remercié Soraya pour son aide. J'ai décidé de rentrer chez Ellie et de tenter de reprendre mon quotidien à l'école. Je pense que cela devrait m'occuper et m'aider à passer à autre chose.

Concernant le titan qui hante mes pensées, je m'échappe, me dérobe et il n'insiste pas outre mesure. Je peux le voir dans son regard d'obsidienne : il a peur que je me déchire entre ses doigts puissants, comme du papier de soie, que je me brise en mille morceaux s'il pousse trop fort, trop vite. Et il a sûrement raison. Alors, nous sommes tous les deux rentrés dans une routine infernale qui berce mon quotidien insipide et le sien.

Chaque jour, sans relâche, il se présente à l'entrée de chez Ellie, chaque soir, il m'attend à la sortie de l'école de Susan. Chaque fois, elles lui répondent la même chose, les mêmes mots : Olivia ne veut pas te parler. Il n'argumente jamais, tourne les talons et s'en va, abattu.

Mais qu'y a-t-il à dire ou à entendre, de toute façon ? Que pourrait-il me raconter pour apaiser mes peines et panser mon cœur brisé ?

Car si c'est pour l'entendre s'excuser et me proposer de rester amis, non merci ! Je devais être folle le jour où je lui ai dit sur le pas de ma porte que l'on pourrait faire comme si de rien n'était. Sauf que je n'avais pas prévu de tomber amoureuse, de donner autant de ma personne à quelqu'un en si peu de temps et sans m'en rendre compte.

À l'insu de mon plein gré, comme diraient certains...

Une idée sournoise se fraye un chemin en moi : peut-être veut-il ma bénédiction pour elle et lui ? Car il doit forcément s'agir de cela. Je ne compte plus partir, pas encore du moins, et il doit crever d'envie de ramener sa pouffe dans les parages, puisque, selon les dires de Max, c'est du sérieux entre eux. Je contiens un cri de douleur silencieux en les imaginant et je refoule mes larmes. Mais Rock n'a jamais été du genre à demander la permission à qui que ce soit, pour quoi que ce soit, ou alors c'est une illusion qu'il vous donne, un faux sentiment de pouvoir, pour mieux vous l'ôter par la suite.

Peut-être n'est-il plus avec elle ?

Je m'en fiche, cela ne changerait rien de toute façon. Il m'a trahie et même si je suis désolée, horrifiée même, pour ce que le Clan traverse, surtout pour Eddy, je ne peux pas lui pardonner. Je lui avais tout donné : la totalité du peu qu'il restait de mon identité et de mon âme, déjà bien abîmées par la vie, et il les a réduites à néant sans sourciller. Je le revois assis dans le CSB ce fameux soir, impassible devant mes attaques et ma détresse. Malgré cela, je ne trouve pas la force de partir d'ici. Je dois être masochiste sur les bords.

Par instants, des éclairs de culpabilité strient le ciel monotone de mon existence. Mon état apathique ne me donne pas la force d'être là pour mon ami Eddy et ses deux petites filles, qui traversent une épreuve douloureuse, et je m'en veux pour cela. Pour le moment, les petites sont retournées vivre chez une de leurs tantes à New York, la famille les aide à guérir, et Eddy est pris en charge par ses frères de Clan.

J'imagine qu'au final il n'a pas besoin de moi, lui non plus. Hormis ces pointes de remords aléatoires et brèves, je me sens vidée et j'agis comme un robot depuis mon retour à Colorado Source. Les jours de cette longue semaine s'enchaînent et se ressemblent, inlassablement, irrévocablement. J'évite au maximum tout contact. Je ne sors de la petite maison bleue que pour m'occuper des enfants, mon seul et unique moment de plaisir, qui me fait oublier ce qui s'est passé entre l'instant où j'ai découvert qu'Ashley et Moïra étaient une seule et même personne et l'instant où j'ai repris connaissance à l'hôpital.

Moïra...

Elle aussi est remise à plus tard. Je n'ai pas envie de me confronter à ses parents dans l'immédiat, même si j'admets qu'ils méritent de connaître la vérité. Je repousse l'inéluctable encore une fois, comme toujours. J'écouterai leur message plus tard, peut-être.

Ça fait beaucoup de « peut-être », mais autruche un jour, autruche toujours !

Je suis devenue incertaine, hésitante et amorphe.

Voir mon visage tuméfié dans le miroir à mon réveil dans le hangar ne m'avait même pas émue, j'en étais presque soulagée, je ressemblais enfin à ce que j'étais réellement à l'intérieur. Quelqu'un de hideux et d'abîmé. Mais les doigts de fée des chirurgiens et les soins assidus de Soraya et des médecins avaient une fois de plus fait des miracles et petit à petit, hormis quelques cicatrices infimes par-ci par-là, mon apparence m'avait été rendue. Mon pied avait récupéré et mes ongles repoussaient : le cycle interminable de la vie.

Rien ne se perd, rien ne se crée, tout se transforme, comme ils disent.

Sauf que je ne suis pas tout à fait d'accord avec cette théorie. J'ai clairement la sensation d'avoir perdu quelque chose dans la bataille cette fameuse nuit. La nourriture n'a plus de goût et le monde n'a plus d'odeurs ni de saveurs. Les garçons ont bien tenté de venir me voir un à un, puis tous ensemble, pour me sortir de ma catatonie, me faire rire, mais sans succès. Alors, désarmés face à mon attitude, ils ont abandonné. Je n'ai pas repris mon poste de serveuse au CSB, il en était hors de question, bien que Max me l'eût proposé. De toute façon, il a embauché quelqu'un pendant ma convalescence. Il n'a fait ça que pour être gentil, pour aider la pauvre demoiselle en détresse que j'étais devenue, malgré moi.

Le plus traître dans tout cela, c'est que même si je n'ai plus goût à rien, je suis toujours aussi remuée quand je le vois. Tout s'est effacé, gommé, mais pas lui. Rock demeure et mes sentiments perdurent, alors que je voudrais tout faire pour qu'ils disparaissent eux aussi. À sa vue, mes entrailles me font mal et mon cœur se serre, à tel point que j'ai envie de m'arracher la peau de la poitrine avec les ongles. J'ai envie de me blesser volontairement pour détourner la douleur, pour causer une souffrance que je pourrais maîtriser et des plaies que je verrais cicatriser. Il suffit que j'aperçoive sa moto ou sa belle gueule pour que tout ressurgisse : la première fois que j'ai croisé son regard, cette nuit dans la chambre privée du CSB, cette parenthèse fantastique loin de tout pendant un week-end où je m'étais sentie libérée et vraiment heureuse, comme jamais depuis longtemps. Et enfin cette nuit magique au lac.

Tellement magique que les événements qui ont suivi n'en ternissent pas l'éclat. Bien sûr, ce que j'ai vécu dans cette grange vient me hanter la nuit et se rajouter à la longue liste de mes cauchemars.

Le cerveau humain est une machine admirable capable de se protéger de douleurs physiques horribles grâce à l'oubli. En revanche, en ce qui concerne la douleur psychique, il est nul.

À chier, bordel!

Tout est même amplifié. Chacun de mes souvenirs à ses côtés.

J'ai un pot tellement rempli de madeleines de Proust avariées que je pourrais ouvrir une biscuiterie.

Je peux sentir la bouche de Rock sur ma peau, son souffle dans mon cou, ses mains explorer mon corps et son odeur envahir la pièce où je suis, alors que lui n'y est pas. Sa putain d'odeur qui me suit partout où je vais! La seule chose que j'arrive à bloquer, c'est sa voix. Si je l'entends, alors je sais que je m'effondrerai. Mes nuits sont courtes, agitées de mauvais rêves ou de fantasmes bouillants avec lui, sur lui, sous lui.

À quel moment m'a-t-il contaminée à ce point sans que je m'en rende compte?

Je n'ai aucun répit et je me sens si fatiguée que la moindre émotion puise considérablement dans mes ressources; c'est un cercle vicieux. L'ouroboros, ce dessin cruel, m'apparaît devant les yeux pour imager ce que je ressens : une boucle sans fin ni début. Plus je suis fatiguée et plus le bruit, les souvenirs, la moindre réminiscence me sont insupportables. Une descente progressive – mais certaine – vers mon enfer personnel.

Que se passera-t-il quand je toucherai le fond?

Pour résumer, je me sens comme un lendemain de cuite à la puissance dix mille, tout le temps. Je ne supporte plus la lumière du soleil et je me rends bien compte, grâce au regard des gens, que je ne dois plus ressembler à grand-chose… Étonnamment, je me suis habituée à leurs regards contrits et compatissants que je redoutais tant. Je les prends en pleine face quotidiennement, mais il y a pire au final.

La semaine s'écoule ainsi, puis une autre, et encore une autre. La descente continue, une marche après l'autre, doucement mais sûrement… Je refuse toute aide extérieure, toute marque de sympathie, je patauge comme un Teletubby dans mon mal-être. Je ne participe même pas aux fêtes de fin d'année, malgré les sollicitations d'Ellie et de Susie, qui ne voulaient pas me savoir isolée en ce jour symbolique et familial.

Depuis que je suis adulte j'ai toujours évité de trop célébrer les fêtes de Noël, mais jamais à ce point. Il faut dire que c'est la période où mes parents sont tragiquement morts dans un accident de voiture, alors cela n'a jamais été un moment gai et heureux de mon point de vue. Je sens que la ville est en effervescence pendant quelques jours autour de moi, tandis que seule dans ma petite chambre je pleure ceux que j'ai aimés et perdus. Une nouvelle année commence et je n'ai jamais été aussi seule.

Au moins l'an passé à la même époque, j'avais encore Moïra, avant qu'on ne me l'arrache elle aussi quelques mois plus tard.

Il est vingt et une heures et je me suis lancée dans un grand ménage de ma chambre pour la énième fois. Je sens le point de non-retour arriver comme si je marchais en permanence sur un fil invisible tendu sous mes pieds, mais qu'importe, tout le monde s'en fout, moi la première.

Advienne que pourra.

Alors que j'ai presque terminé de tout astiquer, frotter, briquer, j'inspecte les lieux comme à mon habitude et je remarque ma valise rangée sur le haut de l'armoire.

Mince!

Cet endroit, je ne l'ai encore jamais nettoyé depuis mon arrivée.

Comment ai-je pu l'oublier?

Il doit être plein de poussière. Je monte sur une petite chaise bancale et attrape ladite valise. Il fallait s'y attendre, de la poussière me tombe dans les yeux et je manque de perdre l'équilibre, mais je tiens bon. Lorsque je pose la valise sur le sol, j'entends qu'il y a quelque chose à l'intérieur qui se balade. Je l'ouvre et découvre une boîte de Polaroid. Je la prends. Je sais ce qu'il y a dedans, mais je ne peux m'empêcher de continuer.

Je m'assieds par terre en tailleur et je regarde un à un les clichés. Les cheveux flamboyants de Moïra apparaissent, son sourire, son visage, toujours à la dérobée, car elle ne posait jamais vraiment devant l'objectif. Je devais lui voler ces quelques instants de vie, mais cela donnait au final des photos sympas et vivantes.

Ma seule amie, mon unique famille.

Je reste d'abord choquée, sans bouger, puis c'est l'explosion, l'éruption de colère, de chagrin et de larmes. Je hurle et me prends la tête dans les mains. C'est trop, cette vie est trop pour moi, et je maudis Dieu s'il existe et la terre entière au passage. Alors, sans réfléchir, je me rue sur une petite réserve d'alcool que je me suis constituée. Je savais qu'elle aurait son utilité un jour.

35

MEA CULPA

Rock

Il est plus ou moins vingt-deux heures trente et je suis au CSB à boire avec les gars, pour changer… Mais je ne me saoule pas. Non, je veux continuer à me sentir comme la sous-merde que je suis. C'est la moindre des choses que je puisse faire quand je vois l'état dans lequel est Olivia à cause de moi et du Clan. Je suis étonné qu'elle ne soit pas repartie, qu'elle n'ait pas fui cet endroit maudit. Ce serait plus simple pour elle qu'elle fasse comme Sunny. C'est tout ce que je mérite. J'essaye de lui parler tous les jours mais elle refuse. Enfin, Ellie et Susie refusent.

Elles la protègent comme deux mamans louves agressives, je n'arrive pas à l'approcher. Le peu de fois où j'ai croisé son regard derrière la vitre, j'ai compris qu'il était préférable qu'il en soit ainsi. Je ne veux pas la briser plus qu'elle ne l'est, plus que ce que j'ai aperçu quand je l'ai récupérée *in extremis* dans le club de Caleb et de son frère. Les garçons, qui ont tenté leur chance eux aussi, sont du même avis. Nous n'avons jamais vu cela, même chez nos frères ou sœurs les plus abîmés. Je ne sais pas comment agir ou réagir.

Eddy, qui n'est pas en forme non plus, me dit de lui laisser du temps, qu'elle nous reviendra et que ce jour-là, il faudra être présents pour elle.

Comment cet homme arrive encore à se soucier des autres avec l'enfer qu'il traverse?

Pour le moment, il est dans la phase de colère de son deuil, et doublement. Il en veut aux Black Edge d'avoir tué Rhonda, il en veut à Rhonda de nous avoir vendus et d'avoir mis les filles en danger. Les petites sont parties chez la sœur d'Eddy pour le reste de l'année scolaire. C'est dur pour lui car Maddie et Mona sont son cordon de survie, mais c'est mieux pour elles ainsi, j'imagine.

Eddy a récupéré la maison de Bill pour quand elles reviendront, afin qu'elles ne déjeunent pas tous les jours dans la cuisine où leur mère a été tuée sous leurs yeux. Il est en train de la retaper. Cela lui change les idées et nous lui donnons tous un coup de main dès que c'est possible.

Bref, ce n'est clairement pas la joie, même si du côté des affaires du Clan, tout s'est apaisé, voire amélioré. Les échos de cette nuit d'assaut se sont répandus dans la région et au-delà. Nous sommes craints et respectés comme jamais et certains clubs nous ont approchés pour demander alliance et protection.

Mais à quel prix?

La seule question encore ouverte concerne cette soi-disant seconde taupe et l'implication de ma sœur dans tout ce bordel, mais nous n'avons aucune piste concrète pour le moment. Nous sommes en train de passer en revue les emplois du temps de chacun des membres et de fouiller dans leur passé le plus discrètement possible, à la recherche du moindre indice pouvant nous aider.

J'observe les gens s'affairer autour de moi, parler, rire, gueuler, mais sans avoir envie d'y participer. Je scrute la nuit et le parc à travers la grande baie vitrée du bar. Pam, la nouvelle serveuse qui a été embauchée, une petite blonde qui danse aussi à l'occasion, nous tourne autour avec son plateau chargé de bières. J'ai remarqué que depuis deux semaines, elle me lance de longs regards lascifs qui me disent clairement qu'elle serait prête à me proposer autre chose que la carte habituelle du bar. Mais ce n'est pas elle que je désire.

Elle m'effleure sciemment de temps à autre, me parle au creux de l'oreille pour prendre ma commande. Rien n'y fait, je ne pense qu'à une seule personne. Savoir que Liv souffre autant me tue à petit feu. Je ne sais pas quoi faire.

Alors que la nouvelle recrue, Pam, s'avance vers moi pour l'énième fois de la soirée, je devine une petite silhouette se dessiner dans l'obscurité et approcher rapidement du bar à grands pas.

Je sais que c'est elle avant même qu'elle ne rentre dans le CSB. Mon cœur s'accélère et je me redresse vivement, sortant de ma torpeur dépressive. Pam se méprend sur ma réaction, prenant cela pour de l'intérêt à son encontre, et se penche encore plus vers moi, collant contre mon bras ses seins aussi faux que sa bouche. Elle me demande si je veux être resservi ou si je souhaite une danse privée au fond du Club. Mais je ne l'écoute pas. Toute mon attention est braquée sur la petite brune qui vient de franchir la porte et je suspends mon geste, le verre de bière devant ma bouche.

Max marque un temps d'arrêt lorsqu'il l'aperçoit également et grimace. En effet, le spectacle a de quoi fendre le cœur. Olivia n'est plus que l'ombre d'elle-même. Elle a dû perdre au moins dix kilos, ou alors les guenilles qu'elle porte sont bien trop grandes pour sa petite silhouette.

Ou bien les deux…

Son visage est émacié, ses yeux cernés. Ses cheveux sont attachés dans une coiffure qui n'en a que le nom, si l'on peut dire ça ainsi. Son regard chocolat moucheté de vert accroche le mien instantanément mais il est vide. Mon petit feu follet s'est consumé. Elle donne un coup d'œil à Pam sur ma droite, et son visage trahit pendant une fraction de seconde quelque chose comme de la douleur teintée de haine.

Et merde.

J'imagine très bien ce qu'elle doit penser de cette nana ventousée à mon bras et cela ne plaide pas en ma faveur, bien au contraire. Je commence à sentir la panique me gagner. Je travaille chaque jour en douceur pour l'apprivoiser, et tous mes infimes progrès vont être réduits à néant en quelques secondes si je ne réagis pas illico. Je me dégage violemment de la sangsue blonde. Décidément, cet endroit est maudit pour Liv et moi.

J'ai une impression de déjà-vu : elle, me toisant, furieuse, et moi assis à cette table, entouré des gars. Pam regarde dans la même direction, dévisage Liv et balance assez fort pour que nous l'entendions tous :

– Euh, c'est qui cette nana ? Elle a l'air malade. Tu la connais, Rocky ? Car je veux pas choper une saleté moi ou un truc du genre, je dois pouvoir bosser.

– Pam, un conseil, ferme-la. Et fais correctement ce pourquoi Max te paye. Ça fait dix minutes que la table deux t'appelle pour passer commande. Alors bouge-toi le cul !

Je mets toute la distance et l'autorité dont je suis capable dans le ton de ma voix. Elle se fige et baisse les yeux, humiliée et en colère. C'est avec maladresse qu'elle finit de débarrasser nos verres vides. Les gars se tournent eux aussi vers la porte et un silence de plomb s'abat sur notre table quand ils repèrent Olivia à leur tour, ou plutôt son fantôme. Vince siffle entre ses dents et Eddy jure :

– Putain, Rock, j'avais pas compris qu'elle était dans cet état-là non plus ! Clairement, la laisser respirer c'était pas la bonne solution. On aurait dû intervenir.

Vince reprend :

– On a merdé.

– Non, j'ai merdé, ce n'est pas de votre faute.

– On est aussi ses amis. on aurait dû être là pour elle, me répond Eddy.

Je me lève brusquement pour aller vers Olivia, car c'est décidé, tout cela s'arrête ici et maintenant. Elle devra enfin entendre ce que j'ai à dire et nous laisser prendre soin d'elle. *Me* laisser prendre soin d'elle. Mais avant que je ne puisse faire un pas, elle se met à courir, chancelante, dans ma direction.

Elle pointe son doigt furieusement vers moi et commence à crier. Je comprends alors qu'elle est complètement torchée. Dans d'autres conditions, j'aurais pu en rire, mais là, la situation me peine au plus haut point. Je suis responsable de la personne délabrée, à la dérive, qui vient vers moi en titubant et qui contraste avec la femme forte qu'elle était en arrivant dans ce trou maudit. Je me rappelle comme si c'était hier de sa première entrée dans le CSB : elle était assurée, confiante, envoûtante. J'avais alors succombé à l'instant même et plus encore par la suite, dans la voiture et les semaines qui ont suivi. À tel point que quand je l'ai compris, j'ai pris peur.

Que m'avait-elle fait ?

Et je la blesse à nouveau. Clairement, je ne sais pas comment agir avec elle. Sa voix cassée et furieuse me tire de mes pensées :

– Je te hais, Rock Christensen. Je te hais ! Je te maudis, espèce d'enflure de mes deux !

Je me précipite pour la rattraper car elle perd l'équilibre, mais elle se met à frapper de ses petits poings tous les endroits qu'elle peut atteindre de ma personne. Elle reprend, alors que j'essaye de la maîtriser et de la calmer :

– Tu es la pire chose qui me soit arrivée, Christensen ! La pire !

Elle répète cela en boucle un peu plus fort à chaque fois, dans un état de démence extrême. Tout le monde dans le bar nous observe. Les garçons veulent intervenir mais je leur lance un regard qui les en dissuade. Je veux être celui qui prendra soin d'elle, qui la ramènera des ténèbres. Alors, peut-être qu'elle me pardonnera. Je dois réparer ce que j'ai cassé, si cela est encore possible.

– Liv, arrête. Viens, je te ramène chez Ellie, on va discuter. Ce n'est pas ce que tu crois. Je te le promets.

– Vous m'avez tous abandonnée, TOUS ! Vous m'avez piétinée et ensuite vous m'avez abandonnée ! Vous m'avez laissée toute seule.

Ses hurlements se sont transformés en sanglots qui trempent mon tee-shirt et ça me retourne le bide de la voir porter un tel chagrin. J'ai l'impression de tenir une enfant.

Une orpheline… Qu'avons-nous fait ?

Bien sûr qu'il ne fallait pas la laisser seule.

– Liv, laisse-moi te ramener, je t'en supplie.

– Oh, oh, oh. Écoutez tous, Monsieur me supplie. Désolée, mais c'est trop tard. Tu m'as traitée comme une grosse merde, et ça bien avant que les Black Edge me passent à tabac.

Je ne lui réponds pas, j'accuse le coup.

Elle a raison. Elle se stoppe net et se tourne vers Pam qui, malgré mon ordre pourtant clair et direct, a désobéi et se tient toujours près de notre table à côté de Bounce.

Fais chier!

Je n'ai pas le temps d'agir qu'Olivia se met à crier :

– Et toi t'es qui, Barbitch? La pouffe qu'il se tape depuis le début? Vous faites bien la paire, tiens! Barbitch et Kronk, deux gros abrutis.

Olivia part dans un fou rire hystérique et Pam semble sidérée ou pensive. Je ne suis pas sûr qu'elle comprenne l'insulte.

– Et toi le cadavre, tu es qui au juste? lui répond Pam avant de se tourner vers moi. Je ne te pensais pas nécrophile, Rocky. Je comprends mieux pourquoi tu refuses mes avances maintenant, je suis trop « fraîche » pour toi, c'est ça?

Personne n'a le temps d'envoyer chier Pam que Liv se jette sur elle, furieuse. Les deux femmes commencent à se battre dans un bruit de verres brisés et de cris aigus.

Bordel de merde!

J'attrape Liv, les sépare et demande à Max d'appeler le Doc pour qu'il rapplique illico avec de quoi la calmer. Je vois aussi qu'elle a les paumes blessées par les tessons de verres. Elle est ingérable, se démène dans tous les sens mais je tiens bon. Je serai là pour elle. Je fais écran avec mon corps pour la protéger des regards curieux des clients. Je me retourne tout de même vers Pam avant de prendre la direction de la sortie, je l'assassine du regard et lui jette :

– Toi! Quand j'ordonne ici, on s'exécute. Refais un coup comme ça et tu dégages!

Penaude et les larmes aux yeux, elle dit tout doucement :

– Elle m'avait insultée…

– Oh, et si tu es trop conne pour repérer quelqu'un de bourré, bah tu sais quoi? Tu dégages aussi! Max garde pas les serveuses incompétentes. Dernier conseil, n'insulte plus Liv en ma présence.

Elle hoche la tête ridiculement. À présent, elle pleure doucement et tient son plateau contre elle. Pour être sûr que nous sommes désormais sur la même longueur d'onde, j'ajoute avant de sortir :

– J'espère que t'as compris que tu ne m'intéressais pas, alors va remuer tes nichons sous le nez de quelqu'un d'autre.

Puis je murmure à Olivia :

– Allez, viens, Princesse, on va prendre l'air.

Elle est toujours en pleurs contre moi, mais au moins elle ne crie plus.

Quinze minutes plus tard, le Doc rejoint Bounce, Loris, Vince, Eddy, Max et moi dans le parc face au CSB, à l'abri des regards curieux des clients du bar, mais surtout à l'air frais. Olivia est assise sur un banc, blottie comme une petite fille dans les bras de Loris, le seul qu'elle laisse approcher. Elle pleure sans discontinuer et son chagrin nous fend le cœur à tous.

Aucun de nous n'arrive à trouver les bons mots et pourtant Max a tout tenté, Eddy également. Le Doc commence à prendre soin d'elle, il nettoie et panse ses mains puis lui fait avaler un léger tranquillisant, mais ne peut guère lui donner plus. L'alcool et les cachets font rarement bon ménage et vu son état de santé en ce moment… Il repassera la voir demain matin lorsqu'elle sera calmée et reposée. Nous attendons tous patiemment que ses pleurs cessent et que le Doc termine.

Quand je sens qu'elle a retrouvé un semblant de raison et qu'elle revient à elle, je balance de mon ton qui se veut le plus ferme :

– C'est moi qui te ramène, hors de question que tu rentres seule dans cet état.

– Non, je la raccompagne à pied. T'es à moto, je te rappelle, intervient Max.

– Alors JE la ramène à pied. Liv et moi on doit parler.

– Rock… sérieux? Tu crois que c'est le moment?

Agacé, je commence à hausser le ton :

– J'écoute plus vos conseils, regardez où on en est.

– Rock, t'en prends pas à Max, OK, ce n'est pas de sa faute, me balance Eddy.

– Ouais, désolé.

Une petite voix fluette fend l'air :

– C'est bon, les garçons, Rock peut me ramener, j'en ai plus rien à faire.

Je la regarde, elle a vraiment l'air d'être ailleurs, détachée. Olivia est retournée dans cet endroit sans lumière où elle s'enferme et dont elle seule à la clé.

Liv, laisse-moi rentrer, laisse-moi m'expliquer.

Les gars lui disent au revoir un à un, lui glissant chacun un petit mot à l'oreille. Celui de Max lui vaut un baiser sur la joue de la part de Liv et celui d'Eddy arrive même à lui arracher un sourire. Et pour la première fois, j'ai un élan de possessivité, pas seulement de la jalousie masculine mal placée comme précédemment. Non, une fureur possessive qui prend toutes les couleurs de l'arc-en-ciel. Liv est à moi, je commence à comprendre ce que signifient ces sentiments qui font des bulles au creux de mon bide. Je veux être celui qui la réconforte et la fait sourire.

Pas Max, pas Eddy. Moi. Alors j'attrape ses petits doigts doucement, je lance un salut rapide et je nous mets en mouvement. Elle ne proteste pas et m'emboîte le pas maladroitement, encore sous l'emprise de l'alcool.

Nous progressons en silence. Je lui tiens la main fermement. Hors de question que je la lâche maintenant alors que j'ai enfin réussi à l'attraper. Elle me fait l'effet d'un papillon que j'aurais pris dans mes filets : fragile, éphémère, précieux.

– Qu'est-ce que Max et Eddy t'ont dit?

Je crève d'envie de savoir et elle doit s'en apercevoir.

Bien entendu, elle ne me répond pas et je décide de ne pas insister. En bon gros obsédé que je suis, des pensées peu catholiques m'envahissent. Le contact de sa petite main dans la mienne est comme un shoot de cocaïne pour mes sens. Elle me fait l'effet d'un aphrodisiaque puissant. Je la trouve toujours aussi belle, même abîmée, et je n'ai jamais été abstinent aussi longtemps. Je suis devenu un putain de moine et là, tout me rattrape, les souvenirs, sa voix, son parfum. Au final, on a couché qu'une seule fois ensemble et il faut que je recommence.

Ce serait cruel que tout se termine ainsi, pas après avoir manqué de la perdre pour de bon entre les mains des Black Edge. Au bout de vingt minutes de marche à la vitesse de deux limaces sous Valium, nous arrivons enfin devant la petite maison bleue d'Ellie. J'en connais les moindres détails par cœur pour avoir passé trois semaines à poireauter devant comme un con tous les matins.

– Liv, laisse-moi la chance de t'expliquer. Tout ça, c'est juste un putain de quiproquo de dingue. Une histoire de fou…

– Peut-être oui. Peut-être que tu ne m'as pas trompée et peut-être que ce n'est pas toi qui as balancé mon passé à Bill. Mais le reste, Rock, tout le reste? Le manque de confiance, Shawn, tes paroles. M'accuser de vouloir foutre la merde dans le Clan? Laisser Bill me traiter de la sorte dans le bar devant tout le monde!

– Je suis sorti, j'ai voulu te rattraper, je te le jure, Liv, mais tu avais disparu dans cette camionnette. Bref, la suite tu la connais plus ou moins…

– Je ne sais pas, Rock, je ne sais plus.

– Tu dois nous donner une chance. On savait que ce serait difficile. On est des novices dans ce domaine. Tu es venue me récupérer la première fois dans cette chambre privée. Laisse-moi faire pareil. Tu me l'as dit toi-même, cela ne sert à rien de se refermer sur soi. Et laisse les gars te réconforter aussi. Tu leur manques.

Je sens que mes mots font mouche, surtout ses paroles que je lui retourne.

– Tu veux dire ma cuisine?

Je vois une ébauche de sourire sur son visage et je me dis que tout n'est pas perdu.

– Je te jure, Liv, sur la vie de ma sœur, je ne t'ai pas trompée, ni trahie. Je pourrai tout t'expliquer.

Elle hésite, me sonde du regard, cherche à savoir si je dis la vérité :

– Je te crois. Mais Rock, ce ne sera pas facile. Je vais te faire ramer. Alors si tu n'es pas prêt, dis-le maintenant.

– C'est un défi?

– Non, une promesse…

Et là je sais, je sais qu'elle n'est plus très loin. Pourvu que je ne merde pas. Mais je suis euphorique, je me sens comme un gosse à la veille de Noël.

– Je t'emmène demain au resto, une pizzeria sympa que je connais qui diffuse des matchs de baseball. On pourra discuter.

Son sourire s'agrandit encore plus, ses dents blanches apparaissent dans le noir comme celles du chat du Cheshire et je sais que je vais commencer à ramer à partir de là, maintenant. Elle ne blaguait pas.

– Oh non, Brutus, nous sommes samedi, on peut se revoir samedi prochain. Je dois m'occuper de moi cette semaine et reprendre pied. Je t'enverrai un message pour te dire quand et où. Là, j'ai surtout envie de vomir et il me faudra sûrement deux jours pour décuver.

Et aussi simplement que ça, elle me claque la porte au nez et me laisse en plan, comme un con, sur le seuil.

Cette nuit-là, j'arrive enfin à dormir d'une traite, bien que tous mes rêves soient plus dépravés les uns que les autres, hantés par Olivia, à tel point que je me réveille dur et frustré mais sans l'envie d'y remédier par moi-même. Je jure tout haut, excédé. La semaine va être longue et ça, c'est si je parviens à mes fins ! Pour le moment, rien n'est garanti, elle accepte juste de me parler, de me laisser la chance de m'expliquer. Le chemin est encore long.

Et merde !

Lorsque je referme les yeux, j'ai encore mon dernier fantasme complètement mégalo derrière les paupières, à savoir Liv, torse nu, dans sa jupe en cuir. Elle a troqué ses boots contre des talons vertigineux à la semelle assortie à son rouge à lèvres. Elle est agenouillée sous mon bureau en verre du Q.G., le cul en cœur, me taillant la pipe de ma vie, et moi depuis mon fauteuil de ministre, j'ai la plus belle vue qui soit.

Elle est à ma merci, elle est à moi, rien qu'à moi, alors que je sais que les gars sont à côté, en réunion présidée par Max. Je sais que je rêve, ma Petite Chose ne se soumet pas aussi facilement, elle aime diriger les opérations. Alors j'accepte de lui céder les rênes de temps en temps, je la leurre afin qu'elle fasse de même. Sa reddition n'en sera que plus douce…

C'est au milieu de ce fantasme qui me donne la chair de poule que me vient une idée. J'y avais déjà pensé, mais maintenant j'en suis sûr, je sais ce que je veux faire pour la récupérer.

36

AUBE

Olivia

Le réveil est douloureux. Cela faisait longtemps que je n'avais pas pris une telle cuite, même si le médicament du Doc m'a aidée, ainsi que la marche nocturne avec Rock.

Punaise, Rock… Suis-je pathétique de lui céder si facilement ?

Mais à quoi bon persister, je l'ai dans la peau. Je suis une loque comme jamais je ne l'ai été auparavant, j'ai besoin de lui et des garçons pour m'en sortir. J'ai tenté seule et on a vu le résultat… Je ne voulais pas lui claquer la porte au nez mais j'étais à deux doigts de lui vomir dessus. Des bribes de la soirée me reviennent.

Mon Dieu !

Les gens doivent me prendre pour une folle. C'est mon deuxième esclandre public au CSB depuis mon arrivée, et celui-là devait être encore plus pathétique que le premier. Le reflet que me renvoie ma coiffeuse me confirme que oui, car si avec une nuit de sommeil, je ressemble à la chose blanche et amaigrie qui se tient devant moi, je n'imagine même pas hier en pleine crise. C'est de la faute de Barbitch, si elle n'avait pas été là, j'aurais pu mieux gérer la situation.

C'est bien, Olivia, mens-toi à toi-même, tu pars du bon pied pour ta rémission…

Car oui, je souhaite me remettre, je veux aller mieux, c'est décidé. Fini les pleurnicheries puériles et stériles. Si les mots que Max m'a glissés à l'oreille avant de rentrer hier soir sont vrais, alors je veux croire que ce que Rock a à me dire me soulagera, que je ne suis pas tombée amoureuse d'un bourreau cruel, juste d'un gars bourru et maladroit. Ceci est la petite lueur d'espoir à laquelle je me raccroche et qui me donne l'énergie de prendre soin de moi ce matin. Je fais la totale : douche, gommage, coiffage, maquillage, rasage.

Je m'enduis de crème hydratante à la vanille avec douceur. Je veux faire la paix avec moi-même et cela commence par l'acceptation de mes kilos en moins et de ce nouveau corps. Mais je compte bien y remédier, je sais qu'il y a de la pecan pie dans le frigo d'Ellie. Avec un mois de gavage, j'aurai retrouvé ma silhouette d'origine. Dans ce sens-là, c'est en général beaucoup plus simple. Toutes les semaines, Ellie me faisait un gâteau dans l'espoir que cela me redonne goût à la vie.

Une fois prête, je descends retrouver mon amie, qui comme à son habitude s'affaire dans la cuisine. Un soleil d'hiver perce à travers les voilages vieillots de la fenêtre, la pièce brille de cette lumière si particulière propre à cette saison. Elle entoure la vieille dame d'un halo angélique et je vois la poussière se déposer sur le haut de sa tête. Je me stoppe quelques secondes en bas de l'escalier pour contempler la scène. J'ai l'impression d'avoir vécu dans un univers alternatif pendant plus d'un mois et demi, un monde souterrain duquel je refais enfin surface pour tout redécouvrir avec un regard neuf, et particulièrement les gens. J'avais la certitude d'être seule, abandonnée à moi-même.

Je les ai tous détestés pour cela, alors qu'en fait ils ne m'avaient jamais délaissée, c'est moi qui m'étais fermée au monde. Ellie et Susie ne m'ont pas quittée une seule seconde et je réalise, émue, qu'elles sont de véritables amies. Soraya aussi s'est occupée de moi à sa manière.

– Bonjour Ellie, que cuisinez-vous ? Ça sent divinement bon.

Au ton et au son de ma voix elle s'arrête net, suspendant son geste, et relève la tête, ahurie. Elle me dévisage de haut en bas et lorsqu'elle constate que je suis apprêtée et que je lui souris, elle pose le sachet de farine précipitamment et court vers moi, les larmes aux yeux.

– Oh, mon Dieu ! Olivia, mon petit, vous m'êtes revenue !

Elle me serre dans ses bras avec force. Ce geste me réconforte et je me laisse aller contre elle.

– Merci d'avoir pris soin de moi, Ellie. Oui, je suis revenue.

– Et à qui doit-on cela ? Rock a-t-il réussi à s'excuser ?

– Presque. On verra bien. Je pense plutôt que j'étais arrivée si bas que je devais bien refaire surface à un moment donné.

Elle sanglote dans mon cou puis me dépose un baiser tendre sur le front.

– Alors c'est l'essentiel, mon chou. Peu importe le reste. Une part de tarte ?

– Oh que oui, même deux !

Je la remercie silencieusement de rendre les choses si faciles, de ne pas me poser de questions, de juste m'accepter ainsi. Ellie part en virevoltant dans la cuisine et en chantonnant, elle m'apporte une assiette bien garnie. Elle me fait penser en s'agitant de la sorte à la marraine bonne fée de Cendrillon qui veille sur moi.

Je suis descendue pour manger mais pas seulement, j'ai une autre idée en tête : je souhaite faire plaisir aux garçons en les surprenant. Je la mets dans la confidence afin qu'Ellie m'aide pour le reste de la matinée. Nous ne sommes interrompues qu'une seule fois dans nos préparatifs complices par le Doc, qui vient changer mes pansements aux mains, qui n'ont rien de grave selon lui. Il me détaille de bas en haut, tout comme Ellie un peu plus tôt, puis finit par me gratifier d'un de ses rares sourires.

– Je ne pense pas faire grand-chose de plus, vous semblez aller mieux, mais n'hésitez pas à venir me trouver si jamais ça n'allait pas à nouveau. Laissez les plaies cicatriser à l'air libre ensuite. Vous n'êtes plus seule, Olivia…

De quelles plaies parle-t-il? Mes mains, mon cœur, les deux?

C'est le panier de Ginette chargé que je m'élance vers treize heures ce dimanche, direction le CSB où les garçons ont pour habitude de se réunir pour déjeuner. Il fait frais dehors alors que l'hiver est désormais bien installé. Cette sensation à vélo m'avait terriblement manqué. Je sais que je prends le risque de trouver porte close en débarquant ainsi, mais je ne souhaite pas les prévenir afin de garder l'effet de surprise si possible. Une fois arrivée, je découvre le bar effectivement ouvert, mais totalement vide et éteint, alors je me dirige vers le fond pour aller frapper à l'étage, chez Max. Je regarde autour de moi en avançant.

Tellement de choses se sont produites ici, j'ai l'impression que c'était il y a une éternité. Je repense à Bill. Je me demande ce qu'il est devenu, et je me note de poser la question aux garçons, même si je doute qu'il soit encore en vie. Je réalise que cela ne me perturbe pas outre mesure de l'imaginer mort. Je ne suis pas sans sentiments, bien au contraire, mais le destin m'a enlevé pour toujours et à plusieurs reprises des êtres chers. Je n'ai plus le temps, ni l'énergie, de pleurer mes ennemis, et encore moins d'avoir de la compassion à leur égard. Que chacun assume ses choix et leurs conséquences.

Suis-je cruelle? Peut-être.

Mais la vie est cruelle elle aussi. Elle a le pouvoir de faire et défaire les choses en un battement de cils. Le temps nous est compté, alors ma peine va à ceux que j'aime.

Une fois dans l'escalier qui mène au loft de Max, j'entends distinctement du bruit, des voix et des éclats de rire. Je suis tentée de faire demi-tour et sens la panique me gagner.

C'était une mauvaise idée.

Qu'est-ce que je croyais ? Que je pourrais débarquer ici avec des samoussas et des amuse-bouches puis faire comme si rien ne s'était jamais produit ? Mais je n'ai pas le temps de rebrousser chemin que la porte s'ouvre à la volée et que Bounce sort en trombe, tombant nez à nez avec moi. Il manque de me percuter et de me faire tomber à la renverse.

– Oh putain, Liv, qu'est-ce que tu fous là ? me demande-t-il en me rattrapant de justesse.

– Je voulais vous amener à manger, je… euh… en fait, j'en sais rien. C'est pas grave, je vais rentrer. Clairement, je vous dérange.

– Tu délires si tu crois que je vais te laisser partir. J'allais justement chercher des bières en bas et commander des pizzas, mais si tu nous as fait à manger, c'est encore mieux !

Il ne me laisse pas le choix et m'entraîne avec lui, mes bras chargés de Tupperware.

– Les gars ! J'ai mille fois mieux que des pizzas, je vous ramène notre petit chef à domicile préféré.

Je me retrouve projetée au centre de l'appartement, sous le regard de tous ces hommes plus impressionnants les uns que les autres. Je suis tout de même un peu déçue quand je réalise que Rock manque à l'appel. Ils se sont tus instantanément et semblent mal à l'aise. Personne n'ose faire un mouvement jusqu'à ce que Vince se lève, se dirige vers moi et me dise :

– Regardez-moi ça, elle est à peine arrivée qu'elle le cherche déjà des yeux… Désolé, beauté, mais Rock est parti en mission secrète.

– N'importe quoi, Vince, je suis juste venue vous apporter ça.

Mais les mots *mission secrète* m'ont mise en alerte et ont attisé ma curiosité. Vince se jette sur mon sac comme un animal affamé et retourne dans la cuisine américaine de Max pour tout déballer sur le comptoir. Je me retrouve seule, les bras ballants, au centre de ce cercle de motards sans savoir quoi faire ou quoi dire, mais quand je croise leurs regards un à un, je ne rencontre que bienveillance et sourires. Je commence par Loris qui me fait un petit signe de tête amical. Il est toujours aussi réservé mais j'ai droit à un clin d'œil de sa part.

Puis je me tourne vers Eddy, ne sachant pas à quoi m'attendre. Je culpabilise déjà. Il est celui qui a le plus perdu et pourtant il est toujours debout, droit devant moi, et trouve le moyen de me sourire. Je remarque cependant que lui aussi a maigri et qu'il a les traits tirés. Sa cicatrice, qui ne m'effraie plus, est toujours là, barrant la moitié de son visage, brillante sur sa peau couleur chocolat. J'en ai déjà les larmes aux yeux. Ils m'ont tellement manqué, j'ai dû les décevoir d'être si faible, contrairement à eux.

– Eddy, je suis désolée, je… Comment vont les petites?

– Tu n'as pas à être désolée, Liv, ce n'est pas de ta faute. La vie est juste merdique, c'est comme ça. Je me relèverai comme à chaque fois, tant que mes filles sont avec moi. Mes princesses vont bien, elles sont fortes. Elles m'ont dit ce que tu as fait pour elles cette nuit-là.

– Je n'ai rien fait, j'ai échoué…

– Tu les as protégées. Elles me disent qu'elles veulent être aussi courageuses que toi quand elles seront grandes. Elles veulent dire des gros mots aux méchants messieurs, elles aussi…

Je rigole en sanglotant. Ses mots me touchent, ils sont du baume sur mon petit cœur écorché. Il s'approche de moi et vient me prendre dans ses bras, me soulevant de terre.

– Ah, mon petit scarabée, il est temps de reprendre les cours d'autodéfense et de se remplumer! Tonton Eddy va s'occuper de toi.

Cette fois, je rigole de bon cœur et sans tristesse, puis il me repose à terre. Enfin, je me tourne vers celui à qui je crains le plus de parler. Max est un peu en retrait. Je ne sais pas ce que je dois dire, ce que je dois faire.

Veut-il toujours être mon ami? Le peut-il?

Avant l'enlèvement des Black Edge, j'ai clairement vu que l'idée de Rock et moi ensemble lui faisait du mal. Il me couve d'un regard étrange. Je ne sais pas sur quel pied danser. Enfin, il attrape ma main minuscule et froide dans la sienne, immense et brûlante.

– Je serai toujours là pour toi, Liv. Ne m'exclus plus ainsi, surtout quand il merde, car il merdera à nouveau, il est pas très doué pour ce genre de trucs. Il t'a dans la peau, même s'il ne veut pas l'avouer.

– Tu n'es pas obligé, Max, tu n'as pas à t'infliger ça.

– Rock est mon frère, alors si c'est toi qui dois le rendre heureux, je suis content pour lui. C'était une vraie loque pendant ta convalescence. On a vraiment cru que tu allais y passer cette nuit-là. Il te dit la vérité, il ne t'a pas menti ou trahie.

– Ouais, mais doucement, j'ai pas dit que je le reprenais pour autant.

Vince, la bouche pleine, intervient, toujours avec élégance :

– Ouais, à d'autres, les bobards, Liv. Rock saura te convaincre, il a des arguments de taille, si tu vois ce que je veux dire…

– Vince ! crient tous les garçons en chœur.

Mais ce dernier explose de rire, projetant de la moussaka faite maison un peu partout dans la pièce.

Bon appétit, bien sûr…

Nous passons à table. Les discussions restent légères, comme si rien ne s'était vraiment produit et cela me convient. Je veux passer à autre chose, reprendre ma vie ici. Comme les absents ont toujours tort, la discussion tourne autour de Rock. J'apprends pas mal de choses sur lui que j'ignorais, notamment son aversion pour le fromage qui sent trop fort, et le plus important : que c'est son anniversaire vendredi prochain. Les gars cherchent une idée de sortie et de cadeau J'ai bien une proposition à faire, mais je ne suis pas sûre que Brutus apprécie.

Je la soumets quand même et elle est votée à l'unanimité dans de grands éclats de rire…

– C'est officiel, Liv est de retour ! crie Bounce.

37

RECONQUÊTE ET REPAS QUI FOUETTE

Olivia

Je passe le dimanche dans ma chambre à lire tranquillement avec Eminem en boucle à fond. Cela m'apaise, il crie des choses qui me touchent et qui ôtent un peu plus de poids à mon fardeau. Je me mets à relativiser les événements comme je l'ai toujours fait, je redeviens moi-même petit à petit. Je ne laisserai pas les Black Edge et Bill détruire ce que je commence à reconstruire ici, même si j'ai l'impression d'avoir vécu des montagnes russes émotionnelles dernièrement. Je réalise que tout cela a été du temps perdu.

Je me suis entêtée dans mon mal-être, refusant toute aide, jusqu'à être obligée malgré moi de lâcher prise après avoir cogné le fond du bocal avec violence.

Le plus incroyable, c'est que tout est étonnamment facile et revient en ordre plutôt vite, comme si rien ne s'était jamais produit. Je ne me leurre pas, j'aurai des rechutes. Je surfe pour l'instant sur une euphorie post-traumatique qui a tardé à arriver. Je suis en vie, je suis entière, tout comme ceux auxquels je tiens. Les fillettes sont saines et sauves, et je dois le reconnaître, Rock m'a une fois de plus sauvé la vie. Il mérite au moins que je l'écoute, j'aviserai pour la suite.

Je suis en vie, bordel!

C'est sur ces pensées réconfortantes que je décide d'acheter sur Internet une autre chose dont l'idée m'est venue pour amuser les garçons, toujours aux dépens de Rock, bien évidemment. Je rencontre des difficultés pour trouver ce que je désire avec un embout adapté aux prises de courant américaines : tout ce que je trouve est aux normes électriques de l'Union européenne.

Puis enfin je mets la main sur l'objet de tous mes fantasmes. La machine est parfaite, avec une livraison sous quarante-huit heures par-dessus le marché.

Je sautille de joie dans ma chambre et rigole d'avance à la vision de leurs têtes lorsqu'ils découvriront ce que je leur réserve. Il ne me reste plus qu'à me procurer la matière première qui remplira mon engin de la mort. Je pense savoir où aller dans Newton City pour trouver ce que je cherche, même si cela me coûtera une blinde. J'envoie un texto à tous les garçons, sauf à Rock, ce qui lui fera les pieds. Sa Seigneurie accepte mal d'être mise à l'écart, tant pis pour lui :

[Hello les copines! Je vous invite
vendredi midi à un déjeuner surprise,
6 Madison Road. Je compte sur vous,
et n'oubliez pas d'inviter de ma part
votre Queen Bee[17]...
xoxo. Liv]

Je ris déjà toute seule en les imaginant lire mon message.

Le soir, alors que j'ai repris ma lecture, quelqu'un sonne à l'entrée de notre maison bleue. Lorsque je descends pour voir de qui il s'agit, je ne trouve qu'Ellie, se tenant seule sous le porche avec un sourire jusqu'aux oreilles, et un immense bouquet de fleurs sauvages dans les mains. La vieille dame disparaît presque derrière et doit pencher la tête sur le côté pour me voir.

– C'est pour vous, chaton.

– Qui l'a livré, Ellie?

– Je ne sais pas, quand j'ai ouvert, il n'y avait plus personne et le bouquet était posé par terre.

Bien sûr, je sais qui c'est et elle s'en doute également.

Je dévale rapidement l'escalier et attrape la petite carte accrochée au bouquet, pendant qu'Ellie le met dans un vase rempli d'eau sur la petite table de formica. Il est écrit dessus :

Bon retour parmi nous, Poucelina.
Signé : Queen Bee

J'explose de rire. Il est donc au courant.

Parfait...

18. Expression anglaise qui signifie « reine des abeilles ». Elle fait référence à la femme qui domine et mène un groupe. Elle est particulièrement utilisée au lycée outre-Atlantique.

***

Susie a la même réaction qu'Ellie lorsqu'elle m'aperçoit lundi devant l'école. C'est agréable et tendre de renouer avec elle, et nous décidons d'aller boire un verre le soir même à Newton après le travail pour fêter cela. J'y invite également Soraya qui accepte avec enthousiasme, trop heureuse d'échapper à sa prison. Reprendre un semblant de normalité est encourageant pour la suite, et pour une fois depuis longtemps, il me tarde de savoir ce que me réserve le lendemain.

En rentrant de cette sortie entre filles, j'ai le plaisir de découvrir une nouvelle surprise déposée sous le porche, « anonymement », comme dimanche. Cela se reproduit chaque soir par la suite et je dois admettre que je finis par devenir impatiente, à attendre avec une excitation non dissimulée que la sonnette retentisse et égaye ma soirée.

Lundi, Rock m'offre le coffret collector en édition limitée de la saga illustrée de *Harry Potter*. Il prouve qu'il me connaît, qu'il a retenu chaque détail de nos conversations, même les plus anodines.

Mardi, c'est une boîte de produits de beauté biologiques fabriqués dans la région. L'odeur est exquise, il a vraiment du goût ou a été bien conseillé. Peu importe, c'est le geste qui compte. Je m'empresse de tout tester le soir même.

Mercredi, je suis gâtée par de la nourriture joliment disposée dans un panier en osier. Ce sont des produits régionaux français et il a rajouté une dizaine de paquets de bonbons, ceux avec les petites bouteilles de Coca pétillantes. Mon armure est en train de fondre comme neige au soleil face à toutes ses attentions. Je suis faible ; faible et gourmande.

Lorsque je découvre celui de jeudi, je reste sans voix sur le palier car je ne m'y attendais absolument pas : Rock est là, toujours aussi beau et magnétique, immobile mais majestueux sur mon paillasson. Prise par surprise, mon cœur s'emballe tel le vol d'un colibri, et je n'arrive plus à bouger, captivée par ses yeux sombres et son sourire en coin. Si je n'étais pas si fière, je lui sauterais au cou sans réfléchir.

Il porte son jean noir fétiche, ses boots et un tee-shirt blanc saillant sous un perfecto de cuir griffé du logo des Evil's Heat. Il pleuviote dehors et ses cheveux humides lui tombent sur le front en bouclant légèrement. Nos regards s'accrochent et ne se lâchent plus, mais aucun mot ne me vient car je sais parfaitement ce que signifie ce regard affamé. Je le vois détailler mon visage puis descendre le long de la ligne de mon cou dégagé, pour continuer tranquillement sa route vers le sud, sans gêne.

– Tu es radieuse, Princesse. Cela fait plaisir de te voir à nouveau en forme…

Pas de réponse.

Il a volontairement appuyé sur le mot *forme*, l'enveloppant de sous-entendus coquins qui ravivent en moi des souvenirs sensuels. Histoire d'augmenter mon trouble, il me gratifie d'un doux sourire avant de poursuivre :

– On ne trouve rien à dire pour une fois ?

Toujours pas de réponse… Fichues hormones !

– Tu sais quoi, ne me réponds pas, cela va me faciliter les choses pour la suite…

De quoi parle-t-il ?

Il sort alors de sa poche une petite boîte cubique qui allume des sirènes de détresse dans ma tête. J'ai un mouvement de recul, paniquée. Il doit percevoir ma terreur grandissante car il se met à rire et me dit :

– Ne t'inquiète pas, ce n'est pas une demande en mariage. Juste un petit quelque chose pour que tu te souviennes que quand je merde, je sais m'excuser et que je tenterai toujours de faire mieux la fois suivante. Un cadeau pour te remercier de ta patience. Tu m'as dit au resto ce fameux soir que les bijoux pouvaient signifier énormément de choses. Qu'ils pouvaient être un fragment de notre âme exposé aux yeux de tous, alors accepte celui-ci comme un morceau de la mienne.

Je ne bouge pas, j'assimile encore ses paroles et leur sens. Heureusement qu'il m'a précisé que ce n'était pas une demande en mariage, car c'est quand même sacrément beau tout ce bla-bla. Ses mots se frayent un chemin jusqu'à mon cœur.

Il s'approche alors doucement de moi, me surplombant de toute sa hauteur. Je sens son souffle sur mon visage quand il baisse la tête pour ne pas lâcher mon regard enfiévré. Je perçois la chaleur qu'il dégage dans la nuit fraîche et son odeur que j'aime tant.

Cela me réchauffe car je ne porte qu'une légère chemise de nuit en soie pourpre. Je suis envoûtée et je le regarde sortir le bijou de son écrin. Il déroule un collier en or délicat qui tranche dans la paume immense de sa main, et après avoir remis la boîte dans sa poche, il vient délicatement repousser mes cheveux sur le côté et l'attache autour de mon cou.

Je frissonne malgré moi de plaisir au contact de sa peau sur la mienne, d'autant plus qu'il prend tout son temps, volontairement. Lorsqu'il termine, il vient en embrasser le creux, là où il sait que je suis si sensible, puis recule et finalement se détache. Le charme est rompu et je penche la tête pour observer de près ce qui orne désormais le haut de ma poitrine. C'est très joli, délicat et moderne, tout ce que j'aime, puis je reconnais la rune indienne centrale qui compose le tatouage de son pectoral. Deux petites pierres rouges de part et d'autre du symbole le décorent. Il interrompt mon inspection de sa voix grave teintée de désir :

– Cette rune représente la fidélité que j'ai jurée au Clan. Je veux que tu saches qu'elle t'est acquise désormais. N'en doute jamais, même si parfois je te donne l'impression du contraire. Et ça, ce sont deux rubis, c'est ta pierre, Princesse. Rouge et intense, à l'image de ton caractère flamboyant.

C'est bon, je fonds. Mode sublimation[18] *activé.*

Encore quelques minutes comme cela et je n'existerai plus, transformée en écume.

– Je ne sais pas quoi dire, Rock. Merci. Beaucoup.

– Tu n'as rien à dire. Juste porte-le, cela me suffira.

– C'est mon premier vrai bijou.

– Je sais, tu me l'as dit, tu ne portes jamais rien. Personne ne t'en a jamais offert, hormis tes parents. J'espère que je serai ton exception, comme tu es la mienne.

POUF! Olivia Kincaid n'est plus. Heure de la transformation : vingt et une heures dix-sept.

Mais comment refuser?

– Et je suis ton exception en quoi?

– En plein de choses, Liv.

– Lesquelles, Rock? Je te l'ai dit, je ne te faciliterai pas la tâche. Les mots ont de l'importance.

– Je pense m'être pas mal exprimé ce soir, contrairement à toi.

– Rock…

– OK, OK… Déjà, tu as été la première que j'ai amenée chez le Doc et ça, c'est pas rien. La première qui m'a foutu un coup de poing dans la tronche, la première qui s'est introduite dans le Q.G. et qui en est ressortie vivante, la première à qui je parle de Sunny, la première à qui je fais un cadeau…

19. En physique, la sublimation est le passage d'un corps de l'état solide à l'état gazeux, sans passer par l'état liquide.

– Et peut-être la première à ne pas l'accepter… je lui réponds le plus sérieusement possible.

Il se redresse vivement et tente de savoir si je plaisante, mais je ne laisse rien paraître. Au bout de quelques longues secondes, je décide d'arrêter d'être cruelle. Je ne sais pas être sadique, enfin pas longtemps.

– Je suis trop flattée d'avoir été choisie par Sa Seigneurie et le bijou est trop beau pour que je ne le porte pas, alors encore merci, King Kong.

Il se détend et se radoucit.

Que dire de plus?

Un léger malaise s'installe entre nous et il fourre ses mains dans les poches de son jean.

– Bon, je vais y aller alors.

Et même si j'aimerais le faire rentrer, je m'y refuse, bien que toutes ses attentions me touchent énormément. Je dois être solide quand je choisirai de céder. Quelque chose me dit que ce sera intense et brûlant le moment venu. Il ne m'épargnera pas.

– Oui. Bonne soirée, Rocky. C'est un magnifique cadeau, j'en prendrai soin. Promis.

Je viens lui embrasser la joue à la commissure des lèvres. Il tressaille mais ne tente rien et je rentre me coucher, bien que trouver le sommeil s'annonce ardu. Je le vois remonter sur son énorme moto et disparaître dans la nuit noire, après m'avoir jeté un dernier regard plein de promesses. Je sens que les choses vont s'améliorer, j'en suis convaincue.

***

Le lendemain, la matinée passe rapidement mais j'ai pu tout préparer à temps pour mes invités. Ellie participera au repas, je pense que cela va être drôle d'observer la vieille dame entourée de toutes ces armoires à glace. Elle m'a aidée dans mes préparatifs et a suivi à la lettre mes consignes, ravie d'apprendre de nouvelles recettes et de recevoir du monde chez elle. J'ai remarqué que sa famille ne lui rendait jamais visite, et la solitude qui perce dans sa voix lorsqu'elle me parle de sa vie à Colorado Source depuis la mort de Roger et avant mon arrivée m'attriste. J'ai connu l'isolement à Paris mais je l'avais choisi, jusqu'à Moïra…

Je n'ai jamais demandé à Ellie comment elle avait atterri ici avec son mari. Il faudra que je corrige cette lacune et que j'investigue.

Les garçons arrivent en premier à midi et demi tapant et m'annoncent que Rock ne devrait pas tarder non plus. La table est dressée et ils la détaillent curieusement. Je stresse un peu, j'espère que tout va bien se dérouler, notamment ce soir, pour la fête d'anniversaire surprise de Rock.

– Bordel, c'est quoi ça, Liv? Mais qu'est-ce que tu comptes nous faire manger? s'écrie Vince, ahuri, en fixant le centre de la table.

– Fais-moi confiance, Vince, tu vas adorer.

– Liv, cette odeur est infecte, comment cela pourrait être bon? On dirait que tu as mélangé une couleur pour cheveux à des œufs pourris! Ça attaque mon nez, je vais chialer.

– Tu exagères, c'est juste différents types de fromages français. Les plus forts sont souvent les meilleurs.

Je lui lance un clin d'œil.

– Mais Liv, Rock déteste le fromage, surtout si ça chlingue le mort comme ça!

– Je sais…

Et je lui lance un regard de conspiratrice machiavélique. Eddy et Max explosent de rire quand ils comprennent ce que j'ai en tête. Max me répond :

– Merde, ça, c'est cruel. En plus, je suis sûr qu'il n'osera rien dire. Il veut tellement te faire plaisir. Rock est persuadé que tu organises un repas de réconciliation en toute gentillesse. Et c'est quoi cet engin au centre?

En parlant du loup, ce dernier entre sans même frapper et nous surprend tous dans la cuisine. J'ai toujours ce coup au cœur quand il apparaît. Je lui souris de toutes mes dents, réellement heureuse. Je suis d'humeur facétieuse et tout se déroule comme prévu. Rock est étonné, son regard passe des uns aux autres et à la table dressée au centre de la pièce. Je vois à son visage qu'il lutte contre le dégoût que lui inspirent les odeurs de fromage qui emplissent la cuisine.

– On mange une raclette! Vous allez voir, c'est génial! Le but est de faire fondre son fromage dans ces petits poêlons et ensuite de le verser sur l'accompagnement de votre choix. On a des tomates, des pommes de terre ou encore de la charcuterie.

Rock me regarde fixement. Il n'a toujours pas parlé et je sens qu'il respire difficilement, mais je lui renvoie un grand sourire innocent, comme si de rien n'était.

– On passe à table? demande alors Ellie. Cela me fait envie, il me tarde de tester.

Nous nous installons en discutant et en riant, sauf Rock, qui se traîne jusqu'à la table comme s'il se rendait à la potence. Je montre donc à tout le monde comment procéder avec l'appareil à raclette, et les garçons se prennent au jeu rapidement. J'ai envie d'exploser de rire face à cette scène invraisemblable : de gros bikers durs à cuire, tatoués, en train de faire fondre du fromage dans des petites poêles qui paraissent ridicules dans leurs immenses mains. Et surtout mon Rambo, qui me fait face et semble souffrir le martyre, mais ne dit rien. Il se met lui aussi quelques tranches de fromage à chauffer à contrecœur. Les relents de Morbier et de Mont d'Or fondus sont encore pires qu'il y a quelques minutes.

– Waouh, Liv, s'étonne Bounce après une première bouchée. C'est vraiment bon, si tu fais abstraction de l'odeur de vieux pieds sales. Je crois que je pourrais m'y habituer.

– Je suis contente, alors. Et toi Rock, le repas que je t'ai préparé te plaît?

– Euh, ouais, c'est... euh... original.

– Oh, j'espère vraiment que tu aimes. Je voulais partager avec vous un truc typique d'où je viens, lancé-je innocemment.

Eddy, Max et Vince ricanent mais continuent de se goinfrer de bon cœur en balançant des vannes sur l'odeur du plat et sur les coutumes étranges des Français. Tout le monde se lance dans de joyeuses discussions. Même Ellie, qui est en grande conversation avec Bounce. Ce dernier lui explique en détail la signification de ses tatouages, et ma vieille colocataire semble captivée, surtout quand il soulève son tee-shirt pour lui montrer ceux sur son torse...

Nous avons perdu Ellie!

Tout le monde, sauf mon Brutus, qui reste droit comme un I en faisant semblant de manger, mais je ne suis pas dupe. Je le vois refiler son fromage fondu à Vince discrètement, ce qui m'amuse. Je me lève pour aller au fond de la cuisine. Alors que je sens son regard se poser sur moi et me déshabiller, je sors du frigo une grande salade composée à base de riz que j'ai également préparée. Au fond, je ne suis pas si cruelle, et si cela m'amuse de voir Rock faire comme si de rien n'était alors qu'il a clairement envie de vomir, je ne veux pas non plus qu'il reparte le ventre vide.

Je sais qu'il adore cette recette et notamment mon assaisonnement à l'aïoli. Il s'était découvert une véritable passion pour cette sauce à l'ail, et j'avais eu plusieurs fois l'occasion cet été de lui en cuisiner dans des petits pots, qu'il dévorait à la cuillère comme de vulgaires yaourts aux fruits. Je passe derrière lui et je viens la déposer innocemment à côté de son assiette, tout en me penchant pour l'effleurer au passage, l'air de rien, avec ma poitrine. Je lui murmure à l'oreille, alors qu'il tressaille à mon contact :

– Oh et j'ai concocté un de tes plats préférés pour ce jour si spécial, Tarzan. Au cas où tu voudrais changer un peu du fromage, tu vois. Mais ne te goinfre pas trop, ce serait dommage que tu n'aies plus de place pour déguster le dessert d'anniversaire que j'ai préparé…

Je me presse encore un peu plus contre lui, beaucoup moins subtilement cette fois-ci. Il m'attrape par le col de mon chemisier blanc et m'oblige à l'écouter, ses lèvres brûlantes contre ma joue :

– Attention à toi, Poucelina, si tu veux jouer à ces petits jeux, sache que tu vas perdre. Je ne la joue pas fair-play, je suis très mauvais perdant…

Et sur ce, il me mord le lobe de l'oreille fermement et me relâche doucement en me donnant une tape sur les fesses. Je vais me rasseoir l'air de rien, mais en mon for intérieur, je suis en ébullition, c'est une tempête cosmique de douces sensations.

Je ne me souviens plus de ce que je lui reprochais ni pourquoi nous étions fâchés. Le fait est que Rock me manque et m'obsède, alors nous passons le reste du repas à nous jeter des regards enflammés peu discrets. Le voir manger devient hautement érotique, je rêve d'être cette fourchette qui se glisse entre ses belles lèvres, tout simplement.

38

JOYEUX ANNIVERSAIRE, BRUTUS !

Olivia

À dix-sept heures exactement vendredi soir, je suis sur le parvis de l'école, prête à rentrer chez moi. Les petits monstres sont en rang d'oignons, emmitouflés dans leurs manteaux, et attendent leurs parents sagement derrière Susie, qui me regarde amusée partir à toute vitesse dans un nuage de poussière. Aujourd'hui, je conduis ma vieille Mustang, j'ai un planning ultra-serré et je suis pressée. Je n'ai pas le temps de lui dire au revoir mais nous nous revoyons ce soir, elle et moi, pour l'anniversaire surprise de Rock au CSB, ainsi que la cinquantaine de personnes que les garçons se sont occupés d'inviter. De mon côté, j'ai en charge la décoration de la salle et la mise en place de l'animation phare de la soirée.

Et quelle animation ! Enfin, en ce qui me concerne, j'en rigole déjà…

Je dois donc faire un saut à la pension d'Ellie pour récupérer tous les accessoires de déco que j'ai cachés au grenier ainsi que ma tenue de fête, soigneusement choisie pour l'occasion. J'ai pensé me changer et me maquiller dans la loge des danseuses puisqu'elles seront absentes, et après avoir tout préparé. En effet, Max a fait en sorte de « privatiser » le CSB pour l'événement. Il n'y aura pas de clients, en dehors des membres du Clan, d'amis et de quelques habitants de Colorado Source ou de la réserve triés sur le volet.

Je rigole toute seule quand je repense au repas de ce midi avec les garçons. C'était vraiment sympa, j'ai passé un excellent moment qui m'a fait un bien fou, même plus que cela. Je revis. Ellie a eu la gentillesse de tout nettoyer derrière nous et a même déjà trouvé un surnom pour cette nouvelle machine qui trône fièrement dans sa cuisine : après Ginette la bicyclette, dites bonjour à Odette la machine à raclette pour repas qui fouette. C'est donc d'excellente humeur que j'arrive chez moi, prête à mettre à exécution la seconde partie de mon plan un tant soit peu machiavélique.

J'emballe toutes mes affaires soigneusement préparées ce matin mais manque d'oublier mon précieux téléphone, alors je fais demi-tour en glissant dans l'entrée pour remonter quatre à quatre les marches. Je le récupère sur ma coiffeuse au miroir toujours brisé, et je redescends en me notant de la faire réparer rapidement. Ellie ne sera pas là du week-end, elle est partie dans l'après-midi chez une amie qui vit à quelques heures seulement, mais ma gentille colocataire m'a laissé sur la table de la cuisine de quoi tenir un siège pour au moins un mois. J'attrape une part de tarte salée au passage que j'avale goulûment en trois grosses bouchées. Cela devrait m'aider à tenir jusqu'à ce soir.

Hmm, délicieuse ! Cette femme est un vrai cordon-bleu !

Concernant notre surprise party, tout est bien organisé. Les quatre serveuses, Jenna, Louisa, Barbitch et Daisy tiendront le bar pour libérer Max, quant à Loris, il était chargé de trouver de quoi alimenter le buffet et a priori, c'est une affaire qui roule. Loris ne déçoit jamais, Loris répond toujours présent, fiable et efficace. Tout ce qu'il entreprend fonctionne du premier coup et il a cette sorte d'aura de confiance qui l'enveloppe. D'ailleurs, depuis je le surnomme Chuck Loris, ce qui lui arrache un sourire à chaque fois. Vince, lui, avait pour mission de trouver un gâteau, un très gros et beau gâteau à étages.

J'attends de voir le résultat avant de me prononcer. Ma seule condition : pas de nana en lapine ou à poil qui en sort pour faire une petite danse à Rock, ou ma vengeance sera terrible.

Enfin prête, je m'installe essoufflée derrière mon volant. J'ai si hâte. Suite au déjeuner, la glace a vraiment fondu entre Rock et moi, et nous avons échangé par SMS pendant toute l'après-midi. Nous n'avons pas franchi la limite du *sexto*, nous n'en étions pas loin, mais ni l'un ni l'autre n'avons osé envoyer le texto qui fait tout basculer. Celui qui, le plus souvent en deux secondes, transforme ta gentille conversation pleine de poésie et de retenue en mauvais script de film porno avec photos à l'appui.

Non, mon Rambo et moi sommes restés pudiques et coquins, comme un échange de SMS entre deux ados découvrant les émois de l'amour, et j'adore. J'aime éprouver à nouveau ce sentiment d'excitation diffuse et d'anticipation qui m'électrise. Tout n'est pas encore réglé entre nous, mais nous avons convenu d'en parler tranquillement demain soir autour d'une pizza. Ce soir, c'est son anniversaire et je trouve que le moment est l'occasion parfaite pour mettre un point final aux événements passés et tourner la page une bonne fois pour toutes.

Je suis certaine qu'il ne s'attend pas à la surprise que nous lui réservons. Selon les garçons, il se débrouille toujours pour échapper à son anniversaire. D'ailleurs, il leur a dit qu'il comptait faire un tour de moto seul cette nuit, mais Max a réussi tout de même à le convaincre de passer vers vingt et une heures boire un verre, histoire de marquer le coup. Sauf que nous serons tous en train de l'attendre, cachés, pour crier en chœur « Joyeux anniversaire, Brutus ». Enfin, ça, c'est l'idée romancée que je me fais du moment, la réalité sera sûrement différente.

Pour y arriver, Max a dû sortir les rames, arguant de l'épisode avec les Black Edge et du fait que c'était l'occasion pour tous de se poser et de se changer les idées. Mais selon mon ami, c'est lorsqu'il lui a précisé que je serai là que Rock a finalement accepté, ce dont je suis secrètement heureuse.

Je me gare derrière le CSB et je rentre par l'issue de service pour être discrète au maximum. Max et les garçons m'y attendent déjà et m'aident à décharger les premiers cartons. Je ne veux pas qu'ils voient ce qu'il y a sur ma banquette arrière. Pas encore… Ils ont tendu de gros rideaux devant l'immense vitre du bar pour qu'on ne puisse pas voir à l'intérieur, ce qui interpellera sûrement Rock, malheureusement, mais nous ne pouvons guère faire mieux.

– Bon, tu nous as pris quoi comme déco ? me demande Vince alors qu'Eddy, sceptique, commence à dérouler une guirlande multicolore et des boas à plumes rose fluo.

– J'ai tellement hésité, plein de choses me faisaient envie. Mais j'ai fini par craquer pour ces petites merveilles…

Alors je leur montre tout ce que j'ai acheté : des ballons, des pompons, des guirlandes, des confettis et une multitude d'autres choses plus ou moins utiles mais toutes avec des paillettes. Eddy part dans un fou rire lorsqu'il réalise le thème que j'ai choisi… Car évidemment, il était impossible que je sois sérieuse et que j'opte pour une décoration tristounette et classique. Je ne pouvais pas manquer cette occasion d'embêter Rock une fois de plus.

– Liv, bordel, t'es pas sérieuse ? J'ai trop hâte de voir sa tête quand il entrera !

Oh oui !

Moi aussi, je trépigne d'impatience.

– C'est thème *licornes*, les filles ! Sa Majesté va adorer !

Tous explosent de rire et se foutent joyeusement de la gueule de Rock quand ils découvrent l'ampleur de ma folie. Ils m'avaient donné carte blanche et budget illimité, alors j'en ai profité. Je suis allée un matin à Newton City pour trouver tout ce dont j'avais besoin. Nous déposons mes emplettes sur les tables, qui croulent à présent sous une montagne de piñatas licornes, de ballons licornes qu'il nous faut encore gonfler, de la vaisselle en plastique licorne, et mes deux objets fétiches : une immense peluche licorne que je comptais mettre au centre de la pièce, et un poster de licornes tout aussi gigantesque, de deux mètres par deux mètres, avec écrit dessus : « Je suis la reine des licornes! » Je les ai sortis en dernier de ma voiture pour garder l'effet de surprise. Max me dit :

– Rock va halluciner. Une partie des frères aussi, ils ne connaissent pas encore cette facette de ta personnalité, Liv. Ça peut être drôle à voir.

– Je me découvre moi aussi de jour en jour ici, je lui réponds, amusée.

– Je pense pas que ce soit Rock, le pire, Max, je dirais plutôt son père... Il me tarde de voir la tête de ce bon vieux Joe, nous balance Vince, l'air de rien.

Une lame de froid m'envahit.

Le père de Rock. Je vais rencontrer le père de Rock, entourée de licornes sous toutes leurs formes. Oh bordel...

– Le père de Rock sera là? demandé-je aux garçons en essayant de paraître détachée, mais je ne les dupe pas.

– Ouais, Joe sera là, me répond Vince. Tu flippes, Liv? Tu as raison, il n'est vraiment pas drôle. À côté, Rock c'est Sœur Sourire.

– Pourquoi vous m'avez rien dit? Je n'aurais pas organisé tout ça, j'aurais fait un truc un peu plus normal!

Je me cache le visage dans les mains, honteuse. C'est tout moi, lorsque j'ai une idée qui m'emballe je ne m'arrête plus, j'y vais à fond et je franchis gaiement cette ligne d'arrivée nommée « excès », quand la plupart des gens bien dans leur tête s'arrêtent avant. Je suis comme une bonne vieille cigarette Gitane : sans filtre...

– T'inquiète, miss, ça va bien se passer. Et franchement, Olivia, si tu n'existais pas, je ne sais pas ce qu'il serait devenu, me dit doucement Max.

Il vient me prendre gentiment dans ses bras par-derrière et dépose un baiser sur le haut de ma tête.

– Merci, Max. Je crois qu'il ne nous reste plus qu'à assumer nos choix.

Et sur ce, nous nous mettons en action, nous gonflons les ballons, accrochons les guirlandes, je jette des paillettes en forme d'étoiles un peu partout... Bref, petit à petit, les choses se mettent en place. Loris arrive avec une camionnette remplie de nourriture que nous disposons sur les tables. Chacun pourra ainsi picorer à droite et à gauche. Enfin… une horde de bikers ne picore pas, elle dévore, avale, déchiquette, ingurgite, donc c'est très bien que Loris ait pris de quoi nourrir l'équivalent d'un stade de base-ball.

Max a astiqué son bar, qui est comme un sou neuf. Tout est prêt et le rendu final déclenche entre nous un fou rire que nous n'arrivons plus à stopper. Je suis certaine que Blue Ivy, la fille de Beyoncé, n'a pas eu un dixième de ça pour son cinquième anniversaire. Le résultat est excessivement grotesque, je ne reconnais plus le CSB et je suis à deux doigts de faire une overdose d'arcs-en-ciel et de paillettes.

Un « Joyeux anniversaire » géant a été accroché au-dessus de l'estrade de danse, qui servira à tout autre chose ce soir. Sans que nous nous en soyons rendu compte, le temps a filé. Vince arrive vers vingt heures avec le gâteau, et lorsque je le découvre, mon rire repart de plus belle ainsi que celui des garçons.

– Vince, c'est quoi ce gâteau? je lui demande entre deux hoquets.

– Ce n'est pas drôle, Liv, il n'y avait rien d'autre, OK? On ne commande pas un gâteau à étages comme tu le souhaitais une semaine avant à peine. Du coup, ils m'ont refilé un invendu, j'ai pas eu le choix du thème…

Effectivement, c'est un immense gâteau rose clair à trois niveaux qui trône désormais au centre de la pièce, à côté de ma peluche géante. Il est décoré avec plein de biberons, de hochets et de petites poussettes en pâte à sucre blanche un peu partout. Tout en haut, il y a écrit : *« It's a girl! »*

– Vince, c'est un putain de gâteau pour *baby shower*! lui dit Eddy.

– Je sais bien, mais c'était ça ou rien! Je me suis dit qu'on pourrait peut-être enlever le truc qui dit que c'est une fille et la déco. On rajoute deux ou trois bougies et hop, le tour est joué.

– Oh non, hors de question! Il est parfait ainsi, réponds-je à Vince, amusée.

Rock ne croira jamais que ce gâteau est un accident, pas avec la décoration de la salle qui va avec, mais tant mieux.

J'abandonne les garçons pour aller me préparer, tandis qu'ils mettent la touche finale aux préparatifs en installant la sono et l'écran plat sur l'estrade de danse. Je me dépêche de me faire jolie et de passer cette robe rouge sexy que Rock semble tellement apprécier. J'entends enfin les filles arriver pour le service, puis rapidement les premiers invités. Lorsque je sors, le club est bondé, une musique de fond a été mise ainsi que des éclairages tamisés. Les gens discutent entre eux, boivent, mangent déjà, et certains rigolent ou sont ahuris par la décoration de la pièce.

Je me pince une dernière fois le bras pour être sûre que je ne suis pas dans un rêve psychédélique ou un mauvais trip sous acide, car la majorité de la foule est vêtue de cuir noir aux couleurs du Clan, la peau disparaissant sous des kilomètres de tatouages et de piercings, le tout saupoudré de licornes fluorescentes et d'arcs-en-ciel. Je cherche des yeux un visage familier et amical parmi les gens. Je croise d'abord celui de Pam, qui soutient mon regard effrontément, mais je ne lâche pas et c'est elle qui finit par céder la première.

C'est bien, tu as reconnu qui était ton maître, Barbitch…

Finalement, j'aperçois Susie et Soraya au bar en train de commander à boire. Je décide de les rejoindre et nous commençons à papoter gentiment, en attendant que le roi de la fête arrive d'ici quinze minutes.

Enfin, Loris, qui surveille l'entrée, nous fait signe et crie à tout le monde de se taire. Je passe devant, je veux voir la tête que Rock fera lorsqu'il découvrira tout ça. Avec sa grande délicatesse légendaire, la porte s'ouvre brutalement et il en franchit le seuil d'un pas conquérant. Il ne va pas bien loin, se stoppe dans son élan alors que nous hurlons tous « Joyeux anniversaire ! ».

39

ATTRAPE-MOI SI TU PEUX

Olivia

Rock écarquille les yeux, surpris. Je le vois détailler l'ensemble des invités et la décoration loufoque, puis finalement nos regards s'accrochent. Je suis anxieuse. Tout le monde retient son souffle, et sa réaction qui tarde à venir suspend le temps dans la pièce.

Lorsque enfin je vois un sourire apparaître au coin de cette satanée bouche, bien trop sensuelle pour mon corps avide de caresses, mon cœur explose de joie. J'ai réussi ma mission : il est content, bien que visiblement exaspéré : il secoue la tête de gauche à droite.

Je sais que parmi les gens présents ce soir, il n'en a pas vu certains depuis belle lurette par manque de temps. Si les frères en volante sont rentrés pour l'hiver, d'autres, sédentaires, ont saisi l'occasion pour venir exceptionnellement.

Ils avaient besoin de se retrouver après l'épreuve qu'ils ont traversée et que Rock a gérée au mieux, avec les informations dont il disposait. Ce soir, je ne croise que des regards emplis de fierté et de respect à son attention. Je sens ce lien si particulier, presque animal, comme celui d'une meute, vibrer entre eux.

Quant à moi, petit à petit, je commence à faire partie de cette grande famille également. J'y fais ma place avec mes coups de poing, mes crises et mes caprices, mais aussi avec mes licornes et mon fromage qui pue… Ce vide dans lequel mes idées sombres prennent source, que j'ai toujours ressenti depuis la mort de mes parents et qui s'était accru suite à mon enlèvement par les Black Edge, se remplit enfin d'une douce chaleur. Le feu des Evil's Heat, qui brûle dans leurs cœurs, embrase le mien et chasse mes peurs.

Je viens caresser le collier qu'il m'a offert et qui me rappelle que j'ai moi aussi gagné leur fidélité et leur protection. Désormais, lorsque je douterai, que le chemin sera trop escarpé et l'aventure trop mouvementée, je n'aurai qu'à porter la main à mon cou, et alors je me souviendrai.

Rock rompt notre connexion silencieuse et lance à tout le monde, en riant :

– Mais c'est quoi ce putain de bordel?

Il s'élance vers les gens qui viennent l'accaparer tour à tour pour lui parler, le féliciter, le chambrer. Je dois être patiente, mon Tarzan leur appartient en premier avant d'être à moi. C'est ça d'être la compagne d'un homme du Clan, il faut accepter de le partager. Je le sais à présent, j'en ai pris conscience cette semaine. J'ai eu le temps de réfléchir à ce qui s'est passé avant mon enlèvement.

Je ne suis pas toute blanche dans l'histoire non plus, concernant Rock, la patience n'est pas mon mot préféré. Mais je ne veux pas finir comme Crazy Rhonda, à jalouser Max, Bounce, Vince ou encore Loris pour le temps qu'il leur accorde, ou à n'importe qui d'autre d'ailleurs.

Ouais, même Soraya, que je commence à un peu trop apprécier…

Je sirote tranquillement un mojito et observe ce qui se passe autour de moi. J'irai rejoindre les filles plus tard pour mettre à exécution la seconde partie de mon plan. Le bar continue de se remplir avec l'arrivée de nouveaux invités. Je souris niaisement quand une voix grave, inconnue, mais aux inflexions pourtant familières, me sort de mes rêveries :

– Vous devez être la fameuse Olivia Kincaid dont mon fils ne cesse de parler…

Je sursaute et me tourne pour faire face à un homme aussi grand et impressionnant que Rock. La ressemblance est saisissante, troublante, j'en reste sans voix. Il a les cheveux poivre et sel, des rides d'expression bien marquées aux coins des yeux et une barbe fournie. Ses yeux sont aussi noirs et captivants que ceux de son fils, mais sans cet éclat de bonté qui brille chez Rock. Point de cuir pour lui, il porte une chemise à carreaux rouge et noir, et un jean clair. J'essaye de faire bonne impression et lui réponds avec entrain :

– Oui, je suis Liv, enchantée!

Je lui tends ma main droite qu'il ne saisit pas, alors, après quelques secondes, je laisse retomber mollement mon bras, déstabilisée. Cet homme me bombarde d'ondes hostiles dont j'ignore la raison. OK…

Prenons une petite gorgée de mojito pour se donner contenance, ça va aller.

– C'est vous qui avez organisé cette Gay Pride pour l'anniversaire de Rock?

Je manque d'avaler ma gorgée de travers et en recrache inélégamment une partie. Je ne suis pas sûre de bien saisir.

Est-il sérieux?

– Pardon ? Je ne suis pas sûre…

Mais il me coupe la parole :

– En tout cas, vous n'êtes pas la bienvenue ici, même si mon fils vous a mise dans son lit.

Et avant que je puisse répondre quoi que ce soit, il me plante là, complètement ahurie.

Que vient-il de se passer ?

Je suis encore sous le choc, hébétée, quand Max vient me dire :

– Ne fais pas attention à lui. Il vit un peu mal sa retraite anticipée…

– Là, Max, je pense qu'on est un chouia au-dessus du « un peu ».

– Ouais, je l'admets. Mais ne le prends pas personnellement. Rock est le dernier enfant qui lui reste suite à la disparition de Sunny. Sa femme est folle et il passe le plus clair de son temps à s'en occuper. Ils vivent en ermites.

– Il serait jaloux de peur que je lui prenne son fils ?

– D'une certaine manière, oui. Même si Rock et son père ont une relation compliquée. Ils sont proches mais ont aussi une vision différente de l'avenir du Clan. Ils peuvent s'affronter violemment sur certains sujets. Tu auras remarqué que Joe n'est pas aussi tolérant que son fils. Ça, Rock le doit à Annie, sa mère, qui est la bonté incarnée. Pour Joe, par exemple, Bounce n'a pas sa place au sein des Evil's Heat. Je pense que c'est pour ça que Bill n'assumait pas ses préférences sexuelles, il avait trop peur que Joe en ait vent…

– Punaise, je n'imaginais pas son père ainsi. De la façon dont Rock en parlait, je voyais plus un motard croisé avec un hippie, mais pas… ça… C'est plutôt l'abominable homme des neiges…

– Ouais, non… ça fait longtemps que Joe ne partage plus l'esprit soixante-huitard que son père et mon grand-père lui avaient insufflé. Il a changé avec le temps. Mais il a tout de même offert une nouvelle vie à pas mal d'âmes abîmées. En plus, avant que Rock ne prenne la relève, le Clan a connu des difficultés financières sérieuses, ce qui a entamé son aura de meneur, et il a encore eu plus les boules quand son fils et Shawn ont réussi à inverser la tendance en à peine deux ans.

– Oh, mince. Je n'aurais jamais pensé que vous aviez connu ce genre de problèmes.

– Si. Rien n'est jamais acquis, Liv, un mauvais choix et tout bascule. C'est pour ça qu'on doit être intransigeant. Enfin bref, passe à autre chose, vraiment. Ce n'est pas ce que pense Joe à ton sujet qui influencera Rock, au contraire.

– J'espère…

– J'en suis sûr.

Il me prend sous son bras, sous son aile d'ange gardien et d'ami protecteur, et m'entraîne vers les filles, avec qui je passe le reste de la soirée à discuter, enchaînant les cocktails pour me donner du courage pour la suite. De nombreuses fois, je croise Rock qui tente de venir me voir mais il est intercepté à chaque tentative par quelqu'un, et cela me fait rire, lui beaucoup moins par contre.

Je commence à bien le connaître à présent, je sais qu'il fait bonne figure mais je sens surtout qu'il perd patience. Sa gestuelle ne trompe pas, je ne l'ai jamais vu autant de fois se passer la main dans les cheveux, se gratter nerveusement la joue ou encore taper du pied. Il trépigne comme un petit garçon.

Alors, je m'amuse à le frôler sciemment, à lui sourire et lui jeter de longs regards explicites. Au bout de deux heures, il ne fait même plus l'effort de paraître intéressé par ce que lui raconte son interlocuteur.

Les bras croisés sur son torse, il ne me lâche plus des yeux tandis que je sirote une piña colada en jouant avec la paille et ma bouche. Lorsqu'une goutte s'échappe et que je la rattrape sur ma lèvre d'un petit coup de langue l'air de rien, Rock se retourne vers l'homme qui lui tient la grappe depuis vingt minutes, lui glisse un mot à l'oreille et s'élance vers moi, déterminé.

Impact dans : trois… deux… un…

Je frissonne d'appréhension impatiente mais, évidemment, c'est ce moment que choisit Max pour venir me chercher, et il s'interpose devant Rock pour me chuchoter :

– Allez, on y va, il est l'heure de passer à la seconde partie de ton plan, Machiavel.

Je n'ai pas le temps de protester, il m'attrape par le bras et m'entraîne vers le fond du bar où l'estrade de danse a été aménagée en petite scène pour l'occasion.

J'entends Rock interpeller Max avec véhémence, en vain. Loris et Vince viennent à notre rescousse et partent occuper mon titan pour l'empêcher d'arriver jusqu'à nous. Tout à coup, le trac me submerge, je réalise que je vais devoir parler dans le micro et devant cette assemblée.

Devant Joe…

Parfois, je me demande vraiment pourquoi je ne réfléchis pas un peu plus avant de mettre à exécution mes idées les plus farfelues. Eddy, qui nous aperçoit, comprend que le coup d'envoi est donné et il nous rejoint en quelques grandes foulées de ses longues jambes élancées. Il met rapidement en place le matériel tandis que Max et moi patientons et que mon stress grimpe en flèche.

Je finis mon cocktail d'une traite, en espérant que l'alcool me désinhibe suffisamment pour faire ce que j'ai à faire. Ça y est, c'est le moment, tout est prêt. Eddy me hisse sur la scène en me tendant le micro. Certaines personnes, curieuses, comprennent que quelque chose se trame et s'approchent, mais la grande majorité des invités sont toujours bruyants et en pleine conversation, éparpillés un peu partout.

Oh malheur, mais pourquoi j'ai souhaité faire ça ?

Soraya et Susie me font des gestes et des sourires encourageants et je sens le regard brûlant de Rock, sur ma droite dans la foule, qui ne me lâche pas une seconde. Je me tortille, mal à l'aise dans ma robe rouge. Je me sens mise à nu, mais heureusement, j'ai eu la bonne idée de ne pas mettre de talons ce soir. Je suis donc bien ancrée dans le sol, stable, prête à affronter la suite :

– Salut tout le monde !

Ma voix résonne haut et fort dans tout le CSB, amplifiée par la sono, et le silence se fait instantanément. Eddy qui joue les DJ à ma gauche a baissé la musique, si bien que j'entends les chuchotements étonnés des invités qui se tournent dans ma direction. Je poursuis :

– Pour ceux qui ne me connaissent pas, je suis Olivia Kincaid et c'est moi qui ai organisé cette petite fête pour notre tant vénéré Rocky. Bon, j'avoue, avec l'aide de quelques personnes, mais elles préfèrent rester anonymes par crainte de représailles…

Je perçois quelques rires fuser autour de moi. Je jette un coup d'œil aux garçons qui sourient pour me donner du courage. Max, Vince, Bounce et Loris sont persuadés que je vais faire un beau discours larmoyant comme dans les films. Ils ne me connaissent pas encore assez bien. S'ils savaient ce que je compte faire, peut-être souriraient-ils un peu moins, car je ne sais pas encore comment Rock va réagir à ma petite animation. C'est aussi pour cela que j'ai exceptionnellement mis des chaussures plates qui permettent de courir vite. On n'est jamais trop prudente… Seul Eddy est dans la confidence et il ricane déjà tout seul. Je n'ose pas encore regarder Rock.

– D'ailleurs, Brutus, si tu veux bien t'asseoir à cette table, là, devant. Et j'invite tous ceux qui le veulent à s'asseoir aussi. Allez, ne faites pas vos timides, hop, hop, hop, on s'assied.

J'attends que tout le monde m'obéisse et je poursuis :

– On va jouer à un petit jeu pour exprimer à la reine de la soirée ici présente, notre chère *Queen Bee*, ce qu'elle représente pour nous… Elle a besoin d'encouragements, car c'est pas facile tous les jours, vous le savez mieux que moi. Faut rester fort, être au top, gérer plein de merdes, entretenir ses gros muscles et tout, et tout.

Cette fois, les rires sont beaucoup plus francs, mais je suis encore impressionnée par ces hommes et ces femmes au look effrayant. Ils font pour la plupart une fois et demie ma taille et ma largeur. Bon, j'exagère un peu, mais je me sens si petite comparée à eux, et ce bien que je sois en hauteur sur mon piédestal, à jouer le Monsieur Loyal de la soirée.

Puis, j'ose enfin regarder Rock.

Bordel…

Il me jette un regard noir et esquisse un sourire carnassier que je ne lui avais encore jamais vu. Ce n'est pas un gentil sourire, non, c'est le type de sourire qui dit que la personne en face de vous vous réserve un châtiment au-delà de tout ce que vous pouvez imaginer. J'en ai des frissons d'appréhension mais je ne me laisse pas intimider pour autant et lui demande, droit dans les yeux :

– Le thème de la soirée te plaît, Brutus ? J'y ai mis tout mon cœur. J'espère que les paillettes ne sont pas de trop, j'ai hésité, mais tu sais à quel point j'aime tout ce qui brille…

Nouveaux rires dans l'assistance et le sourire du Joker de Rock s'élargit encore un peu plus. Je le sens crispé, il ne bouge pas…

– Bon, bon, bon, trêve de bla-bla, entrons dans le vif du sujet. Ce soir, messieurs dames du Clan des Evil's Heat, c'est… KARAOKÉ !!! Mon fidèle assistant, Eddy ici présent, pourra passer la chanson que vous choisirez dans sa playlist et les paroles défileront derrière, sur cet écran. Alors lâchez-vous, et dites à Rock ce que vous pensez de lui en chanson. Et Christensen, n'essaie même pas de t'échapper, sinon je dirai à tout le monde comment ça s'est terminé entre toi et moi dans la chambre privée numéro trois la première fois…

Je sais que je viens de signer mon arrêt de mort avec cette menace, mais il est hors de question qu'il se défile. Jamais je ne la mettrai à exécution mais lui doit en douter. Tout le monde s'est tourné vers Rock en rigolant, certains lui demandent de quoi je parle mais il les ignore en ne me lâchant pas des yeux, toujours avec ce sourire effrayant de psychopathe fixé aux lèvres, les bras croisés sur son torse.

Je suis surprise quand plusieurs personnes se proposent sans se faire prier. J'aurais pensé que cela serait plus compliqué. Ce n'est pas vraiment le public que j'imaginais fan de karaoké, mais rapidement, des groupes se forment et défilent pour chanter avec humour un petit message à Rock. Un groupe de bikers vient lui chanter brièvement « *Happy birthday, Mister President* », et leurs mimes accompagnant la chanson me font beaucoup rire. Même Rock rigole de bon cœur.

Au bout d'une dizaine de passages, je sais qu'il est temps pour moi aussi de me jeter à l'eau et de lui chanter la chanson que j'ai soigneusement sélectionnée. Je récupère le micro et remercie tout le monde pour leur gentille participation. Je vois Max venir parler à l'oreille de Rock, comme prévu. J'ai demandé à mon ami de lui avouer à ce moment précis que j'avais toujours su qu'il n'aimait pas le fromage, pire qu'il détestait ça à en vomir. Rock l'écoute, a une moue de surprise, puis se retourne à nouveau vers moi.

Jésus, Marie, Joseph, Sainte Mère de Dieu, priez pour moi, pauvre pécheresse !

J'espère que je serai capable de gérer ce que je suis en train de déclencher.

– Bon, Rocky, à mon tour de te chanter ma petite chanson. Tu te reconnaîtras dans ces jolies paroles pleines d'esprit… ou peut-être pas. En tout cas, je te souhaite encore un joyeux anniversaire que, j'espère, tu n'oublieras pas de sitôt !

Les premières notes de musique commencent, l'introduction musicale de *Not Fair* de Lily Allen défile et je ris déjà intérieurement. J'aime tellement l'embêter et le chercher, car peu de gens osent le faire. J'adore le voir réagir à mes provocations et j'entonne avec assurance les paroles de la chanson :

« *Tu sais, je n'ai jamais rencontré un homme*
Qui m'a fait me sentir autant en sécurité
[…]
Il y a juste une chose
Qui se met en travers de tout ça :
Quand on est au lit
Tu n'es juste pas bon
C'est tellement dommage,
Je te regarde dans les yeux

Je veux apprendre à te connaître
Et puis tu fais ce bruit,
Et apparemment tout est fini…
Ce n'est pas juste
Et je pense que tu es vraiment mauvais
[…]
Oh, tu es censé faire attention
Mais tu ne me fais jamais crier
Tu ne me fais jamais crier. »

Bien sûr, les gens autour de lui rigolent, certains le charrient déjà. Je n'ai pas le temps de reprendre le couplet suivant qu'il se lève brusquement, manquant d'emporter la table avec lui. Son regard est encore plus noir que d'ordinaire, il ne me lâche pas. Il se penche lentement en avant et vient poser à plat ses deux mains sur la table, bras tendus. Je lis sur ses lèvres les mots suivants, qu'il détache silencieusement et exagérément :

– Cours, Petite Chose…

Je lui réponds de la même manière, alors qu'une douce excitation me gagne :

– Attrape-moi, Brutus…

Puis je jette le micro à Eddy et me mets à détaler vers l'issue de secours au fond du bar, aussi vite que je peux.

40

REDDITION

Olivia

La frustration, le désir, l'excitation et à présent cet afflux d'adrénaline me donnent des ailes. Je cours le plus vite possible dehors et je m'élance en rigolant dans les rues de Colorado Source. Le temps que Rock réussisse à se frayer un passage à travers les invités, je devrais avoir pris une avance non négligeable me permettant de le semer et de faire durer ce jeu de course-poursuite, qui est l'un des meilleurs préliminaires que j'ai pu vivre.

Toute cette soirée et ces derniers jours ont été les prémices de cette réconciliation tant attendue. Je suis déjà sur le fil. L'appréhension de ce qui se passera quand il réussira à m'attraper et l'effort de la course me réchauffent. Je me sens brûlante, j'ai le souffle court. Je ne perçois même pas la fraîcheur de la nuit, juste un peu de vent sur mon visage qui me fait un bien fou, m'empêchant de me consumer sur place. Pour gagner du temps, je décide de couper à travers le parc. Je passe devant des centaines de motos garées n'importe où dans la rue et je slalome entre elles. Une fois dans le parc, je me retrouve dans le noir complet, sans éclairage public et sous les arbres.

J'entends le chant des hiboux et des petits animaux nocturnes qui fuient à mon approche. Le bruit de mes pieds qui frappent le sol devient sourd, absorbé par le tapis de feuilles mortes qui recouvrent la terre. J'entends alors Rock crier à pleins poumons de sa voix si puissante au loin. Elle résonne dans le silence de la petite ville déserte et me donne la chair de poule :

– Liv ! Je vais t'attraper et bordel, peu importe où on sera, je vais te faire regretter ta petite chanson à la con !

Je sens qu'il se rapproche alors qu'il hurle. J'essaye d'accélérer mais il est beaucoup trop rapide, je ne lui échapperai pas si je continue ainsi tout droit. Je dois feinter et je décide de bifurquer à gauche pour m'enfoncer dans la végétation. Je ne sais pas trop où je vais, ni si je pourrai sortir par là, mais il me semble que le parc n'est pas clôturé, alors je prends ce risque. Je dois garder l'avantage grâce à ma petite taille qui se faufile partout, contrairement à la montagne de muscles puissante qui me pourchasse.

Ma robe s'accroche dans les branches, tout comme mes cheveux, je ne ressemblerai plus à rien dans quelques minutes. Je me sens comme un animal, une proie traquée par une bête féroce et prédatrice. Je ressens cette peur qui prend aux tripes, mais ici, nous jouons et l'issue ne sera pas mortelle, au contraire. Je ris de joie, portée par l'excitation du jeu. Rock me crie de nouveau :

– Que ce soit à même le béton de la rue, ou sur le capot d'une voiture, je m'en fous, Olivia !

Oh malheur…

Ses paroles m'enflamment de plus belle, j'ai tellement hâte qu'il m'attrape, mais pas avant d'avoir tout donné pour lui échapper. Ma reddition n'en sera que plus douce, mais il doit la mériter. Par chance, j'émerge du parc à seulement trois rues de la pension. Je ne me pose plus de questions, je fonce en direction de la petite maison bleue. Heureusement qu'Ellie n'est pas là.

J'entre comme une furie à l'intérieur sans prendre le temps de fermer la porte, grimpe l'escalier quatre à quatre et me rends au premier endroit qui me vient à l'esprit : ma chambre. Je me glisse à plat ventre sous mon lit et ne bouge plus.

Ma respiration est toujours saccadée et bruyante alors je plaque mes mains sur ma bouche, espérant en diminuer le son. Mon cœur bat la chamade, je n'arrive pas à me calmer, excitée par ce jeu de cache-cache pour adultes. Tout mon corps tremble, en effervescence. Les minutes défilent, et soudain je l'entends. Les marches grincent sous son poids et la porte de ma chambre s'ouvre doucement.

Oh mon Dieu…

Mon pouls s'envole à nouveau, et des bulles de sensations éclatent dans mon ventre. Je désire tellement cet homme, comme jamais je n'ai eu envie de quelqu'un, et cette peur farouche qui me donne des frissons intensifie ce mélange explosif.

– Je sais que tu es là, Princesse, je sens ton parfum. Où te caches-tu, chipie ?

J'entends qu'il se dirige dans ma salle de bains et tire mon rideau de douche.

– Tu n'as pas arrêté de me provoquer cette semaine, et alors ce soir… Je ne peux pas laisser passer ça. Ma réputation est en jeu, tu comprends ?

Il y a de l'humour dans sa voix. J'aime quand il est joueur, quand je sens que les responsabilités du Clan ne sont plus sur ses épaules et qu'il se laisse aller. J'espère qu'il sera sauvage, j'ai tout fait pour. Je ne veux pas d'une étreinte douce et attentive. Je veux qu'il me prenne brutalement, qu'il me fasse tout oublier, je veux avoir mal de plaisir. Il ouvre mon placard violemment et pousse les cintres qui tintent les uns contre les autres.

Je vois ses rangers contourner mon lit puis disparaître de ma vue. Le sang me bat aux tempes et je retiens ma respiration. Il s'arrête, mon vieux parquet grince à nouveau, je perçois le bruissement de vêtements, et soudain, une poigne de fer m'attrape par les chevilles et me tire sans ménagement de ma cachette. Je glisse sur le ventre et ma robe remonte sur mes hanches, exposant à sa vue mes fesses dans leur tanga noir.

L'heure de la reddition est arrivée, la peur a laissé place à un besoin viscéral de lui. Je réalise aussi que ce sera la première fois sans barrière entre nous. Je lui fais confiance, il ne ferait rien qui me mette en danger.

Et s'il sort une capote? Comment le prendras-tu?

Ça me briserait le cœur qu'il ait couché avec quelqu'un d'autre pendant ma convalescence mais en même temps, j'ai tout fait pour le repousser, alors…

– Je t'ai eue, ma petite souris.

– Rock…

Sa voix est rauque de désir et la mienne presque inaudible. Il s'allonge sur moi, mettant juste ce qu'il faut de pression pour que je sois prise au piège et que je le sente dur contre mes reins. Il vient me chuchoter à l'oreille, son souffle tiède sur ma joue :

– Tu l'auras voulu. Ce soir, Princesse, je te baise, les câlins, ce sera pour après.

Amen.

Je ne souhaite rien d'autre à l'instant alors je me tortille de façon lascive sous lui. Tout à coup, sa grande main s'abat et me claque les fesses, c'est douloureusement bon.

– Ça, c'est pour m'avoir repoussé encore et encore. Pour avoir douté de moi.

Il recommence de l'autre côté :

– Ça, c'est pour m'avoir provoqué, cherché et frustré.

Il recommence, nouvelle sensation de brûlure, nouveau claquement. Douleur ou plaisir, la frontière n'a jamais été aussi fine qu'à ce moment-là, quasi inexistante. Mes fesses me chauffent, la boucle de sa ceinture me griffe le dos et je suis haletante sous lui, à sa merci.

– Et enfin, ça, c'est pour tes satanées licornes, ta chanson à la con et pour m'avoir fait bouffer ton putain de fromage fondu.

– Je trouve que tu parles un peu trop et agis peu. J'attends la suite, Brutus…

Il explose de rire.

– Sérieux, Liv, tu auras ma peau…

Alors qu'il se redresse, je tourne la tête pour l'observer dans la pénombre. Il ôte son blouson et son tee-shirt. Torse nu, immense, il défait sa ceinture et baisse son pantalon et son boxer sans les enlever complètement.

Bordel, il va garder ses chaussures.

Je réalise que oui, il compte bien me prendre comme ça, à même le sol de ma petite chambre. Le tableau qui s'offre à moi comme une peinture en clair-obscur est hautement érotique et finit de me rendre dingue. Il se positionne à nouveau au-dessus de moi, ses cuisses puissantes entre les miennes, je sens du jean frotter contre la peau de mes jambes et ses grands doigts brûlants déchirer mon minuscule et fragile tanga de soie.

Je retiens ma respiration tandis qu'il attire mon bassin contre lui, le mettant dans une position de soumission suprême. Sans préambule et d'un seul coup de reins sec, il me pénètre. Je lâche un petit cri de douleur, car je mentirais de dire que c'est passé sans accroc. Il nous réajuste pour que nous soyons parfaitement emboîtés et la douleur disparaît immédiatement, remplacée par une chaleur au creux de mon ventre et il se met à bouger. Je me détends, je l'accompagne et j'encourage son va-et-vient brutal, alors que ma joue frotte contre le bois du parquet.

D'une main, il vient m'attraper les cheveux et de l'autre, il me maintient fermement par la hanche. Le plaisir monte à mesure que son rythme s'accélère. Je l'entends commencer à grogner derrière moi, sa respiration est bruyante mais ne couvre pas les gémissements que je laisse, moi aussi, échapper. Cette danse torride est sauvage, animale, sans aucune retenue. Je sens que nous glissons sur le sol et ma tête finit par venir cogner le pied de mon lit.

Les minutes passent, je suis couverte de sueur mais il ne faiblit pas, au contraire. Me voir perdre le contrôle, m'entendre crier le désinhibe encore plus et comme à son habitude, mon Rambo aime me balancer toutes sortes de cochonneries à faire rougir. Puis, sur le fil du rasoir, il ajoute dans un souffle :

– Touche-toi, Liv. J'y suis presque.

Je lui obéis et glisse ma main sous moi pour me caresser. De cette façon-là, je ne tiendrai plus très longtemps non plus. Mes doigts se font baladeurs, je viens le toucher partout par-dessous ainsi que moi au passage. C'est un maelström de sensations divines : effleurer ce point de contact entre nous, le sentir entrer et ressortir avec vigueur, le bruit de son bassin qui claque contre le mien…

Je l'entends jurer puis finalement me supplier de continuer alors qu'il atteint l'orgasme et qu'il m'emporte avec lui. Savoir que c'est moi qui le mets dans un tel état est l'élément déclencheur d'une réaction en chaîne dans mon corps, jusqu'au soulagement ultime de plaisir.

41

ABLUTIONS

Olivia

Je suis embrumée par un brouillard de bien-être, je ne bouge plus malgré ma position précaire et surtout ce parquet inconfortable qui me blesse la joue et les genoux. Je savoure l'instant, le vide s'est enfin fait dans ma tête et je me sens légère, heureuse, comblée, au sens propre comme au sens figuré. Rock prend également son temps, il me caresse le dos et les fesses gentiment. Il vient déposer de chauds baisers le long de ma colonne vertébrale mais ne se retire pas. Puis sa voix cassée rompt ce moment de quiétude :

– J'aime cette robe dos nu, c'est super pratique, surtout quand tu la portes comme ça…

– Hmm, donc tu veux que je me trimballe les fesses à l'air dans toute la ville ? C'est bon à savoir. Je te croyais pourtant plus possessif. Tu sais, du genre : « Toi Jane, moi Tarzan, toi à moi ! »

– Je te l'ai déjà dit, je ne te partage pas, Liv. J'apprécie juste la vue. J'ai de grands projets pour cette paire de fesses, mais bon, chaque chose en son temps…

Je l'entends souffler exagérément, comme déçu de devoir attendre. Je sais qu'il me cherche, et il me trouve bien évidemment :

– Hou là, Brutus, du calme ! Il y a des choses que j'ai jamais faites. Et je ne suis pas sûre de vouloir les faire un jour. Enfin, je ne me suis pas vraiment posé la question, j'ai euh…

– « Euh » quoi, Liv ? Ça te gêne de parler de ça ? Ça te rend timide si je dis le mot *sodo*…

Je le coupe et ne le laisse pas finir, alors que le rouge me monte aux joues :

– C'est pas trop le mot qui me dérange. Vraiment, chacun fait ce qu'il veut, comme il veut, je l'ai toujours dit. Je suis très, très ouverte d'esprit, mais peut-être un peu moins de corps à certains endroits, si tu vois ce que je veux dire.

Il rigole et insiste :

– Non, je ne vois pas, Petite Chose, éclaire ma lanterne…

– Si, tu vois très bien, tu veux juste te venger ! Mais d'accord, je vais t'aider à y voir plus clair et utiliser un mot que tu connais, étonnamment : je n'ai pas du tout envie de savoir s'il est possible de finir avec une épisiotomie par ce côté-ci… Ça fonctionne super bien par l'entrée principale, même plus que bien, alors oublions la sortie de secours, OK ?

Il explose de rire, je le sens en moi, ce qui me chatouille et me fait rire avec lui. Sérieusement, certaines de nos discussions devraient être enregistrées pour la postérité. Il n'y a qu'avec lui que j'ai vécu ça, cet abandon total, sans gêne, et que je sens réciproque. C'est une évidence entre nous et ce depuis le premier jour. Bon, je l'admets, le whisky a grandement aidé dans ma voiture ce fameux premier soir, mais ce lien était là, il commençait déjà à exister.

Nous avons simplement lutté contre, comme deux idiots, car Rock et moi ne sommes pas habitués à ce que des choses aussi belles soient aussi faciles à obtenir. La vie a tendance à être une lutte sanguinaire, un combat de boxe où il faut rendre coup pour coup.

– On verra, je ne te promets rien, Princesse. Surtout maintenant que je sais que je pourrais te voler cette virginité-ci. Une nouvelle première fois, j'aime le concept !

– Cool, Rambo, je suis heureuse de venir nourrir tes instincts colonialistes et tes rêves de voyages en terres inconnues, mais j'ai vraiment mal aux genoux. En plus, ma robe est fichue, j'ai des feuilles plein les cheveux, je me sens sale, j'ai besoin d'une douche bien chaude.

Il m'embrasse une dernière fois le dos et se retire en laissant une grande sensation de vide derrière lui. Je souhaite déjà une prochaine fois ! En peu de temps, cet homme est devenu ma drogue, ma satanée dose d'héroïne. Et je ne peux m'empêcher de craindre ce qui se passera si elle venait à manquer, à nouveau. Comment gérer l'absence sans sombrer ?

Vis l'instant présent, Olivia. Stop aux digressions à base de « si » !

Je me redresse sur les mains et Rock m'aide à me remettre debout, chancelante. On ne ressemble plus à rien avec nos vêtements qui partent dans tous les sens et nos sourires d'idiots satisfaits, placardés sur nos visages. Une fois que la pièce ne tangue plus devant mes yeux, je me dirige vers la salle d'eau en petites foulées. J'attrape des fringues propres et ma serviette de bain au passage. Rock me suit et je lui demande, étonnée :

– Qu'est-ce que tu fais ?

– Je viens me doucher avec toi. Quoi ? Tu ne veux pas ?

– Si, bien sûr, mais on ne tiendra jamais tous les deux dans ma douche. Tu oublies que cette maison a été construite par un cousin éloigné de Frodon Sacquet.

– Mais si, Liv. Allez, arrête de dire encore des conneries et file sous cette douche.

– Oui, monsieur le meneur.

– Tu ne t'arrêtes jamais, sérieux. Toujours la petite phrase ou le mot de la fin, hein ?

– Toujours. C'est pour ça que tu m'aimes, non ?

Grand silence brutal dans la pièce.

C'est sorti tout seul, comme un gros mot que je n'ai pas pu retenir. Je commence à paniquer quand je songe à sa réaction précédente, lorsque le Doc a eu le malheur d'évoquer de potentielles émotions pour ma personne. C'est que Monsieur est fier d'être un gros caillou, et il adore le crier haut et fort. Muet, il me transperce de son regard noir d'obsidienne puis finit par me dire, fuyant, en allant allumer la douche :

– Peut-être bien, ouais...

Waouh !

Il ne s'est pas encore transformé en gros bonhomme tout vert et énervé, et je ne parle pas de celui qui vend du maïs en boîte, qui, lui, a l'air plutôt sympathique.

Nous progressons doucement.

Il a même avoué m'aimer à demi-mot. Je me déshabille et me démaquille en chantonnant. Rock est déjà sous la douche à se frotter avec vigueur comme à son habitude. Ses rangers, son jean et son boxer gisent par terre, abandonnés en désordre. J'aime qu'il envahisse ainsi mon chez-moi.

Et si je lui piquais discrètement son boxer... ?

Je lui jette un coup d'œil furtif, mais j'ai beaucoup de mal à me concentrer à cause de ce que j'aperçois derrière le rideau trop petit. Rock, nu, c'est déjà quelque chose mais Rock, nu et dégoulinant d'eau, c'est carrément le summum de l'orgasme visuel, comme cette nuit magique au lac. Vite, j'oublie mes pulsions cleptomanes de sous-vêtement et je me dépêche de le rejoindre. Mais alors que je me mets de profil devant le miroir, mon nouveau tatouage se rappelle sournoisement à moi.

Et merde !

Soraya avait raison, je me sens trop conne maintenant. Comment ai-je pu me faire tatouer ainsi sur un coup de tête et surtout ça ? Je me mettrais des baffes parfois. OK, je n'étais plus moi-même lorsque j'ai fait cette belle bêtise mais voilà le résultat. La phrase est très jolie, sauf qu'à présent, je crains la réaction du principal intéressé. Je rase littéralement le mur pour me glisser sous l'eau brûlante. Avec un peu de chance, il ne verra rien et cela me laissera du temps pour réfléchir à une solution de recouvrement. Je suis à l'étroit et me retrouve collée à Rock, ce qui, en soi, ne me dérange pas du tout.

C'est tellement bon d'être contre lui, en toutes circonstances mais surtout toute nue. Il a l'air d'apprécier également, vu ce qui commence à se dresser contre mon ventre à nouveau. Sans me demander la permission, il se saisit du savon et se met à me laver le corps comme il peut, gêné par l'exiguïté des lieux. Je me laisse faire en silence, trop heureuse qu'on prenne soin de moi ainsi. Il vient même me masser le crâne pendant quelques minutes de ses grandes mains puissantes avec mon shampoing préféré à la fleur d'oranger. Je suis sur un nuage de félicité aux senteurs de printemps et d'Andalousie.

Je laisse tomber ma tête contre sa poitrine lorsqu'il s'attaque à mes épaules courbaturées par nos cabrioles et je remarque qu'il s'est frotté trop énergiquement, vu les traces rouges qui strient son corps.

– Tu ronronnes comme un chat, Liv.

– Hmm. Chut. Continue. Ça fait du bien. Tu peux même appuyer un peu plus fort, Hulk.

– À vos ordres...

– D'ailleurs, pourquoi toi, tu te frottes le corps si fort ? Tu t'arraches presque la peau à chaque fois. Tu as la phobie des germes ou quoi ?

– J'en sais rien, ça me soulage.

Il marque un temps d'arrêt pour ensuite reprendre plus doucement :

– Depuis que Sunny est partie à cause de moi, j'ai ce besoin avant d'aller me coucher. Il faut que je me purge. Sinon, je ne trouve pas le sommeil.

– Elle n'est pas partie à cause de toi, Rocky. On n'abandonne pas tout à cause d'une dispute avec son frère.

– Ce n'était pas une simple dispute, Olivia, c'était bien plus, bien pire...

– Même. J'ai cru comprendre qu'elle avait porté des accusations contre quelqu'un. Tu veux en discuter ?

Pendant que je lui parle, je lui caresse le torse et lui touche tendrement le visage. J'espère ainsi abattre doucement les barrières qu'il a érigées pour se protéger. Rock est momifié dans son chagrin, préservé des dégradations futures mais également d'éventuelles guérisons. Je le trouve tellement beau. Si ce n'était pas déjà le cas, je tomberais amoureuse de lui à cet instant, alors que je le sens sur le point de se confier, de s'ouvrir à moi et de me laisser entrer.

– Je ne sais pas. C'est dur d'en reparler. J'ai envie de tout péter, je pourrais même, qui sait, m'en prendre à toi et te blesser au passage pour me soulager.

– Non, tu ne feras plus ça, on a dépassé ce stade toi et moi. Tu m'as offert ce beau collier. Regarde. Je suis ton exception.

Il redresse la tête, stoppe ses massages et vient prendre le bijou qui pend sur mon cœur entre ses doigts immenses. Il fixe, pensif, le pendentif un moment, puis reprend, presque inaudible :

– Vers la fin, elle allait si mal. Elle était devenue odieuse. Sunny a même commencé à s'en prendre à notre mère.

– Max a dit que ta maman, Annie, était la bonté incarnée.

– Elle l'est, un ange, et Sunny était à son image avant que tout ne dégénère.

– Et ton père dans tout ça?

Il souffle douloureusement et reprend une profonde inspiration avant de se lancer :

– Le mariage de mes parents n'était pas parfait, loin de là. Avec le temps, Joe est devenu quelqu'un de dur et d'égoïste. J'étais qu'un gosse à l'époque, je n'avais pas la maturité pour comprendre, j'imagine. Aujourd'hui, en étant adulte, je me rends bien compte que la vie n'est pas facile. Ce dont je me souviens seulement, c'est que, même imparfaits, mes parents s'aimaient et aimaient leurs enfants. Puis, un jour, les disputes ont commencé. L'amour a disparu. Mon père ne pensait plus qu'au Clan, aux âmes blessées dont il prenait soin et à ma formation. Tout le reste, ma mère et même ma sœur, il s'en foutait royalement. Enfin, en apparence, car la disparition de Sunny l'a détruit, je l'ai vu, et il ne quitte plus ma mère. Il prend soin d'elle constamment.

– Il n'a pas d'amis sur qui compter? Comme toi avec les garçons?

– Pas vraiment. À la même époque, il s'est engueulé avec les parents de Max, ses meilleurs amis. Ils font toujours partie des Evil's Heat mais vivent à présent en Géorgie, près d'Atlanta. Le Clan était structuré différemment avant que j'en devienne le meneur. Joe était seul à la tête de tous avec un unique bras droit, comme mon grand-père. Il n'y avait pas d'autres frères décisionnaires tels que Loris, Vince, Bounce, Max ou Eddy. Les responsabilités sont un peu moins lourdes à porter à plusieurs, même si j'en reste à la tête et qu'il faut bien trancher. Mais heureusement qu'ils sont là, ce sont eux qui ont pris la relève quand je suis parti quelques mois à la recherche de Sunny, juste après sa disparition et avant que Max me demande de revenir.

– Je suis désolée pour ton père, Rock. Je veux qu'on cherche Sunny ensemble. Les garçons aussi peuvent t'aider. JE peux t'aider. On fera ça en équipe. OK?

Je l'embrasse longuement et j'en viens presque à excuser le comportement de Joe à mon égard. Max avait raison, comme toujours. Je me note qu'il faut absolument que je m'occupe du cas « Moïra » qui pourrait aider Rock dans sa quête. Une fois que je serai sûre que j'ai bien retrouvé ma meilleure amie et son lien avec Sunny, j'en parlerai à Rock. Je ne souhaite pas lui donner de faux espoirs.

– Tu n'as pas à être désolée. Merci, Liv, ça me touche. De toute façon, je dois prendre mon mal en patience. Il y a encore deux trois merdes à gérer ici avant de pouvoir partir chercher Sunny. Les choses doivent s'apaiser et je dois m'assurer que la situation est redevenue stable.

– Oui, sage décision. Purée, les histoires de famille sont souvent loin d'être faciles…

– M'en parle pas. Mon père a commencé à se comporter comme un con, ma mère en dehors des disputes faisait comme si de rien n'était. Sunny et moi étions pris entre les tirs croisés. J'ai réussi à me blinder, mais pas elle. J'ai huit ans de plus, ça aide. Vers la fin, ma sœur a fini par prendre ma mère comme exutoire. Elle la faisait pleurer et lui disait des trucs du genre qu'elle était soumise, qu'elle se faisait marcher dessus comme une grosse merde par Joe. Bref, t'as compris l'idée.

Oui, je vois très bien.

Peinée, je lui réponds :

– On en a déjà parlé toi et moi. Tous les enfants idéalisent leurs parents au départ, ensuite à l'adolescence, on les juge sévèrement pour leurs faiblesses. Une fois adulte à notre tour, on fait nos erreurs et avec le temps, on leur pardonne les leurs. Sunny a été déçue et blessée par tes parents, qui oui, ont merdé, mais elle aurait fini par pardonner à ta maman, j'en suis sûre. Les parents se disputent dans presque tous les foyers.

– Non, Liv, chacun réagit différemment. Tout le monde ne pardonne pas, tout le monde ne tourne pas la page, tout le monde n'a pas ta force. Dans notre cas, ce n'était pas si simple. Il ne s'agissait pas seulement d'engueulades…

– Alors de quoi il s'agissait? Aide-moi à comprendre.

Il me sonde, ses yeux noirs dans les miens, l'eau ruisselle sur son visage aux traits durs et si masculins. Je vois que sa respiration s'accélère et devient erratique :

– Tu risques de me haïr si je te réponds. Putain, j'avais pas prévu de parler de ça maintenant.

– Laisse-moi en décider toute seule.

Il reprend, tremblant, le regard meurtri et la voix brisée :

– Sunny est venue, défoncée, me trouver un après-midi dans mon bureau pour accuser mon père de viol. Et je l'ai jetée dehors comme une malpropre. Le lendemain, elle avait disparu.

La douche a beau couler bruyamment en martelant le carrelage, je n'entends plus rien. Seuls les derniers mots de Rock résonnent dans mes oreilles.

L'eau a beau être brûlante sur ma peau, je ne ressens plus rien. Seules les dernières paroles de Rock me glacent le sang.

Ce sujet est hautement sensible pour moi. Il me touche en plein cœur, il remue de vieux souvenirs nauséabonds enfouis profondément. Je sais à quel point le statut de victime de ce crime est compliqué. Se faire entendre, oser parler et le plus dur : être crue. Car, comment démêler le vrai du faux? Comment réagir, guérir et châtier? Mais je commence à connaître plutôt bien l'homme devant moi. Je sais qu'il a tendance à se punir pour les fautes des autres. C'est son rôle de meneur. Il porte des responsabilités qui ne devraient pas être les siennes. Et si tout ne l'excuse pas, il doit y avoir une explication à ce qu'il vient de m'avouer. Rock tente de paraître stoïque mais je le vois serrer les dents pour ne pas trembler. Je vois son regard devenir brillant, douloureux, comme cet après-midi au lac lorsque je lui avais balancé sans réfléchir des mots blessants. Il est un colosse aux pieds d'argile et au cœur tendre.

– Rock…

– Non, Liv, pas de pitié. Tu n'en veux pas, moi non plus. Aujourd'hui, je pense que oui, ma sœur a dû vivre un putain de truc merdique lorsque j'étais à l'étranger à vadrouiller en gros égoïste. Et ne pas l'avoir réalisé plus tôt, ne pas avoir pu la protéger, ne pas l'avoir écoutée, me bouffe chaque jour. Mais ce n'est pas mon père. Ça aussi, je le sais. C'est impossible, peu importent ses défauts, jamais il n'aurait fait ça. Ses actes et son engagement parlent pour lui plus que les conneries qu'il a pu dire. Elle était défoncée, refusait qu'on l'aide depuis si longtemps, malgré toutes mes tentatives. Je te jure, Olivia, sur ma vie, que j'ai tenté de l'aider, des milliers de fois. Elle n'avait qu'un mot à dire et j'aurais tout arrêté. Elle a cherché à m'atteindre comme elle pouvait ce jour-là. Sunny était très intelligente, elle savait qu'en disant cela, elle me ferait dégoupiller. Elle a réussi, j'ai perdu le contrôle. Je ne savais plus quoi faire, alors comme un con, je l'ai bannie du Clan. Je lui ai dit de revenir quand elle serait prête à parler d'adulte à adulte. J'ai grave merdé. Je pensais vraiment que l'éloigner lui ferait du bien. Je lui ai dit d'aller passer du temps à la réserve. Alors elle est partie, mais n'est jamais revenue…

– Tu ne pouvais pas savoir.

– J'aurais dû. Mon père et moi avons tout tenté pour la retrouver. On a retourné le Clan et les alentours pour essayer de savoir si quelqu'un lui avait fait du mal. Peut-être que quelqu'un d'autre avait fait ce dont elle accusait Joe. Je n'oublie pas qu'on vit dans un milieu hostile. On s'en protège, mais on échoue parfois. Nous avons cherché le moindre indice, la moindre preuve. Mais rien, pas l'ombre d'une rumeur. Nous avions peu d'éléments. A-t-elle vraiment été violée ? Par qui et quand ? Ou cherchait-elle à nous dire autre chose par ce biais ? J'en sais rien ! Putain de merde !

Rock crie et vient frapper violemment le mur du plat de la main. Je sursaute, impressionnée par la force dont il dispose quand un petit carreau de mosaïque bleu se décroche et tombe à mes pieds.

– Pardon, Liv. Je ne voulais pas te faire peur. C'est juste trop…

– Non c'est bon, j'ai seulement été surprise. Je ne sais pas trop quoi te dire. Si Sunny était là, peut-être qu'avec mon passé à moi, j'arriverais à l'aider là où vous avez tous échoué. Mais je sais aussi qu'avec des « si » on peut refaire le monde.

Nous restons ainsi en silence, l'un contre l'autre, de longues minutes, le temps de digérer nos échanges éprouvants. Je souhaite juste ajouter un dernier truc avant de passer à autre chose :

– J'ai tellement de peine pour vous. Je n'ai plus de famille, alors voir la vôtre brisée me tue. Je ferais n'importe quoi pour t'aider. Je ne te juge pas, Rock, tu portes déjà assez le poids de tes erreurs. Je sais ce que c'est que de regretter des paroles lourdes de conséquences…

– Bordel, Liv, je sais. J'ai lu ton e-mail. Il m'a fendu le cœur. Je te jure que je n'ai rien dit à Bill. Il a eu accès à ma messagerie sur mon téléphone, a tout lu et l'a supprimé. Jamais je ne t'aurais trahie.

– J'avais fini par le comprendre. J'ai juste eu du mal à faire la part des choses avec tout ce qui m'est tombé dessus en même temps.

– Je ne t'ai pas trompée avec une autre nana non plus.

– Je te crois. Pourquoi Max m'aurait menti, lui, alors ?

– Il ne t'a pas menti…

– Euh, je veux bien être Sherlock, mais là, je ne comprends plus. Éclaire-moi.

– Je ne te l'ai jamais dit pour pas te mettre mal à l'aise, mais Max nous a surpris ce premier soir, dans la chambre privée du CSB. Il ne t'a pas reconnue de dos et déguisée. Comme on ne voulait pas que ça se sache, j'ai utilisé ça pour qu'il s'imagine des choses et pour l'éloigner de la vérité. Ce qui a un peu trop bien fonctionné.

– Oh mon Dieu ! Tu plaisantes là ? Et maintenant il sait ?

– Oui…

– Je veux disparaître sous terre, Rock ! Je ne pourrai plus jamais le regarder dans les yeux. Mais je ne me suis rendu compte de rien ! Comment c'est possible ?

– Tu étais déchaînée sur moi ce soir-là. Tu es tout le temps à fond. Que ce soit quand tu m'envoies chier, quand tu pètes les plombs, quand on s'envoie en l'air, ou quand tu organises mon anniversaire… Tu ne fais jamais les choses à moitié, mon petit volcan.

– Toi non plus. Pour ça, on est pareil.

– Non mais des licornes, Olivia, des foutues licornes partout et des putains de paillettes ! À quel moment tu t'es dit que ce serait une bonne idée ?

Il rigole et m'embrasse en me disant cela. Je me sens honteuse et viens me cacher contre son torse, la tête sous son menton.

– Je ne sais pas, depuis que je suis arrivée à Colorado Source, je laisse mon vrai moi s'exprimer. Un peu trop, sûrement. Je crois que ce sont des années de retenue qui lâchent d'un coup. Je vais continuer à voir Mary Ellen, tu sais. Elle m'aide beaucoup. Elle m'a dit que je risquais encore d'avoir des réactions excessives suite à l'enlèvement. Donc t'es prévenu. Ce n'est pas fini…

– Ouais, mais je suis averti. Je sais à quoi m'attendre maintenant.

Je sens son corps vibrer contre ma joue alors qu'il rigole.

– Et puis tu étais devenu trop prévenant et tout doux, il fallait que je te pousse à bout pour que Brutus ressurgisse. Perso, je rejoue à cache-cache et fessées quand tu veux.

– Tu aurais dû voir l'état dans lequel tu étais ces dernières semaines. Quand je t'ai touchée et que tu as fondu en larmes, j'ai cru crever.

– Je sais… Mais ça va mieux maintenant. Soraya m'a donné des herbes à prendre en infusion pour me donner un coup de pouce.

– C'est une bonne chose. D'ailleurs, tu prends bien ta pilule?

– Oui monsieur, depuis mon réveil chez le Doc. Au fond, j'espérais qu'on en arriverait là.

– Moi aussi…

Tout doucement, il prend ma main droite et la porte à sa bouche. Je crois qu'il va l'embrasser, mais dans un geste rapide, avec un regard affamé, il attrape mon majeur que je vois disparaître entre ses belles lèvres.

Oh mon Dieu!

Il suce mon doigt avec application plusieurs fois et je l'observe, fascinée par la sensualité de son geste. C'est instantané, j'ai à nouveau envie de lui à en avoir mal. Il me dit, la voix chargée de désir :

– Je trouve que ce petit doigt sert beaucoup trop souvent. Ce n'est pas convenable pour une jeune femme.

Je suis sur la même longueur d'onde que lui en un claquement de doigts. Le temps des conversations douloureuses est révolu, place à l'action et au badinage :

– Je ne suis pas une jeune femme convenable. Sa Seigneurie ne s'en était pas encore aperçue? Quel dommage… Peut-être devrais-je lui rafraîchir la mémoire.

Alors, sans réfléchir mais surtout pour le prendre par surprise, je tombe à genoux devant lui. Pas de questions métaphysiques sur la chose cette fois-ci, je le prends dans ma bouche et je ne lui laisse pas le temps d'en décider autrement. Il émet un grognement bestial profond mais ne proteste pas. Je l'agrippe à deux mains fermement, et y mets tout mon cœur pour utiliser ma langue et mes lèvres. Je veux être la seule dont il se souvienne, la seule qu'il désire. Je suis déterminée à effacer toutes celles qui ont pu passer avant moi.

Adiós les groupies, hasta la vista les sangsues!

Rock se penche et prend appui de ses deux mains contre le mur derrière moi. Il commence à mouvoir son bassin pour approfondir les allers-retours de ma bouche. Je le laisse faire et l'encourage même en le caressant partout où je peux. Je dois respirer profondément pour arriver à tenir le rythme qu'il commence à m'imposer en perdant son précieux self-control. Ce n'est pas un secret, Rock n'a pas à rougir de la taille de son sexe. Cela ne me facilite pas la tâche mais je compte bien relever le défi. Je persiste, tenace, et au bout d'un moment, il émet des paroles à peine audibles parmi les sons décousus de plaisir qu'il laisse échapper :

– Liv, si tu ne veux pas que je te jouisse dans la bouche… c'est maintenant.

Je le regarde par-dessous, me retire doucement avec un sourire coquin pour le libérer et lui présente ma poitrine en attrapant mes seins. Il comprend le message, sans hésitation. Mon invitation silencieuse et mes caresses le font basculer, je sens un liquide chaud se répandre sur mon buste alors qu'il gémit de plaisir :

– Olivia !

Je suis emplie d'un sentiment de puissance et de fierté, pendant que, toujours appuyé contre le mur, il tente de reprendre sa respiration, le souffle saccadé. Au bout de quelques minutes, il se redresse enfin et je viens le rejoindre pour nous rincer. Rock reste silencieux, puis soudain, il éteint l'eau qui commence à devenir froide, me prend par la main et, sans nous permettre de nous sécher, m'entraîne vers la chambre pour me jeter sur le lit. J'atterris peu gracieusement sur le dos parmi les oreillers et les couvertures en rigolant.

– Que comptes-tu me faire, Rambo ? À ce rythme, nous ne serons jamais de retour pour manger ton gâteau d'anniversaire avec tout le monde.

– Je m'en fous de ce gâteau, j'ai une autre idée de dessert en tête…

Et sur ce, je le vois disparaître sous les draps et entre mes jambes.

42

PROPOSITION

Olivia

Évidemment, nous ne sommes jamais retournés au CSB. Rock a tout de même prévenu Max et les garçons de ne pas nous attendre pour la suite des festivités. Nous avons passé la nuit sous la couette pour finalement nous endormir, épuisés, l'un contre l'autre.

Au petit matin, je suis réveillée par un grand corps brûlant qui m'écrase et qui me tient bien trop chaud. Rock, en dormant, s'est enroulé autour de moi et je me retrouve coincée, prisonnière de ses bras. J'ai un besoin grandissant d'aller aux W.-C. depuis une heure mais je n'ose pas bouger de peur de le réveiller. Je finis par me décider, n'y tenant plus et afin d'en profiter pour faire un brin de toilette dans la salle de bains au passage. Ainsi, lorsqu'il se réveillera, je serai fraîche comme la rosée du matin, toute pimpante, à l'instar des héroïnes de films.

Il ne s'imaginera jamais que, quelques minutes plus tôt, j'avais en réalité la bouche pâteuse, aux relents de piña colada fermentée saupoudrée de pizza aux champignons. Je m'extirpe le plus discrètement possible de son emprise. Il respire lentement, profondément endormi sur mon oreiller comme un bébé. Attendrie par le spectacle, je l'observe quelques secondes dans la clarté en demi-teinte du jour qui se lève et perce à travers les rideaux. Ma tête me crie :

À moi. À moi. À moi. À moi. Cet homme est tout à moi. Oui, bon, Olivia, on a compris…

Pour le rejoindre plus vite entre les draps, je prends la décision peu hygiénique de faire deux choses en même temps. Je m'assieds donc sur les toilettes tout en me brossant les dents.

Ça va ! Qui ne l'a jamais fait ?

Alors que je suis en train de réfléchir ardemment à comment réussir l'incroyable exploit de m'essuyer d'une main, tout en tenant ma brosse à dents de l'autre, on se met à tambouriner violemment sur la porte :

– Olivia ! Qu'est-ce que tu fous ?

Et merde, Sa Majesté grognon est réveillée.

C'est quoi son souci à lui, d'abord ?

Avec ma brosse dans la bouche, je ne peux pas lui répondre et il réitère :

– Ouvre-moi, Liv ! Qu'est-ce que tu fabriques là-dedans ?

Mais de quoi je me mêle ?

Rock ne se calme pas et se remet à frapper encore plus fort. Agacée, j'éteins ma brosse à dents électrique, la jette bruyamment dans le lavabo face à moi et hurle à ce despote, la bouche pleine de dentifrice :

– Je suis aux chiottes, espèce d'orang-outang sauvage ! Tu veux quoi, me chercher les poux sur le crâne pendant que je fais pipi ?

Le silence se fait soudain derrière la porte.

Non mais sérieux !

Nous sommes loin de l'ambiance torride d'hier soir, on est même diamétralement à l'opposé de cela. J'espérais que nous attendrions un peu avant de nous révéler l'envers du décor. Avant de partager la réalité peu glamour de deux adultes vivant ensemble. Mais j'oubliais qu'il s'agissait de Brutus et qu'il a la délicatesse d'un rhinocéros.

– Je ne te crois pas. Ouvre-moi, Liv. Tout de suite.

Seigneur.

Je me dépêche de terminer, me rince rapidement les mains et la bouche à l'eau claire, et je lui ouvre enfin la porte. Rock se tient devant moi, respirant comme un buffle. Il entre sans permission et fait le tour de la petite pièce. Je ne sais pas ce qu'il cherche, et lui ne semble pas le savoir non plus en revenant à son point de départ. À son regard, que je sais maintenant déchiffrer correctement, je pourrais croire qu'il est excité. Innocemment, je baisse les yeux sur son boxer.

Bordel ! Il est excité !

Une foule d'idées bizarres vient envahir mon esprit fantasque en une fraction de seconde. Je suis en train de me demander comment je réagirais s'il m'apprenait qu'il était porté sur des trucs dégueu au lit, quand il me demande :

– C'était quoi ce bruit ?

– Euh, moi qui fais pipi ?

– Non, l'autre bruit.

– Ah, tu veux dire ma brosse à dents électrique ?

J'attrape l'objet en question et l'allume. Elle se met à vibrer et la tête fait des petites rotations sur elle-même. Rien d'extraordinaire en soi, mais Rock la fixe, ahuri, comme si j'agitais devant son nez la véritable baguette magique d'Harry Potter.

– *Expelliarmus!* lancé-je en rigolant et avec un mouvement circulaire du poignet.

Du dentifrice éclabousse son torse nu mais ma petite blague ne le fait pas réagir. Il reste immobile, obnubilé par cette fichue brosse à dents.

– Attends, ne me dis pas que tu n'as jamais vu de brosse à dents électrique avant aujourd'hui? Je sais que Colorado Source est une ville paumée, mais quand même. Je crois qu'Alfred en vend dans sa boutique. C'est un modèle Star Wars pour enfant qui fait de la lumière, mais je peux te l'offrir pour ton anniversaire si tu veux.

– Non merci. C'est juste que j'ai cru que… Laisse tomber. J'ai la tête dans le cul. Je retourne dormir.

– Tu as cru que quoi Rambo?

Pour la première fois, je vois se produire devant mes yeux quelque chose que je n'aurais jamais cru observer un jour. Le grand Rock Christensen se met à rougir, son regard passe de moi à ma brosse à dents plusieurs fois, et il finit par tourner les talons, maugréant, en direction du lit. Perplexe, je me demande ce qui vient de se passer quand je percute.

Mais non!

Alors je le rattrape en courant :

– Oh mon Dieu, Rock! Tu as cru que je faisais des trucs dans la salle de bains avec un sextoy ou une connerie du genre!

– Non.

– Si, j'en suis sûre!

Il détourne le regard et s'enfouit sous la couette, prouvant que j'ai raison. Alors j'explose de rire :

– Non mais sérieux, Christensen, tu as l'esprit tordu et tu es un sacré obsédé sexuel, si tu veux mon avis.

– C'est bon, Liv, lâche l'affaire, OK?

– Tu crois que je pourrais, de bon matin, m'échapper du lit pour aller faire mumuse toute seule dans la salle de bains avec un bout de plastique vibrant, et ça, après la nuit qu'on vient de passer? Et alors même que tu es juste à côté en train de dormir? Mon Dieu! Mais tu crois que je suis qui? je lui demande en riant, les larmes aux yeux. Faut arrêter le porno, Rambo, ça te grille le cerveau…

Et en rimes, s'il vous plaît !

– C'est bon, Kincaid ! J'ai compris, ramène-toi dans ce lit que je te fasse taire. Ton rire de lutin me transperce les tympans de bon matin.

Je finis par descendre dans la cuisine pour préparer le petit déjeuner, encore amusée par l'incident de la salle de bains. Rock s'est rendormi immédiatement. Je pense qu'il n'était pas vraiment réveillé ce matin mais je ne compte pas oublier pour autant. Tout est gravé dans ma tête et je saurai le charrier avec cette anecdote le moment venu. Je chantonne en fouettant énergiquement la pâte à pancake quand deux grandes mains me saisissent par les hanches. Rock vient m'enlacer en m'embrassant dans le cou.

– Bonjour, Princesse.

– Bonjour, Terminator. C'est le week-end ! Tu as prévu quoi pour la journée ? Tu veux toujours aller manger dans cette pizzeria ce soir ?

– Ouais, sauf si toi tu n'en as plus envie.

– Si, si et je passe la journée avec Soraya et Susie.

Les filles doivent m'aider à trouver une solution pour mon tatouage dissimulé sous mon tee-shirt…

Brainstorming en urgence !

Nous avons échangé par SMS et elles ont déjà quelques bonnes idées prometteuses. Rock s'installe à table et patiente en observant chacun de mes gestes.

– Ce short à étoiles me rend dingue…

– Sérieux, tu n'arrêtes jamais ? Ce n'est pas humain d'avoir une telle libido.

– C'est l'effet feu follet, et on avait du temps à rattraper toi et moi.

Je suis heureuse d'avoir cette emprise-là sur lui, c'est plutôt flatteur. Je manie ma poêle comme une vraie professionnelle et enchaîne les pancakes plus vite que dans un *diner*. J'en ai tellement fait pour Moïra, c'est comme le vélo, il y a des choses qui ne s'oublient pas.

– Tu ne m'as pas répondu, tu vas faire quoi, toi ?

– Normalement le samedi matin, c'est réunion avec les gars. Donc réunion avec les gars. On travaille sur un nouveau business en cogérance avec un autre club assez puissant de la région. Une première, faut pas se louper. Et j'irai interroger Bill à nouveau, il va bien finir par craquer ce connard.

Je me fige lorsque j'entends le prénom de la personne que je déteste le plus sur cette terre, le responsable de l'enfer que j'ai traversé.

– Bill est vivant? demandé-je à Rock en me tournant vers lui.

J'avais imaginé à tort qu'il était mort dans d'atroces souffrances, comme Dark Vador, mais non. Je n'avais pas encore eu l'occasion, ni l'envie, de reparler de tout ça avec quiconque. Je ne me sens pas bien tout à coup, prise de nausées. Le téléphone de Rock bipe, signalant l'arrivée d'un texto qu'il lit aussitôt et il me répond sans relever la tête, trop absorbé par sa lecture :

– Vivant mais pas libre, et en piteux état. On n'arrive pas à le faire parler. Il nous connaît trop bien. Il sait ce que nous sommes capables de faire ou pas. La situation est merdique.

Je respire profondément. Je dois arriver à parler de tout cela posément et avec distance, comme Mary m'a appris à le faire pendant nos séances. L'enfer est terminé, les garçons ont gagné et la vie reprend son cours ici, tranquillement. Je lui demande d'une petite voix :

– Depuis quand tu partages toutes ces infos avec moi aussi facilement?

À mon ton presque inaudible, il redresse la tête, concerné :

– Hey, Liv, pose tout ça, viens là.

Sur ses ordres, j'éteins la gazinière, apporte l'assiette de pancakes tout chauds et viens trouver du réconfort sur ses genoux alors qu'il me prend dans ses bras.

– Bill ne pourra plus te faire de mal. OK?

Je hoche la tête tristement sans rien ajouter. Il poursuit :

– Et je te parle de tout ça parce que, primo, tu mérites de comprendre ce qui t'est arrivé et pourquoi, même si nous n'avons pas encore toutes les réponses. Et deuzio, car j'ai une proposition à te faire. Ou plutôt une offre. J'attendais d'avoir la confirmation avant de t'en parler. Je viens de la recevoir par SMS. Elle tombe à pic.

Mon cœur s'emballe, j'espère sincèrement qu'il va en venir là où je souhaite qu'il aille. Je le regarde dans les yeux avec appréhension.

– Je t'écoute, Tarzan.

– Tu nous as prouvé ta loyauté, Olivia, cette nuit affreuse dans la grange. Ils ne t'auraient pas battue ainsi si tu avais parlé... Tu aurais pu trouver des choses compromettantes à balancer pour sauver ta peau, mais tu ne l'as pas fait.

– Non. Et si c'était à refaire, je le referais, sans hésitation. Au moins pour les petites.

– Je le sais, tous les membres du Clan le savent. Tu as aussi apporté avec toi ta joie de vivre et ta folie. Ça fait un bien fou à tout le monde. J'ai déjà reçu une cinquantaine de textos pour la soirée d'hier, ils veulent tous savoir qui est la nana timbrée qui a chanté. Ils ont adoré la déco et le gâteau. Oh, et j'ai des SMS de félicitations pour ma future paternité aussi…

Je rigole, et lui réponds sur un ton plus léger :

– Je te l'ai dit, ce serait vraiment dommage de perdre un aussi bon patrimoine génétique. Beaucoup sont du même avis que moi.

Il souffle, agacé, avant de reprendre :

– Je ne veux pas d'enfants, Liv. Je ne changerai pas d'avis. J'espère que tu en as conscience…

– Hey, du calme, je te taquine. Et qui t'a dit que, moi, j'en voulais? J'ai jamais vraiment réfléchi à la question vu que je n'ai jamais été en couple avant ça. Car on est en couple, toi et moi désormais, hein?

Je sens le stress monter à mesure que je parle. J'appréhende sa réponse. J'ai peur qu'elle ne soit pas celle que je désire entendre. J'ai toujours ce doute en moi, cette peur irrationnelle de ne pas mériter l'amour des gens.

– Ouais et officiellement! Fini les cachotteries.

– Alors je suis heureuse! Je ne veux rien d'autre…

Une immense vague de soulagement me saisit à ses mots. Je suis sincèrement et profondément comblée, je n'ai besoin de rien de plus. Lui et son Clan sont l'unique chose à laquelle j'aspire.

– Dis pas ça, tu n'en sais rien. C'est un lourd sacrifice, et je comprendrais que tu ne veuilles pas le faire.

– Écoute, je n'ai jamais pensé aux enfants. J'ai déjà du mal à traverser l'existence sans encombre toute seule. Alors avec un bébé, imagine le désastre… Quant à toi, dans le pire des cas, tu peux toujours faire un don à une banque de sperme, au moins des mini-Hulk existeront quelque part et perpétueront l'espèce. Mais on s'écarte du sujet. Tu parlais d'une proposition?

– Bordel, Liv, tu es dingue.

Il secoue la tête de gauche à droite et rigole, exaspéré, avant de poursuivre :

– Ouais, je disais donc. Tu es devenue indispensable ici, tu es loyale, courageuse. Tu as un putain de fan-club maintenant entre la droite que tu m'as mise et ta petite soirée! Et surtout, tout le monde a eu vent de ton passé, j'en suis désolé, Liv. Ce genre de choses se propagent plus vite que la peste dans une petite ville comme la nôtre.

– Ce n'est pas de ta faute. Je me suis fait une raison. Et d'une certaine façon, je me sens plus légère.

– Ils savent que tu es une âme blessée comme eux, et beaucoup sont impressionnés que tu tiennes toujours debout. Tu es la preuve qu'on peut toujours se relever et avancer. Peu importe combien la vie est cruelle.

– Eh bien. Tu me fais rougir là, Rambo. Du coup je suis quoi? Une sorte de mascotte. Attention, je vais demander des droits de représentation…

– Pas une mascotte, plutôt un exemple de ténacité. Par contre, sérieusement, Olivia, c'est un rôle lourd à porter. Si tu acceptes de faire partie du Clan, tu devras l'assumer envers et contre tout.

– Tu veux que j'intègre le Clan? C'est ça ta proposition?

Enfin, nous y sommes. Ce que j'espérais sans trop y croire, sans oser leur demander, est en train de se réaliser pour de vrai. Je deviens fébrile à l'idée d'intégrer les Evil's Heat, qui sont comme une famille que je n'ai plus depuis trop longtemps. Des millions de questions plus ou moins sérieuses m'assaillent comme un raz-de-marée. Je ne sais pas par où commencer, la tête me tourne, je suis grisée par l'euphorie que je sens naître au creux de mon ventre. La voix de Rock me ramène dans le présent et freine mon esprit lancé à cent à l'heure.

– Oui. Et les gars aussi.

– Waouh… Rock, c'est… Regarde, je tremble.

Je tends mes mains devant lui pour illustrer mes propos.

– Ce n'est pas tout, Liv. Je souhaite que tu intègres notre communauté, mais pas à n'importe quel poste. Bill a laissé une place vacante, on n'a plus de direction financière pour gérer nos business et nos comptes…

Oh, bordel!

En revanche, ça, je ne l'ai pas vu arriver. Faire partie du Clan à mon petit niveau en tant qu'aide d'institutrice ou serveuse oui, mais je n'envisageais rien de plus.

– Attends, je ne suis pas sûre de bien comprendre. Tu me proposes quoi, là, exactement?

– Je veux que tu intègres la tête du Clan. Que tu fasses partie des huit membres décisionnaires avec Shawn, Loris, Vince, Bounce, Eddy, Max et moi.

Un long blanc suit sa réponse, le temps que je prenne conscience de l'ampleur de sa proposition. Puis tout se connecte enfin, morceau après morceau. Ma réalité, un temps perturbée par cet afflux d'informations, se stabilise selon un nouveau schéma où, moi, Olivia Kincaid, une Française paumée et orpheline, j'intègre le cercle fermé des Evil's Heat aux côtés de Rock. Les larmes me montent aux yeux mais je fais tout pour ne pas pleurer.

Pas encore…

– Oh, bordel ! Rock ! C'est juste dingue. Je n'en espérais pas autant ! Je, je… je perds mes mots comme une idiote. Je suis touchée de votre confiance, c'est tellement plus que, que… je ne vais pas y arriver.

Il rit de me voir ainsi déstabilisée, heureuse et sans pouvoir formuler correctement ce que j'ai sur le cœur. Mais je sais qu'il comprend à quel point je suis émue. Lui-même a un sourire immense et les yeux brillants. Il poursuit sur un ton plus sérieux :

– Si tu acceptes, il n'y aura pas de retour en arrière possible. Tu vas apprendre, voir et entendre des choses ultra-confidentielles. Tu seras encore plus exposée au danger, mais on va aussi te former pour que tu saches t'en préserver au mieux. J'ai pris sur moi pour cet aspect-là, car bordel, Princesse, j'ai promis de te protéger et je suis en train de te placer au centre des emmerdes. Mais l'expérience vient de nous prouver que, quoi qu'on fasse, à partir du moment où tu restes vivre ici, il y a un risque, alors autant que tu sois au courant.

– Je suis d'accord avec toi, je ne veux plus être une victime. J'ai déjà pris la décision depuis quelque temps de ne plus partir. J'ai trouvé ici à Colorado Source bien plus que nulle part ailleurs. Je vais me battre bec et ongles pour conserver ma place ici.

– Une dernière chose. Si toi et moi ça ne marche pas, on devra en assumer les conséquences et agir en adultes. J'ai garanti aux gars qu'on en serait capables. Je t'avoue que c'est leur plus grande crainte.

– Effectivement, c'est un risque, et je le comprends. Au travail, j'ai toujours su être pro. Et si je te promets de l'être alors je tiendrai parole… Je te jure aussi de tout faire pour que nous deux ça tienne la route. Je ne sais pas comment tous ces trucs de relation fonctionnent, mais un peu comme tout le monde, j'imagine. Il n'y a pas vraiment de manuel. Tu n'es peut-être pas encore prêt à l'entendre, monsieur Caillou, mais je t'ai dans la peau.

Je viens jouer avec mon collier pour me donner du courage après cet aveu qui me met à nu et je détourne le regard. J'ai peur de ce que je pourrais lire dans ses prunelles sombres. J'offre à cet homme fort, souvent bourru, un moyen de me blesser, voire de m'achever. J'espère qu'il saura en mesurer l'importance et verra une marque de confiance identique à la sienne, lorsqu'il m'a proposé d'intégrer son Clan.

– Je ne suis pas très doué pour parler de ces choses-là, mais encore une fois, tu es mon exception, Liv.

L'entendre me dire ça me fait toujours quelque chose de fort au creux de la poitrine et dans le ventre. Il reprend doucement en me faisant relever la tête, mon menton dans une main, et de l'autre, il joue avec une mèche de mes cheveux.

– Je sais que tu tiens parole, je ne te l'aurais même pas proposé si j'avais eu un doute. Je dois t'avouer un truc.

Je viens presser sa paume contre ma joue, je ne veux plus qu'il me lâche et lui demande doucement :

– Vas-y…

– On a récupéré ton CV chez ton précédent employeur en France. Il t'a vivement recommandée. Il nous a demandé de tes nouvelles, d'ailleurs. Bon, on ne lui a pas précisé quel genre d'entreprise américaine nous étions… J'espère que tu ne nous en voudras pas d'avoir encore fouiné dans ton passé. Mais on voulait savoir qui on embauchait. Je te l'aurais bien demandé directement, mais tu étais dans le coma.

– Oh, non pas de soucis, ça, je peux le comprendre. Et tu veux dire que tu voulais me faire cette proposition depuis un moment, alors?

– Oui, j'attendais le bon moment, que tu ailles mieux et que tu décides de rester ici.

– Et si je ne t'avais pas pardonné?

– Peu importe, tu es ce dont le Clan a besoin. Mon bonheur personnel passe en second. Es-tu prête à en faire de même?

– Tu veux dire, suis-je prête à avoir enfin une famille? Des gens qui m'acceptent comme je suis, avec mon passé de merde, mes hontes et mes blessures. Des personnes qui me feront confiance et me confieront leur avenir?

– Oui.

Je le prends dans mes bras, me tourne pour venir me mettre à califourchon sur lui, sans laisser le moindre espace entre nous et je l'embrasse avec passion. Je veux lui transmettre ce que je ressens à cet instant. Qu'il sache le cadeau qu'il me fait, que tous me font en m'acceptant. Je ne lâche plus sa bouche avide de la mienne, même quand je sens des larmes couler sur mes joues et que notre baiser passionnel a un goût de sel. Je serai digne de leur confiance. Ils sont ce que je n'espérais plus obtenir. Ce dont je ne rêvais plus : une famille.

J'ai l'impression d'avoir gagné au loto, mieux encore, d'avoir décroché la lune et les étoiles. Je revois mon arrivée ici et le chemin parcouru en si peu de mois, mais surtout, tout ce qu'il reste à parcourir. Tous les futurs possibles à leurs côtés, et pour la première fois depuis longtemps, je me dis que l'avenir me réserve de grandes choses. Quoi qu'il advienne, la suite sera belle car je ne serai plus jamais seule. Mon pèlerinage prend fin aujourd'hui, j'ai trouvé un foyer, l'amour. Je suis dingue de cet homme. Je ne les décevrai pas, je ne LE décevrai pas.

Rock me rend mon baiser au centuple. Il a pris ma tête entre ses mains et ne me lâche plus, jusqu'à ce qu'il me demande, à bout de souffle, pendant que j'essuie mes larmes :

– C'est un oui?

– Oui, oui et oui!

Il sourit face à ma joie démonstrative.

– Tu es si belle quand tu es heureuse.

– Bon, ça suffit les compliments. C'est trop, je n'arrive plus à gérer. Oh mais attends, j'y pense! Je vais devoir conduire une moto?

– Non, pas forcément. Sauf si tu le souhaites.

– Euh, je ne sais pas trop. J'aime ma bicyclette…

– OK. On retapera ta vieille Mustang, si tu veux.

– Pourquoi pas. Et j'aurai moi aussi mon accès privatif à la Batcave?

Rien que l'idée me donne des frissons d'excitation. Oh. Mon. Dieu!

– Oui, on te construira un tunnel une fois qu'on t'aura trouvé une maison rien que pour toi. Tu auras aussi ton bureau, bref, on aura le temps de tout te montrer et de te former petit à petit.

– Nom d'un chien sans poil comme dirait Soraya! C'est un truc de dingue! Ma vie est devenue hallucinante! Mais ne t'inquiète pas, je serai à la hauteur, je dois juste digérer toutes ces informations. J'ai des milliards de questions. Prépare-toi.

– Et encore, il y a certaines choses que tu ne soupçonnes même pas…

– Comme quoi?

– Je vais te confier notre plus gros secret, Liv. Je vais te révéler le cœur de Colorado Source, mais on doit attendre mercredi, que la lune soit pleine.

– Euh, c'est quoi encore cette histoire de pleine lune? Je te l'ai dit, le surnaturel, très peu pour moi.

– Rien de mystique, rassure-toi. C'est juste nécessaire pour avoir la meilleure lumière.

– Et de jour, ça ne fonctionne pas? Car on pourrait y aller tout de suite.

– Non, c'est beaucoup moins magique… Patience, petit volcan.

Il attrape mes poignets, les retourne devant son visage et vient embrasser mes deux cicatrices, preuves indélébiles de ce jour où j'ai souhaité tout arrêter : l'aveu de faiblesse ultime.

– Plus jamais, Liv, promets-le-moi. Tu ne peux plus faire ça, des gens comptent sur toi à présent.

– Je me suis déjà fait cette promesse il y a bien longtemps. Aussi dure soit la vie, je veux la vivre. Sinon, mes parents et Moïra seront morts pour rien.

– Ce médecin et sa femme qui t'ont adoptée et t'ont fait du mal gamine, ils sont où?

Je sens la rage vibrer dans sa voix grave et dure. Je n'avais pas prévu de parler de ça maintenant, mais je lui dois bien quelques réponses sur le sujet.

– Lui, en prison pour encore un moment et elle, elle sera officiellement libre dans cinq ans. J'ai appris qu'elle avait essayé de se pendre dans sa cellule mais elle s'est loupée. Elle s'est brisé deux vertèbres dans la manœuvre et ne peut plus rien bouger, hormis cligner des yeux. Alors, je me fous qu'elle soit dans un institut médicalisé sous surveillance, elle est prisonnière de son corps, c'est bien mieux. Parfois, la vie fait justice elle-même. Cela m'a aidée à tourner la page. Le seul truc, c'est que lui sera libéré un jour.

– C'est quoi ce bordel! Ici tu peux prendre des peines de prison de deux cents ans pour ça, les condamnations se cumulent. Je te garantis que tu ne revois jamais la lumière du jour en homme libre.

– C'est ainsi, Rocky, mais toi comme moi, on connaît le sort réservé aux violeurs d'enfants en prison. Ça me suffit aujourd'hui.

– Non, ce n'est pas suffisant, Liv. On s'en chargera le moment venu.

– Rock, arrête. Fais pas de conneries. Il n'en vaut pas la peine.

Il souffle mais ne répond pas. Je sens qu'il ne compte pas lâcher le sujet si facilement mais il renonce pour le moment. Je cherche alors à détourner la conversation :

– Bon, on le mange, ce petit déjeuner? Toi comme moi, nous avons des choses à faire ce week-end. Je te mets quoi sur tes pancakes? Je crois qu'il doit me rester du fromage au frigo si tu veux.

43

UN CŒUR DE PIERRE

Olivia

Après avoir délicieusement payé pour ma provocation sur la table de la cuisine, je suis partie de mon côté et Rock du sien. J'aurai du mal à regarder Ellie dans les yeux à son retour demain soir, sachant ce que nous avons fait un peu partout dans sa petite maison qu'elle affectionne tant. Les filles m'ont donné rendez-vous chez Susie pour que nous nous rendions à Newton City dans une seule voiture.

Rock me rejoindra là-bas pour dîner, une fois qu'il en aura terminé avec ses obligations de grand manitou suprême, et nous rentrerons ensemble. Mon petit planning est bien rodé, j'adore et cela me permet de profiter de mes amies l'esprit léger. Nous flânons de longues heures dans les boutiques du centre-ville, puis nous nous arrêtons en début d'après-midi chez mon tatoueur.

Caleb a la délicatesse de ne pas reparler de l'incident dans la boîte de nuit de son frère et me propose plusieurs dessins pour cacher l'ancien. Je ne suis pas emballée, ils me paraissent immenses et j'ai déjà celui de l'autre côté qui est imposant.

Cette fois, je souhaite prendre le temps de la réflexion et quoi qu'il en soit, il ne pourra le réaliser que dans plusieurs semaines, quand celui à recouvrir aura cicatrisé correctement. Soraya tente de me rassurer comme elle peut quand elle aperçoit ma tête déconfite :

– Ne t'inquiète pas, on va trouver une solution. J'ai une idée ! Pourquoi tu ne mettrais pas un pansement dessus ? J'en ai des trop mignons, avec des licornes, comme tu aimes. Et ensuite, tu dis à Rock que tu t'es cognée dans un meuble ou un truc du genre.

– Ouais, un truc du genre… Tu as vu la longueur de ma phrase ? Je fais comment, Einstein ? Je les colle bout à bout, tes pansements pour gosse, histoire de m'en faire une fresque enchantée sur le flanc ?

– Hey ! Du calme, j'essaye juste de t'aider…

Susie intervient calmement. Elle est la plus raisonnée de nous trois :

– Ou tu peux juste lui avouer, Liv. Sérieux, vous n'avez plus 15 ans. Tu as peur de quoi?

– Tu ne veux pas savoir, Susie…

Les filles rigolent et nous décidons d'aller nous reposer et nous mettre au chaud dans le petit cinéma de la ville, pour regarder une projection de l'*Effet papillon* avec Ashton Kutcher. Nous nous installons confortablement dans les immenses sièges de velours pourpre, avec la ferme intention de nous goinfrer de pop-corn et de nous interroger sur le concept métaphysique suivant : le battement d'ailes d'un papillon au Brésil peut-il provoquer une tornade au Texas?

Tout un programme!

Susie part aux toilettes avant que le film ne commence. Soraya quant à elle est plongée dans ses textos et, pour une raison que j'ignore, je me sens mal à l'aise dans cet endroit clos et sombre. C'est un sentiment sourd qui croît en moi, dans mon ventre, et qui me comprime la poitrine.

Au début, ce n'est qu'une simple gêne mais cela devient de plus en plus fort et oppressant. À tel point que j'ai soudainement du mal à respirer. Je suis prise de sueurs froides et je lutte pour ne pas lâcher mes pop-corn. J'ai beau me raisonner, me répéter en boucle les paroles de Mary Ellen dans ma tête, mon corps ne m'obéit plus. Soraya s'en rend compte lorsqu'elle me tend une bouteille de Pepsi, et ce malgré la pénombre de la salle de projection :

– Liv, ça va?

Pas de réponse.

– Liv, ma belle, je sens que quelque chose ne va pas, dis-moi.

Je resserre mes bras autour de moi pour apaiser cette sensation de froid et maîtriser les violents frissons qui me parcourent. J'ai envie d'exploser en sanglots. J'ai envie d'exploser de rage. Je ne contrôle rien.

– Je ne sais pas, So, j'ai peur, je me sens suivie. En fait, je crois que je me suis sentie suivie toute la journée, comme avant mon enlèvement par les Black Edge. Il y a quelqu'un de mauvais dans cette salle, je veux partir.

Mais je n'arrive pas à bouger…

Bordel, je veux sortir d'ici tout de suite!

Susie, qui revient des W.-C., comprend instantanément que quelque chose cloche :

– Liv?

Soraya lui répond à ma place car désormais mes mâchoires claquent l'une contre l'autre et je ne peux plus prononcer un mot.

– Elle est en train de faire une crise d'angoisse. Quelque chose a dû lui rappeler son enlèvement.

– Merde. Liv, regarde-moi. Écoute-moi.

Susan pose ses mains sur mes bras et je me plonge dans ses magnifiques yeux couleur d'orage, identiques à ceux de son frère. Elle me chuchote posément, avec cette voix douce qu'elle utilise pour calmer ses petits protégés :

– Liv, il n'y a personne ici qui peut te faire de mal. Les Black Edge sont tous morts. Regarde autour de toi. Ce sont de simples spectateurs.

C'est apaisant, presque hypnotique. Effectivement, il doit y avoir une vingtaine de personnes maximum. Certains en couple, quelques-uns seuls et d'autres comme nous, entre amis. Ils sont déjà tous absorbés par les premières minutes du film. Soraya me demande :

– Tu as pris les plantes que je t'ai données ce matin?

Je secoue la tête de gauche à droite en signe de dénégation. J'ai oublié à cause des événements de la veille et de mes réconciliations avec Rock. Je lui réponds péniblement et faiblement :

– J'ai… J'ai oublié.

– OK, laisse-moi chercher dans mon sac de Mary Poppins, je dois bien avoir quelque chose qui pourrait t'aider.

Elle farfouille encore et encore et finit par me tendre deux gélules transparentes ainsi qu'un pot de ce qui me semble être de la crème faite maison.

– Avale les gélules et applique-toi la crème sur le haut de la poitrine et à l'intérieur des poignets. Tu vas voir, ça agit assez vite. Continue de respirer profondément.

Je m'exécute, une odeur forte et fraîche de plantes m'emplit les narines. Me concentrer sur autre chose m'aide déjà à me sentir mieux.

– Tu veux qu'on sorte? me propose Susie.

– Non c'est bon. Ça va aller. Merci les filles, je suis sincèrement désolée.

Maintenant que je me calme, je commence à avoir honte. Je regarde à nouveau la salle, il n'y a rien ni personne d'effrayant. Je ne comprends pas, j'étais convaincue d'être suivie, observée…

– Ne sois pas désolée, jamais. Tu pourras toujours compter sur nous, et surtout n'oublie plus de te faire régulièrement les infusions que je t'ai prescrites.

– Merci, Soraya. C'est promis.

Rapidement, je suis happée par le film, et la crise de panique me semble loin, anodine. Je vais faire partie du Clan à présent, j'y puiserai ma force et je serai protégée par ma nouvelle famille, par Rock.

Nous finissons l'après-midi toutes les trois à visiter l'aquarium de la ville puis dans un café, jusqu'à ce que ce soit l'heure pour moi de me rendre à la pizzeria, dont j'ai reçu l'adresse par SMS. Aucune solution crédible pour mon tatouage n'ayant été trouvée, je suis condamnée à avouer ma bêtise à Rock, qui m'a rejointe. C'est décidé, je préfère prendre les devants plutôt qu'il ne le découvre par hasard en pleine séance de galipettes.

De tous les hommes du coin, il a fallu que je choisisse celui qui se débrouille en français… C'est déjà un miracle qu'il n'ait rien remarqué jusqu'ici.

Mais malgré cette décision bien arrêtée de cracher le morceau, j'ai évidemment repoussé l'échéance au maximum, fidèle à moi-même et à ma façon de gérer les problèmes, et me voilà, anxieuse, face au mur ou plutôt, face à monsieur Caillou.

Pas d'échappatoire possible cette fois-ci puisque je compte lui proposer de passer de nouveau la nuit avec moi. C'est donc au-dessus du dessert que nous partageons, une énorme glace avec du coulis de chocolat et de la chantilly, dans une pizzeria bruyante remplie d'amateurs de baseball déchaînés, que je lui lance :

– Je ne sais pas trop comment te le dire, Brutus. Mais voilà, dans ma période de grand n'importe quoi à la réserve avec Soraya, j'ai peut-être fait une bêtise.

Je capte son attention immédiatement. Il lâche des yeux l'énorme écran plat qui diffuse le match et qui jusque-là avait tout son intérêt, ce qui m'arrangeait bien.

– Je sentais bien que quelque chose te tracassait depuis tout à l'heure. Vas-y, crache le morceau, Poucelina.

Il y a bien aussi ma crise d'angoisse dans le cinéma, mais je ne veux pas le préoccuper avec ça et les filles m'ont promis de ne rien dire non plus.

– Il faut que tu comprennes, j'étais très en colère contre toi, vraiment beaucoup.

– Liv…

– Je suis allée au salon de tatouage de Caleb et…

– Bordel, ne me dis pas que tu l'as embrassé ou pire !

– Non, non ! Rien de ce genre. Mais Caleb m'a tatoué un petit quelque chose.

– Où ?

– Sur les côtes, à l'opposé de mes runes.

– Et en quoi c'est une bêtise ?

– C'est une petite phrase qui t'est en quelque sorte adressée, ainsi qu'à tous les hommes cailloux de cette maudite planète.

– Les hommes cailloux ? C'est quoi ça encore ?

– Ce sont les hommes qui ont un cœur de pierre. Ou, en tout cas, les hommes qui aiment qu'on pense qu'ils ont un cœur de pierre. Tu me suis ?

Contre toute attente, il explose de rire, se lève et me tend la main. Je la fixe sans comprendre :

– Quoi, qu'est-ce que tu veux ?

– Viens, je veux voir ça.

– Maintenant ?

– Oui, maintenant. Tu as piqué ma curiosité, et tu sais très bien que la patience n'est pas une qualité que je possède.

– OK…

J'accepte de prendre sa main et il m'entraîne vers les toilettes du restaurant, dans lesquelles nous nous enfermons à double tour sous le regard curieux des clients.

– Allez, montre-moi cette bêtise.

Nous nous tenons face au miroir. Je le vois immense derrière moi, il attend et me regarde avec ce petit sourire en coin diabolique. Avec quelques difficultés, j'ôte mon pull de laine, puis mon tee-shirt et il vient déplacer mon soutien-gorge pour lire la phrase qui décore à présent mes côtes. Je l'entends susurrer en français à mesure qu'il prononce les mots. C'est toujours étrange de l'entendre parler ma langue maternelle. C'est sensuel. Il marque une pause lorsqu'il a terminé, puis me dit en me fixant dans le miroir face à nous :

– Liv, qu'est-ce que je vais bien pouvoir faire de toi ? Rassure-moi, tu ne comptes pas aller chez le tatoueur à chaque fois qu'on s'engueule ?

Je ne lui réponds pas et tire la langue à son reflet comme une enfant.

Très mature, Kincaid…

J'étais persuadée qu'il le prendrait mal mais finalement il en rigole et se moque de moi. Je me sens à présent idiote d'en avoir fait un tel fromage. Susie avait raison, comme d'habitude, comme son frangin.

Décidément, cette famille est pleine de sagesse.

– Je comptais le faire recouvrir.

– Ah bon, pourquoi? Cela reste une jolie phrase et elle n'est pas complètement fausse…

– Elle ne te gêne pas? Moi, maintenant, elle me dérange, car je sais qu'il y a plus derrière cet air de gros dur que tu te donnes.

– Ah oui? Tu trouves? Alors dans ce cas, plutôt que de la cacher, fais-la évoluer.

Il se colle dans mon dos et vient me prendre dans ses bras pour me chuchoter à l'oreille :

– Pourquoi n'ajouterais-tu pas quelque chose comme : « Quand le visage montre un trop beau sourire, c'est pour cacher un cœur dur comme un Roc, que seul un feu follet peut faire battre à nouveau. »

Je me retourne, le regarde, ahurie, et m'étonne :

– C'est super beau, Rock. Tu as des talents cachés pour la poésie et tu ne m'en as rien dit?

– Une certaine princesse me rend peut-être un peu poète. Je l'avoue.

Et il vient m'embrasser tendrement sur la bouche. Et même si j'ai envie de lui, là, tout de suite, je ne veux pas faire ça ici. Je veux mieux pour nous.

– Venez, monsieur Roc, allons finir notre dessert, comme ça, on pourra rentrer…

Nous sortons des toilettes après y être restés quinze minutes grand maximum, mais le restaurant, qui fait également bar, s'est rempli d'un coup en notre absence. J'ai des difficultés à me frayer un passage à travers tous ces étrangers. Je ne suis pas à l'aise et Rock, derrière moi, a été contraint de me lâcher la main.

Je lui jette un regard inquiet mais il me renvoie un sourire immense et confiant qui me donne le courage de foncer à travers la foule. Un homme bien plus grand que moi à ma droite et venant en contresens me donne un violent coup d'épaule dans la tempe. Je relève la tête pour lui dire ma façon de penser en me frottant le crâne à l'endroit douloureux, et je me fige sur place, terrifiée.

Non pas à cause de ses yeux bleu glacier sans âme qui me fixent, ni à cause de son sourire cruel à mon attention, mais à cause du tatouage rouge clair sur sa pommette gauche, saillante. Cet homme m'est inconnu, en revanche, cet aigle sanglant dessiné comme un coup de crayon léger et brouillon sur son visage m'est bien trop familier. Je cligne des yeux d'incompréhension.

Aussi impossible que cela puisse paraître, je dois me rendre à l'évidence.

Ils m'ont retrouvée.

Ma crise de panique quelques heures plus tôt n'est rien comparée à la lame algide qui m'emporte comme un tsunami à présent. L'homme a la peau pâle et les cheveux si blonds qu'ils paraissent blancs, coiffés en arrière, le cliché du parfait mafieux qu'il est réellement. Deux dents en or, ses yeux bleus et son tatouage rouge sont les seules taches de couleur sur son visage blafard et odieux.

Il est un fantôme surgissant de mon passé infernal, mais surtout de celui de Moïra. Il se penche et me murmure à l'oreille de sa voix caverneuse, me donnant des frissons de dégoût et d'horreur :

– Sympa le film, tout à l'heure. Alors, petit papillon, tu pensais pouvoir t'échapper? Tu as cru que nous n'entendrions pas tes battements d'ailes à l'autre bout de la planète?

Je tourne la tête, paniquée, pour voir où Rock se trouve, mais je ne le repère nulle part.

– Qu'est-ce que vous me voulez? osé-je demander sans grande conviction.

Mais je n'obtiens pas de réponse, mes mots se perdent au milieu du brouhaha du restaurant. L'homme s'est volatilisé le temps que je cherche de l'aide auprès de Rambo. Je jette un coup d'œil rapide et circulaire : mon tourmenteur a disparu aussi soudainement qu'il est apparu. Un ange de la mort, slave, venu des froids sibériens où vivent les Aigles rouges de Moscou. Les tentacules de leur réseau abject s'étendent dans toute l'Europe occidentale et orientale, et, a priori, ils sont aussi capables de venir jusqu'ici.

Je n'étais donc pas folle au cinéma. Quelqu'un était là pour moi. J'avais dû apercevoir quelque chose, comme une image subliminale que mon subconscient a captée, même si je ne l'avais pas comprise sur le moment.

Depuis combien de temps m'ont-ils retrouvée?

– Ça va, Olivia? On dirait que tu as vu un fantôme.

Une grande main me prend par la taille et je sursaute avec un petit cri de frayeur, le cœur au bord des lèvres.

– Hey, ce n'est que moi.

– Oui, pardon, Rocky, c'est juste que la foule et moi, ce n'est pas l'amour fou. Tu le sais bien.

– Désolé, je suis allé saluer un ami qui est là ce soir. Viens, finissons ce dessert et rentrons.

Le trajet du retour se fait en silence. Je suis perdue dans mes pensées, engloutie par mes angoisses. Je ne sais pas ce qui me retient d'en parler à l'homme qui est à mes côtés. Je l'observe discrètement, pensive. Il paraît si dur, si résistant. Une force brute de la nature, sauvage et indomptable. Enfin presque, car j'arrive avec mon mètre cinquante à l'apprivoiser un peu plus chaque jour. Mais je n'oublie pas non plus qu'il n'est que de chair et d'os, comme tous ses frères. Il n'est pas invincible, il n'est pas immortel…

Ai-je envie de prendre le risque de le mêler à tout ça?

Je n'ai pas encore la réponse à cette question. Je sais seulement que bien trop de personnes chères à mon cœur sont mortes autour de moi. Il y a dans mon sillage une odeur funeste qui empeste, l'ombre d'un fléau nauséabond qui rôde. Je suis rattrapée par la mélancolie et la peine de toutes ces années d'existence compliquées. Vidée, j'ai besoin de me sentir vivante. Tel un succube[19], j'ai l'urgence vitale de me nourrir d'un autre pour ne pas sombrer. Nous sommes au milieu du désert, sans rien ni personne et je lance à Rock :

– Dès que tu peux, arrête-toi à l'abri des regards.

Il me jette un coup d'œil inquiet et étonné :

– Tu ne te sens pas bien?

– On peut dire ça…

Cinq minutes plus tard, il engage la voiture dans un petit chemin escarpé et roule jusqu'à ce que la route principale disparaisse dans le rétroviseur central.

Dès que le Dodge est arrêté, je me détache et je lui saute dessus, désespérée. Je grimpe sur lui comme je peux et j'arrive à me faire une place à califourchon. Il n'a pas le temps de dire ou de faire quoi que ce soit, je l'embrasse déjà avec passion et me frotte à lui vigoureusement. Je le sens durcir sous moi. Il n'est pas réticent à ma fougue mais marque tout de même un temps d'arrêt pour me demander :

– Hey, ça va? Je sens que quelque chose cloche ce soir, et ne me dis pas que c'est à cause de ce tatouage, c'est plus que ça.

– Chut, j'ai besoin de toi, Tarzan. J'ai eu une crise d'angoisse dans le cinéma avec les filles. Aide-moi à oublier, je n'arrive pas à me débarrasser de cette sensation de peur.

Il sonde mes yeux des siens, cherchant à démêler le vrai du faux. Afin de l'aider à faire son choix, je me penche à son oreille et lui murmure :

– Baise-moi, Christensen, les câlins, ce sera pour plus tard.

---

20. Succube : démon qui prend la forme d'une femme pour séduire les hommes dans leur lit et leur voler leur semence.

– Et merde…

Je repasse sur le siège d'à côté le temps d'enlever précipitamment pantalon, sous-vêtements et chaussures. Lorsque je reviens sur Rock, il est prêt, brûlant et dur entre mes cuisses. Je me frotte contre lui, peau contre peau et quand je me sens enfin prête moi aussi, je viens m'empaler sur lui sans préambule.

Il jure dans mon cou en y déposant une multitude de baisers et je commence un violent et profond va-et-vient. Je lui tire les cheveux, l'embrasse, le mords, le griffe. Il m'aide dans ma furie en m'attrapant les fesses pour accompagner mes mouvements. Je le sens venir caresser ce point de contact entre nous, ce qui le fait lâcher prise définitivement. La voiture se remplit de buée et du bruit de nos gémissements étouffés.

– Bordel, Liv, tu es déchaînée.

– Plus fort, Brutus.

Il obtempère et me rend morsure pour morsure, griffure pour griffure, coup pour coup. J'ai la haine contre la vie, la rage contre ceux qui m'ont fait du mal et qui veulent m'arracher à nouveau mon bonheur et l'homme que j'aime, sous moi. J'en ai les larmes aux yeux mais je ne compte pas pleurer. Je transforme cette tristesse en quelque chose d'autre, en lui disant à quel point il me fait du bien.

Je ne le regarde pas dans les yeux, je risquerais de craquer et je ne veux pas qu'il sache à quel point je suis vulnérable à cet instant. Je me blottis dans son cou et respire son odeur. Je suis stupéfaite qu'en si peu de temps, tout soit déjà gravé dans ma chair, instinctif : son parfum, la texture de sa peau et de ses cheveux, les inflexions de sa voix grave qui vibre sous mes lèvres, alors que je l'embrasse à l'endroit même où le sang bat dans son artère. Rock vient me pincer les tétons à travers mon tee-shirt et c'est l'élément déclencheur. Je vole en éclats, criant son prénom dans l'habitacle.

Il ne tarde pas à me rejoindre quelques secondes plus tard en me mordant l'épaule. Je vais avoir des marques partout demain. Peut-être même des bleus, mais peu importe, c'était vital. Je reprends mon souffle doucement contre sa joue alors qu'il me demande :

– Ça va mieux?

– Oui.

Et je le pense vraiment. J'ai toujours peur, mais ce sentiment d'urgence a disparu, me permettant de réfléchir calmement. Demain, à la lumière du jour, je trouverai une solution à cette situation merdique et dangereuse.

– Tu as des mouchoirs dans la boîte à gant et une bouteille d'eau dans la portière si tu veux te nettoyer un peu.

– Ah parfait. Merci.

Alors, presque aussi rapidement que nous nous sommes arrêtés, nous nous rhabillons et nous repartons. Je dois m'être endormie dans la voiture car je sens Rock me porter, marcher, monter l'escalier et me déposer sur mon lit. Il vient me déshabiller avec douceur alors que je somnole sans pouvoir émerger. Il me nettoie avec un gant chaud et je me laisse faire. C'est agréable de s'en remettre à quelqu'un d'autre avec confiance. J'arrive cependant à murmurer :

– Démaquillant. Flacon bleu. Coton.

Rock farfouille dans la salle de bains, puis quelque chose de frais et doux passe sur mon visage tandis qu'il me démaquille avec application. Il m'enfile son grand tee-shirt, me rejoint dans le lit et enfin, je me laisse sombrer contre lui.

44

UN CŒUR EN OR

Olivia

Il est midi quand nous sortons enfin du lit. Nous avons discuté de tout et de rien sans vouloir quitter notre cocon de couvertures moelleuses et d'oreillers. J'ai l'impression d'avoir rêvé la fin de soirée d'hier. De cette façon, c'est bien plus simple de faire comme si de rien n'était.

Je m'accorde encore une journée loin des ennuis et des décisions compliquées.

Je sais que je suis en sécurité ici. Personne n'entre dans Colorado Source sans qu'un patrouilleur des Evil's Heat ne soit au courant. Cet homme était seul, alors que peut-il bien faire ? Il cherche juste à m'intimider et c'est réussi.

Rock perçoit mon changement de comportement qu'il interprète à tort comme une prise de distance. Je le vois peiné mais je ne sais pas quoi dire ni comment le dire. Je souhaite juste le protéger, lui et tous les autres.

Il me demande entre deux bouchées de bacon pendant notre brunch :

– Ellie rentre bien ce soir ?

– Normalement oui, mais elle change parfois d'avis au dernier moment. Je lui ai envoyé un SMS, j'attends sa réponse.

– OK, j'aime pas te savoir seule. Tu es prête pour mercredi soir ? Excitée d'obtenir des réponses à toutes tes questions ?

– Carrément ! Je vais pouvoir arrêter de vous emmerder et de fouiner.

– Max a failli te descendre ce jour-là dans le tunnel, j'espère que t'en as conscience. Il en fait encore des cauchemars et moi aussi.

– Ouais…

Il m'a aussi embrassée dans la foulée, m'a ouvert son cœur et je l'ai écrabouillé. Je n'en ai jamais parlé à Rock, l'occasion ne s'est jamais présentée avant aujourd'hui.

– D'ailleurs, en parlant de Max, sa bouche est, plus ou moins intentionnellement, entrée en contact avec la mienne ce jour-là… L'émotion sans doute.

Je ne pouvais pas lui avouer pour nous mais je t'assure avoir été claire. J'ai dit non.

– Je sais, il m'a tout dit. Je ne peux pas lui en vouloir, au contraire, je me sens comme une merde. Faut qu'on assume nos mensonges maintenant.

Mensonges. Mensonges? Mot qui m'est devenu si familier…

J'essaye de paraître enjouée. Je devrais l'être car, comme le dit Rock, je vais enfin découvrir l'envers du décor que j'ai tant cherché à connaître avant mon enlèvement. Et *j'étais* enjouée, jusqu'ici, sincèrement. Pendant quelques heures, j'ai été heureuse et puis il a suffi de cette horrible rencontre pour que tout bascule à nouveau. Je ne vois pas trente-six mille solutions à cette impasse et aucune ne me satisfait, alors j'attends de voir ce que va me faire découvrir Rock mercredi soir et, en fonction, j'aviserai.

– Je pensais que tu pourrais continuer de travailler à l'école jusqu'à mercredi, pour dire au revoir aux enfants, même si tu les croiseras toujours par la suite, bien sûr. Mais ce ne sera plus pareil. Tu te prends la fin de la semaine tranquille et tu attaques avec nous lundi prochain. Ça te va?

– Ça me semble être un super plan.

– Ça va, Liv? Tu as l'air d'être éteinte, mon petit feu follet?

– Oui, ne t'inquiète pas, c'est juste que j'ai beaucoup d'informations à assimiler. Et je prends des plantes pour mes crises d'angoisse. Soraya m'a dit que ça pouvait provoquer ce genre d'effets secondaires.

Mensonge.

Pour le rassurer, je contourne la table, viens m'asseoir sur ses genoux et me blottis contre lui.

– Tu peux tout me dire, Liv. Tu le sais, hein?

– Oui, Rambo.

Mensonge, mensonge…

Mais seulement pour quelques jours, car lundi prochain, je me fais le serment de leur parler des Aigles rouges de Moscou. Cette première réunion sera peut-être ma dernière. Je ne laisserai pas la mafia russe gangrener les Evil's Heat et eux ne voudront sûrement plus de moi quand ils sauront ce que je traîne derrière moi. Le Clan envers et contre tout, avant son bonheur personnel. Je l'ai promis.

Rock est parti en fin d'après-midi et je me retrouve seule dans la petite pension, un peu effrayée par le silence après ce week-end haut en couleur et en sensations. Ellie me manque également. Je me suis attachée à la vieille dame et à ses gentilles attentions, elle a tout simplement un cœur en or. À vingt et une heures, elle n'est toujours pas rentrée et je décide de monter dans ma chambre. J'aurai l'occasion de la voir demain au petit déjeuner ou sûrement le soir. Nous nous croisons souvent ou nous manquons de peu, chacune ayant des horaires de vie complètement décalés.

Je lui laisse en évidence sur la table une part de tarte à la rhubarbe que j'ai faite dans l'après-midi – une des préférées de Rock – un petit mot sur un Post-it en cœur et un verre de jus d'oranges pressées. J'adore faire plaisir à ceux que j'aime désormais, Rambo le premier. Il ne s'exprime pas beaucoup, il s'agit souvent d'un simple merci, mais je le vois dans ses yeux lorsqu'il réalise que je lui ai cuisiné ce qu'il préfère.

Un vrai gosse !

Dans la nuit, je perçois le bruit de la porte d'entrée. Ellie est enfin rentrée. Soulagée, je me rendors profondément.

Comme je m'y attendais, je ne la croise pas le lendemain matin. Elle est déjà partie en vadrouille je ne sais où, mais la part de gâteau et le jus ont disparu. Je commence à connaître ses goûts aussi bien qu'elle semble deviner les miens.

Le mercredi soir arrive à toute vitesse. J'ai bien évidemment versé une larme en disant au revoir aux enfants, en sachant que je ne travaillerai plus avec Susie. Mais je passerai les voir souvent. Je ne pars pas si loin après tout. Je n'avais encore rien dit aux filles quant à la proposition de Rock, pas même quand nous étions dans Newton toutes les trois, mais maintenant c'est chose faite. Les deux m'ont félicitée avec effusion. Soraya est même passée me voir ce matin et j'ai eu du mal à ne pas verser à nouveau une larmichette.

Bon OK, j'ai pleuré comme un bébé.

Susie le savait en fait déjà mais attendait que je lui annonce en personne. En même temps, son frère fait partie du Clan qui comptait débaucher son assistante, j'imagine qu'ils l'ont prévenue. Je n'ai pas croisé Ellie, ni hier ni aujourd'hui, et cela m'inquiète, surtout qu'elle ne répond pas non plus à mes textos. Elle n'est jamais très réactive, mais à ce point, tout de même… Alors je lui laisse un message vocal :

– Bonsoir Ellie, j'ai vu que vous étiez passée lundi. Êtes-vous repartie chez votre amie ? Je me fais du souci, dites-moi juste que tout va bien. Je passe la soirée avec Rock, je ne serai peut-être pas joignable mais envoyez-moi un texto, s'il vous plaît. Bisous.

Si elle ne me répond toujours pas d'ici demain, je trouverai un moyen d'entrer dans sa chambre qu'elle ferme toujours à clé. Je file me préparer et me faire jolie en attendant que Rock arrive, mais de façon confortable tout de même, car c'est officiel, ce soir, je fais mon premier vrai tour à moto. Je sens l'excitation prendre le dessus sur tout le reste, en particulier sur tous les problèmes qui polluent mon esprit depuis quatre jours.

Il me tarde à présent de découvrir sa surprise et de partager sa passion. Il a été intraitable et je n'ai pas réussi à lui soutirer la moindre information sur l'endroit secret où il compte m'emmener, et ce, malgré toutes mes tentatives d'extorsion plus ou moins honnêtes…

J'envoie un dernier SMS à Ellie et descends dans la cuisine préparer des sandwichs pour ce soir. Alors que je les emballe soigneusement dans du papier alu, la sonnette d'entrée retentit et je cours ouvrir à Rock. Nous ne nous sommes pas revus depuis dimanche soir et il ne me laisse pas le temps de l'inviter à entrer. Il me prend dans ses bras pour me soulever du sol et m'embrasse avec fougue.

– J'oublie à quel point tu es petite. Tu es prête, Poucelina ?

– Oui, monsieur Caillou. Je nous ai préparé des sandwichs.

– Tu m'as manqué, putain…

– Toi aussi. On y va ? J'ai si hâte !

Il a l'air heureux de me voir plus enthousiaste et passionnée que ces derniers jours. Je fourre rapidement notre dîner frugal dans ma besace de cuir et je le suis à l'extérieur, un peu anxieuse, mais surtout fébrile pour la suite des événements.

Je m'arrête net et observe le monstre de métal et de cuir sur lequel je vais monter pour une chevauchée brûlante en compagnie de Rock.

– J'ai récupéré un casque à ta taille et j'ai un cadeau. Tu ne peux pas monter sur ma bécane comme ça.

Il attrape un sac en papier kraft posé sur sa Harley et me le tend. Il semble quelque peu stressé.

– J'espère qu'il te plaira.

J'ai pris goût aux cadeaux, particulièrement ceux de Rock, et j'ouvre le paquet avec précipitation, encore plus excitée à présent. Je déroule alors un magnifique perfecto de cuir rouge très sombre. Il est identique aux leurs mais cintré avec quelques découpes qui le féminisent. L'énorme logo des Evil's Heat couvre tout le dos. Il est splendide. Je sens qu'il est renforcé par endroits et je viens humer l'odeur du cuir.

Divin.

– Il est parfait, Rock.

– La couleur te plaît? Je ne voulais pas du noir.

– J'adore!

Je lui saute au cou et le remercie d'un long et ardent baiser.

– Bienvenue parmi nous, Kincaid.

– Vous risquez de le regretter, je vais vous pourrir la vie et redécorer le Q.G. C'est bien trop triste tout ça. Tu es prévenu.

– Pitié, pas des licornes.

– Des arcs-en-ciel?

– Non plus.

Nous nous installons en riant l'un derrière l'autre après que j'ai revêtu casque et blouson. C'est assez simple en soi, il me suffit de m'accrocher le plus possible à Rock, ce qui me donne une excuse pour me coller à lui, et ensuite d'épouser ses mouvements pour ne faire qu'un. Sans me laisser le temps de trop réfléchir, il démarre et part vers le sud alors que la nuit tombe. Il y a quelque chose de sexuel et d'intense dans ce moment que nous partageons. Je dois lui faire confiance, m'en remettre à lui et le plaisir procuré par le voyage est enivrant.

J'ai une fascination particulière pour les cuisses de Rock. De toutes les parties de son corps, elles sont ce qui reflète le plus sa puissance, son animalité. Derrière lui et sous ce clair de lune, j'ai une vision parfaite de l'objet de mes fantasmes. Je le regarde avec admiration embrayer pour passer les vitesses; cela semble si simple, fluide, inné. Je ne manque pas non plus de contempler le paysage déformé par notre allure comme une toile impressionniste. Le vent frais cingle mon visage et j'ai un sentiment de liberté éphémère.

Pendant quelques heures, je ne serai nulle part ailleurs qu'avec lui. Pas de fantômes, pas de secrets et plus aucun doute. Je pourrais vraiment y prendre goût, et le laisser me transporter là où il souhaite des heures durant. Je me laisse bercer et ne fais plus attention à la direction que nous prenons, jusqu'à ce qu'il ralentisse et s'engage sur un chemin de terre, puis carrément hors route. Enfin, il se gare et je regarde autour de nous. Il n'y a strictement rien.

– J'ai une impression de déjà-vu. Tu comptes me faire faire du drift à moto aussi?

– Non. Enlève ton casque et suis-moi.

Je m'exécute et il prend ma main pour m'aider sur le terrain accidenté. Nous marchons ainsi en silence encore une dizaine de minutes mais j'ai beau scruter l'horizon ou fixer le sol à mes pieds, rien n'apparaît comme par magie.

Puis, soudain, il se stoppe sans prévenir et s'accroupit pour palper la terre sableuse. Alors, je le vois saisir et déplacer une énorme plaque de métal parfaitement camouflée, de la même couleur ocre que le sol. Je ne l'aurais jamais repérée. Ce qui semble être un tunnel sombre apparaît sous mon regard ébahi :

– Prête pour un voyage au centre de la Terre, Princesse ?

– Oh, mon Dieu ! Tu n'es pas sérieux ? Non, je ne peux pas. C'est plutôt une descente en enfer, oui !

– Fais-moi confiance. Je passe devant. Je t'aiderai.

Ahurie, je le vois enfiler une lampe frontale qu'il allume et qui éclaire le conduit sinueux qui s'enfonce dans le sol. Je dois être folle pour être tentée d'accepter ça. Ma curiosité est piquée et oui, j'ai confiance en lui.

– Je comprends mieux ce que tu sous-entendais quand tu disais que tu n'avais pas besoin d'aller très loin pour faire disparaître mon cadavre…

– Exactement ! Tu as une dernière volonté avant de mourir ?

Je lui donne une tape mutine sur l'épaule en riant et prends la main qu'il me tend. La descente n'est pas évidente, le passage est étroit et escarpé mais je tiens bon en prenant appui sur le dos de Rock en contrebas devant moi. Au fur et à mesure que nous descendons, l'air se fait humide et de plus en plus froid. L'odeur, si caractéristique des endroits souterrains, sans lumière et sans végétation, m'envahit.

C'est incroyablement silencieux hormis le bruit de nos pas et de nos respirations respectives. Après une marche qui me paraît interminable, le couloir s'élargit progressivement et nous débouchons sur une sorte de grotte. Rock, qui me bouchait la vue jusque-là, se décale et éteint sa lampe. Le spectacle qui apparaît devant mes yeux me coupe le souffle. Je n'ai jamais rien vu de tel, ni en photo ni en rêve.

Ce n'est pas une petite grotte de pacotille mais une immense chambre rocheuse dont le plafond culmine à des dizaines de mètres au-dessus de nous et qui est percé d'une multitude de trous laissant la clarté de la pleine lune entrer et éclairer tout l'espace. Cela crée des jeux d'ombre et de lumière hypnotiques sur les parois ciselées et sur le sol. J'entends le bruit d'un cours d'eau dans le fond de la grotte en face de nous, enfin je suppose, car le son résonne et les échos m'empêchent d'identifier clairement sa provenance.

– C'est magnifique, Rock. Qu'est-ce que c'est?

– Le cœur de Colorado Source, Olivia. Découvert il y a des centaines d'années par les ancêtres de Soraya. C'est un endroit sacré pour eux, mais nous avons le droit d'y entrer. Approche, il y a plus.

J'agrippe ses doigts, tremblante et émue. Je n'avais jamais imaginé visiter une telle merveille un jour, surtout lorsque je vivais à Paris et que les seules beautés à observer furent créées et façonnées de toutes pièces par l'homme. Ici, c'est brut, à l'image de l'homme qui est à mes côtés et que j'aime. C'est l'œuvre de la nature dans toute sa splendeur, préservée des ravages de l'humanité, à l'abri des regards et de la convoitise.

Rock me conduit un peu plus loin, jusqu'à la rivière que j'avais perçue en entrant. Elle s'écoule doucement et forme un immense lac sur la droite, qui lui est immobile, reflétant les rayons de la lune dans tous les sens. Rock me lâche et va s'accroupir auprès de cette étendue d'eau digne d'un conte de fées, et y trempe ses mains doucement.

– Viens, n'aie pas peur. Regarde l'eau et dis-moi ce que tu vois.

Je m'exécute doucement, m'agenouillant à ses côtés sur le sol humide. Je fixe l'eau scintillante avec sérieux. Je mets un temps à m'habituer à cette luminosité si particulière et changeante. Et enfin, je vois ce dont parle Rock. Ce n'est pas uniquement la lune qui fait briller l'eau du lac, mais plutôt ce qu'il contient : des millions de petites particules dorées en suspension, comme un ciel liquide rempli d'étoiles.

– Oh! mon Dieu, Tarzan! C'est de l'or?

Mon cri de surprise résonne autour de nous alors que Rock me sourit, fier.

– Oui, c'est une rivière aurifère. Ce lac est un placer[20], un endroit où l'or a tendance à se concentrer naturellement.

Pour illustrer ses propos, il me montre ses mains qui sont couvertes de paillettes. Des vraies paillettes cette fois, pas comme celles que j'ai jetées partout pour son anniversaire. Je viens caresser timidement ses paumes devenues fraîches à cause de l'eau.

21. Placer : se prononce « placère ». Mot utilisé par les chercheurs d'or pour désigner un endroit où l'or atteint de hautes concentrations naturelles.

– C'est magnifique. C'est un véritable trésor que vous avez là. Donc le Clan vit de l'exploitation de cet or?

Mon enlèvement me revient dans un flash, et je me souviens de cette question en boucle du Black Edge à propos de l'or de Colorado Source. D'une certaine façon, ils savaient.

– Oui, mais nous exploitons des filons en contrebas de la rivière et bien plus accessibles. Je te les ferai visiter la semaine prochaine. Comme je te l'ai dit, cette source-ci est sacrée pour les Indiens. À certains endroits, l'eau n'est qu'à quelques mètres sous nos pieds. Comme dans le centre de la ville par exemple. Tu ne t'es jamais demandé comment un parc pouvait tenir en plein désert? Une poche d'eau s'est formée juste dessous.

– Oh! J'ai toujours cru que vous l'arrosiez ou quelque chose du genre.

– Non, Liv, ce serait un gouffre financier et un crime écologique.

– Tu devrais dire ça aux Powell, les voisins de Bill, enfin Eddy maintenant. Non mais tu as vu leur pelouse!

Il rigole et me demande :

– Tu comprends mieux pourquoi nous sommes si secrets?

Je hoche la tête :

– Si quelqu'un de mal intentionné ou de trop cupide venait à apprendre son existence…

Je ne finis pas ma phrase, c'est inutile. On connaît tous la suite des événements. J'ai des frissons en imaginant les Aigles rouges découvrir cet endroit. Je reste encore de nombreuses minutes sur le sol dur et froid, envoûtée par le spectacle. J'enregistre une multitude de détails pour pouvoir les redessiner plus tard dans mon petit carnet de croquis, rempli désormais d'esquisses du corps nu de Rock.

Cet endroit est fascinant et inspirant. Rock finit par se lever et me fait comprendre qu'il est temps de rentrer.

Ainsi que son ventre qui gargouille bruyamment…

– On pourra revenir quand tu veux. Ne t'inquiète pas. Je sens à quel point ça te plaît. Toi qui aimes les choses qui brillent, ici, tu es servie.

– C'est une preuve immense de confiance que tu me fais. Merci. Je n'ai pas de mots pour te décrire ce que je ressens.

Je ne sais plus si je la mérite…

Il me fait taire en m'embrassant.

Nous nous mettons en marche et le chemin du retour est encore plus compliqué que la descente, mais le jeu en valait la chandelle. C'est aussi ce qui a dû protéger cette merveille naturelle de l'homme si longtemps. Un véritable eldorado, comme ceux fantasmés par les colons et marins espagnols.

Enfin, nous débouchons au grand air et je prends une énorme respiration.

J'ai l'impression d'avoir plongé dans un autre monde et d'avoir retenu mon souffle pendant toute la durée de ce voyage fantastique. Je songe à proposer à Rock de manger nos sandwichs sous les étoiles pour faire perdurer ce moment magique et unique, quand son téléphone se met à biper en cascade. Ce sont des messages qui arrivent en nombre maintenant qu'il capte de nouveau.

Je regarde le mien et vois que les garçons ont essayé de me joindre une bonne vingtaine de fois également. Instantanément, la panique me gagne.

Quelque chose de grave est arrivé.

Rock rappelle Max en le mettant sur haut-parleur. Ce dernier répond à la première sonnerie :

– Bordel, Rock, tu étais où, merde? Ça fait une heure qu'on essaye de te joindre avec les gars!

– Je suis avec Liv, je te l'avais dit. Je lui ai montré la grotte. Elle t'entend.

– Putain c'est vrai. Venez vite, il est arrivé quelque chose à Ellie! Allan a retrouvé sa voiture verrouillée et abandonnée en bord de route lors de sa dernière ronde. Tout le monde s'est mis à sa recherche. On a déjà ratissé une bonne partie des alentours, mais aucune trace d'elle.

Je sens mon cœur tomber dans ma poitrine. Ellie.

Non, non, non, pas elle.

Ce n'est pas une coïncidence. Mon passé ressurgit et Ellie disparaît. Sauf que je sais pertinemment ce dont les Aigles rouges sont capables. La vision du corps saccagé de Moïra m'apparaît et les larmes montent. Je lâche un cri d'effroi tandis que Rock dit à Max :

– On se rejoint tous chez Olivia. Nous établirons un plan d'action là-bas.

Il raccroche et nous nous ruons sur sa moto pour repartir à toute vitesse vers la pension. Lorsque nous arrivons, une horde de motards, alignés comme une armée, nous attend déjà devant et je me précipite à l'intérieur, Rock sur les talons. Il me lance :

– Je vais fouiller sa chambre à l'étage pour voir si j'y trouve quelque chose.

– Elle verrouille toujours sa chambre, Rock. Moi je descends à la cave chercher le double de ses clés de voiture. Je sais où elle les cache.

– T'inquiète, sa porte ne sera pas un problème.

Nous nous séparons. Je sens Eddy dans mon dos qui me suit tandis que Max et Vince rejoignent Rock à grandes foulées. Je dévale les escaliers en ciment et perds l'équilibre sur le sol glissant. Eddy me rattrape de justesse, m'empêchant de me rompre le cou bêtement. J'enfonce violemment l'interrupteur de la cave et poursuis ma descente. La lumière clignote plusieurs fois avant de s'allumer correctement.

Une odeur étrange me parvient et c'est là que nous la découvrons : Ellie. Ou plutôt la tête d'Ellie qui pend, vulgairement accrochée au plafond et que je manque de percuter dans ma lancée. Les lettres K.O.M. sont gravées sur son front et ses orbites ont été évidées. Mon cerveau ne comprend pas immédiatement la masse d'informations qui affluent de toutes parts : la tête grotesque sans corps et sans vie de ma vieille amie, l'odeur de la mort qui emplit la pièce, les jurons d'Eddy lorsqu'il voit lui aussi cette scène macabre.

Je baisse les yeux et découvre ce qui a failli me faire tomber quelques secondes plus tôt. Je patauge dans le sang et les viscères. Un petit Post-it rose en forme de cœur flotte par terre. Alors, je réalise enfin ce qui est arrivé à mon amie et je hurle à pleins poumons.

45

K. O. M.

Rock

Une fois arrivé au premier étage, j'enfonce sans réfléchir la porte d'un violent coup d'épaule, aidé de Max. La chambre d'Ellie est aussi grande que celle de Liv mais sans l'espace kitchenette que cette dernière n'utilise d'ailleurs jamais. Je lance un rapide coup d'œil circulaire, il est évident que la vieille dame n'y est pas venue depuis un moment. Mais je n'ai pas le temps de commencer ma fouille qu'un cri d'horreur teinté de désespoir me parvient du rez-de-chaussée. La souffrance qui en suinte me prend aux tripes. Max, Vince et moi échangeons des regards paniqués :

– Olivia !

Je repars aussi vite dans le sens contraire, bousculant les garçons au passage pour dévaler l'escalier de bois qui proteste sous mon poids. Je vois le reste des frères se ruer vers la cave de la cuisine et mon pouls s'envole, je crains le pire. Sous l'effet de l'adrénaline et de la panique, je saute carrément la dernière volée de marches pour atterrir lourdement sur le sol.

– Poussez-vous !

Tout le monde s'écarte et je m'engouffre en direction des hurlements de Liv. Je me fige d'effroi sur le palier, en haut des marches conduisant au sous-sol de la maison. La scène que je découvre est surréaliste, rendue plus gore encore par la lumière terne et jaune des vieux néons. En contrebas Eddy tient Olivia contre lui et ils baignent tous les deux dans une mare de sang. Je baisse les yeux et découvre que les dalles de ciment en sont couvertes. Il y a des traces un peu partout, comme si on s'était amusé à le projeter volontairement au pinceau ou à traîner la personne blessée.

Le pire reste cependant la tête décapitée d'Ellie qui est pendue au plafond à quelques centimètres de celle de Liv. Ses entrailles et ses organes ont été jetés çà et là comme une mise en scène savamment étudiée. L'odeur de la pièce, qui s'ajoute à ce tableau morbide, me donne la gerbe. Ed m'aperçoit et me jette un regard meurtri impuissant.

– Sors-la d'ici bordel ! lui crié-je.

Eddy se ressaisit et entraîne Liv avec lui, qu'il me tend une fois arrivés à ma hauteur. Je l'attrape et viens la serrer dans mes bras de toutes mes forces. Elle tremble mais ne dit plus rien, le regard perdu dans le vide, déconnecté. Je nous dirige vers le salon et l'assieds dans le canapé, encerclé de tous les frères horriblement silencieux. Nous tachons le sol avec nos chaussures pleines d'hémoglobine, mais peu importe puisque la propriétaire des lieux ne viendra plus jamais nous dire quoi que ce soit.

Putain de merde !

Olivia est sous le choc, je ne sais pas quoi faire jusqu'à ce que quelqu'un me tende un Post-it en forme de cœur et taché de rouge.

– On a trouvé ça par terre en bas.

Je le prends et le détaille. Sur un côté je reconnais un mot gentil de Liv à l'attention d'Ellie, et de l'autre, il s'agit d'une écriture masculine brouillonne. Je lis ce qui est écrit à voix haute : « Merci pour la collation, petit papillon. K. O. M. » Olivia lâche un cri de peur mais ne dit rien de plus.

– Liv, si tu sais qui a fait ça, tu dois nous le dire, maintenant.

Je lui parle calmement mais fermement. Elle lève ses grands yeux mouchetés vers moi, le regard plein de culpabilité et de larmes.

– Je suis désolée. Tout est de ma faute.

Je me rapproche et la prends contre mon torse. Je fais signe à quelques gars de fouiller la maison pendant ce temps.

– Qu'est ce qui est de ta faute ? Dis-moi, Liv. Tu sais ce que c'est, K. O. M ?

– Krasnyye Orly Moskvy[21] : Les Aigles rouges de Moscou. Un des réseaux mafieux les plus puissants d'Europe.

Je suis sidéré.

Qu'est-ce qu'Olivia a à voir avec la mafia russe ?

Je n'ai pas le temps de lui poser la question qu'elle se remet à parler :

– C'est le fantôme. Il était là. C'est lui que j'ai entendu lundi soir entrer. Ce n'était pas Ellie. Il l'a tuée et massacrée alors que j'étais dans la maison ! Alors que je dormais juste au-dessus ! Oh, mon Dieu !

---

22. Красные Орлы Москвы en russe. Se prononce « krasnyé orly moskvy ».

Elle se lève brusquement et court vers l'évier de la cuisine où elle se met à vomir violemment. Je la rejoins précipitamment pour lui tenir les cheveux et lui caresser le dos, alors qu'elle régurgite le peu de ce qu'elle a mangé aujourd'hui. Tandis qu'elle se passe de l'eau fraîche sur le visage, je lui demande doucement :

– De quel fantôme tu parles ? Je ne comprends pas, Liv. Explique-nous.

Elle prend appui sur le plan de travail, bras tendus, et regarde le sol en respirant bruyamment. Les minutes passent, s'étirent, s'écoulent et je patiente pour lui laisser le temps de gérer sa peine et de reprendre pied. Elle porte désormais nos couleurs sur son dos, et mon cœur se serre à cette vision. Si quelqu'un lui veut du mal, il devra d'abord nous passer sur le corps.

– Ma meilleure amie, Moïra, avait fini par trouver un boulot plutôt bien payé huit mois avant sa mort. Elle était gogo dans un club le soir. Je suis allée la voir danser plusieurs fois. Elle était tellement douée. Elle les enflammait tous sans avoir besoin de les toucher. Rien qu'en la regardant, tu avais l'impression d'avoir passé la nuit avec elle. Ils en étaient tous dingues, moi moins. Je n'aimais pas le gérant du club, ni le type de clientèle qui semblait y traîner. Ça puait le trafic de drogue, de sexe et de plein d'autres merdes. Mais elle m'assurait que personne ne la touchait. Vu le fric qu'elle leur ramenait, elle était même traitée en véritable princesse. Elle dictait les règles. Certains tentaient bien d'obtenir plus que des danses sexy mais sans succès. Je lui faisais confiance. Je ne sais pas à quel moment tout a basculé pour elle, mais quand elle m'en a enfin parlé, elle était dans la merde jusqu'au cou. Mo acceptait désormais de coucher avec des clients. On s'est engueulées comme jamais. Elle m'avait menti, je me sentais trahie. Pourquoi me l'avait-elle caché ?

Olivia marque une pause et un de mes gars me glisse à l'oreille qu'il n'y a aucun indice, ni personne d'autre dans la maison. Le reste du corps d'Ellie a été retrouvé derrière les étagères dans le fond de la cave. Je le remercie silencieusement et Liv reprend :

– Le lendemain, je la retrouvais assassinée dans son lit… Un vrai carnage, comme ce soir. Elle avait trois lettres gravées sur sa hanche : K. O. M. Alors, avec mes petits moyens, j'ai mené l'enquête. La police française s'en foutait. Pour eux, c'était juste une pute de plus, morte comme beaucoup d'autres chaque jour. D'autant plus qu'elle n'était pas française, personne ne savait vraiment d'où elle venait, ni n'avait de contact pour se mettre en relation avec ses proches. Je crois qu'ils ont prévenu votre ambassade, mais sans famille pour réclamer le corps, il n'y avait pas grand-chose à faire de plus. J'ai payé pour qu'elle ait un enterrement digne de ce nom et ne finisse pas dans une fosse commune, morte en anonyme. Une grosse partie de mes économies y sont passées, mais pour elle, j'aurais fait n'importe quoi.

Olivia explose en sanglots, je l'attrape et la tire vivement contre moi pour partager sa peine. La voir dans cet état me donne envie de mettre le monde à feu et à sang, de partir en croisade contre tous ceux qui l'ont blessée.

– Du calme, Liv, on est là. Tu as fait ce qu'il fallait. Grâce à toi, elle repose en paix et dignement.

– Je lui ai hurlé dessus. Je lui ai dit des choses affreuses que je n'ai jamais pu reprendre, Rock.

– Nous sommes humains, on merde tous régulièrement. Elle a fait des choix qui l'ont mise en danger. C'était sa décision. Et ton enquête?

– Pour faire court, j'ai rapidement découvert ce que K. O. M. voulait dire. Les Aigles rouges de Moscou ne se cachent pas tant que ça. Ils agissent en toute impunité. J'ai été surprise de voir que la police ne faisait pas grand-chose contre eux. Un manque de moyens j'imagine et des choix politiques discutables du gouvernement. C'est comme une hydre, tu leur coupes la tête et il y en a deux autres qui repoussent, alors à quoi bon?

– Ouais, le mal est polymorphe, mais ce n'est pas une raison pour ne rien faire. La lutte doit être perpétuelle.

– Oui… J'étais pleine de chagrin et de colère, je réclamais justice et vengeance. J'ai fait trop de vagues et les Aigles ont découvert qui j'étais également. Pour échapper à leurs menaces, je me suis fait interner un temps en hôpital psy sécurisé grâce à l'aide d'une connaissance : un flic avec qui je couchais occasionnellement. En échange de parties de jambes en l'air, il gardait le dossier de Moïra ouvert et ne le classait pas sans suite. Voilà comment j'ai fini moi aussi par coucher pour obtenir quelque chose en retour. J'imagine qu'on peut tous se prostituer un jour selon le prix qui est mis en jeu. Le sexe restera toujours l'arme de négociation la plus efficace…

Ses paroles me broient la poitrine. Je ne veux pas l'imaginer avec d'autres hommes et surtout pas de cette façon. Cela me tue qu'elle ait dû s'abaisser à ça. Elle mérite d'avoir le monde à ses pieds, pas ainsi, pas en tant que martyr, en tant que reine, putain! J'ai la haine contre ceux qui lui ont infligé ça. La vie est certes cruelle, mais l'homme est responsable de ses propres malheurs, esclave de ses besoins primitifs de pouvoir et de domination depuis la nuit des temps. Dans cette lutte pour monter sur le trône, qui règne vraiment?

Celui en bas de l'échelle sur qui repose toute la pyramide et sans qui tout s'effondrerait? Ou celui tout en haut, qui ne serait rien sans ceux qu'il considère comme inférieurs? Max lui demande avant que je n'intervienne :

– Donc, tu n'as jamais agressé une collègue de bureau?

– Non, Max. Cela m'a permis de me poser, d'organiser mon départ pour les États-Unis. À défaut de pouvoir venger Mo, je voulais apprendre à la connaître, comprendre ses choix. Quelques objets chez elle, et les rares fois où elle m'a parlé de son passé, m'ont laissée penser qu'elle venait du coin. Ou de la région en tout cas. J'ai appris aussi que la mafia l'avait tuée car elle aidait des filles à sortir de leur système abusif. Ils n'ont pas apprécié.

– Et ils t'ont retrouvée…

– Oui, j'ai aperçu un homme samedi soir au restaurant. Ils savent où je suis. Je ne sais pas pourquoi ils se donnent autant de mal pour moi. Je ne peux pas leur faire grand-chose. Je pense que c'est plus une question d'honneur et de petits jeux sadiques : la traque est lancée et je suis la proie. Ça les excite.

C'était donc ça la raison de son malaise et de son changement de comportement depuis quelques jours. Je ne peux pas lui en vouloir, mais pourquoi ne m'a-t-elle rien dit?

– Pourquoi n'as-tu rien dit? Comment es-tu sûre que c'est lui?

– Il portait leur tatouage, un aigle rouge, sur la joue. Je comptais vous en parler lundi… Je te le jure! Je voulais juste encore quelques heures de bonheur avant que tout ne bascule.

Son ton est suppliant et je lis de la panique dans ses yeux. Elle regarde le sol et soudain, devient hystérique. Elle commence à enlever ses chaussures, ses chaussettes et déboutonner son pantalon. Avant qu'elle ne se retrouve cul nu dans la cuisine devant mes gars, j'attrape ses poignets.

– Merde, Liv, qu'est-ce que tu fous?

– J'ai le sang d'Ellie sur moi! Pitié, laisse-moi l'enlever, Rock!

Elle s'effondre en pleurs dans mes bras.

– OK, mais pas ici. On va dans ta chambre.

Les gars nous regardent, impuissants, monter au deuxième étage.

– On revient vite, juste le temps qu'elle se change et ensuite on décide de ce qu'on fait.

Olivia me laisse l'aider à monter les marches et nous entrons dans sa chambre, mais je suis ahuri par ce que j'y découvre.

Qu'est-ce que c'est que ce bordel encore?

46

AU REVOIR…

Rock

– Liv, c'est quoi ça?

Je pointe du doigt ses valises ouvertes sur le sol et remplies d'affaires. Elles n'étaient pas là dimanche dernier, tout était bien rangé dans ses placards, j'en suis certain.

Elle me regarde apeurée, avec l'air de quelqu'un pris en flagrant délit mais ne me répond pas.

– Tu comptais aller quelque part? demandé-je froidement.

– Je… heu…

– Bordel, tu comptais partir! Tu comptais m'abandonner, comme ça? Comme Sunny?

– Non, bien sûr que non! Je te l'ai dit, j'allais vous en parler lundi.

– Oh, mais c'est clair que je me sens vachement mieux. Putain! Je t'ouvre ma famille, je t'ouvre ma vie, et toi tu veux te tirer? Pourquoi as-tu accepté de venir avec moi ce soir alors? Hein? Pour mieux me jeter comme une merde?

– J'en sais rien! Je suis perdue! OK?

Je crie, elle hurle, ce qui attire Eddy, Max et Vince à l'étage. Ils nous observent à présent depuis le pas de la porte, n'osant pas approcher plus, mais prêts à intervenir si besoin.

– Tu me tues là, Liv. Je ne sais plus quoi te dire. Tout ce que tu avais à faire, c'était de me parler.

– Et pour te dire quoi?

– La vérité pour commencer…

– Oh, ne me donne pas de leçons OK! Vous m'avez tenue à l'écart pour ma soi-disant protection pendant des semaines. Moi, trois jours, juste le temps de savoir comment vous en parler et voilà ce que je récolte.

– Mais tu comptais partir!

– Oui, j'avoue, ça m'a traversé l'esprit. Ce que vous avez ici est précieux. Ça m'achèverait que vous perdiez tout à cause de moi. Je voulais vous protéger à ma façon! Mais ce n'est pas le pire…

– C'est quoi le pire? Car là je comprends plus Olivia!

– Je préfère partir de moi-même la tête haute, que d'être mise dehors. Je ne veux plus être abandonnée de gré ou de force par ceux que j'aime…

Je percute alors, comme une claque violente en pleine gueule.

– Attends une minute! Tu penses qu'on t'aurait bannie quand on aurait su pour les Aigles rouges?

Elle hoche la tête et enfouit son visage dans ses mains pour se cacher de nous. Je vois ses épaules tressauter alors qu'elle pleure. Je suis furieux qu'elle puisse penser cela de nous après tout ce que je lui ai dit et montré sur le Clan. Je sais aussi que lorsqu'on a été blessé comme elle par la vie, on préfère prendre les devants plutôt que d'avoir mal à nouveau.

Je le sais mieux que personne. Il y a encore quelques mois, avant de la rencontrer, j'agissais de la sorte. Avant qu'elle ne déboule dans ma vie et apprenne les bonnes manières à mes gars. Alors je lâche :

– Donne-moi ton blouson.

Elle relève la tête brusquement, interloquée :

– Quoi?

– J'ai dit, donne-moi ce blouson.

– Rock, je… non, attends.

Elle secoue la tête de droite à gauche et recule d'un pas en serrant ses bras autour d'elle. Max, lui, s'avance et entre dans la chambre pour me dire :

– Mec, non, ne fais pas ça. Tu vas le regretter.

Je l'arrête d'un geste sec de la main. Je n'écoute plus les conseils la concernant, c'est moi qui gère désormais.

– Je suis le meneur ici, Max, je prends les décisions nécessaires pour le bien du Clan si besoin. Allez, Olivia, ne me fais pas répéter encore une fois, donne-moi ce putain de blouson.

Alors, lentement, elle ôte le perfecto de cuir rouge que je lui ai offert quelques heures plus tôt seulement, et me le tend tremblante et en larmes :

– Je suis désolée, Rock.

J'attrape le vêtement sèchement et agrippe son poignet au passage pour l'attirer contre moi. Nos visages sont presque collés l'un à l'autre. Je plonge mes yeux dans les siens puis je lui colle le cuir griffé de notre logo sous le nez. Elle doit comprendre, car je vais peser chacun des mots qui suivront :

– Regarde-le, Olivia !

Elle obéit, baisse la tête et je lui murmure à l'oreille :

– Tu fais partie du Clan. Tu as accepté. Je te l'ai dit : pas de retour en arrière possible. Fous-le-toi dans le crâne une bonne fois. Peu importe la suite, on sera toujours là. Plus personne ne t'abandonnera. Ni demain, ni après-demain, ni jamais. Tu es une Evil's Heat, tu es à moi.

Je marque une pause et ajoute plus fort :

– Je t'aime, putain… Alors arrête tes conneries.

Voilà c'est dit.

Ça fait un mal de chien, c'est effrayant, mais c'est sorti. Elle redresse la tête et me lance un regard étonné.

– Ouais, tu m'as bien entendu. Je t'aime, Olivia. Alors remets-moi ce blouson et porte fièrement nos couleurs, car s'il le faut, on butera ces salopards un à un pour toi.

Elle hoche la tête et attrape mon visage entre ses mains pour m'embrasser fougueusement. Bon, si j'obtiens ce genre de baisers à chaque fois que j'avoue l'aimer, je vais peut-être envisager de le dire plus souvent… La voix de Vince vient briser ce moment :

– Bon, Roméo et Juliette, c'est émouvant tout ça, mais on fait quoi maintenant ?

Je me tourne vers lui pour répondre :

– Liv a fait ses valises, c'est parfait. Fermez-les et chargez-les dans sa Mustang. Elle vient vivre chez moi en sécurité jusqu'à nouvel ordre. Contactez la famille d'Ellie pour organiser ses funérailles. Trouvez une excuse pour qu'ils n'aient pas envie de voir le corps ni ne demandent une autopsie. Je sais pas quoi. Soyez créatifs.

Puis je m'adresse à Olivia :

– Va te changer, je t'attends. Ensuite on part avec ta caisse, je viendrai chercher ma Harley plus tard. Prends tout ce dont tu auras besoin, dis au revoir à cette baraque, tu n'y reviendras pas avant un moment.

47

LA BATCAVE

Rock

Je patiente sur le lit pendant qu'Olivia se change rapidement et fourre à la va-vite quelques affaires qui traînent à droite et à gauche : sa trousse de dessin, son carnet de croquis dans lequel elle me dessine à poil constamment et qu'elle laisse traîner un peu partout…

Sans commentaires.

Et enfin, ses produits de beauté ; beaucoup de produits de beauté…

Bordel, dire que tout ça va venir atterrir chez moi ! Dans mon antre si bien gardé jusque-là.

Amusé malgré moi, je la regarde faire. Je détaille ses gestes, sa silhouette qui reprend peu à peu de l'épaisseur, ses petites manies qui attendrissent et ramollissent mon cœur de pierre, comme elle dit.

Je t'en foutrais des « monsieur Caillou », je suis devenu monsieur Guimauve, oui.

La situation a beau être merdique à l'instant, je ne peux pas m'empêcher de trouver Olivia belle et d'avoir envie d'elle à en crever. Dire que Liv a cru pouvoir m'échapper il y a quelques minutes, s'imaginer que je pourrais la laisser partir sans la pourchasser.

Ma petite souris…

Je songe à cette course-poursuite le soir de mon anniversaire et à son final explosif. Cela ne m'aide pas du tout, désormais mon jean est bien trop serré et comprime douloureusement mon entrejambe. J'avais peur d'aimer à nouveau, je flippe toujours. Encore plus maintenant que je l'ai avoué à haute voix devant mes gars et qu'une bande de brindezingues slaves portés sur le gore souhaitent me la prendre. Mais de toutes les nanas sur cette terre, je suis heureux que ce soit elle. Le gros connard que j'ai été ne pouvait pas espérer meilleure personne pour le remettre dans le droit chemin. Elle est généreuse, loyale, tenace… Un peu frappadingue sur les bords mais je crois que c'est ce que je préfère chez elle : ce grain de folie qui égaye mon quotidien.

Ce soir, elle avait besoin d'être rassurée, elle avait besoin que j'aille la chercher dans le noir et que je la rattrape alors qu'elle se noyait dans ses peurs. Je suis fier d'avoir réussi, d'avoir su le faire. Il aurait été facile de m'énerver, de ne pas l'écouter et de la virer, mais j'aurais été une grosse merde en faisant ça. Comme le soir où j'ai failli péter la gueule de Shawn devant le CSB et qu'elle a su trouver les mots pour me ramener. À nouveau, je pouvais être celui qui la poussait dans le vide et la faisait tomber, ou bien celui qui la retenait. J'ai choisi l'option numéro deux. Elle me fait de la peine et semble si fragile à cet instant. Elle traverse la pièce dans tous les sens, comme hébétée.

– Si tu oublies un truc, Liv, ce n'est pas grave, au pire je pourrai venir le chercher pour toi. Ne te stresse pas.

– Non c'est bon, je pense que j'ai tout pris. Qu'est ce qui va se passer maintenant? Je veux dire, pour la maison et tout ça. Ellie et Roger n'avaient pas d'enfants.

– Bah, déjà on va prévenir sa famille. Faudra voir ce qu'ils prévoiront pour les obsèques. Ensuite, il y aura la lecture du testament et de ses dernières volontés. Seuls Ellie et son notaire savent ce qui y est écrit pour l'instant.

– J'arrive pas à y croire, Rock. Il y a encore quelques jours, elle était avec nous, dans la cuisine, on mangeait tous ensemble. Elle était si gentille, elle ne méritait pas ça. Elle a dû tellement souffrir, ne pas comprendre ce qui lui arrivait, être si seule…

Elle sanglote doucement, la voix pleine de douleur.

– Hey, viens là, Liv. Tu ne peux pas penser ainsi, tu dois uniquement te souvenir du meilleur. T'accrocher à ça de toutes tes forces, pour elle et pour toi, pour votre amitié. Ellie était isolée depuis la mort de Roger. Si elle ne rendait pas visite à sa famille, personne ne venait la voir. Tu as été son rayon de soleil. Je sais à quel point elle t'appréciait. Elle t'adorait, comme la fille qu'elle n'a jamais eue…

– Qu'est-ce que tu en sais?

– Ellie s'est confiée à Susie il y a deux semaines, j'ai surpris la conversation. Elles se sont rapprochées pendant ta convalescence. Elles se sont alliées contre moi, souviens-toi… Deux mères poules avec des crocs de louves!

Je la vois retenir ses larmes. Elle lutte contre le chagrin et se redresse pour me dire, en colère :

– Et on aurait dû avoir encore beaucoup de temps toutes les deux. Elle devait m'apprendre à faire des scones maison et me passer sa recette de pecan pie. Je devais lui montrer des photos de Paris. J'avais promis de l'y emmener. C'était son rêve… Je les hais pour tout ce qu'ils m'ont pris ! D'abord Mo, maintenant Ellie.

– Ouais, punaise, la pecan pie d'Ellie, une tuerie.

Malgré la tristesse qui perce dans sa voix, elle me lâche un sourire timide et s'essuie le visage d'un revers de manche rageur.

Ça, c'est ma princesse guerrière, toujours debout, peu importe la violence des coups.

Nous restons ainsi quelques minutes à échanger sur les moments heureux que nous avons partagés avec la vieille femme. Je sens que cela aide Liv à reprendre pied, alors je lui raconte quelques anecdotes pour lui redonner le sourire. Je veux qu'elle garde ça en mémoire plutôt que ces dernières heures atroces. Le Clan et moi ne connaissions pas Ellie tant que cela finalement. Certes, ici les gens se croisent et se côtoient, les ragots et rumeurs vont bon train, mais si vous atterrissez à Colorado Source, c'est que vous souhaitez être tranquille.

Nous finissons par nous lever pour partir, j'attrape ses sacs et ouvre la marche. Elle semble chercher encore quelque chose, en vain, puis abandonne.

– Tu oublies un truc ?

– Rien de grave, j'étais persuadée d'avoir laissé mes Post-it en forme de cœur sur ma coiffeuse. J'ai dû les ranger sans m'en rendre compte. On peut y aller.

Je descends les escaliers, chargé comme un âne, et commence à remplir la voiture que les garçons ont garée devant l'entrée, laissant les clés sur le contact. Au bout de cinq minutes, Liv n'arrivant toujours pas, je retourne à l'intérieur pour lui demander ce qu'elle fabrique. Je la surprends dans la cuisine, les bras encombrés elle aussi.

– Qu'est-ce que tu embarques d'autre ? Je crois qu'on a suffisamment de choses là, Liv.

– J'ai pris le couvre-lit qu'Ellie avait fait pour moi avant mon arrivée et je ne pouvais pas partir sans Odette…

– Odette ? Ce n'est plus Ginette ?

– Si, il y a Ginette, mais aussi Odette. D'ailleurs, faudra revenir la chercher. Je me fous du testament, je garde mon vélo. Oh mais j'y pense ! Tu as un local à vélo dans ta Batcave ?

Elle est sérieuse ?

– Liv ! Est-ce que moi ou les gars avons une gueule à faire du vélo ?

– Non mais…

– Bon bah voilà, tu as ta réponse. Non mais un local à vélo… Et pourquoi pas un bar à ongles, tant que tu y es?

– Hey, ne sois pas si macho man, OK? Et je retiens que tu sais ce qu'est un bar à ongles… Me cacherais-tu des choses, Tarzan?

Je souris, exaspéré, puis je l'aide à mettre tout ce barda dans le coffre, déjà rempli de ses valises. Enfin, nous nous installons dans cette fichue bagnole pleine à craquer, en compagnie d'une putain de licorne géante sur la banquette arrière, qu'elle a récupérée à ma soirée d'anniversaire… Olivia me demande tristement :

– Je culpabilise tellement de la laisser ainsi dans cette cave froide et noire…

– Les gars m'ont envoyé un texto. Ils reviendront avec des renforts, dans deux ou trois heures, pour s'occuper de la sortir de là et de lui rendre sa dignité le temps de l'enterrement. Ils vont nettoyer la maison et Eddy ramènera ma moto chez moi. Fais-nous confiance, OK?

Elle hoche la tête mais n'ajoute plus rien, pensive, alors que je démarre la Mustang et prends la direction de ma planque. Je dois la divertir, je la sens sombrer :

– Tu ne m'as pas répondu, qui est Odette?

Olivia se tourne vers moi et me lance un petit sourire sournois en coin avant de répondre :

– Mon appareil à raclette.

– Non! Bordel, non! Tu ne ramènes pas ça chez moi, Olivia. Ce truc est un instrument de torture inventé par les Français pour nous faire tous crever. J'ai failli suffoquer la dernière fois.

– Que d'excès, Rambo. Une vraie *Drama Queen*… Écoute, c'est simple : pas d'Odette, plus de branlette, ni de sucette. Alors, tu choisis…

– Tu ne la joues pas fair-play, Liv.

– Toi non plus et c'est toi-même qui me l'as avoué.

– Un jour, Liv, je te jure, j'aurai le dernier mot. J'arriverai à te faire fermer cette petite bouche insolente de madame Je-sais-tout, quitte à devoir te bâillonner.

Même si le trajet n'est pas long, Olivia s'est endormie soudainement sous l'effet du contrecoup émotionnel des événements éprouvants et traumatisants de cette nuit. Je ne peux m'empêcher de sourire en la voyant, la tête penchée en arrière et la bouche grande ouverte. Le collier que je lui ai offert brille faiblement autour de son cou. Je suis désolé de devoir la réveiller mais j'ai besoin d'aide pour tout décharger.

Je la secoue doucement et l'embrasse sur ce point magique, au creux de la gorge :

– Olivia, réveille-toi. On est arrivés.

Ses yeux papillonnent et elle remue légèrement.

– Hmm.

– Réveille-toi, Princesse, si tu veux connaître enfin mon accès secret de super-héros…

– Ah oui, attends, laisse-moi le temps d'émerger.

Je patiente pendant qu'elle s'étire et regarde autour d'elle, jusqu'à ce qu'elle réalise où nous nous trouvons.

– C'est une blague, Rambo. Ton entrée à la Batcave se situe ici? Seigneur, pincez-moi.

– Tu l'as dit, mais oui…

– Dans une église?

– Oui.

– Je vais devoir entrer et sortir par là tous les jours?

– Oui, sauf si tu veux y accéder par le hangar du Doc. C'est possible, mais beaucoup plus long.

– On verra, j'ai jamais été très croyante…

Le petit temple protestant de Colorado Source est situé à l'extérieur de la ville et comme beaucoup de choses ici, au milieu de nulle part. Je nous ai garés derrière le bâtiment pour que la voiture ne soit pas visible depuis la route principale. Il y a bien une remise qui permet de mettre à l'abri une bagnole ainsi qu'une moto, mais mon Dodge s'y trouve déjà.

– Tu pourras mettre ton vélo dans ce garage là-bas quand on l'aura récupéré. Mais ne raye pas ma caisse, *capisce*?

– Je n'oserais pas…

– Bon, c'est parti, car on a pas mal de choses à décharger. Voilà ce que je te propose pour être efficace : tu te mets à la réception en bas de l'échelle et je te passe tout. Ça te va?

– Ou alors je prends juste ce dont j'ai besoin pour ce soir et on demande aux garçons de nous aider demain? Je suis crevée.

– Tu es trop intelligente, mon petit volcan. Ça me va. Laissons les gars faire ça tout seuls demain.

– Hey! Ce n'est pas exactement ce que j'ai dit.

– Non, mais mon idée est encore meilleure. Il faut que j'accepte de déléguer et cela commence dès ce soir. Je leur dirai que c'est toi qui me l'as suggéré…

– Rock !

Elle me donne une tape sur le bras et je lui montre le chemin en riant. Nous entrons par-derrière. Je ne suis moi-même pas croyant pour un sou et je me voyais mal remonter l'allée jusqu'à l'autel deux fois par jour pour rentrer chez moi.

Faut pas déconner non plus.

J'ai donc un accès spécial qui débouche sur un couloir sombre et qui mène à une pièce faisant office de débarras. Olivia ne paraît pas rassurée, elle a refait un sac à la va-vite avec des affaires qu'elle tient serré contre elle en guise de bouclier, ainsi que le grand couvre-lit d'Ellie qu'elle ne quitte plus. Je le lui prends des mains. Elle n'arrivera jamais à descendre correctement encombrée de la sorte.

– Donne-moi ça et mets ton sac sur le dos. Tu vas tomber sinon. Je sais que c'est un peu impressionnant, Liv, mais tu verras on s'y fait.

– Mouais. Et sinon, tu croises souvent le prêtre ?

– C'est un pasteur. Et non, je ne croise quasiment jamais le vieux Matthews. Chacun fait sa vie.

– Pourquoi a-t-il accepté que tu fasses ton entrée secrète ici ?

– On ne lui a pas vraiment laissé le choix. Mais il n'était pas contre. Il sait ce qu'on fait pour la ville. C'est une bonne planque, non ?

– Oui, j'avoue, je n'y aurais jamais pensé.

Nous passons par la trappe dans le sol dissimulée sous un tapis. Olivia n'est pas surprise par le mécanisme, il est vrai qu'elle a déjà eu l'occasion de s'introduire dans nos quartiers généraux.

Je ne suis pas près d'oublier ce jour !

Je lui donne le code d'accès pour qu'elle puisse être autonome à partir de demain et nous nous glissons à l'intérieur. Elle se débrouille comme une pro, un vrai petit chimpanzé.

Nous marchons une ou deux minutes dans le long tunnel de béton avant d'arriver à une seconde porte blindée :

– Passe-moi ton index, nous allons enregistrer ton empreinte digitale tout de suite. Le code n'est plus suffisant à partir de là. Tes empreintes seront sauvegardées dans tout le système, même pour l'accès aux bureaux. Tu dois juste te souvenir de ton code.

– Je n'oublie aucun chiffre ou nombre, Rocky. Déformation professionnelle…

Pendant que je m'occupe de déclarer une nouvelle identité sur le tableau de contrôle tactile, Olivia me demande :

– Et donc là, on arrive où ? Dans les bureaux que j'ai vus la dernière fois ?

– Non, là, on arrive directement chez moi. J'ai à peu près cent mètres carrés habitables. Tu as une seconde sortie de l'autre côté qui t'amène là où tu t'es introduite en douce. Faut compter environ vingt minutes de marche tranquillement.

– Ah oui quand même.

Je suis un peu stressé par ce qu'elle va penser de mon chez-moi. C'est bien la première fois que j'y amène une nana, qui plus est pour y vivre. Lorsque la porte s'ouvre, je m'efface sur le côté et la laisse passer, anxieux.

Les lumières s'allument automatiquement dans la pièce à vivre, et j'attends sa réaction qui ne tarde pas à venir. Elle écarquille les yeux et s'exclame :

– Waouh, Rock ! Je ne m'attendais pas à ça. Cet éclairage paraît si naturel. On dirait un immense puits de lumière du soleil !

Elle lève la tête au plafond et ferme les paupières, comme pour sentir les rayons sur sa peau.

– Mais ça ne chauffe pas comme le soleil…

– Non, effectivement, je ne voudrais pas chopper une insolation depuis mon canapé… Mais content que cela te plaise, Poucelina. Tu t'attendais à quoi ?

– Je l'ignore, mais quelque chose de sombre, oppressant et confiné…

– Euh, je sais que tu me compares souvent à un ours et que tu es persuadée que j'hiberne mais non, j'ai besoin d'un minimum d'espace.

– Et la pièce est spacieuse. C'est agréable. On ne se croirait pas sous terre. On ne se sent pas étriqué.

– C'était l'effet recherché.

Liv ne me laisse pas le temps d'en dire plus. Elle se tourne vers la gauche et crie :

– Oh, mon Dieu ! Et cette cuisine est juste dingue !

Elle court caresser le plan de travail en marbre et faire l'inventaire de tout l'électroménager, abandonnant ses affaires derrière elle sur le sol en béton ciré.

– Bon, je ne te mens pas, Rocky, c'est très masculin et épuré, presque minimaliste comme déco. Ça manque de licornes et d'arcs-en-ciel, mais je devrais survivre. C'est une bonne idée les fausses plantes, elles sont très réalistes. Qu'est-ce que je dois savoir d'autre sur l'endroit ?

– Le reste des pièces est équipé de domotique. Il te suffit de frapper trois fois des mains pour allumer la lumière. Trois fois, mais rapidement, sinon ça ne marchera pas. C'est un coup à prendre.

– Oh, hmm, je vois. Donc aucun risque que la lumière s'éteigne en pleines galipettes coquines alors que tu me mets des fessées sur ce magnifique fauteuil…

Elle pointe du doigt mon Chesterfield marron et j'explose de rire. Cela ne m'aurait jamais traversé l'esprit.

– Non, aucun risque, en effet. Je peux te fesser autant que tu veux.

– Parfait, tu m'en vois ravie. J'aime quand tu fais ton Brutus sur moi. Et sinon, tu t'en sers beaucoup de cette cuisine?

– Non, pas vraiment malheureusement. Le strict minimum pour faire mon café le matin, ou me réchauffer à bouffer.

– C'est un crime, ça…

– Ouais bon, ici comme tu peux le voir c'est le salon, la salle à manger et la cuisine. Le tout doit faire cinquante mètres carrés. Sur la gauche, tu as le coin nuit : deux chambres équipées de leurs salles de bains privatives : la mienne et une chambre d'amis. Et sur la droite, j'ai ma salle de sport et deux ou trois autres aménagements sympas : un billard et un sauna.

– Tu invites souvent des amis ici? me demande-t-elle, surprise.

– Ça arrive qu'un des gars échoue ici de temps en temps, oui.

– Mais pas d'amie avec un *e*?

– Non, Olivia, tu es la première nana à y mettre les pieds. Pour toi, je fais une exception…

– Et je serai la dernière…

– Je l'espère bien!

– Bon, bonne réponse, Rambo. En tout cas, j'aime beaucoup tous ces bois naturels, la pierre et le béton. C'est un beau mélange. Tu as bon goût.

– Je passe peu de temps à l'intérieur, mais j'aime autant m'y sentir à l'aise quand j'y suis.

Je me tais et la laisse faire le tour du propriétaire. Elle observe tout avec minutie et curiosité : les tableaux, mes bouquins et les quelques objets de décoration qui sont posés sur des étagères. Je sais qu'elle cherche à en apprendre plus sur moi, à me cerner encore mieux. J'avais fait exactement la même chose dans sa chambre.

– Oh, c'est quoi ce bruit?

– C'est une petite rivière intérieure qui traverse toute la maison. Viens voir.

Je lui montre le petit cours d'eau qui s'écoule doucement, parfaitement intégré au sol et à la décoration environnante. Il apporte un côté nature et m'apaise par la même occasion.

– Les murs ne sont pas tous lisses?

Elle vient caresser sensuellement la pierre abrupte d'un mur. J'ai remarqué que Liv était quelqu'un de tactile qui a besoin de sentir ou de toucher ce qui l'entoure, moi le premier. C'est comme si elle cherchait à s'imprégner de chaque détail pour ne rien oublier. Il y a comme une pointe de désespoir dans sa façon de faire qui me touche en plein cœur. C'est typique des gens qui ont tout perdu et qui savent que rien n'est acquis à jamais, comme les orphelins…

– Non, pour certains j'ai souhaité conserver la roche mère du sol.

– Une véritable Batcave. J'aurais dû m'en douter. Est-ce que tes armes sont planquées dans un mur qui coulisse quelque part?

Elle vient frapper une paroi de son petit poing pour voir s'il sonne creux, ce qui me fait rire.

– Non, par contre, j'ai ça…

J'appuie sur une télécommande et l'énorme écran plat avec sa sono sort doucement du plafond pour descendre face à mon canapé d'angle en cuir.

– C'est pas vrai! Tu déconnes! Cette télé fait la taille d'un lit king size… Et les garçons ne sont pas jaloux?

– Ce sont eux qui ont insisté pour que j'aie tout ça. Mon père trouve l'appart clinquant et inutile mais bon, il approuve peu de choses dans ma gestion du Clan dernièrement. Je me suis fait une raison. Je pense qu'il a les boules que nous ayons pu construire tout ça, contrairement à lui.

– C'est récent?

– Assez oui, toutes les installations ont à peine plus de deux ans. Quand le Clan a commencé à se faire beaucoup d'argent, notamment grâce à Shawn surtout et à son travail à New York. Nous prenons peu de choses pour nous enrichir à titre personnel. La majeure partie est réinvestie dans la communauté et redistribuée. Mais ces travaux ont été votés à l'unanimité. Tous les frères et sœurs qui travaillent à temps plein pour le Clan touchent un salaire. Ce sera ton cas. Nous t'expliquerons ça en détail lundi.

– Aurai-je le même salaire que toi?

Elle me demande ça avec nonchalance, mais je sais pertinemment où elle veut en venir. J'ai bien compris que Liv était une femme forte et indépendante, qui ne comprend pas les différences de traitement persistantes entre hommes et femmes. Alors je lui réponds avec provocation et un grand sourire :

– Non, désolé, Princesse. Je toucherai plus que toi.

– Et pourquoi ça? Car je suis une femme?

Bingo!

– Non, car nous nous basons sur l'ancienneté. Et pour le coup, tu es la dernière arrivée…

– Oh…

Je t'ai eue!

– Mais le salaire de base du calcul est le même pour tous. Il augmente avec le temps. Certains ont aussi des avantages en nature. On paye souvent une voiture ou une moto, et on peut aider la personne à acheter une maison ou lui en prêter une. Par exemple, Eddy a récupéré celle de Bill. Il fait des travaux pour s'y installer avec ses filles à la rentrée prochaine. Quant à la sienne, on ne sait pas trop quoi en faire.

– Pourquoi tu ne la proposes pas à Alfred pour qu'il agrandisse sa supérette et son réassort au passage? Comme ça, on pourrait avoir un peu plus de choix, car franchement…

– C'est une bonne idée. Je te laisserai la suggérer lundi aux gars.

– Bon, j'ai mille questions, je vais vous faire une liste et vous les envoyer par e-mail, ce sera plus simple.

Olivia se met à bâiller et je sens qu'elle lutte pour tenir debout.

– Allez, viens. Tu es épuisée. On continuera la visite demain.

– Hmm.

Elle se laisse entraîner dans mon sillage de pièce en pièce pour se déshabiller et se doucher. Elle fait un ultime commentaire espiègle sur ma chambre et ma salle de bains mais elle s'effondre en travers du lit alors que je me brosse les dents. En quelques minutes, elle dort déjà, alors je la couche correctement et la rejoins. Dans la nuit, elle vient se pelotonner entre mes bras, à la recherche de réconfort, et je la sens pleurer contre mon torse. Ses larmes mouillent les draps et son chagrin me fend le cœur.

Moi-même je ne réalise pas encore que la vieille dame n'est plus, le carnage dans la cave a été si violent et soudain que mon cerveau n'a pas encore intégré l'information.

Liv reste inconsolable malgré mes caresses et les mots de réconfort que je lui murmure, alors je la laisse évacuer sa peine en silence, jusqu'à ce que l'épuisement l'emporte à nouveau. Pour ma part, je ne trouve pas le sommeil. Je revis en boucle cette nuit horrible où j'ai cru que les Black Edge me l'avaient prise à jamais, où je l'ai aperçue mutilée à travers les planches de bois de cette ferme abandonnée.

Je m'agrippe à ce petit corps chaud que je commence à connaître sur le bout des doigts, dont j'ai parcouru des centaines de fois chaque creux et chaque courbe. J'enroule ses cheveux fins et doux autour de mes poings et ne la lâche plus de la nuit. Je veux m'assurer qu'elle est bien là, chez moi, en sécurité. La peur est présente, tenace. Elle me tient éveillé, car l'ennemi qui nous menace à présent n'est pas du même calibre qu'un jeune club désorganisé et sans territoire.

Notre protection sera-t-elle suffisante pour la sauver ?

48

TESTAMENT ET DERNIÈRES VOLONTÉS

Olivia

Lorsque j'ouvre les yeux, je m'attends comme d'habitude à être réveillée par la lumière du jour sur mon visage, mais il n'en est rien. L'endroit est noir et parfaitement silencieux. Je n'entends pas le bruit des oiseaux au dehors, ni celui de la chaudière qui se déclenche chaque matin pour chauffer l'eau de la maison, ni les pas d'Ellie qui s'active en bas dans la cuisine.

Ellie…

Tout me revient d'un coup, brutalement, ainsi que les sentiments douloureux qui vont avec les souvenirs. Je sais où je suis et avec qui, alors je me tourne. Je le cherche à tâtons dans le lit pour obtenir le réconfort dont j'ai besoin à cet instant, afin de ne pas voler en éclats de bon matin sous le poids du chagrin. Je le trouve sans mal, et dès que mes doigts entrent en contact avec sa peau lisse et chaude, je m'apaise. Petit à petit, Rock devient ce phare qui me guide à travers mon existence déchaînée, à la manière d'un océan en pleine tempête.

Je le revois me tenant fermement, le regard noir et dur, et m'obligeant à l'écouter alors qu'il avouait m'aimer devant tout le monde. Ses mots m'ont touchée en plein cœur. J'avais sous-estimé leur puissance et leur pouvoir réparateur lorsqu'ils sont prononcés avec autant de sincérité. J'en avais tellement besoin, il ne pouvait pas choisir meilleur moment pour les prononcer. Ils sont désormais mon cordon de survie, gravés à vif dans ma chair meurtrie. J'ai pourtant bien cru qu'il allait me bannir et reprendre symboliquement mon blouson aux couleurs du Clan, mais non, ce fut tout le contraire.

J'ai ainsi compris que partir d'ici n'était pas ce que je souhaitais, pire, que je le redoutais. Rock a répondu présent dans ce moment de doute. Il mûrit de jour en jour sous mes yeux et tire à sa manière notre relation vers le haut. Certes, il fait des conneries, mais il ne les reproduit pas à l'infini comme beaucoup de gens, qui promettent de belles choses mais ne changent jamais.

Il s'excuse, ajuste son comportement et s'améliore, à l'image du meneur efficace qu'il est. À moi désormais de faire de même et de lui prouver que je suis digne des responsabilités qu'il me confie.

Je trace des cercles du bout des doigts sur son torse de façon hypnotique pour me détendre.

– Tu es réveillée, Princesse? me demande-t-il gentiment alors que j'entame un quinzième cercle.

Je ne réponds pas et viens me coller à lui tandis qu'il me prend dans ses bras. Finalement, après quelques secondes de réflexion, je lui murmure :

– Tu as eu des nouvelles des garçons cette nuit?

– Oui. Ils se sont occupés de tout. Ellie repose en paix au hangar dans une chambre froide, en attendant la suite. Désolé pour les détails...

Je me mets sur le dos et fixe le plafond dans l'obscurité.

Ellie est morte. Ellie va être enterrée.

À force de le répéter, je finirai peut-être par l'accepter, sans jamais le tolérer pour autant.

– Merci, Rock.

– De?

– D'être là, d'avoir été là hier soir et cette nuit pour moi. De m'aimer comme je suis. Sache que je t'aime aussi tel que tu es. C'est effrayant. Je n'ai jamais éprouvé ça pour quelqu'un d'autre. Avant d'arriver ici, je n'avais plus rien à perdre. On m'avait déjà tout pris. Alors, si tu devais m'être enlevé à ton tour, je ne sais pas ce que je ferais.

J'entends sa respiration s'alourdir, puis il répond enfin :

– Je ne sais pas ce que l'avenir nous réserve, Liv. Les choses ont tendance à être éphémères pour nous deux et les gens qui ont le malheur de nous être proches. Mais maintenant, tu as de nouveau une famille. Regarde Eddy. Ils seront toujours là pour toi, quoi qu'il arrive, quoi qu'il m'arrive. Quant à moi, après Soraya, il n'y a jamais eu personne d'autre jusqu'à ce que tu débarques, alors si tu prends soin de mon cœur, je ferai de même avec le tien.

– Une promesse?

– Une promesse.

– Tu as aimé Soraya comment?

– C'était la première, ça marque, mais maintenant que j'ai de quoi comparer, je sais que je ne l'ai pas aimée autant que je t'aime toi. Pour dire vrai, il n'y a même pas de comparaison possible, car nous deux, c'est réciproque. Tu es généreuse. Tu rends au centuple ce que l'on te donne. Je ne crois pas à l'amour unilatéral, tu sais, celui qui ne reçoit rien en retour. Enfin, je ne suis pas un pro en la matière, alors qu'est-ce que j'en sais?

– Je vois ce que tu veux dire et je suis d'accord. Lorsque l'on s'aime à deux, c'est comme une boucle vertueuse d'énergie qui passe de l'un à l'autre sans arrêt. Souvent, j'ai l'impression de la sentir entre nous, une sorte de lien invisible mais tangible.

Il me fait rouler sur lui et nous commençons à nous embrasser, d'abord tendrement puis avec plus de passion.

– Deviendrais-tu poète à ton tour?

– J'apprends du maître en la matière…

Il rit et couvre mon nez de baisers. Dans le noir, sans pouvoir être distraite par ce que je pourrais voir, mes autres sens sont exacerbés et mon imagination s'emballe. Je frissonne à chacune de ses caresses, alors que ses mains se font baladeuses entre mes jambes et sur mes fesses.

Je gémis doucement de plaisir :

– Rock…

Je sens sa bouche contre mon oreille alors qu'il me susurre tout en continuant ses caresses :

– Et tu sais ce que j'aime le plus, d'ailleurs? Le truc qui me rend dingue par-dessus tout?

– Non, mais dis-moi, haleté-je.

– C'est de voir ma queue aller et venir en toi. Car dans ces moments-là, il n'y a plus de doute possible, Poucelina, toi et moi on ne fait plus qu'un…

… Biiiiiip. Le numéro que vous demandez n'est plus attribué, veuillez consulter le service des renseignements…

Le réveil a donc été torride, presque comme une expérience extracorporelle aliénante et un peu mystique sur les bords, maintenant que nous nous sommes avoué nos sentiments respectifs. Cet homme aura ma peau. Il a fini par allumer la lumière pour s'adonner à son petit fantasme voyeuriste, avoué quelques minutes plus tôt, mais je n'ai rien eu à redire, bien au contraire.

Nous sommes à présent douchés, habillés et prêts à recevoir les garçons pour décharger la voiture. Rock est sur son téléphone à gérer ses e-mails pendant que je prépare un petit déjeuner copieux pour nos adorables renforts de choc. Je réalise que, hormis le micro-ondes et la cafetière, peu d'ustensiles ont servi dans cette cuisine, alors je me fais un plaisir de les étrenner. En revanche, il manque une machine à gaufres et je décide d'aller chercher la mienne.

– Je vais dans la voiture récupérer un truc, je reviens.

Rock relève vivement la tête et me dit :

– D'accord, mais je t'accompagne. Je ne prends pas de risques tant qu'on n'en sait pas plus sur cette mafia. Le gars a réussi à s'introduire sur notre territoire sans qu'on s'aperçoive de rien…

– Ne t'inquiète pas, je comprends. J'accepte votre protection, ce serait stupide et suicidaire de refuser.

Il a l'air soulagé de ma réponse, mais je suis sincère, je ne souhaite pas leur compliquer la tâche en étant chiante sur ce sujet. Et je veux réellement vivre et avoir une chance d'être heureuse ici aux côtés de Rock. Me faire zigouiller par les Aigles rouges n'est donc pas inscrit au planning…

Je suis la première à sortir par la trappe. Cela devient de plus en plus facile de monter et descendre le long de ces échelles métalliques, je m'impressionne presque un petit peu. Mon Rambo me rattrape, plus à l'aise que moi encore, et ensemble nous sortons sur le parking arrière du temple. La lumière du soleil hivernal m'éblouit quand j'entends jurer à côté de moi :

– Putain ma bécane ! Je vais le buter pour ça, bordel !

Au bout de quelques secondes, j'aperçois enfin ladite moto et j'explose de rire face à ce que je découvre. La Harley de Rock, qu'Eddy a ramenée dans la nuit, est entièrement recouverte de mes Post-it en forme de cœur. Au moins, je sais à présent ce qu'ils sont devenus. Je m'approche plus près pour détailler cette œuvre d'art ridicule et je devine écrit sur chacun des petits bouts de papier le mot *pussygate*. Mon rire repart de plus belle, quand Rock commence à les enlever frénétiquement n'importe comment et en maudissant Eddy. Il se retourne et me fusille du regard, mais cela ne m'empêche pas de continuer de rire, au contraire, et de le laisser se débrouiller tout seul :

– C'est pour m'avoir dit « Je t'aime » devant eux que tu récoltes ça ?

– Ouais sûrement, car Eddy est un brise-burnes de première sur le sujet…

– Car je suis un quoi, Christensen ?

La voix d'Eddy claque derrière nous et je me tourne vivement pour le voir apparaître au coin du temple, à pied. Je suis heureuse qu'il soit là, je les aime désormais tous, chacun pour ce qu'il est. Malgré cette période difficile, j'ai hâte de me retrouver à leur côté à la tête du Clan. J'ai un milliard d'idées à leur soumettre.

– Eddy!

Je cours lui dire bonjour. Comme à son habitude, il me soulève du sol sans effort, me fait tournoyer, m'embrasse le front tendrement et me repose.

Il est ce frère que je n'ai jamais eu, plus encore que Max, que j'apprécie tout autant mais, à cause de cette ambiguïté sentimentale entre nous, j'attribue le rôle de grand frère à Eddy. Un frère adoptif. J'aime ce contraste de ma peau blanche sur la sienne, noire et tatouée, comme le yin et le yang. Je plains ceux qui perçoivent la diversité comme une menace plutôt qu'une bénédiction.

La vie serait grise et monotone sans toutes ces cultures et identités différentes propres à chacun, sans ces milliards de combinaisons possibles entre individus d'une même et unique espèce. Rock m'a raconté l'épisode du van pour chevaux lors de mon sauvetage, et les jeunes femmes qu'il a découvertes à l'intérieur. Je ne partagerai jamais cette vision de la vie que soutenaient les Black Edge, dont le nom me dégoûte encore plus à présent que j'en connais la signification.

Le Clan a aidé toutes les filles à rentrer chez elles et à retourner dans leurs familles. Je n'en sais pas plus sur la façon dont ils ont géré cela, mais je leur fais confiance, c'est un peu leur raison d'être. En revanche, une des femmes a fermement insisté pour rester parmi nous et elle a été intégrée à la réserve de Golden Water dans un premier temps. Si tout se passe bien, Susie compte lui proposer par la suite mon ancien poste d'assistante à l'école.

Je papote avec Eddy en attendant que Rock finisse de s'occuper de sa précieuse moto qui, j'espère, ne gardera aucune séquelle de cette farce :

– Tu es venu tout seul et à pied?

– Non, les gars arrivent, ils sont allés faire le plein d'essence et m'ont déposé au bout du chemin au passage. J'espérais voir la tête de ce Roméo quand il découvrirait sa bécane... J'arrive au parfait moment on dirait.

– À cause de toi, il va redevenir un monsieur Caillou, Eddy. Pour une fois qu'il exprimait ses sentiments! Le pauvre, regarde-le...

Nous nous tournons vers Rock et l'observons, amusés, tandis qu'il se débat avec les petits bouts de papier roses qui volent au gré du vent dans tous les sens et lui échappent malicieusement.

– On dirait qu'il chasse des papillons.

– Des mouches à merde, tu veux dire... me répond Ed, moqueur.

Rigoler aux dépens de mon titan est en train de devenir une de mes activités préférées.

– Bordel, si j'avais su qu'un jour je verrais ça, Liv. Parmi tous mes frères, il faisait partie des derniers que j'imaginais un jour en couple. Tu devrais être canonisée pour avoir réussi un tel exploit.

– Non, Eddy, le véritable exploit dans l'histoire, c'est que son sexe parvienne à rentrer en moi sans que je finisse aux urgences de Newton City…

– OLIVIA ! Non, non et non, bordel ! Je ne suis pas Vince. Ces choses-là, je ne veux pas les savoir.

Je m'esclaffe lorsque je le vois se couvrir les oreilles de façon théâtrale et mimer des gestes de dégoût.

– Pourquoi vous rigolez tous les deux ? Vous vous foutez de ma gueule ? nous demande Rock, qui nous a rejoints.

Il en a enfin terminé avec sa précieuse Harley qui est aussi belle et intacte qu'au premier jour.

Amen.

Je n'ose même pas imaginer le scandale si cela n'avait pas été le cas : Eddy ne serait plus de ce monde pour me donner des cours d'autodéfense.

– Absolument… pas, je lui réponds, mais l'immense sourire que je lui lance par la même occasion dément mes propos et me vaut une tape sur les fesses.

– Ouais, je ne vous crois pas. Pour la peine, Eddy, c'est toi qui t'occupes de décharger le poney en peluche qui est dans sa caisse.

Le reste des Avengers finit par arriver et nous aide à tout décharger, ce qui va relativement vite une fois que nous sommes au complet. Les garçons s'occupent de mes affaires avec la délicatesse du troupeau de gnous qui a tué le papa de Simba dans *Le Roi lion*, autant dire que je me positionne rapidement en chef d'orchestre pour limiter la casse. Et notamment sauver Odette des mains de Rock, je ne lui fais pas confiance avec elle…

Nous brunchons tous ensemble, une fois la voiture vidée, et chacun repart de son côté, y compris Rock pour le reste de la journée. Pour ma part, j'ai ordre de ne pas sortir seule, alors je passe l'après-midi à ranger toutes mes affaires, à dormir pour rattraper mon manque de sommeil et à lire pour me changer les idées. Max m'a dit qu'ils avaient prévenu la famille éloignée d'Ellie qui ne pourra malheureusement pas s'organiser dans les temps pour assister à l'enterrement. Ellie souhaitait être enterrée aux côtés de Roger, dans le petit cimetière de Colorado Source.

La concession funéraire avait déjà été achetée à la mort de son mari. Je suis attristée que ses proches ne fassent pas l'effort de venir, car selon Max, cela sonnait comme de fausses excuses. Mais au final, nous sommes peut-être bien plus sa famille qu'eux. Les liens du sang sont souvent loin d'être suffisants dans de nombreux foyers, et les gens que nous choisissons d'aimer sont tout aussi importants que ceux avec lesquels nous partageons un peu d'ADN. Nous sommes sa famille de cœur, celle qu'elle côtoyait au quotidien et qui veillait sur elle.

Je sais que le Clan se sent responsable de sa mort et d'avoir failli à la protection d'une habitante. Ils cherchent à comprendre comment le fantôme a pu réussir à percer leur défense et à déjouer les patrouilleurs qui, depuis le drame, ont été triplement renforcés. Les raisons du décès ont été cachées aux civils pour le moment afin de ne pas déclencher une vague de panique, surtout si peu de temps après l'épisode des Black Edge, qui est encore trop frais dans les mémoires de chacun. Officiellement, Ellie est décédée de vieillesse paisiblement dans sa chambre.

J'ai envie de hurler en pensant à cela et je passe plus d'une heure sous la douche brûlante pour arriver à me calmer, en vain.

Désespérée, je finis par enfiler un tee-shirt appartenant à Rock et je lui envoie un SMS lui demandant de ne pas rentrer trop tard car j'ai besoin de lui. Ce mensonge est trop lourd à porter pour moi. Ellie est tout sauf morte paisiblement, elle a traversé seule un enfer que nous ne pouvons même pas commencer à imaginer. Ma vieille amie sera inhumée ce samedi en toute intimité en présence des Evil's Heat, qui s'occupent de tout, de quelques habitants et amis, et de moi, bien évidemment.

Elle ne possédait pas grand-chose et n'avait pas d'enfant, mais elle avait semble-t-il rédigé un testament authentique auprès d'un notaire. Ce dernier, peu débordé par le travail, avait informé Max qu'il pourrait régler la succession dans le mois. Les héritiers désignés dans ledit document seront alors convoqués par courrier pour assister à sa lecture le moment venu.

Rock rentre vers dix-huit heures trente, les bras chargés de pizzas. Il m'annonce une soirée film pour me changer les idées et ne dit rien quand je lui avoue vouloir regarder pour la énième fois la saga *Harry Potter*. C'est une des rares choses qui pourra me divertir, et il accepte avec gentillesse. Cette vie à deux que je n'avais jamais envisagée, un peu particulière dans les circonstances actuelles, et à laquelle je ne m'étais pas préparée, se met en place malgré tout simplement entre nous.

Rock me laisse de la place parmi ses placards et me fait comprendre par des petits gestes ou messages que je peux disposer des lieux sans aucune gêne. Cette facilité vient peut-être du fait que je n'ai justement pas eu le temps d'en faire toute une montagne dans mon esprit, de peser le pour et le contre un milliard de fois. C'est arrivé soudainement par la force des choses et je trouve que je progresse dans la gestion des imprévus et dans le lâcher-prise.

– Je vois que tu n'as pas encore refait toute la décoration en mon absence, me dit Rock en s'installant dans le canapé à mes côtés.

Il attire ma tête contre ses cuisses et commence à me masser le crâne vigoureusement comme j'aime, tandis que je lance le film.

– J'y vais en douceur. Quand tu réaliseras l'ampleur de mon invasion, il sera déjà trop tard…

– Je veux que tu te sentes ici chez toi, alors tant que tu ne repeins pas les murs en rose, c'est bon. Je ne sais pas combien de temps cette situation va durer. Si tu as besoin de quoi que ce soit, tu demandes.

– C'est très gentil à toi, merci… Maintenant que tu en parles, j'aurais besoin de quelque chose effectivement…

– Pourquoi je sens que je vais déjà regretter ma proposition?

– Mais non, pas de panique. Il me faudrait juste un marchepied ou un truc du genre. Tout est accroché trop haut ici, surtout dans la cuisine.

Ma tête contre son abdomen se met à trembler alors qu'il rigole sous moi.

– On devrait pouvoir te trouver ça, Poucelina.

– Et si on se sent tellement bien ensemble que tu ne veux plus te séparer de moi, on fera comment? J'aime bien cet endroit, c'est très beau, mais j'ai un peu de mal avec l'absence de fenêtres. Je n'envisage pas ça sur du très long terme.

– C'est trop tard, Liv, tu es entrée ici et si je ne veux plus que tu partes, alors tu seras ma prisonnière pour toujours.

Il se penche sur moi, me vole un baiser au passage et me mord gentiment le bout du nez avant de reprendre :

– On avisera le moment venu. Pour l'instant, nous devons nous débarrasser des Aigles rouges et regagner ta liberté.

– Tu as des pistes?

– Non, mais s'il y a bien une chose que j'ai apprise au contact de ces gens-là, c'est que tout a un prix. Dès lors, tout peut s'acheter ou se négocier si l'on est prêt à faire les sacrifices nécessaires. Et je suis prêt à tout pour te sauver la vie et pour assurer l'avenir du Clan…

– Promets-moi juste une chose, Rock. Et je suis très sérieuse.

– Quoi ?

– N'échange pas ta vie contre la mienne. C'est le seul sacrifice que moi, je ne serai pas prête à faire. Les Evil's Heat ont encore plus besoin de toi. Promets-le-moi, Rock…

Je me suis redressée sur les coudes en parlant et j'ai planté mes yeux dans les siens. Je dois avoir l'air désespérée, mais je l'assume. Rock détourne le regard pour fixer l'écran et le film, qui a commencé depuis quelques minutes à présent. C'est sans me regarder qu'il me répond :

– Je ne peux pas te faire cette promesse, Princesse, seulement te jurer de faire tout ce qui est en mon pouvoir pour ne pas en arriver là.

Ses paroles me glacent le sang et je me demande comment on a pu passer en quelques secondes de projets de vie commune avec humour à plus d'avenir du tout. Il serait temps que ma bonne étoile pointe le bout de son nez dans le ciel de mon existence, c'est maintenant ou jamais. Car si on m'enlève Rock, peu importe ce qu'il dit sur les liens du Clan, je ne garantis pas de pouvoir me relever, et surtout pas entière…

***

L'enterrement d'Ellie arrive bien trop vite. Je n'ai pas vu la fin de semaine défiler. Je me suis jetée à corps perdu dans un projet que je souhaite présenter aux garçons lundi, lors de ma première réunion. Ainsi, j'ai pu empêcher mon esprit de divaguer et de repenser à cette conversation déprimante avec Rock, mais j'ai par la même occasion occulté la nécessité de préparer mon cœur et ma tête à l'épreuve qui s'annonce.

Alors, quand je réalise que l'heure de dire adieu à ma vieille amie a sonné, vêtue de noir tout comme Rock à mes côtés, magnifique dans son costume, j'ai l'impression de recevoir un violent coup de poing dans le ventre. Je me tiens devant ce trou béant qui veut m'engloutir. L'enterrement de Moïra me revient par lambeaux, tout se mélange : passé, présent et craintes futures. Je me sens dépassée par les événements, emportée par le tourbillon de la vie à nouveau, ne pouvant que subir épreuve après épreuve. Je jette des coups d'œil désespérés à mes amis autour de moi pendant ce moment douloureux. J'y cherche du soutien et m'agrippe à leurs regards pleins de compassion, comme une assoiffée.

Max, Vince, Susie, Soraya, Bounce, Eddy, même le Doc et Mary Ellen se sont déplacés. Aucun n'était très proche de la vieille dame, sauf un peu Susie dernièrement, mais ils sont venus pour me soutenir et pour qu'elle parte en se sachant aimée et regrettée.

Nous ne nous connaissions pas depuis longtemps, mais je ne t'oublierai jamais. Ta gentillesse et ta générosité m'accompagneront chaque jour, et je jure de te venger… Ton meurtre et celui de Moïra ne resteront pas impunis. Un jour, ils paieront le prix fort, je t'en fais le serment.

Je n'ai pas la force ni l'envie, tout simplement, de parler devant tout le monde.

Ces mots, je les lui adresse à elle directement et en silence, en fixant le trou sombre creusé dans le sol dans lequel va être descendu son cercueil. Ellie n'a pas souhaité de cérémonie religieuse. Nous sommes donc tous réunis à l'extérieur devant le lieu de mise en bière, serrés les uns contre les autres, la mine grave et triste. Le croque-mort des pompes funèbres dirige les opérations et lit les hommages que les proches absents lui ont fait passer. Vers la fin, Rock me sentant flancher, me prend contre lui pour me retenir, et je laisse couler une ultime fois mes larmes.

Enfin, le cercueil est déposé doucement sur son lit de terre, et un à un, nous venons jeter une rose et une poignée de sable avant de partir, définitivement. La cérémonie était sobre, touchante et sans hypocrisie, à l'image de la défunte. Ceux qui souhaitaient s'exprimer en ont eu l'opportunité. Seul le corps ne pouvait être vu, le cercueil avait été scellé dès son arrivée dans la chambre funéraire, pour des raisons évidentes. Et finalement, les quelques habitants et amis présents n'ont pas semblé s'en formaliser.

Adieu, Ellie. Repose en paix aux côtés de l'homme de tes rêves.

Je lève alors les yeux vers l'homme de mes rêves à moi. Son regard noir, sombre et pourtant si vivant, accroche le mien, et il me dit silencieusement toutes ces choses que j'ai besoin d'entendre à cet instant, et que lui seul connaît.

49

INITIATION

Olivia

Le reste du week-end est teinté de tristesse et de mélancolie, même si Rock a annulé tous ses engagements pour rester avec moi et me changer les idées. Il m'emmène me balader à moto, et si mon cœur est au gris et que mon esprit broie du noir, le temps, lui, est radieux, idéal pour profiter des paysages magnifiques de la région. Nous retournons visiter la grotte dorée. Nous sommes assis sur le sol froid en silence, à observer les jeux de lumière solaire sur les parois inégales et sur l'eau du lac, lorsque j'arrive enfin à mettre des mots sur ce que je ressens :

– Rock ?

– Oui, Liv ?

Je rampe vers lui et viens me caler entre ses jambes. Au chaud contre son torse et ma tête sous son menton, je caresse ses cuisses à travers son jean. Il me laisse faire et vient refermer ses bras autour de moi, comme une cage protectrice, et m'embrasse les cheveux. Si nos ébats sont toujours intenses la nuit, une tendresse nouvelle naît entre nous le jour, qui exprime les « je t'aime » que nous prononçons rarement.

– Tu as déjà fait tomber un objet fragile auquel tu tenais et dû le regarder exploser en mille morceaux sur le sol, sans pouvoir rien y faire ?

– Oui. Quand j'étais petit, ma mère avait cette rose en verre de Murano qu'elle avait ramenée de Venise. Elle y tenait énormément et je ne pouvais pas m'empêcher de la toucher. Je la trouvais superbe et surtout je me demandais comment elle avait pu être fabriquée. Elle me fascinait. Évidemment, malgré ses avertissements répétés, j'ai fini par la faire tomber et la rose s'est brisée sur le carrelage du salon. Je me suis senti tellement mal, je savais qu'Annie serait triste quand elle s'en rendrait compte. Ça n'a pas loupé, elle en a même pleuré. C'était un souvenir de son voyage de noces. Je voulais remonter le temps, faire quelque chose, n'importe quoi pour réparer ma bêtise, mais c'était impossible. Même si je lui en rachetais une, ce ne serait qu'une pâle copie, sans les heureux souvenirs qui allaient avec. Pourquoi cette question?

– Parce que c'est exactement ce que je ressens en ce moment : quand tout semble se dérouler au ralenti et paradoxalement en un battement de cils. Tu sais comment cela va se terminer, tu connais l'issue, mais c'est trop tard, la chute est amorcée, la fin inéluctable. Tu ne peux que regarder, tu ne pourras jamais remonter le temps et voir les morceaux se recoller les uns aux autres comme par magie… Ellie était, Ellie n'est plus.

– Ce que tu ressens, Liv, c'est de l'impuissance face à ce qui t'arrive. Mais rien ne garantit que d'autres choix auraient permis d'éviter la mort d'Ellie. Peut-être même qu'ils auraient eu des conséquences bien pires encore. Tu ne le sauras jamais. On doit apprendre à vivre avec.

– Comme toi avec Sunny…

– Oui. Comme moi avec Sunny, ou toi avec Moïra, ou tes parents. Mais tu n'es plus seule.

Je repense aux mots de Rock dans la nuit, et ils m'aident à avancer. Les choses sont ce qu'elles doivent être, je ne pourrai jamais faire machine arrière ni ressusciter les gens que j'aime. Même si cela me peine. En revanche, je peux participer au futur de cette communauté. Changer et améliorer l'endroit où j'ai élu domicile.

***

J'arrive donc motivée le lundi matin dans l'immense salle de réunion du Q.G., malgré les circonstances. Je suis en avance et seule. Rock s'est levé plus tôt car il avait des choses à régler de son côté. Je m'installe et commence à déballer mes affaires. Aider Susie à l'école était un vrai métier qui me plaisait, mais celui-ci est différent. Je suis dans mon élément, ce sont mes études.

Je sais que je suis douée avec les chiffres et j'aime ça. Bien que récemment arrivée au sein des Evil's Heat, je m'y sens légitime et j'ai autant à apprendre d'eux qu'eux de moi. En somme, une véritable collaboration. Je mériterai chaque centime de mon salaire, ce qui était déjà le cas avec Susie bien sûr, mais j'avais tout de même le sentiment de bénéficier d'un traitement de faveur. Susie est la sœur de Max, il voulait m'aider, il se sentait redevable à cause de mes doigts cassés, et donc moi aussi par la même occasion.

Un jeune homme tatoué aux airs de geek passe la tête par la porte et me propose un café pour patienter, mais je refuse poliment.

Je suis occupée à tout ordonner devant moi sur la table : mes notes, un carnet tout neuf qui sent bon la vanille, mes magnifiques stylos pailletés dans leur jolie trousse et ma règle bleu turquoise lumineuse. Dire que j'ai failli m'acheter des rollers pour me déplacer plus vite dans les longs tunnels… Je suis contente de m'être arrêtée à temps pour une fois, car quand je regarde ma panoplie de la parfaite petite écolière, je me dis que ma crédibilité professionnelle n'est pas à son paroxysme. J'ai l'impression de faire ma rentrée des classes au cours préparatoire, mais bon, j'assume.

Les garçons finissent par arriver. C'est intimidant de les voir passer la porte si sérieusement, de façon solennelle, l'un après l'autre, arborant les couleurs du Clan. Ils s'installent autour de la table après m'avoir saluée avec respect. Il n'y a pas de tension entre nous. Cette fois-ci, je suis la bienvenue dans cette pièce, je ne m'y suis pas introduite par effraction… Enfin, Rock entre à son tour et ferme la porte derrière lui, nous isolant du bruit de l'open space où travaillent déjà activement une vingtaine de personnes.

Sans préambule, il rentre dans le vif du sujet en ouvrant un cahier et en lisant ses notes :

– Bon, on a pas mal de boulot. Je ne pense pas oublier quoi que ce soit mais n'hésitez pas à m'arrêter si c'est le cas. Les ordres du jour sont les suivants :

- L'intégration et la formation d'Olivia

- Bill, ses motivations toujours obscures et la soi-disant taupe encore parmi nous

- Les Aigles rouges de Moscou

- Le détournement de fonds

- La maison d'Eddy

Tout le monde acquiesce et mon titan reprend, toujours aussi directif :

– Ce que je te propose, Olivia, c'est de faire le tour du Q.G. avec Max, une fois la réunion terminée. Il te présentera les différents services, tu verras, nous ne sommes pas si éloignés du fonctionnement d'une société privée lambda. Il te montrera aussi ton bureau, que tu partageras avec Vince et lui.

Je suis heureuse de finir avec eux deux et je leur jette des regards chaleureux qu'ils me rendent. Petit à petit, ma relation avec Max redevient agréable, plus de malaise ou de gêne entre nous. Ce dernier me lance d'ailleurs un immense sourire digne d'une publicité pour dentifrice.

Rock, indifférent à mes échanges muets avec Max, poursuit de sa voix grave :

– Il y aura beaucoup de choses à intégrer en peu de temps. Commence par te mettre en contact avec Shawn, vous travaillerez en étroite collaboration. Vous devez être une équipe. Tu es ses yeux ici et vice versa. Il te montrera toute l'étendue de ce qu'il fait pour nous à New York. Je te donnerai accès à tous les documents nécessaires pour que tu reprennes ce que faisait Bill au niveau de l'administration financière. Au passage, si tu peux jeter un œil sur ce détournement de fric et en évaluer les dégâts.

– Sans aucun souci, de ce que j'ai vu, c'est un travail d'amateur.

– Parfait alors. Tu dois te familiariser avec notre organisation et tous nos business aux quatre coins du pays. Particulièrement la production d'or et notre société d'exploitation, la G.C.S.

C'était donc ça que j'avais découvert chez Bill en fouillant! La G.C.S. produit et commercialise l'or de la ville : Gold of Colorado Source. Je comprends mieux à présent les bénéfices hallucinants, à faire tourner les têtes. C'est un business plus que lucratif. Il marque une pause puis s'adresse à l'ensemble des garçons :

– Olivia a eu une bonne idée concernant ton ancienne maison, Eddy. Vas-y, Poucelina, dis-leur.

– Je propose qu'on permette à Alfred de l'utiliser pour agrandir sa supérette.

– C'est pas idiot, me répond Vince, mais en a-t-il vraiment besoin?

Rock va parler mais je suis plus rapide cette fois, prenant de l'assurance au fil de la conversation :

– Carrément! Il pourrait y avoir plus de choix, notamment pour les produits du quotidien. Perso, j'en ai un peu marre de devoir aller à Newton City pour trouver des tampons avec applicateur…

Vince explose de rire, Bounce arbore une moue légèrement dégoûtée et Eddy reste circonspect avant de demander :

– Des applica… quoi?

Je souris face à sa naïveté, et amusée, je lui lance :

– Des applicateurs, Eddy, c'est un système super pratique pour ne pas avoir à te mettre un doigt da…

– Merci, Olivia, me coupe Rock. Je ferai un cours de rattrapage à Eddy plus tard, ou « monsieur Pussygate » finira sa formation sur la puberté féminine tout seul sur Internet, comme un grand.

Ça va!

Ce n'est pas un sujet sale ou tabou, y en a marre des hommes qui partent en courant dès qu'ils entendent le mot *règles*. J'envoie un SMS dans ce sens à Rock pendant qu'Eddy se fait chambrer par ses frères pour son ignorance. Sa réponse est immédiate :

[J'ai aucun souci avec les règles,
j'ai juste pas envie qu'ils t'imaginent
en train de te toucher, règles ou non.
Tu ne sais pas à quel point
Vince est tordu parfois.]

Face à cet aveu de jalousie, je lui réponds seulement :

[Toi Jane, moi Tarzan, toi à moi…
mais je t'aime quand même.]

Je le vois lire mon texto et esquisser un sourire en coin, mais il redevient aussitôt sérieux pour nous demander de voter ma proposition, qui fait finalement l'unanimité. Tout le monde prend à cœur mes problèmes d'intimité.

– Parfait, dit Rock, passons au point suivant. Bill refuse toujours de parler, nous sommes dans une impasse. Nous ne pouvons pas le garder éternellement au sous-sol.

Rock me briefe sur la situation au passage, et j'ai des frissons de savoir que Bill n'est qu'à quelques mètres de moi, un peu plus bas. Eddy prend alors la parole :

– Je m'en fous, le tuer serait trop facile. Il n'y a aucune urgence. Je souhaite que nous le gardions encore en vie. Au bout d'un an dans ce trou, il finira par parler, croyez-moi. Ne serait-ce que pour nous demander de le buter. Et alors là, on pourra négocier et obtenir ce qu'on veut.

Je sens que Rock n'est pas très favorable à cette suggestion mais il se rallie à la majorité, et la proposition d'Eddy est également adoptée, tout comme la mienne. Elle pourra cependant être revisitée à tout moment si de nouveaux éléments venaient à surgir.

– Bon, maintenant, le plus urgent est la menace de cette mafia russe qui pèse sur le Clan et sur Liv.

Cette fois, c'est au tour de Loris de parler :

– Je connais ce genre d'organisation. Ils savent que nous sommes en alerte. Nous avons renforcé notre défense et nos patrouilles, ils ne tenteront rien avant un moment, avant que nous ne baissions de nouveau la garde. Olivia doit toujours rester avec l'un d'entre nous lorsqu'elle sort, idéalement deux, et utiliser les souterrains au maximum. Je vais enquêter sur eux. Mais ils ont forcément des ennemis auxquels nous pourrions nous allier. Échanger une faveur contre une autre. Ou il y a bien quelque chose contre laquelle ces Aigles rouges accepteraient de laisser Liv tranquille. Le tout est de trouver quoi. Tout se monnaye et ça, je m'en charge. Ce n'est pas la première fois que nous avons un frère, ou une sœur, empêtré dans une mafia.

Voilà, ça, c'est mon Chuck Loris.

Simple et efficace. Et car c'est lui qui le dit, je le crois et j'ai l'espoir que tout rentre dans l'ordre sans trop de heurts. Un poids s'envole de mes épaules comme par magie et une douce euphorie me gagne. Il me tarde de leur exposer mon projet à présent…

– C'est noté, Loris, je te fais confiance et j'attends tes retours sur la situation, lui répond Rock.

Je décide alors d'intervenir. C'est le moment ou jamais :

– Je voulais vous proposer quelque chose…

– On t'écoute.

Rock est impressionnant quand il dit cela ainsi, surtout en venant croiser ses bras sur son torse et en s'enfonçant dans sa chaise, qui grince sous son poids. Je suis un peu moins sûre de moi tout à coup, mais je me rassérène et me jette à l'eau :

– De ce que j'ai compris, vous exploitez juste les filons d'or et vous vendez la matière première. C'est cool. Mais on peut faire beaucoup plus. Avez-vous déjà pensé à la transformer vous-mêmes ?

– Explicite ta pensée ? me demande M. le meneur, plus sérieux tu meurs…

– Vous vous feriez encore plus de marge si vous vendiez votre or, non pas brut, mais sous forme de bijoux, par exemple. J'ai commencé à ébaucher un business plan avec une étude financière associée. J'aimerais vous présenter le projet, une fois abouti. Je pourrais dessiner une collection, on pourrait la réaliser avec l'aide de la réserve et faire travailler les gens d'ici. Bref, j'ai plein d'idées à vous soumettre. C'est encore brouillon, mais je sens que je tiens un truc sympa. Le but n'est pas de se lancer dans de la fabrication en masse et intensive. Mais, au contraire, de produire du haut de gamme en édition limitée, du presque sur mesure et de valoriser la fabrication locale.

Un grand blanc suit ma déclaration et je commence à paniquer. Ils n'aiment pas l'idée. Encore une fois, j'aurais peut-être mieux fait de me taire, mais ce n'est pas mon genre. Il serait temps que je m'accepte ainsi… C'est Vince qui brise le silence pesant, pendant lequel tous se jettent des regards interrogateurs :

– Donc pour résumer, Liv, tu souhaiterais qu'un Club de bikers sans foi ni loi, qui doivent se faire passer pour des gros durs au quotidien, fabrique des bijoux ?

– Oui, bon, dis comme ça, c'est sûr que ça le fait moins. Mais non, on ne saura pas que c'est vous derrière. L'approvisionnement de l'or doit rester secret, on doit protéger la Source. Il s'agit juste de déposer une marque et de constituer une nouvelle société. Je porterai le projet avec Soraya. On veut ouvrir une boutique sur New York…

Je lâche ma bombe comme si de rien n'était et contre toute attente, Vince explose de rire et me dit :

– Moi je suis partant, j'adore l'idée !

Je jette un coup d'œil à celui qui préside et dont l'avis compte le plus pour moi. Rock me sourit fièrement, rassemble les papiers devant lui et déclare :

– C'est une idée qui mérite d'être étudiée. En fait, j'espérais que tu la proposes, je n'arrête pas d'y penser depuis ton petit discours passionné sur les bijoux au restaurant il y a des mois. Tu m'as vendu du rêve ce soir-là. Il te faut combien de temps pour nous présenter quelque chose de solide ?

C'était donc pour cela toutes ses questions ! Effectivement, je l'avais trouvé bien curieux mais j'ignorais alors que Colorado Source dissimulait de l'or juste sous mes pieds. Il m'a bien eue sur ce coup-là.

– Une étude comme celle-ci, en partant de zéro, je dirais… six mois environ.

– Ça me va. Ce sera un travail de fond. En attendant et plus urgemment, j'ai besoin de ton aide sur ce nouveau business en cogérance avec un autre Club, dont je t'ai déjà parlé. Passe-moi tout ça au peigne fin. Je veux savoir si leur affaire tient la route. Ils cherchent des investisseurs et sont prêts à nous céder des parts du capital et des bénéfices, en échange d'une injection de cash. Mais je ne veux pas acheter une pomme véreuse. Nous ne les connaissons pas encore suffisamment. On doit les rencontrer dans trois semaines.

Il me fait glisser un dossier sur la table, que je saisis de justesse avant qu'il ne tombe par terre, prise par surprise. Je le feuillette rapidement.

Cela ne me paraît pas très compliqué, il s'agit d'achat et de revente de pièces détachées.

– C'est bon pour moi, j'aurai terminé ça avant qu'on leur rende visite.

– Génial. Bon, Loris s'occupera aussi de te fournir une arme et surtout de t'apprendre à t'en servir, et tu reprends les cours d'autodéfense avec Eddy.

– Euh… OK.

Je n'ai jamais tenu de flingue de ma vie, je ne sais pas encore ce que je pense du concept, mais cela ne coûte rien d'essayer, et si besoin, j'en reparlerai en privé avec mon Rambo.

– Dans ce cas, je crois qu'on en a fini pour la réunion d'aujourd'hui, conclut simplement Rock. Je propose qu'on se réunisse ici à la même heure tous les deux jours, mais si quiconque a une info importante, il la partage avant, bien entendu. Olivia, je te laisse avec Max, pour le tour du propriétaire.

Je hoche la tête en rangeant mes affaires et je récupère ma trousse à poils toute douce des mains de Vince, qui joue avec depuis vingt minutes déjà.

– Putain, non ! On allait oublier un sujet super important, les gars, crie Eddy, nous faisant tous sursauter.

– Quoi ? gronde Rock.

– Le rite initiatique de Liv. Certes, elle a déjà son tatouage, mais elle doit intégrer le Clan comme tout le monde… Il faut désigner son guide de rituel.

– La question ne se pose même pas, Eddy, ce sera moi qui la guiderai pendant la veillée d'initiation.

Rock ne me lâche pas des yeux lorsqu'il dit ça. Je ne sais pas vraiment de quoi ils parlent, mais le regard torride qu'il me lance me garantit que, peu importe ce qu'est ce rite initiatique, je ne serai pas déçue du voyage entre ses mains. J'en ai des frissons d'excitation et lui retourne son doux sourire.

Chacun se disperse et je regarde Rock partir avec Loris vers le fond du Q.G., où se trouve certainement son bureau de grand manitou. Je sais pertinemment qu'ils échangent à nouveau sur K.O.M. J'oublie souvent à quel point il est grand et large d'épaules, mais dans ce couloir étroit et aux côtés de son frère de Clan, pourtant lui aussi costaud, sa stature est saisissante. Je me laisse aller à le contempler béatement.

Cet homme a le don de m'inspirer des pensées inavouables, je suis à deux doigts de lui courir après et de le supplier de rentrer chez nous. Mon regard descend le long de son dos, fuit entre ses omoplates qui roulent sous son tee-shirt saillant alors qu'il s'éloigne, et finit à hauteur de son jean noir et de ses fess…

– Alors, miss, la cohabitation avec notre cher Christensen, ça se passe comment? Tu survis? Vous ne vous êtes pas encore entre-tués?

Max me surprend en posant ses deux grandes mains sur mes épaules, interrompant mon reluquage pervers et peu discret. Mais sans réaction de ma part, il doit me donner un petit coup de coude dans les côtes pour que je me reprenne. Je me tourne vers lui, pas gênée pour un sou d'être prise sur le fait. J'assume complètement mon addiction à mon monsieur Caillou, il me tarde d'être à ce soir…

– Hmm. Ça se passe bien, plutôt facilement, finalement. Une fois qu'il a fait sa muscu le matin, bu son café et englouti mes pancakes maison, il est plus que gérable. Le secret, c'est de ne jamais le mouiller et de ne pas le nourrir après minuit[22]. Sinon là, c'est la catastrophe!

Max rigole franchement et semble plutôt à l'aise de parler de Rock et moi, bien que je sente encore cette petite pointe de je-ne-sais-quoi dans sa voix et dans ses yeux. On progresse, le temps fera son œuvre. Un spécimen comme mon ami, si gentil, finira bien par trouver sa moitié, lui aussi. J'en suis certaine.

– Après tu sais, Max, ça ne fait pas si longtemps non plus. Tout est encore tout nouveau, tout beau. On verra dans quelques mois quand je remarquerai ses défauts et lui les miens. Quand vivre ensemble ne sera plus imposé pour ma sécurité mais libre de choix.

– Ses plus gros défauts, tu les as déjà vus. Il t'a montré le pire de lui-même, je pense. C'était sa façon de repousser les nanas, heureusement, ça n'a pas marché avec toi. Il s'est fait prendre à son propre jeu. Je suis content pour lui, sincèrement. C'est quelqu'un de bien au fond. Tout ça, c'était un personnage qu'il s'était construit pour se protéger. Il a vu comment faisait son père et l'a reproduit à sa manière. Je suis certain qu'il te traitera comme une princesse, tant que nous ne sommes pas là pour le chambrer, et que tu ne le trahis pas…

– Je ne compte pas le trahir ni le blesser, au contraire, je veux prendre soin de lui. Je lui ai dit que je l'aiderai à retrouver Sunny. On partira la chercher ensemble, le moment venu.

– Je sais. C'est gentil de ta part. Nous aussi, on sera présent cette fois-ci pour lui. Je suis certain que Sunny est quelque part et pas si loin. Nous ne cherchons pas au bon endroit. Il faut tout reprendre à zéro et se poser les

23. Référence au film *Gremlins* de 1984.

bonnes questions. Elle a toujours été la plus rusée d'entre nous. Mais toi, mon petit Sherlock Holmes, je sais que tu peux y arriver.

Nous nous taisons et observons en silence les gens s'affairer devant nous. Je viens poser ma tête sur le bras de mon ami sans m'en rendre compte, par réflexe, à la recherche de sa bienveillance et de son soutien. Il m'avait tellement manqué. Il me caresse gentiment le dos et me demande, enjoué :

– Bon, je te fais faire le tour de l'endroit? Depuis le temps que tu souhaitais le visiter.

– Oui avec plaisir, merci, Max. Si on peut juste éviter vos cachots en dessous, je ne suis pas encore prête pour ça.

J'essaie de le prendre avec légèreté mais au fond, je n'en mène pas large. D'ailleurs, ce soir, j'ai une séance avec Mary Ellen. Je me suis fait une longue liste de tout ce que je souhaite aborder avec elle pour ne rien oublier : Moïra, Bill, Ellie, Rock et de vieux dossiers poussiéreux qui traînent dans mon armoire à mauvais souvenirs…

Je suis Max à travers le Q.G. avec attention. Je suis admirative de tout ce qu'ils ont créé ici, finalement en si peu de temps. Le Clan a pris un véritable virage il y a environ deux ans, suite à plusieurs placements financiers réussis de Shawn, et une gestion juste et efficace de Rock. Un duo de choc, reposant sur des alliés de qualité. Je visite donc la compta, le service juridique, informatique, les différentes équipes qui gèrent les business et intérêts des Evil's Heat. Max me présente à tout le monde et je suis accueillie avec gentillesse et curiosité.

Effectivement, c'est une véritable entreprise, avec des locaux dignes de ceux de Facebook ou Google. Enfin, presque… Ces gens vivent ensemble au quotidien pour la plupart, donc que je sois la petite amie de Rock ne semble pas les gêner. Puis j'arrive devant mon bureau à l'écart, que je vais partager avec Vince et Max. J'y dépose toutes mes affaires et je me lance sans tarder dans l'étude des différents sujets que m'a confiés Rock. Je n'ai toujours pas vu son bureau, c'est la seule pièce que je n'ai pas encore visitée.

Je déjeune dans la salle de restauration avec Max uniquement le midi, mais en entamant mon dessert, je sens que quelque chose le tracasse énormément.

– Max, qu'y a-t-il? Ton genou fait trembler toute notre table depuis dix minutes.

Il relève la tête, surpris. Je le sens chercher ses mots, alors je patiente en silence et en le fixant droit dans les yeux. C'est le meilleur moyen pour faire parler quelqu'un.

– Mon grand-père est encore vivant, bien que très vieux et affaibli ces derniers temps.

– Je sais, Rock m'en a parlé. Il s'appelle Maxime, c'est ça ? Il est français ?

– Ouais, il est vraiment sénile et il perd la mémoire, ça me fait de la peine.

– Je suis désolée, Max, je suis là si tu souhaites en parler. Toujours.

Je couvre sa grande main avec les miennes pour l'apaiser et le réconforter.

– C'est juste que je sens qu'il n'en a plus pour très longtemps. C'est moi qui lui rends visite à la maison de retraite. Mes parents ne sont pas à côté, tu comprends.

– Oui. Il a de la chance de t'avoir.

– Je sens qu'il veut me dire quelque chose, il a des crises de panique par moments, quand il pense que je ne l'écoute pas. Mais il ne baragouine qu'en français, j'y comprends rien, j'ai jamais appris.

– Oh ! Eh bien, Rock ou moi pouvons peut-être t'aider.

– Non, pas Rock !

Son ton sans appel et cassant m'alerte :

– Pourquoi ? Il se débrouille vraiment bien, tu sais.

Il lui arrive même de me glisser des cochonneries en français pendant nos moments torrides, car il a compris que son accent me rendait dingue et me faisait perdre la tête. Mais ça, je ne l'avoue pas à Max, bien évidemment.

– Je ne sais pas comment dire ça sans paraître fou, mais je crois que Maxime parle de Sunny. J'ai l'impression d'entendre son prénom dans ce qu'il dit. Mais il s'agit peut-être juste de Susie, ma sœur. Il les confond sûrement, elles sont toutes les deux blondes et les prénoms sont proches. Je ne veux pas tracasser Rock avec ça, surtout pour rien.

– Je comprends, mais tu souhaites quoi, du coup ?

– Tu voudrais bien venir avec moi lors de ma prochaine visite ? L'écouter, lui parler et me traduire ce qu'il cherche à me dire, si c'est possible ?

– Bien sûr, Max, avec plaisir. Tu peux compter sur moi, et comme tu dis, ce n'est sûrement rien.

– Merci, Liv. Je vais faire une demande de visite pour toi. Ça prendra une semaine, mais il ne devrait pas y avoir de problème.

– Parfait alors. Tu te sens mieux à présent ? Il y a une solution à tout, Blondinet.

– Ouais, encore merci. Mais ne m'appelle pas comme ça ou je vais devoir sévir. Rock te laisse lui donner plein de surnoms à la con et j'avoue que ça nous fait tous délirer, mais moi non. Sérieux, il joue les gros durs mais quand il s'agit de toi…

Il secoue la tête, amusé, et me jette un regard chaleureux rempli de gratitude de ses magnifiques yeux couleur d'orage, et je fonds. Ils sont désormais ma famille. Ils me dévoilent chacun à leur tour leurs peurs et leurs fêlures et je les aime pour ça. Ils me font réaliser qu'être fort ne signifie pas devenir hermétique aux gens et à l'existence, un choix que j'avais clairement fait dans le passé. Cela avait été mon moyen de survie jusqu'à ce que j'atterrisse ici et que je recommence à vivre et à profiter pleinement de ce qui m'était offert.

Parfois trop, peut-être. Je me suis bridée si longtemps que j'ai du mal à placer le curseur au bon endroit. Depuis que je vis à Colorado Source, ma raison perd régulièrement la bataille contre mon cœur qui, lui, s'emballe, mais au moins il bat à nouveau : il aime passionnément, amicalement, de toutes ses forces et il déteste tout aussi fort également. Même si Moïra reste un mystère pour moi et que je ne découvre pas la vérité à son sujet, elle m'aura offert sans le savoir le plus beau des cadeaux : une terre d'asile et de rédemption.

***

L'après-midi passe à toute vitesse tandis que j'ai la tête plongée dans les chiffres et la comptabilité. Vers cinq heures, Max me demande si je veux venir passer la soirée chez lui car Rock sera occupé. Il dîne à la réserve de Golden Water avec le père de Soraya. J'accepte et demande à mon ami de patienter le temps que j'aille dire au revoir à mon Rambo. Je souhaite le prévenir que je quitte le Q.G. et l'informer de mes plans nocturnes pour qu'il ne s'inquiète pas.

Je frappe à la lourde porte de son bureau, anxieuse, et entre lorsqu'il m'en donne la permission :

– Hey, mon petit volcan, c'est toi. Comment vas-tu ? Pas trop dur de mémoriser toutes ces informations ?

Il a l'air content de me voir, et je détaille la pièce. Elle ressemble à celle que je viens de quitter, sobre et sans excès mégalomaniaque, sauf que Rock ne la partage avec personne. Son bureau est un immense plateau de verre transparent, et son fauteuil, digne de celui d'un ministre, est la seule marque ostentatoire de luxe. Mais vu son gabarit, c'est la moindre des choses. Tout est bien ordonné, comme chez lui. Je referme la porte et m'avance alors qu'il vient à ma rencontre.

– Il y a beaucoup de choses à retenir mais j'adore. Ce que vous avez créé ici est assez exceptionnel. Beaucoup d'économistes rêveraient de l'étudier, je pense. Vous vivez en quasi-autarcie et autonomie, un microcosme à vous tout seuls et pourtant viable et ouvert d'esprit. C'est un modèle économique et sociologique intéressant qui met à mal la mondialisation et le système capitaliste que beaucoup de pays adoptent depuis soixante-dix ans.

– Cela fonctionne car nous ne sommes ni trop petits, ni trop gros. Diriger un pays, c'est une autre affaire…

– Oui, c'est certain.

– Et je suis heureux quand je vois que mon Clan permet à des gens en marge de la société de reprendre pied. Ils ont tous conscience que c'est une chance et je ne laisserai pas quelqu'un comme Bill tout foutre en l'air.

– Sache qu'il n'a pas eu le temps de détourner beaucoup d'argent au vu de ce que vous possédez.

– Combien?

– Environ quinze mille dollars.

– Tu sais vers qui?

– Non, ça, ce sera plus dur à déterminer. Je te passe le procédé comptable pas du tout discret qu'il a utilisé. Mais je ne me mouille pas trop en disant qu'à mon avis, l'argent atterrissait chez les Black Edge et chez lui. Il savait qu'il allait se faire prendre à un moment donné, il assurait son départ.

– Putain, j'ai la haine! Je me retiens de le finir, vraiment, Olivia! Mais qu'est-ce qu'on a bien pu lui faire, bordel, pour qu'il nous fasse ça?

Je viens le prendre dans mes bras pour l'apaiser, et l'embrasse sur le torse, humant son odeur dont je m'enivre au passage.

– Du calme, Hulk. Là où il est, il ne peut plus vous faire de mal. Je venais juste pour te dire que j'allais partir. On discutera de ça à un autre moment. Je passe la soirée avec Max. Cela ne te dérange pas?

Il vient prendre mon visage en coupe dans ses grandes mains et plonge son regard dans le mien :

– Je préférerais être avec toi ce soir, mais je te fais confiance ainsi qu'à Max. Et jamais je ne te demanderai de m'attendre bien sagement à la maison pendant que je dois m'absenter pour le boulot si tu n'en as pas envie.

– Le boulot?

– Ce nouveau business qu'on étudie impacte aussi Soraya et les siens, et il y a ton rite d'initiation. J'aimerais faire un truc un peu différent de d'habitude…

– Oh ! Et en quoi ce rite va-t-il consister ?

– Tu verras, fais-moi confiance.

– Ce sera quand ?

– Dans deux semaines environ, pendant le week-end de la nouvelle lune.

– Je vois. C'est une sorte de cérémonie ?

– Tout à fait.

– C'est en public ?

– Ouais…

Il rigole face à mon ton inquisiteur et mon air trop sérieux.

– Est-ce que c'est sexuel ? Oh, mon Dieu ! Ne me dis pas qu'on va devoir s'accoupler devant tout le monde pour sceller notre union, comme dans ces romans de loups-garous, hein ?

– Bordel, non ! Mais de quoi tu parles encore ?

– Laisse tomber.

– Mais ce sera charnel, c'est certain, car il s'agit de toi, Princesse. L'initiation est un moment intense où l'on remet symboliquement sa vie entre les mains de la communauté. Cela a été emprunté aux coutumes du peuple de Soraya. En fait, mon grand-père et celui de Max ont été intégrés à Golden Water ainsi, en remerciement de tout ce qu'ils avaient fait pour la tribu et la communauté qu'ils étaient en train de construire. Ils ont été officiellement acceptés par le grand-père de Soraya et les siens. Depuis, cela perdure pour toutes les nouvelles personnes que nous accueillons, qui ont fait leurs preuves et qui ont prouvé leur loyauté. Je serai ton guide pendant la cérémonie et bordel, Olivia, tu me rends dingue, alors ouais, ce sera bien plus sensuel que d'habitude, ça c'est certain. Rien que d'y penser, je bande déjà. Tu vas enfin m'appartenir, Petite Voleuse.

Je viens me presser contre lui et constate qu'effectivement, peu importe ce qu'il compte me faire, cela ne le laisse pas indifférent. Mon imagination se met en marche et des images érotiques de nos deux corps nus et enlacés surgissent devant mes yeux. Son excitation réveille instantanément la mienne, que je tentais de maîtriser depuis ce matin, sans succès.

Elle affleure à la surface, j'ai la peau à vif et la respiration déjà haletante. La moindre caresse, regard ou parole un peu crue de sa part m'embrase et me fait perdre mes moyens. Je ressens une vive chaleur m'envahir tandis que son souffle au creux de mon cou me donne des frissons de plaisir. Je me tortille à présent contre lui à la recherche de soulagement. J'ai hâte de découvrir ce que me réserve cette « initiation ». Je lui fais entièrement confiance désormais et m'en remets à lui aveuglément. Les nouvelles expériences sont encore plus grisantes de cette façon. J'ai bien retenu ma leçon, comme lors de ces tours de drift libérateurs au milieu du désert. Je lui murmure, pantelante :

– Petite Voleuse? Ce n'est plus Petite Chose?

– Non, tu es une voleuse... Une voleuse d'âme, Olivia. J'irai brûler en enfer à cause de toi.

À ces mots, il m'embrasse durement, violemment et réclame ma bouche comme un dû. Je n'ai pas d'autre choix que de finir par céder, même si je tente de lui résister pour la forme quelques secondes et pour le faire enrager. Il redouble d'intensité et de volonté face à ma retenue toute relative en me saisissant par les cheveux, écrasant nos visages l'un contre l'autre.

Je succombe enfin, lâchant un gémissement entre ses lèvres, lorsqu'il vient frôler mon ventre de sa grande main chaude sous mon tee-shirt et que ses doigts descendent lentement en direction de mon entrejambe. Je lui retourne ses caresses et ses attaques avec ferveur tandis qu'il prend possession de mes lèvres. C'est un baiser brut, invasif et offensif, à son image.

Je suis étourdie et je me sens dépossédée de toute pensée cohérente. Je ne suis plus que sensations là où nos deux corps se touchent. Rock me soulève, pivote et me dépose assise sur son bureau. Il vient se loger entre mes jambes et je m'enroule autour de lui comme une liane, tout aussi déterminée que lui de ne faire qu'un, le temps d'un instant. J'agrippe ses cheveux bruns qui ont poussé suffisamment pour qu'ils bouclent légèrement dans son cou et sur ses tempes. Ils sont toujours aussi soyeux entre mes doigts.

Sa barbe naissante est rêche contre mon visage et met mes nerfs à fleur de peau. C'est une douce douleur qui pimente notre jeu pendant plusieurs minutes. Puis, dans un éclair de lucidité, je lui mords fermement la lèvre pour qu'il lâche prise et je me recule, tandis qu'il dit en râlant car je lui échappe :

– J'ai eu des fantasmes complètement dingues dans ce bureau avec toi. Pitié, dis-moi que tu as encore un de ces tailleurs sexy que tu devais sûrement porter quand tu bossais dans ta banque de culs serrés à Paris?

– Oui, il m'en reste un gris et j'ai la chemise qui va avec. Tu sais, celle en soie avec des petits boutons que tu peux arracher, comme dans les films. Oh et j'ai des porte-jarretelles aussi...

– Seigneur...

Il reprend ses baisers et ses mains se font baladeuses sur mon corps mais surtout sur ma poitrine. Il joue avec mes seins et mes tétons durcis par le plaisir. Lorsqu'il tire doucement dessus, je suis à deux doigts de renoncer, de le supplier d'ôter mon tee-shirt et ma lingerie fine qui m'entravent. Mais je me recule à contrecœur de nouveau. Ce que je vais lui dire ne va pas lui plaire :

– Je dois y aller, Max m'attend…

– Non, je veux que tu y ailles en portant mon odeur sur toi… en toi…

– Punaise, plus primitif tu meurs, Rambo, faut te faire soigner. Et non, pour le moment, il est hors de question que toi et moi on fasse quoi que ce soit de plus ici.

– Et pourquoi ça?

– Car c'est mon premier jour, que… je ne sais pas, c'est tout un symbole que de coucher avec le patron dans son bureau…

– Je ne suis pas le patron.

– Tu es le boss, le meneur, c'est tout comme. Pour moi, ça a de l'importance. Je veux d'abord gagner ma légitimité au travail, faire mes preuves. Que les gens du Clan sachent pourquoi je suis ici. Qu'ils sachent que c'est parce que je le mérite et non car je suis ta nana. Lorsque ce sera établi sans contestation possible, on pourra s'envoyer en l'air dans ce bureau autant de fois que tu veux.

– Ils n'en sauront rien…

– Moi je le saurai et c'est finalement le plus important. S'il te plaît, Rock, c'est dur pour moi aussi.

Il gronde contre mon cou, jure contre la terre entière mais finit par abandonner et me relâche gentiment.

– Je viendrai te chercher chez Max quand j'aurai fini avec le père de Soraya. OK?

– D'accord.

Je me dégage et saute du bureau, l'embrasse une dernière fois et pars rejoindre mon ami qui poireaute depuis quinze minutes. Je me dépêche de sortir d'ici car je ne me fais pas confiance, je suis à deux doigts de faire demi-tour…

50

CONFESSIONS ET PRIVATIONS

Olivia

Lorsque j'arrive, Max patiente dans l'open space et discute avec une jeune femme métisse assise devant son ordinateur. Si je me souviens bien, elle s'appelle Dakota et fait partie du pôle informatique, elle gère la cyber-sécurité aidée du jeune geek à lunettes qui m'a proposé un café ce matin. Cela me rappelle que demain, je dois recevoir mon ordinateur fourni par le Clan et qu'il sera installé dans la matinée, ainsi qu'une adresse e-mail « professionnelle ». Je rigole toute seule en imaginant ce à quoi elle pourrait ressembler : *olivia.kincaid@evilsheat.com* ou encore *liv.kincaid@theclan.com*.

J'attends poliment que Max termine sa conversation et observe une dernière fois l'endroit où je me trouve. J'ai encore du mal à réaliser qu'un tel lieu existe, et que j'en fais pleinement partie. Je me demande même si tous mes malheurs ne valaient pas la peine d'être vécus pour finir par vivre ici avec ces gens hors du commun. Enfin, il termine et me demande :

– Prête ?

– Oui !

– Il ne voulait pas te laisser partir ?

– Oh, il nous fait confiance et il est content que je passe la soirée avec toi, mais effectivement, il est un peu possessif…

– On ne le changera pas. Bon, je te propose soirée cinéma à domicile et bouffe chinoise, ça te va ?

– Au top, c'est parfait. Je dois juste voir Mary Ellen à dix-huit heures pour papoter, j'en ai pour une heure. Tu veux qu'on s'organise comment ?

– Ça ne me dérange pas, je t'accompagne. Je patienterai. Vous avez rendez-vous où ?

– Au hangar. C'est là qu'elle me reçoit en général.

– Alors allons-y, on va prendre le souterrain pour y aller, et ensuite on ira chez moi.

La session avec Mary Ellen est intense, cela fait un moment que je ne l'ai pas vue, avant le décès d'Ellie. J'ai donc plein de choses à lui partager, dont cet événement traumatisant. Après m'avoir écoutée vider mon sac en cascade, elle reprend la parole d'une voix douce et posée :

– Il est clair, Olivia, bien que tu aies fait des progrès, que la culpabilité que tu portes sur tes épaules est encore trop lourde. Nous sommes d'accord sur ça. La mort d'Ellie n'y est pas pour rien et c'est normal. Tu es humaine. Ces émotions que tu ressens font de toi la belle personne que tu es.

– Oui, mais je ne sais vraiment pas comment faire, j'ai l'impression de peser une tonne tout le temps. Je le ressens physiquement, c'est comme un fardeau, un sentiment qui ne me lâche jamais ou rarement.

Je m'enfonce un peu plus profondément dans le fauteuil et je la vois prendre des notes en face de moi sur un petit carnet posé sur ses genoux. Ses cheveux couleur miel encadrent son joli visage et elle me lance un sourire avant de rebondir sur mes propos :

– C'est tout à fait normal, nos émotions se traduisent souvent par des maux ou des manifestations physiques diverses. C'est une façon pour le corps d'exprimer ce qu'il ressent quand nous sommes incapables de le verbaliser.

– Et tu vas m'aider à travailler sur ce ressenti? lui demandé-je, pleine d'espoir.

– Oui, on va tenter plusieurs choses aujourd'hui. Comme je te l'ai dit, pour des gens tels que toi, je travaille par le biais de thérapies brèves qui se concentrent sur le résultat. Tu n'as pas besoin de passer ta vie chez un psy, Olivia. Je ne minimise pas ta souffrance ni ton histoire, mais tu es quelqu'un de fort. Tu as besoin de mon aide aujourd'hui, ponctuellement, mais tu sais aussi avancer seule. Ne doute plus de toi. Il n'y a pas de bonnes ou de mauvaises façons de gérer sa peine, mais je peux te donner des conseils et des astuces pour l'avenir. Les séquelles que tu as, dues aux événements traumatiques que tu as subis, ne nécessitent pas de traitements médicamenteux ou un suivi psychiatrique lourd, contrairement à d'autres personnes dont je m'occupe ici. Attention, je me répète et insiste, cela ne veut pas dire que ton passé a été moins grave que le leur. Ce n'est pas ce que je dis.

Je la vois griffonner de nouveau quelques mots en bas de la page et elle me lâche des yeux quelques instants, le temps d'écrire.

– Ne t'inquiète pas, Mary. Je comprends. D'un côté, je préfère savoir ça et en même temps, parfois, je me demande si je suis normale.

Elle se redresse vivement et me lance un regard étonné :

– Pourquoi cela?

– On s'attend à ce que des gens qui ont vécu ce que j'ai traversé aient des séquelles plus lourdes… Qu'ils ne soient plus que l'ombre d'eux-mêmes. Je veux dire, mes parents sont morts, j'ai été abusée enfant à plusieurs reprises, j'ai perdu ma meilleure amie et maintenant Ellie. Oh et j'ai été torturée par un gang de fous furieux. Moi-même quand je le dis comme ça, j'ai l'impression que c'est impossible qu'il arrive autant de choses à une personne et qu'elle s'en sorte saine d'esprit…

Mary décroise les jambes et reprend appui sur le dossier de sa chaise. Avec un air toujours doux mais sérieux, elle me répond :

– Je pense simplement que tu oublies, ou que tu choisis d'oublier. Premièrement, tout ne t'est pas arrivé d'un coup. Tu as géré les événements les uns après les autres. Et je pense que, si tu réfléchis bien, tu te souviendras que tu as eu des moments sombres et difficiles, à plusieurs reprises. Comme la période avant la rencontre de Moïra, ou celle après ton enlèvement par les Black Edge, et sûrement d'autres dont je n'ai pas connaissance. Tu es juste une personne optimiste et tenace, Olivia. Tu as tendance à aller de l'avant, à passer outre ces passages à vide quand d'autres vont bloquer dessus. C'est ce qui fait que tu es là, devant moi et en bonne santé.

Je sais au fond de moi qu'elle a raison, qu'elle ne me dit pas cela uniquement pour me faire plaisir. Je vis encore trop dans le regard des autres concernant mon histoire personnelle. Je préfère me déprécier avant que d'autres ne puissent le faire, même si je fais tout pour être forte. Mais on m'a tellement traitée de menteuse lorsque le scandale a éclaté autour de ma famille d'accueil que cela m'a laissé des marques indélébiles.

Ma façon de réagir aux abus dont j'ai été victime enfant avait surpris les adultes, au point que certains avaient commencé à douter, mais les preuves trouvées par la police étaient incontestables.

– J'imagine… lui dis-je avec doute.

– Il faut que tu comprennes qu'il n'y a pas de règles concernant la souffrance ou les traumatismes. Tu as dit toi-même avoir longtemps vécu comme coupée du monde et recluse. C'est une séquelle importante de mon point de vue. Tu t'es déconnectée de ton identité pendant des années pour survivre en étant quelqu'un d'autre, c'est typique des victimes d'abus sexuels ou de torture. La dépression n'est pas la seule conséquence possible de ce que tu as vécu. On peut être malheureux et abîmé de mille façons différentes, tout comme il y a sept milliards d'individus différents sur cette planète, avec des réactions propres à chacun.

Mary soutient mon regard pour s'assurer que ses mots m'imprègnent et que j'écoute ce qu'elle me dit. Je me penche vers elle avant d'ajouter, sur le ton de la confidence :

– C'est juste une impression que j'ai parfois. Les gens sont étonnés de me voir toujours debout quand ils apprennent ma vie. Ils ne comprennent pas que je ne veuille pas de leur pitié, que je ne veuille pas qu'on pleure pour moi…

– Le regard des autres est souvent le cœur de nombreux problèmes. Mais le résultat que nous souhaitons désormais est que tu te décharges pour tout ou partie de ce sentiment de culpabilité. Tu es une personne fondamentalement rationnelle, bien que créative, alors nous allons procéder de façon directe, presque binaire. Ainsi, ton cerveau assimilera mieux, nous allons lui parler dans un langage qu'il comprend. Je vais te poser des questions fermées et tu y répondras par oui ou non, tout simplement.

Je me concentre tandis que Mary approche sa chaise et réduit l'espace qui nous sépare.

– D'accord.

– Cela va te paraître sûrement étrange, mais c'est efficace. Bon, commençons et repartons du début, à la racine de ton mal-être. Tu es prête? me demande-t-elle en adoptant un ton plus directif que d'ordinaire.

Je me redresse, concentrée, prête à me soumettre à l'exercice quel qu'il soit. Je veux aller de l'avant et me sentir mieux. Alors je lui réponds tout aussi fermement :

– Oui.

Nous effectuons quelques exercices de respiration qu'elle m'a appris pour lâcher prise et je me détends à nouveau dans le grand fauteuil moelleux dans lequel je suis installée. La méthode employée me paraît simple et c'est ce que j'apprécie avec Mary. Elle n'essaye pas de rentrer dans mon cerveau à grands coups de théories freudiennes pour le décortiquer dans tous les sens comme un rat de laboratoire ou une nouvelle expérience scientifique. Le but est de savoir que faire pour aller mieux. Les premières séances ont été libres, quasiment à sens unique, pendant lesquelles elle m'a écoutée m'épancher de façon anarchique sur les événements qui ont marqué ma vie, afin de me connaître.

Lorsqu'elle me sent enfin prête, elle lâche sans préambule :

– Olivia, lorsque tu avais 10 ans, as-tu choisi sciemment de tomber malade la veille du Jour de l'an ?

– Non, bien sûr que non ! m'insurgé-je.

– Ne panique pas. Je ne suis pas là pour te juger, juste pour te faire prendre conscience de choses qui, de l'extérieur, peuvent paraître évidentes, mais qui pour ton subconscient ne le sont pas. En les entendant aussi simplement, petit à petit, tu en prendras conscience toi aussi. Reprenons.

– Hmm.

– As-tu forcé tes parents à prendre la voiture cette nuit-là ?

– Oui, j'ai fait un caprice et ils ont fini par céder…

– Es-tu la seule enfant sur cette terre à faire des caprices ?

– Non.

– Et tu étais malade ?

– Oui.

– Selon toi, un parent doit-il céder aux caprices de son enfant ?

– En théorie, non. Il est l'adulte.

– Tes parents étaient adultes ?

– Oui.

– C'est bien eux qui ont choisi d'accepter ta demande de rentrer à la maison ?

– Ma maman, effectivement.

– Je repose donc ma question, Olivia : est-ce que la fillette de 10 ans, malade, a « forcé » ses parents à prendre la route cette nuit-là ?

– Non… C'est ma maman qui a voulu.

– T'ont-ils écoutée quand tu leur as demandé d'arrêter de se disputer et d'être vigilants sur la route ? Quand tu leur as dit que tu avais peur ?

– Non plus…

– Étais-tu responsable du verglas sur la route cette nuit-là ? Est-ce toi qui conduisais ?

– Non, et non, évidemment.

Aussi simple que soit l'exercice que nous faisons, je le trouve éprouvant. Les larmes montent et je lutte pour les retenir, car je réalise que cette culpabilité n'est autre qu'une forme de déni de mon impuissance. Nous, humains, sommes démunis face aux aléas de la vie, nous avons besoin d'explications. Tout doit avoir une origine et un sens qu'il nous faut connaître, par tous les moyens possibles. Il suffit de le constater par l'observation : l'espèce humaine est en recherche perpétuelle de réponses à une infinité de questions.

Nos chercheurs font des études sur tout et parfois n'importe quoi. Ils envoient des fusées sur la Lune et des sondes spatiales aux confins de l'univers pour repousser toujours plus les limites de l'inconnu.

Ils décortiquent l'infiniment grand et l'infiniment petit, espérant y trouver des remèdes miracles contre les maladies, la solution à une équation mathématique complexe ou tout simplement prouver l'existence de Dieu. C'est comme si nous portions des chaînes, nous en savons suffisamment pour avoir conscience de notre condition, mais pas assez pour nous en libérer. Alors nous finissons insatisfaits, malheureux, aigris et violents.

En ce qui concerne le décès de mes parents, c'est la conséquence d'un enchaînement malheureux d'événements qui a abouti à cette fin tragique. C'est ce que Mary essaie de me faire comprendre. Mais je n'accepte pas qu'il n'y ait pas de raison à leur mort. Que la seule explication soit la malchance ou ce que d'autres appellent la fatalité ou encore le destin. Personne n'aime ressentir ce sentiment d'impuissance face à la vie, comme lorsque Rock a regardé cette rose en verre se briser en mille morceaux sans rien pouvoir faire. Le temps s'écoule dans un sens unique, allant de l'organisation vers le chaos. Alors, je me reproche toute la misère du monde. Je deviens la cause de tous mes problèmes, l'explication recevable de leur décès.

Ils sont morts à cause de moi, à cause de mon caprice. Cette idée a rendu ce drame plus supportable un temps, mais elle me freine aujourd'hui pour vivre pleinement ma vie d'adulte et ma relation avec Rock. Je dois accepter la désorganisation de mon existence. Je dois accepter qu'il n'y ait pas une explication rationnelle à leur disparition et cela me terrifie au plus haut point.

Mary sent que le moment est difficile et me laisse le temps de souffler avant de reprendre :

– On continue?

– Oui, c'est bon, ça va aller.

– Je peux m'arrêter quand tu veux. Passons à ta famille d'adoption à présent, à ce docteur et sa femme. Tu les aimais?

La question est brutale, je ne m'y attendais pas. J'ai toujours refusé de me la poser pour avoir moins mal. Alors, je prends une grande respiration et lâche l'impensable. Ce dont j'ai si honte :

– Oui… (Ma réponse n'est qu'un souffle.) Au début oui, ils étaient si gentils, ils m'ont acceptée quand personne d'autre ne voulait de moi…

– As-tu compris ce qu'ils te demandaient au début?

– Non.

– Trouvais-tu cela normal de faire ces choses?

– Non. En fait, je ne sais pas, j'étais perdue.

– Penses-tu qu'un adulte puisse abuser ainsi de la détresse émotionnelle d'une enfant?

– Non...

L'humiliation et la douleur que j'ai ressenties pendant ces années horribles, et même après, sont en train de ressortir. Mon tapis cache-misère s'élime à vue d'œil, ma peau qui me sert de carapace devient fine et fragile, prête à se déchirer. La voix de Mary est douce et son ton bienveillant, elle me pose les questions que j'ai trop longtemps évitées, fidèle à ma technique de l'autruche. Non, je trouve que ce qu'ils m'ont fait est odieux, il n'y a pas de mot pour le décrire. Avant d'abuser de mon corps, ils ont abusé de ma confiance et de mon innocence...

La honte laisse place à de la révolte. Je n'ai pas à avoir honte, c'est à eux de porter cette culpabilité. Je ravale mes larmes et me redresse dans mon siège, pour dire haut et fort, avec véhémence :

– Je n'ai rien fait de mal! J'étais une enfant!

– Oui, Olivia, effectivement. Ce n'est pas toi. Ce sont eux qui t'ont fait du mal. Ce sont eux les bourreaux. Et ce sont eux qui ont été jugés pour ça.

– Je n'ai pas tué mes parents et je ne méritais pas ce qui m'est arrivé par la suite. Personne ne mérite de vivre ça! lui crié-je, révoltée, prête à le répéter encore et encore afin que la terre entière le sache.

Mary ne me répond pas, il n'y a rien d'autre à ajouter. Je me laisse retomber dans mon fauteuil lourdement, épuisée. J'ai l'impression qu'un trente-trois tonnes m'a roulé dessus. Mon cœur est à vif, mais cette fois, il est prêt à cicatriser correctement et de la bonne façon. Je me sens déjà plus légère quand elle reprend :

– On va s'arrêter là pour aujourd'hui. Je vais te laisser une série de questions à te poser au sujet de Moïra et d'Ellie de la même manière. Cet exercice que nous venons de faire, tu peux le faire toi-même, et dans tous types de situations.

Je ne suis pas mécontente que la session se termine, je veux sortir d'ici pour rejoindre Max et ensuite passer la nuit contre Rock, dans ses bras.

– D'accord. J'ai juste une dernière question. Enfin, c'est plus un conseil que je te demande.

– Je t'écoute. Dis-moi.

– J'ai une piste pour Moïra, j'ai peut-être retrouvé ses parents. Je leur ai laissé un message vocal avant mon enlèvement. J'ai vu qu'ils m'avaient répondu, mais je n'ai pas encore eu le courage d'écouter leur message. Je ne sais pas comment faire et comment dire à des gens que leur fille est morte, et en même temps je culpabilise car je leur dois la vérité.

– Je comprends. Déjà, je suis heureuse pour toi que ton enquête avance. T'ont-ils laissé beaucoup de messages?

– Juste un… J'ai fait des recherches sur eux, ils ne semblent pas inquiets de la disparition de leur fille, c'est comme si elle n'avait jamais existé à leurs yeux. Seul leur fils aîné apparaît partout sur Facebook, ou ailleurs.

– Je peux seulement me baser sur ce que tu m'as confié pour te répondre. Mais ce que je vais te dire est le conseil d'une amie, pas l'avis de la psychologue : Moïra a fui son pays sans un regard en arrière, elle ne voulait jamais en parler et ne semble pas manquer à sa famille. Sans être détective privé, je peux te dire qu'il est évident que ce sont eux le cœur du problème. Tu ne leur dois rien, prends donc les choses à ton rythme. Personnellement, si mon enfant venait à disparaître, je remuerais ciel et terre pour le retrouver, comme Rock a cherché Sunny…

– Et on va repartir à sa recherche. Je vais l'aider.

– Je n'en doute pas. Si de ton côté tu fais correctement les exercices que je te donne, nous pourrons passer à l'étape suivante lors de notre prochaine session. Tu as laissé entendre que des choses ou des situations te permettaient de te sentir de mieux en mieux ici, moins coupable. Nous nous concentrerons sur ça. Ce sera plus agréable que cette séance-ci, je te le promets.

Je prends congé de Mary, éreintée mais plus légère qu'avant, et je rejoins Max qui discute tranquillement avec le Doc. Lorsqu'il me voit, son immense sourire me réchauffe le cœur, comme toujours. Cet homme est un remède à lui tout seul, il panse vos plaies avec sa gentillesse et sa bonté qu'il distribue sans modération autour de lui.

La soirée se déroule tranquillement et dans la bonne humeur. Nous la passons échoués sur son canapé à regarder la série *How I Met Your Mother* en nous goinfrant de rouleaux de printemps et de nouilles épicées. Max me dit qu'il a eu la maison de repos où est pris en charge son grand-père et que je pourrai l'accompagner dans quinze jours, après mon rituel initiatique. J'avais peur d'être morose et tracassée suite à mon échange avec Mary Ellen, mais je suis agréablement surprise car ce n'est pas le cas, au contraire.

J'ai laissé mon passé sur le seuil de son cabinet de fortune, que le Doc lui prête pour me recevoir au calme et en toute discrétion.

J'apprécie vraiment ce moment passé avec mon ami et sans prise de tête. Il ne s'agit que de Max et Olivia, rien d'autre : pas de non-dits, de sentiments bafoués ou de passé torturé, et cela me fait un bien fou.

Rock me récupère en Dodge vers minuit, alors que je suis à moitié endormie dans le salon de Max, un sachet de chips aux crevettes sur le ventre. Je l'entends rire de sa voix grave lorsqu'il m'aperçoit ainsi échouée, tel un bébé phoque sur la banquise. Les garçons discutent quelques minutes du repas en compagnie du père de Soraya. Je tends l'oreille dans l'espoir de les espionner, mais le brouillard de fatigue qui m'enveloppe est un filtre efficace qui crypte leur conversation. Me sentant partir pour un pays lointain et imaginaire, je renonce à jouer les agents secrets.

De toute façon, Rock m'en parlera demain, je suis dans les confidences, à présent. Malheureusement pour Rambo, la suite de notre moment torride commencé plus tôt dans son bureau attendra demain au réveil, mais je saurai me faire pardonner de le laisser ainsi sur sa faim.

***

J'aimerais dire que je vois le temps passer, mais les deux semaines qui suivent s'écoulent en un clin d'œil. Je suis happée par le boulot au Q.G. et par tous les sujets que l'on m'a confiés et qui doivent avancer en parallèle.

Un quotidien rassurant se met en place au sein de ma nouvelle famille, avec Rock, les garçons et les frères et sœurs que je côtoie chaque jour. Nous n'avons pas eu de nouvelles des Aigles rouges pour le moment mais je ne commets pas l'erreur de me croire en sécurité. Je me rends régulièrement sur la tombe d'Ellie en fin d'après-midi pour la fleurir, toujours accompagnée d'un de mes nombreux gardes du corps. Je lui raconte en silence ma journée, comment ma relation avec Rock évolue, doucement et dans le bon sens, ou encore la dernière recette de cuisine que j'ai essayée avec succès.

Mais hier, je lui ai confié me sentir enfin prête pour affronter Bill. Je veux être présente à la prochaine confrontation. J'ai des choses à lui dire et à faire sortir pour pouvoir avancer.

Le grondement de Rock me réveille en sursaut, tôt ce samedi matin, jour de rituel, et il bondit hors du lit en râlant :

– Liv ! Qu'est-ce que tu fous ici ?

– J'ai craqué… et j'ai fait un cauchemar, lui réponds-je d'une petite voix faussement innocente.

Il allume la lumière douce et tamisée, mais suffisamment forte pour qu'il puisse capter mon regard et comprendre que je ne mens pas. Il se radoucit mais ne revient pas s'allonger dans le lit pour autant. Il se tient droit, les bras croisés sur le torse et me jauge de toute sa hauteur, amusé, tandis que je suis enroulée dans les draps de coton beige qui sentent bon la lessive et son odeur entêtante. Seul mon visage dépasse. J'y suis blottie comme dans un petit nid douillet, et j'écarte mes orteils en éventail, pleinement satisfaite, au bord de l'orgasme olfactif et visuel.

Ce que j'ai sous les yeux m'hypnotise : Rock dort souvent nu pour mon plus grand plaisir… Cela fait plusieurs jours que je ne l'ai pas vu sans vêtement, et jusqu'à cette nuit, plusieurs jours que je ne l'avais pas touché.

En effet et malheureusement pour moi, le rituel initiatique commence bien avant la cérémonie de la nouvelle lune, qui aura lieu ce soir. Il est obligatoire de subir une privation totale de contacts physiques pendant une semaine. Sept jours où j'ai eu interdiction de toucher ou sentir quiconque, autant dire une véritable torture pour quelqu'un d'aussi tactile que moi. Tout le Q.G. est au courant et m'évite comme la peste avec espièglerie, même Max. Ils rigolent de me voir hésiter, me retenir d'esquisser un geste par réflexe pour attraper un bras, une main… Ils en ont même fait un jeu à mes dépens : *The don't touch Liv game*[23].

Hier soir, après six longs jours de privation, j'atteins donc mes limites, et la réunion entre membres décisionnaires est l'équivalent d'un supplice chinois. D'autant plus que j'ai pris certaines habitudes et que, depuis deux semaines, les barrières entre eux et moi s'abaissent. Je gagne en assurance, je m'intègre, je me sens chez moi au sein du Clan. La séance avec Mary Ellen, bien qu'éprouvante, m'a ôté un poids qui me permet de m'épanouir comme jamais auparavant.

Je vis cette étape du rituel comme une vraie punition : ils sont ma famille et je n'ai plus le droit de leur témoigner mon affection à ma façon.

Durant tout le temps des discussions, j'ai reluqué les garçons comme une femme au régime devant la vitrine d'une pâtisserie. Je ne suis absolument pas

24. En anglais : le jeu « Pas touche Liv ».

concentrée sur le fond des échanges, mais plutôt obnubilée par les uns et les autres. Je meurs d'envie de venir renifler Rock comme un animal, d'embrasser sa belle bouche charnue alors qu'il parle d'un sujet très peu sexy : la collecte des déchets de la ville et la mise en place d'un tri sélectif chez les habitants.

Je veux sentir ses grandes mains parcourir mon corps et me plaquer contre son torse pour me lover dans ses bras. Frustrée, je détourne le regard de mon Rambo pour penser à autre chose, mais alors, les cheveux blonds de Max me font de l'œil à leur tour. Je suis tentée d'y glisser les doigts pour voir s'ils sont aussi doux qu'ils en ont l'air, ou de venir jouer avec les dreadlocks de Vince et ses cheveux crépus.

Même les yeux verts de Bounce me fascinent encore plus que d'habitude. Je suis presque tentée de lui mettre le doigt dans l'œil pour vérifier qu'il ne s'agit pas de véritables émeraudes. Et je ne parle pas de la cicatrice d'Eddy.

Je me demande quelle texture elle aurait sous la pulpe de mon index?

Bref, je suis devenue une droguée en manque de sa dose. J'ai pourtant tenté de faire craquer Rock par tous les moyens malhonnêtes possibles. J'ai fait irruption à l'improviste dans son bureau pour lui offrir ce qu'il désirait tant : moi, nue et à quatre pattes, sous son plateau de verre.

Échec.

Je déambule en tenue d'Ève dans l'appartement alors qu'il prend son petit déjeuner ou fait sa muscu.

Échec.

J'ai même téléchargé un diaporama de photos de ma petite personne digne du calendrier Pirelli sur son téléphone et son ordinateur.

Échec.

Enfin, presque comme ce genre de calendriers, car je ne ressemble pas vraiment à un mannequin, mais l'intention y est. Rock est loin d'y être indifférent, je crois plusieurs fois réussir. Je l'entends jurer et me maudire sur plusieurs générations mais il tient le coup. Moi non…

Je dors donc depuis samedi dernier dans la chambre d'amis, mais cette nuit, j'ai fait un violent cauchemar au sujet d'Ellie, Moïra et des Aigles rouges. Alors, affaiblie, je suis allée le retrouver pour me calmer. Je ne l'ai pas beaucoup touché, juste effleuré, car le savoir à côté de moi suffit à me calmer.

– C'est dur pour moi aussi, Olivia, t'imagines pas à quel point! Mais ainsi la cérémonie prendra tout son sens. Allez, file dans ta chambre. S'il te plaît, me supplie-t-il.

– Comment tu fais pour tenir ? Je suis sûre que tu t'es occupé de toi tout seul. J'ai entendu des bruits bizarres hier sous la douche…

Cela m'a rendue carrément dingue d'imaginer ce qu'il pouvait faire sans moi dans cette pièce confinée et chaude, enveloppé de vapeur d'eau. J'aurais vendu mon âme au diable pour pouvoir l'espionner à cet instant. Je visualisais trop bien la scène, mon esprit est parti en roue libre pendant vingt minutes alors que j'avais l'oreille collée à la porte.

– Tu m'espionnes, maintenant ?

– C'est un aveu ?

Il rigole puis me répond :

– Non, Liv, je ne me suis pas touché. Toi non plus, j'espère ! Cela fait partie du jeu, pour toi comme pour moi. Tu avais promis.

– Je n'ai rien fait non plus, mais je ne comprends toujours pas pourquoi cette privation.

– Tu verras. Mais, je répète, le but de la cérémonie est de te faire prendre conscience de l'importance de ce lien qui nous unit tous. Et le meilleur moyen d'apprécier la valeur des choses, c'est d'en être privé pour un temps. C'est symbolique. C'est la première raison.

– Et la seconde ?

– Cela rend les choses excitantes. Elles seront plus intenses et tu médites mieux en libérant ton esprit des données entrantes comme le toucher.

Oh oui, car la seconde chose importante à savoir, c'est que je médite tous les soirs depuis mercredi avec Rock, dans la grotte dorée. Et même si la chose m'a fait rire et que je m'y prends sûrement comme un pied, je reconnais que ces moments sont précieux, et qu'ils m'apaisent. Il se passe un truc entre nous et ce qui nous entoure.

Rock m'a avoué avoir appris à méditer avec le père de Soraya, le chef de Golden Water, notamment après la fuite de Sunny. D'après lui, il serait devenu fou sans ces séances. Il était malgré tout sur le fil quand je suis arrivée à Colorado Source pour la première fois : prêt à céder, instable et torturé…

– Bon, allez, Liv, tu dois sortir. Et n'oublie pas que tu dois jeûner aujourd'hui. Tu n'as rien pris hier soir ?

– Rien du tout, *Monsieur*. Je suis au bout de ma vie, mais j'ai suivi les règles.

– Pour une fois, putain ! Ce jour devrait être férié tellement c'est exceptionnel. Bon, mon petit volcan, bouge que je retourne me coucher, il est même pas six heures du mat, bordel…

Je rigole et m'extirpe lentement des draps en lui dévoilant mon corps. Ses yeux s'écarquillent de surprise quand il me découvre :

– Liv… T'as pas le droit de me faire ça, putain…

– Je te l'ai déjà dit, Rambo, je ne joue pas fair-play.

Je suis fièrement apprêtée d'un ensemble de lingerie fine que nous avions repéré ensemble dans la vitrine d'une boutique de Newton City, et sur lequel il avait flashé. Il y a beaucoup de dentelle rouge, très peu de tissu mais des rubans et des ficelles savamment positionnés partout. Du genre rôti, mais un rôti super sexy. Et au regard qu'il me jette, j'ai clairement l'impression d'être un bout de viande sur le point de se faire dévorer par un fauve affamé.

Rock souffle en se pinçant le nez. Je le vois prendre sur lui, fermer les yeux à plusieurs reprises et serrer les poings. Je sens à cet instant que je n'ai jamais été aussi près de le faire craquer, puis, soudainement, il frappe des mains pour éteindre la lumière et se rue à l'aveugle dans la salle de bains.

– J'ai besoin d'une douche froide !

J'entends la porte claquer et l'eau se mettre à couler. J'ai échoué, à nouveau. Je rallume la lumière rageusement et je retourne, déçue, dans ma chambre.

Plus que quelques heures à tenir et ce soir on dort ensemble…

***

Je passe ma journée à lire, c'est la seule activité qui m'empêche de penser à ce qui m'attend dans la soirée et de compter les heures. Rock est sorti je ne sais où pour nous faciliter la tâche. La cohabitation est tendue, électrique. Ce matin, nous sommes passés à deux doigts de nous jeter l'un sur l'autre, et je sais qu'il serait déçu d'échouer. Il veut que je vive cette expérience à fond.

Lorsque je relève la tête de mon livre, il est dix-neuf heures, et je vais préparer un petit sac. Je ne sais pas vraiment quoi fourrer dedans. Soraya, accompagnée de Max, ne devrait plus tarder pour passer me prendre : direction la réserve ! Effectivement, à peine suis-je de retour dans l'immense salon que le visiophone se manifeste. Je me rends à la porte et découvre sur le petit écran le visage de mes deux amis qui patientent. Je sens l'excitation et l'appréhension monter d'un coup et me submerger.

Ça y est, nous y sommes.

La faim due au jeûne me rattrape violemment, ainsi qu'une sensation de vide provoquée par les autres privations que je subis depuis sept jours.

Je leur ouvre et les accueille, toujours en gardant mes distances, mais cela devient de plus en plus dur.

– C'est parti, Liv ? Pas trop stressée ? me demande Soraya, enjouée.

– Je suis partagée entre des centaines d'émotions, je ne saurais pas par où commencer.

– J'ai hâte, ça va être génial ! Cela fait un moment que nous n'avons pas accueilli quelqu'un de nouveau. Rock a vraiment pris à cœur de faire un truc cool.

– Ce n'est pas la même cérémonie pour tout le monde ?

– Dans les grandes lignes si, mais elle s'adapte en fonction de la personne et de son guide. Et tu ne passeras pas par la case tatouage puisque tu en as déjà un.

– Cool, maintenant, je stresse…

– Bon, il faut y aller les filles, on va être en retard, nous dit gentiment Max.

Le trajet en voiture se passe dans le plus grand silence. Je suis perdue dans mes pensées, qui défilent à cent à l'heure, au rythme de mon cœur qui s'accélère. Je contemple les paysages désertiques autour de nous alors que le soleil se couche. Je ne peux m'empêcher de chercher la lune des yeux, mais bien évidemment, elle est absente, invisible en ce soir de nouvelle lune.

L'adrénaline continue de monter progressivement, une douce excitation me parcourt, comme un courant électrique à la surface de ma peau. Au fond de moi, il me tarde de découvrir ce que Rock me réserve. Jusqu'ici, il ne m'a jamais déçue. Je repense à ces derniers mois ensemble depuis notre rencontre : ce coup de poing, la chambre privée numéro trois, le drift, le festival, le restaurant féerique, la nuit magique au lac, la course-poursuite dans la ville, la grotte dorée, ses cadeaux, ses confidences et ses aveux, et toutes les petites choses du quotidien que nous partageons à présent en tant que couple…

Même les moments plus sombres ont été durs mais intenses. Je sais que la vie à ses côtés sera haute en couleurs, qu'elle vaudra enfin la peine d'être vécue, peu importe le temps qu'elle durera. Car avec l'expérience, je sais que les meilleures choses ont toujours une fin, mais cette fois, je compte en profiter à fond. Je veux dévorer l'existence et n'en laisser aucune miette. Plus de regrets, plus de culpabilité, seulement de la volonté.

Ce soir sera décisif, j'en ai la certitude, je le ressens dans ma chair et dans mes tripes. J'ai la peau à vif.

Surprise, je constate que nous ne prenons pas la route de la réserve, mais que nous nous dirigeons vers un plateau rocheux en hauteur qui surplombe la vallée aride du comté de Colorado Source, en contrebas.

Il fait à présent presque nuit noire et une lumière rougeoyante attire mon attention au loin, au bout du chemin. Max se gare sur le côté. Nous terminons à pied, les uns derrière les autres, toujours silencieux. Je marche dans les pas de Soraya devant moi. Nous passons à côté d'une ribambelle de motos et de véhicules en tout genre et je réalise alors que je m'étais trompée : j'avais bêtement imaginé que ce serait en petit comité… Je fixe le sol pour ne pas paniquer et respire profondément : ces gens sont là pour moi et je ne sais toujours pas ce qui va m'arriver.

Lorsque nous débouchons sur le lieu des festivités, Max se décale et je découvre, impressionnée, un feu gigantesque au centre et un poteau de bois immense dressé vers le ciel, sur le côté. Je n'ai jamais rien vu de tel. Je suis à plusieurs mètres et pourtant, je sens la chaleur des flammes me lécher le visage. Je vois que les gens se sont assis en cercle ou se tiennent debout autour du feu mais à bonne distance. Ils discutent entre eux. Des boissons et de la nourriture circulent, tandis qu'en fond résonne une musique.

– Suis moi, Olivia, je vais te préparer, me dit soudainement Soraya, me sortant de ma contemplation hébétée.

– Nos chemins se séparent ici, miss, m'informe Max, à tout à l'heure…

Et sans plus de mots, il m'abandonne et s'en va rejoindre les autres.

51

LE RITUEL

Olivia

Je suis trop angoissée pour répondre quoi que ce soit à Soraya. Je passe en mode pilotage automatique et je me laisse guider par mon amie. Nous nous éloignons à nouveau du feu. Nous en sommes suffisamment loin pour ne plus être vues dans l'obscurité, puis nous pénétrons dans un grand tipi dressé à l'écart de la foule, qui a surgi devant moi comme par enchantement. Le bruit sourd de la musique et le bourdonnement des conversations nous parviennent toujours à travers les fines parois de peau tannée et je jette un coup d'œil circulaire à l'espace qui m'entoure. Je n'ai jamais rien vu de tel auparavant, cela me semble surréaliste.

À partir de cet instant, je suis convaincue de vivre un rêve éveillé. Je ne cherche plus à comprendre si c'est réel ou le fruit de mon imagination. Il y a un immense matelas au centre, recouvert par plein de coussins en vraie fourrure, un petit bureau et une chaise dans un coin, ainsi qu'un miroir sur pied. Un trou a été creusé dans le sol près de l'entrée. Dedans, des braises diffusent une chaleur agréable à l'intérieur du tipi. C'est sobre, éclairé par des centaines de bougies disposées un peu partout. L'odeur de l'encens à la sauge envahit mes narines et finit de me transporter vers d'autres horizons.

J'ai changé d'univers et de civilisation.

– Tu dois te déshabiller, complètement… m'ordonne alors Soraya.

– Où est Rock?

– Il est dans l'ini tipi. Mais tu dois te mettre nue avant.

– Heu… non, il est hors de question que je sois nue devant toutes ces personnes inconnues, So.

Elle me sourit gentiment.

– Tu ne seras pas nue devant elles, je vais te faire sortir par-derrière pour que tu te rendes dans l'ini tipi où t'attend Rock.

Devant mon air circonspect, elle explique :

– L'ini tipi est une hutte à sudation pour pratiquer le rituel de l'Inipi. Ce n'est pas réellement ce que tu vas vivre mais l'idée est la même : il s'agit de te faire transpirer pour te purifier avant que tu reçoives ton nouveau nom et que tu sois acceptée parmi nous, plus tard dans la soirée.

– Oh !

– Fais-moi confiance, Olivia, laisse-toi faire. Dès à présent, de cette façon, tu nous confies ta vie. Tu dois lâcher prise. C'est le but de tout ça.

Je souffle un grand coup pour prendre sur moi et je me rappelle ma promesse, faite un peu plus tôt dans la voiture : croquer la vie à pleines dents, faire des expériences, ne plus avoir de regrets. Mais la dernière fois que j'ai fait confiance à une autre personne de la sorte, que je me suis déshabillée pour elle parce qu'elle me le demandait, j'étais une enfant et j'ai été bafouée de la plus horrible des façons. Sauf que je ne suis plus une fillette naïve, que ces gens sont mes amis et qu'ils m'ont prouvé que je pouvais m'en remettre à eux.

Soraya a pris soin de moi alors que j'étais vulnérable et inconsciente sur mon lit d'hôpital, elle prendra soin de moi à nouveau, j'en suis certaine. Je me déshabille lentement, non par pudeur : lorsque j'ai vécu avec Soraya, cette dernière a eu l'occasion de me voir nue plusieurs fois. Nous étions quatre adultes à nous partager la salle de bains de sa petite maison, alors il est arrivé que, pour gagner du temps, je me douche pendant qu'elle utilisait le lavabo et vice versa. Si je prends mon temps, c'est qu'en enlevant d'abord mon blouson de cuir puis le reste, j'ai réellement l'impression de m'ôter des lambeaux de peau. Je me mets à nu dans le sens le plus profond du terme pour la suite des événements.

Mon excitation continue de monter petit à petit. Rock me manque cruellement, à présent.

– Tiens, enroule-toi dans cette serviette si tu veux, le temps d'aller jusqu'à la hutte. Tu n'auras qu'à la laisser sur le sol.

J'accepte volontiers sa proposition et m'exécute. Soraya me fait asseoir ensuite sur la chaise, farfouille dans le petit bureau et passe derrière moi. Je vois notre reflet dans le grand miroir sur notre gauche et je l'observe du coin de l'œil me tresser les cheveux doucement, tout en prenant soin de me toucher le moins possible. Ils sont suffisamment longs désormais pour qu'elle puisse me coiffer ainsi. Même lorsque je les ai teints, je ne les ai pas coupés. Elle y attache au bout une immense plume sombre ainsi qu'un grigri. Avant que je ne lui pose la question, elle m'explique de quoi il s'agit :

– C'est une plume et une griffe d'aigle royal, le tout accroché ensemble par du bois de cerisier de Virginie. Ne le perds pas, il servira plus tard dans la soirée. Tiens, étale-toi ça sur la poitrine et le ventre.

Elle me tend à présent un petit pot en verre opaque.

– C'est quoi ?

– C'est un baume à base de valériane et de passiflore. Cela t'aidera à te détendre et à relâcher tes muscles. Et surtout l'odeur est divine, Rock ne pourra plus te résister. J'y ai peut-être aussi mis un ingrédient secret… aphrodisiaque…

– Oh. D'accord.

J'attrape le flacon et commence à l'appliquer selon ses consignes. Effectivement, la pommade sent très bon et elle est fraîche sur ma peau tiède en manque de caresses. Je prends le temps de l'étaler, de me masser, je savoure la sensation et je m'imagine que ce sont les mains de Rock qui parcourent mon buste et mon ventre à cet instant, et non les miennes. Je me mords la lèvre pour retenir une plainte de frustration, mais échoue. Soraya sourit et me dit :

– C'est bientôt fini, Olivia, tu vas le retrouver. Suis-moi.

Elle m'entraîne vers le fond du tipi. Nous contournons le matelas et elle ouvre un pan de peau, créant ainsi une petite ouverture pour que je puisse sortir. Je lui dis au revoir et la remercie pour son aide.

– Marche droit devant toi, c'est à quelques mètres, tu ne peux pas la louper.

Sans réfléchir, enfiévrée d'enfin retrouver Rock, je sors dans la nuit fraîche, nue comme un ver sous ma serviette et en direction de l'inconnu. J'ai décidé d'arrêter de me poser des questions et de me laisser porter, mais j'ai surtout hâte de le retrouver. Il m'a manqué. Les jours de privation se font atrocement ressentir à présent, c'est comme une démangeaison que lui seul peut soulager.

Soraya avait raison, je tombe rapidement sur une petite hutte dont la forme me fait penser à une carapace de tortue. Elle est relativement basse et je me demande comment Rock peut tenir à l'intérieur. Je laisse tomber ma serviette, de toute façon, je suis parfaitement seule ici et la nuit, épaisse, ne permet pas de voir à plus de quelques mètres. Alors, comme *Alice au pays des merveilles*, je m'accroupis et rampe pour me glisser à l'intérieur par la petite entrée. La chaleur qui m'accueille est suffocante et je n'y vois pas grand-chose.

Je devine uniquement un foyer de braises au centre, d'où émanent des vapeurs brûlantes, là encore parfumées à la sauge et au cèdre rouge.

– Rock?

– Je suis là, Princesse, sur ta droite. Donne-moi ta main. Je vais t'aider.

J'obéis, et lorsque ses grands doigts s'enroulent autour des miens, une vague de soulagement me saisit. Mes dernières réticences disparaissent : Rock est là et il va me guider. Il m'aide à m'asseoir, bien que cela soit inconfortable. Nous sommes à même le sol sableux et mes fesses, pourtant rebondies, ne le sont pas assez. Il faudrait que j'insiste encore un peu sur les pecan pie et les chips aux crevettes pour ne plus rien sentir.

– Tu es tout nu toi aussi, Rambo?

– Oui…

– Je peux te toucher?

– Pas encore, un peu de patience.

– J'ai été suffisamment patiente, je pense. Cette chaleur est insupportable, on doit y rester combien de temps?

– Quinze à vingt minutes.

Je le sens bouger, attraper un objet devant lui et quelques secondes plus tard, j'entends qu'il verse de l'eau sur les braises. Un nuage de vapeur emplit instantanément l'espace confiné, faisant grimper encore plus la température ambiante. Je sens la sueur recouvrir ma peau et toutes les impuretés quitter mon corps par la même occasion. Il fait trop chaud pour parler ou même penser, alors une fois en tailleur, je mets en pratique la technique de méditation que Rock m'a enseignée. Je pense que c'est ce qu'il attend de moi, que je me débarrasse au sens propre comme au sens figuré de tout ce qui me pollue.

Je me concentre, faisant abstraction de la douleur dans mon coccyx et je fais le vide dans ma tête jusqu'à perdre la notion du temps.

– C'est bon, Olivia, on peut sortir…

Sa voix grave me ramène à la réalité et je suis moi-même surprise.

Je ne sais pas trop ce qu'il s'est passé, mais pendant un instant, j'ai réussi à ne penser à rien du tout. Je n'aurais jamais cru cela possible. Je me sens étrangement légère, vidée mais apaisée.

– Déjà? lui demandé-je, surprise.

– Cela fait à peu près vingt minutes que tu es entrée.

– Ah bon!

Je l'entends rire à côté de moi.

– Bon, tu n'es peut-être plus pressée, mais moi oui. J'étais déjà là-dedans depuis dix minutes avant que tu n'arrives. Je dois sortir.

– Oh, pardon.

Nous sortons à quatre pattes de ce four pour humains. Je sens Rock juste derrière moi et je me dis qu'il aurait une sacrée vue s'il y avait de la lumière. À présent, si j'ai chaud, ce n'est plus à cause des braises. Je ne suis pas la seule à avoir des pensées tordues car il me lance :

– Si seulement je pouvais voir dans le noir, je suis sûr que je ne serais pas déçu du spectacle…

– Dommage que tu ne sois pas un chat, effectivement, tu serais tout doux et tu prendrais beaucoup moins de place dans le lit !

– Allez, avance, me répond-il, rieur, en venant me donner un coup de tête et en m'embrassant la fesse. Tu sens si bon.

Il est si près, je suis si exposée ainsi et tellement en manque de lui… L'endroit effleuré par sa bouche me brûle encore comme une morsure. C'est une véritable torture.

– Rock !

– Quoi ?

– Tu sais très bien quoi… Maintenant, je ne vais penser qu'à ça !

– À quoi ?

– Toi en train de me…

– Lécher ? Pourquoi deviens-tu pudique tout à coup ?

– Bah, je sais pas, on est un peu dans un lieu sacré, chamanique et tout ça, tout ça, quoi.

Il explose de rire.

– Liv, les Amérindiens ont une relation ouverte avec la nature, leur corps et donc le sexe. Pour eux, ce n'est pas sale ou répréhensible, ça, c'est un concept religieux.

Nous finissons par sortir laborieusement. J'attrape ma serviette au passage et nous rejoignons le tipi en de grandes enjambées rapides, car la différence de température est tout sauf agréable. Cette fois, je sens les petits cailloux et autres aspérités du sol venir blesser légèrement la plante de mes pieds nus, mais tant pis, j'ai trop froid pour prendre le temps de faire attention à l'endroit où je marche comme à l'aller. La sueur qui recouvre tout mon corps s'évapore et je suis prise de frissons. Lorsque nous pénétrons à l'intérieur et au chaud, je sens mon excitation exploser.

Je peux enfin l'observer correctement à la lueur des bougies, nous sommes seuls et peu couverts. Rock a lui aussi enroulé une serviette autour de la taille, mais le reste est à mon entière contemplation et il ne faudrait pas grand-chose pour la faire tomber.

Il suffirait que je tire là...

– Et maintenant, cher guide, on fait quoi?

– Cela dépend de toi... La suite de la cérémonie se fait au lever du soleil. Alors, on peut soit rejoindre les autres pour manger, écouter les histoires du père de Soraya, les regarder danser, discuter et boire... Ou alors passer la nuit ici, toi et moi, en attendant que le jour se lève...

Je ne comprends pas ce qu'il me sous-entend tout de suite. Je n'y croyais plus, je pensais qu'il faudrait attendre la fin du rituel pour avoir le droit de le toucher. Il avait parfaitement calculé son coup depuis le début, tout prémédité avec minutie pour me mettre en état de manque, les sens en éveil. Clairement, à l'instant, il pourrait me demander n'importe quoi, j'accepterais...

Les émotions et les sentiments que j'ai bridés et réprimés pendant sept jours m'envahissent comme un raz-de-marée balayant tout sur son passage. J'ai envie de Rock, ici et maintenant, peu importe comment, ou je vais me consumer sur place. Mais je veux être certaine d'avoir le champ libre, je ne supporterais pas d'être interrompue cette fois-ci. Alors je lui demande :

– Ils vont veiller dehors toute la nuit?

– Oui.

– Personne ne viendra nous déranger?

– Personne. Enfin... si quelqu'un passe à côté du tipi en se baladant, je ne garantis pas qu'il n'entende rien...

Rock s'approche de moi doucement, comme un félin, son regard noir plongé dans le mien. Il arbore ce sourire en coin calculateur qui présage d'une suite torride. Je le connais si bien à présent, je sais ce que cette attitude signifie et les projets qu'il a pour nous deux.

Enfin, nous y sommes presque.

Son stratagème de privation a si bien fonctionné que j'ai peur de voler en éclats dès qu'il m'effleurera. Le souffle court et le cœur battant la chamade, je dis doucement :

– Et qu'est-ce qu'il pourrait bien entendre?

Il s'avance encore et attrape mon collier pour jouer avec. Il dessine du bout des doigts la ligne de mon cou, dégagé grâce à ma tresse. C'en est presque insupportable, je veux qu'il me touche à pleines mains, qu'il se saisisse de mon corps violemment. Je laisse échapper un gémissement de plaisir mêlé à de l'insatisfaction.

– Eh bien ça, par exemple… ces petits cris torrides, ou moi en train de te raconter des cochonneries, comme tu dis…

– Comme quoi?

Rock fait deux pas de plus. À présent, son torse effleure la pointe de mes seins à travers cette fichue serviette. Je lève la tête pour le regarder dans les yeux et ne pas rompre le contact visuel. Je suis hypnotisée, suspendue à ses mots qu'il distille au compte-gouttes, tout comme ses caresses.

– On va commencer soft. Mais là, tout de suite, j'ai envie de toi, Liv. J'ai envie de toi sur moi, sous moi, autour de moi. Que tu me laisses faire tout ce que je veux, pour une fois. Je veux ta reddition totale et absolue.

Ah oui, quand même…

J'hésite un peu, je ne sais pas ce qu'il envisage et si je serais capable de le supporter. Je sais qu'il a bien plus d'expérience que moi dans le domaine, qu'il a fait des choses que je n'envisage même pas. Il lit le doute dans mes yeux et me rassure :

– Je ne ferai rien que tu ne veuilles pas, je connais tes limites. Je veux juste te sentir lâcher prise complètement…

– D'acc…ord. Je veux bien essayer.

Il me lance un sourire franc et contre toute attente, recule.

Non, non, non. Pourquoi part-il? J'ai dit oui!

– Suis-moi.

Il prend ma main, ôte nos serviettes respectives, me prenant par surprise, et nous nous installons nus sur le matelas au centre du tipi, agenouillés face à face. Les poils des coussins me chatouillent la plante des pieds et la musique dehors bat son plein, mais rien ne pourra venir me distraire de ce que j'ai sous les yeux. Je le trouve si beau. Je l'ai dessiné des centaines de fois sur mon carnet mais je ne m'en lasse jamais, je le redécouvre constamment. Rock se penche alors et attrape un long bout de bois couleur ébène sur le sol et ce qui me semble être un briquet.

Dans la pénombre des lieux et entouré de ce décor ethnique fait de peaux et de fourrures, il n'a jamais autant ressemblé à un guerrier sauvage.

Mon guerrier indompté.

– Tu me fais confiance, Liv?

Je hoche la tête un peu bêtement en me demandant ce qu'il fabrique.

Qu'est-ce qu'il va me faire avec ce bâton?

– Réponds-moi. Je veux l'entendre.

– Oui, je te fais confiance.

– Parfait.

Alors il porte l'instrument étrange à sa bouche d'un côté, et de l'autre il approche la flamme du briquet. Je comprends qu'il s'agit d'une sorte de calumet qui a été fourré d'une mixture d'herbes non identifiées. L'extrémité s'embrase et rougeoie tandis que Rock aspire par l'autre bout à plusieurs reprises.

Je le regarde fumer alors qu'il ferme les yeux. Je suis fascinée. L'odeur qui se dégage n'est pas désagréable, comme de l'encens, mais je serais incapable de dire de quel type de plante il s'agit. Après quelques minutes, il rouvre les yeux, les pupilles dilatées à l'extrême et me tend le bâton.

– À ton tour… C'est un mélange à base de fleurs de peyotl, un cactus aux effets psychotropes.

– Tu me drogues ?

– Oui, mais tu verras, l'expérience vaut le coup. Normalement, ça met plusieurs heures pour faire effet, mais grâce au jeûne, cela prendra une vingtaine de minutes tout au plus. La dose est très légère, promis. Tu as déjà fumé, tu sais comment faire ?

– Je devrais y arriver…

Je prends le calumet, déterminée, et lui jette un regard provocateur tandis que je le porte à la bouche à mon tour et enroule mes lèvres autour de l'embout. Sans trop réfléchir, j'aspire de grandes bouffées de fumée. C'est brûlant, âcre et je me fais violence pour ne pas tousser et retenir ma respiration alors que les vapeurs pénètrent dans mes poumons. Je l'imite et répète l'opération jusqu'à ce qu'il me l'ôte des mains en disant :

– Ça va aller, Liv… Maintenant, on va faire passer le goût.

Rock se lève pour aller chercher un broc d'eau et une corbeille de fruits que Soraya a dû déposer après mon départ pour la hutte de sudation. J'ai tout le loisir de le dévorer des yeux à nouveau alors qu'il se déplace et qu'il revient s'asseoir lentement en me tendant la cruche en terre cuite, que j'attrape à deux mains puis repose à côté de nous. Il rompt un kaki. La chair souple et mûre se déchire facilement et le jus ruisselle sur ses doigts.

Rock en engloutit la moitié et vient me nourrir avec l'autre. J'entrouvre doucement la bouche et croque dans le fruit sucré sans hésiter, privée de nourriture depuis bien trop longtemps. Il me couve du regard, les yeux brûlant d'envie alors que j'avale doucement chaque petit bout de kaki qu'il m'offre, jusqu'au dernier, jusqu'à ce qu'il n'y ait plus que ses doigts entre mes lèvres. C'est ce moment précis que choisit ma retenue pour céder. Le désir que j'ai pour lui et que je refoule depuis sept jours déferle en moi, emportant ma timidité et mon contrôle.

J'attrape sa main avec les miennes pour qu'il ne puisse pas la retirer, et je viens sucer et lécher le jus sur ses doigts, affamée de sentir sa peau contre ma langue.

– Liv...

L'effet sur Rock est immédiat. Il abdique lui aussi, enfin, et il me projette en arrière dans les coussins sans ménagement. La minute d'après, je suis allongée sous son corps, prise au piège, et nous nous frottons l'un contre l'autre en nous embrassant, déchaînés. Oh, mon Dieu ! J'avais oublié à quel point c'était bon de le sentir, à quel point c'était jouissif de le toucher.

Après ces mois ensemble, il sait exactement ce que je préfère, où m'embrasser, comment me caresser pour m'enflammer. Il se redresse, prend appui sur ses bras tendus au-dessus de moi et vient frotter son sexe dur contre le mien, grâce à de longs va-et-vient, sans jamais me pénétrer. Je gémis de plaisir sous la sensation de chaleur alors qu'il insiste avec fermeté.

– Je sais que tu aimes quand j'y vais fort... dit-il de sa voix rauque, brisée par le plaisir qu'il prend lui aussi.

– Rock...

– Dis-le moi, Olivia.

– Oui !

– Oui quoi ?

– J'aime quand tu es brutal, lui avoué-je en gémissant.

Nous cherchons à rattraper le temps perdu, à combler le manque de l'autre. Il baisse la tête entre ses épaules pour observer ce qu'il me fait et je l'imite, captivée par le spectacle de ces préliminaires torrides. Soudain, tout devient étrange. Chacune de ses caresses est décuplée, chaque son amplifié. Mon corps et ma peau prennent feu, assaillis par un tsunami d'informations.

Ce n'est pas douloureux, bien eu contraire, la sensation est addictive et grisante. Je me sens flotter, légère comme une plume. J'imagine que les fleurs de cactus commencent à faire effet. Rock se saisit de mes poignets et en deux mouvements, il intervertit nos positions. Il se retrouve sur le dos, immense, déployé en travers du matelas, mais il ne me laisse pas le temps de m'allonger sur lui et m'agrippe les fesses pour me maintenir en l'air au-dessus de lui.

– Tu commences à le sentir, c'est ça? me demande-t-il.

– Oui… c'est perturbant, tout est plus… je sais pas comment le décrire… plus vivant. Comme si je percevais tout en même temps de façon plus forte. J'entends encore plus les gens dehors, je te sens plus… ton odeur, tes doigts sur moi…

– Et ce n'est que le début. Cette plante est utilisée par les chamans à plus forte dose pour déclencher des transes et percevoir ce qu'ils appellent les lignes de communication entre l'homme et la nature.

Rock m'empêche toujours de descendre contre lui, j'ai beau forcer, il est trop fort. Alors, je grogne de frustration :

– Laisse-moi descendre contre toi.

– Non. Tu as promis de me laisser faire. Donc c'est moi qui décide.

– Et tu décides quoi?

– Ça…

Sans me permettre de lui répondre, il glisse sous moi, positionne sa tête entre mes jambes et vient m'asseoir sans hésitation sur son visage. Je décroche définitivement et renonce à mon libre arbitre lorsque sa langue et sa bouche commencent à me lécher sans merci. Alors que je fixe les attrape-rêves multicolores suspendus au-dessus de nous pour ne pas perdre pied, je sens ses doigts se crisper dans la chair de mes fesses, et j'effectue des petits mouvements d'avant en arrière pour augmenter mon plaisir. Il me dévore littéralement, la drogue continue d'envahir mon système nerveux, exacerbant un peu plus mes sensations à chaque minute qui passe.

Si Rock ne s'arrête pas bientôt, je risque de basculer définitivement, or, je veux que cela dure encore, s'éternise…

– Rock, je ne vais plus tenir…

Il comprend le message et ralentit pour finalement s'arrêter. J'ose baisser la tête, et je rougis de voir son visage couvert de mon plaisir, mais il sourit et se pourlèche les lèvres, comme un félin, le regard brillant et content de lui.

– Je crois que ça va devenir ma position préférée pendant un moment, me dit-il, amusé. J'adore la vue. Tes seins sont encore plus bandants de là où je suis, surtout quand tu bouges.

Je ne sais plus quoi lui répondre, j'ai rendu les armes et je me laisse porter par la sensualité de l'instant. Il s'extirpe en se tortillant sous moi, me dépose un dernier baiser intime au passage qui me fait tressaillir, tandis que je tombe à quatre pattes, encore pantelante et à bout de souffle. Dehors, la musique a changé, les gens se sont tus, et le bruit de tambours nous parvient. Rock se glisse derrière moi et s'agenouille à son tour en s'asseyant sur les talons. Il me redresse sur les genoux et vient se coller à mon dos en attrapant mes hanches.

Puis, doucement, il me guide pour que je m'asseye sur lui, parfaitement emboîtés l'un sur l'autre, mes jambes de part et d'autre de ses cuisses puissantes. De cette façon, il a accès à tout mon corps. Il vient me caresser les seins, le ventre et entre les jambes. Il commence à me faire monter et descendre vigoureusement, je l'y aide et il me murmure au creux de l'oreille :

– Ce sont les tambours de danse… Ils entament le pow-wow.

Je lui réponds de façon presque inaudible alors qu'il continue d'aller et venir en moi.

– Ils vont se rendre compte que nous n'y sommes pas.

– Ne t'inquiète pas, ils savent très bien ce qu'on est en train de faire. Et nous avons le temps, il y en a pour des heures.

Je rougis à l'idée que tout le monde sait ce que nous faisons sous ce tipi, et en même temps, je dois admettre que cela m'excite encore plus. Je lui chuchote :

– Tu crois qu'on peut nous entendre?

– Non. Pourquoi? Tu aimerais que l'on t'entende? Qu'ils sachent tous?

– Qu'ils sachent quoi?

– Que tu es à moi… car tu es à moi, Liv?

Il saisit ma gorge fermement de sa grande main et approfondit ses coups de reins. Je sais ce qu'il veut entendre, ce qu'il me demande en agissant de la sorte. Alors j'abdique et je lui offre ma reddition, en cadeau du plaisir qu'il me procure. Je suis décontenancée par la paix soudaine que je ressens à l'idée de cet aveu :

– Oui, je suis à toi.

À partir de là, il perd toute retenue, et je l'aime pour ça : il me donne ce dont j'ai besoin sans avoir à l'exprimer. J'entends nos bassins claquer l'un contre l'autre au rythme des percussions à l'extérieur. Tout son torse frotte contre mon dos, je sens son souffle dans mon cou et ses grognements de plaisir dans mon oreille, qu'il mordille. Il a agrippé mes seins et joue avec mes tétons, les pince, les titille, les fait rouler sous la pulpe de ses grands doigts. Je sens la chaleur m'envahir, c'est si intense que j'oscille entre plaisir et douleur sans jamais chuter d'un côté ou de l'autre.

C'est une sensation de vertige qui me saisit aux tripes. Je suis prise en étau entre ses bras, assise sur ses cuisses que je regarde se mouvoir sous moi. C'est à cet instant que je vis ma première expérience d'hallucination. Je lâche un cri profond de surprise mais aussi de bien-être.

– Oh mon Dieu, Rock!

– Dis-moi ce que tu vois...

– C'est plus ce que je ressens...

– Raconte-moi.

– J'ai... j'ai l'impression que vous êtes plusieurs... Je te sens partout, je...

Mais je n'arrive pas à terminer ma phrase qui se transforme en une plainte continue.

C'est si bon. C'est hallucinant, indescriptible.

– Alors, faisons en sorte que je sois réellement partout...

Sa main droite descend par-devant, entre mes jambes, pour me caresser tandis que la seconde se glisse entre nous, entre mes fesses...

– Rock, qu'est-ce...

– Chut, détends-toi. Fais-moi confiance, je serai doux.

Et effectivement, c'est avec douceur qu'il se met à explorer de son doigt la partie de mon corps que je n'ai encore jamais offerte à personne. Il joue un peu le temps de lubrifier cette zone érogène que je découvre, et enfin il me pénètre de son majeur, là aussi, progressivement. Mon souffle se saccade et mon pouls décolle sous l'effet de cette intrusion, mais je prends sur moi. Je suis si excitée que j'arrive à me détendre pour lui permettre de poursuivre, curieuse de connaître la suite, malgré une légère sensation de brûlure.

Prévenant, il me demande :

– Ça va? Tu as mal?

– Continue...

Je le sens sourire contre mon épaule, alors qu'il y dépose des baisers.

– On t'a déjà fait ça?

Je secoue la tête de gauche à droite, incapable de prononcer un mot.

– Je suis le premier?

– Oui...

– Parfait, et je veux être le dernier, Liv. Je ferai tout pour...

Sur cette déclaration qui me va droit au cœur, il reprend tous ses va-et-vient : devant, derrière et au milieu. Je suis impressionnée par sa dextérité et sa coordination, et en même temps partagée, car je sais pertinemment que c'est le résultat d'une pratique assidue par le passé. Le passé, c'est le bon mot, car moi, je suis son présent et son futur. Les autres ne comptent plus, elles n'ont d'ailleurs jamais compté.

Les effets de l'herbe que j'ai fumée reprennent et mettent un terme à mes états d'âme, mon cerveau disjoncte, mes pensées disparaissent et je ne suis plus que sensations à nouveau. Rock me comble littéralement de toutes parts. Il intensifie le rythme une fois qu'il sent que je suis complètement détendue et que je réponds à ses coups de reins, demandant toujours plus de son doigt et de ses caresses.

Son excitation nourrit la mienne et vice versa, grimpant ensemble vers un orgasme qui s'annonce dévastateur. Nos corps se couvrent de sueur sous l'effort à mesure que les minutes passent, et les muscles de mes cuisses commencent à être douloureux. J'y suis presque, c'est juste là, sous la surface, et en même temps si profond, provenant d'un endroit nouveau dont j'ignorais l'existence.

Je sais aux sons qui sortent de sa bouche que lui non plus n'est plus très loin. Je tourne la tête et aperçois notre reflet enlacé et mouvant dans le miroir sur pied. Rock fait de même, nos regards se croisent et ne se lâchent plus. Ce qu'il y voit le fait basculer en premier, quelques secondes à peine avant moi.

– Put... Liv !

Et je le suis dans la foulée, le sentant se contracter derrière moi. Je suis foudroyée par l'orgasme le plus dingue de ma vie et qui dure tandis qu'il continue ses caresses de ses doigts experts et quelques coups de reins brutaux. C'est un effet de vagues. J'ai l'impression de jouir plusieurs fois, simultanément et à la suite, alors que je crie son prénom à la terre entière.

Mes jambes lâchent sans prévenir et je viens m'effondrer sur le ventre lourdement dans le tas de coussins moelleux face à nous. Je reste immobile et savoure ces quelques minutes post-orgasmiques où l'afflux d'endorphines sature mes veines et se mélange aux psychotropes.

Il y a de quoi devenir accro à ce cocktail...

Mais certainement pas plus accro qu'à l'homme qui est derrière moi et que je n'entends plus, d'ailleurs. Le temps s'écoule, les effets du cactus et de mon orgasme s'estompent doucement mais toujours aucun signe de vie de Rock :

– Brutus ? Ça va ?

– Hmm.

– Hmm quoi ?

– Tu m'as cramé le cerveau. J'ai des putains de crampes dans les cuisses. Je ne peux pas bouger.

Je me retourne sur le dos pour l'observer. Effectivement, il est toujours dans la même position et je lui souris, amusée.

– Tu veux que je vienne te masser?

– Non! Surtout pas.

– OK, ça va, je proposais juste. Pas besoin de devenir tout vert et énervé.

Il rigole quelques secondes mais son visage prend une moue douloureuse tandis qu'il gronde :

– Ne me fais pas rire, Olivia, ça tire dans mes jambes...

– Tu vois ça, c'est la différence entre toi et moi. Moi, je n'aurai jamais ce problème.

Il me lance un regard perplexe et je m'explique. C'est une grande théorie que je viens juste de développer; je sens que mes capacités intellectuelles sont à fond grâce au cactus magique :

– Moi, je n'ai pas de muscles, contrairement à toi, donc je ne peux pas avoir de crampes... c'est le pouvoir du gras, ça s'étire à l'infini, comme la guimauve.

Cette fois, il explose d'un rire franc et jure en même temps :

– Bordel, Liv, arrête je t'ai dit...

– Es-tu chatouilleux? Car là, je suis très tentée de venir vérifier.

– En fait, tu prends plaisir à me torturer...

Je me redresse et viens le rejoindre en avançant sur les genoux. Je pose mes mains à plat sur son torse brûlant et lui donne un baiser qu'il me rend tendrement.

– En tout cas, moi, j'aime comment tu me tortures. Tu peux recommencer quand tu veux tes petits jeux cochons avec tes doigts.

Il m'embrasse à nouveau mais plus profondément cette fois-ci, et il parvient enfin à bouger ses jambes en poussant un long soupir de soulagement. Nous basculons tous les deux sur le dos et je me blottis, heureuse et repue contre lui. Mes sens sont toujours exacerbés et je n'ai absolument pas sommeil, malgré l'effort physique que je viens de fournir à jeun. Rock semble dans le même état, alors nous discutons tranquillement de nos projets respectifs pour le Clan pendant plusieurs heures, sans voir le temps passer.

Il est tendre avec moi, sans devenir oppressant ou collant. Il est cette moitié qui, contre toute attente, me complète parfaitement. J'adore quand il vient jouer avec mes cheveux ou avec le collier qu'il m'a offert et que je ne quitte plus. Nous finissons malgré tout par nous endormir l'un contre l'autre. Sa respiration profonde me berce ainsi que le rythme des tambours qui résonnent encore dehors.

Sous l'effet des substances hallucinogènes, mes rêves sont ahurissants, vivides, beaux et pleins d'éclat mais sans signification particulière. Il s'agit juste d'un camaïeu d'émotions sous forme de taches de couleur. Alors que je suis en pleine période rose comme Picasso, un cri perce à travers les limbes épais de mon sommeil. Petit à petit, j'émerge doucement et capte cette voix cassée que je connais : Vince.

– Liv ! Rock ! Vous êtes là ?

J'entends Rock lui répondre, à moitié endormi lui aussi :

– Ouais. Quoi ?

– Qu'est-ce que vous foutez ? Le soleil va se lever, venez.

– C'est bon du calme, on arrive.

– Non mais sérieux, ça fait plus de cinq heures que vous êtes là-dedans. Je sais que t'es endurant, mec, je t'ai déjà vu à l'œuvre, mais là je vais finir par croire que t'es coincé dans son vagin et que vous osez pas demander de l'aide. Je me propose si besoin, Bounce aussi…

– VINCE ! hurle Rock.

Mais l'autre rigole et j'enfouis mon visage sous les coussins, rouge comme une tomate. Maintenant que le soufflé est retombé, je réalise que je vais rejoindre une foule d'inconnus qui saura pertinemment ce que nous avons fait et je ne trouve plus ça aussi excitant que tout à l'heure, dans le feu de l'action. Concernant les garçons, je m'en fiche, je sais les remettre à leur place à présent, et je suis parfois pire qu'eux.

D'ailleurs, j'aime toujours autant voir leurs têtes étonnées en réunion quand je leur balance des vannes qu'eux-mêmes ont pensées très fort mais n'ont pas osé dire. Je suis plus gênée par ceux que je ne connais pas et ils sont nombreux ce soir, a priori.

Nous nous rhabillons rapidement et rejoignons Vince qui patiente devant la tente, arborant un sourire maléfique jusqu'aux oreilles. Je sens que la soirée et les blagues sur notre vie privée ne font que commencer…

Je percute alors quelque chose, tandis que nous marchons vers l'immense feu :

– Vince ?

– Oui, Livy ?

– Comme ça, tu as vu Rock à l'œuvre…

Ce dernier se tend à côté de moi et je le prends sur le fait en train de faire non de la tête à son frère de Clan.

– Je te vois, Rocky, tu n'es pas très discret.

– Olivia, pourquoi veux-tu savoir ce genre de choses qui fâchent? J'ai eu une vie avant, j'ai testé des trucs, point à la ligne, on change de sujet, me répond-il, agacé.

– Je sais, et ça ne me dérange plus trop. Je me dis qu'au moins tu as tenté plein de choses, la curiosité ne te poussera pas à aller voir ailleurs. Donc quoi, vous vous êtes déjà partagé des filles?

Rock reste en retrait. Clairement, il ne veut pas parler de ça, alors c'est Vince qui me répond :

– Ouais, c'est arrivé une ou deux fois.

Je me doute que Vince minimise, je pense que c'est arrivé plus d'une ou deux fois…

– Je vois. Eh bien, moi, ça me rend curieuse. Je me demande ce que ça ferait avec deux hommes.

– Hors de question, bordel! Tu m'entends, Liv? Ça, c'est ma limite à moi. Je ne te partage pas, me grogne l'homme des cavernes à ma droite.

Pour une raison que j'ignore, j'aime titiller sa jalousie, et honnêtement, vu ce qu'il m'a fait ressentir sous cette tente, je n'ai pas besoin d'un autre homme pour être comblée et entièrement satisfaite. Mais je ne le lui avoue pas encore, il est déjà assez sûr de lui comme ça me concernant. Il ne manquerait plus qu'il ne parvienne plus à enfiler ses rangers à cause d'un gonflement inopiné des chevilles. Vince enfonce alors le clou en lâchant :

– D'ailleurs, vu qu'on parle de ça, Soraya nous a raconté ce qui t'avait fait retrouver la parole… Tu es une petite gourmande, Liv. Max et Rock ensemble, rien que ça…

– Sérieux, dis un mot de plus sur le sujet et tu pourras aller pointer chez le dentiste, lui rétorque Rock, à bout de patience.

Je trouve sage de ne plus répondre et Vince me lance un grand sourire satisfait tandis que Rock nous passe devant en marmonnant.

Nous nous joignons au reste du monde. Il doit bien y avoir deux cents personnes, majoritairement des bikers et les habitants de la réserve. Je reconnais peu de gens et cherche désespérément des visages familiers, en vain. Rock, quant à lui, est assailli de toutes parts, mais il ne me lâche pas et me tient la main fermement à chaque instant. Il sait pertinemment que je ne suis pas à l'aise dans cet exercice de socialisation en masse, alors il fait les présentations à ma place. Il n'a pas besoin de préciser ce que je représente pour lui, la façon dont il s'agrippe à moi, et moi à lui, est éloquente aux yeux de tous.

Certains semblent surpris de comprendre que Rock est en couple. Ils le chambrent gentiment, me détaillent avec curiosité, mais au final, ils nous souhaitent que de belles choses pour la suite.

En parlant de suite, je finis par rejoindre, seule, les garçons, et j'ai l'heureuse surprise de voir que Shawn est aussi parmi eux. Nous avons beaucoup échangé ces derniers temps pour le boulot, nous sommes tous les deux passionnés par notre travail, mais je ne l'avais pas encore revu en personne depuis ma sortie de coma. La dernière fois qu'il était en chair et en os devant moi, il avait tenté de coller sa langue au fond de ma gorge et écopé d'une violente dérouillée dans la foulée de la part de Rock.

Depuis, nous avons eu l'occasion d'en reparler rapidement. Tout le monde est d'accord pour tourner la page, d'autant plus que de son côté, Shawn ne se souvient de rien, à cause de la quantité d'alcool empoisonnant son sang ce soir-là.

La foule tout autour de nous est calme. On sent que la fatigue se fait ressentir chez les uns et les autres, les conversations sont étouffées et certains dorment à même le sol en attendant la suite des festivités. Les danses que j'ai loupées et la musique ont cessé, mais on peut sentir que quelque chose se trame en fond, comme une ferveur sourde à l'approche de l'aube. Il ne reste plus grand-chose à manger à cette heure-ci, mais Loris m'a gentiment mis de côté un peu de légumes et de la viande grillée dans une assiette en carton, que j'ai dévorés, affamée.

Le soleil pointe à présent à l'horizon. Une auréole lumineuse orangée se dessine comme une ligne fluorescente le long des plaines de la région et sur le ciel toujours sombre. Rock vient alors m'arracher à la compagnie rassurante des garçons pour m'emmener auprès du père de Soraya. Ce dernier porte la tenue traditionnelle de sa tribu ainsi que ceux qui l'entourent. Je suis impressionnée, je n'ai jamais rien vu de tel avant aujourd'hui.

Cela rend plus concret mais toujours aussi incroyable ce que je découvre ici. J'ai envie de caresser les plumes qui ornent sa coiffe, les bijoux qui parent ses habits ou encore sa peau brune, décorée de peintures naturelles. Le tableau final est aussi coloré que mes rêves de tout à l'heure contre Rock sous la tente. Une aura de respect émane de lui qui me laisse muette. Le moment est solennel.

J'ai pourtant vécu une quinzaine de jours sous le même toit que cet homme, que j'ai côtoyé au quotidien, mais c'est une tout autre personne qui me toise à présent : il s'agit du chef indien, Nashoba. Il ne sourit plus et s'adresse à nous de sa voix rauque et puissante :

– Rock, tu as demandé que cette jeune femme, ici présente, nous rejoigne et reçoive son nouveau prénom, conformément à nos coutumes.

Le silence autour de nous et du feu se fait soudain. Je sens les gens approcher et nous encercler avant que Nashoba reprenne :

– Tu as témoigné devant notre conseil de sa loyauté, de son courage et de la ténacité dont elle a su faire preuve durant un moment terrible. Elle a protégé à ses dépens notre communauté : le Clan des Evil's Heat et la réserve de Golden Water.

– Oui, et je réitère. Elle mérite sa place ici, lui répond Rock, déterminé et sans ciller, face à cet homme imposant, dont la prestance dévore l'espace qui l'entoure, comme un trou noir dans l'univers.

Moi-même, je ne peux m'empêcher d'avancer vers lui, subjuguée.

– Et nous acceptons ta requête. Est-elle allée dans l'ini tipi pour se purger ?

– Oui. Elle est prête à recevoir sa nouvelle identité.

– Parfait. Alors approche, Olivia Kincaid.

Il me tend sa grande main et Rock lâche la mienne. Je n'ai d'autre choix que de l'accepter et de le suivre, alors qu'il m'entraîne près du feu, au pied du poteau cérémoniel. La musique a repris doucement. Je peux voir des hommes frapper leurs tambours en rythme et les battements de mon cœur s'accélèrent pour suivre le tempo. Rock, quant à lui, reste derrière moi comme une ombre protectrice.

– Agenouille-toi, m'ordonne le père de Soraya.

Je lui obéis, hésitante malgré tout, car je ne sais toujours pas ce qu'il compte me faire. Je me sens encore plus vulnérable et exposée dans cette position de soumission, face à tous ces gens. Je n'ose regarder personne, pas même mon Tarzan, alors je fixe le sol sans bouger.

Le chef reprend haut et fort :

– Je suis Nashoba, chef de Golden Water, comme mon père avant moi et tous mes ancêtres avant lui. Nous empruntons nos terres, et la nature qui nous entoure, à nos enfants et aux générations futures. Nous avons promis au Wakan Tanka, le Grand Esprit, d'en prendre soin, quitte à devoir verser notre sang pour ça. Es-tu prête à en faire autant, Olivia ? Es-tu prête à protéger envers et contre tout ce sol que tu foules, cet air que tu respires, ces personnes que tu chéris et qui sont à présent ta famille?

Je prends une énorme respiration avant de lui répondre ce qui est une évidence pour moi désormais :

– Oui.

– Quoi qu'il arrive, tu dois te souvenir que la terre sur laquelle tu marches n'est autre que les cendres de nos aïeuls. Sans les promesses qu'ils ont faites eux aussi, et qu'ils ont tenues, nous ne serions pas là. Tu ne serais pas là. Cet homme derrière a demandé à être ton guide, c'est donc lui qui va te donner ton nouveau prénom. C'est aussi lui qui sera le garant de tes actes et qui devra en répondre si tu venais à faillir. Rock, approche…

Je sens que Rock me contourne, puis il vient s'agenouiller devant moi alors que Nashoba lui tend un bol en bois rempli d'une pâte rouge, qu'il accepte. Nos regards s'accrochent pour ne plus se lâcher et en quelques secondes, ce que nous échangeons silencieusement est intense. Aussi fort et intime que ce moment partagé sous la tente un peu plus tôt, mais à la vue de tous cette fois-ci : une communion de nos deux âmes sauvages et indomptées qui ont fini par s'apprivoiser l'une l'autre. J'ai terriblement chaud en étant si près du gigantesque brasier sur ma droite.

Je sens la sueur couler le long de ma nuque et la lumière dansante des flammes fait briller les yeux de Rock dans la pénombre. Hypnotisée, je lâche prise à nouveau, je ne cherche plus à comprendre ce qui m'arrive, je lui fais simplement confiance et je me laisse porter. Le bruit des tambours augmente. Il vient s'y ajouter la mélodie d'une flûte, et le père de Soraya se met à chanter dans une langue qui m'est inconnue, alors que les habitants de la réserve se joignent à lui.

Mon pouls accélère d'appréhension quand je vois Rock plonger deux doigts dans le bol et les approcher vers moi, enduits de pâte.

– Remonte ton tee-shirt, Liv, me dit-il, la voix basse pour que je sois la seule à entendre.

Doucement, sans réfléchir, je lui dévoile mon ventre et tire le tissu jusqu'à ce que mes côtes soient visibles. Ses doigts frais entrent en contact avec ma peau brûlante et il trace une sorte de cercle immense sur mon abdomen, ayant pour centre mon nombril. Je frissonne sous cette sensation étrange, et parce qu'il s'agit de ses doigts à lui. Ses doigts magiques…

– Ce cercle représente ce que chacun est : le mental, le physique, le spirituel et l'affectif. Mais aussi la bravoure, la force d'âme, la générosité et la sagesse.

Et cela te représente si bien, Princesse… Alors, reste toi-même, entière et pleine de vie, ta place ici t'est acquise.

Cette déclaration me donne les larmes aux yeux. Il m'aime comme je suis, il ne souhaite pas que je change, il m'accepte tout entière. J'ai envie de lui sauter au cou, de l'embrasser, là devant tout le monde, pour partager ce que je ressens, car les mots me manquent pour m'exprimer correctement. Je lui serai à jamais reconnaissante de m'offrir cette seconde chance, de me tracer un chemin vers cette rédemption que je cherchais tant à atteindre en arrivant ici. Je sens qu'elle est juste là, à portée de mes doigts. Il me suffirait de tendre le bras et de toucher l'homme qui me fait face.

D'un geste vif, avant que je ne m'aperçoive de quoi que ce soit, Rock me vole le grigri accroché à ma courte tresse et m'attrape la main gauche, paume vers le ciel. Il m'entaille la peau superficiellement, d'un coup agile de la griffe d'aigle, et il fait de même avec sa propre main. La douleur est cuisante mais elle s'estompe quand il vient presser nos paumes l'une contre l'autre dans une étreinte symbolique. Il entremêle nos doigts et vient les embrasser. Je suis certaine, au regard qu'il me lance, que ce baiser est une entorse au rituel mais je ne m'en plains pas.

Puis il plonge nos mains jointes dans le bol et vient les saupoudrer du sable ocre du sol.

– Tu es liée à nous tous par le sang désormais, notre fidélité t'appartient et tu nous dois la tienne. Ton prénom spirituel est Aponi. Seuls tes amis doivent le connaître, car il est la clé d'accès à ton âme, alors protège-le des ennemis. Il signifie « papillon ». Tu es arrivée à Colorado Source enrobée d'une chrysalide, mais il est temps de l'abandonner définitivement ici, ce soir, et de déployer tes ailes. Envole-toi, Olivia.

Les chants de Nashoba atteignent leur paroxysme. Puis ils s'arrêtent brusquement et c'est le chaos : les gens se jettent sur moi pour me féliciter et me parler, et je peine à me mettre debout. Rock m'explique que la pâte rouge sur ma main désinfectera la plaie et l'aidera à cicatriser. Je dois la conserver quelques heures. J'arrive seulement à lui demander, avant d'être emportée par Vince et Loris :

– Quel est ton prénom secret à toi ?

– Si tu es obéissante, peut-être que je te le dirai…

52

FACE-À-FACE

Olivia

La cérémonie s'est achevée ainsi dans la liesse générale, avec les garçons, Soraya, Susie et même Jay, qui est venu exceptionnellement pour l'occasion, mais heureusement sans Jenny… J'ai croisé plusieurs fois le regard étrange de Joe, le père de Rock, mais il ne m'a pas saluée, contrairement à toutes les autres personnes ici présentes. Je ne m'en formalise plus, à vrai dire j'étais dans un tel état que je ne me souviens que vaguement des événements. Tout est passé si vite ensuite que cela m'apparaît flou lorsque j'y songe. Seules mes émotions sont intactes et ce sont elles, ainsi que les quelques heures dans l'intimité du tipi avec Rock, que je souhaite chérir précieusement.

Certes, je suis un peu triste que Joe soit si réticent à ma présence dans la vie de son fils, d'autant plus que je compte bien y rester aussi longtemps que possible, mais je me convaincs que le meilleur reste à venir. Certaines choses prennent du temps et Rock partage mon avis, nous apprenons, à deux, la patience. Ma place est désormais assurée au sein du Clan et quand Joe constatera que je n'y mets pas la pagaille, bien au contraire, il finira par m'accepter. Rock souhaite me présenter bientôt à sa maman, bien qu'elle soit peu lucide. Je sens qu'il stresse lorsqu'on aborde le sujet, mais je le rassure systématiquement, heureuse qu'il s'ouvre à moi un peu plus chaque jour.

Nous avons fini par rejoindre la Batcave une fois le soleil levé, et nous nous sommes recouchés, bien décidés à passer le week-end au lit à ne pas faire grand-chose. Nous profitons sans modération de cette complicité grandissante entre nous qui se fortifie, nous renforce, tout en mettant nos cœurs abîmés à nu. L'expérience est nouvelle pour lui comme pour moi, parfois effrayante, souvent grisante, et avec un petit goût d'interdit, car chacun de notre côté, nous nous étions juré de ne jamais nous rendre si vulnérables, de ne permettre à personne d'avoir le moindre pouvoir sur nos vies respectives. Rock s'était enfermé dans la colère et moi dans la solitude pour reprendre un semblant de contrôle sur notre destin cruel et tumultueux.

Je comprends à présent pourquoi les gens sont amoureux de l'amour. Pourquoi ils cherchent par tous les moyens à éprouver ce sentiment qui devient magique lorsqu'il prend racine dans la confiance et le respect. Car oui, j'ai une foi aveugle en Rock désormais et je souhaite lui faire la place qu'il mérite dans ma petite vie chaotique. Ces dernières heures nous ont encore plus rapprochés, ôtant les dernières couches de retenue, fracturant l'ultime couche d'orgueil et d'ego qui nous protégeait.

Entre deux caresses, je lui pose une question qui me turlupine depuis la cérémonie :

– Pourquoi m'as-tu choisi ce prénom indien?

– C'est comme ça que je te vois, Poucelina. Tu ne réalises pas à quel point tu as changé depuis ton arrivée chez nous. Une totale métamorphose. Et tu nous emportes avec toi. Je sens enfin que des jours meilleurs attendent le Clan grâce à toi.

– Le fantôme m'appelle aussi comme ça : petit papillon. L'ennemi connaît mon nouveau prénom…

J'en ai des frissons rien que d'y penser. Enfin j'ai osé le dire. J'adore le nom Aponi choisi par Rock, mais cet aspect me chagrine.

– Liv, c'est une métaphore pour que tu comprennes que tu possèdes désormais une nouvelle identité avec nous et que tu dois laisser le passé derrière toi. Mais si cela te rassure, il ne connaît que la traduction anglaise du prénom. Or, toute la magie réside dans sa forme originelle : Aponi.

Sa réponse me convient et apaise mes craintes. Je réussis même à le soudoyer pour qu'il me dévoile son nom de baptême indien en échange de galipettes sur la table du salon. Il s'agit plus d'un jeu que de réel chantage, et il prend plaisir à me punir lorsque j'éclate de rire après qu'il m'a avoué la signification de *Lonato*, soit « silex » en anglais.

– Non mais c'est une blague, Rock! Qui t'a choisi ce prénom? Je ne te crois pas, tu te payes de nouveau ma tête, avoue-le.

– Non et ne te moque pas, c'est Nashoba lui-même qui l'a choisi, j'en suis très honoré. Pour lui, cela avait un sens.

– Ça, c'est clair qu'il a un certain sens… de l'humour!

Mais je ne peux pas en dire plus, Rock me fait taire de la plus douce des façons et j'oublie tout, étendue à demi nue entre les restes de notre petit déjeuner.

***

Le lundi suivant, le quotidien loin d'être assommant au sein du Clan, reprend comme si le week-end n'avait jamais eu lieu, chacun est accaparé par ses responsabilités respectives. C'en est déroutant car, pour ma part, mon cœur et mon esprit dansent encore joyeusement autour du feu, au rythme des tambours et des chants de Nashoba. Mais à mesure que les jours passent, je retrouve mon équilibre et mes repères. La cérémonie n'est plus qu'un doux souvenir que je me repasse de temps en temps comme un vieux film, avec quelques arrêts sur image aux meilleurs moments…

La rencontre avec le grand-père de Max tombe à l'eau car il est actuellement victime d'une crise de démence et les visites sont stoppées jusqu'à nouvel ordre. À cette mauvaise nouvelle viennent s'en ajouter d'autres au fur et à mesure que la semaine avance. J'ai continué de décortiquer les comptes et les documents que l'on m'a confiés et j'ai découvert deux choses qui m'interpellent : La première, perturbante, concerne le détournement de fonds de Bill et la seconde, décevante, le nouveau business que Rock veut financer. Je le rejoins dans son bureau de président le vendredi après-midi pour en parler avec lui.

Il est assis comme un roi dans son immense siège et vient croiser les bras sur son torse, attentif et concentré :

– Bon, Brutus, je vais être franche avec toi. Ton business de pièces détachées avec ce club, ça pue grave du… Bref, tu as saisi l'idée. S'ils ont besoin de cash, ce n'est pas parce que les ventes explosent et que leur trésorerie ne suit pas, mais plutôt l'inverse.

– Je ne comprends pas, leur chiffre d'affaires a doublé en un an, c'est donc bien que les ventes ont augmenté?

– Malheureusement non. J'ai creusé et le délai moyen de règlement de leurs factures clients est ahurissant, il dépasse les six mois pour certaines et beaucoup sont toujours impayées…

– Ce qui veut dire?

– Ce qui veut dire que ce sont tout simplement de fausses factures, éditées pour gonfler leur chiffre d'affaires. Elles ne seront jamais réglées. Le mieux reste de poser la question, mais je suis sûre de moi. Leur situation est critique. Je leur donne trois mois avant de déposer le bilan. Ils ont tenté le tout pour le tout. Ils espéraient que tu n'y voies rien, j'imagine.

– Eh bien… Au moins ça, c'est réglé. Je vais annuler notre rendez-vous de lundi avec eux. Bon travail, mon petit volcan. Autre chose? Je te sens tracassée. Tu sais que tu peux tout me dire, Liv.

Je laisse de plus en plus tomber le masque en sa présence et Rock lit de mieux en mieux en moi. L'un dans l'autre, cela donne la situation qui est en train de se produire : il devine mon état d'esprit en un claquement de doigts, je ne peux plus rien lui cacher.

– C'est à propos de Bill…

Il se redresse vivement et vient à ma rencontre pour me prendre dans ses bras et me réconforter.

– Hey, pas de stress, tu n'es pas obligée de m'accompagner la prochaine fois que je descends le voir. Tu ne dois pas te forcer.

– C'est pas ça. C'est juste un truc que j'ai découvert et qui me perturbe.

– À quel sujet?

– Bill a commencé à graisser la patte des Black Edge une semaine seulement après mon arrivée… Avant, il n'y avait aucun signe de contact quelconque entre eux. Je ne crois plus aux coïncidences, Rock. Bam, j'arrive, et le frère, qui me déteste pour une raison obscure, te trahit…

– Je reconnais qu'il est particulièrement haineux à ton égard mais ses propos n'ont ni queue ni tête. Mary doit descendre le voir quand elle aura le temps pour savoir s'il n'est pas en plein délire parano et si nous avons raison de porter de l'importance à ce qu'il dit. Tu crois qu'il t'a vendue aux Black Edge?

– Oui, c'est ma théorie… Je pense qu'il n'a pas seulement « oublié » de me suivre et de me protéger pour leur offrir l'opportunité de me kidnapper, il les a carrément payés pour. Mais je ne comprends pas ce que je lui ai fait, c'est au-delà de la simple jalousie. J'ai beau chercher, je n'ai jamais été en contact avec lui par le passé, ni aucun de vous avant d'atterrir ici. Mon seul lien avec Colorado Source a toujours été Moïra, je te le jure!

– Je sais, je te crois. Et tous les garçons aussi.

Rock m'avait raconté ce que Bill laissait entendre sur mon compte durant leurs tête-à-tête musclés : que j'allais causer la chute de Rock et la dissolution du Clan, pour résumer poliment et succinctement. J'ai beau m'endurcir ces derniers temps, toute cette hostilité contre moi, Bill et maintenant Joe, me mine le moral quand j'y pense. Les garçons sont dans une position délicate. Bill ne leur avoue rien de concret et se contente de déverser inlassablement sa haine et ses prédictions apocalyptiques. Il ne craque pas et ne lâche rien, malgré tous les sévices qu'il subit.

Je sais que Rock arrive à bout de ce qu'il est capable d'endurer et d'infliger à son ancien frère de clan. Il a beau haïr Bill de toutes ses forces pour sa trahison et ses conséquences, la situation lui pèse car il est loin d'être sans cœur. Je peux le voir dans son regard noir, quand il m'en parle le soir, contre moi dans notre lit, où les problèmes s'invitent régulièrement. Soit Bill délire depuis le début à cause de la même pathologie psychique que son défunt père et nous ne pouvons accorder aucun crédit aux mots qui sortent de sa bouche.

Et dans ce cas se pose la question de le garder prisonnier… Soit il sait ce qu'il dit et la situation demeure le même sac de nœuds qui piétine depuis plusieurs mois. Je continue de me confier à Rock pour alléger ma peine :

– Bill m'appelait toujours la fouineuse. J'ai cru à tort qu'il avait peur que je découvre ses petites magouilles financières et que je le balance. Mais elles ont débuté après son harcèlement à mon encontre, donc cela ne tient pas la route. Je suis perdue. Qu'avait-il peur que je découvre depuis le début si ce n'est pas le détournement de fonds?

Je l'entends souffler d'agacement au-dessus de moi, puis il lâche, comme une bombe, la phrase suivante :

– Que dirais-tu d'aller lui poser la question? Tu t'en sens prête?

Prise au dépourvu, je commence à paniquer puis me raisonne, il est peut-être temps d'obtenir des réponses pour mettre tout cela derrière nous. Je lui dis d'une petite voix, contre ses lèvres chaudes, alors qu'il m'embrasse :

– Oui, je crois. Tout de suite?

– Tout de suite, me répond-il de la même manière.

Je hoche la tête, Rock me prend par la main et aussi simplement que cela, nous nous dirigeons vers l'ascenseur qui nous conduit au niveau inférieur. Je vais enfin revoir mon vieil ennemi, après tout ce temps. Je ne sais pas quoi en penser. Rien n'a été organisé, nous nous laissons guider par l'instinct et je sens que le moment fatidique est arrivé. Une fois dans la cabine, Rock se colle de nouveau à moi, m'entourant de ses bras et tente comme il peut de me déstresser, d'attirer mon attention sur autre chose :

– Un jour, on le fera ici aussi, face à ce miroir. Tu en dis quoi ? Est-ce plus acceptable pour toi que dans mon bureau ?

– Peut-être… On pourrait commencer par ici, oui.

Mais je ne me détends pas, focalisée sur ce qui va suivre. En désespoir de cause, il dépose un baiser léger sur ma joue tandis que les portes s'ouvrent sur un long couloir en béton, éclairé par des halogènes. L'endroit ressemble à ce qu'il est supposé être : une prison austère. Les cellules sont alignées sur la gauche et je suis Rock qui nous conduit jusqu'à la dernière d'un pas décidé. Je n'entends plus que mon cœur qui bat lourdement dans mes tempes et le bruit sourd de nos pas qui résonnent.

– Laisse-moi entrer en premier, me dit-il doucement.

Je ne me fais pas prier et je me tiens à l'écart, frissonnante d'appréhension.

Il déverrouille la porte à l'aide de son index sur un clavier tactile et l'ouvre sans hésitation, après avoir jeté un coup d'œil par le petit hublot. Je reste dehors et enroule mes bras autour de mon buste pour me donner contenance.

Je ne suis plus une victime, je ne suis plus une victime…

Je me le répète en boucle comme une prière silencieuse, et je puise dans cette force nouvelle que j'ai gagnée depuis quelques semaines grâce au Clan et au contact de ses membres. Je n'avais pas prévu cela au programme de mon vendredi après-midi, mais la gestion d'imprévus est devenue mon quotidien désormais. J'entends la voix grave de Rock qui provient de la cellule :

– Petite visite improvisée ! Lève-toi, connard.

Pas de bruit.

– Ne m'oblige pas à te dérouiller, Bill. J'ai dit lève-toi. Voilà… C'est bon, tu peux entrer, Olivia.

Je souffle un grand coup, et timidement, je m'avance dans la pièce sombre et sans fenêtre où est enfermé Bill depuis tout ce temps. Je reste interdite lorsque je le découvre. Je ne l'aurais pas reconnu si Rock ne l'avait pas appelé par son prénom. Il a maigri au point de ne plus avoir que la peau sur les os, devenus saillants. Il est simplement vêtu d'un tee-shirt et d'un jean sales, sans chaussures ni chaussettes.

Je remarque que certains ongles de ses pieds et de ses mains ont été arrachés. Son visage porte les couleurs de l'arc-en-ciel qui varient entre de vieilles ecchymoses jaunes et pour les plus récentes, noires. Sans parler des coupures qui strient son cou, ses bras et son front. Sa lèvre inférieure est fendue et ses longs cheveux roux en bataille et emmêlés encadrent son visage mesquin. L'endroit ne possède rien d'autre qu'un petit matelas à même le sol, un pot dont l'odeur me confirme qu'il est rempli d'urine et quelques restes de nourriture qui pourrissent sur la dalle de ciment.

Nos regards s'accrochent et un rictus mauvais vient déformer sa bouche édentée. C'est lui qui ouvre les hostilités, appuyé contre le mur, chancelant :

– La fouineuse…

Je reste en arrière dans le fond de la pièce tandis que Rock se tient entre nous, me protégeant au besoin. Mon Rambo ne dit rien pour l'instant. Ce moment de confrontation avec Bill m'appartient. J'ai traversé l'enfer à cause de lui, alors je mérite de comprendre pourquoi.

– Arrête de m'appeler comme ça. Je n'ai jamais fouiné. La seule chose que je désire savoir, c'est pourquoi ma meilleure amie a fui le coin. Point barre.

– Si, tu fouines. Tu fouilles le passé et tu n'apportes que des emmerdes. Tu t'es introduite au Q.G. par effraction, il me semble. Tu es une sale fouineuse, même si ça ne te plaît pas.

Ce qu'il dit est un peu vrai mais je ne lui avouerai jamais. Je sens que Rock prend sur lui pour rester stoïque et ne pas intervenir.

– Je ne vois pas de quoi tu parles. Tu es un grand malade mental. Et je ne me suis pas introduite par effraction… Ta trappe n'était pas verrouillée, ta porte était ouverte, je n'ai fait que saisir une opportunité que tu m'as offerte.

– Toujours le dernier mot, hein? Je comprends pourquoi tu n'avais pas d'amis avant, tu es une insupportable madame Je-sais-tout.

Ne réagis pas à la provocation, Olivia.

Je ne dois pas lui offrir ce qu'il cherche désespérément en me balançant cela et je ramène la discussion au sujet de départ :

– Tu m'as vendue aux Black Edge, n'est-ce pas?

Son sourire s'élargit et son regard passe de Rock à moi plusieurs fois. Il a clairement peur de se prendre un violent retour en pleine face.

– Ouais, je les ai payés pour qu'ils s'en prennent à toi. Tu ne devais pas t'en sortir vivante. Et ils espéraient te faire parler avant de te buter. Un échange de bons procédés en soi : donnant-donnant. Qu'en penses-tu, Olivia, fouineuse, Kincaid?

À ces mots si froids, je me détache émotionnellement de la scène, surréaliste, que je suis en train de vivre. C'est le seul moyen de poursuivre sans devenir folle ou perdre le contrôle sous l'effet de la rage. Je ne considère plus l'homme face à moi comme un être humain et ce qu'il dit ne trouvera pas le chemin de mon cœur. Il ne connaît pas mon nouveau nom secret, choisi par l'homme que j'aime, et qui me protège comme un talisman.

Tout ce qu'il peut faire, c'est tenter de m'atteindre en crachant ses mots comme du venin, mais ils ne me brûlent plus comme le soir de mon enlèvement au CSB. J'ai presque envie de lui rire au nez pour le faire enrager, car je sais que j'ai ce pouvoir sur lui.

– OK, disons que tu voulais te débarrasser de moi pour une raison tordue que toi seul connais, mais pour protéger le Clan malgré tout. Dans ce cas, pourquoi as-tu vendu tes propres frères à l'ennemi ? Tes choix sont incohérents.

Le rictus de Bill devient immense, cruel et odieux :

– J'attendais tellement ce moment où tu viendrais enfin me voir avec toutes tes questions de fouine. J'adore ce petit tête-à-tête. J'en ai rêvé nuit et jour. Pourtant, j'arrêtais pas de leur dire qu'il suffisait de te laisser descendre pour que je parle. Mais bon, Rock a toujours refusé. C'est la seule condition qu'il n'était pas prêt à accepter. Putain, tu le tiens vraiment par les couilles.

Le principal intéressé se manifeste en grondant :

– Bill… répond à sa question.

Je calme Rock en m'approchant et en venant lui toucher le dos. Je sens que je tiens un point d'entrée dans la psyché de Bill et je ne souhaite pas me louper. Il n'y aura peut-être pas d'autre opportunité. Il s'agit du même levier qui m'a toujours permis de le déstabiliser par le passé. D'ailleurs, ce dernier fixe avec méchanceté ma main doucement posée sur l'avant-bras de Rock à présent.

– Et alors, qu'est-ce que ça peut bien faire que je le tienne par les couilles ? C'est ça qui te dérange en fait, que je compte pour lui ? Qu'il me laisse lui faire des choses dont tu n'as même pas le droit de rêver ? Car ouais, si tu savais ce que je lui fais… On habite ensemble lui et moi maintenant. Je dors avec lui tous les soirs.

Je vois son regard virer à l'orage en une fraction de seconde :

– Tu mens ! Rock ne laisse aucune pétasse venir chez lui !

Rock comprend ce que je suis en train de faire. Il perçoit lui aussi que Bill est sur le point de craquer et il entre sournoisement dans mon jeu en gardant son calme :

– Olivia n'est pas une pétasse et je confirme : elle vit avec moi. Pour elle, j'ai fait une exception. Elle travaille pour le Clan, désormais. En fait, pour tout te dire, je lui ai offert ton ancien poste…

C'est l'élément déclencheur, celui qui renverse définitivement le rapport de force entre lui et nous. Bill se met alors à crier :

– Espèce de traîtres ! J'ai tout donné pour ton putain de clan et c'est comme ça que tu me remercies, Christensen ? J'ai sacrifié ma liberté et ma sœur pour toi, espèce de connard !

– Le seul traître ici, c'est toi. Dans quelle réalité du monde vis-tu ? lui demande Rock, qui contre toute attente, arrive à garder son sang-froid de peu.

– Non, je ne vous ai pas trahis ! Oui, j'ai filé du fric aux Black Edge pour me débarrasser d'elle, mais je comptais le rembourser petit à petit. C'est tout ce que j'ai fait !

Cette fois, c'est moi qui lui réponds, hargneuse :

– Ces ordures m'ont posé beaucoup de questions et semblaient être assez bien renseignées sur le Clan. Ils savaient pour l'or ! Alors, ne mens pas, tu as filé des infos. Tu nous as poignardés dans le dos.

– Les informations, ce n'est pas moi…

– Alors, c'est qui ?

– Rhonda…

– Arrête de mentir. Comment Rhonda pouvait être au courant de quoi que ce soit ? finit par s'emporter Rock. Ne mets pas ça sur le dos d'une morte, c'est trop facile !

Bill recule, résigné, sous l'attaque verbale. Je pourrais presque croire que ce monstre éprouve de la peine.

– Elle m'a entendu parfois discuter avec vous au téléphone de certaines choses, quand j'étais chez elle.

Cette fois, Rock ne se retient plus et je sursaute quand sa voix puissante tonne dans la cellule :

– Tu parlais des affaires du Clan devant ta sœur, putain ? Tu sais quoi, je ne suis même plus étonné ! Et vous ne récoltez que ce que vous avez semé !

– Rhonda ne méritait pas de crever comme ça ! hurle Bill en retour. Certes, j'ai pété un câble quand j'ai appris ses projets, mais elle ne méritait pas de finir la gorge tranchée devant les gamines !

– Tu ne peux t'en prendre qu'à toi, tu es le responsable ! Et tu ne nous as rien dit, malgré tout. Elle nous a balancés, et toi, tu as continué avec tes petits plans de merde odieux ! Je te jure, Bill, si Liv ne s'en était pas sortie entière…

– Qu'est-ce que tu pourrais me faire de plus que me garder ici à me torturer… Et j'ai rien dit pour Rhonda car c'était ma sœur, bordel ! Je savais que quand les Black Edge auraient tué la fouineuse, on les aurait exterminés, alors peu importe ce qu'ils pouvaient apprend…

Bill ne peut pas finir sa phrase, Rock lui décroche une sévère gifle et sa tête heurte bruyamment le mur derrière lui. Je m'attends à le voir s'écrouler comme une loque sur le sol mais il tient bon et lance avec haine, une fois qu'il a repris ses esprits et en toussant du sang :

– Je ne suis pas le seul ici à te cacher des choses ! Hein, la fouineuse ? Quand est-ce que tu comptes lui dire pour Sunny et Moïra ?

Non, non et non !

Je suis ahurie et dans l'incompréhension la plus totale. Comment Bill peut-il savoir ce que j'avais découvert ?

Ça ne doit pas se passer ainsi !

Je n'en avais parlé à personne au sein du Clan, pas même à Shawn, à qui j'avais pourtant promis des explications en échange de son aide sur le sujet. Mary Ellen était la seule au courant, mais Bill croupissait déjà ici et elle n'aurait jamais pu faire ça. Puis je me souviens avoir noté toutes mes pensées, comme d'habitude, dans mon carnet à élucubrations, différent de celui destiné à mes croquis pour bijoux.

Mon recueil de songes me permet de me vider littéralement l'esprit depuis que je suis adolescente et d'y voir plus clair quand tout part à vau-l'eau. Sans regarder Rock, trop apeurée par ce que je vais découvrir dans son regard, je demande à Bill d'une voix presque inaudible :

– Tu as fouillé dans mes carnets ?

– Bien sûr, tu as cru que je rentrais chez toi juste pour y déposer des souris mortes sur ton tapis et foutre le bordel dans tes petites culottes ? La lecture était fort sympathique…

Je n'ai pas la possibilité de lui répondre que Rock me saisit par le bras pour me tourner vers lui et plonger ses yeux, remplis de doutes, dans les miens.

– De quoi il parle là, Liv ?

– Je… Je comptais t'en parler…

– Mais tu ne l'as pas fait… encore une fois…

Sa voix est chargée de déception et de tristesse, et cela me brise le cœur qu'il puisse penser que je lui cache des choses, alors je me justifie, en espérant qu'il comprenne :

– Ce n'est pas ce que tu crois, Rambo. En discutant à la fin de l'été avec Shawn, j'ai par hasard eu une piste sur l'identité de Moïra. Même Shawn ne se doute de rien, j'ai fait le lien toute seule. Moïra était un nom d'emprunt, en réalité elle s'appelait Ashley. La fameuse Ashley et amie que tu as interrogée sans succès après la fuite de Sunny. C'était inattendu, violent, je n'ai même pas eu le temps de vérifier, mais je comptais tout te dire. C'est pour ça que je suis venue au CSB ce soir horrible. La suite, tu la connais et depuis je n'ai pas eu le courage de me pencher à nouveau sur le sujet. Je voulais être sûre à deux cents pour cent avant de t'en parler.

Rock me sonde du regard. Je sens sa colère retomber un peu et sa déception refluer. Il me croit et je reprends espoir avant de poursuivre sur ma lancée :

– J'ai contacté ses parents, pour essayer de leur avouer l'indicible, qu'Ashley, alias Moïra, avait été assassinée et confirmer son identité par la même occasion…

– Et?

– Ils m'ont répondu, mais je n'ai pas encore osé écouter leur message vocal depuis ma sortie de coma…

Je baisse les yeux, honteuse, face à cet aveu de faiblesse, devant Bill qui a lâché un rire dédaigneux au passage.

– Liv… J'aurais aimé que tu m'en parles. Je peux comprendre tout ça, tu dois me faire confiance, bordel. As-tu toujours ce message?

– Oui, sur mon téléphone. Attends! Et je te fais confiance à présent, les choses se sont juste enchaînées tellement rapidement.

Pour prouver ma bonne foi, je sors mon iPhone clinquant recouvert de strass et je suis prête à consulter mon répondeur sur-le-champ, dès que nous serons sortis d'ici. J'ai juste une dernière chose à ajouter avant de tirer ma révérence et de mettre fin à cette entrevue malsaine. Je ne quitte pas des yeux les deux prunelles sombres en face de moi et je pointe ma main en direction de la sous-merde sur ma droite.

– Je suis désolée, Rock. J'ai cru bien faire, mais ce monstre m'a piétinée ce soir-là dans le bar et ensuite, je t'en ai voulu. Ces dernières semaines, j'étais enfin heureuse. Je comptais t'en parler sans faute quand nous repartirions à la recherche de Sunny. Pardonne… Hey!!!

Ma déclaration à cœur ouvert est interrompue net par Bill qui s'est brusquement saisi de mon téléphone dans mon poing tendu vers lui, profitant de notre inattention. Et avec effroi, je le vois le lâcher… au-dessus de son seau plein d'urine. La scène se déroule au ralenti mais ni Rock, ni moi, ne sommes suffisamment rapides pour stopper la catastrophe qui s'annonce.

– Non ! crions-nous de concert en nous ruant sur lui, sans succès.

Un *plouf* sourd retentit et je baisse la tête pour constater, impuissante, que mon précieux téléphone coule à pic dans le liquide jaune et malodorant. Je suis prise d'un haut-le-cœur face au spectacle de cet homme abject qui ricane, satisfait de ses méfaits, à quelques centimètres seulement de mon visage. Je le hais tellement, je me demande jusqu'où il est capable d'aller pour me blesser et nous nuire.

Et j'ignore toujours pourquoi il agit de la sorte, ce qui me désempare au plus haut point. Rock perd le contrôle. Il vient frapper rageusement du pied le pot qui se renverse sur le matelas, et sans hésitation, il récupère l'objet électronique dégoulinant en utilisant un coin de son tee-shirt pour se protéger.

Beurk !

Dans la foulée, il se retourne brusquement et chasse, d'une puissante béquille, les jambes de Bill qui s'effondre sur le matelas détrempé, dans un cri de douleur. Je jubile de le voir souffrir ainsi, cela me permet d'extérioriser mon désarroi et ma peine. Le comportement de ce fou à lier est en train de me transformer en véritable barbare inhumaine à mon tour. Je souhaiterais presque être dans les gradins d'une arène romaine et abaisser mon pouce pour sceller son destin afin de voir Rock ordonner son exécution immédiate sans sourciller.

Mon smartphone est sûrement mort et le message des parents de Moïra envolé à jamais par la même occasion.

– Je vais revenir, espèce de salopard, on n'en a pas fini tous les deux, le menace Rock. Viens Liv, dépêchons-nous de donner ton téléphone à Garrett avant qu'il ne soit complètement fichu. Il devrait pouvoir le sauver.

Nous abandonnons Bill à son triste sort sans remords tandis qu'il est recroquevillé par terre sur lui-même à masser sa cuisse blessée. J'entends le déclic qui nous confirme que la porte blindée se verrouille correctement derrière nous et je respire à nouveau. Je ne m'étais pas aperçue à quel point j'étais tendue et mal à l'aise à l'intérieur, mais Rock, pressé, ne me laisse pas le temps de souffler et je lui emboîte le pas sans traîner.

Nous partons à l'étage, à la recherche de Garrett, mon gentil geek à lunettes recouvert de tatouages. Nous le découvrons penché sur son ordinateur, absorbé par son écran où des centaines de lignes de code colorées défilent sur un fond noir. À notre approche précipitée, il redresse brusquement la tête, surpris, et nous jette un regard interrogateur.

– J'ai besoin de ton aide, mec. Le téléphone de Liv est tombé dans le pot plein de pisse de Bill et on doit absolument récupérer ses données, notamment les messages sur son répondeur.

Garrett nous regarde alors, ahuri, la bouche en O, puis se ressaisit :

– OK, je ne vais même pas chercher à savoir comment… Olivia, tu peux consulter ta messagerie depuis l'extérieur avec ton numéro de téléphone et le mot de passe de ton répondeur, tu sais. Et si tu as fait une sauvegarde de tes données sur ton compte iCloud, je peux les récupérer sur un nouveau téléphone, tu ne perdras rien.

Heu… Il dit quoi le monsieur?

– Mon mot de passe de répondeur? Compte iCloud? je lui demande, étourdie.

– Tu ne le connais pas et tu n'as rien sauvegardé?

Je secoue la tête en signe de dénégation, angoissée par la situation. Garrett me sourit gentiment en sortant, résigné, un mouchoir de la poche arrière de son jean. Je suis désolée pour lui mais il va devoir entrer en contact avec ce téléphone contaminé, plus imbibé d'urine dégueulasse qu'un baba de rhum.

– Bon, je vais voir ce que je peux faire, nous dit-il en prenant l'objet du bout des doigts à l'aide du mouchoir en papier. Je vais m'en occuper tout de suite car j'ai peur que l'acidité de l'urée attaque les composants électroniques, y compris la carte SIM.

Les événements se sont enchaînés si vite et j'étais si obnubilée par la réaction de Rock à mes révélations que je ne réalise que maintenant que je risque de perdre toutes mes photos et tous mes échanges de SMS, en plus du précieux message vocal. Tous nos souvenirs, toutes nos discussions, ainsi que celles avec les garçons, et le peu de photos que j'ai de Moïra, qui fuyait l'objectif en permanence, sauf lorsqu'elle dansait, menacent de disparaître à jamais. Toujours à cause de cette même et unique personne.

Mais que lui ai-je fait, bordel?

J'espère vraiment que Garrett va faire des miracles, mais il est doué le petit. Je l'ai déjà vu à l'œuvre et je lui fais entièrement confiance pour récupérer toute ma vie qui tient dans cette petite boîte si fragile. J'essaye de faire un peu d'humour pour dédramatiser la situation et lui demande :

– Pitié, sauve les photos et les sextos de Rock en priorité. Et je préfère te prévenir, tu risques de tomber sur quelques clichés recto verso de ce qu'il a entre les jambes. Mais bon, a priori, tout le Clan l'a déjà vu, alors… Et aussi peut-être de mes seins, enfin bref, essaye d'oublier tout ce que tu pourras y voir de choquant. Merci d'avance pour ta discrétion.

Garrett vire à l'écarlate et commence à bégayer, ne sachant plus où regarder, et certainement pas dans mes yeux. Je le vois zyeuter mon décolleté à plusieurs reprises.

Seigneur, pourquoi ai-je dit ça ?

Même si j'exagère, il va réellement tomber sur des trucs intimes.

Génial ! Vraiment génial.

– Je… heu… je vais faire mon maximum…

– Tant que tu me promets de ne pas t'astiquer le poireau dessus, ça ira.

– Bordel, Liv ! me gronde Rock à côté pour me faire taire, mais avec un soupçon de sourire dans la voix. Et Garrett, la priorité, c'est ce satané message, OK ?

Notre surdoué de l'informatique et des télécommunications opine du chef, toujours aussi rouge qu'une tomate.

– Du calme, Hulk, je suis stressée moi aussi. Mais au pire, on peut toujours rappeler les parents de Moïra. Ils seront capables de répéter ce qu'ils avaient dit, je pense. Shawn a obtenu leur numéro de téléphone.

Il ne trouve rien à répondre à ma remarque pertinente et il m'embrasse tendrement sur le front.

L'orage est passé.

Je crois même l'entendre me souffler qu'il m'aime et il prend la fuite en direction d'une des salles de bains que le Q.G. possède. Rock revient entièrement douché, les cheveux humides. Il sent divinement bon, purgé de l'odeur âcre du sous-sol. Il s'est même changé, bien que j'ignore où il a pu trouver des vêtements propres.

Il est désormais l'heure de rentrer chez nous et d'échanger sur les quelques informations que nous avons réussi à soutirer à Bill durant ce face-à-face éprouvant et impromptu. J'essaye d'oublier son image et son visage, mais je sais que ce soir, les cauchemars seront au rendez-vous quoi que je fasse, me prenant en traître au moment où je serai vulnérable, endormie contre Rock dans le noir de notre chambre.

Nous faisons finalement un saut à Newton City pour m'acheter un téléphone de secours premier prix en urgence, et mangeons en ville dans un petit restaurant italien que nous adorons et où nous allons régulièrement quand le frigo est vide. Cette escapade a le mérite d'estomper un peu les idées sombres qui me polluent. Dans des moments comme celui-ci, en faisant fi des problèmes, je pourrais presque croire que ma vie est un long fleuve tranquille, presque… Je contemple Rock avaler une immense pizza, attendrie et niaise malgré moi.

L'amour a-t-il cet effet sur tout le monde?

Il se lèche rapidement le bout des doigts tachés de sauce tomate et lorsqu'il arrive à son majeur, j'en ai des frissons de plaisir qui me remontent le long de l'échine et qui balayent Bill, sa méchanceté, ainsi que la menace constante des Aigles rouges. Je repense à ce qu'il m'a fait subir avec ses grandes mains expertes et ce doigt-ci tout particulièrement…

Mode combustion spontanée enclenché.

Je lui pique son téléphone par-dessus la table pour enregistrer un maximum de contacts dans le mien, notamment ceux des garçons, et surtout pour ne pas lui sauter dessus en plein milieu du restaurant, particulièrement bondé et bruyant pour un vendredi soir. Depuis que je vis avec lui, j'ai découvert un nouveau moyen efficace d'oublier et de gérer mes problèmes : le sexe torride qui vous grille le cerveau. L'heure est solennelle : ma technique de la tête dans le sable pourtant essayée et approuvée depuis de nombreuses années est en passe d'être détrônée grâce à Tarzan.

Mon petit téléphone à clapet vibre dans ma paume et me ramène à la réalité, mettant fin à mes digressions et fantasmes en tout genre. Il s'agit de Max qui a répondu illico presto à mon texto où je lui communiquais mon numéro temporaire, le temps de récupérer mon ancienne ligne. Il me demande si je suis libre dimanche après-midi pour aller voir son grand-père Maxime, ce à quoi je réponds, fidèle à ma promesse :

[Bien sûr, toujours. Quelle heure?]

[15 h, si c'est possible.]

[Impeccable, tu passes me prendre,
je n'ai pas le droit de sortir
sans garde du corps :)]

[Évidemment, et dis à Rock
de me rappeler, il ne décroche
pas son téléphone.]

[C'est parce que c'est moi qui l'ai
et qu'il est occupé. Excuse-le,
il est en pleine séance de foodporn[24]]

[Foodporn ?????]

[Je le regarde manger…]

[Et ?]

[Laisse tomber, Blondinet, c'est classé X.]

[…]

Je rigole et rends son téléphone à Rock en lui précisant de rappeler Max dès qu'il le peut. Je l'informe aussi au passage de mon planning du week-end :

– Dimanche, Max passe me prendre vers quinze heures. Je vais voir son grand-père.

– Et pourquoi ça ? me demande-t-il, étonné, en lâchant son bout de pizza.

– Maxime baragouine en français ces derniers temps, et Max a besoin que je lui traduise. Il veut comprendre ce qu'il lui raconte.

– OK, mais on dîne toujours ensemble le soir ?

– Oui, bien sûr. Oh et on pourrait inviter Max à rester et les garçons à nous rejoindre. Cela fait un moment que je ne vous ai pas préparé un repas à tous. J'en ai envie.

Pas depuis le meurtre d'Ellie par les Aigles rouges de Moscou.

Je me sens lourde tout à coup, le manque d'Ellie me désarçonne et les propos de Bill reviennent en force, alors que j'essaye de faire bonne impression depuis que nous avons quitté la cellule.

– Si tu veux, Princesse, je les préviens ?

Il redresse la tête à mon absence de réponse. Je suis en train de me perdre, alors je bégaye bêtement :

– Je… Je… Bill… Pourquoi ?

25. Le *foodporn* est un phénomène culinaire et social très en vogue sur les réseaux sociaux. À tel point que des *YouTubers* se filment en train de manger et permettent à des inconnus de les regarder savourer leur repas…

– Hey, viens, on paye et on rentre chez nous. On pourra parler tranquillement de tout ça. J'imagine que ça n'a pas dû être évident pour toi.

Je prends sur moi pour tenir jusqu'à la voiture garée sur le parking et une fois à l'intérieur, j'explose :

– Je le hais tellement ! Rock, je te jure, c'est viscéral. Et en même temps, j'aimerais me mettre des baffes car je ne peux pas m'empêcher d'être touchée par la situation. Cette cellule est si glauque, il reste un être humain… Je fais comme si ce n'était pas le cas, mais au fond du bide, j'ai cette boule de remords qui m'empoisonne. Je souffre de voir le Clan s'abaisser à ça, vous méritez plus, vous n'êtes pas comme les Black Edge. Est-ce que je suis folle ? Cet homme a payé pour qu'on me tue. Je ne devrais ressentir aucune pitié.

– Tu es une belle personne pleine d'empathie.

Il me caresse la joue en disant cela et son contact m'apaise, puis il poursuit :

– Nous allons en reparler à la prochaine réunion. Je ne peux pas continuer ainsi non plus, peu importe ce que pense Eddy, je veux que tu sois fière du Clan, fière de moi et de mes choix.

Son baiser est ardent et m'emporte avec lui, loin de tous nos problèmes, pour quelques secondes avant qu'il ne reprenne :

– Il faut qu'on tranche. Au pire, nous trouverons les réponses à nos questions autrement. Déjà, grâce à toi, l'enquête sur Sunny peut repartir. Liv, tu n'imagines même pas ce que cela signifie pour moi. J'ai à nouveau espoir ! Putain, ouais ! J'y crois, je le sens, je sais qu'on va la retrouver, te débarrasser de la mafia russe et alors là, il n'y aura plus d'emmerdes. Juste toi et moi. OK ?

– Oui. Juste toi et moi et le Clan. Promis ?

– Promis…

– J'ai réfléchi aux propos de Bill. Au moins, on est fixés, il t'a vendue. Il a eu peur que tu dévoiles quelque chose sur Sunny et je suis certain que c'est en lien avec Ashley. Il savait que tu retrouverais la trace de ses origines et le lien avec ma sœur. Je sais que ce que je vais découvrir ne sera pas facile. Tout ne s'effacera pas comme par magie. Sunny et moi avons des choses à nous dire, mais au moins, je pourrai lui parler et recommencer à vivre. Pardonner et avancer.

– Oui, on doit s'accrocher à ça. C'est quoi le plan, du coup ?

– Je laisse quelques jours à Garrett pour récupérer ce message et quoi qu'il en soit, on reprend contact avec les parents et on part en chasse. Pour l'instant, je ne dis rien à mon père, je ne veux pas qu'il laisse ma mère seule pour venir avec moi. Les gars peuvent nous aider au besoin.

– Je suis entièrement d'accord. Je t'aime, Rocky.

Il ne me répond pas mais m'attire contre lui sur ses genoux, par-dessus le frein à main, et nous restons ainsi de longues minutes, le cœur regonflé d'espoir quant à la suite des événements.

Si seulement nous avions su à ce moment-là ce que l'avenir nous réservait, alors peut-être que nous aurions fui dans cette voiture sans jamais regarder en arrière…

53

LE VIEUX MAXIME

Olivia

Max passe me prendre le dimanche à quinze heures comme convenu, sous le regard protecteur de Rock qui m'a accompagnée jusqu'à la Jeep et qui nous observe partir, planté devant l'église, les bras croisés sur le torse, comme à son habitude. Il devient minuscule dans le rétroviseur à ma droite et finit par disparaître lorsque nous tournons pour rattraper la route principale goudronnée. Il me manque déjà mais je suis aussi heureuse de passer du temps en compagnie de mon ami en toute simplicité et complicité.

Ce soir, nous dînerons tous ensemble autour d'un hachis parmentier maison et d'une salade verte, que j'ai pris le temps de cuisiner ce matin. Vince me harcèle déjà depuis dix heures par texto pour que je lui partage des photos du plat alors qu'il cuisait dans le four, et même Loris m'a envoyé un SMS pour me dire qu'il avait hâte d'être à ce soir. Cet aspect de son célibat lui pèse au quotidien depuis son divorce, car malgré tous les défauts de son ex-femme, elle était apparemment un véritable cordon-bleu. Il a fini par me partager son émouvante histoire et comment cela a ébranlé sa vie : d'abord apprendre que votre moitié vous a trahi et trompé, puis qu'elle vous a laissé en souvenir une marque indélébile qui vous empêchera de vous reconstruire à jamais. Pire, qui vous tuera certainement en affaiblissant vos défenses immunitaires et en vous laissant à la merci du moindre microbe…

Je sais depuis un moment que Loris est porteur du VIH mais cela ne m'a jamais refrénée dans mes élans d'affection envers lui. Un bisou ou un câlin n'a jamais contaminé personne, tout comme partager un verre ou encore un sandwich. Il est suivi par une super équipe à l'hôpital de New Hope et pour le moment, sa charge virale est maîtrisée, lui permettant de vivre presque normalement grâce à une trithérapie adaptée qu'il supporte plutôt bien.

Presque normalement…

Je ne désespère pas qu'un jour nos chercheurs trouvent le remède à ce fléau et que mon Chuck Loris soit parmi nous pour vivre ce moment historique. En attendant, je compte bien continuer de l'ensevelir sous des petits plats faits maison.

Le trajet en voiture se passe dans la bonne humeur et je suis agréablement surprise par l'endroit lorsque nous arrivons au bout d'une heure. J'avais peur de découvrir une maison de retraite triste et médicalisée, ressemblant plus à un hôpital sans âme, un peu comme celle où ma grand-mère avait séjourné jusqu'à la fin de ses jours. C'est tout le contraire ici. Il s'agit d'une grande bâtisse accueillante et pleine de charme en bois blanc, avec d'immenses colonnes sur le devant soutenant l'avant-toit. Max m'explique qu'il n'y a qu'une cinquantaine de résidents et que tout est fait pour qu'ils s'y sentent chez eux.

Effectivement, nous pénétrons dans l'entrée qui me fait penser à celle d'un hôtel plein de charme et cossu, avec un grand pupitre de réception en chêne, plutôt qu'à celle d'une maison de retraite traditionnelle. La jeune femme assise derrière le comptoir relève la tête à notre arrivée et marque un temps d'arrêt lorsqu'elle nous découvre. J'essaye de me mettre à sa place et je peux comprendre l'inquiétude qui se lit sur son visage.

Max reste imposant et effrayant, même pour un ange déchu. Les tatouages à la base de son cou sont visibles. Nous arborons chacun notre perfecto aux couleurs du Clan et un look particulièrement biker aujourd'hui. Enfin, pour ma part, car lui est toujours habillé de la sorte, je suis la seule à naviguer entre plusieurs styles vestimentaires diamétralement opposés. Je commence à avoir l'habitude des réactions des gens en ville lorsque je suis en compagnie d'un des garçons ou de plusieurs, mais cela ne m'a jamais perturbée, j'oublie vite leur apparence. Ils sont désormais mon quotidien, ma normalité.

En général, les hommes ont un regard curieux empli de méfiance, voire de défiance, quant aux femmes, beaucoup ne se gênent pas pour mater…

Satanées sangsues!

– On vient voir Maxime Mauger, je suis son petit-fils, Max Summerland. Ma mère, sa fille, m'a désigné comme responsable légal chez vous. Je ne vous ai jamais vue ici, vous êtes nouvelle?

La jeune femme aux cheveux noir de jais rougit alors jusqu'aux racines, déstabilisée par la question directe.

Génial.

Nous avons affaire à une grande timide et le charme ravageur de mon ami, une fois la première impression passée, commence déjà à faire effet.

– Heu, oui effectivement, je remplace Monica qui est en congé maternité. Laissez-moi vérifier que tout est bon et vous pourrez aller le voir. Et vous, mademoiselle, vous êtes?

– Olivia Kincaid, lui réponds-je gentiment en m'appuyant sur le comptoir.

– J'ai fait une demande de visite exceptionnelle pour elle, ajoute Max en me pointant du pouce.

– Effectivement, je vois ça. Tout est en ordre, vous pouvez y aller. Voici vos deux badges pour circuler un peu partout. Maxime va mieux mais il est toujours très fatigué suite à sa crise.

– Merci.

Nous récupérons les badges et je suis Max à travers les couloirs aux murs tapissés et décorés de tableaux colorés. L'éclairage est doux, loin des néons froids habituels et nous nous engouffrons dans un ascenseur pour monter au deuxième étage. Je suis à nouveau agréablement étonnée, on sent que tout a été aménagé pour répondre à des normes médicales et d'accessibilité, mais cela a été fait avec discrétion et goût. Je suis de plus en plus convaincue qu'il s'agit d'un ancien hôtel qui a été réhabilité en maison de retraite et je trouve l'idée géniale.

Nous arrivons devant la porte deux cent cinquante-sept. Max frappe fermement puis entre sans attendre de réponse. Je découvre une grande chambre lumineuse, et cette fois effectivement, quelques équipements médicaux, comme un lit électrique ou un respirateur pour ventilation artificielle.

Un homme est assis dans un gros fauteuil vert et contemple paisiblement le paysage par la fenêtre, un livre ouvert sur ses genoux. Il ne réagit pas à notre arrivée, alors je reste en retrait sur le seuil et laisse Max approcher seul son grand-père. Le vieillard réalise enfin que son petit-fils est là lorsque ce dernier se penche sur lui et vient lui dire bonjour en murmurant à son oreille appareillée d'un appareil auditif dernier cri.

Le contraste entre mon ami, immense, sosie non officiel de Charlie Hunnam et le vieil homme, est saisissant. On perçoit cependant l'air de famille entre eux deux, comme s'ils avaient été taillés à partir du bois du même arbre, mais à plusieurs années d'intervalle. Ils discutent un moment, trop faiblement pour que je puisse entendre quoi que ce soit, puis finalement, Max se redresse et dit à voix haute et forte :

– Grand-père, je te présente Olivia. L'amie qui est arrivée au Clan il y a plusieurs mois maintenant. Elle travaille avec nous. Tu te souviens, je t'ai parlé d'elle… Elle est française, enfin à moitié, comme maman.

Maxime se tourne dans le fauteuil. Son regard orage, marque de fabrique de la famille, harponne le mien et il me fait signe d'approcher de sa main noueuse et ridée. Je m'exécute et le rejoins, intimidée. Je suis face au dernier fondateur des Evil's Heat vivant : un vétéran de guerre qui a fui la France en quête de renouveau et d'idéaux. Maxime a atterri et posé ses valises dans ce pays où tous les rêves semblaient permis pour son âme ravagée par la plus barbare des expériences. Il porte en lui la mémoire de nos anciens qui s'étiolera lorsqu'il s'éteindra à son tour, lorsque dame nature, implacable, le rappellera à elle.

Les mots de Nashoba, chef indien, me reviennent en tête : « Tu marches sur les cendres de nos aïeuls. » Le devoir de mémoire est primordial pour que les générations futures ne recommencent pas nos erreurs à l'infini, mais nous l'oublions trop souvent.

Je songe à ces histoires que le vieil homme racontait à Rock et Max, auditeurs naïfs et émerveillés de ses aventures de pirate outre-Atlantique. J'imagine les deux petits garçons facétieux qu'ils devaient être et mon cœur fond à cette vision. Ils étaient innocents, encore protégés de tout ce qui nous arrive actuellement. Ils ont eu la chance de se construire dans une communauté à part, en marge de notre société, mais répondant à ses propres règles et à ses propres valeurs. Je me demande ce que cela aurait fait de grandir parmi eux et non à l'autre bout du monde.

Certes, je ne serais pas la personne que je suis fière d'être aujourd'hui si cela avait été le cas, mais j'aurais eu une adolescence pleine et entière à leurs côtés. Et non pas des lambeaux d'enfance, des miettes de jeunesse que mes tuteurs m'ont jetées au visage et à contrecœur, comme l'on jette des cacahuètes à un animal de zoo.

Aurais-je été leur meilleure amie, leur confidente ?

Je suis certaine que j'aurais fini garçon manqué à vouloir les imiter et tout faire comme eux.

Aurais-je perdu ma virginité avec Rock ? Serions-nous toujours en couple ?

Cette idée me ramollit les jambes et mon imagination s'emballe à l'idée d'une première fois avec lui. Il faut que je lui demande de me montrer des photos de lui plus jeune, car j'ai beaucoup de mal à l'imaginer autrement qu'immense et massif, tel que je le connais aujourd'hui. Je pourrais peut-être également voir à quoi ressemblait Sunny. Jusqu'à présent, le sujet étant si sensible, je n'ai jamais osé m'aventurer sur ce terrain glissant. Je me suis constitué une image approximative de la sœur de Rock, à l'aide des descriptions des uns et des autres et particulièrement celles de Shawn.

Maxime m'attrape la main de la sienne tremblotante, et je reviens parmi eux, abandonnant mes réflexions dégoulinantes de mélancolie. Le vieil homme a plus de 90 ans il me semble, un âge avancé qui est écrit sur sa peau plissée, tachée et défraîchie. Comme pour les cernes du bois d'un arbre, je pourrais compter ses rides et deviner son année de naissance. Il dit alors de sa voix abîmée par le temps et sûrement par le tabac :

– Oui je me souviens, tu m'as beaucoup parlé d'elle… As-tu réussi à la séduire comme tu le souhaitais? C'est donc ça, tu viens me la présenter? En tout cas, vous aurez de magnifiques enfants tous les deux.

OK, premier moment gênant…

Max n'est pas à l'aise et accuse le coup, je le vois à sa moue douloureuse. Il fuit mon regard avant de répondre :

– Non. Liv est mon amie. Elle est la compagne de Rock à présent.

Je sens à son timbre de voix qu'il prend sur lui pour que sa réponse paraisse le plus naturel possible, mais je ne suis pas dupe.

Oh, Max…

Même si les choses s'arrangent, certains sentiments semblent perdurer et je m'en veux terriblement.

– Alors vous avez choisi Rock, jeune fille? me demande Maxime.

– Oui, on peut dire ça. Je lui ai mis un coup de poing au visage et depuis, on ne se quitte presque plus…

Maxime rigole doucement, il me paraît relativement lucide pour quelqu'un de son âge et dont la santé se détériore rapidement. Il est dans un jour avec, alors profitons-en.

– Eh bien, c'est une bonne chose. Il n'y a que comme ça que Rock apprend. Il lui faut quelqu'un avec du caractère, mais pas quelqu'un comme Soraya. J'ai toujours su que ces deux-là n'étaient pas faits pour être ensemble. Leurs ego sont trop gros, ce sont deux êtres fiers et têtus. Quand ils veulent quelque chose, mieux ne vaut pas être sur leur chemin, ou pire, lorsqu'ils ne veulent pas quelque chose! Deux enfants de chef, ce n'est jamais le mariage idéal.

Je sens que la discussion va devenir intéressante, finalement…

– Tu devrais voir, grand-père, Olivia a réussi à faire fondre notre Roc national. Il vénère le sol qu'elle foule, intervient malicieusement mon ami.

Amusée, je donne une tape à Max et je lui réponds :

– Arrête, tu exagères, Blondinet. Ça se voit que tu n'es pas avec nous quand on se dispute.

– Je t'ai dit de ne plus m'appeler comme ça…

– Cela ne m'étonne pas de lui, nous interrompt le vieillard. Ce grand gaillard porte son prénom à la perfection. Il a la tête aussi dure que la pierre mais cache un cœur tendre sous la surface. Il suffisait de le surprendre lorsqu'il était avec Soraya avant que tout ne dégénère entre eux, pour le constater. Ou encore avec sa sœur et sa mère. Rock ne tombe pas amoureux souvent mais quand il le fait, et si on ne le blesse pas, c'est immuable. Il passe difficilement d'un état à un autre, ou alors avec violence et douleur. Si physiquement il est le portrait craché de Joe, pour le reste, il est le parfait mélange de sa mère et de son père.

– C'est-à-dire ?

– Comme Joe, il est fier et passionné, mais il a la grandeur d'âme de sa mère. Il était très amoureux de Soraya jusqu'au jour où il l'a surprise avec Shawn. Il ne lui a laissé aucune chance de pardon, il l'a exclue de sa vie sur-le-champ. Ensuite, il y a eu la fuite de la petite Sunny. Il s'est enfermé dans la colère et la culpabilité sans échappatoire possible. A priori, Max m'a dit que c'est vous qui l'en avez sorti ? Bien que cela vous ait coûté une fracture des doigts…

– C'est une façon de voir les choses, effectivement, je rigole doucement.

Ma réponse reste vague. Maxime m'impressionne, on dirait un vieux sage lorsqu'il parle. Il est bien trop perspicace. C'est difficile d'imaginer qu'il était en pleine crise de démence deux jours plus tôt encore. Je me questionne même sur l'utilité de ma venue, mais Max m'a expliqué que sa difficulté à communiquer ressurgissait lorsqu'il souhaitait parler de son passé. Pour le moment, tout se passe bien et le vieil homme est une vraie pipelette.

D'ailleurs, il ne tarde pas à reprendre :

– Vous percevez son schéma de comportement ? Rock n'a pas un caractère très changeant, à moins de subir un événement accidentel qui réoriente sa trajectoire. Il est plutôt boulet de canon lancé à vive allure que girouette. Alors s'il vous aime et que vous ne le trahissez pas, je pense pouvoir dire que ce sera pour toujours…

Ce qu'il me dit enveloppe mon cœur et mes peurs d'un velours de sérénité. Tout le monde aimerait entendre ça au sujet de sa moitié. Pour une orpheline telle que moi, abandonnée à plusieurs reprises, je suis rassurée d'avoir enfin trouvé un port d'attache fiable et stable.

Je ferai tout pour le garder, je le chérirai, personne ne pourra me l'ôter à nouveau.

– Je sais, j'ai confiance en lui à présent.

– Oui, rassurez-vous. Pour cela, il n'est pas comme son père. Joe est devenu un vrai coureur de jupons passé ses 30 ans.

Max se redresse vivement et me jette un coup d'œil rapide. Il semble aussi surpris que moi par la révélation. J'attribue beaucoup de défauts à Joe, mais des discussions que j'ai pu avoir avec tous les membres, et la dévotion qu'il porte à sa femme, être volage n'en faisait pas partie. Enfin, j'imagine que vu l'état d'Annie, la maman de Rock, personne ne lui en voudrait d'aller voir ailleurs ces derniers temps. Mais c'est tout autre chose que laisse sous-entendre ici le vieux Maxime.

– Que voulez-vous dire ? Joe semble aux petits soins pour sa femme. Je ne comprends pas, lui demandé-je, surprise.

Maxime cligne des yeux et je le sens absent quelques secondes. Il lutte contre quelque chose d'invisible et sa bouche se meut sans émettre le moindre son. Nous sentons qu'il s'agace. Ma question le met en difficulté et Max tente de l'apaiser en venant lui caresser le bras. Il ajoute à l'intention de son grand-père qui commence à s'agiter de plus en plus :

– Du calme, tu peux parler en français si tu veux. Olivia te comprendra, c'est aussi pour ça qu'elle est là. Elle pourra traduire ce que tu cherches à me dire.

Le vieil homme m'émeut, son changement d'attitude est radical. Il ressemble désormais à un enfant égaré et apeuré. En se débattant, son vêtement m'a révélé les tatouages qui ornent ses bras, estompés par le temps mais qui témoignent de l'homme qu'il a été jadis. Lorsque nos yeux se croisent à nouveau, je sens qu'il y cherche de l'aide alors je lui dis gentiment en français, en posant ma main sur son bras :

– *Je suis là, Maxime. Je vous comprends. Que se passe-t-il ?*

– *Je suis mourant…*

Cet aveu brutal me désarçonne et je la joue philosophe de bac à sable :

– *Comme tout le monde malheureusement, dès l'instant où nous naissons.*

– *Oui, mais pour moi la fin est proche, et…*

– Et?

– J'ai fait des promesses. De lourdes promesses et je ne veux pas les emmener de l'autre côté. J'ai déjà suffisamment de fautes à expier pour espérer ne pas finir en enfer.

– Vous souhaitez les confesser?

Je sais que Maxime est un fervent croyant. Max m'a prévenue de cet aspect de la personnalité de son grand-père dans la voiture, et qui peut paraître étrange pour certains. Peu sont religieux au sein des Evil's Heat car lorsqu'ils atterrissent à Colorado Source, c'est bien souvent qu'ils ont perdu tout espoir et foi en l'humanité, ou en un dieu quel qu'il soit. Cependant, cela ne m'étonne guère de Maxime qui lui est d'une tout autre génération et culture. Le Clan est son jardin d'Éden, son coin de paradis sur cette terre ou encore une sorte de purgatoire, offrant aux personnes qui l'intègrent la possibilité d'une rédemption, une seconde chance…

– Oui.

– Je peux faire appeler un prêtre, si vous le souhaitez?

– Non, c'est aux miens que je dois la vérité…

Je commence à avoir un mauvais pressentiment et malheureusement, je me trompe rarement. Je n'oublie pas que Max m'a dit qu'il croyait entendre son grand-père prononcer le nom de Sunny régulièrement en ce moment. Et moi qui pensais qu'on prendrait le temps de blablater avant de passer aux choses sérieuses. Cet homme doit avoir une montagne d'histoires passionnantes à partager, mais ce ne sera pas pour cette fois. Alors, autant y aller franco. Je commence à en avoir marre de tous ces secrets qui n'en finissent plus.

J'ai encore Bill et ses paroles énigmatiques en tête qui m'embrouillent le cerveau.

– Est-ce que cela concerne Sunny?

Max saisit le nom que je prononce distinctement, bien qu'il ne comprenne pas le reste de nos échanges. Il se tend à côté de moi tandis que Maxime sonde mon regard, à la recherche d'une chose que j'ignore :

– Vous me promettez de la retrouver? Elle est partie depuis trop longtemps. Cela ne devait pas durer autant…

Oh mon Dieu, il sait! Il sait où elle est!

Je sens mon cœur faire des bonds et tenter de sortir de ma poitrine. Tout s'accélère et je demande, haletante :

– Vous savez où elle se cache?

– Non, malheureusement, mais je sais pourquoi elle est partie. Elle est venue me dire au revoir et m'expliquer qu'elle avait besoin de se retrouver loin de tout ça. De reconstruire son identité.

– Pourquoi se confiait-elle à vous? Pourquoi n'avoir rien dit aux autres et être partie comme ça?

– Je ne sais pas. Sunny m'avait juré avoir laissé une lettre à Rock pour expliquer son départ, mais il ne l'a jamais trouvée. On se confie à moi, jeune femme, car je suis le vieux sage du village, celui en qui on a confiance pour garder les secrets. Et parce que Sunny est en réalité ma petite fille, tout comme Susie et Max, et je suis un des rares à le savoir…

Tremblement de terre… Bordel de mer… Mais qu'est-ce que c'est que cette histoire?

Je jette bêtement un regard interrogateur à Max puis je me souviens qu'il ne peut pas nous comprendre et donc qu'il n'a pas entendu cette révélation. Mais à mon expression, il sait que mon échange avec Maxime n'est pas anodin et guilleret. Le vieux monsieur doit perdre la boule, je ne vois pas d'autre explication à ses propos, alors je lui dis :

– Maxime… Vous faites erreur, Sunny est la petite sœur de Rock, la fille de Joe et Annie.

– Non, c'est bien la fille d'Annie et donc la sœur de Rock, mais ce n'est certainement pas la fille de Joe. En fait, quand on le sait c'est assez évident, Sunny a tout d'une Mauger-Summerland, blonde aux yeux gris. Mais souvent, les choses les plus évidentes sont celles que l'on ne voit pas. Et personne n'avait de raisons de remettre en cause la paternité de Joe. Annie est blonde elle aussi, après tout. La communauté se disait qu'ils avaient chacun leur enfant, cela arrive souvent. Joe avait Rock à son image et Annie, Sunny. Tout simplement.

– Mon Dieu, Maxime! Est-ce que vous réalisez le choc que cela va être pour les garçons, pour Rock autant que Max?

Sunny est donc aussi sa sœur, tout comme mon amie Susie. Je ne suis plus sûre d'être ravie de lui parler. Je me retrouve à être porteuse de lourdes nouvelles, comme le professait Bill.

– Quoi? Qu'est-ce qu'il y a? me demande Max, alerté par mon cri.

– Attends, je te promets de tout te dire mais laisse-moi finir avec lui d'abord. C'est plus grave que ce qu'on pensait, lui réponds-je un peu brusquement.

– Et merde…

Je m'adresse à Maxime de nouveau :

– Pourquoi ne le dire que maintenant ? Au sujet de Sunny, de son père et de sa fugue ?

– Car elle était censée le faire elle-même à son retour. Elle avait prévu de rentrer au bout de quelques mois. Mais les mois sont devenus des années et je vais bientôt emporter ce que je sais dans ma tombe. Ne comptez pas sur leurs parents pour révéler quoi que ce soit. Ils n'assument pas leurs actes, cela m'a beaucoup déçu. Ils ont détruit la vie d'une jeune fille indirectement.

– OK, d'accord. Reprenons doucement. Qu'est-il arrivé à Sunny ?

Voilà, nous y sommes, la première pièce de ce puzzle complexe va m'être révélée. Je vais connaître le premier domino, celui qui a chuté et qui a mis en mouvement une série d'éléments dévastateurs, jusqu'à la fuite de Moïra en France, qui m'a ensuite rencontrée et m'a liée à jamais à toute cette histoire, à Rock. Maxime reprend, toujours en français :

– J'ai vu beaucoup de choses horribles par le passé : les guerres, la famine, la torture. J'ai marché main dans la main avec la mort, tenant parfois moi-même la faux et me transformant en bourreau. Je ne me le pardonnerai jamais. Mais à chaque fois, mon constat est le même, peu importe la gravité ou l'horreur de la situation d'origine, ce sont nos choix qui façonnent le monde. Hitler a été élu chancelier démocratiquement, les Américains ont appuyé sciemment sur le bouton lâchant la bombe nucléaire sur Hiroshima, les Français ont choisi de déclencher une guerre sanglante plutôt que de rendre leur indépendance à leurs colonies d'Afrique. Bref, la liste est longue, personne n'est épargné, chacun à son niveau, vous, moi, notre voisin, nos chefs d'État…

– Je ne suis pas sûre de comprendre où vous souhaitez en venir, Maxime, et le rapport avec Sunny.

– Pardon, je digresse. Ce que je veux dire, c'est que tout a commencé par une histoire triste, mais très commune. Ce sont les choix de Joe, Annie, Louise, ma fille, et son mari, qui ont transformé par la suite le tout en scénario catastrophe. Je les avais prévenus, en vain.

– Je vous écoute. Expliquez-moi de quels choix vous parlez.

Je suis tout ouïe et tendue au maximum, tandis qu'il marque une pause avant de reprendre :

– Joe et Annie se sont rencontrés adolescents, et ils ont eu Rock à 18 ans. Ils font partie de la génération insouciante des années soixante, heureuses et libérées… Ma fille Louise, qui a le même âge que Joe, a eu Max seulement un an plus tard avec mon gendre : Tate Summerland. Ils étaient un groupe

soudé, quatre meilleurs amis, à la vie à la mort. Ils faisaient tout ensemble. Donc quand Annie est tombée enceinte, je savais que cela ne tarderait pas non plus pour Louise. Nous étions tout de même heureux pour eux, nous sommes devenus gagas de nos deux petits-fils que nous avons élevés, John et moi, les premières années de leur vie, car leurs parents n'étaient finalement pas prêts pour ça. Mais ils se sont rattrapés par la suite. Tout se passait relativement bien, le Clan se développait doucement et nous commencions à former Joe et Tate à la relève. Mais la vie n'est pas un long fleuve tranquille, et Joe et Annie n'arrivaient pas à avoir de second enfant alors que Louise était déjà comblée par la petite Susan. Des tensions ont commencé à se faire sentir au sein de leur couple, d'autant plus que Joe a commencé à aller voir ailleurs à cette époque. Annie s'est réfugiée auprès de Tate et Louise, ses amis. Jusque-là, comme je vous le disais, une histoire triste mais classique… Puis un jour, à notre plus grande joie, Annie a annoncé être enceinte d'une petite fille. Cela nous a mis du baume au cœur car John était décédé quelques mois plus tôt, brutalement, d'une crise cardiaque. Les choses ont semblé rentrer dans l'ordre et Joe s'est calmé sur les aventures extraconjugales. Il assumait son rôle de meneur correctement. Jusqu'au creux de vague suivant : une dispute horrible entre Annie et lui en pleine réunion. Elle a avoué l'avoir trompé avec Tate à l'époque où elle se terrait chez eux, et que Sunny était le fruit de cette incartade. Cela a eu le même effet que la bombe de Hiroshima sur les deux couples. Leur amitié s'est brisée à jamais. Max et Susie, suffisamment grands, sont restés à Colorado Source, mais leurs parents se sont installés plus loin pour démarrer un business indépendant et ouvrir notre premier chapitre[25] *en dehors de l'État du Colorado.*

Je suis tenue en haleine. Cet homme a l'art de raconter les histoires et je sens que ce n'est que le début. Il vient juste de planter le décor. Il reprend d'ailleurs alors que Max, résigné de ne pas comprendre quoi que ce soit, feuillette le livre qui était posé sur les genoux de son grand-père à notre arrivée.

– Chaque couple est resté ensemble et a tenté de se reconstruire, en apparence… Joe n'a jamais pardonné à Annie. Pour une raison que j'ignore, ils n'ont pas souhaité divorcer. Il est devenu odieux et distant avec sa femme, mais aussi avec sa fillette de 10 ans, qui, disons-le, ne lui ressemblait absolument pas, contrairement à son fils. Il a poussé Rock à découvrir le monde pour l'éloigner

26. Antenne annexe d'un club de motards.

de tout ça et lui cacher la vérité, encore un choix malheureux. Mes enfants m'ont fait promettre de ne rien dire aux leurs. Ils voulaient que rien ne change. Les gosses s'entendaient tous à merveille. Puis, l'épisode Soraya a eu lieu et Rock a accepté de quitter Colorado Source et de partir vadrouiller pendant cinq ans. Il allait et venait, sans jamais rester très longtemps sur place, mais il rapportait toujours plein de bonnes idées. Sunny n'a rien compris de ce qui lui arrivait, coupée brusquement de son frère qui l'idolâtrait et d'un père qui a commencé à la traiter comme une étrangère. Elle est née bien après les autres, ce qui fait qu'elle a toujours été un peu à part. Elle ne faisait pas partie du groupe de Rock, Max, Soraya, Shawn, Bounce et même Susie. Je l'ai surprise cependant régulièrement avec Shawn. Il avait l'air de vouloir la protéger à sa façon. Elle pouvait lui demander n'importe quoi, il acceptait. Mais pour une raison qui m'échappe, ils avaient l'air de garder cette amitié cachée. C'était leur petit secret à tous les deux. Cela s'est renforcé avec le départ de Rock, jusqu'à ce que Sunny exclue Shawn à son tour de sa vie. Elle a cherché à attirer l'attention de Joe de toutes les manières possibles et imaginables. Personne ne comprenait cette adolescente si torturée, et elle s'est isolée encore plus. Sunny a commencé à venir me parler et à se confier. C'est là que nous nous sommes rapprochés. Je les aime tous autant, je les considère tous comme mes petits-enfants, mais je ne pouvais rien lui dire sur le lien qui nous unissait. J'ai passé des nuits blanches, j'ai maudit ma fille, Annie, Joe et Tate plusieurs fois de me faire porter ce secret. Car j'ai vu cette jeune fille s'autodétruire et j'ai essayé tout ce que je pouvais pour l'en empêcher. Jusqu'au jour où elle a commis un acte désespéré, vers ses 15 ans. Sunny a eu vent du fait que les finances du Clan ne se portaient pas bien et s'est mis en tête d'aider son père afin d'obtenir son amour et son respect, comme Rock. Joe devait absolument gagner un contrat avec un club du coin pour espérer nous sauver. Alors, elle est allée trouver le président du club en question et lui a offert ce qu'elle avait de plus précieux en échange d'une alliance : sa virginité. Le gars ne l'a pas épargnée, cela a été violent et brutal. Elle a plutôt vécu l'expérience comme un viol…

Je vais vomir. Je sens le sang quitter mon visage et mes mains trembler le long de mon corps. J'arrive péniblement à poser une dernière question :

– Sunny a dit à Rock que leur père, Joe, l'avait violée. Est-ce vrai aussi ?

Ma voix n'est plus qu'un murmure. Je pense que Maxime ne m'a pas entendue quand il ajoute en plongeant ses yeux gris dans les miens qui se remplissent de larmes.

– Non, Joe est un enfoiré, il mérite beaucoup de mauvaises choses pour son comportement, mais il n'a jamais touché à sa fille ainsi. Sunny voulait dresser son frère contre leur père par tous les moyens possibles. Mais Rock ne l'a pas crue. La petite était désespérée, anéantie…

Max, absorbé par sa lecture, ne se rend compte de rien et pour le moment, je préfère qu'il en soit ainsi. Mon esprit tourne à toute vitesse. J'imagine très bien ce que Sunny a dû endurer avec ce motard expérimenté, qui a profité de la situation sans scrupule, pire, qui a traumatisé une jeune femme en devenir en la brutalisant lors de son premier rapport sexuel. J'ai l'impression d'être dans sa peau alors que Maxime me raconte son histoire, de marcher dans ses pas et de revivre mon propre passé.

Cette volonté d'être prête à tout sacrifier pour obtenir l'amour de ceux qui sont censés prendre soin de nous, je l'ai moi-même éprouvée. J'ai fait un sacrifice similaire à un âge presque identique.

Bordel! Comment je vais raconter ça à Max? À Rock!

Il ne me laisse pas le temps de répondre à cette question et poursuit son récit, qui me tord les boyaux et me prend aux tripes :

– Quand elle m'a confié ça, cette fois, j'ai explosé et je m'en suis pris violemment à Joe. Tout cela était allé beaucoup trop loin. Il n'a rien voulu entendre, pire, il n'a pas semblé touché le moins du monde. Car le stratagème de Sunny a fonctionné, voyez-vous, le Clan a gagné le marché. Il m'a seulement dit que la petite connaissait nos valeurs : le Clan envers et contre tout, peu importe les sacrifices. Selon lui, elle avait fait ce qu'il fallait. Malheureusement, Sunny nous espionnait, ou alors, emportés par la colère, peut-être n'avons-nous pas été très discrets. Elle a entendu les mots horribles de Joe et surtout compris qu'il n'était pas son père biologique. Je passe les détails sur sa réaction et la spirale infernale dans laquelle elle a plongé. Malgré le retour de Rock à la tête du Clan, sa chute a continué. Elle n'a rien dit à personne, elle a tout gardé à l'intérieur. Même moi, j'ignorais qu'elle savait que Joe n'était pas son père jusqu'à ce qu'elle me l'avoue, le jour même de son départ. C'est une dispute avec Rock qui l'a chamboulée et qui a précipité son départ. Sunny comptait partir pour un temps quoi qu'il arrive. Elle avait besoin de se reconstruire ailleurs, avant de revenir avec la ferme intention de tout déballer et de mettre Joe face à ses responsabilités. Je l'ai soutenue secrètement mais ce combat était le sien, je n'ai fait que respecter ses choix. Je suis resté dans l'ombre à l'écouter. Mais Sunny n'est jamais rentrée. Je sais qu'elle écrit juste à Rock

de temps en temps. Elle était jeune pour fuir, mais pas plus jeune qu'Annie et Louise lorsqu'elles sont devenues mères. Elle a toujours été mûre pour son âge, dégourdie et intelligente. Je savais qu'elle s'en sortirait. À 18 ans, de mon temps, on vous envoyait faire la guerre et tuer vos semblables, alors pourquoi Sunny n'aurait-elle pas pu se suffire à elle-même? Je me dis qu'elle est heureuse, là où elle est, qu'elle a trouvé ce qu'elle cherchait et ne veut plus rentrer.

– Oui, mais pourquoi ne rien dire à Rock?

– Je l'ignore.

Le récit se termine ainsi et je reste sans voix. J'ai une peine incommensurable pour cette jeune femme et une haine indicible à l'encontre de Joe. Il était à la tête d'un clan qui prouve chaque jour que les liens du sang ne font pas tout, qu'il peut y avoir des unions plus fortes encore. Or, il a détruit Sunny, par pure vengeance, car ils ne partageaient pas le même ADN. Il lui suffisait de l'aimer comme n'importe quel autre membre des Evil's Heat. Il a créé une âme blessée, à l'image de celles qu'il était censé accueillir et sauver. Cette histoire est pourrie jusqu'à la moelle.

Et les autres, qui n'ont rien dit en la voyant sombrer, sont tout aussi complices.

Comment sa mère, Annie, a-t-elle pu laisser faire ça à son propre enfant?

Tout le monde me parlait de cette femme comme un ange, et je ne comprends plus. Sans vouloir la juger, car la vie n'est pas toujours évidente, j'ai du mal à comprendre ce choix. Sunny était le résultat de leurs faiblesses d'adultes et ils ont préféré étouffer l'affaire, l'asphyxiant au passage, elle qui n'avait que pour seul tort d'exister. Seul Maxime lui a tendu la main et prêté une oreille attentive à sa détresse.

C'en est trop pour moi, je me lève brusquement, nauséeuse et assommée par toutes ces révélations, qu'il va falloir que je partage avec l'homme que j'aime, et qui vont anéantir son monde, celui dans lequel il pense vivre. C'est une face cachée du Clan que lui-même ignore. Entre ça et la trahison encore fraîche de Bill, je crains que nous ne nous en relevions pas.

Je me rue dehors sans prévenir pour regagner la voiture. J'entends Max me crier après, surpris par ma réaction, mais je me ferme au monde hostile dans lequel nous vivons pour essayer de trouver une solution. Il n'y a malheureusement pas d'issue possible sans souffrance. Les jours heureux sont officiellement révolus.

54

QUAND TOUT BASCULE... N° 2

Olivia

Max me rejoint dix minutes plus tard alors que je suis assise côté passager dans la voiture, sous le choc :

– Bordel, Liv ! Qu'est-ce qui se passe ? Il t'a dit quoi ?

– Je ne peux pas, Max. Il faut rentrer. Toi et Rock devez entendre certaines choses. Promets-moi juste de ne pas m'en vouloir, je ne suis que la messagère, OK ? Promets-le-moi !

Je lui saisis les mains, désespérée.

– Du calme, bien sûr. Je te le promets. On sait que tu n'y es pour rien. Tu me fais peur là, Liv. Cela va nous aider à retrouver Sunny ? Maxime t'a dit où elle se cache ?

– Non, mais je sais pourquoi elle a fui...

– Et merde !

Il frappe son volant avec violence, crachant un chapelet de jurons tous plus obscènes les uns que les autres et fait démarrer la Jeep. Nous filons à une vitesse indécente sur la route en direction de la Batcave, où Rock nous attend, encore heureux et à dix mille lieues de se douter de ce que je vais lui révéler. J'ai envie de pleurer de rage, à la fois pour Sunny, et aussi car je sais que rien ne sera plus pareil suite à cela. Tout ce drame aurait pu être évité.

Rock va se prendre un nouvel uppercut de ma part, métaphoriquement parlant, cette fois-ci. L'existence de mon homme caillou va de nouveau être modifiée pour toujours. Je le vois déjà se défaire devant moi : son regard noir et blessé, son souffle coupé, ses poings serrés.

J'arrive dans un état second, Max sur les talons, dans la grande pièce à vivre et je me stoppe net. Tous les garçons sont déjà là.

Fais chier !

Par-dessus le marché, je vais devoir composer avec un public. Ils sont autour de la table, des bières à la main, buvant et riant à une blague de Vince, comme d'habitude. Rock a dû lancer ma playlist YouTube car je reconnais la reprise *The Sound of Silence* par Disturbed en fond, musique de circonstance qui enterre définitivement ma joie de vivre.

Mon Rambo se tourne vers moi, le sourire qu'il me réserve comme un trésor placardé sur son beau visage, arbore une barbe de trois jours. J'en ai encore la sensation sur ma peau fragile alors qu'il s'affairait entre mes cuisses ce matin même. Nous étions bien loin de nous douter de la tournure des événements.

Je suis tellement désolée, Rock, tellement…

Sa bonne humeur s'envole quand il capte la douleur de mon regard et mon expression tourmentée. Notre entrée fracassante et sans préambule n'y est pas pour rien non plus. Il repose sa bière brusquement, manquant de la renverser, et il accourt pour me rejoindre :

– Poucelina, ça va ? On t'a fait quelque chose ? Max, qu'est-ce qui s'est passé ? Les Aigles rouges vous ont retrouvés ?

Je ne laisse pas Max répondre et me moule contre le torse chaud de Rock, avant de dire :

– On a vu Maxime. Je sais pourquoi Sunny est partie, Rocky… Ce n'est pas de ta faute, ça ne l'a jamais été.

Je le sens se tendre entre mes bras enroulés autour de lui en réaction à mes propos. Il ne bouge plus. Bounce a éteint la musique et un silence lourd et épais envahit la pièce comme un raz-de-marée. Alors, sans réfléchir, car après je n'aurai plus le courage de le faire, je répète à tous ce que j'ai appris il y a une heure. Comme moi avec le vieux Maxime, ils sont suspendus à mes lèvres. Aucun ne m'interrompt alors que je vais de révélation en révélation.

J'y mets mon propre ressenti et j'écoute leur monde voler en éclats. Ceux qui les ont élevés ne sont pas les personnes qu'ils croyaient être.

Max est sous le choc d'apprendre que Sunny est sa demi-sœur. Je le vois à ses yeux hagards quand j'ose me décoller de Rock, qui explose furieusement.

– Je ne le crois pas. Mon père n'aurait jamais fait ça ! Ils ne nous auraient pas tous menti ! Sunny est ma sœur !

– Je suis tellement désolée, Rock, mais cela explique le comportement de Sunny à l'adolescence. Oui, elle reste ta sœur, bien sûr qu'elle est ta petite sœur. Maxime n'a aucune raison de nous mentir.

Je tente de le caresser sous son blouson et de l'apaiser un peu, en vain.

– Pourquoi n'a-t-il rien dit plus tôt, alors ? tempête-t-il brutalement, le doigt vers la porte d'entrée.

– Je n'en sais rien. Comme je te l'ai dit, il avait fait des promesses et ici, vous tenez vos promesses, contrairement au reste du monde.

Loris s'approche gentiment pour me venir en aide et soutenir son frère blessé.

– Peu importe de qui Sunny est la fille ou la sœur. Ici, nous sommes tous une famille, nous nous considérons tous comme frères et sœurs. Le sang, ça ne vaut rien, c'est que dalle, c'est même souvent empoisonné, et je sais de quoi je parle. Par contre, si Joe a vraiment fait ça…

– … s'il a fait ça, il est mort pour moi, et je le bannis du Clan, le coupe Rock, glacial.

Les autres acquiescent ensemble et Rock sort son téléphone pour appeler son père, de toute évidence, afin d'obtenir une explication plausible. Mais au bout de trois tentatives infructueuses, il abandonne en jurant.

– Bordel ! J'appelle Garrett, il me faut ce message vocal. Tout de suite !

Garrett, quant à lui, décroche du premier coup et après un bref échange, nous apprenons qu'il a travaillé sur mon téléphone tout le week-end et qu'il a pu recharger mes données dans un nouvel iPhone flambant neuf. Rock lui ordonne de rappliquer illico chez lui avec l'objet de toutes nos convoitises. S'ensuivent les plus longues minutes de ma vie. Nous patientons, sans prononcer un mot ni bouger, que Garrett arrive. Il lui faudra bien une trentaine de minutes au minimum. Seul Rock fait les cent pas dans la pièce, parlant à voix basse et se passant la main dans ses cheveux bruns et courts.

L'interphone finit par retentir et mon angoisse grimpe encore d'un cran.

Nous allons enfin écouter ce fichu message. Bounce, le plus proche de l'entrée, ouvre et notre jeune geek marque une pause à la vue de nos mines déterrées et de l'accueil glacial. Garrett perd instantanément sa bonne humeur, comprenant que quelque chose de grave se trame dans les souterrains de Colorado Source. C'est à moi qu'il tend le téléphone, bien évidemment, et à moi qu'incombe la lourde responsabilité de lancer l'écoute sur haut-parleur de ma messagerie. Je n'ai pas le courage de regarder les garçons dans les yeux, surtout pas Rock. Pourtant, je sens son regard à lui posé sur moi, lourd et brûlant de chagrin. La voix inconnue d'un homme finit par retentir entre nous. Le père d'Ashley, alias Moïra, je présume :

« Mademoiselle Kincaid, je n'ai aucune idée de qui vous êtes et pour qui vous vous prenez. Mais si c'est une blague, ce n'est vraiment pas drôle. Notre fille n'a pas disparu, elle n'a jamais été en France. Nos rapports sont compliqués depuis quelques années et depuis que nous avons quitté le Colorado pour l'éloigner de certaines fréquentations nocives, en particulier sa meilleure amie. Elle ne nous l'a jamais pardonné mais cela ne vous regarde pas. Nous ne lui parlons presque plus mais je peux vous garantir qu'elle vit heureuse et défoncée en Californie, mariée à un hippie fumeur de joints... Vous l'aurez compris, notre déménagement n'a pas eu l'effet escompté. Ne nous rappelez pas. »

Je suis abasourdie, je ne comprends plus. Si Ashley n'est pas ma meilleure amie, alors, qui se cache derrière la fausse identité de Moïra O'Brien ? Il reste très peu de possibilités, dont une que j'ai écartée rapidement depuis le début, car les indices que j'avais glanés ne collaient pas pour former un tout cohérent. Et car cela m'arrangeait bien. Cette issue serait bien trop cruelle pour moi, pour Rock, pour notre couple. Les mots de Maxime me reviennent et accroissent mon trouble : *souvent, les choses les plus évidentes sont celles que l'on ne voit pas.*

Les garçons sont eux aussi dubitatifs et clairement perdus par ce qu'ils viennent d'entendre. Tremblante et chancelante, je pose alors la seule question qui peut me permettre d'écarter une bonne fois pour toutes cette hypothèse ridicule. Le regard de Rock, perçant et perspicace, s'empare du mien alors que je lui demande, à bout de souffle :

– As-tu une photo de Sunny, Rock ?

Il secoue la tête de gauche à droite, non pas en un signe de dénégation, mais par refus de ce que ma question insinue. Son expression de douleur déchire mon âme en deux. J'ai envie de hurler, les larmes coulent sur mes joues, je n'arrive pas à les retenir.

– S'il te plaît, Rock. Montre-moi une photo d'elle, sangloté-je doucement.

Le temps autour de nous s'arrête. Je sais qu'il n'a rien ici. Toutes ses affaires d'ado et ses souvenirs du même genre sont cachés dans sa chambre, chez ses parents, qu'il comptait me faire découvrir bientôt. J'avais eu hâte de connaître cette facette de son passé, mais à présent, je donnerais ma vie pour remonter en arrière et faire d'autres choix qui nous assureraient un futur ensemble. À nouveau, nous sommes impuissants face à la situation.

La scène se déroule au ralenti, et nous allons regarder, sans rien pouvoir faire, nos destins se fracasser sur le sol, comme cette rose de verre que Rock a fait tomber enfant. Il finit par sortir son portefeuille de la poche arrière de son jean, l'ouvre et farfouille dedans avec difficulté. Ses gestes sont imprécis, hésitants, tremblants, ce qui ne lui arrive jamais. Enfin, il sort un petit carré de papier et me le tend, les yeux brillants, sans lâcher les miens. Je m'empare de la petite photo d'identité abîmée et détaille le visage de la jeune femme blonde sous mes doigts qui me sourit.

Et mon monde bascule à nouveau pour la seconde fois depuis la découverte du corps sans vie de Moïra, presque un an plus tôt, jour pour jour, ou devrais-je dire : Sunny. Car c'est bien elle sur ce bout de papier glacé. Ses cheveux n'ont pas la même couleur, ses yeux non plus, mais c'est elle, indiscutablement. Sunny Christensen est Moïra O'Brien, identité qu'elle a volée à Ashley avant de fuir pour la France. Une vague de « comment » déferle en moi. Cette vérité vient d'éclater et rien ni personne ne pourra la faire changer. Ni mes prières silencieuses, ni l'amour inconditionnel de son frère qui se tient devant moi. Sa Sunny est morte, elle a été assassinée par les Aigles rouges de Moscou dans la nuit du vingt-trois février.

Elle était mon amie, mon unique famille avant que je n'intègre la sienne, qu'elle cherchait désespérément à fuir. J'aime son frère passionnément, plus que ce qui est humainement possible, et cruellement, c'est son décès qui nous a permis de nous rencontrer mais qui risque aussi de nous séparer.

Car je repense à tout ce que j'ai pu confier à Rock sur Moïra, sans filtre, sans savoir qu'il s'agissait en réalité de sa petite sœur : les danses, la prostitution, et surtout comment je l'ai laissée tomber au moment où elle avait le plus besoin de moi. Il ne me le pardonnera jamais.

Je relève la tête, incapable de me contenir plus longtemps, j'explose en sanglots. Rock comprend sans que j'aie besoin de lui dire quoi que ce soit. Son hurlement est celui d'une bête sauvage à l'agonie, il vient donner un violent coup dans la porte du couloir sur sa gauche et son poing y laisse une marque sanglante. Il se met à hurler, s'adressant à chacun de nous, tandis que les garçons accusent eux aussi le coup :

– Non ! Tu m'entends, Kincaid ? Tu ne connais pas Sunny ! Ce n'était pas ton amie ! Elle n'est pas morte, putain ! C'est impossible !

– Je suis navrée, Rock, crois-moi si j'avais su…

– Si tu avais su, qu'aurais-tu fait ? Hein ? Tu me l'aurais caché ? Comme tous tes autres petits mensonges ?

Je sais que ses mots ne sont pas réfléchis, qu'il les prononce sous le coup du chagrin. Mais n'empêche que ça fait mal, comme un putain de coup de poignard dans le dos. Mes pleurs repartent de plus belle et Max s'approche de moi. Comme tous ici, son visage porte le deuil et la désolation dans laquelle nous laisse cette nouvelle. Il me prend dans ses bras, puis s'adresse à Rock :

– Elle n'y est pour rien, Rock. Ne t'en prends pas à elle, tu vas le regretter. Toute cette putain de tragédie, ce sont nos parents qui en sont responsables. Sans Joe, Sunny n'aurait jamais fui…

Toujours détruit, mais moins agressif, Rock reprend :

– Je n'y crois toujours pas. Sunny avait 18 ans, elle n'aurait pas pu quitter le pays comme ça. Les lettres qu'elle me poste, elles étaient toutes timbrées sur le sol américain, pas depuis la France. Sinon, je serais allé la chercher là-bas.

Je sens qu'il veut y croire et reprendre espoir. Je ne peux pas le laisser se fourvoyer, même s'il risque d'être dans le déni pour plusieurs jours encore. Je sais de quoi je parle, je suis passée par là trop de fois.

– C'est elle, Rock. Je voudrais me tromper mais non. Elle était majeure ici et là-bas. Des gens plus jeunes réussissent à fuguer. Elle a pris une nouvelle identité. Quand je l'ai rencontrée, ça faisait presque un an qu'elle vivait en France. Je ne lui aurais jamais donné 19 ans… Elle m'a dit en avoir 22 et je l'ai crue sans problème. Pour les lettres, je n'ai pas d'explication.

Je repense à qui j'étais à 18 ans, bien que moins mature, mon passé m'avait endurcie et je sais que j'aurais également été capable de me débrouiller dans un pays étranger, seule. Il y a des réseaux, des combines. La clé de la réussite est d'obtenir des papiers et un visa permettant de travailler, rien qui ne puisse pas s'acheter.

Sunny était une jeune femme vive et intelligente, élevée à la dure, dans la marginalité, au sein d'un Clan de bikers au passé peu reluisant. Bien sûr qu'elle avait su comment s'y prendre.

Bordel, oui!

Je l'ai connue et elle était brillante. C'est ce qui m'enrageait le plus, d'ailleurs, en la voyant danser dans ces clubs miteux. Elle aurait pu réaliser de grandes choses. Elle rêvait d'être médecin, j'avais tenté de l'encourager, en vain. Je comprends mieux désormais. Sa situation devait être précaire malgré tout, et ce genre de clubs de strip-tease, tenus par la mafia, cible justement des jeunes femmes dans l'illégalité pour pouvoir faire pression sur elles si besoin.

Ou y atterrissent celles qui souhaitent faire profil bas et disparaître, comme Sunny, englouties par le monde de la nuit.

Un nouveau cri d'agonie s'échappe de Rock alors qu'il vient balayer la vaisselle qui sèche sur le bar et qui se fracasse sur le sol.

– Faut que je me tire d'ici, gronde Rock en allant chercher ses clés de moto sur la table.

Personne ne cherche à le retenir, mais j'ai peur pour lui. Conduire dans cet état ne me paraît pas judicieux. Je réfléchis à toute vitesse quand quelque chose me revient en mémoire et je crie, sans mesurer les conséquences de ce que je vais dire :

– Il savait ! Il savait depuis le début ! C'est ça qu'il ne voulait pas que je découvre !

Rock suspend son geste et me demande, anéanti :

– De qui tu parles ?

– De Bill ! Comment, je ne sais pas. Mais il a toujours su que Moïra et Sunny étaient une seule et même personne. Et il ne voulait pas que je le sache et que tu l'apprennes… Il a encore des choses à nous dire. Et cette fois, je le giflerai moi-même si nécessaire.

Le regard de Rock vire à l'orage, il transforme son chagrin en haine. Il se raccroche aux branches comme il peut pour ne pas être emporté par le courant de la rivière capricieuse que sont nos vies, et couler à pic. Je n'imagine même pas ce qu'il doit traverser. Perdre Moïra avait été dur. Je repense à ma réaction et à ce que j'avais éprouvé à la découverte de son corps saccagé.

Je ne partagerai jamais ces détails avec Rock, il n'a pas besoin de savoir cela. Mais pour ma part, j'avais été là aux côtés de mon amie, je l'avais enterrée, je lui avais dit au revoir et j'étais partie chercher des réponses à l'autre bout de la planète, pour comprendre qui elle était. Je viens enfin de les obtenir et je n'en ressens aucun soulagement. Au contraire, c'est pire.

Je regarde, impuissante, l'homme fort que j'aime se briser devant moi. Je réalise qu'il ne reverra jamais sa sœur vivante. Il n'obtiendra jamais le pardon qu'il espérait tant, il n'y aura pas de retrouvailles ni d'adieux entre eux, et ceci n'est que le début d'une longue liste sans fin de tout ce qui vient de lui être arraché en quelques minutes à peine. Je me fais le serment de l'aider dans cette épreuve.

S'il y a une chance, même infime, de nous en sortir, je la saisirai, mais je crains que Rock ne l'accepte jamais. Il n'acceptera jamais le décès de sa sœur, si loin de lui.

Cruellement et sans nous permettre de souffler, la vie continue, comme elle a continué après l'accident de mes parents, la disparition de ma grand-mère, ou encore le meurtre d'Ellie. Nous devons obtenir les dernières explications et nous nous mettons tous en route à travers les tunnels pour rejoindre les cellules et notre prisonnier.

Rock ouvre la marche sans parler ni regarder personne.

Nous sommes en train de le perdre. Je me retrouve entre Eddy et Max qui me prennent contre eux pour me réconforter. J'ai si froid, malgré mon blouson pourtant épais, et je vois dans les yeux de chacun le reflet de ma peine et de mes craintes. Je sais que le salut de Rock repose sur leurs épaules et sur ces liens qu'ils ont tissés. Comme pour Eddy, nous l'aiderons. Ce ne sera pas facile et sûrement très long, mais je refuse de l'abandonner. Je me laisse porter par le mouvement. La marche me paraît interminable mais, sans surprise, nous finissons par nous retrouver face à la cellule, que Rock ouvre et dans laquelle il entre le premier.

Il allume la lumière et Bill proteste de mécontentement. A priori, il dormait et nous venons de le réveiller. Il paraît étonné quand il nous découvre tous aux côtés de Rock. Il observe nos mines abattues puis celle de son ancien meneur, ravagée, et il comprend.

– Bienvenue en enfer, mon frère. Je t'avais prévenu…

Il se met debout et fait un geste théâtral pour appuyer ses propos. Il ouvre grand les bras en signe d'invitation, mais tout ce qu'il reçoit, c'est un violent coup de poing de la part de Rock dans l'abdomen et Bill, plié en deux, se met à cracher du sang.

Eddy intervient :

– Doucement, Rock, il doit pouvoir parler. Ensuite, on décidera de son sort.

Rock ne répond pas à Eddy mais recule d'un pas et s'adresse à la loque humaine devant nous :

– Tu as toujours su, n'est-ce pas, espèce de grosse merde ? Pour Sunny ? Alors parle !

– Je ne te parlerai que si tu me jures de m'achever rapidement après.

Je vois mon titan réfléchir, hésiter, puis finalement balancer durement :

– Vendu, toquard. Maintenant parle, ou tu finiras ta vie à croupir ici.

– J'étais là ce jour-là…

– De quel jour tu parles ? lui demande Eddy.

– Le jour où Rock et Sunny se sont engueulés dans son bureau avant qu'elle ne fuie. J'étais là.

– C'est pas un scoop, ça. Nous y étions tous, je te rappelle.

– Ouais, Eddy, mais je suis le seul à avoir tenté de la rattraper… Je pensais pouvoir arranger les choses. Je voulais aider Rock, je me disais que si je parvenais à les réconcilier, il me verrait peut-être autrement. Qu'il me serait reconnaissant.

Rock éclate d'un rire sarcastique, glacial, qui me fait froid dans le dos, avant de répliquer méchamment :

– Tu as cru qu'on pourrait s'envoyer en l'air ? Que tout à coup, comme par magie, toi et moi, on filerait le parfait amour, comme deux tourtereaux ? Tu vis vraiment dans un autre monde, Bill. Tu prends tes désirs et tes fantasmes pour des réalités, comme ta connasse de sœur…

Je sens Eddy se tendre sur ma droite mais il n'intervient pas. Loris lui a posé la main sur le bras et lui fait non de la tête, lui soufflant des mots inaudibles. Il ne manquerait plus que les garçons se battent entre eux. Je prie pour que Rock ne fasse plus d'allusions à Rhonda. Je sens la tension saturer la petite pièce. Il suffirait d'une simple étincelle pour que tout s'embrase et explose.

– Tais-toi ! Ne parle plus de Rhonda de la sorte, ou je ne dis plus rien.

– Continue. C'est moi ici qui donne des ordres. Tu n'es pas en mesure de négocier, Bill. Tu veux pourrir dans ce cachot ? Car j'en suis capable… Je te jure sur la tête de ma sœur et de ce qu'elle a enduré que j'en suis capable désormais.

L'humanité de Rock s'échappe à chaque minute qui s'écoule et je ne sais pas comment arrêter l'hémorragie, comment panser ses plaies. Bill hésite et nos regards se croisent. J'y mets toute la haine dont je suis capable mais je sursaute quand Rock hurle devant moi :

– Parle !

– J'ai réussi à la rattraper et j'ai proposé de la ramener car elle était dans un sale état. Mais elle m'a supplié de l'emmener voir le vieux Maxime. Cela m'a surpris mais je l'ai fait. Sunny a pu rentrer sans problème et a fait les yeux doux au mec de l'accueil pour qu'il me laisse passer moi aussi. Ça a fonctionné et j'ai compris qu'elle devait y venir souvent. Tout le monde semblait la connaître. Elle m'a demandé d'attendre en dehors de la chambre mais la porte s'est mal refermée et j'ai pu entendre toute leur conversation… C'est là que j'ai appris que Joe n'était pas son vrai père, et plein d'autres trucs, mais surtout qu'elle comptait s'enfuir dans la nuit. Maxime a essayé de la raisonner, sans succès. Elle lui a promis de t'écrire une lettre pour t'expliquer et de revenir d'ici un an grand maximum. Elle voulait voyager, comme toi. Sunny avait apparemment appris à danser avec sa copine Ashley en cachette : de la pole dance. Elle comptait vivre de ça et de petits boulots, bref, arrêter toutes les merdes qu'elle prenait et partir à l'aventure. Elle y songeait depuis un moment et avait tout préparé, papiers, fric, nouveau nom… Pour reconstruire son identité, comme elle l'a dit à Maxime.

– Et après, tu lui as fait quoi ? Je n'ai jamais eu sa lettre…

– Je l'ai ramenée chez vos parents et sur le trajet, je lui ai avoué savoir qu'elle comptait s'enfuir. Elle m'a fait promettre de ne rien te dire, car tu allais tenter de l'arrêter. Et j'y ai vu une opportunité encore meilleure que celle de vous réconcilier…

Bill marque une pause et j'appréhende, je n'aime pas la direction que prend la conversation. Rock est immobile, mais je ne fais pas l'erreur de penser qu'il est calme. Il est tendu, en appui sur ses talons et prêt à bondir sur sa proie lorsqu'il le décidera.

– Éclaire-moi, qu'as-tu pensé pouvoir faire pour espérer finir dans mon pieu ?

– Je me suis dit que si ta sœur disparaissait sans laisser de traces pendant quoi, un an ou deux, et que j'étais celui qui te la ramènerait saine et sauve, tu me serais redevable à vie…

Cet homme est profondément dérangé. Je suis ahurie. Il poursuit alors que nous retenons tous notre souffle :

– Je l'ai convaincue de me confier sa première lettre à ton intention et de m'envoyer toutes les suivantes pour que je fasse le relais. Comme ça, elle pourrait être sûre que tu en aurais connaissance. Elle avait peur que lorsque tu t'apercevrais de sa fugue, tu ne les déchires ou une connerie du genre. Je lui ai promis de te les lire, peu importe la manière employée. Elle m'a cru…

– Tu ne m'as jamais transmis ses lettres, gronde Rock, la voix chargée de douleur.

– Non, effectivement, je les ai gardées pour moi. Il fallait que Sunny te manque, tu comprends ? Que tu souffres pour que j'apparaisse comme le sauveur, que je te devienne indispensable. Alors j'ai gardé les lettres, j'ai imité son écriture et chaque année, le même jour, je t'en envoyais une fausse. Histoire de raviver la blessure et que tu n'oublies pas, jamais. Quant à Sunny, je lui ai dit que tu ne souhaitais pas encore lui répondre mais qu'il fallait qu'elle continue de t'écrire car je te les lisais à chaque fois, et je sentais que ça te faisait quelque chose. Je lui donnais l'espoir que tu lui pardonnerais un jour. Plusieurs fois elle a failli rentrer, mais j'ai prétexté que ce n'était pas le moment. Elle devait me donner le temps de te préparer à son retour. Je lui ai promis de lui faire signe le moment venu. En fait, j'essayais de gagner du temps de mon côté pour trouver un scénario plausible pour quand elle reviendrait. Car forcément, elle allait parler et dévoiler d'une manière ou d'une autre mon stratagème, et alors tout mon plan tomberait à l'eau. J'avais pas pensé à ça au début… Du coup, j'étais un peu coincé, pour pas dire dans la merde jusqu'au cou. Puis au bout d'un an, elle a commencé à parler d'une amie dans ses lettres, une fille géniale du nom de… je vous laisse deviner…

– Moi, dis-je dans un souffle que tout le monde entend.

– Ouais, toi, la fouineuse. Dans le mille ! Je te connais depuis longtemps. J'ai suivi toutes vos petites aventures. Sunny n'arrêtait plus de parler de toi, des lignes et des lignes de déclarations dégoulinantes d'amour et d'amitié. Elle voulait te présenter à son frère, elle était persuadée que tu étais celle qu'il lui fallait, celle qui lui ferait oublier Soraya. Je te déteste depuis tellement longtemps, Olivia Kincaid. Si tu savais. Tu n'as même pas idée. À partir de ce moment, il était devenu hors de question que Sunny rentre au bercail, hors de question qu'elle te présente et que tu me voles Rock. Dans ses dernières lettres, c'était moins glorieux, ceci dit, elle s'était foutue dans la merde avec la mafia russe et commençait à te cacher des choses. Je lui ai conseillé de ne rien te dire. Une fille comme toi, bossant pour des riches, ne pouvait pas comprendre ses problèmes à elle. Puis, un jour, je n'ai plus reçu de lettres. J'ai pas cherché à comprendre, jusqu'à ce que je te voie débarquer comme une fleur à Colorado Source ! Imaginez ma putain de surprise quand j'ai compris qui tu étais et pourquoi tu étais ici.

Oh, mon Dieu ! Je suis abasourdie, sans voix.

Rock ne regarde plus Bill depuis un moment déjà. Il fixe le plafond et serre les poings pour le laisser terminer, avec difficulté, son histoire immonde. Ce gars est complètement dérangé, un vrai psychopathe. Les garçons, tout comme moi, sont sous le choc.

Comment tant de choses ont pu leur échapper ?

Mais les personnes comme Bill sont douées. Ce sont de véritables serpents, elles se réjouissent de tromper leur entourage et se nourrissent de leur détresse. Mes amis, honnêtes et droits, n'avaient aucune chance contre lui. Je parviens tout de même à lui demander, horrifiée :

– C'est pour ça que tu m'as vendue aux Black Edge ?

– Bien vu, Einstein. En fouillant dans tes petits carnets, j'ai compris pourquoi Sunny ne m'envoyait plus de lettres. C'est devenu impératif que tu disparaisses. Rock ne pouvait pas apprendre que sa sœur était morte. Disparue, oui, il pouvait gérer, je l'aidais, mais morte, non. Le Clan se serait écroulé. Mais j'ai échoué, faut dire que Rhonda s'en est mêlé et c'est parti en vrille. Tu as survécu… Bref, la suite tu la connais. Je dois admettre que tu as gagné, la fouineuse, et que j'ai perdu.

À ces mots, Rock craque et s'élance pour venir frapper Bill au visage. Je me blottis contre Max pour ne pas assister à ça et il vient me couvrir les oreilles de ses grandes mains. Malheureusement cela ne suffit pas, je peux tout entendre : l'écho des os qui se brisent, le bruit des chairs qui se déchirent. Les garçons me traînent dehors, et bien que la scène soit insoutenable, je ne veux pas laisser Rock seul dans cette pièce.

S'il le massacre à mains nues de la sorte, il ne sera jamais plus le même. Je le perdrai pour toujours. Alors je supplie Loris et Bounce de le maîtriser et de le sortir lui aussi de là, avant qu'il ne soit trop tard. La scène devient apocalyptique. Je me débats entre les bras de Max et je hurle le prénom de Rock pour capter son attention au milieu de sa furie. J'implore les garçons d'agir tandis que les beuglements de douleur de Bill retentissent et que Rock lui demande en boucle et en le frappant :

– Qu'as-tu fait de ces putains de lettres?

55

LA VIE EST UNE CONNASSE

Olivia

Je suis ramenée de force dans la Batcave par Max. Bounce et Loris restent en arrière pour stopper Rock. Max s'enferme avec moi dans la chambre mais je ne me calme pas, au contraire. Me retrouver dans un espace clos et sans fenêtre me fait perdre le peu de retenue que j'ai. Ils ne peuvent pas me séquestrer ici, je dois retourner chercher Rock et l'emmener avec moi, loin de toute cette merde.

Je continue de me débattre et d'essayer de lui échapper, en vain. Il est bien trop fort, je ne fais pas le poids contre les muscles que je sens rouler sous son tee-shirt.

Max me tient douloureusement contre son torse et me murmure des paroles rassurantes à l'oreille en me caressant les cheveux comme on caresse un animal blessé. Je ne l'écoute pas, ses mots ricochent, roulent et se perdent dans le vide. La glissière de son blouson, ouvert, m'entaille la joue et je finis par sentir un goût de fer à la commissure de mes lèvres. Cette odeur de sang me projette à nouveau dans l'odieuse cellule, je revis par flash la scène de lutte entre Bill et Rock, avant que les garçons ne réussissent à m'en extraire.

Les sons qui sortent de ma bouche sont un mélange dissonant de cris et de sanglots étranglés. Une petite voix au fond de ma tête me dit que ce n'est ni raisonnable ni utile, que ce comportement n'est pas la solution à mon problème, mais elle ne fait pas le poids face à mon angoisse et mon désarroi. Ce n'est pas seulement Rock qui me met dans cet état, c'est un tout, un trop-plein d'impuissance et de colère contre la Vie avec un putain de V majuscule.

Cela ne s'arrêtera donc jamais ?

Tout ce qui est cher à mon cœur m'est systématiquement violemment arraché, tel une amputation des membres sans anesthésie, et je souhaiterais m'évanouir de douleur pour ne plus rien ressentir. D'abord mes parents, ensuite mon enfance, mon adolescence, ma virginité, ma dignité, ma meilleure amie, Ellie, et finalement mon bonheur aux côtés de Rock. J'ai franchi les limites de ce qu'il m'était possible d'encaisser sans broncher. Je lance des regards désespérés autour de moi, cherchant une solution pour fuir d'ici.

Mais je ne vois que notre lit défait, portant encore la marque de nos corps enlacés, et nos vêtements de la veille, jetés un peu partout, dans la précipitation de ne faire qu'un. L'odeur de Rock sature toute la pièce et je tente d'imaginer que le torse contre lequel je suis étroitement serrée est le sien. Max jure, désarmé par ma crise de panique qui s'éternise, malgré toutes ses tentatives pour me calmer. Les larmes qui recommencent à couler me brouillent la vue. Il nous déplace, ouvre une porte d'un coup d'épaule et nous sommes plongés dans la pénombre. Il ne prend pas la peine d'allumer la lumière. Je sens qu'il utilise ses mains tout en me tenant contre lui et soudainement, c'est la douche froide…

Littéralement. De l'eau glacée s'abat sur nous en cascade et me coupe la respiration. L'effet est instantané. J'ai toujours autant de peine mais cela me remet les idées en place aussi sûrement qu'une gifle. Le froid qui imbibe mes vêtements et s'empare de mon corps me distrait suffisamment pour que j'entende enfin ce qu'il tente de me dire depuis un moment :

– Liv, il a besoin de toi, mais pas comme ça, bordel… S'il te voit dans cet état, crois-tu vraiment qu'il va se calmer?

Non.

Cela aura même très certainement l'effet inverse. Je secoue la tête pour lui répondre et mes cheveux mouillés, comme tout le reste de nos vêtements, me collent au visage.

– Les gars vont réussir à le ramener, il faut que tu sois forte et présente pour lui quand il arrivera. Tu dois te battre pour lui.

Je redresse la tête et plonge mes yeux dans les siens dont je connais les nuances de couleur par cœur, même si à l'instant je n'y vois pas grand-chose. Ce sont eux qui m'ont fait céder dans cette station essence miteuse, lors de notre toute première rencontre, qui me semble si loin à présent. J'ai l'impression d'avoir vécu des années à leurs côtés et non des mois.

Ses iris gris sont identiques à ceux de Maxime, de Susie et j'imagine, de Sunny, mais elle me les avait dissimulés, tout comme ses beaux cheveux blonds et son passé. Sunny[26] est un prénom qui va à merveille à celle que j'ai connue à Paris, à l'image de son tempérament et de la lumière qu'elle a

27. En anglais, *sunny* signifie « radieux », « ensoleillé ».

apportée dans ma vie. C'est avec une peine incommensurable que je fais le deuil de Moïra, et que j'en débute un nouveau : celui de Sunny Christensen, morte deux fois…

– Max…

– On va s'en sortir, Liv, c'est notre raison d'exister. Le drame et les épreuves, c'est notre ADN.

– Et toi ? Comment tu prends tout ça ? parviens-je à lui demander en grelottant.

Décidément, les douches sont devenues un lieu de confessions intimes privilégié… Je sens que je me calme, mes idées redeviennent claires et je retrouve mon sang-froid progressivement.

– Je suis partagé. Au fond, j'ai toujours considéré Sunny un peu comme ma sœur. Comme le dit Loris, on est une grande famille. Alors, est-ce que savoir qu'on a le même père change mes sentiments envers elle ? Non. Mais putain ! Savoir que nos vieux nous ont menti, qu'elle a dû traverser ça toute seule, savoir ce que Joe lui a fait, là, j'ai plus de mal. Je ne réalise pas encore qu'elle est morte, j'arrive pas à y croire, Liv. Nous ne pourrons jamais nous expliquer avec elle, la consoler, lui redonner goût à la vie. Mais on sera présent pour Rock. On va trouver un moyen, on ne peut pas le perdre aussi.

– J'ai peur qu'il fasse une connerie…

– On va gérer. Et cette fois-ci, il t'a toi, même si c'est dur pour tout le monde.

– Et Bill… Comment ? Comment peut-on être si tordu, si malsain, si malfaisant ?

– Ça, ça ne me surprend pas, on a vu tellement de choses ici. L'homme chasse l'homme depuis toujours. Mais par contre, qu'on ne l'ait pas décelé avant, je ne l'explique pas. Nous ne nous le pardonnerons jamais. Car même si Joe a fait fuir Sunny par son comportement, c'est à cause de Bill qu'elle n'est jamais rentrée, que Rock n'a jamais eu de nouvelles…

Cette discussion me soulève l'estomac et me glace le sang, autant que l'eau qui continue de nous couler dessus.

– J'ai froid…

– Viens, sortons.

Max m'embrasse le haut du crâne, éteint la douche et je pars nous chercher des vêtements secs dans l'armoire. Ceux de Rock devraient lui aller. J'inonde le sol, ruisselante, et mes boots font un bruit de succion sur le sol en béton. J'ôte ma veste pour la mettre à sécher dans l'espoir de la sauver et j'en vide les poches.

Pourvu que les dégâts soient minimes...

– Merde, mon téléphone ! Garrett va me tuer, c'est le deuxième que je flingue en trois jours...

– Tu as des circonstances atténuantes, me répond Max qui m'a rejointe.

Je lui tends une serviette de bain et les habits que j'ai sélectionnés, qui n'ont rien de transcendant en soi : un boxer noir en coton, une paire de jeans foncée, un haut à manches longues et des chaussettes.

Il retourne dans la salle de bains attenante pour se changer. Je fais de même, mais avec difficulté, car mon pantalon mouillé me colle à la peau et refuse de s'en décoller. Au bout de deux minutes de lutte acharnée pour l'ôter correctement, je me résigne à le faire rouler jusqu'à mes chevilles en grosse boule informe. Encore chamboulée par tout ce qui vient de se passer, mes mains ont du mal à obéir à mon cerveau, je suis d'une lenteur effrayante et je m'agace moi-même d'être si empotée. Je pousse un soupir de soulagement quand, enfin, je passe un ensemble assorti tanga soutien-gorge, sec et chaud.

Il y a plus qu'à enfiler le rest...

– Oh merde ! Pardon, Liv, je pensais que tu avais fini...

Je sursaute, me retourne et découvre Max, les yeux écarquillés, en train de me fixer tout en cherchant à regarder ailleurs mais revenant toujours au même point : mon corps à demi nu.

Puis il finit par retourner d'où il est sorti, en marmonnant des excuses et en bafouillant. Je me dis que ce n'est pas la fin du monde, et honnêtement, j'ai d'autres choses qui me soucient plus que ce qui vient de se passer. Je ne suis pas la première nana à poil qu'il a dû voir et on n'a plus 15 ans.

Alors je termine de m'habiller à la va-vite et je l'appelle :

– C'est bon, tu peux sortir, je suis visible...

Il y a quelques secondes de gêne entre nous. Max reste silencieux, mais le bruit des portes qui claquent violemment dans le salon nous fait nous ruer hors de la chambre. Il s'agit du reste des garçons flanqués de Rock au centre, dont le visage est en sang et avec un magnifique œil au beurre noir. Je les détaille tous. Loris porte aussi des traces de coups sur le nez et le front, et lorsque Vince me lance un sourire contrit, je constate, atterrée, qu'il lui manque une dent.

Bordel, ils se sont battus !

– T'inquiète, Liv, me dit Vince en réponse à ma mine déconfite. Ce n'est rien de grave, ça se répare. Et ces deux-là vont bien aussi.

– Pourquoi ?

– Rock nous a donné du fil à retordre mais je pense qu'il est redescendu.

Le principal intéressé ne réagit pas, il me fixe étrangement sans ciller de son seul œil intact. Il a l'air abattu, la colère a laissé place à la lassitude. Il est en train d'intégrer l'inacceptable petit à petit, et de renoncer.

Brutus...

Mon cœur est un champ de plaies béantes mais je serais encore prête à m'emparer de sa peine si cela me permettait de le soulager et de me le ramener.

– Bill est-il... je n'ose pas finir ma question par peur de la réponse.

– Non, on a arrêté Rock avant, mais il est dans un sale état.

La réponse de Loris me soulage un tout petit peu. C'est peut-être égoïste de ma part, mais je ne veux pas que ce soit Rock qui l'achève, il est suffisamment brisé ainsi.

– Il va lui arriver quoi ?

– La même chose qu'aux Black Edge qu'on avait capturés lors de l'assaut. Eddy lui a laissé un flingue avec une seule balle. À lui de décider de sa propre fin. Et je trouve qu'on est clément... Putain !

– D'ailleurs, où est Eddy ?

Je ne réalise que maintenant que mon ami manque à l'appel.

– Parti chercher les lettres de Sunny...

Oh. Mon. Dieu !

– Vous savez où elles sont ? Bill vous l'a dit ?

– Ouais, il les a planquées sous une latte de parquet, dans son ancienne chambre, qu'Eddy est en train de retaper. Il devait changer le sol la semaine prochaine... Donc le plus dingue, c'est qu'il aurait fini par tomber dessus. On aurait fini par tout découvrir !

Je ne sais pas ce que je dois en penser. Ces lettres sont à double tranchant, elles peuvent aider Rock. Lui permettre de renouer un peu avec sa sœur et ce qu'elle a vécu à Paris, lui rendre ces quatre années volées ou, au contraire, le détruire à jamais.

Je regarde Rock à nouveau, cherchant à sonder l'état d'esprit dans lequel il se trouve, comment il réagit à ce qu'il entend. Et ce que je vois me fait peur : il n'a aucune réaction. Je ne l'ai jamais vu ainsi. J'ai souvent dit qu'il avait un cœur de pierre, mais c'est faux. J'ai compris que c'était tout le contraire, il est si humain et intense dans chacune de ses réactions qu'il a fait le choix de se protéger de celles qui pouvaient le foutre à terre.

Ce n'est pas son cœur mais le mur qu'il a érigé tout autour qui est en pierre, et derrière cette forteresse, brûle une âme sauvage et indomptée. Un des problèmes que vous avez quand, physiquement, vous donnez l'impression d'être invincible, inébranlable, taillé à même la roche, c'est que les gens pensent que vous pouvez tout encaisser, mais c'est faux. Il me regarde toujours, les yeux vides de toute expression.

Il a besoin de toi, Kincaid, il a su être là, lui, quand c'était nécessaire…

Je me ressaisis et me dirige vers lui avec précaution. Je me sens comme une dresseuse dans la cage d'un fauve, sur le qui-vive, et en même temps fascinée et attirée par celui qui se tient devant moi.

Vais-je réussir à l'amadouer ou va-t-il me blesser?

Bien sûr, je sais qu'il ne me fera jamais de mal, il ne sera jamais violent envers moi, mais quelques mots peuvent être plus dévastateurs qu'une balle entre les deux yeux. Au moins, dans ce cas, le décès est bref, quasi instantané, alors que certaines paroles peuvent être la source d'une lente agonie jusqu'à ce que vous ne soyez plus que l'ombre de vous-même. Comme pour Sunny. Et là, j'ai peur des mots que pourrait prononcer Rock à mon encontre.

J'arrive près de lui, les garçons ne disent rien, attendant le retour d'Eddy, mais la tension entre eux est palpable. J'attrape sa main immense et la porte à mon cou, presque au niveau de mon cœur, là où pend le collier qu'il m'a offert. De près, ses blessures sont moins impressionnantes et graves que je ne le pensais. Il a seulement un beau coquard et une arcade sourcilière ouverte, ce qui me soulage un peu.

C'est de là que provient le sang qui barbouille son visage. Il baisse la tête et nos regards se verrouillent. J'ai l'impression de porter le poids du monde sur mes épaules. La responsabilité est immense, il est vital que je sois à la hauteur et que je réussisse à le ramener parmi nous. Je n'aurai pas de seconde chance, je dois trouver les mots justes. Grâce à ce contact physique, j'ai son attention, alors je lui parle doucement sans lâcher ses doigts :

– Je sais que rien de ce que je te dirai ne pourra atténuer la douleur que tu ressens en ce moment, ni demain, ni tous les autres jours à partir d'aujourd'hui. Je suis passée par là, la seule issue possible, c'est d'apprendre à vivre avec. La vie est une connasse, ça, c'est certain, une putain de maladie mortelle sexuellement transmissible. On te fout sous le nez plein de jolies choses pour ensuite te les reprendre, et c'est toujours trop tôt. Mais j'ai la rage, Rock, la rage de vivre comme jamais, de m'accrocher au peu qu'il me reste. Car abandonner maintenant, c'est renoncer à toi, à ma vie ici, à mes amis, aux gens qui m'aiment et qui ont besoin de moi. Mes parents, Sunny ou Ellie ne méritent pas que j'abandonne, ils m'ont appris à être courageuse et obstinée. À me relever, à ne pas accepter la défaite ou les K.-O. Je suis encore vivante et pas eux, et même si c'est dur de trouver la force d'avancer, de se lever tous les matins, j'ai toujours le pouvoir de choisir, eux non. Ils méritent de vivre encore un peu à travers moi tant qu'il me sera donné la chance d'exister. Tu as toi aussi ce choix. Tu peux te battre pour ceux qui se tiennent à tes côtés, qui te sont fidèles, et pour les jours heureux à venir, car il y en aura, ou tu peux baisser les bras. Tu m'as dit que j'étais ton exception, que ce Clan était toute ta vie. Alors, est-ce que nous méritons ta fureur de vivre ou vas-tu renoncer? Quoi que tu décides sache que je t'aimerai toujours, et je respecterai ta décision…

Je reprends mon souffle après avoir été en apnée tout le long de mon discours, à la recherche d'une émotion dans ses prunelles noires. Peu importe laquelle, juste une petite étincelle de vie qui me prouve qu'il ne s'est pas fermé au monde et que j'aurai toujours ma place à ses côtés. Puis enfin elles apparaissent, timidement, mais elles sont bien là. Elles ne roulent pas sur ses joues, il est bien trop fier pour cela, mais ce sont bien des larmes que je vois poindre aux coins de ses yeux. Sa main se crispe sous les miennes, ses ongles s'enfoncent dans ma peau et sa respiration devient bruyante.

Je resserre ma prise pour lui montrer que je ne le lâcherai pas, jamais.

Soudain, sans prévenir, il m'attire à lui dans une étreinte à me broyer les os, mais j'accueille la douleur comme une délivrance alors qu'il enfouit sa tête dans mon cou à la recherche de réconfort. Nous restons de longues minutes ainsi et je lui répète en boucle ce que je n'avais jamais dit à personne avant lui : que je l'aime. Je suis soulagée d'avoir réussi à le toucher et qu'il ait accepté de m'entendre malgré son désarroi.

Moi-même brisée, je perçois son agonie dans ses gestes et dans son regard.

C'est la sonnerie du visiophone qui met fin à ce moment. Elle nous avertit qu'il faut à présent se remettre à marcher et affronter les prochaines heures tous ensemble.

Bounce va ouvrir à Eddy qui entre telle une tornade dans la pièce, tenant un petit paquet entre les mains : les lettres de Sunny. Le temps suspend son vol…

Il les tend à Rock, qui m'a relâchée, mais qui s'agrippe toujours à ma main droite avec fermeté.

– Tiens. C'est tout ce que j'ai pu trouver.

Rock les accepte de sa main libre et les fixe longuement avant de s'exprimer d'une voix chargée de peine :

– J'ai besoin d'être seul pour les lire.

– Bien sûr, on le comprend tous ici, lui réponds-je doucement, et les frères acquiescent en chœur.

Rock vient caresser mes cheveux humides et me demande, étonné :

– Tu t'es douchée?

– Pas vraiment, Max a dû employer la manière forte pour me calmer, moi aussi. L'eau glacée, rien de tel pour vous remettre les idées en place. J'avais si peur de te perdre…

– Tu ne me perdras pas. Mais je vais me retirer quelques jours à la réserve, peut-être une semaine. J'ai besoin de Nashoba et de ses conseils. Tu pourras rester toute seule ici, Poucelina?

– Elle ne sera pas seule, je viendrai vivre avec elle le temps de ton absence, lui répond Max.

Rock a l'air d'hésiter puis accepte d'un signe de tête.

– Merci, je te revaudrai ça. Prends soin d'elle.

Le voir partir aussi soudainement me comprime la poitrine et me peine, mais il en a besoin. Il ne s'agit que de quelques jours après tout. Je peux bien faire cet effort de mon côté si cela permet de nous retrouver encore plus soudés par la suite. Je ne suis juste pas sereine du fait qu'il prenne connaissance de ces lettres seul.

Rock part dans notre chambre préparer son sac pour son court séjour sur les terres de Golden Water. C'est un crève-cœur de le laisser partir, de rompre le contact. Pendant ce laps de temps, je fais promettre à Loris de passer le voir au cours de la semaine et de nous tenir au courant. Je sais qu'il sera le seul que Rock tolérera de recevoir et qu'il pourra le soutenir dans cette épreuve. Il est de retour en quelques minutes à peine, un sac sur l'épaule. Il semble pressé et animé par l'urgence d'aller retrouver sa sœur, par le biais de ses mots couchés sur du papier.

Il vient m'embrasser une dernière fois puis, aussi simplement que cela, il quitte notre chez-nous, me laissant derrière et avec le goût de son sang sur mes lèvres.

56

RETRAITE

Olivia

– Ne t'inquiète pas, Liv, me dit Loris. Nashoba va l'aider et Soraya se chargera de ses blessures.

Sauf que j'aimerais être celle qui s'occupe de lui, le soigne et panse ses plaies. Je commence à regretter d'avoir eu la grandeur d'âme de le laisser partir si facilement. Sentant mon trouble, Loris ajoute :

– Je l'aurai à l'œil pour toi. Promis.

– Merci, Loris. Il va dormir où ?

– Rock a une maison qui lui est réservée quand il séjourne à Golden Water. Il sera seul, rassure-toi, si là est ta question…

– Non, ce n'est pas ce que j'insinuais. Je…

Je laisse tomber car, effectivement, l'idée m'a traversé l'esprit, comme un écho de jalousie mal placée du fait de la situation stressante, mais je l'étouffe aussi vite.

Les garçons s'en vont à leur tour, chacun ayant besoin de se retrouver seul après ce raz-de-marée de révélations qui a fait chavirer leur monde fragile et a ébranlé leurs convictions. Loris et Vince doivent passer par le hangar pour que le Doc leur prodigue les premiers soins, mais Vince n'échappera tout de même pas à un saut chez le dentiste afin qu'on lui rende son magnifique sourire. Il est voté à l'unanimité que rien ne sera caché au reste des membres des Evil's Heat. Nous ne voulons pas reproduire les mêmes erreurs qu'Annie, Joe, Tate et Louise.

L'ensemble des frères et sœurs sauront dès lundi matin, lors d'une réunion de crise, pourquoi Rock est absent : depuis la raison du mal-être de Sunny jusqu'à sa mort. Il faut assainir les bases, étayer les fondations et rappeler les valeurs que nous partageons, celles que Joe a bafouées, tout comme Bill. Max revient après être allé chercher quelques affaires chez lui pour passer la semaine avec moi, et il s'installe dans la chambre d'amis.

Dire que Rock me manque, que le quotidien sans lui est merdique, qu'aller bosser le lundi matin et les jours qui suivent est difficile est une ribambelle d'euphémismes. Malgré tout, nous mettons un pied devant l'autre et le temps finit par passer. Trop lentement à mon goût mais il s'écoule irrémédiablement. Les matins laissent place aux soirs et les journées se succèdent. La présence de Max m'aide à ne pas tout plaquer pour aller chercher Rock sur un coup de tête et interrompre sa retraite endeuillée. Mon ami est là, tel un pilier, mettant de côté son propre chagrin pour m'aider à supporter le mien et il redouble d'ingéniosité pour me distraire.

– Encore gagné ! Échec et mat ! me lance-t-il joyeusement mardi soir, en venant coucher mon roi sur l'échiquier un peu trop violemment.

La figurine vole à travers la pièce.

– Hey ! Mon roi ! Tu triches !

– Non, je suis meilleur que toi, c'est tout.

Et il explose de rire.

C'est vrai qu'il est meilleur. Son rire chaleureux illumine la pièce comme une éclaircie et me réchauffe le cœur. Max sait jouer aux échecs comme un pro, je n'ai pas réussi à le battre une seule fois. Il me tend des pièges tous plus tordus les uns que les autres et je tombe dans le panneau systématiquement.

– Où as-tu appris à jouer comme ça ? Car là, ça frise le génie, je ne suis pourtant pas mauvaise.

– Maxime, et puis le talent et mon intelligence ont fait le reste.

– Eh bien, c'est pas la modestie qui t'étouffe, Blondinet.

– Tu es juste agacée car tu n'as pas le dernier mot pour une fois.

Je lui jette un regard de tueuse et son beau sourire s'agrandit un peu plus.

Comment se fait-il que cet homme soit encore célibataire ?

Je décide de lui poser la question, toujours aussi curieuse :

– Pourquoi tu n'as personne dans ta vie, Max ? Je suis sûre qu'elles doivent être nombreuses à tenter leur chance, non ?

– Pourquoi cette question ?

– Bah, tu es plutôt canon, gentil, intelligent, un peu bad boy avec tes tatouages… N'est-ce pas suffisant ?

– Toi, ça ne t'a pas suffi, alors pourquoi cela suffirait-il à d'autres ?

Bim, dans tes dents, Olivia !

– Max… Je suis désolée, je…

– Non, excuse-moi, c'était méchant et gratuit. Tu n'as pas à te justifier, et je suis heureux pour Rock et toi, vraiment. Je dois admettre que vous allez bien ensemble.

– Ouais, Rock… Tu penses qu'il va réussir à surmonter la disparition de Sunny, toi qui le connais depuis plus longtemps ?

– Oui, mais je ne peux pas te garantir que le chemin qu'il empruntera pour y arriver nous plaira…

– C'est ce que je crains aussi.

J'ai vraiment cette peur viscérale que mon Rambo fasse une connerie ou un acte inconsidéré et je ne sais pas comment faire pour l'en empêcher.

– Et toi ?

– Moi quoi ?

– Comment te sens-tu ?

– Au fond du trou aussi, mais il faut bien que quelqu'un tienne la barre, le temps que Rock se reprenne.

– Il a de la chance de t'avoir.

– C'est réciproque, rassure-toi. Sans lui…

– Sans lui quoi ?

– Laisse tomber, c'est une autre histoire, que je te raconterai un jour si tu es sage.

– Je suis toujours sage comme une image. Aussi innocente qu'un bébé chiot.

Je lui lance mon plus beau sourire et un regard que j'espère être la manifestation suprême de l'innocence.

– Liv, tu dégages beaucoup de choses, crois-moi, mais certainement pas l'innocence. Sinon, pour répondre à ta question du début et changer de sujet, j'en sais rien, miss. Les coups d'un soir, c'est pas un souci, effectivement. Mais pour du plus long terme, je suis exigeant. Je suis déçu à chaque fois qu'elles ouvrent la bouche et se mettent à parler.

– C'est sûr que moi j'étais super loquace quand on s'est rencontrés…

– Justement. Et il y a d'autres façons de communiquer qu'avec des mots. Tu m'as touché ce jour-là, dans la station essence.

– Et toi, tu m'as tendu la main avec générosité… Je te serai toujours infiniment reconnaissante pour ça, Max.

– C'était sincère, et sache que je suis quand même content de n'être que ton ami. Tout le monde t'apprécie ici. Sans parler du super boulot que tu fais.

Je fonds à l'écoute de cette déclaration débordante de sincérité et de gentillesse. Je me lève et ose lui demander timidement :

– Je peux te prendre dans mes bras ? Car là tout de suite, j'ai très envie de te serrer fort, en toute amitié bien sûr.

– Ouais, vas-y, ramène-toi, mini-pouce.

Il ouvre ses grands bras, je contourne la table et je viens l'étreindre tendrement pendant quelques secondes avant de lui dire :

– Tu crois que c'est déplacé si j'offre un cadeau à Rock à son retour? Je ne lui ai rien offert pour son anniversaire, et je sais pas… J'ai envie d'essayer de le faire rire, même si aucun cadeau ne ramènera Sunny, bien entendu.

– Liv… surtout, quoi qu'il arrive, reste spontanée. C'est ton plus grand charme, celui qu'il aime le plus, je pense. Tu fous la merde dans sa vie bien rigide de meneur de Clan et c'est ce qui pouvait lui arriver de mieux. Alors, si tu en as envie, fais-le, ça lui fera plaisir. Il n'y a pas de règles à suivre dans des moments comme celui que nous traversons. OK?

– Oui, tu as raison. Mais je chamboule peut-être un peu trop sa vie. C'est moi l'oiseau de mauvais augure. Et puis je n'ai pas été là pour Sunny. J'aurais pu la sauver. Il va m'en vouloir pour ça.

– On aurait tous pu la sauver avant toi. Il n'y a pas de raison que tu culpabilises plus que n'importe qui d'autre. Tu veux lui offrir quoi?

Je lui murmure mon idée à l'oreille et son rire résonne à nouveau à travers la pièce :

– Tu es dingue, mais je valide.

Nous frappons nos mains ensemble, comme deux complices d'une farce qui se prépare. Ce n'est pas grand-chose, mais ces moments plus légers que nous nous accordons chassent petit à petit la noirceur que Bill et Joe ont semée au sein des Evil's Heat, tel un retour de printemps après un hiver long et rigoureux.

***

Le soutien de tout le monde me fait chaud au cœur, ils sont adorables avec moi, que ce soit les garçons ou le reste des membres du Q.G. ou ceux en ville. Nous avions craint que l'annonce de ces scandales fasse voler le Clan en éclats, comme le prédisait Bill, mais c'est l'inverse qui se produit, à notre plus grande surprise. Ils n'ont plus qu'une chose en tête à présent : que leur meneur rentre de la réserve pour lui apporter le réconfort et l'aide dont il a besoin.

Mercredi, la nouvelle tombe. Mon vieil ennemi est mort. Il s'est résolu à utiliser l'unique balle restante dans le barillet du revolver d'Eddy. Et même si cela doit faire de moi quelqu'un de monstrueux, je suis heureuse que mes prières aient enfin été exaucées : il est décédé dans d'atroces souffrances.

Affaibli, il s'est en quelque sorte loupé et a agonisé de longues heures avant de se vider de son sang et de rendre son dernier souffle, vicié par la cruauté qui l'habitait. Les garçons m'ont épargné le reste des détails morbides et notamment ce qu'ils comptaient faire du macchabée. L'annonce de sa mort m'a certes ôté un poids mais elle ne m'apporte aucun soulagement. Cet homme a brisé des vies pour le plaisir de jouer avec le destin des gens, de jouir de ses méfaits et d'en tirer un sentiment de puissance absolue. Il s'est pris pour Dieu. Mais sa mort ne nous rendra pas Sunny.

Rock ne répond à aucun SMS, sauf à ceux de Loris, qui nous assure que mon titan n'est pas en train de sombrer tout seul, mais travaille sur lui et sur son deuil. J'appelle Soraya qui me confirme les dires de Chuck Loris et nous restons une heure au téléphone à discuter.

Cela me fait un bien fou, et nous nous promettons de nous voir bientôt, avec Susie, une fois que la situation sera stabilisée. Pour l'heure, j'ai peur que si je quitte le navire, ne serait-ce que pour un après-midi en compagnie de mes amies, tout ait disparu à mon retour.

Nous sommes dimanche soir et j'aimerais savoir quand Rock va rentrer à présent. L'impatience me gagne et je regarde mon téléphone toutes les cinq minutes, en véritable accro que je suis. Comme le pensait Max, Garrett ne m'a rien dit quand je suis arrivée le lundi matin, complètement désolée et avec mon tout nouvel iPhone déjà hors service. Un tantinet désabusé, il a haussé un sourcil et m'en a sorti un neuf de son tiroir, un tiroir rempli à craquer de matériel électronique en tout genre :

– Non mais Garrett ! Le Clan a des actions chez Apple que j'ignore ? Shawn ne m'a rien dit, pourtant.

– Avec les gars et leur délicatesse légendaire sur le terrain, autant te dire que c'est un minimum. J'en change un à peu près toutes les deux semaines. Pas besoin d'obsolescence programmée chez nous.

– Ah oui, quand même… Mais attends, pourquoi tu ne m'en as pas donné un, la première fois ? Je me suis tapé ce vieux truc à clapet avec un forfait tout pourri pendant deux jours, acheté dans Newton !

– Olivia… Ce sont des téléphones mais ils sont vides. Sans carte SIM, ils ne servent à rien. Or, tu m'avais confié ta carte SIM, il fallait bien que Rock aille t'acheter une solution provisoire rapide. Il t'a pris un téléphone prépayé.

– Oh, c'est une explication recevable, effectivement.

– Mais tu as quel âge pour être aussi nulle avec la technologie ? Même ma grand-mère sait ça.

– Je ne suis pas nulle, c'est juste que cela ne m'intéresse pas. Je ne me renseigne que sur ce qui m'est vraiment indispensable.

– Du genre ? me demanda-t-il en riant.

– Bah, par exemple, je suis en train de me former sur un logiciel d'illustration, même si je n'abandonnerai jamais mes croquis et mes carnets. Et j'ai finalement acheté une liseuse avant de venir ici. Je ne pouvais pas emporter tous mes livres dans mes valises.

Et aussi simplement que cela, tout en continuant de se moquer de mon ignorance, il a rechargé mes données que j'avais appris à sauvegarder depuis.

J'ai reçu mon cadeau pour Rock hier matin et j'ai hâte de le lui offrir, de réussir à lui arracher un de ces sourires que j'aime tant.

Max et moi sommes tous les deux avachis dans le grand canapé du salon à manger chinois, fidèles à nos habitudes. Il regarde un film pendant que je gribouille dans mon carnet à « pensées ». Je n'ai pas esquissé un dessin depuis un moment maintenant, et la ligne de bijoux que j'imagine pour le lancement de notre marque est en stand-by à cause des récents événements. Alors, à défaut de pouvoir dessiner, j'ai besoin de faire le tri dans tout ce que j'ai appris sur le Clan et être sûre que rien ne nous échappe. Je ne veux plus de surprise. Je repars du début, là où tout a commencé, depuis la création du Clan en 1966.

Je relis, plusieurs fois, ce que j'ai écrit. Tout est consigné noir sur blanc dans mon petit carnet. Les grandes dates de cette triste histoire qui avait pourtant si bien commencé sont présentes. Je me dis qu'effectivement la vie est cruelle. Maxime et John ont eu la volonté de créer un coin de paradis pour âmes blessés, et leurs propres enfants, par leurs choix malheureux, en ont engendré une : une fillette de 10 ans qui n'avait rien demandé à personne, hormis d'être aimée par son papa à la hauteur de ses espérances. Pire encore, ils ont ensuite accueilli le diable personnifié chez eux qui, décelant le désarroi de Sunny, s'est jeté dessus comme un vautour. Mais j'imagine que c'est le risque que l'on prend dans ce genre de communautés, tous les hommes ne sont pas bons, tous ne peuvent pas être sauvés…

Pour la première fois de ma vie, je souhaite réellement que l'enfer existe et savoir que Bill y brûle.

Je suis perdue dans mes pensées quand la porte du salon s'ouvre à la volée. Max et moi sursautons avant de nous retourner et de découvrir Rock sur le seuil. Mon cœur explose de joie. Il est de retour parmi nous, et peu importent les circonstances, je pars comme une flèche et lui saute dans les bras alors qu'il lâche son sac sur le sol. Il m'attrape comme si je ne pesais rien, me soulève du sol et je m'enroule autour de lui. Je le serre de toutes mes forces.

– Rocky…

– Liv…

Il enfouit son visage dans mes cheveux et je suis secrètement heureuse de voir que je lui ai manqué autant que lui m'a manqué. Il me rend mon baiser avec passion et m'emporte avec lui. Je peux sentir tout l'amour qu'il me porte et cela m'étourdit de réaliser que nos sentiments sont toujours réciproques. Rien n'est arrangé ou guéri, je perçois toujours sa détresse et son chagrin dans ses gestes et dans les mots doux qu'il me souffle à l'oreille, mais il ne me repousse plus. J'apprendrai à être patiente et à le laisser venir me parler à son rythme.

Un long chemin de reconstruction nous attend à présent.

Max passe la fin de soirée avec nous et nous faisons un rapport détaillé à Rock sur tout ce qu'il a manqué pendant son absence, en particulier l'état d'esprit dans lequel se trouvent le Clan et ses membres. Il paraît soulagé de leurs réactions mais déchante quand je lui précise :

– Il n'y a qu'à Shawn que nous n'avons encore rien dit. On pensait qu'il vaudrait mieux que ce soit toi qui le fasses.

L'ambiance n'était pas très réchauffée mais elle devient clairement glaciale suite à mon annonce. Rock se passe la main dans les cheveux, soucieux et pensif. Plusieurs minutes s'écoulent pendant lesquelles Max et moi nous observons en silence, de part et d'autre de la table, ne sachant que faire. Il reprend enfin la parole :

– Vous avez bien fait. Je vais l'appeler tout de suite. Ça fait déjà une semaine que nous sommes au courant et pas lui.

Et sur ce, il se lève, attrape son téléphone et va s'enfermer dans la chambre.

Nous restons silencieux, à l'affût du moindre son, mais rien ne nous parvient. Cela me paraît durer une éternité jusqu'à ce que Rock réapparaisse, le visage complètement défait :

– Si j'avais des doutes sur ses sentiments envers ma sœur, ils se sont envolés. Il voulait prendre un avion dans la nuit, il… Bordel, c'est trop dur… Je lui ai dit que de toute façon, il n'y avait plus rien à faire. Sunny ne reviendra plus.

Sa voix se brise et je m'approche pour le prendre dans mes bras et me blottir sur ses genoux. Il poursuit, reprenant contenance :

– Shawn arrive mercredi prochain, le temps de régler quelques trucs et de ne pas tout laisser en plan à New York.

Max nous quitte après que nous l'avons remercié un nombre incalculable de fois pour tout ce qu'il a fait et continue de faire pour nous et le Clan. Il est plus qu'un simple bras droit pour Rock, il est son alter ego : l'un peut prendre la place de l'autre si c'était de nouveau nécessaire, comme ce fut le cas par le passé.

Ne pas penser à ça. Rock n'ira nulle part, Max n'aura aucune raison de devoir le remplacer à nouveau…

Mon ami n'est pas rentré chez lui les mains vides. Je lui ai préparé de quoi tenir la semaine tout en mangeant du fait maison, bien meilleur pour ses papilles gustatives et sa santé que les sandwichs ou pizzas qu'il s'enfile d'ordinaire. C'est ma façon de lui faire comprendre à quel point il compte pour moi, de prendre un peu soin de lui, comme lui l'a si bien fait ces derniers jours avec moi.

La porte claque sur Max, et Rock et moi nous retrouvons seuls tous les deux, pour la première fois depuis l'annonce du décès de Sunny. Je ne sais pas comment réagir ni quoi lui dire. Je suis face à ce bel homme blessé dans sa chair, impétueux et indompté jusqu'à ce que j'entre dans sa vie, et je suis sans mots pour exprimer ce que je ressens.

Il m'a laissée l'apprivoiser et je l'ai laissé m'aimer. Je n'ai pas d'autre issue que de me jeter à l'eau et de lui poser la question dont la réponse m'angoisse le plus :

– Rock ? Est-ce que tu m'en veux ?

Il redresse la tête soudainement, surpris :

– À cause de quoi t'en voudrais-je ?

– Pour être celle qui a brisé ta vie en te révélant l'identité de Sunny ? Pour m'être disputée avec elle et l'avoir abandonnée au moment où elle en avait le plus besoin. Si j'étais restée avec Sunny ce fameux soir plutôt que de la laisser seule dans son appartement, peut-être qu'ils ne l'auraient pas tuée…

– Et vous seriez très certainement mortes toutes les deux.

Il vient prendre mon visage en coupe et je colle avidement ma joue contre sa paume chaude. Je devais être un chat dans une autre vie car j'aime lorsqu'il me cajole de la sorte, je dois d'ailleurs sûrement ronronner de plaisir sans m'en rendre compte. J'adore nos moments torrides sans complexes mais j'aime aussi cette tendresse nouvelle qui s'invite entre nous de plus en plus souvent. Je veux que ce soit elle le ciment de notre couple, celle qui en assurera la longévité.

Le tout entre deux parties de jambes en l'air dignes d'une manche de Twister, bien entendu…

Il reprend plus doucement en s'approchant, nos souffles s'entremêlent tandis que nos regards s'accrochent :

– Et j'aurais fait quoi moi, Poucelina, sans toi, hein ? Dis-le-moi. J'aurais fait quoi sans toi, putain ? me murmure-t-il.

Je ne sais pas quoi répondre à sa question directe qui me déstabilise, alors que sa main entoure mon cou durement et qu'il colle nos visages l'un à l'autre encore un peu plus. Nos bouches se frôlent, nos cils se caressent. Il poursuit :

– Moi je vais te le dire : je serais toujours ce connard en colère, qui jette pour ne plus être jeté. Qui blesse pour ne plus être blessé.

– J'aurais pu la prendre chez moi, ils ne l'auraient pas trouvée…

– Tu sais ce qu'on dit des « si », Princesse. Alors arrête de te faire du mal ainsi. Nous sommes fautifs, pas toi.

– Ce n'est pas de ta faute non plus, Brutus. C'est celle de Joe, de Bill, et des secrets.

– Oui, je commence à le comprendre. Mais je t'en supplie : pardonne-toi, car moi je te pardonne. Libère-toi du passé, Olivia. Personne ne t'en veut pour la mort de Sunny, à part toi-même. Je. Te. Pardonne.

Je hoche la tête pour acquiescer à sa requête. Ses mots forts ont un effet immédiat sur ma culpabilité. Ils sonnent le glas de ma quête de rédemption, ils sont absolution. Toujours sans réponse de ma part, alors que mon cœur s'allège et que l'émotion me submerge, Rock ajoute :

– Je n'ai pas grand-chose à offrir à une femme. C'est vrai, qui voudrait d'une vie remplie d'emmerdes, perdue au milieu de nulle part, surtout avec un passé comme le tien ? Ou d'une grotte pour baraque ? Ou d'un connard de Roc pour compagnon ? Je ne sais pas si je voudrai des enfants un jour : la vie est trop cruelle pour prendre ce risque. Mais si je peux t'offrir la paix intérieure, Poucelina, alors je te l'offre de bon cœur. Prends-la. Tu es tout ce qu'il me reste.

– Tu as les garçons…

– Oui, mais ils ne sont pas celle que j'aime, que j'ai hâte de retrouver le soir après une journée merdique derrière mon bureau, celle que je veux entendre rire. Et tu m'es devenue encore plus précieuse à présent.

Mon cœur papillonne à ces mots, je veux croire qu'on peut réellement s'en sortir. Enfin. Je lui demande timidement :

– Ah bon, pourquoi ?

– Il y a un petit bout de Sunny en toi et sur toi. Tu as le tatouage qu'elle avait griffonné sur tes côtes. Tu as été là pour elle quand nous, nous étions absents, tu as été son amie. J'ai lu les lettres. Tu lui as redonné le goût de vivre, tu lui as offert un asile. Elle voulait que je te rencontre... Quand je serai prêt, tu devras tout me raconter. Toute sa vie là-bas, dans les moindres détails, les beaux comme les plus durs.

Cette fois, les larmes coulent sans retenue, et je lui réponds, émue :

– Elle m'a sauvée aussi dans cette rue sombre de Paris, et tous les jours qui ont suivi.

– Alors faut croire que la vie fonctionne ainsi. Les forces des uns comblent les faiblesses des autres et vice versa.

– Oui...

Un silence s'installe le temps que nous digérions cet échange intense, puis je reprends, plus légère et espiègle :

– Au fait, j'ai un cadeau pour toi.

– Tu m'as fait un cadeau ?

– Oui, j'espérais te faire sourire, je ne t'avais rien offert pour ton anniversaire. Et sache que tu as des choses à offrir, monsieur Caillou. Tu m'as donné une famille, et ça vaut bien la peine de vivre dans une Batcave à tes côtés.

Il sourit, m'embrasse longuement et vient me claquer les fesses dans un geste taquin :

– Va me chercher ce cadeau, je ne suis pas patient. Est-ce qu'il y a de la dentelle rouge ? Est-ce que ça se porte sous un jean ?

– Non pas vraiment pour la dentelle mais pour le reste, tu n'es pas loin.

Je lui obéis, ravale mes larmes et pars en riant chercher mon cadeau. Il me suit dans la chambre avec impatience. J'ai à peine le temps d'attraper le petit paquet enrobé de papier brillant qu'il me le vole et l'ouvre sans plus attendre. Lorsqu'il découvre ce que je lui ai acheté, ou plutôt fait faire, ce que je désirais voir arriver se produit : Rock explose d'un rire franc.

– Olivia, sérieux... Il n'y a que toi pour faire des choses pareilles !

– Ils te plaisent ? Tu vas les porter ?

En guise de réponse, il commence à se déshabiller devant moi. Je n'étais pas préparée à ce strip-tease improvisé mais j'adhère complètement, surtout quand je finis par avoir une vue plongeante sur la partie de son corps que j'affectionne particulièrement : ses fesses et ses cuisses. Malheureusement, ce n'est que de courte durée car il enfile un des boxers que je lui ai offerts, recouvrant l'objet de mes fantasmes. Lorsqu'il se retourne, c'est à mon tour de partir en fou rire. Le stress et le chagrin accumulés depuis plusieurs jours lâchent sans prévenir face à ce moment loufoque.

Je lis à haute voix ce que j'ai fait imprimer en gros sur le devant du boxer, à un endroit stratégique qui donne à la phrase un certain relief :

– « *Property of Olivia Kincaid*[27]. »

Écrit en gros en travers de sa… Bref, en gros, quoi.

– Ça, tu l'as dit. Et je devrais te faire faire les mêmes, au cas où tu serais tentée d'oublier à qui toi, tu appartiens.

– Ou tu peux me le montrer. J'ai toujours préféré les actes aux belles paroles. Montre-moi à qui j'appartiens, Brutus. Car après une semaine sans toi, je commence à me dire que je préfère peut-être les blonds…

Il répond sur-le-champ à ma provocation en m'attirant contre lui et nous passons le reste de la nuit à oublier nos problèmes et la douleur de la disparition de Sunny, l'un contre l'autre.

---

28. « Propriété d'Olivia Kincaid. »

57

ADIEUX

Olivia

– Tu ne dors pas ? lui demandé-je au milieu de la nuit, alors que je le sens éveillé dans le noir à mes côtés.

Il semble tracassé. Il ne cesse de se retourner dans tous les sens et son poids, qui déforme le matelas pourtant ferme, m'entraîne avec lui.

– Non et toi non plus a priori. À quoi penses-tu ?

– Aux lettres…

– Je promets de te les montrer, mais pour l'instant, je veux les garder pour moi encore un peu. Je n'ai pas réussi à tout lire.

– Je comprends. Mais tu veux bien m'en parler alors ? Je me demande ce que Sunny disait de moi. Désolée d'être curieuse, tu peux m'envoyer chier si c'est trop pour toi.

– Non c'est bon, faut que ça sorte, je crois. Je ne fais que penser à ça depuis une heure. Elle disait énormément de bien de toi. Elle te prenait pour modèle.

Rock se tourne vers moi et il m'attire entre ses bras avant de reprendre :

– Je te reconnais dans ses descriptions, même si tu étais différente à cette époque. Une autre Olivia, plus dure, moins spontanée, renfermée, un brin cynique, mais toujours aussi têtue et acharnée : acharnée de travail.

– Je n'avais que ça avant de la rencontrer. C'est comme si j'avais tenu un rôle pendant tout ce temps jusqu'à ce que je vous rencontre, mais un rôle qui avait commencé à s'étioler grâce à Sunny. Ici, j'ai pu tout reprendre à zéro. Être ce que je voulais être, et non plus ce que je devais être pour ne pas provoquer la pitié et la curiosité des gens, comme en France.

– Ouais, tu étais déjà une vraie tête de mule. Elle raconte cette fois où tu as réussi à la faire plier pour qu'elle accepte que tu sois garante de la location de son appartement.

Ce souvenir doux-amer me revient en mémoire avec émotion. Je nous revois nous affrontant dans mon salon, aussi butées l'une que l'autre, comme deux tigresses se disputant un bout de viande. Mes arguments étaient pleins de bon sens, les siens pas vraiment, mais elle ne voulait pas lâcher l'affaire et souhaitait se débrouiller par elle-même. J'avais alors agi comme avec mes clients à la banque : je l'avais amadouée. Je lui avais proposé de passer au moins trois jours par semaine chez moi pour profiter de conditions de vie plus agréables.

Je n'avais rien dit pendant un mois puis j'étais revenue à la charge sournoisement. Sauf que cette fois, elle avait goûté au confort : une douche toujours chaude, de vraies grandes fenêtres laissant entrer la lumière, du chauffage, des toilettes propres et non sur le palier, à l'instar de sa chambre de bonne insalubre de sept mètres carrés… Son argumentation avait perdu en intensité et en véhémence et elle avait fini par accepter.

– Oh punaise oui, je m'en souviens ! Elle m'avait rendu la vie infernale pendant plus d'un mois ! J'ai dû batailler sévère mais je n'ai pas cédé. On ne se connaissait pas depuis longtemps mais il était hors de question qu'elle continue à vivre dans un taudis. Sauf qu'avec son dossier, personne ne lui donnait la chance d'accéder à mieux.

– Alors comment peux-tu penser que je serais capable de t'en vouloir, Olivia ? Après tout ce que tu as fait pour elle ?

– Je ne sais pas, la peur de te perdre, Rocky… Qu'est-ce qu'elle racontait d'autre ?

Il ne me détrompe pas cette fois sur le fait que je puisse le perdre et un malaise grandit au creux de mon ventre à cette éventualité. Je l'entends respirer plus fort pour s'armer de courage avant de me répondre :

– Dans la toute dernière lettre, elle avouait que quand je serais prêt à la revoir, elle reviendrait. Le fait de te côtoyer, orpheline mais toujours debout, lui avait permis de relativiser sur sa propre famille. Elle n'était peut-être pas idéale, nos parents l'avaient déçue et durement blessée, mais elle avait le mérite d'exister. Sunny m'avait moi et le reste des Evil's Heat, elle n'était pas seule comme elle le croyait. Elle commençait à vouloir rentrer et à chercher un moyen de te convaincre de la suivre.

– Pourquoi ne m'a-t-elle rien dit ? Chaque fois que j'essayais d'aborder le sujet de son passé, elle se fermait comme une huître. J'ai fini par arrêter de poser des questions pour respecter son souhait de silence.

– Elle avait peur de te décevoir. Comment expliquer à quelqu'un qui a perdu tous ses proches, connu l'horreur en famille d'accueil, qu'elle, elle avait fait le choix de nous abandonner, de renoncer ?

– Jamais ! Jamais je ne l'aurais jugée ! Je l'ai toujours soutenue ! Certes, on s'embrouillait et nos mots pouvaient parfois nous dépasser, mais je la soutenais.

Je m'agite dans le lit. Je ne veux pas qu'il pense que j'étais froide et acharnée au point d'être une garce sans cœur capable de tels jugements hâtifs.

– Hey, doucement, je le sais, Princesse. Du calme. Tu oublies qu'elle échangeait aussi avec Bill et pas uniquement par lettres interposées, je le crains. Je soupçonne aussi des e-mails. Il y a comme des trous dans leurs discussions. Ce connard avait une véritable emprise sur elle, j'en ai la gerbe et la haine ! Il m'a volé ma sœur. Plusieurs fois elle a voulu rentrer mais il lui a menti. Il lui a retourné le cerveau. Et j'ignorais tout, si tu savais ce qu'il disait sur moi, putain ! Et elle était fragile, isolée à l'autre bout du monde, c'était un jeu d'enfant pour lui. Mais grâce à toi, petit à petit, elle lui échappait. Il a commencé à flipper. Il a même conservé une copie de ses propres lettres de réponse. Tout était classé par ordre chronologique. J'ai pu remonter presque tout le fil. Dans les dernières semaines, elle s'est mise à aider les filles paumées du night-club, mais la suite tu la connais.

– Rock…

Je l'embrasse tendrement, le cœur en miettes. Je me demande encore pourquoi. Pourquoi cela leur est-il arrivé ? Je connais les raisons qui ont poussé Sunny à partir, mais était-ce nécessaire de leur ôter la chance de se retrouver et de se pardonner ? J'aimerais prendre sa souffrance et la faire mienne. Je viens m'allonger sur lui, l'oreille collée à son torse, j'écoute les battements de son cœur brisé et lui chuchote :

– Je t'aime. Dis-moi ce dont tu as besoin et j'irai le chercher pour toi, Brutus.

– Ce dont j'ai besoin, tu ne peux pas aller le chercher pour moi, Olivia, désolé.

– Dis toujours, de quoi s'agit-il ?

Il marque un temps d'arrêt et retient sa respiration, comme il le fait à chaque fois qu'il veut m'annoncer quelque chose que je ne vais pas apprécier. Je ne me sens pas bien et j'appréhende, je sais que nous y sommes : à la croisée de nos destins. Chacun risque de partir seul de son côté. Il est toujours silencieux, alors j'insiste :

– Rock… ?

– J'ai soif de vengeance. Ça me brûle les veines et m'empoisonne l'esprit. Je ne pense qu'à ça nuit et jour. J'entends des voix qui me murmurent à l'oreille les choses atroces que j'aimerais infliger pour me soulager. Cela m'aide à tenir. J'ai un but avant d'accepter définitivement de ne plus jamais la revoir.

– La retraite avec Nashoba ne t'a pas aidé? lui demandé-je, un peu effrayée par ses propos.

– Si, il m'a évité de partir en vrille sur-le-champ, il m'a permis de voir la mort différemment.

– Oui mais ce besoin de vengeance? Qu'en pense-t-il?

– Il le comprend et l'approuve. Les Amérindiens ont certes de belles valeurs de paix et d'amour, mais ce sont aussi des guerriers. Il te l'a dit, si nécessaire, ils savent prendre les armes pour protéger ce qui leur est cher.

– Mais toi, tu ne vas pas prendre les armes, hein, Rambo?

– Si, je dois venger Sunny et m'assurer que tu es en sécurité. Qu'il n'y a plus aucune menace qui plane au-dessus de ta belle petite tête, même si c'est la dernière chose que je dois faire de ma vie. Je vais retrouver tous ces salopards et les buter un à un. Joe est le premier sur ma liste, ensuite viendra le tour des Russes.

Lorsque je prends la mesure de ses paroles, mon pouls s'accélère et j'ai du mal à respirer. Je sens la crise d'angoisse arriver.

– Non, Rock! Tu ne peux pas faire ça, le Clan ne fait pas le poids face aux Aigles Rouges. Ils ne feront qu'une bouchée de toi!

– On trouvera un moyen. Loris a des pistes grâce à un contact qui fraye dans le milieu.

Je me redresse, paumes sur son torse et bras tendus. Je ne peux pas le voir dans le noir mais je sais que nous nous regardons dans les yeux.

– C'est trop risqué, tu n'as quasiment aucune chance de t'en tirer vivant.

– Liv…

– Non, n'essaye pas de m'amadouer avec tes « Liv ». Je n'ai plus que toi Rock, bordel! Et tu veux prendre le risque de m'abandonner à ton tour? Après toutes les belles choses que tu m'as dites ce soir? Je refuse, tu m'entends?

Je découvre son beau discours de la fin de soirée à cœur ouvert sous un angle nouveau. Il s'agissait en fait d'adieux, il espérait que cela fasse passer la pilule au moment de ces révélations-ci.

– Tu l'as dit toi-même. Tu n'es plus seule, tu as une famille désormais. Tu as les garçons, Susie, Soraya et Max… Il saura prendre soin de toi. Il t'aime.

– Oh mon Dieu! Tu ne penses pas ce que tu dis! Tu crois quoi? Que je pourrai te remplacer? Me contenter d'une solution de rechange? Qu'à défaut d'avoir l'un, j'aurai l'autre? Max est mon ami mais je ne l'aime pas comme toi je t'aime!

Qu'il puisse me sortir ça avec tant de facilité me scandalise.

– Ce sujet n'est pas ouvert à la discussion, j'ai pris ma décision, Olivia. Cette fois, j'ai le pouvoir d'agir. De protéger celle que j'aime et de venger ma petite sœur au passage. Je ne laisserai pas cette occasion m'échapper, me répond-il fermement en attrapant mon poignet d'une main et en venant me caresser la joue doucement dans le noir.

– Rock…

– Non, n'essaye pas de m'attendrir toi non plus. Tu crois que ce serait une vie pour moi d'avoir peur de te perdre à chaque minute, chaque seconde, parce qu'un sociopathe de la mafia rôde dans les parages avec ses petits copains tortionnaires? Savoir ce qu'ils pourraient te faire endurer s'ils te mettaient la main dessus, tout comme Ellie ou Sunny? M'imagines-tu un jour rentrer chez nous et retrouver la tête de ma femme décapitée pendue dans le salon…

– Je serai prudente, promis! Les garçons veillent sur moi! Et toi aussi! Mais ne fais pas ça, par pitié! Ne m'abandonne pas! Non, non, non…

Tous mes espoirs de reconstruction viennent d'exploser en un millier de fragments à travers la pièce. Moi qui pensais que tout irait mieux à présent, que le plus horrible était derrière nous, une fois de plus, je me fourvoyais. Je me mets à pleurer doucement, mes larmes gouttent sur son torse nu, il doit s'en apercevoir.

– Tu savais au fond de toi que ce jour viendrait. C'est pour ça que tu ne voulais rien dire à propos de la mafia. Tu es si précieuse, Olivia. Le Clan a besoin de toi. Sunny vit encore un peu en toi, c'est toi qui me l'as dit : ceux que nous aimons vivent à travers nous tant que nous continuons d'exister. Tu es le seul témoin des années d'existence de ma sœur en France. Je ne compte pas y renoncer, je compte me battre pour ceux que j'aime et en terminer une bonne fois pour toutes avec ces emmerdes. Je dois penser au Clan. Je veux t'offrir cette liberté que tu es venue chercher ici, et qui est menacée par ces salopards.

– Mais je l'ai trouvée avec toi! Ne pars pas, Rocky, s'il te plaît…

Je pleure désormais à chaudes larmes.

La vie est si cruelle. Elle ne m'a jamais fait de cadeau, il n'y a donc aucune raison pour qu'elle commence à m'en faire à partir d'aujourd'hui. Je suis convaincue que si Rock entreprend cette bataille, il n'en reviendra pas vivant.

– Je te promets juste que je ne suis pas suicidaire, je ferai tout pour revenir. Promis.

Je me lève violemment et pars à l'aveugle jusqu'à la salle de bains. La main sur la poignée, je me retourne avant de m'y enfermer et lui lance :

– Tes promesses, tu peux te les mettre où je pense ! Et oui, je suis en train de te faire un doigt d'honneur, espèce d'égoïste !

Je n'entends pas ce qu'il me répond, je m'enferme à double tour et allume la lumière en frappant des mains sèchement. Je me rue sur le lavabo en pierre. J'ai la nausée, j'ai froid et je n'arrive pas à me retenir de trembler violemment. Le chagrin se dispute la première place avec la colère dans ma poitrine, une lutte sans merci dont je suis la seule victime.

Bordel, bordel, bordel !

Je redresse la tête et observe mon reflet dans le miroir avant de dire à celle qui se tient face à moi, blafarde et les yeux rougis :

– Ma grande, tu as vraiment dû faire de la merde dans tes vies antérieures pour que le destin s'acharne sur toi ainsi.

Je m'asperge le visage d'eau froide, j'ai besoin de me poser et de réfléchir correctement. Je refuse de tout perdre une fois de plus sans rien faire, je refuse d'être spectatrice du désastre. Mais je ne sais pas ce que je peux faire pour empêcher Rock de partir en croisade vengeresse. Je regarde autour de moi à la recherche d'une idée, de l'inspiration. Mes yeux se posent alors sur la tablette en bois noble sous l'immense miroir rectangulaire. Toutes nos affaires y sont éparpillées en désordre : mon maquillage, son déodorant, ma boîte de pilules, sa brosse à dents, ma brosse à cheveux, ses lames de rasoir…

Et je sais au plus profond de mon âme quelle est l'unique possibilité qui s'offre à moi face au sacrifice de Rock. S'il doit lui aussi m'être arraché pour toujours, il n'y a qu'une seule solution pour ne pas finir seule et malheureuse, le cœur en morceaux. Cela s'impose à moi comme une évidence, malgré les promesses. S'il décide d'être égoïste de la sorte, de me dire adieu aussi facilement, alors je le serai aussi.

58

SALO**RIE DE RUSSIE

Olivia

Le bruit sourd de coups contre la porte interrompt mes pensées :

– Olivia ! Qu'est-ce que tu fais ? Ouvre !

Je finis de remettre de l'ordre dans mes cheveux et de m'essuyer le visage pour reprendre contenance avant de lui ouvrir. Je ne veux pas qu'il s'aperçoive de mes intentions, or depuis un certain temps, il a tendance à lire en moi comme dans un livre ouvert.

Je sors de ma cachette. Rock a allumé la chambre et se tient devant moi à demi nu portant un des boxers que je lui ai offerts.

Quelle vaste blague !

– Tu devrais enlever ça, lui dis-je en pointant son entrejambe. C'est un mensonge. Tu ne m'appartiens pas. J'y ai cru mais je me suis trompée.

– Poucelina…

– Non, arrête. Tu as fait ton choix, je viens de faire le mien. Je vais dormir dans la chambre d'amis.

– Quel choix as-tu fait ? De quoi tu parles ? Ne dis pas de conneries !

– Tu verras bien… Ah non attends, tu ne pourras pas car tu seras mort ! Maintenant laisse-moi passer.

Le désarroi me rend belliqueuse, je cherche l'affrontement car je préfère cent fois plus me sentir pleine de hargne plutôt que dépressive. Je le bouscule violemment et, surpris, il se décale et me laisse passer. Une fois dans la chambre d'amis, je m'effondre sur le lit et laisse libre cours à mon chagrin. Épuisée de pleurer, je finis par m'endormir, seule.

***

Le matin suivant, alors que je me réveille, l'odeur de Max envahit mes narines et un grand corps chaud m'enlace.

Qu'est-ce que je fous dans le lit avec Max, bordel?

Je me redresse subitement, perdue. J'allume la lumière de trois claquements de doigts et détaille la pièce, qui n'est pas ma chambre, de toute évidence. Puis je me souviens que je n'ai pas dormi dans mon lit, et la raison de ce déménagement soudain dans la chambre d'amis me revient. Tous les sentiments amers ressurgissent également. En revanche, c'est bien Rock qui dort à côté de moi, il a dû me rejoindre pendant la nuit. Nous n'avions pas encore eu le temps de changer les draps qui portent toujours le parfum de mon ami.

Trop bizarre…

Ceci explique cela, mais mon pouls bat encore la chamade sous l'effet de surprise au réveil.

– Liv… Qu'est-ce que tu fais? Éteins cette lumière.

Je me penche et regarde l'heure affichée sur le radio-réveil à ma gauche avant de déclarer avec sarcasme :

– Non, il est l'heure de se lever et d'aller bosser. C'est l'heure des retrouvailles entre les membres des Evil's Heat et leur cher meneur, qui va leur annoncer par la même occasion qu'il va à nouveau les abandonner pour toujours…

Cette fois, il ouvre les yeux et m'attrape par le bras pour me tirer vers lui. Il plonge son regard endormi dans le mien :

– Tu veux vraiment que ça se passe comme ça entre nous? Qu'on se fasse la guerre plutôt que de profiter du temps qui nous est accordé? me demande-t-il sévèrement.

– Non, bien sûr que non. Mais tu ne peux pas me demander d'être heureuse et d'accepter ta décision le cœur léger.

– Ce n'est pas ce que je te demande mais j'ai besoin que tu me comprennes. Si je ne venge pas Sunny de ces salauds, si je ne te protège pas, je vais sombrer. Je ne serai de toute façon plus celui que tu aimes ou un meneur à la hauteur de mes hommes. Tu m'as dit que peu importe ma décision, tu l'accepterais et tu m'aimerais toujours.

Je ne trouve rien à lui répondre. Il a raison, même si c'est douloureux de l'admettre.

Notre conversation se termine sur cet échange. Il n'y a rien de plus à ajouter, c'est ce qu'on appelle plus communément être dans une impasse. Aucune des options qui s'offrent à nous ne peut être choisie sans souffrance. Si j'accepte qu'il parte, je serai détruite, mais lui sera alors en paix. Si je le supplie de rester, je serai dans un premier temps satisfaite, mais Rock ne sera plus que l'ombre de lui-même et notre couple s'autodétruira.

Je suis perdante sur les deux tableaux, mais dans le premier cas, il obtient la rédemption qu'il souhaite tant. Alors, aussi ahurissant que cela puisse paraître, je me résigne et je retourne à ma bonne vieille technique qui m'avait permis de tenir jusqu'ici : j'enfouis la tête dans le sable bien profondément. À partir d'aujourd'hui, je ferai comme s'il n'y avait pas d'échéance pour notre couple, aucune date limite de consommation inscrite sur l'emballage. Je lui donnerai tout ce que j'ai et je prendrai la même chose en retour et sans aucune retenue.

Notre quotidien au Q.G. reprend. Rock y est accueilli comme un seigneur de guerre. Max a bien vu à mon apathie et à ma mine triste que quelque chose n'allait pas, mais j'ai fait comme si de rien n'était lorsqu'il m'a demandé si je me sentais bien. Puis, les frères décisionnaires ont appris en réunion la décision de Rock de partir chasser les Aigles rouges de Moscou directement dans leur nid et en terre hostile.

Le silence s'est abattu dans la pièce et j'ai senti le regard lourd de chacun sur moi alors que je fixais le plafond, les larmes aux yeux. Je me suis finalement ressaisie, me mettant un coup de pied aux fesses, et j'ai affiché pour chacun mon plus beau sourire de circonstance. Ces automatismes reviennent si facilement grâce à mes années de pratique. J'ai l'impression de retourner des mois en arrière, durant mes premières semaines passées ici, à Colorado Source, avec mon vernis de protection triple épaisseur contre les coups du sort.

Finalement, remonter le temps est quelque chose de possible après tout.

Le mercredi, Shawn arrive dans un état de décomposition avancé. Je ne l'ai presque pas reconnu sans son costume habituel, ses cheveux en bataille, le regard cerné et les yeux injectés de sang. Il tente de me parler mais abandonne quand il voit que je suis moi-même au bord du précipice à ses côtés. Il se résigne et va chercher le réconfort dont il a besoin auprès du reste de ses frères.

Trois semaines s'écoulent ainsi pendant lesquelles je fais bonne figure la journée et je me noie dans le sexe désespéré avec Rock la nuit. Nous parlons peu, évitant les sujets qui fâchent, et je finis presque par croire aux mensonges que je me répète en boucle dans ma tête : « tout va bien se passer, tu auras ta fin heureuse, Kincaid, comme celles des films Disney que tu regardais gamine. » Fidèle à ce que je me suis promis, j'offre à Rock, dans l'intimité de notre chambre et entre les draps, tout ce qu'il reste de mon âme et de mon être meurtris, sans modération aucune, et il en fait autant en retour.

Je sais à présent que lorsqu'il partira pour la Russie, il emportera tout avec lui, me laissant complètement vide à Colorado Source. Mais j'ai une solution, une décision que j'ai prise seule dans la salle de bains après notre dispute. Cette fois, je ne subirai pas la cruauté de la vie sans agir. Mon destin m'appartient et je compte en reprendre le contrôle.

Lorsque j'arrive en réunion le mercredi matin, lessivée par une nuit agitée de cauchemars sanglants, les garçons sont déjà tous là et discutent entre eux. Je suis épuisée et je m'avachis à côté d'Eddy, qui cesse de parler avec Vince et vient me caresser la joue gentiment. Il me lance un regard contrit mais ne dit rien. À ce stade, il n'y a plus rien à ajouter de pertinent ou d'intelligent. Rock pénètre dans la pièce et le silence se fait. Sans préambule, il entre dans le vif du sujet :

– Loris a un plan solide pour la Russie et faire tomber ces enfoirés. Vas-y, Chuck, dis-leur.

Mon cœur cesse de battre à cette annonce et Loris se lève, fidèle à lui-même. Il prend son temps, et quand il est convaincu que nous l'écoutons tous attentivement, il déclare :

– Notre contact en Europe de l'Est écume le Darknet en sous-marin depuis plusieurs mois déjà, à l'affût d'infos, depuis que nous sommes au courant de l'existence des Aigles rouges et du meurtre d'Ellie. Il y a quelques semaines, il a eu vent d'une rumeur, et celle-ci vient de se confirmer. Ce qu'il faut comprendre, c'est que les K.O.M, dirigés par un certain Borya Sergueïevitch, ne sont qu'un tentacule d'un réseau encore plus vaste. Et ce réseau plus vaste veut faire tomber Borya de façon discrète.

– OK, et tu sais pourquoi le réseau mère veut sa peau ? demande Eddy, intrigué.

– Borya prend trop de libertés, il a contesté des ordres directs et sert désormais ses propres intérêts en priorité. C'est un électron libre. Il a oublié qu'il y avait des gens au-dessus de lui. Ils veulent l'éliminer comme si c'était une attaque extérieure et lui trouver un remplaçant qu'ils maîtriseront, cette fois-ci. Chez eux, il n'y a pas de licenciement pour faute grave. Tu fais de la merde, tu crèves.

– Laisse-moi deviner, c'est là que nous intervenons. Nous les aidons à buter Borya de l'extérieur. Rock a sa vengeance et nous éliminons la menace qui plane sur Liv au passage, rebondit Vince.

– Ouais. En fait, ils ont carrément posté une sorte d'offre d'emploi cryptée sur le Darknet. Ils recherchent des mercenaires pour faire le boulot. On y a répondu et grâce à l'aide de notre indic qui a l'habitude de tout ça, on a décroché le job ! L'avantage de cette solution, c'est qu'on n'a pas à tremper dans leurs affaires plus que nécessaire et revenir avec plus d'emmerdes qu'au départ. Ils nous filent la mission, on se débrouille pour la remplir, on est payés et on se casse.

– Ça me paraît être une solution plutôt satisfaisante, surenchérit Eddy.

– C'est tout de même un job à hauts risques. Peu se sont présentés. Borya est complètement dingue et entouré de sbires encore plus tarés.

J'ai l'impression de vivre une expérience extracorporelle, je suis étrangère à la scène qui se déroule autour de moi. Rock va aller jouer les mercenaires et aider la mafia russe à se débarrasser d'une branche pourrie de leur réseau odieux. Voilà, nous y sommes. Le moment où faire marche arrière n'est plus possible. Je ne peux qu'assister à sa chute, impuissante : où est passé le meneur de clan bienveillant du début ?

Leur plan me dépasse, je me dis que d'ordinaire, ce genre de scénarios est réservé aux films et aux séries télé, pas à la vraie vie. Sauf que ce sont les films qui s'inspirent de la réalité, bien plus brutale et sadique que n'importe quel synopsis ou histoire inventée de toutes pièces. Rock reprend les rênes de la conversation tandis que Loris se rassied.

– Nous irons à trois : Loris, Shawn et moi.

– Shawn ? demande Max, surpris, faisant écho à la stupeur des autres garçons dans la pièce. Mais il n'a aucune formation au combat ou de terrain.

– Il suivra une formation express. Il ne m'a pas laissé le choix et je le comprends. Il a le droit lui aussi de se venger. Je serais un hypocrite que de le lui refuser. On a discuté, il est conscient des risques et des dangers encourus, et les accepte.

– Et c'est quoi l'étape suivante ? interroge Eddy.

– On attend le feu vert de notre indic. Il réfléchit à un plan, mais selon lui, il s'agit de patienter jusqu'à ce que la bonne opportunité se présente, et de frapper. On a six mois à partir de maintenant pour réaliser la mission, lui répond Rock.

Je me lève brusquement. C'en est trop pour moi, j'en ai assez entendu pour aujourd'hui. Je leur crie avant de partir :

– C'est peut-être vous les pros de ce genre de trucs. Quoique, j'ai un doute désormais. Mais moi, je vois une liste sans fin d'arguments qui nous disent clairement que tout ça, c'est un plan foireux ! Vous allez droit dans le mur ! Et si l'opportunité dont vous parlez implique des dommages collatéraux, des innocents… ?

– Il n'y a aucun innocent dans ce milieu, Olivia, me répond tristement Loris.

Je me rue vers l'extérieur et je claque la porte brutalement. Je retourne dans mon bureau en espérant m'oublier dans le travail, mais sans succès. Les détails et les explications de comment on devient mercenaire pour la mafia russe ne m'intéresse pas, je ne vois que les conséquences. L'image de Rock, mort, passe en boucle devant mes yeux, ou derrière mes paupières quand j'ai le malheur de les fermer. Alors je hurle de toutes mes forces pour extérioriser ma rage, et repasse en mode pilotage automatique pour m'anesthésier.

A priori, ce plan pourri va être voté, donc finalement mes sentiments, on s'en contrefiche. C'est le choix de Rock, son désir de vengeance surpasse l'amour qu'il me porte. C'est un constat amer et douloureux, mais je ne peux lutter contre. Du moins, c'est mon avis car il voit les choses dans l'autre sens. Selon lui, il fait cela car il m'aime plus que tout.

Impasse, encore et toujours… Saloperie de Russie !

***

J'ai eu la naïveté de penser que l'opportunité qu'ils attendaient tous se présenterait dans les semaines qui ont suivi, mais cela fait maintenant trois mois que la réunion a eu lieu et nous en sommes toujours au même point, à poireauter comme des idiots. À patauger dans un semblant de normalité, comme si tout allait bien dans le meilleur des mondes et que nous ne planifiions pas le meurtre d'un homme véreux à l'autre bout du monde. Toutes les excuses sont bonnes pour sauver les apparences.

Je reprends cependant espoir en me disant qu'avec un peu de chance les six mois s'écouleront et ainsi nous aurons laissé passer notre tour. À cette possibilité inespérée, mon cœur se serre et je veux y croire. J'ai retrouvé l'homme que j'aime dans l'une de ses dernières décisions. Rock est allé confronter son père et il a su prendre sur lui. Bien entendu, ils se sont disputés, violemment, mais mon titan ne s'est pas abaissé à tabasser Joe. Même lorsque ce dernier, espérant son pardon, lui a avoué être la seconde taupe dont parlaient les Black Edge.

Bill avait fini par se confier à Joe qui savait tout, depuis toujours, et n'avait rien dit, mais avait jugé préférable que Rock ne sache effectivement jamais rien au sujet de Sunny et que je disparaisse par tous les moyens possibles. Il a donc rejoint Bill dans ses projets abjects aux côtés des Black Edge. Cet homme est aussi faux et tordu que Bill à sa manière. Je me demande comment Rock peut être une si belle personne quand on voit celui qui pendant longtemps a été son modèle. Certaines qualités comme certaines tares sautent une génération. Rock doit tenir de son grand-père John, et non de Joe, je ne vois pas d'autre explication possible.

À cette révélation, cet ultime domino renversé par tous les autres avant lui, Rock l'a banni du Clan. Il l'a exclu de sa vie et a renié son lien de filiation, ce qui est la pire des sanctions pour ce père qui voyait son fils comme un prolongement de lui-même. Au point de prendre des décisions inhumaines pour son soi-disant bien-être. Rock a cependant accepté que Joe reste à moins de deux heures de Colorado Source, mais uniquement car il ne veut pas perdre sa mère dans la foulée. En peu de temps, il n'avait plus de petite sœur ni de père, alors Annie, aussi imparfaite et malade soit-elle, est le peu qu'il reste de sa famille brisée.

Malgré mon désarroi face à son désir de vengeance, suspendu telle une épée de Damoclès au-dessus de nos têtes, je l'ai soutenu dans ce moment compliqué et cela nous a un peu rapprochés. Nous retrouvons progressivement notre complicité, mise à mal par les choix de Rock et l'incompréhension qui en découle. Nous avons lu ensemble quelques lettres de Sunny et par moments, il souhaite que je lui raconte des anecdotes et des souvenirs de ma vie avec sa sœur. Ce sont des moments intenses, compliqués mais indispensables qui nous lient.

Je subis mon sort plus que je ne l'accepte. Je me sens malade et épuisée tout le temps. Mais j'excelle parfaitement dans mon rôle d'autruche, et les jours passent ainsi, puis les semaines, et enfin les mois, jusqu'à ce que l'inéluctable nous rattrape en réunion, un vendredi matin.

– J'ai eu Dimitri, nous lance Loris. Nous avons enfin une fenêtre de tir pour intervenir.

– Dimitri? lui demandé-je, le cœur battant la chamade.

Ça y est, l'heure fatidique a sonné. Rock va bientôt décoller pour je ne sais où et ne jamais en revenir.

– Notre indic en Europe de l'Est.

– Et donc, cette opportunité, de quoi s'agit-il? reprend Eddy.

– Un des hommes de main proche de Borya est décédé d'un cancer avant-hier à l'hôpital de la Pitié Salpêtrière à Paris. Le corps va être rapatrié en Russie dans un petit village à une heure de Moscou et il y sera enterré la semaine prochaine. C'est le moment parfait pour nous. Borya va se rendre aux obsèques, il sera moins sur le qui-vive, avec peu de gardes, et nous pourrons frapper. J'ai soumis un plan d'attaque à nos commanditaires et ils l'ont déjà validé. Ils prennent tout en charge, depuis notre vol sous de fausses identités jusqu'à notre équipement. J'ai fait une liste de ce dont nous aurons besoin. Ils se chargent de tout obtenir et ils nous mettront même à disposition deux de leurs hommes, qui seront infiltrés pendant l'enterrement et nous aideront à rentrer sur les lieux.

Les mots de Loris sont implacables, efficaces, comme toujours avec lui. Je me doute qu'il a dû penser à tout, que l'opération est réglée comme du papier à musique, sans le moindre espace pour l'imprévu. Après tout, c'était son job avant d'intégrer le Clan, il était dans les forces spéciales et faisait exactement la même chose, mais contre ceux que les États-Unis appelaient ennemis, avec en sus la mention : spécialiste explosifs. Je ne me sens pas bien tout à coup et je suis prise de violentes nausées. Les imaginer en action, prendre tous ces risques, me retourne l'estomac.

Je me lève et cours aux toilettes où je finis par rendre la totalité de mon déjeuner, puis de la bile quand il ne reste plus rien dans mon estomac. L'acidité me brûle la langue, l'intérieur des joues, et je pose mon visage, que je sens couvert de sueur, contre le carrelage du sol à la recherche de fraîcheur.

– Liv? T'es là?

Rock vient d'entrer et j'aperçois ses boots s'approcher par-dessous la porte des toilettes entrouverte.

– Princesse, ça va? me demande-t-il alors qu'il pousse le battant et me découvre en chien de fusil, tremblante, sur le sol.

Je n'ai pas la force de lui répondre, j'ai trop mal. Je veux rentrer, me glisser sous ma couette et m'endormir pour tout oublier. Il faut croire que ma technique de l'autruche vient de trouver ses limites. Lorsqu'il m'aperçoit, il s'inquiète, s'agenouille à mes côtés et vient toucher mon front.

– Bordel, tu es brûlante! Tu as dû chopper froid. Je t'avais dit de te couvrir plus, les nuits sont encore fraîches, Olivia. L'été n'est pas encore là!

– Je ne suis pas malade. Ce sont toutes vos discussions à la con qui me mettent dans cet état. Tu vas mourir et me laisser seule. Pitié, ne pars pas, Rocky... Je t'aime, le supplié-je, grelottante.

– On en a déjà parlé. Je dois faire ce job. Et nous avons accepté, nous ne pouvons plus faire marche arrière. On ne rompt pas ce genre d'engagement avec la mafia sans conséquence. Mais ça va aller. Loris m'a exposé son plan hier soir, c'est une occasion en or, il a tout programmé au millimètre. Tu sais comment il est, et il est confiant, on a toutes nos chances de nous en sortir vivants. L'idée est de piéger le cercueil avec des explosifs et quand Borya s'en approchera...

– Stop ! Arrête, je ne veux plus savoir !

Je crie en me bouchant les oreilles avec mes mains et les nausées me reprennent, ainsi que des frissons d'effroi.

– Quoi que tu dises, tu es malade ! Je te ramène chez nous et je vais demander au Doc de venir t'ausculter.

Il ne me laisse pas le temps de protester et me prend dans ses bras. Je me blottis contre lui. Je ne peux m'empêcher d'apprécier le contact et de humer son odeur en lâchant un petit soupir de soulagement. Ce sont nos dernières heures ensemble avant d'être séparés pour toujours. Je passe le reste de la journée seule, à broyer du noir. Rock est reparti au Q.G. finir de peaufiner son départ avec les garçons.

Je suis si seule...

59

QUI VA À LA CHASSE PERD SA PLACE

Rock

Je rentre inquiet chez nous vers seize heures. Olivia ne répond plus à mes SMS depuis une heure environ, alors que jusqu'à présent elle me tenait au courant de son état toutes les quinze minutes. J'ai donc écourté les derniers préparatifs avec Shawn et Loris. Nous finirons demain matin de tout organiser, quand je serai certain qu'elle va bien. J'essaye de l'appeler en chemin mais elle ne décroche pas non plus, et je presse le pas dans le tunnel qui relie le Q.G. à l'appartement.

Elle n'avait vraiment pas l'air bien quand je l'ai couchée dans notre lit en fin de matinée, et j'ai un mauvais pressentiment qui me fait à présent courir pour la rejoindre. Je sais que la situation actuelle, avec mon départ imminent pour la Russie, n'arrange pas les choses et qu'elle souffre en silence. Hormis quelques tentatives comme ce matin, j'ai été surpris qu'elle se résigne aussi vite et ne conteste pas plus ma décision.

Durant ces trois derniers mois, je l'ai vue se refermer sur elle-même un peu plus chaque jour, se coupant du monde et de ses amis. Je la vois se mettre en retrait et observer de ses grands yeux mouchetés, apathique, les gens autour d'elle. Elle participe peu pendant les réunions, contrairement à son habitude. Cette joie de vivre qui l'habite s'étiole, elle se noie dans le travail et dans le projet du lancement de la marque de bijoux avec Soraya. Cette dernière est inquiète également, avec Susie, elles ont peu de nouvelles et ne se sont quasiment pas vues.

Olivia décline systématiquement leurs invitations avec de fausses excuses et elle refuse toute aide, malgré leur insistance.

C'est à cause de toi, espèce d'abruti égoïste!

Je me sens coupable, à juste titre, de son état, et j'essaye de la rassurer tous les jours, mais elle doit me faire confiance une ultime fois. Je sens dans mes tripes que nous allons nous en sortir, que notre salut et l'espoir d'un futur plus serein sont là.

Après cette mission, tout ira mieux. Le plan de Loris est du tonnerre, sans imprévu possible. Nous obtiendrons alors notre vengeance, je saurai Olivia à l'abri des menaces et je pourrai commencer le deuil de Sunny. Je suis d'ailleurs en train de me renseigner pour faire rapatrier son corps aux États-Unis, afin qu'elle repose près de nous et non à l'autre bout du monde, où personne ne lui rend visite. Je veux savoir qu'elle est rentrée à la maison, qu'elle est à mes côtés, entourée de ses proches.

Je ne suis pas insensible, j'aime Liv de toutes mes forces, bordel, et la voir dans cet état me brise le cœur. J'ai parfois failli renoncer, mais ma petite sœur doit retrouver sa dignité et c'est la moindre des choses que je puisse faire pour la lui rendre, en saignant cet enfoiré qui a ordonné son assassinat. Olivia m'avait dit qu'elle comprenait.

J'entre dans le salon. Tout est calme et je me dirige doucement vers la chambre, m'attendant à la trouver endormie entre les draps, ce qui expliquerait son silence. Mais je suis étonné, la lumière est allumée, le lit est vide et je ne perçois aucun bruit de mouvement.

Pas de Liv.

La porte de la salle de bains est entrouverte, de la lumière filtre à travers l'interstice et j'entends de l'eau couler.

– Princesse, tu es aux toilettes? Je peux entrer?

Je m'avance et pousse le battant doucement pour ne pas la surprendre, car je sais qu'elle déteste ça : lorsque je lui fais peur sans faire exprès.

C'est alors que je la découvre et mon cœur cesse de battre. Elle gît sur le sol, pâle comme la mort, les mains couvertes de sang. Il y en a d'ailleurs aussi sur son jean et son tee-shirt. Mon pouls repart et ma poitrine explose de panique. Je me rue sur elle en hurlant :

– Olivia! Bordel, non!

Elle ne me répond pas mais je vois ses yeux papillonner avec difficulté. Je la prends contre moi et j'appelle le Doc, terrifié. Je coince le téléphone entre ma joue et mon épaule en attendant qu'il décroche et je la palpe partout. Je n'arrive pas à savoir d'où vient ce sang, sa respiration est faible, presque inaudible mais elle est vivante, alors je garde espoir. Je pensais qu'il ne pouvait rien y avoir de plus douloureux que l'annonce de la mort de ma sœur, mais la peur de perdre Olivia de nouveau me paralyse. Je la revois, mourante sur le sol de cette vieille grange et je me sens impuissant : tout se répète, comme un cycle infernal.

– Qu'est-ce que tu as fait, Liv?

C'est la première chose qui me vient à l'esprit. Elle m'avait avoué avoir tenté de se suicider sans grande conviction une fois, mais elle m'avait aussi juré qu'elle ne le referait jamais. Qu'elle aimait trop la vie pour cela, qu'elle avait la rage de vivre alors je ne comprends plus ce qui se passe. Le Doc décroche enfin :

– Rock?

– Putain, rapplique chez moi tout de suite! Olivia perd du sang, je crois qu'elle a tenté de s'ouvrir les veines, lui réponds-je, désespéré.

– Est-ce qu'elle a un pouls? me demande-t-il. En bon professionnel, il garde son calme alors que moi je perds le contrôle.

– Elle respire oui, mais c'est si faible. Vite! Viens!

– Je me mets en route, j'arrive. As-tu trouvé d'où vient le sang? Tu dois faire compression sur les plaies.

Je relève les manches de son haut. Il y a du sang sur ses doigts et ses paumes mais lorsque j'examine ses poignets, ils sont intacts, hormis les vieilles cicatrices blanches et légères qui barrent sa peau, il n'y a rien d'autre. C'est incompréhensible.

– Je ne vois pas de plaies mais il y a du sang partout.

Je regarde autour de moi. Effectivement, il y en a sur le lavabo et le robinet qui est toujours ouvert, mais aussi sur les toilettes et près de la baignoire. Je suis perdu, mon cerveau fonctionne au ralenti et les éléments ne s'imbriquent pas entre eux pour former un début de réponse plausible.

– Je suis en route, j'arrive. Il faut que tu gardes ton calme, OK? Laisse-la allongée et continue de chercher d'où vient le sang. Sur ce, il raccroche.

J'obéis à ses ordres, repose mon petit feu follet, devenu terne et immobile, sur le sol, et j'envoie un texto à Max pour qu'il rapplique également avec de l'aide. Je cherche en vain la source de l'hémorragie, mais son ventre, sa poitrine et sa tête sont intactes.

Bordel de merde!

Je suis démuni et la vie continue de s'échapper de son corps à chaque seconde qui passe.

Elle remue alors doucement et je l'entends me murmurer :

– Rock, j'ai si mal… je suis désolée…

– Ça va aller, Princesse, je suis là. Je te tiens. Le Doc arrive. Reste avec moi, je t'en supplie.

J'attrape sa petite main et elle trouve la force de serrer la mienne. J'y vois un signe d'espoir et je m'y accroche en attendant que les secours arrivent.

Le Doc et les garçons débarquent quasiment en même temps et en moins de quinze minutes. Il prend les choses en main à partir de là et je le regarde agir, impuissant, alors qu'il me demande de m'écarter. Je le vois grimacer lorsqu'il termine une première auscultation.

– Je vais lui donner de quoi stopper l'hémorragie mais elle doit être transférée aux urgences de Newton City. Cela dépasse mes compétences. Laisse-moi les appeler.

– Tu sais ce qu'elle a?

– Sans examens complémentaires, je ne peux pas me prononcer.

Cette réponse incertaine sonne le glas du peu de sang-froid qu'il me reste et Max vient m'aider à me calmer alors que nous sommes agenouillés autour d'elle et qu'elle me tient toujours la main en gémissant.

Nous avons sorti Olivia par l'accès du hangar, le seul équipé d'un ascenseur. Le Doc l'a étendue sur un brancard en attendant l'hélicoptère envoyé par les urgences lorsqu'ils ont su que nous étions si loin de l'hôpital. J'ai une horrible impression de déjà-vu. Ils acceptent que le Doc et moi montions avec eux. Puis une fois que nous sommes arrivés, Olivia nous est arrachée et elle est emmenée à toute vitesse à travers les couloirs blancs et aseptisés de cette prison pour malades. Les portes coupe-feu se referment sur nous et sur la promesse des urgentistes de nous tenir informés au plus vite de son état.

L'attente commence, longue et insoutenable, dans l'ignorance la plus totale. Elle me broie le cœur et me retourne le cerveau. Je m'imagine le pire, cela prend beaucoup trop de temps. Les garçons finissent par nous rejoindre tandis que je fais les cent pas dans la salle d'attente et que j'agresse chaque infirmière qui a le malheur de passer par là.

Je finis par m'asseoir sur une chaise en plastique, identique à une vingtaine d'autres alignées contre le mur et qui grince sous mon poids.

J'ai la tête entre les mains quand j'entends quelqu'un s'adresser à moi :

– Vous êtes le mari? Je suis le docteur Peterson, je suis en charge de votre femme.

Je me redresse vivement. Eddy et les autres s'approchent brusquement aussi. L'homme devant moi, d'une cinquantaine d'années et les cheveux poivre et sel, a un mouvement de recul à notre approche mais ne peut aller plus loin, car le torse de Loris derrière lui l'en empêche. J'imagine qu'on a de quoi être effrayants, l'encerclant de la sorte avec nos looks de marginaux et nos tatouages, mais je me contrefous qu'il se pisse dessus de peur. C'est le cadet de mes soucis. Je veux savoir si Liv va bien.

– Nous ne sommes pas mariés mais oui…

– Donc non, vous n'êtes pas le mari, me répond le médecin avec air hautain, comme si j'étais un idiot.

Sérieux mec, ne me chauffe pas, ce n'est pas le moment.

– Écoutez, c'est ma femme, point barre. Alors dites-moi ce qu'elle a. Est-ce qu'elle va bien?

Mister Connard cille sous la menace implicite portée par le ton de ma voix et il finit par me répondre :

– Son état est stable, nous l'avons mise en chambre 202. Vous pouvez aller la voir. Mais peut-être pas tous en même temps…

Il nous jette un coup d'œil circulaire peu rassuré. Le soulagement me foudroie quand sa réponse atteint mon cerveau qui fonctionne au ralenti, encore sous le choc de la vision d'Olivia, étendue dans son sang sur le sol de notre salle de bains.

– OK, mais qu'est-ce qu'elle a eu? Est-ce qu'elle a essayé de se faire du mal?

Le docteur Peterson me regarde, étonné, avant de répondre :

– Non absolument pas, votre femme est enceinte de trois mois environ. Elle a un décollement du placenta assez sérieux assorti d'un hématome latéroplacentaire, d'où les saignements hémorragiques.

Comment?

Enceinte. Enceinte. Enceinte… Liv est enceinte.

Je tourne en boucle sur le mot que j'ai beau connaître. C'est comme si ce crétin avec son air condescendant me parlait chinois. Je dois avoir l'air d'un con avec la bouche ouverte et le regard ahuri. Je passe d'Eddy à Max devant moi, qui sont tout autant estomaqués.

– À voir votre tête, j'imagine que vous n'étiez pas au courant.

– Non, tu crois, Einstein? lui réponds-je en venant lui enfoncer mon index dans le sternum.

Il passe en mode défensif, ce qui se comprend, car je suis clairement hostile à présent. Mais la situation m'échappe et l'impuissance se transforme en colère, maintenant que je sais que Liv va bien.

– Je sais que vous autres, bikers, vous vivez en autarcie, mais j'ignorais que c'était au point de ne pas savoir comment on fait un enfant. Quand on a des rapports sexuels avec quelqu'un sans protection et sans contraceptif, ce sont des choses qui finissent par arriver…

Mais c'est qu'il a de l'humour, cet abruti.

– Merci pour le cours d'éducation sexuelle, Dr House, mais je sais encore comment ça fonctionne. Olivia prend la pilule. Elle ne peut pas être enceinte.

Docteur Connard prend alors un regard contrit avant de m'assener le coup fatal :

– Eh bien, dans ce cas, je vous laisse discuter avec elle car elle nous a dit le contraire. Elle aurait arrêté de la prendre il y a un peu plus de trois mois.

Cette fois, mon cerveau se déconnecte pour de bon. Je n'arrive pas à croire qu'Olivia ait fait une chose pareille. Il doit y avoir une explication raisonnable à tout ça, il s'agit d'un malentendu.

– En tout cas, elle et le bébé vont bien pour le moment. Nous lui avons donné un traitement qu'elle doit suivre à la lettre. Elle doit surtout rester allongée, pas d'efforts, pas de stress, beaucoup de repos. Nous contrôlerons par échographie l'évolution du décollement et l'hématome dans une semaine. Ils devraient se résorber. Si tout va bien, elle pourra sortir mais devra toujours demeurer alitée.

Il insiste sur les mots *stress* et *repos* en me jetant un regard entendu.

Oui c'est bon, j'ai saisi le message, espèce d'idiot.

Je suis encore sous le choc, mais je ne suis pas un connard. Je ne ferai jamais de mal à une femme, sauf peut-être Pam, et encore moins une femme enceinte. Et surtout pas mon petit feu follet, que je pensais mourante il y a à peine deux heures. Docteur Connard Peterson ajoute alors avec ironie en nous indiquant la direction de la chambre :

– Toutes mes félicitations. Vous verrez, la paternité, c'est une aventure incroyable.

Nous nous tenons tous devant la porte 202, mais je suis le seul à pénétrer à l'intérieur de la chambre. Mes frères attendront leur tour pour aller la voir, quand Olivia et moi aurons éclairci certaines choses. Lorsque je l'aperçois, si frêle et blanche sur le lit, les paupières closes, ma colère retombe instantanément. Je n'arrive pas à lui en vouloir, que ce bébé soit un accident ou non, comme l'a laissé entendre le docteur Peterson. Je m'approche doucement et quand je saisis sa petite main froide dans la mienne, elle ouvre doucement les yeux qui s'emplissent de larmes à ma vue.

– Rambo… me murmure-t-elle.

– Hey, tu dois rester calme. Ça va aller, OK? Ils ont dit que tu allais bien, et le bé…

Le mot reste bloqué derrière mes lèvres, il ne veut pas sortir.

– Je suis désolée, ça ne devait pas se passer comme ça. Tu ne devais pas savoir.

– De quoi tu parles? Alors c'est vrai ce qu'il m'a dit? Tu as volontairement arrêté de prendre ta pilule?

Elle acquiesce silencieusement en se mordant la lèvre pour se retenir d'éclater en sanglots, et détourne le regard, coupable. Je respire profondément. Je ne dois pas m'énerver, même si j'ai la sensation d'être pris en otage par la situation et par la femme que j'aime. Je suis censé partir pour la Russie dans deux jours pour buter un homme, pas devenir père. Je ne devais jamais le devenir, d'ailleurs!

C'était acté, écrit dans le marbre, aussi sûrement qu'un et un font deux. Quand j'ai appris ce que mon géniteur avait fait endurer à ma sœur, cela m'avait conforté dans mon choix. Je sens ma confiance en Liv se fissurer malgré moi. Certes, ce n'est pas Soraya, mais cela reste un coup bas.

– On en avait parlé toi et moi, pourquoi as-tu fait ça? On était d'accord. Alors tu m'as menti depuis le début?

– Non, ce n'est pas ce que tu crois.

– Alors explique-moi comment tu as pu décider de ça toute seule. Je te faisais confiance, Liv.

– Oui, eh bien, tout ne se passe pas toujours comme prévu, vois-tu. Toi aussi, tu as pris une décision égoïste de façon unilatérale pour notre couple.

Elle paraît énervée à présent.

Un comble!

Je devrais être celui qui est en colère, pas elle. Puis sa voix se brise lorsqu'elle poursuit :

– Je n'ai pas fait ça pour te garder ici, pour te faire du chantage. Je ne pensais pas être enceinte. Quand j'ai commencé à perdre du sang, j'ai cru que c'étaient mes règles. Et que l'arrêt de la pilule avait déréglé quelque chose.

– Oui, mais même si tu ne pensais pas être enceinte, tu as voulu ce bébé, tu as fait ce qu'il fallait pour qu'il arrive.

– Oui. Et comment ne pas le vouloir, hein? Je ne m'étais jamais posé la question avant que tu ne m'annonces en pleine nuit que tu comptais partir venger Sunny, au risque de ne pas en revenir. Que voulais-tu que je fasse d'autre? Tu préférerais qu'une fois de plus je regarde, impuissante, la personne que j'aime m'être arrachée. J'ai déjà tout perdu, Rock, tout... Tu le sais mieux que quiconque. Tu sais ce qu'on ressent. Ce vide, cette gangrène à la place du cœur.

Olivia appuie à gauche de ma poitrine pour illustrer ses propos remplis de désespoir, avant de reprendre :

– Tu vas entreprendre ta croisade. Tu te fiches de ce que je ressens, et je sais que tu n'en reviendras pas. Ni toi, ni Shawn, ni Loris. Alors j'ai voulu reprendre le contrôle, juste une fois... Je souhaite avoir un souvenir de nous deux qui ne s'estompera jamais. Au contraire, il va grandir et deviendra une belle jeune femme ou un bel homme dont je serai fière. Car les seuls souvenirs que tu me laisseras, eux, vont s'affaiblir. Tu ne pourras plus me parler, me toucher, tu ne seras plus là : ton odeur, ta voix, tout ça, ça va disparaître, avec le temps. Hormis les quelques photos sur mon téléphone, je n'aurai plus rien. Ce bébé, c'est la preuve qu'un « nous » a existé aux yeux du monde, tu comprends? Je pourrai lui partager mon amour et mes souvenirs de toi. Tout comme moi, il t'aimera de façon inconditionnelle, même s'il n'aura pas eu la chance de te connaître. Je pourrai lui raconter comment on s'est rencontrés, comment on s'est aimés envers et contre tout. J'admets que c'est un choix égoïste, mais je ne l'ai pas fait pour te faire du chantage et te retenir contre ton gré. Je l'ai fait pour que, quoi qu'il arrive, tu continues d'exister à mes côtés, à travers lui.

Des larmes roulent sur ses joues, son regard transperce le mien alors qu'elle me parle. Ce qu'elle me dit me donne des frissons. Je ne m'attendais pas à cela. Je pensais qu'elle m'implorerait de rester pour élever cet enfant. Que, comme Soraya, elle y verrait un moyen de me forcer la main, mais non. Elle veut uniquement sa tranche de bonheur, et je ne peux rien lui refuser.

Aussi tordue que soit la situation, ses mots me touchent et font vibrer quelque chose d'inconnu en moi. Je ne pensais pas que quelqu'un puisse m'aimer un jour au point de faire ce choix, au point d'assumer l'une des plus grandes responsabilités qu'il soit. Je pars en bataille, aveuglé par ma soif de vengeance, et je réalise que je me suis menti à moi-même : je n'ai absolument pas pris en compte ses sentiments à elle, son mal-être et les conséquences de mon choix. Comme moi, elle fait ce qu'elle peut pour ne pas sombrer et se noyer. Ce bébé, c'est son radeau de survie. Je suis assailli de toutes parts par des émotions contradictoires que je ne maîtrise pas.

Je dois prendre l'air, réfléchir et parler avec les gars.

– Il faut que je sorte, Liv, je suis perdu.

– D'accord, je comprends. Sache que j'ai pris la décision toute seule, je n'attends rien de ta part. Je suis prête à l'élever toute seule également. Et puis, ce ne sont pas les figures paternelles qui lui manqueront. Tu as besoin de venger Sunny pour pouvoir avancer. C'est dur mais je l'entends. Alors va buter cet enfoiré et dis-lui bonjour de ma part au passage.

Elle se redresse et vient m'embrasser doucement. Je n'ai plus qu'une idée en tête :

Olivia. Enceinte. De mon enfant.

C'est moi parmi tous qu'elle a choisi…

Je sors de la chambre, ne sachant que faire ni quoi penser. Une fois de plus, ce petit bout de femme me déstabilise, fout la merde dans ma vie et dans mes plans bien carrés. J'aurais dû m'en douter quand elle m'a mis ce coup de poing dans la tronche. Je l'avais senti dans mes tripes ce fameux soir, que rien ne serait plus jamais pareil. Quoi qu'il m'arrive, il y aura un avant Olivia Kincaid et un après.

Je déboule devant les gars, encore sonné, à mesure que je prends conscience de l'ampleur de ce que je viens de laisser derrière moi dans cette chambre d'hôpital.

– Alors, mec ? C'est le moment où on doit te féliciter, normalement, me dit gentiment Eddy en posant sa main sur mon épaule.

Devant mon absence de réponse, il poursuit plus sérieusement cette fois-ci :

– Je ne connais pas les explications derrière tout ça, Rock. Mais je sais qu'Olivia n'est pas Soraya. Elle doit avoir une bonne raison, et je me dis que rien n'arrive jamais par hasard. C'est ce qui m'aide à me lever le matin depuis la mort de Rhonda.

– Effectivement, ce n'est pas Soraya, lui réponds-je de façon presque inaudible, puis je reprends plus fort : Est-ce que c'est normal que ce soit si soudain ?

– De quoi ? me demande-il, surpris.

– Ce sentiment de protection. Toi qui as des enfants, comment tu fais pour trouver le sommeil ? Il peut leur arriver tellement de choses à chaque instant. Je n'y arriverai jamais. Je sais pas ce que je dois faire, mais je sais déjà que s'il lui arrive quelque chose, ou au petit…

– Hey. C'est donc pour ça que tu ne voulais pas d'enfants ? Tu avais peur ?

– J'imagine.

– Bordel, heureusement qu'on n'est pas tous comme toi, ou la race humaine aurait disparu… me répond-il en riant.

– Pas sûr que ce soit une mauvaise chose pour la planète, Eddy, intervient Vince avec humour.

– Bref, reprend-il. Je peux rien te garantir, Rock. Mais de mon expérience de père et en toute humilité, sache que cette peur, ce n'est qu'une goutte d'eau dans l'océan comparée à la joie que tu vas ressentir. Ta vie va basculer, mec, à jamais, mais ça vaut le coup, putain ! Pour rien au monde je ne reviendrais en arrière, lorsque je n'avais pas Mona et Maddie.

Je m'effondre sur une chaise, le regard dans le vide, jusqu'à ce que je croise celui de Max, puis celui de Loris. Celui-ci comprend instantanément ma question silencieuse et me sourit tout en me disant :

– Je n'en attends pas moins de toi. Tu dois rester auprès d'elle, même si elle ne te le demande pas. Car elle a raison, il y a un risque que nous ne revenions pas et on a assez eu de drames comme ça. On a respecté ton souhait de vengeance jusqu'à présent, mais maintenant il est hors de question que tu m'accompagnes.

– Mais Sunny…

Bounce vient se placer devant moi et je suis sidéré quand il prend la parole pour dérouler le plus long monologue de son existence :

– Je vais prendre ta place. J'accompagnerai Loris et mon frère en Russie, je pourrai couvrir son petit cul de B.C.B.G. new-yorkais comme ça. Hier encore, à la séance de tirs, il a failli buter sans faire exprès le chat des Powell qui passait par là, et il pense qu'une bombe lacrymo, ça se jette et ça explose…

Le principal intéressé va protester mais Bounce l'en empêche en lui collant sa main sur le visage pour pouvoir continuer :

– Bref, je sais que tu t'es mis cette idée de vengeance en tête d'aller finir ces salopards. Mais prendre sa revanche sur la vie, c'est pas forcément rendre coup pour coup. C'est surtout faire mieux et ne pas répéter les erreurs de nos vieux. C'est briser le cercle vicieux. Alors tu as le choix d'aller en Russie avec tous les risques que ça comporte ou tu as le choix de prouver que tu vaux mieux que cet enfoiré de Joe en étant un bon père, présent et aimant. Tu sais ce qu'on dit : qui va à la chasse perd sa place. Tu veux perdre ta place auprès de ce môme ? Tu crois que Sunny voudrait que même pour ses beaux yeux, tu laisses ton gamin sans paternel alors qu'elle aurait tout donné pour en avoir un digne de ce nom ?

Bordel ! Mais d'où ça sort tout ça ?

Je suis impressionné. Son discours me permet de me ressaisir et de faire le bon choix. Celui que Joe aurait dû faire pour ma sœur et qui aurait permis d'éviter toute cette tragédie.

Je me dirige pour la seconde fois vers la chambre 202, mais avant d'entrer, je me retourne pour leur dire à tous :

– Merci, les gars. Laissez-moi dix minutes, j'ai des choses à lui dire en privé et j'aimerais ne pas finir avec des Post-it en forme de cœur sur ma bécane cette fois-ci. Après, vous pourrez nous rejoindre.

Ils explosent de rire en chœur. Une infirmière qui passe par là semble intriguée par le spectacle que nous offrons et marque un temps d'arrêt. Bounce se penche et lui crache un « Bouh » au visage qui la fait détaler en lâchant un petit cri effrayé. Le moment philosophique est officiellement terminé. Bounce est redevenu Bounce et moi je m'apprête à devenir père.

Putain, Rock Christensen, papa…

Je me faufile discrètement à l'intérieur, au cas où Liv se serait endormie. C'est certain que ce n'est pas ce que j'avais prévu. Je ne voulais pas d'enfant après l'épisode Soraya, mais surtout après avoir vu ma sœur sombrer sans pouvoir l'aider. Je n'ai pu que subir l'impact de son autodestruction sur ma famille. Je ne voulais plus jamais revivre ça, je me l'étais juré. Tout comme je m'étais juré de ne plus jamais aimer une femme à nouveau… Maintenant, je sais ce qui est arrivé à Sunny et je sais que je ne serai pas comme Joe.

Mon cœur bat à tout rompre dans ma poitrine quand je franchis le seuil. J'ai déjà eu à faire de nombreux choix capitaux dans ma vie, toujours avec cette crainte de me tromper lourdement, mais ici, c'est tout l'inverse. Grâce aux gars et à mes convictions, je suis certain de faire le bon choix. Ma place est à leurs côtés. C'est juste que l'inconnu me terrifie autant qu'il m'attire.

Posséder un si précieux cadeau, quelque chose que je ne désirais même plus, c'est prendre le risque de tout perdre à nouveau et de ne pas m'en remettre cette fois-ci. À chaque étape de la vie, c'est un peu se braquer un flingue sur la tempe et jouer à la roulette russe.

Mais pour elle, je veux bien prendre le risque de souffrir à nouveau. Olivia et ce bébé valent tous les sacrifices, même celui de renoncer à venger Sunny moi-même. Car c'est peut-être ma chance de passer à autre chose et de me reconstruire. Ma sœur me manque terriblement, je n'ai pas pu lui dire une dernière fois tout ce qu'elle représentait pour moi, combien j'étais désolé.

J'ai la haine contre tellement de monde et en même temps personne. C'est une envie de tout détruire pour blesser ceux qui m'ont mis à genoux et une rancœur contre la vie qui m'a tout pris, et qui pourtant me tend la main à présent. Une lueur d'espoir dans le noir : la promesse de jours meilleurs.

Bien que pour l'heure, mon cerveau tordu se met en branle et imagine tous les scénarios catastrophes possibles, en commençant par ce début de grossesse compliqué. J'ai encore son sang et *a fortiori* celui de mon enfant sur les mains. Je passe me les laver dans la salle d'eau attenante avant de la rejoindre.

Dès qu'Olivia me sent près d'elle, elle ouvre les yeux et me lance un regard surpris. Je détaille son beau visage avec minutie et cherche à voir si j'aurais pu m'apercevoir de quelque chose plus tôt. Mais non, le mot *enceinte* n'apparaît pas en lettres lumineuses sur son front, elle est pâle et a les traits tirés par la fatigue et l'anémie.

– Rocky? Tu ne devais pas aller t'aérer l'esprit? me demande-elle doucement.

Je viens caresser son visage, prends sa main et je la surprends en l'embrassant tendrement sur les lèvres, l'empêchant d'ajouter quoi que ce soit. Puis je me recule et lui murmure à l'oreille :

– Je vais rester auprès de toi et du bébé. Pas parce que tu me le demandes, ce qui n'est d'ailleurs pas le cas, mais parce que j'en ai envie.

Et j'ajoute avec pudeur, de façon presque inaudible :

– Je crois que je l'aime déjà.

Je glisse ma main sur son ventre toujours plat mais où un petit bout de moi a élu domicile sans que je ne le sache.

Faire un enfant est toujours un choix égoïste, qu'il soit fait seul ou à deux. Olivia a fait le sien, et moi le mien en souhaitant partir en guerre sans en mesurer les conséquences. À présent, il est temps de mettre nos ego écorchés de côté, une petite personne qui n'a rien demandé va naître et il faudra s'en montrer dignes.

– Rock… Je ne t'oblige à rien, je…

– Je sais. Je te le répète, c'est mon choix, celui que je veux faire. Ce n'était pas prévu, je flippe déjà à mort de tout ce qui peut vous arriver. Le monde n'est pas rose, rempli de paillettes et de licornes. Il va falloir assumer, Olivia, et assurer.

– Je ne comptais pas faire autrement. Mais si en plus c'est avec toi à mes côtés…

Sa voix se brise, ses mots se perdent et ses yeux deviennent brillants. Je lui demande de se décaler et de me faire de la place dans ce lit d'hôpital étroit. Nous nous emboîtons l'un contre l'autre, serrés au maximum, son visage dans le creux de mon cou.

Je réalise que se sentir chez soi, là où l'on doit être, ce n'est pas dans une belle maison entourée de jolies fleurs et à la pelouse impeccable, ni à des kilomètres pour réclamer justice, non, se sentir chez soi, c'est être près de ceux qu'on aime et d'en prendre soin : Olivia, le Clan, mon bébé…

– Merci, Liv, je lui susurre.

Ce n'est qu'un souffle, mais elle m'a entendu.

– De quoi?

– De m'offrir ce que j'ignorais désirer avant de te rencontrer. De m'avoir foutu ce coup de poing dans la tronche qui m'a ouvert les yeux, d'être venue me chercher quand j'ai tout fait pour te repousser et te blesser au début. Tu m'as donné la chance de me racheter même si ce n'est pas celle que j'aurais imaginée.

Elle embrasse mon menton et lève la tête pour me regarder droit dans les yeux, puis déclare de façon solennelle mais avec ferveur :

– Et nous offrirons à ce bébé tout ce que nous n'avons pas eu, tout ce qui nous a été volé.

Ma rage de tuer laisse alors place à la volonté de vivre et de voir grandir mon fils ou ma fille.

60

EXPLOSION IMMINENTE

Olivia
Six mois plus tard

Je pense qu'être plus grosse et plus gonflée n'est humainement pas possible.

Et je ne parle pas du sexe de Rock pour une fois…

Mais bien de moi, Olivia Aponi Kincaid. Je n'ai absolument plus la grâce d'un papillon mais bien la délicatesse d'un bébé éléphant. J'ai l'impression d'être la méchante tante qu'Harry Potter transforme en ballon par vengeance au cours d'un repas et qui part à la dérive dans le ciel. Sauf que je ne suis absolument pas légère, non, je suis bien ancrée sur la terre ferme et je ne vois plus mes pieds, même lorsque je me penche.

Ah non attendez, c'est vrai, je ne peux plus me pencher, bordel !

Et je vais m'arrêter là et ne surtout pas lister toutes les choses que je ne peux plus faire. Certains trucs arrangent bien mon Rambo, comme ne plus pouvoir manger de fromages au lait cru dont l'odeur embaumait délicieusement notre frigo à son grand désespoir.

Je suis arrivée au terme de ma grossesse sans problème, une fois les petits soucis du début résolus. Régulièrement, je geins de douleur quand une contraction me saisit et les garçons qui s'affairent autour de moi s'arrêtent pour me demander si tout va bien.

Mon explosion est imminente et toutes mes affaires sont prêtes pour partir en urgence à la maternité de Newton City. Rock est constamment sur le qui-vive. Je sais qu'il ne me lâche pas du regard une minute tandis qu'il finit de peindre le salon avec l'aide d'Eddy et de Vince. Max, Loris et Bounce sont au premier et fignolent la chambre de la petite et ma bibliothèque.

Nous avons eu la surprise d'apprendre en juin, quelques jours après l'annonce de ma grossesse, qu'Ellie m'avait légué sa maison. Sa famille avait été bien trop contente de s'en débarrasser. En soi, elle ne vaut pas grand-chose et la réputation du coin, avec tous ces motards, ne joue pas en sa faveur. Sa valeur à mes yeux est sentimentale et le plus beau cadeau qu'Ellie ait pu me faire.

Des travaux titanesques ont alors débuté pour la mettre à notre goût et la moderniser. La petite bicoque a été surélevée, équipée de ce qui se fait de mieux en électroménager de pointe et sécurisée. Rock a été intransigeant sur le sujet. La vieille bâtisse s'est donc offert une seconde jeunesse. Nous avons doublé la surface habitable. Elle est devenue une véritable maison de famille spacieuse, chaleureuse, et aussi impénétrable qu'Alcatraz.

Je reste toujours convaincue que l'installation d'une toiture blindée à l'épreuve des missiles courte portée n'était pas une obligation…

M'enfin, si cela lui permet de dormir le soir.

Quoi qu'il en soit, je pense qu'Ellie aurait beaucoup apprécié le résultat final. Rock et moi sommes immédiatement tombés d'accord sur le fait que nous ne pouvions pas élever notre fille dans une Batcave, aussi cool soit-elle, à moins de vouloir en faire un bébé vampire allergique au soleil. Je rigole à cette idée, ce qui attire l'attention de Rock, et il me lance un doux sourire. Comme à chaque fois, j'ai un coup au cœur.

Il semble plus apaisé ces derniers mois, rassuré par mon état de santé stable, même s'il a encore quelques crises de panique en imaginant toutes les choses qui peuvent arriver à un enfant au cours de sa vie. Hier, il en était au stade de l'adolescence et se demandait comment il réagirait lorsque la petite viendrait lui demander la permission de se faire tatouer les mêmes dessins que tonton Bounce, notamment ceux sur ses fesses.

Je lui ai répondu qu'il avait environ quinze ans devant lui pour préparer son argumentaire ou pour faire passer tout le Clan au laser effaceur de tatouages…

Le quotidien n'est pas sans accrocs. Nos deux forts caractères s'affrontent régulièrement, mais la perspective de ce futur en famille avec lui vaut bien tous les efforts du monde. Notre histoire est peut-être atypique, en dehors des sentiers habituels et du schéma classique, soit plusieurs années de vie commune avant de se marier et de fonder une famille. Mais nous évoluons dans notre propre normalité ici, en marge d'une société qui ne nous convient pas et que nous avons choisi de quitter.

Et après un rapide coup d'œil en arrière sans regret, le constat est sans appel : une existence dans les rails et bien rangée ne m'avait pas réussi jusqu'ici. La vie ne nous a pas fait de cadeau, nous savons que le temps est compté, alors nous apprécions les choses telles qu'elles nous arrivent, même si cela doit être dans le désordre. Rock me rejoint sur le divan pour m'embrasser dans le cou et pour que je puisse avoir ma dose de câlins minimale, requise chaque heure.

La grossesse m'a rendue encore plus tactile et avide de lui. Je hume son odeur et caresse ses cheveux tandis qu'il vient poser sa joue sur mon ventre pour s'assurer que tout va bien à l'intérieur, ce gros ventre transformé en Kinder surprise géant pour la bonne cause : une mini-Hulk foulera dans peu de temps cette planète, presque un an et demi après mon arrivée à Colorado Source.

L'espèce est sauve, alléluia !

– Hey ! gronde-t-il.

– Quoi ? lui demandé-je, inquiète.

– Cette diablesse vient de me donner à nouveau un coup de poing dans le visage. C'est devenu son passe-temps favori ces derniers temps. Je crains le pire si elle te ressemble déjà autant.

– Ça, c'est de la faute d'Eddy, il passe tous les jours pour me coller un extrait de film d'arts martiaux sur le bidon. Il dit que l'apprentissage doit commencer le plus tôt possible. Faut croire que ça marche.

Ce dernier se retourne et me répond pour me chambrer en retour :

– Tu es vraiment sûre, Liv, de ne pas être enceinte de jumeaux ? Non, sérieusement, car même Rhonda n'a jamais eu un ventre aussi gros quand elle attendait les petites.

– Peut-être que tu vas accoucher d'un dinosaure, surenchérit Vince. Car Rock, c'est un peu une sorte de Godzilla au final.

Ces deux crétins rigolent, apparemment très fiers d'eux.

– Je vais vous faire bouffer cette peinture ! On vous a jamais dit qu'il ne fallait pas dire de telles choses à une femme enceinte et sur le point d'accoucher par-dessus le marché ! Je vais en faire des cauchemars maintenant. C'est malin.

– Je pense qu'on peut manger cette peinture sans problème, elle est chiante à appliquer mais je dois reconnaître qu'elle tient ses promesses. Pas d'odeur, sans plomb et sans vapeurs de produits toxiques, me répond Eddy avec un clin d'œil. Soit le meilleur pour la petite boulette encore au chaud là-dedans.

– Ma fille n'est pas une boulette, Eddy… gronde Rock.

– On en reparlera quand tu l'auras vue.

Je me lève, avec l'aide de Rock bien entendu, pour marcher un peu car je commence à ne plus sentir mes pieds et pour me faire un chocolat chaud dans la cuisine flambant neuve. J'aperçois un pack de mini-canettes de soda en attrapant la bouteille de lait et je rigole en repensant à cette scène de honte intersidérale où j'en avais glissé deux dans mon soutien-gorge l'été dernier. Rock passe derrière moi et vient m'enlacer tendrement de ses grands bras.

Il me mordille l'oreille, me susurre qu'il m'aime et il ne m'en faut pas plus pour me liquéfier de désir. À sa plus grande joie, ma libido a explosé malgré la prise de poids, les vergetures et tous les trucs sympathiques que vous lègue la grossesse. Je suis devenue hypersensible, et là par exemple, je ne sens que trop bien son entrejambe dur frotter contre mes fesses alors qu'il vient me caresser les seins à travers mon débardeur tendu au maximum de tous les côtés. Heureusement, les bâches en plastique tendues entre les pièces nous protègent des deux énergumènes qui travaillent en jacassant comme des pies de l'autre côté.

– Liv… J'ai envie de toi. Tout de suite.

– Hmm.

Il prend ça pour un oui et vient glisser ses longs doigts sous mon pantalon stretch pour me caresser doucement puis de plus en plus rapidement. Je prends appui bras tendus sur le bar et m'incline pour lui libérer l'accès à tout ce qui se situe entre mes jambes en les écartant légèrement. Lorsque je commence à gémir un peu trop fort, je me dis qu'il serait préférable que nous montions à l'étage rapidement avant de nous donner en spectacle.

Je l'entraîne vers notre chambre, au second, aussi vite que je peux et que mon état le permet. Nous passons devant Bounce en riant, empressés, et je l'entends dire, lorsqu'il comprend ce que nous comptons faire :

– Allez, c'est reparti. Je suis sûr qu'elle aura pas accouché du premier qu'elle sera déjà enceinte du second, et elle apparaîtra dans le livre Guinness des records au chapitre des curiosités zoologiques.

Rock lui fait un doigt d'honneur en retour et nous l'ignorons pour nous enfermer dans notre bulle, notre cocon rien qu'à nous deux, bientôt trois. Nous nous sommes réservé tout l'étage, transformé en immense suite parentale dans des tons clairs comme j'aime et qui me rappellent notre chambre de la Batcave.

En moins de deux minutes, lui comme moi sommes nus et sur le lit. Les positions me sont limitées et je le vois plonger, le regard enfiévré, entre mes jambes, pour me dévorer sans retenue. Ses cheveux chatouillent mon ventre et sa barbe de trois jours picote la peau de mes cuisses. Je ne le vois plus, il a disparu derrière mon gros ventre-montagne mais en tournant la tête, je peux l'apercevoir dans les grands miroirs de nos placards.

J'aime ce que j'y découvre, je me trouve belle, je suis heureuse et comblée et c'est grâce à lui. Il vient ajouter ses doigts à ses jeux de langue et au bout de quelques minutes, je suis déjà au bord du précipice. Cette fois, je ne veux pas étirer l'instant à l'infini, je veux qu'il me soulage de ce désir brûlant qui prend possession de mon corps à n'importe quel moment de la journée, parfois même quand je parle aux filles et qu'un mot de la conversation a le malheur de me rappeler un souvenir torride.

Il ajoute un doigt supplémentaire, amorce quelques coups plus brutaux, saupoudrés d'une ou deux cochonneries dont il a le secret. Rock est très fier d'être la raison de mon état actuel : enceinte jusqu'au cou. Je bascule en criant son prénom, saisie par de violents spasmes de plaisir euphorisants.

Je vois qu'il est particulièrement excité et je me demande ce qu'il compte bien faire ensuite. Alors que je suis toujours haletante, enveloppée par les brumes moelleuses de mon orgasme, il se dresse entre mes jambes et commence à se toucher au-dessus de moi en parcourant mon corps d'un regard avide. Voilà, c'est ce regard-là qui, peu importe mon poids, me fait me sentir comme la plus belle femme du monde. C'est une caresse sensuelle et je sens l'excitation remonter en flèche.

– Caresse-toi. Touche-toi pour moi, Liv. Je veux t'entendre.

Je m'exécute et me prends au jeu sans bouder mon plaisir. D'une main, je joue avec ma poitrine gonflée et sensible, et de l'autre, je me caresse comme je peux car mon ventre me complique la tâche.

Mais avec un peu d'ingéniosité…

Je connais parfaitement mon corps, je sais que je peux jouir une seconde fois en m'y prenant correctement. Et la vue qui s'offre à moi y contribue grandement. Je crois qu'observer Rock se donner du plaisir, telle une voyeuse, est une des choses les plus érotiques que j'ai pu voir et je ne m'en lasse pas. Il n'est pas tendre avec lui-même, ses gestes sont vigoureux, presque brutaux sur son sexe, tandis qu'il enchaîne des va-et-vient d'une main et se caresse de l'autre. Je l'observe à travers mes cils, paupières mi-closes. Son corps massif et son visage sont tendus par l'effort et le plaisir.

Cela prend un peu plus de temps que précédemment, mais je finis par sentir l'orage gronder à nouveau au creux de mon ventre, il s'annonce profond, un peu douloureux, et j'ai terriblement chaud.

– J'y suis presque, lui dis-je, essoufflée.

– Putain, moi aussi. Écarte les jambes, Princesse.

J'obéis, m'expose complètement à sa vue en gémissant, et soudain, je sens un liquide tiède me recouvrir tandis qu'il lâche de longs râles. Toutes ces sensations me font chavirer de nouveau dans la foulée pour le rejoindre.

Nous restons quelques minutes allongés dans le lit l'un contre l'autre, en sueur et poisseux mais repus. Nous discutons encore un peu avant de nous doucher et de rejoindre les garçons qui m'ont dit avoir une surprise pour moi.

Je crains le pire...

Rock me demande en caressant mon ventre tendrement :

– Tu es toujours sûre du prénom?

– Oui. Pourquoi, tu ne l'aimes plus?

– Si, j'adore. Rappelle-moi sa signification. J'aime quand tu me l'expliques et que tu le prononces. Ta bouche fait un cœur.

– Soulane, cela désigne le versant ensoleillé d'une montagne en français. Mais nous l'écrirons *Soulanne*, en hommage aux prénoms de nos mamans : Annie et Anne-Marie. Et puis *soul* c'est « âme » en français. Elle sera notre âme : Soulanne, Sunny, Ellie, Christensen. Je trouve que ça sonne plutôt bien, non? Et puis, avec cette histoire de montagne et son père qui s'appelle Rock, on reste dans le thème de la famille Pierrafeu, c'est parfait!

Il explose de rire :

– Vu sous cet angle...

– Sans parler de ton nom indien!

– Tu ne me lâcheras jamais avec ça?

– Jamais, j'envisage même de me le faire tatouer.

Son téléphone bipe, indiquant l'arrivée d'un SMS, qu'il lit le regard soucieux.

– Que se passe-t-il?

– Rien de grave, c'est juste Soraya et Shawn. Deux vrais gosses, incapables de bosser ensemble. Je les ai pourtant envoyés loin pour être un peu tranquille!

Shawn, Bounce et Loris ont réussi leur mission en Russie, non sans séquelles. Ils ont dû y rester beaucoup plus longtemps que prévu pour laisser le temps aux plaies de Loris de cicatriser. Ce dernier a dû s'approcher plus que prévu du lieu de l'explosion, il y a laissé un œil et une partie de son visage est irrémédiablement brûlée. Il porte à présent un bandeau en travers comme Albator.

Quant à Shawn, les conséquences sont avant tout psychiques. Seul Bounce semble aller bien, mais je sais qu'il faut se méfier des apparences et des sourires de façade. Aucun des trois n'a pour le moment souhaité s'épancher sur le sujet, au contraire, ils s'y refusent et nous avons arrêté d'insister. Nous ne connaissons que les grandes lignes : Borya est mort, tout comme ceux qui gravitaient autour de lui. Mais nous sentons que ce qu'ils ont vécu là-bas les a changés à jamais, les a liés les uns aux autres par une expérience remplie d'horreurs et de noirceur.

Le moment viendra où ils seront prêts à se livrer, et ce jour-là, nous serons présents et attentifs pour les écouter nous conter la suite de cette histoire et partager avec eux leur peine.

Du coup, Rock avait eu une idée. Pour ne pas laisser Shawn seul et pour sortir Soraya de son contexte familial étouffant, il a envoyé la jolie brune là-bas. Elle m'aide dans le lancement de notre projet de bijoux directement depuis New York. Elle était aux anges, Shawn beaucoup moins, et mon Brutus commence à se demander s'il a bien fait. J'ai hâte d'accoucher à présent pour rencontrer ma fille, reprendre pleinement mes activités et aller voir les chantiers d'exploitation de l'or de Colorado Source.

– Ça me gonfle, l'avocat n'a toujours pas de date pour le rapatriement de Sunny.

Second sujet brûlant.

– Hey, il t'a dit que cela prendrait environ un an, mais on va y arriver, je te le promets.

Rock ne me répond pas et fixe le plafond. Sa sœur lui manque toujours autant, sa mort reste inacceptable, mais notre quotidien l'aide à avancer dans la bonne direction. Je décide de lui changer les idées en lui offrant un petit cadeau plus tôt que prévu :

– Ouvre le tiroir de la table de nuit, Tarzan. J'ai pensé à toi et je t'ai pris un petit quelque chose sur Internet qui te sera sûrement très utile après l'accouchement…

Je vois que j'ai piqué sa curiosité, il retrouve le sourire en récupérant ma surprise à l'endroit indiqué et l'ouvre sans attendre, comme d'habitude. J'attends impatiemment sa réaction lorsqu'il va découvrir de quoi il s'agit, j'en rigole déjà.

Trois… Deux… Un…

– Bordel ! Olivia ! Mais putain, pourquoi ?

Bingo !

– Je te présente Paulette.

– Paulette ? T'es sérieuse ?

– Oui, Paulette la vaginette ! Comme le mien risque d'être hors service pour une durée indéterminée, je me suis dit que tu en aurais besoin.

– J'abandonne. Ma nana est complètement folle. J'ai peur pour la petite, me taquine-t-il en jetant le sextoy gélatineux à travers la pièce.

– C'est certain qu'avec toi et moi pour parents, elle va avoir un sacré caractère.

Il me prend contre lui avant d'ajouter :

– Oui, mais il faut bien ça si elle veut un jour être meneuse de clan de motards. Enfin, si elle le souhaite, je ne l'obligerai jamais.

– Une femme à la tête des Evil's Heat ? J'aime le concept.

Une fois douchés et rhabillés, nous rejoignons les garçons au complet au premier étage, où ils me préparent une surprise depuis deux semaines. Ils m'ont formellement interdit d'entrer dans la nursery. Pour une fois, j'ai été patiente et j'ai joué le jeu. Nous sommes devant la porte close, Max a la main sur la poignée, et je commence à trépigner d'impatience. Je n'ai aucune idée de ce qu'ils me réservent, tout comme Rock.

– Bon, c'est surtout l'œuvre de Bounce, tu sais qu'il se débrouille plutôt bien en dessin, me dit Max avec un grand sourire malicieux. Tu as vu ses tatouages.

– Là, j'ai peur par contre… Promettez-moi qu'il n'a pas peint des crânes et des pin-up nues sur les murs.

– Non, pas tout à fait.

Et sur ce, mon ami ouvre grand la porte et je découvre la chambre terminée de notre petite fille. Je reste sans voix. Cela n'a plus rien à voir avec la pièce en travaux telle que je l'avais vue pour la dernière fois. Je suis émue, elle est magnifique, exactement comme je la rêvais. Ils ont respecté à la lettre les plans et les couleurs que je souhaitais : des tons clairs de rose poudré et de beige avec des petites lampes partout et des accessoires colorés. Des peluches et des jouets envahissent chaque recoin et j'explose de rire lorsque je découvre ma licorne géante et son poster dans un angle. Je sens mes yeux devenir humides, cela devient vraiment concret.

Je vais enfin avoir ma famille rien qu'à moi, après toutes ces années de solitude et d'errance, le cœur en berne. Bien que je ne souhaite à personne ce que j'ai vécu, je réalise que je ne reviendrais en arrière pour rien au monde. Je ne désire plus modifier le passé à tout prix car j'aurais trop peur de perdre ce que la vie m'offre à présent et pour les jours futurs. Je sens cette ultime couche de culpabilité s'évaporer. Pour eux, je serai la meilleure version de moi-même possible.

– C'est magnifique. J'adore. Elle est parfaite. Merci.

Rock ne dit rien, je le sens lui aussi ému. Il me broie les doigts de la main droite.

– Et tu n'as pas tout vu, tourne-toi, me dit Max.

Je me tourne et découvre une magnifique fresque enfantine peinte sur le mur. Je la détaille, elle me semble familière, mais je n'arrive pas à la replacer dans un contexte.

– Qu'est-ce que c'est? On dirait… Attends, ne m'aide pas. Ah si, je sais! Elle me fait penser au pays imaginaire de *Peter Pan*! Elle est si jolie.

– C'est ça, mais on l'a revisité à notre image. C'est le pays imaginaire de Colorado Source.

Je m'avance et découvre l'œuvre de Bounce, impressionnée par la minutie du travail. Je retrouve les garçons parmi les personnages peints un peu partout dans le décor féerique. Le lac aux sirènes de l'adaptation de Disney est devenu mon lac aux grenouilles, la souche d'arbre dissimule les souterrains et le Q.G. Il y a même la réserve indienne où je repère un Nashoba et une Soraya, miniatures, ainsi que le trésor caché sous la montagne : l'or.

– Et je suis où, moi?

– Tu es là, miss. Tu es notre fée Clochette.

– Et donc vous, vous êtes quoi? Les enfants perdus qui ne veulent pas grandir?

– En quelque sorte, et Colorado Source, c'est notre rêve, notre pays imaginaire devenu réalité. Tu prends soin de nous.

– L'idée est très belle, merci infiniment. Je n'ai pas de mots.

Je viens les serrer dans mes bras un à un, essayant de ne pas pleurer comme une madeleine.

Fichues hormones.

Soudain, Vince me demande alors que je relâche notre étreinte et qu'une contraction un peu plus forte que d'habitude me coupe le souffle :

– Liv, pourquoi tu me pisses dessus?

– Hein?

Je baisse la tête pour regarder ma grande jupe fluide aux motifs floraux et j'aperçois une flaque d'eau à mes pieds qui trempe les chaussures de Vince :

– Oh ! Ça y est, elle arrive. J'ai perdu les eaux !

Rock comprend que c'est le signal et tous se mettent à paniquer dans un bazar sans nom. Nos exercices d'entraînement se révèlent inutiles. C'est dans la désorganisation la plus totale que nous partons pour l'hôpital de Newton City, où j'accouche quatre heures plus tard, et dans la souffrance, d'une magnifique petite fille.

ÉPILOGUE

Rock
Sept mois plus tard

Liv est à l'étage en train de se préparer et je suis en charge de donner à manger à Soulanne ce matin, mais cette dernière a décrété qu'aujourd'hui, elle préférait jouer plutôt que de s'enfiler sa compote faite maison. À chaque cuillère, elle fait des *brrr* avec sa petite bouche et je reçois des postillons fruités et baveux en pleine tronche.

Génial…

Mais je rigole malgré moi face au plaisir qu'elle prend et mon rire grave déclenche le sien. À ce rythme, nous ne nous en sortirons jamais et la cuisine va être transformée en champ de bataille si ça continue. Je me félicite intérieurement d'avoir eu la bonne idée de ne pas mettre mon costume fraîchement lavé et repassé avant de nourrir le *gremlin*. J'essaye de ne pas penser à ce qui m'attend dans quelques heures et ce que je ressens au creux du bide à cette idée. Pour le moment, je me focalise sur ma fille, joyeuse et insouciante, juste à côté de moi.

Je l'abandonne quelques secondes dans sa chaise haute pour aller chercher de quoi nettoyer tout ce bordel, avant qu'Olivia ne redescende et constate le carnage. Mais lorsque je me retourne, l'éponge humide à la main, ce que je découvre me laisse désemparé.

Les joies de la paternité !

Mini-pouce a attrapé le pot de compote que je n'ai pas pris le temps de mettre en sûreté, loin de ses petites mains dodues pleines de doigts, et elle l'a retourné. Avec résignation et amusement, j'observe ma fille qui a vidé tout le contenu de son dessert devant elle, et qui patauge dedans joyeusement. Lorsqu'elle finit par y enfouir son visage pour faire des bulles, je me dis qu'il est peut-être temps d'intervenir…

– C'est bon, petit monstre, on va s'arrêter là, je pense, sinon maman va nous tirer les oreilles.

Je l'essuie comme je peux avec un bavoir, puis je fais de même avec la tablette de la chaise haute, en utilisant l'éponge cette fois-ci.

Et non l'inverse comme j'ai bien failli le faire…

Elle proteste et chouine quand je lui retire des mains son jouet improvisé, mais pour une fois, je ne lui cède pas :

– Non, on ne joue pas avec la nourriture. Ce n'est pas bien, Nini.

Sauf quand il s'agit d'enduire les seins de ta mère de chantilly… Là, c'est toléré.

La vitesse à laquelle elle grandit est hallucinante, presque effrayante. Cela va beaucoup trop vite à mon goût, alors j'essaye d'en profiter un maximum et de tout graver dans ma mémoire. Comme cet instant. Je ne peux m'empêcher d'exploser de rire quand je la vois froncer des sourcils en me regardant droit dans les yeux, clairement pas contente du tout. Je me retrouve face à une Olivia miniature, le doigt d'honneur en moins.

Encore heureux, bordel!

Je la hisse hors de sa chaise et la prends dans mes bras pour la câliner et lui redonner le sourire. C'est une jolie poupée toute ronde et toute douce dans un pyjama licorne, qui m'agresse les yeux tellement il est fluo, mais Liv l'adore. C'est Susie qui nous l'a offert.

Évidemment…

Madame a déjà un caractère bien affirmé, mais elle est pleine de joie de vivre. C'est la Rolls-Royce du bébé, et je ne dis pas cela car c'est ma fille, je suis parfaitement objectif.

Ou pas.

Soulanne rit bien plus qu'elle ne pleure, notamment grâce aux gars, qui sont peut-être encore plus gagas que moi devant elle et qui redoublent d'ingéniosité pour la distraire. Personne ne lui résiste jamais très longtemps, pas même Bounce, et surtout pas Max, qui fond devant sa filleule. Entre eux deux, c'est l'amour fou, j'en serais presque jaloux…

Nini joue à présent avec ma bouche, me palpe le visage, me tire les cheveux, souriante, et tente de me mettre les doigts dans le nez. Je la laisse s'amuser un peu et lui fais des grimaces qu'elle cherche à imiter.

– *Pa ppp brrr*, lâche-t-elle alors que je lui croque doucement la paume de la main, en la reniflant au passage comme un animal.

Je sais qu'elle ne dit pas *papa*, c'est bien trop tôt, mais cela me fait un petit coup au cœur quand même à chaque fois. Je suis complètement ramolli et accro, il n'y a plus une once de dureté en moi quand je suis avec elle.

À la mémoire de monsieur Caillou, alias Hulk, alias Terminator, alias Rambo… Levez vos verres!

Je détaille avec admiration ses iris si particuliers. La forme de ses yeux lui vient d'Olivia. Ceux-ci sont immenses, ils lui mangent toute sa bouille joufflue et sont bordés de longs cils bruns. En revanche, ils ont ma couleur, enfin presque, à un détail près, qui rend son regard unique et qui me captive systématiquement. Son œil droit est sombre, sans aucune nuance, mais sa prunelle gauche porte une tâche mouchetée de vert, de marron et de doré, à l'instar des yeux de Liv, comme une paillette d'or sur une mer d'huile noire.

C'est apparu aux alentours de ses trois mois environ, a grossi rapidement les semaines qui ont suivi pour finalement se stabiliser depuis peu, et cela ne semble plus s'étendre davantage. Nous avions pris peur en la découvrant la première fois, imaginant le pire, mais le pédiatre nous avait rassurés en nous expliquant qu'il s'agissait d'une anomalie rare mais totalement bénigne appelée *Heterochromia iridum*, ou un truc du genre, mais on s'en fout, ma fille est la plus belle.

Elle est parfaite.

Je suis toujours impressionné quand je la regarde jouer, dormir ou rire, bref vivre tout simplement. J'ai du mal à réaliser que Liv et moi avons créé cet être humain miniature si innocent et à partir de presque rien, mais qui chaque jour gagne un peu plus en autonomie, jusqu'au moment où elle n'aura plus besoin de moi… Mon cœur se serre à cette idée. C'est à vous retourner le cerveau, alors je vais arrêter de digresser et de réfléchir à ça illico. La journée va être suffisamment riche en émotions donc évitons d'en rajouter une couche.

En parlant de couche…

Je décide de monter à l'étage pour changer la petite car son visage vient de virer au rouge tomate et je ne sais que trop bien ce que cela annonce. La merveilleuse odeur qui parvient à mes narines en arrivant devant la nursery me confirme que j'ai vu juste.

Allez Rock, courage, tu peux le faire! Je suis devenu un pro du changement de couche et dans toutes les conditions, même à l'arrière de ma caisse quand c'est nécessaire.

Je déshabille Soulanne qui s'agite dans tous les sens pour attraper les produits bébé sur le côté de la table à langer, ce qui me complique à nouveau la tâche, à mon plus grand désespoir.

Bordel, il y avait quoi dans son biberon du matin ? Ce bébé est possédé !

Alors je lui tends son hochet qui fait du bruit, en espérant que cela l'occupera suffisamment longtemps pour surmonter cette épreuve digne de l'émission télé *Ninja Warrior*, et surtout sans trop de dommages collatéraux, car là, clairement, il ne s'agit plus de compote de pomme…

Hier soir, Liv et moi sommes sortis, je lui ai fait la surprise de l'emmener dans ce restaurant français qu'elle aime tant, puis nous sommes allés voir la projection en plein air du dernier Quentin Tarantino, confortablement installés l'un contre l'autre dans la voiture, et en nous goinfrant de pop-corn. Cela fait du bien de se retrouver seuls, même si nous n'échangerions notre vie à trois contre rien au monde.

Nini est devenue notre centre de gravité, tout tourne autour d'elle, mais pas au point de s'oublier, et plus particulièrement d'oublier de s'envoyer en l'air dans les règles de l'art. Olivia a fait les boutiques dans Newton City avant le repas et nous avons trouvé l'énergie d'inaugurer son ensemble de lingerie fine nouvellement acheté, une fois rentrés à la maison. De toute façon, peu importe ce qu'elle peut porter, elle me rend toujours aussi dingue, et la salle de bains ouverte sur notre chambre n'arrange pas les choses quand je la vois se doucher chaque matin.

Ce sont Max et Bounce qui ont gardé la petite pour nous permettre de nous échapper et qui l'ont mise en pyjama et couchée. C'est donc sans surprise que je découvre Soulanne avec la couche à l'envers, mais heureusement, aucune fuite n'est à déplorer. Par contre, j'hallucine quand je lui enlève son haut.

Mais qu'est-ce que c'est que ça ?

– Olivia !

Je hurle à travers la pièce et mon petit volcan rapplique aussitôt en dévalant les escaliers du second étage.

– Quoi ? Qu'est ce qui se passe ? Nini va bien ? me demande-t-elle, inquiète.

Elle entre et je la détaille de haut en bas. Elle est juste magnifique dans sa petite robe noire qui lui va à ravir, sans trop de maquillage. Mais ce n'est pas pour la reluquer que je l'ai appelée :

– Putain, c'est quoi ça ? lui dis-je en pointant le bras de ma fille.

Elle se penche, vient embrasser Soulanne au passage en lui faisant des risettes, puis explose de rire quand elle voit ce que je lui montre :

– Déjà, de un, tu es prié de mettre un dollar dans le pot à gros mots. Sérieux, avec vous tous qui jurez comme des charretiers à longueur de journée, Nini a déjà presque de quoi se payer un tour du monde en jet privé.

– Ce pot est ridicule, Poucelina. Et elle ne comprend pas !

– Pour l'instant peut-être, mais autant prendre des bonnes habitudes dès le début. Allez, Rambo, raboule le fric, fais pas ton radin. Il s'agit de l'éducation de ta fille.

De mauvaise grâce mais amusé, et toujours en tenant Soulanne d'une main, je sors un billet d'une de mes poches arrière de jean et je le donne à Liv, qui jubile en le glissant dans la tirelire en forme de nounours sur la commode. Elle n'a pour l'instant pas dépensé un seul dollar. Plus aucune injure ne franchit ses lèvres en présence de la petite et elle en est très fière.

– Cela ne répond toujours pas à ma question. C'est quoi ce truc sur Nini ?

– C'est rien, du calme. On dirait un faux tatouage. Bounce a dû trouver ça dans les malabars qu'il mâche à longueur de journée depuis qu'il essaye d'arrêter de fumer. Je suis sûre qu'il doit bien rire en imaginant ta réaction.

Je me penche et frotte l'espèce de dessin sur le biceps de Soulanne, qui désormais tend les bras vers sa mère et la réclame. Effectivement, cela part facilement mais quand même.

– Je vais lui foutre mon poing dans la gueule. On ne colle pas de tatouages sur elle ! Même des faux.

– Rock… un autre dollar, s'il te plaît…

– Et merde…

– Deux dollars…

– Put…

Haaaa, je n'y arriverai jamais.

À ce rythme, mini-pouce va finir plus riche que la reine d'Angleterre avant même d'avoir 18 ans.

– Allez, détends-toi, ce n'est rien. Ils s'en occupent tous super bien, j'ai adoré la soirée d'hier, surtout la fin… Et c'est un peu grâce à nos deux baby-sitters de choc.

– Ouais…

Vu sous cet angle.

Olivia me relaie devant la table à langer, armée de lingettes nettoyantes. Elle finit de mettre Nini toute nue puis la prend dans ses bras en la serrant contre elle pour la renifler comme une maman léopard. Mon cœur s'attendrit à cette vision.

Je les aime tellement.

Mon petit feu follet vient alors m'embrasser doucement sur la bouche tandis que je râle encore contre Bounce pour la forme. Rapidement, la douceur laisse place à plus de ferveur, je sens la langue de Liv se faufiler entre mes lèvres et nos galipettes nocturnes me reviennent en mémoire. Je laisse mon imagination s'emballer jusqu'à ce qu'une petite main nous interrompe et que je reçoive un violent coup de hochet sur la joue.

Ouais, tu as raison, mini-pouce, tu ne dois pas voir ce genre de choses. Papa et maman t'ont cueillie dans une rose et je me tiendrai à cette version des faits même lorsque tu auras 30 piges.

Je me jure silencieusement de continuer plus tard et en privé ce qui vient de s'amorcer. J'embrasse chastement les deux femmes de ma vie, et pars enfin passer ce putain de costume pendant que Liv donne le bain à Soulanne et l'habille elle aussi de sa plus jolie robe à froufrous. Même si aucune tenue ne rendra plus simple ce qui nous attend.

Une heure plus tard, nous sommes tous les trois enfin installés dans le Dodge. J'observe mini-pouce dans le rétroviseur central, confortablement harnachée dans son siège auto, le dernier cri en matière de sécurité. Je n'ai même pas démarré que je vois déjà ses paupières se fermer et qu'elle lutte contre le sommeil, en vain.

Olivia me caresse la cuisse en remontant un peu plus haut à chaque fois :

– J'adore quand tu portes un costume de temps en temps. C'est tellement sexy. Et au fait, j'ai trouvé nos déguisements pour Halloween.

– Je t'ai déjà dit qu'il était hors de question que je me déguise en quoi que ce soit… Et c'est dans trois mois ! Tu trouves pas que tu t'y prends un peu tôt ?

– Mais c'est qu'il y a du boulot, et tu dois te laisser pousser la barbe et les cheveux jusqu'à octobre.

Je crains le pire… Quand elle a une idée en tête.

– Pourquoi ?

– Tu vas être Khal Drogo et je serai ta Khaleesi.

Liv est à fond sur cette nouvelle série en ce moment et un acteur en particulier… Une espèce de guerrier barbare à qui elle trouve que je ressemble. Elle ne me laisse pas le temps de lui répondre et embraye :

– Et on devra garder les costumes ensuite, pour la nuit… Si tu vois ce que je veux dire…

Je repense au personnage féminin qu'elle souhaite incarner et à ses tenues qui, je dois l'avouer, ne me laissent pas indifférent.

– OK, vendu…

Elle tape des mains et rigole en me lançant un baiser du bout des doigts.

Je me dis que je suis impuissant face à son charme, mais heureux de l'être, et sur ce constat, je démarre en direction de notre douloureuse destination : direction le cimetière de Colorado Source, pour la veillée organisée en mémoire de Sunny.

Nous avons enfin pu rapatrier son corps après de longs mois de procédure, et elle a pu être enterrée dignement, entourée des siens. L'épreuve n'avait été que souffrance, ma culpabilité est loin d'être apaisée, même après tout ce temps. Là encore, je peux sentir la peine et les remords me tordre le ventre, mais la main de Liv sur mon bras, son regard plein d'amour lorsqu'elle comprend ce à quoi je pense, et la vision de ma fille endormie derrière moi, m'aident à trouver la paix. Chaque jour, je me lève et je profite de ce qui m'est offert grâce à elles, pour elles…

FIN

Bonus exclusif!

Découvrez les lettres de Sunny à Rock

sur le site des Éditions Addictives

www.editions-addictives.com

REMERCIEMENTS

Je ne sais par où commencer. J'ai tellement écrit ces derniers mois que les mots finissent par me manquer, alors je vais faire dans la sobriété, mais les sentiments sont là et ils sont sincères.

Merci d'abord à celles et ceux qui sont partis à l'aventure aux côtés de nos deux héros et des Evil's Heat. J'espère que le voyage vous a plu et que vous me ferez confiance pour les prochains à venir. Sans vous, Olivia et Rock n'existeraient que dans ma tête. Je vous les confie, ce sont mes premiers bébés. Et ils auront toujours une place particulière dans mon cœur. N'hésitez pas à commenter et partager sur les réseaux sociaux, où vous pourrez venir me donner votre ressenti. C'est avec plaisir que j'échangerai avec vous.

Un merci tout particulier à mes premières lectrices, qui m'ont fait confiance lorsque je me suis lancée par mes propres moyens dans cette folle épopée, et dont les retours élogieux et généreux m'ont donné le courage d'envoyer mon manuscrit aux Éditions Addictives. Et merci à eux au passage de faire prendre une toute nouvelle dimension à cette aventure palpitante : merci Maud pour votre patience lorsque je vous ai assaillie d'e-mails. Comme dirait la pub : « Et c'est pas fini ! »

Tout ceci n'existerait pas non plus sans le soutien infaillible de mes proches au quotidien, même si beaucoup ignorent encore que j'écris des histoires pleines de gros mots, de bêtises et de cochonneries :-). Bisou à mes sœurs (celles de sang comme de cœur), mes amies et surtout ma moitié qui me supporte depuis plus de huit ans. Tu m'as remonté le moral quand je voulais baisser les bras, tu as été patient et compréhensif lorsque j'ai passé des heures et des week-ends à écrire, enfermée dans notre chambre, sans même prendre le temps de manger parfois. D'ailleurs, merci pour ça également : d'être venu me nourrir à coups de biscuits et d'avoir vérifié de temps à autre que j'étais toujours vivante…

Et pour finir, un immense merci à mes cinq béta-lectrices, Élisabeth C., Sabrina M., Nadia F., Wendy C. et Ju Lit de la romance. Vous êtes désormais un peu comme les cinq doigts de ma main gauche, celle côté cœur. Vos retours au fil de l'eau m'ont permis de donner le meilleur de moi-même en un temps record et j'espère que le résultat final est à la hauteur de vos attentes.

Petit coucou final au passage (car quand y en a plus, y en a encore) à Stéphanie C., Christelle R., Rezika H., Leila G., Sammy F.G., Susu Z., Muriel L.M., Angélique et Emma (les Piplettes), Thania O., Maya A. et *of course* ma petite loutre : Margot!

Pour certaines auteures, qui m'ont prouvé que la solidarité et la bienveillance existent toujours dans le milieu. Pour d'autres chroniqueuses qui ont accepté de lire et de donner leur avis touchant alors que je sortais de nulle part. Et enfin aux admins et modératrices de pages et communautés, sans lesquelles nos romans resteraient sûrement dans l'ombre.

addictives

Romans déjà parus et à paraître

Rose Becker
Le Bébé, mon milliardaire et moi (aussi en poche)
Noël, mon milliardaire et moi
Agaçant, sexy & dangereux
Cède-moi
Torride, sexy & dangereux
Le père Noël était (presque) parfait
Forever You – saisons 1 et 2
Dangerous

Anna Bel
Bad & Perfect

Phoebe Campbell
Tes ordres sont mes désirs – volumes 1 à 3 (aussi en poche)
Lui résister… ou pas – volumes 1 et 2
Fast
Lui résister… ou pas – l'intégrale
You Again
Single Daddy - Try Me if You Can

Mia Carre
Bad for You
Teach Me Everything

Olivia Dean
À lui, corps et âme – volumes 1 et 2 (aussi en poche)
Dangerous Rider

Juliette Duval
Bad Games
Secret Games

Stuart Evans
Roméo & Jules
Sea, Sex & You

Ann Fox
Spring Break – l'intégrale

Emma Green
Toi + Moi : L'un contre l'autre (aussi en poche)
Toi + Moi : Envers et contre tout (aussi en poche)
Toi + Moi – Seuls contre tous (aussi en poche)
Call Me Baby – volumes 1 et 2

Love Me if You Can
Call Me Bitch
Kiss Me if You Can
Bliss. Le faux journal d'une vraie romantique – volumes 1 et 2
Jeux interdits
Jeux insolents
Fallait pas me chercher! – volumes 1 et 2
Corps impatients
Cœurs insoumis
Bliss – Le faux journal d'une vraie romantique – l'intégrale
Âmes indociles
Cent facettes de Mr Diamonds – l'intégrale
Jeux imprudents
(Im)parfait
Une toute dernière fois
Love Me if You Can – l'intégrale
It's Raining Love!
Kiss Me if You can – l'intégrale

Kim Grey
Ma vie, mes rêves et lui
Sexy comédie – Recherche (fausse) fiancée
Apprends-moi – My Stepbrother
Insolent Bastard

Megan Harold
Tout pour lui – volumes 1 et 2 (aussi en poche)
Sublime-moi! – poche
Juste toi et moi – volumes 1 et 2
Insupportable… mais à tomber!
Arrogant Player
Breaking the Rules

Kate Jacobson
Révèle-moi – volumes 1 et 2

Amber James
Contrôle-moi – poche

Lucy Jones
Perfect Lover. Envoûte-moi! – poche
Bad Secrets

Sienna Lloyd
Mords-moi !

Nina Marx
Soumets-moi ! – volumes 1 à 3
Escort Girl. Diamonds Private Club – poche
Rock You – l'intégrale de la trilogie *Soumets-moi !*
Night Fires

June Moore
Étreinte – volumes 1 à 3
Étreinte – l'intégrale

Clara Oz
Resist or Not ?
Arrogant
Te séduire, te trahir

Heather Powell
Je te veux – volumes 1 et 2

Lisa Rey
Love Challenge

Lise Robin
Infiltrée – Sex, Drugs & Danger
Love Scandal

Alex Roussel
Ch't'aime. Moi non plus !
The Casting

Mina Shepard
Mon milliardaire, mon mariage et moi

Gabriel Simon
Sex Friends – Mon boss et moi

Ève Souliac
Le milliardaire était (presque) parfait
Perfect Mistake
Sexy Mistake

Liv Stone
Love Lessons

Lisa Swann
Adore-moi ! – volumes 1 et 2
Attractive Bastard
Adore-moi ! – l'intégrale

Louise Valmont
Play with Me
Toi & moi, c'est compliqué !
Mine Again

Chloe Wilkox
Ordonne-moi ! – volumes 1 à 3
Ordonne-moi ! – l'intégrale
Lune de sang – La meute de Riverside Creek
Wild Love – Bad Boy & Secret Girl – saisons 1 et 2
Extreme Lover – l'intégrale

Luv

Romans déjà parus et à paraître

Ana K. Anderson
Indompté

Fanny André
À jamais. Une vie pour l'Autre

L.S. Ange
Cash Girl. Combien tu m'aimes ?

Sophie Auger
Be with Me

Anne Cantore
On the Road with You
Promets-moi – Louise et Marco

Sarina Cassint
Avec toi… peut-être
Insolent Boss

Nora Davy
Absolute Boss

Gwen Delmas
Noël, toi & moi
Perfect Boss

Cléa Dorian & Ninon Vars
Dark Love

Audrey Dumont
The Pink Panthers

Lil Evans
Savage Rider

Ena Fitzbel
Sexy Disaster

Chrys Galia
TOI (mon ex, ton ex) & MOI
Dark Revenge

Alexandra Gonzalez
Shades of You

Joh Harper
Crazy Love

Iris Julliard
Prends-moi contre toi

Lucie F. June
Fight with Darkness

Sara June
Rider in the Dark

Lena Jung
Mon coloc, mes désirs et moi

Jessica Lumbroso
Emma X. Secrète et insoumise

Mag Maury
Fast Games
No Love, No Limits

Jeanne Périlhac
Only You… & Me

Sophie S. Pierucci
L'Inconnu de l'ascenseur et moi
My Stepbrother – L'initiation

Silvia Reed
Darkest. La dernière heure

Avril Rose
Challenge Me
Coffee, Sex & Law

Jana Rouze
Effet de vague – saisons 1, 2 et 3

Wendy Roy
Une seule fois (ou presque)

Ana Scott
À corps brisés

Gabriel Simon
Toi & Moi, à cet instant précis

Cara Solak
Perfect Obsession

Liv Stone
Initie-moi. Mes jours contre tes nuits

Lena K. Summers
Perfect Bad Boy

Savage Rider
Lil Evans

Du chaos à l'amour, il n'y a qu'un pas. Ebony a deux passions : la littérature et les soirées avec son meilleur ami, Soren. Le jour où un groupe de motards s'installe en face de chez elle, tout bascule. Ils sont bruyants, irrévérencieux, dragueurs et mènent des activités pas forcément légales. Mais Ebony refuse de se laisser intimider ! Elle leur tient tête sans faillir, jusqu'à sa rencontre avec Indy. Aussi dangereux que mystérieux, Indy la trouble autant qu'il l'agace… et il est déterminé à la protéger. Car un mystérieux admirateur envoie à Ebony des poèmes macabres et menaçants.

Auteure : Ana K. Anderson

Edisource – Éditions Addictives
100, rue Petit, 75019 Paris
Imprimé par FINIDR – Lipova cp. 1965 – 73701 Cesky Tesin,
République tchèque
Dépôt légal : avril 2019 – Achevé d'imprimer : mars 2019
ISBN : 978-2-37126-267-6
Réf. contrat : ZREC_001